Die Rache des Bastards

Vampir-Roman

Die Rache des Bastards

Vampir-Roman

Gerdi M. Büttner

Bibliografische Information der Deutschen Nationalbibliothek:
Die Deutsche Nationalbibliothek verzeichnet diese Publikation in der
Deutschen Nationalbibliografie; detaillierte bibliografische Daten sind im
Internet über dnb.dnb.de abrufbar.

Copyright: 2016 Gerdi M. Büttner

Umschlag/Cover: Shutterstock / breakermaximus
Herstellung und Verlag:
BoD – Books on Demand, Norderstedt

ISBN: 978-3-7392-3628-5

Kapitel 1:   Gemeinsame Kindheit

Ich bin Malamir und ich will euch eine Geschichte erzählen. Fürwahr eine ungewöhnliche, ja unglaubliche Geschichte. Aber ich schwöre, jedes Wort daran ist wahr, denn ich habe sie selbst erlebt...

Ich sitze hier in der dunklen Stube, einen frisch angespitzten Federkiel in der Hand, vor mir auf dem Tisch ein Bogen Papier. Das geöffnete Tintenfass harrt der Feder. Um mich herum ist es still, einzig meine eigenen Atemzüge dringen in mein Bewusstsein. Nachdenklich streicht die Feder mein Kinn, leicht wie der Flügel eines Falters. Der Schein einer einzigen Kerze versucht vergeblich die Finsternis zu durchdringen. Mir reicht er aus, meine Augen sind scharf wie die einer Eule. Die flackernde Flamme dient eher meiner Inspiration, denn meiner Sehkraft.
Ich lehne mich bequem in meinem Stuhl zurück und lasse meinen Blick durchs Zimmer gleiten. Alles hier ist mir so vertraut. Die schweren dunklen Möbel ebenso wie die dicken Teppiche, die jeden Schritt lautlos ertragen. Das alte Schloss bot schon meinen Urahnen Zuflucht, Sicherheit und Geborgenheit. Seit Jahrhunderten im Familienbesitz ist es das Erbe meiner Väter. Nach langer Abwesenheit bin ich endlich hierher zurückgekehrt. Es nahm mich gleichgültig auf, so gleichgültig wie es zuvor auch meinen schlimmsten Feind aufgenommen hatte. Doch nun ist es wieder mein, ich werde es niemals mehr einem anderen überlassen.
Die große Standuhr in der Ecke schlägt die dritte Morgenstunde. Die Dienstboten liegen noch schlafend in ihren Betten. Diejenigen, die Frühdienst haben, werden sich erheben sobald das erste Grau den nahenden Morgen anzeigt. Bis dahin bleibt mir noch Zeit, der erste Hahnenschrei ist mir Signal, mein Schlafgemach aufzusuchen.
Ich tauche die Feder in das Tintenfass und führe sie zum Blatt. An welcher Stelle meiner Geschichte soll ich beginnen? Am besten ganz am Anfang, dem Zeitpunkt meiner Geburt...

Ich wurde Anno 1436 in der bulgarischen Stadt Plovdiv geboren. Ich war das erste Kind meiner Eltern, der erhoffte männliche Erbe, der einst das Geschlecht der Fürsten Dimitroff weiterführen sollte. Nach mir wurden im Laufe der Jahre noch etliche Geschwister geboren. Vier Brüder und drei Schwestern, von denen nur der jüngste Junge und zwei Mädchen überlebten. Meinen Vater berührte der frühe Tod seiner Kinder wenig, einzig mir, seinem zukünftigen Erben galt seine ganze Fürsorge.
Meine Eltern hatten nicht in Liebe zueinander gefunden, ihre Ehe entsprang den Plänen meiner Großeltern, die ihre Kinder schon in jungen Jahren

einander versprochen hatten. Auf diese Weise sollte gewährleistet werden, dass zwei alte, fürstliche Blutlinien nicht ausstarben. Gefühle spielten dabei keine Rolle und sowohl mein Vater als auch meine Mutter unterwarfen sich klaglos der elterlichen Forderung.

Das Leben meiner Mutter bestand nach der Hochzeit ausschließlich aus der Pflicht, dem Haushalt vorzustehen und ihrem Mann möglichst viele Kinder zu gebären. Liebe wurde nicht von ihr verlangt und schon gar nicht Leidenschaft im Ehebett. Dafür hielt sich mein Vater Mätressen, derer er sich entledigte, sobald sie seine Gelüste nicht mehr befriedigten.

Das änderte sich unvermutet, als Mutters jüngste Schwester Elena im Schloss einzog. Als Kind war sie so unglücklich von ihrem Pony gestürzt, dass ihr Bein gleich zweimal brach. Der Leibarzt ihrer Eltern muss ein rechter Pfuscher gewesen sein, es gelang ihm nicht das Bein so zu richten, dass die Bruchstellen gerade zusammenwuchsen. Elenas Bein blieb verkrümmt und war zudem um einige Zentimeter kürzer als das andere. Deshalb musste sie ihr restliches Leben als humpelnder Krüppel fristen. Dabei war sie ansonsten eine wunderschöne junge Frau, groß, gertenschlank mit rabenschwarzem Haar und leuchtenden blauen Augen. Doch wenn sie lief, wurde ihr Erscheinungsbild durch den watschelnden Entengang stark beeinträchtigt.

Weil sie wegen ihres Gebrechens nicht standesgemäß verheiratet werden konnte, sollte Elena eigentlich ins Kloster eintreten, wo viele ähnlich unglückliche Frauen Zuflucht vor der Welt fanden. Doch Elena weigerte sich hartnäckig eine Braut Christi zu werden. So schickten ihre Eltern sie schließlich nach Schloss Drachenfels, sie sollte ihrer Schwester als Zofe dienen und ihr bei der Kindererziehung behilflich sein.

Als mein Vater die schöne Elena sah, die mit ihren siebzehn Lenzen geradezu erblühen begann, war es um ihn geschehen. Er sah nicht ihr verkrüppeltes Bein, gewahrte nicht ihren hinkenden Gang, er verliebte sich auf der Stelle in ihr schönes Gesicht und ihr liebreizendes Wesen.

In Gegenwart meiner Mutter, die, was das Aussehen betraf ihrer jüngeren Schwester nicht das Wasser reichen konnte gebärdete er sich stets mürrisch und kurz angebunden. Wenn er es einrichten konnte, so traf er sie nur des Nachts im Ehebett, wo er ihr einen Nachkommen nach dem anderen in den Leib pflanzte. Ansonsten ging er ihr aus dem Wege und sie war ihm nicht gram deswegen. Ihre Interessen galten ausschließlich Mutterschaft, Kindererziehung und ihren langen Gebeten in der Schlosskapelle. Ciril, den jungen Kaplan, sah sie weitaus öfter und auch lieber als ihren Ehemann. Mit ihm verbrachte sie viele Stunden, vertieft in Gebete und Litaneien.

So bemerkte sie gar nicht, wie sich eine zarte Liebesbeziehung zwischen ihrer Schwester und ihrem Gatten entspann. Elena packte die Gelegenheit, doch noch einen Mann abzubekommen beim Schopfe, sie war ein leidenschaftliches Wesen, das nicht zum Verzicht auf körperliche Freuden taugte. Und da sie wusste, wie es um die Ehe ihrer Schwester bestellt war, machte sie sich auch keine Gewissensbisse daraus, deren Mann in ihre Kammer und in ihren Schoß einzulassen. Erst als sie nach mehreren Monaten das Anschwellen ihres Leibes nicht mehr verbergen konnte, beichtete sie zuerst dem Kaplan und danach ihrer Schwester den Fehltritt.

Meine Mutter verzieh ihr großmütig, wusste sie doch, dass bereits etliche Bastarde ihres Mannes im Schloss umherliefen. Vater sorgte zwar dafür, dass seine unehelichen Kinder weder zu hungern, noch zu frieren brauchten, ansonsten kümmerte er sich jedoch nicht um sie und sie besaßen auch keinerlei Rechte. Bei Elena und ihrem noch ungeborenen Kind verhielt er sich jedoch anders. Er umsorgte die Schwangere wie ein liebender Ehemann, befreite sie von sämtlichen Pflichten und stellte ihr sogar Dienerschaft zur Verfügung, die ihr jeden Wunsch von den Augen ablesen sollten.

Das hingegen wurmte meine Mutter gewaltig, so fürsorglich hatte er sich ihr gegenüber nie verhalten. Nachdem ich, sein Stammhalter, geboren war es für ihn nicht mehr interessant, ob sie eine Schwangerschaft austrug oder etwa das Kind verlor. So war ihm auch gleichgültig, dass sie bis zu meinem dritten Lebensjahr nur ein einziges lebendes Kind geboren hatte, alle anderen hatte sie bereits in den ersten Schwangerschaftsmonaten verloren. Sobald ihr Körper nach der Fehlgeburt ausgesegnet war, schwängerte er sie bald erneut. Zum großen Kummer meines Vaters starb Elena im Kindbett, nachdem sie ihm einen kräftigen Sohn geboren hatte. Er nannte den Jungen Boril und brachte ihn zu meiner Mutter, die nur wenige Wochen zuvor einer Tochter das Leben geschenkt hatte. In barschem Ton befahl er ihr den Jungen an ihrer Brust zu nähren und, sollte ihre Milch nicht für zwei Säuglinge ausreichen, das Mädchen einer Amme zu überlassen. Eingeschüchtert stillte sie fortan Boril zuerst und ihre Tochter musste sich mit der wenigen Milch begnügen, die er übrig ließ. Als nächtelang das Gebrüll meiner hungrigen Schwester durchs Schloss hallte, nahm Vater sie kurzerhand meiner Mutter weg und brachte sie einer Magd, die kurz zuvor ein totes Kind geboren hatte.

Mutter wagte nicht, dagegen aufzubegehren, doch sie begann Boril zu hassen. Nur widerwillig nährte sie ihn und gab ihn danach eilig in die Hände ihrer Zofen. So kam es, dass Boril in seinem ersten Lebensjahr keinerlei Liebe erhielt, er wurde gefüttert und gewickelt und dann in seiner Wiege abgelegt. Nur wenn Vater nach ihm sah, spielte Mutter ihm die fürsorgliche Amme vor, die sich liebevoll des Kindes ihrer toten Schwester annahm.

Als Boril älter wurde, änderte sich sein Leben nur geringfügig. Er wuchs zwar inmitten der kleinen Kinderschar auf, die im Laufe der Jahre hinzu geboren wurde, doch Mutter konnte sich nicht überwinden, ihm auch nur ein gutes Wort zu schenken. Was ihre Abneigung gegen ihn noch verstärkte, war seine fast unheimliche Ähnlichkeit mit mir. Zwar war ich drei Jahre älter, doch sah er aus wie ein zu klein geratener Zwillingsbruder von mir. Einzig seine Haar- und Augenfarbe wich geringfügig von meiner ab. Sowohl meine Augen als auch meine Haare waren von tiefstem Schwarz, während sein Haar dunkelbraun und seine Augen von dunklem Blau waren.

Obwohl Mutter ihre Kinder mit ihrem Hass auf Boril zu beeinflussen suchte, gelang es ihr in meinem Fall nur unzureichend. Ich hing mit brüderlicher Liebe an dem Kleinen und kümmerte mich sehr gerne um ihn. Es machte mir Spaß, mit ihm zu spielen und später, als wir älter wurden, heckten wir gemeinsam so manchen Streich aus. Er war mein einziger Spielkamerad, die anderen Geschwister waren viel jünger als ich und zudem fast alle Mädchen. Es war mir verboten, mit den Kindern der Dienstboten zu spielen, obwohl einige davon meine Halbgeschwister waren. Vater achtete stets streng darauf, dass sein Erbe nicht mit dem Pöbel, wie er sich ausdrückte, verkehrte. Als er mich einmal bei einer harmlosen Rauferei mit einem der jungen Pferdeknechte erwischte, setzte es für mich eine schlimme Tracht Prügel. Was mit dem Jungen geschah, der es gewagt hatte, dem Fürstensohn ein blaues Auge zu schlagen weiß ich bis heute nicht, ich habe ihn nie mehr gesehen.

Wie gesagt, Boril und ich wurden zusammen groß und drückten später gemeinsam die Schulbank. Vater achtete streng darauf, dass seine Söhne eine gute Schulbildung erhielten. Extra zu diesem Zwecke heuerte er mehrere Lehrer an, die uns in allem unterrichteten, was Fürstensöhne nach Vaters Meinung wissen mussten. An den Sonntagen mussten wir gemeinsam mit den Mädchen, zusätzlich den Religionsunterricht des Kaplans über uns ergehen lassen, - auf dringenden Wunsch meiner Mutter, die sich damit zum ersten und einzigen Mal bei Vater durchsetzte.

Obwohl wir fast den ganzen Tag gemeinsam verbrachten, blieb Boril mir gegenüber meist reserviert. Er war ein stiller, in sich gekehrter Knabe, dessen intensiver Blick Löcher in die Gesichter seiner Gegenüber zu brennen schien. Die jahrelange Ablehnung meiner Mutter und ihre steten Versuche, ihn von ihren eigenen Kindern abzukapseln, hatte längst Früchte getragen. Außer unserem gemeinsamen Vater traute Boril niemandem auf der Welt, auch mir nicht. Obwohl ich ihm immer wohlwollend gegenüber stand schien ihn eine unterschwellige Wut auf alle seine Halbgeschwister zu beherrschen. Schon öfter hatte ich ihn heimlich dabei beobachtet, wie er die Kleinen piesackte bis sie weinten. Ich ging dann zwar dazwischen, verriet ihn aber bei meiner Mutter nie, ich wollte nicht, dass sie ihn noch öfter züchtigte. Das tat sie bereits, seit er ein kleiner Junge war, für jede kleinste Verfehlung schlug sie ihn mit dem Rohrstock.

Boril war schon von klein auf von einer fast unheimlichen Disziplin beherrscht. Er weinte nie wenn er bestraft wurde und verriet es auch nie an

Vater, obwohl der es sofort unterbunden hätte. Fast gleichmütig ertrug er die Schläge und auch die Beschimpfungen, die aus Mutters Mund auf ihn hernieder prasselten. Nur seine Augen zogen sich zu Schlitzen zusammen, so dass sie die Wut nicht sehen konnte, die in ihm tobte.

Auch ich ahnte lange Zeit nichts von dem sengenden Zorn, der ihn beherrschte. Noch weniger wusste ich darum, dass dieser Zorn sich bald ausschließlich auf mich konzentrieren würde. Als mir der tödliche Hass meines Halbbruders endlich bewusst wurde, war es längst zu spät. Seine Rache an mir für die Demütigungen, die ihm meine Eltern zugefügt hatte, sollte mein Leben für immer zerstören.

Kapitel 2: Riana

Die Jahre unserer Kindheit waren längst vorüber und aus Boril und mir junge Männer geworden. Noch immer sah er mir zum Verwechseln ähnlich, die drei Jahre, die uns trennten fielen kaum noch ins Gewicht. Inzwischen war er einundzwanzig und ich vierundzwanzig Jahre alt.

Wir hatten lange Jahre Schul- und Studienzeit zusammen gemeistert und waren gemeinsam intensiv in der Kriegs- und Waffenkunst unterrichtet worden. Vater war sehr stolz auf seine Söhne und achtete stets streng darauf, dass wir beide gleich zuvorkommend behandelt wurden. Keiner der Bediensteten hätte es gewagt, Boril wegen seiner unehelichen Herkunft nachteilig oder gar abfällig gegenüberzutreten.

Mit meiner Mutter hatte ich kaum noch Kontakt, nachdem sie ihm keine Kinder mehr gebären konnte hatte Vater sie mitsamt ihren Töchtern in ein weit entferntes klösterliches Stift geschickt. Dort konnte sie sich endlich voll und ganz ihren Gebeten widmen. Meine Schwestern wurden von den Nonnen erzogen und würden im Kloster bleiben bis Vater passende Ehemänner für sie gefunden hätte.

Einzig mein jüngerer Bruder Aleko lebte noch bei uns im Schloss. Mit seinen zwölf Jahren war er noch zu jung, um von Vater als vollwertiges Familienmitglied akzeptiert zu werden. In seinen Augen schien er nur eine Art Reserve zu sein, falls mir, seinem Erben etwas zustoßen sollte. Aleko war für ihn ansonsten kaum existent. Den größten Teil des Tages bekam er Unterricht von seinen Lehrern oder dem Waffenmeister und des Abends musste er zeitig zu Bett gehen. So fristete er ein ziemlich einsames Dasein und insgeheim tat er mir leid.

Aleko war als Kleinkind oft krank gewesen und für sein Alter recht klein und zart gebaut. Das missfiel Vater und er hielt damit nicht hinterm Berg. Es interessierte ihn kaum, wie sehr der Junge unter seiner Strenge und Nichtachtung litt.

Ich mochte meinen Bruder sehr gerne und fürchtete insgeheim, er würde unter Vaters strenger Erziehung zerbrechen. So oft ich konnte schlich ich mich deshalb zu ihm um mich mit ihm zu unterhalten und ihn ein wenig aufzuheitern. Aleko hungerte nach Zuneigung und Wärme und war jedes Mal den Tränen nahe wenn ich ihn wieder verließ.

Seit Tagen waren wir schon unterwegs. Ziel unserer Reise war Varna eine wichtige Hafenstadt an der Schwarzmeerküste. Man schrieb das Jahr 1460 und unser Land wurde von den Osmanen beherrscht. Die Knechtschaft unter den türkischen Besatzern hielt bereits über sechs Jahrzehnte an und kein Ende war abzusehen. Das Volk litt Hunger, die meisten Bauern arbeiteten als

Leibeigene auf dem Land, das nun dem Sultanat gehörte. Sie wurden *Rajas* genannt, was Untertan bedeutete. Geringschätzig wurden sie auch als *folgsame Herde* beschimpft. Immerhin bekam jeder Bauer ein Stück Boden zugewiesen, das er für den eigenen Bedarf bewirtschaften konnte. Somit erging es den meisten Rajas besser als den Menschen in den Städten, die höchstens niedere Handwerkerdienste verrichten durften. Alle wichtigen und einträglichen Tätigkeiten wurden von Türken, Griechen, Armeniern oder Juden ausgeübt. Da die Türken besonders gerne in den Städten wohnten, wuchs die Bevölkerung dort massenhaft an. Doch die Osmanen besetzten nicht nur unsere Städte, sie brachten auch ihre eigene Kultur und den islamischen Glauben mit. Immer mehr Moscheen wurden erbaut und die Menschen gezwungen, ihrem christlichen Glauben abzuschwören und dafür den mohammedanischen Glauben anzunehmen. Wer sich weigerte wurde versklavt oder getötet. Familien, die an ihrer Religion festhielten, wurden die Kinder geraubt, die Mädchen in Harems verschleppt und die Knaben zu *Janitscharen*, fanatischen Kämpfern erzogen, die später gegen ihre eigenen Landsleute zogen. Nur wer seinem Glauben abschwor und zum Islam übertrat, durfte auf Milde hoffen. Diese Glaubensabtrünnigen wurden sogar durch allerlei Vorteile belohnt.

Die Vernichtung der Bojaren, Großbauern und Landadeligen war oberstes Ziel der türkischen Besatzer. Adelige Familien wie die unsere waren ihnen besonders ein Dorn im Auge. Vater als strenggläubiger Christ, zeigte sich jedoch nicht gewillt den islamischen Glauben anzunehmen und kämpfte verbissen dagegen an. Das hatte ihn bereits seinen angestammten Familiensitz mitsamt den dazugehörenden Ländereien gekostet.
Der Stammsitz meiner Familie befand sich einst in Plovdiv, das mittlerweile jedoch stark von den Türken besetzt war. Meine Eltern sahen sich kurz nach meiner Geburt gezwungen, Hals über Kopf zu fliehen, wollten sie wenigstens unser nacktes Leben retten. Zuflucht fanden wir in Schloss Drachenfels, das meine Mutter als Brautgabe in die Ehe eingebracht hatte. Es lag in der Nähe von Vraza, war also ein gewaltiges Stück von unserer ehemaligen Heimat entfernt. Zudem war es sehr viel kleiner und es gehörte auch nur wenig Land dazu. Doch war der Besitz immerhin groß genug, unsere Familie standesgemäß zu erhalten.
Bislang hatte Vater Glück und einflussreiche Freunde gehabt, die verhinderten, dass ihm auch dieses Schloss und die wenigen Ländereien abgenommen wurden. Vermutlich spielte auch die nur schlecht zugängliche Lage von Schloss Drachenfels inmitten felsiger Berge und weitab der Stadt eine nicht unbedeutende Rolle. Bislang waren die osmanischen Truppen noch nicht bis dorthin vorgedrungen, es lag einfach zu abgelegen und versteckt.

Doch in letzter Zeit drängten die türkischen Truppen weiter ins Hinterland vor, somit wurde die Bedrohung auch für uns immer relevanter.
Um Rat und eventuell Hilfe zu bekommen befanden wir uns deshalb auf dem Weg zu Fürst Georgi Terter IV., einem alten Freund meines Vaters. Georgi entstammte einem sehr alten und noch immer einflussreichen Adelsgeschlecht, weshalb Vater seine ganze Hoffnung in ihn setzte. Georgi besaß ein ausgezeichnetes diplomatisches Geschick und hatte es bisher stets gut verstanden, mit den Türken zu verhandeln. Vater war sich sicher - wenn uns überhaupt jemand vor der drohenden Vertreibung und Enteignung retten konnte, dann er.

Die Unterredung dauerte schon seit Stunden an und noch immer war kein Ende abzusehen. Mein Kopf schwirrte von den vielen Ratschlägen und Erklärungen. Boril und ich saßen stumm dabei und hörten zu. Obwohl auch unsere Zukunft auf dem Spiel stand, besaßen wir kein Mitspracherecht.
Immer wieder wanderte mein Blick zum Fenster. Draußen schien die Sonne und heizte durch die geschlossenen Fenster den Raum auf. Ich schwitzte in meiner Uniform und fuhr mir verstohlen mit dem Finger unter den engen Kragen in der vergeblichen Bemühung, ihn etwas zu lockern. Außerdem verspürte ich das immer dringender werdende Bedürfnis meine Blase zu entleeren.
Mit knappem Kopfschütteln lehnte ich den mit Wasser vermischten Wein ab, den mir ein Diener anbot. Bereits der Anblick der Flüssigkeit verstärkte den Druck, der meine Blase zu sprengen drohte.
Endlich beschlossen Georgi und mein Vater eine Pause einzulegen um eine Kleinigkeit zu essen. Boril schloss sich ihnen an. Ich war nicht hungrig und verzog mich eilig nach draußen, wo sich neben den Pferdeställen die Toilettengrube befand. Nachdem ich mich erleichtert hatte, fühlte ich mich sogleich besser. Ich beschloss die kurze Pause im Freien zu verbringen und schlug den Weg zu dem ausschweifenden Parkgelände ein, das sich vor dem Schloss erstreckte.
Es war ein wunderschöner, warmer Frühlingstag und ich dachte bei mir, wie schön es doch wäre, ihn auf dem Rücken eines feurigen Pferdes zu verbringen. Viel lieber wäre ich in gestrecktem Galopp über Wiesen und durch Wälder geritten, als nochmals endlose Stunden der Krisensitzung zu lauschen.
Wie von selbst lenkte sich mein Schritt zu einem kleinen Hain aus blühenden Obstbäumen. Inmitten der Bäume stand ein Springbrunnen umringt von mehreren Bänken. Erst beim Näherkommen erkannte ich die zierliche Gestalt, die, ganz in Gedanken versunken, auf einer Bank saß und in die Weite des Gartens blickte. Einem Impuls folgend wollte ich mich zurückziehen, bevor

sie mich bemerkte. Aber irgendetwas faszinierte mich sofort an ihr und leise trat ich näher.

Es war ein junges Mädchen, erkannte ich, fast noch ein Kind. Langes dunkles Haar floss ihr den Rücken herab, das Sonnenlicht ließ winzige rotgoldene Funken darin aufleuchten. Ein leichter Windhauch bewegte ihre zarten Locken wie Wellen auf dem Meer.

Als spüre sie meinen Blick, drehte sie sich zu mir um. Für einen Moment zogen sich schmale, dunkle Augenbrauen misstrauisch zusammen, dann erhellten sich ihre Gesichtszüge und sie lächelte mich an. „Ihr habt mich erschreckt", sagte sie mit leisem Tadel, jedoch ohne erschrocken zu klingen. „Schleicht Ihr euch immer so an andere Menschen heran?"

„Nur wenn es sich um bezaubernde junge Damen handelt", konterte ich und trat näher um ihr meine Hand zu reichen. Ich hauchte einen flüchtigen Kuss auf ihren kokett dargebotenen Handrücken und stellte mich mit einer Verbeugung vor. „Gestatten, Malamir Dimitroff aus Vraza."

Über ihre Züge glitt ein heiteres Lächeln. „Malamir! Was für ein ungewöhnlicher Name..."

Ich seufzte. „Ja, leider hat mein Vater darauf bestanden. Er interessiert sich sehr für die Geschichte unseres Landes und fand, sein erstgeborener Sohn müsse unbedingt den Namen eines alten Herrschers tragen. Warum es ihm Malamir besonders angetan hat, ist mir bis heute ein Rätsel."

„Also mir gefällt der Name. Er scheint zu Euch zu passen. Warum soll ein so ungewöhnlicher junger Mann nicht auch einen ungewöhnlichen Namen tragen."

Ihre Offenheit machte mich erst einmal sprachlos. Dann fragte ich argwöhnisch: „Wollt Ihr mich auf den Arm nehmen? Was ist ungewöhnlich an mir?"

Sie lachte und ihre blauen Augen, die übrigens wunderschön waren, blitzten schalkhaft. „Alles an Euch, beginnend bei Eurer imponierenden Größe bis hin zu Euren edlen Gesichtszügen. Ihr seht ganz anders aus, als die meisten Männer, die ich kenne..."

Nun erst wurde ihr offenbar bewusst, was sie sagte. Verlegen senkte sie den Blick und murmelte. „Entschuldigt, ich sollte nicht so kühne Worte sprechen. Vater sagt immer, ich trüge mein Herz auf der Zunge und müsse endlich lernen, nicht auszuplappern was mir durch den Kopf geht..."

„Nun, es war ja keine Beleidigung, die Ihr ausgesprochen habt. Macht Euch also keine Gedanken", wiegelte ich ab und trat noch dichter zu ihr hin. Sie hob den Kopf und schaute mir in die Augen. So nahe waren wir uns, ich konnte jede winzige Einzelheit ihres perfekten Gesichtes sehen. Sie war die schönste Frau, die mir jemals begegnet war. Nein, Frau konnte man eigentlich noch nicht sagen, sie war aber auch kein Mädchen mehr. Ihre Augen, von tiefem Blau und von langen, dunklen Wimpern umsäumt blickten offen und neugierig zu mir hoch. Auf ihren Wangen lag noch zarte Röte - Scham über ihre forschen Worte. Eine hübsche kleine Nase und üppige geschwungene Lippen rundeten das Bild ab. Lippen, die dazu geschaffen schienen sie zu küssen. Meine Hände legten sich wie selbstverständlich auf ihre schmalen Schultern, zogen sie an mich und mein Kopf neigte sich zu diesen Lippen herab. Fast schon lag mein Mund auf ihrem, da besann ich mich endlich und trat abrupt einen Schritt zurück. Jetzt war es an mir, verlegen zu sein.

„Verzeiht mir bitte meine ungebührliche Anwandlung. Aber Eure Nähe übt eine seltsame Anziehung auf mich aus. Dabei kenne ich noch nicht einmal Euren Namen..."

„Ich bin Riana, die jüngste Tochter Fürst Georgis."

Riana! Der Name gefiel mir. Und sie war die Tochter unseres Gastgebers. Schrecken durchfuhr mich. Hoffentlich verriet sie ihrem Vater nicht, wie unziemlich ich mich ihr gegenüber verhalten hatte. Dass ich sie in meine Arme gerissen und fast geküsst hatte, als wäre sie eine Dirne oder Mätresse. Das war unverzeihlich und konnte unter Umständen zu einem schweren Zerwürfnis zwischen unseren Vätern führen. Sicher war Riana bereits einem Mann versprochen, vielleicht sogar verlobt. Wilderte ich etwa gar im Revier eines hohen Herrn? Der Schweiß brach mir aus, beim Gedanken an die Standpauke, die mir mein Vater halten würde, sollte er davon erfahren.

„Ich bitte Euch nochmals inständig, mir mein schlechtes Benehmen zu verzeihen. Ich wollte Euch keinesfalls beleidigen und kann Euch nur bitten, nichts Eurem Vater sagen..." Vor Aufregung über die möglichen Zwistigkeiten, die ich so leichtsinnig heraufbeschworen hatte, klopfte mir mein Herz bis zum Hals.

Riana war mein plötzliches schlechtes Gewissen nicht entgangen. Beruhigend legte sie mir ihre Hand auf die Brust. „Seid ohne Sorge, Malamir. Wieso sollte ich etwas zu meinem Vater sagen? Es ist doch nichts geschehen. Zumal es meine Schuld war, ich habe Euch verwirrt mit meiner Offenheit. Lasst uns einfach nicht mehr davon reden. Geht Ihr mit mir ein Stück im Park spazieren? Es ist ein so herrlicher Tag heute. Und Ihr seht blass aus, die frische Luft wird Euch guttun..."

Sie wandte ihre Schritte bereits von mir ab und ging den gepflegten Kiesweg entlang. Ich folgte ihr eilig, froh, dass sie mir nicht böse war. Langsam schlenderten wir an den blühenden Bäumen vorbei, atmeten tief den Duft der Blüten und des jungen Grases ein. Wir schwiegen beide lange, bis Riana wieder zu sprechen begann.

„Mein Vater und der Eure sind gute Freunde. Zumindest hat er schon öfter von Simeon Dimitroff erzählt. Die beiden haben früher gemeinsam gegen die osmanischen Landbesatzer gekämpft. Erst als Beide Familien gründeten, verloren sie sich aus den Augen. Wie steht es mit Euch, habt Ihr bereits eine Familie?"

Ich schüttelte den Kopf. „Nein, es sollte wohl nicht sein. Zwar wurde ich bereits im Kinderalter mit der Tochter eines benachbarten Fürsten verlobt, doch sie starb nur ein halbes Jahr vor unserer Hochzeit an einem Fieber. Das ist nun fast drei Jahre her..."

„Oh, das tut mir leid. Sicher habt Ihr Eure Braut sehr geliebt und Euch aus Trauer noch nicht nach einer anderen umgesehen."

Ich sah zu ihr hinüber und schüttelte abermals den Kopf. „Ich habe meine zukünftige Frau kaum gekannt, sah sie zum einzigen Mal bei unserer Verlobung. Damals war ich zwölf und sie sieben Jahre alt. Wir wussten beide nicht, was mit uns geschah und ich erinnere mich, dass wir uns noch nicht einmal mochten. Deshalb bin ich eigentlich froh, dass aus der Ehe nichts geworden ist. Wobei ich natürlich ihren allzu frühen Tod bedaure. Aber ich denke, wir wären nicht besonders glücklich miteinander geworden."

„Ist eine glückliche Ehe denn Euer Ziel? In unseren Kreisen werden Ehen geschlossen, damit das Familienerbe weitergetragen wird. Liebesheiraten, wie sie die Barden besingen, gibt es höchstens beim gemeinen Volk. Da muss niemand darauf achten, dass der hochadelige Stammbaum keinen Knick bekommt."

„Ihr seid also dafür, dass wir Fürstensprösslinge nur untereinander heiraten dürfen? Wünscht Ihr euch nicht einen Mann, der Euch gefällt, den Ihr liebt und der Euch liebt?" Ich blieb stehen und drehte mich zu ihr hin damit ich ihr besser in die Augen schauen konnte.

„Ich", fuhr ich fort, „würde lieber eine Frau heiraten, der ich in Liebe zugetan bin. An der Ehe meiner Eltern konnte ich zur Genüge erkennen, wie schrecklich es ist, an einen Partner gebunden zu sein, den man nicht liebt. Für den Mann geht es ja noch, er kann sich nebenher Mätressen halten, die sein Leben versüßen. Für die Frau kann solch eine Ehe allerdings die Hölle bedeuten. Das beste Beispiel ist meine Mutter. Für Vater war sie nur dazu da, ihm Nachkommen zu gebären. Daran ist sie sowohl körperlich als auch seelisch zerbrochen. Erst jetzt, nachdem sie von ihm keine Kinder mehr empfangen kann, hat sie im Kloster ein wenig Frieden gefunden."

Riana schaute mich lange nachdenklich an. Ihre Gesichtszüge waren weich, als sie leise antwortete: „Ihr macht Euch sehr viele Gedanken über die Ehe. Ich wünsche Euch wirklich, dass Ihr eines Tages die Frau findet, die Ihr lieben könnt und die Euch liebt."

Die habe ich bereits gefunden schoss es mir durch den Kopf, sie steht direkt vor mir. Die Eingebung verwirrte mich, bisher hatte ich noch kaum einen Gedanken daran verschwendet, mir eine Ehefrau zu suchen. Verlegen von meinen plötzlich aufwallenden Gefühlen, bemühte ich mich, das Gespräch von mir abzulenken. „Wie verhält es sich bei Euren Eltern?" fragte ich. „Sie wurden sicher ebenfalls miteinander verheiratet ohne nach ihrem Willen gefragt zu werden."

Riana schaute einen Moment zu den Bäumen hoch, dann blickte sie mir wieder in die Augen. „Bei meinen Eltern war es ebenso, aber sie haben einander trotzdem gut verstanden. Als Mutter kurz nach meiner Geburt starb, war Vater untröstlich. Doch, ich glaube sie haben sich geliebt."

„Und Ihr?", platzte ich wider Willen heraus. „Sicher seid Ihr bereits verlobt...? Entschuldigt, es gehört sich nicht, Euch das zu fragen."

Abermals war Riana nicht böse über meine unziemlichen Worte. Sie schüttelte lächelnd den Kopf. „Nein, ich bin noch keinem Mann versprochen. Mir erging es ähnlich wie Euch, bloß dass der Knabe, der einmal mein Ehemann werden sollte gar nicht das Erwachsenenalter erreichte. Er starb mit sechs Jahren an den Pocken. Und bislang konnte ich Vater davon abhalten, mir einen Gatten zu suchen."

Sie lächelte plötzlich rätselhaft und in ihren Augen blitzte es auf. „Obwohl ich es inzwischen gar nicht mehr so schlimm finden würde, sollte ein Mann um meine Hand anhalten."

Sie drehte um und lief den Weg zurück. Über die Schulter rief sie mir zu. „Ihr solltet Euch beeilen, zurückzukehren. Vater kann sehr ungehalten werden, wenn man nicht pünktlich ist..."

Von den weiteren Beschlüssen, die gefasst oder auch wieder verworfen wurden bekam ich kaum etwas mit. Meine Gedanken kreisten ausschließlich um Riana. Beim Abendessen traf ich sie wieder, zu meiner Freude wurde sie mir als Tischdame zugeteilt und ich war so damit beschäftigt, ihr jeden Wunsch von den Augen abzulesen, dass ich kaum daran dachte, selbst einen Bissen zu mir zu nehmen. Boril, der mir gegenüber saß grinste mich spöttisch an. Doch hinter seinem Spott konnte ich Neid erkennen, seine Tischdame war ein pummeliges junges Mädchen, das unablässig plapperte. Er würdigte sie kaum eines Blickes, starrte immer nur Riana an.

Dem Essen folgte ein geselliger Abend mit Tanz. Georgi hatte es sich nicht nehmen lassen, für seinen alten Freund ein Fest zu geben und dazu auch seine Verwandten und einige Geschäftspartner eingeladen. Während er Vater von einem zum anderen führte um ihn vorzustellen, erbat ich mir von Riana jeden Tanz. Zu meiner Freude gewährte sie ausschließlich mir ihre Gunst, obwohl etliche andere junge Männer ebenfalls um sie warben.

Es wurde ein verzauberter Abend. Leicht wie eine Feder lag sie in meinen Armen, passte sich so vollendet meinen Tanzschritten an, als hätten wir lange dafür geübt. Ich konnte nichts anderes ansehen als immer nur ihr liebreizendes Gesicht und noch ehe der Abend vorüber war wusste ich, ich hatte mich unsterblich in sie verliebt. Ihr schien es genauso zu ergehen, ihre Augen verrieten es mir.

Unseren Vätern war ebenfalls aufgefallen, wie es um uns stand, ihr wohlwollendes Grinsen machte mir Mut. Während einer Tanzpause begleitete ich Riana an die frische Luft. Draußen führte ich sie zu einer Nische, in der man uns von drinnen nicht beobachten konnte. Ich nahm sie in die Arme und sie ließ es geschehen. Vertrauensvoll schmiegte sie sich an mich und schaute voller Erwartung zu mir hoch. Ich redete nicht lange drum herum. „Willst du meine Frau werden, Riana?" fragte ich und wurde mit einer ebenso direkten Antwort belohnt. „Ja, natürlich will ich das. Schon seit ich dich heute Mittag im Garten traf."
Schalk trat in ihre Augen und sie forderte: „Und jetzt küss mich endlich. Das will ich ebenfalls schon seit heute Mittag..."

In dieser Nacht machte ich kein Auge zu. Alle Sorge um die ungewisse Zukunft verblasste hinter meiner Verliebtheit. Ich malte mir in rosigen Farben aus, wie mein Leben mit Riana verlaufen würde. Gleich am nächsten Morgen, noch vor dem Frühstück sprach ich bei ihrem Vater vor und bat ihn um Rianas Hand. Er zeigte sich kein bisschen erstaunt und hieb mir seine kräftige Pranke auf die Schulter. „Bist du dir sicher, mit einem so vorlauten Gör wie meiner Riana fertig zu werden? Mir ist es in den ganzen sechzehn Jahren ihres Lebens nicht gelungen, ihr den Wildfang auszutreiben."
„Ich bin mir nicht sicher, ob ich das überhaupt möchte", antwortete ich ehrlich. „Mir gefällt ihre direkte Art."
„Sie ist wie ihre Mutter", sagte er mit einem wehmütigen Seufzer. „Wahrscheinlich habe ich deshalb nie versucht, sie umzuerziehen. Und ich habe ihr bisher keinen Ehemann ausgesucht, weil ich wollte, dass sie jemanden heiratet, der sie so schätzt und liebt wie sie ist."
„Mir gefällt sie, wie sie ist. Und ich verspreche Euch, ich werde alles tun um sie glücklich zu machen."
Er klopfte mir abermals auf die Schulter. „Ich nehme dich beim Wort. Dann soll sie also die Deine werden. Vor eurer Abreise werde ich die Familie zusammenrufen um die Verlobung bekanntzugeben. Ich nehme doch an, dein Vater weiß Bescheid und ist ebenfalls einverstanden."
„Ich habe ihm noch in der Nacht von meinem Vorhaben erzählt und er ist begeistert..."
„Na, dann steht einer Ehe zwischen euch ja nichts mehr im Wege. Ihr müsst euch jedoch noch gedulden. Ein Jahr Brautzeit halte ich für angemessen. Im Mai des nächsten Jahres soll die Hochzeit stattfinden. Bis dahin wirst du auch - so Gott will - wieder von deiner ehrenvollen Mission zurück sein."

Ein Jahr Verlobungszeit! Das gefiel mir überhaupt nicht, am liebsten hätte ich Riana vom Fleck weg geheiratet. Aber ihr Vater besaß natürlich das alleinige Recht, den Zeitpunkt der Hochzeit zu bestimmen. Im Grunde pflichtete ich ihm auch bei, eine überstürzte Heirat würde keinen guten Eindruck machen. Ein Jahr Brautzeit war durchaus üblich, manchmal sogar noch länger, ich musste deshalb froh sein, dass er nur auf die mindeste Zeitspanne bestand. Also verbeugte ich mich zustimmend vor ihm und verabschiedete mich.
Ein ganzes Jahr, ging es mir immer wieder durch den Kopf. Eine lange Zeit, in der ich Riana kaum einmal sehen würde. Wie sollte ich das nur überstehen? Fast kam es mir wie ein Glück vor, dass ich schon bald aufbrechen würde um die Mission zu erfüllen, wie es Georgi genannt hatte.
Auch das war am Tag zuvor beschlossen worden. Während mein Vater für ungewisse Zeit zu Verwandten nach Ungarn ins Exil gehen würde, sollten Boril und ich uns den Haiduken anschließen. Die Haiduken waren eine Gruppe von Widerstandskämpfern, die es sich zum Ziel gesetzt hatten, Bulgarien von der verhassten Türkenherrschaft zu befreien. In waghalsigen Aktionen griffen die oft nur aus wenigen Männern bestehenden Rebellengruppen den übermächtigen Gegner an. Ihr Ziel war es, die Truppen zu zersprengen oder auch den Nachschub an Lebensmitteln zu verhindern, indem sie Karawanen angriffen. Das musste in der Regel aus dem Hinterhalt geschehen und endete oft mit dem Tod der Partisanen. Trotzdem fanden sich immer wieder Männer bereit, dem osmanischen Heer die Stirn zu bieten.
Georgi war einer der heimlichen Anführer der Haidukenüberfälle. Er und auch Vater sahen es als ehrenvolle Pflicht an, dass Boril und ich unserem Land dienten, indem wir uns für einige Zeit den Freischärlern anschlossen. Dass wir dabei durchaus den Tod finden konnten war ihnen bewusst, hinderte sie aber nicht in ihrem Ansinnen. Und sowohl Boril als auch ich dachten genauso.
Schließlich war, auch wenn wir nicht kämpften, unser Leben in steter Gefahr. Als Söhne eines Adeligen, der sich weigerte dem Islam beizutreten waren wir ständig von Entführung oder Schlimmerem bedroht. Denn wie unser Vater waren wir nicht bereit unser Leben zu erkaufen indem wir dem Christentum abschworen.

Der Tag meiner Verlobung mit Riana war gekommen. Die Zeremonie hatte schon am Morgen mit einer Messe in der Familienkapelle begonnen. Georgi hatte mir seine Tochter vor dem Altar zugeführt und wir hatten uns gegenseitig feierlich die Ehe versprochen. Als Pfand steckte ich Riana den Verlobungsring an den Finger, danach gab uns der Priester seinen Segen.
Am Abend wurde uns zu Ehren ein großes Fest gefeiert. Um die vielen geladenen Gäste angemessen zu beköstigen hatte Georgi einen Ochsen, zwei

Schweine und etliches Federvieh schlachten lassen. Es wurde üppig gegessen und immer wieder auf unser Wohl die Gläser erhoben. Nachdem wir die vielen Glück- und Segenswünsche der zahlreichen Gäste entgegengenommen hatten, stahlen Riana und ich uns heimlich davon. Es blieb uns nur noch wenig Zeit miteinander. Morgen in aller Frühe würden Vater, Boril und ich uns auf die Heimreise machen.
Auch dort würden wir nur noch kurze Zeit sein. Vater würde den Haushalt auflösen, alle wertvollen Gegenstände in ein Versteck bringen lassen und danach sämtliche Bedienstete entlassen. Dann würde er mit Aleko nach Ungarn reisen und Boril und ich uns zu den Haiduken aufmachen. Wir konnten nur hoffen, wenn wir eines fernen Tages zurückkamen, nicht nur noch die Ruine unseres Schlosses vorzufinden.

Riana führte mich zu den Pferdeställen, die in tiefer Dunkelheit lagen. Sie lauschte nach allen Seiten, doch niemand war zu sehen. Die Stallburschen schliefen längst in ihrer Unterkunft neben den Ställen. Leise öffnete sie die Türe und zog mich ins Stallinnere. Auch hier war es finster, nur in der hintersten Ecke brannte ein kleines Licht. Dort befand sich der winzige Verschlag, in dem des Nachts ein Knecht Stallwache abhielt.
Es war still einzig das leise Rumoren der Pferde war zu hören. Riana zog mich zu einem Verschlag, in dem ein Pferd döste. Als wir näher kamen hob es den Kopf und kam neugierig heran. Ein schwarzer Kopf schob sich über die Absperrung und dunkle Augen musterten uns misstrauisch.
„Das ist Placidus, du kannst ihn aber auch Placi rufen. Komm zu mir, Placi, ich habe dir einen Apfel mitgebracht."
Das riesige Pferd machte den Hals lang und nahm den Apfel sehr vorsichtig aus Rianas Hand. Er kaute ihn geräuschvoll und prustete dann auffordernd. Riana drückte mir einen weiteren Apfel in die Hand, den ich dem Hengst hinhielt. Nachdem er zuerst an meiner Hand gerochen hatte, nahm Placi den Apfel huldvoll an. Er ließ sich von mir die samtenen Nüstern streicheln und schnaubte dabei leise.
Riana schlug entzückt die Hände zusammen als sie es sah. „Er mag dich, das ist gut. Ich will ihn dir nämlich schenken..."
„Du willst mir dieses prächtige Pferd schenken?" unterbrach ich sie erstaunt. „Aber er ist ein Vermögen wert. Was wird dein Vater dazu sagen?"
„Placi ist mein Pferd, ich habe ihn schon als Fohlen bekommen und per Hand großgezogen. Seine Mutter wurde kurz nach seiner Geburt von einem Blitz getötet. Wie durch ein Wunder hat er überlebt. Vater wollte ihn töten lassen, weil er meinte, er käme ohnehin nicht durch. Aber ich habe so lange gebettelt, bis ich es versuchen durfte, ihn aufzuziehen. Es hat sich doch gelohnt, oder? Placi ist ein prächtiges Tier geworden."

„Das ist er ohne Zweifel. Aber warum willst du ihn mir schenken?"
„Ich denke, er ist bei dir gut aufgehoben. Mit seinen vier Jahren ist er voller Kraft und Übermut. Und Vater meint, er wäre zu groß und zu stark für mich. Er hat mir verboten, ihn zu reiten. Und Placi lässt kaum einen anderen als mich an sich heran. Da er sich so spontan von dir streicheln ließ, wird er sich auch von dir reiten lassen. Bitte nimm ihn an. Er ist sehr schnell und du brauchst ein schnelles Pferd wenn du mit den Haiduken reistest, außerdem wird er dich immer an mich erinnern."
„Ich werde auch so in jeder Minute an dich denken. Aber ich nehme Placi gerne an, wenn dir so viel daran liegt. Er und ich werden uns sicher prächtig verstehen. Aber sag, wie kommst du auf diesen ungewöhnlichen Namen? Placidus ist lateinisch, wenn ich mich recht besinne und heißt so viel wie der Sanfte, Friedfertige. Dabei ist er doch gar nicht so friedlich, wenn ich deinen Worten glaube."
Sie lachte und tätschelte den glänzenden Hals des Hengstes. „Das war er, sanft und ruhig, zumindest solange er ein Fohlen war. Er lief mir auf Schritt und Tritt hinterher und blickte mich mit seinen großen schwarzen Augen so sanftmütig an als könne er kein Wässerchen trüben. Aber schon als Einjähriger entpuppte er sich als ungebärdiger Teufel, dem kein Koppelzaun zu hoch war. Außerdem scheuchte er immer die Stallburschen vor sich her und zwickte sie in die Waden. Aber da hatte er seinen Namen bereits weg."
„Du beschämst mich mit deinem großartigen Geschenk", sagte ich leise und nahm sie in die Arme. „Ich würde dir gerne ein Gegengeschenk machen. Doch leider weiß ich nicht, was ich dir schenken könnte..."
„Das du so unvermutet in mein Leben getreten bist, ist das schönste Geschenk für mich. Vor wenigen Tagen wusste ich nicht einmal, dass es dich gibt und heute bin ich mit dir verlobt. Ist das nicht ein wahres Wunder?"
Ich konnte ihr nur aus ganzem Herzen zustimmen. Wir waren hierhergekommen, weil wir um unsere Zukunft fürchten mussten und ich hatte unvermutet die Liebe meines Lebens gefunden. Riana schmiegte sich eng an mich und ich konnte nicht anders. Ich senkte den Kopf um sie leidenschaftlich zu küssen.
Ein Schlurfen, das schnell näher kam, ließ uns auseinander fahren. Es war der Stallwächter, der von Verschlag zu Verschlag ging und mit seiner Laterne hinein leuchtet ob mit den Pferden alles in Ordnung war. Als er uns entdeckte zuckte er erschrocken zusammen, fing sich jedoch schnell wieder. „Ach Ihr seid es, gnädiges Fräulein...", murmelte er und warf mir einen neugierigen Blick zu.
„Es ist schon in Ordnung, Anjo. Ich wollte meinem Verlobten nur sein neues Pferd vorstellen. Er nimmt Placi morgen früh mit. Sieh zu, dass der Hengst dann geputzt und aufgezäumt ist."

„Sehr wohl, gnädiges Fräulein", murmelte der Knecht und schlurfte an uns vorbei. Aus den Augenwinkeln schielte er zu mir und schüttelte missmutig den Kopf. Anscheinend war ihm nicht recht, dass ich den Hengst mitnehmen wollte. Aber er sagte natürlich nicht, was ihm im Kopf herum ging.

„Er missbilligt deine Entscheidung, mir Placi zu schenken", wisperte ich in Rianas Ohr. „Willst du es dir nicht noch einmal überlegen?"

Aber sie schüttelte lächelnd den Kopf. Gemeinsam verließen wir den Stall und traten in die klare Nachtluft. Ich brachte Riana zum Haus zurück und blieb vor der Eingangstüre stehen.

„Möchtest du nochmals in den Ballsaal zurück?" fragte ich, doch sie schüttelte den Kopf.

„Nein, ich werde mich zu Bett begeben. Der Tag war lange und aufregend, ich werde mir von meiner Zofe ein Lavendelbad anrichten lassen."

„Ich nahm ihre Hand und küsste sie leicht. „Dann möchte ich dir eine angenehme Nachtruhe wünschen..."

„Kommst du mich später besuchen?" fragte sie unvermittelt und ich sah sie verwundert an. Was meinte sie?

„Wenn alle zu Bett gegangen sind", erklärte sie, meinen verwirrten Gesichtsausdruck richtig deutend. „Wir sind verlobt und werden uns wahrscheinlich längere Zeit nicht sehen. Deshalb will ich wenigstens noch eine kurze Weile mit dir alleine verbringen. Und diese Nacht ist unsere einzige Gelegenheit."

Sie blickte mich mit so unschuldigem Augenaufschlag an, dass ich bezweifelte, es wäre ihr bewusst, welch ein Angebot sie mir gerade gemacht hatte.

„Es ist nicht schicklich, dich in deinem Schlafgemach zu besuchen", gab ich zu bedenken. Obwohl mich der Gedanke reizte und ich ein erregtes Ziehen in den Lenden verspürte. Zudem war es zwar nicht ehrenhaft, doch keineswegs ungewöhnlich, dass Verlobte schon vor der Hochzeit miteinander schliefen. Auf diese Weise konnte ein Mann schnell herausfinden, ob seine Zukünftige überhaupt in der Lage wäre, ihm Nachkommen zu schenken. Viele nahmen es deshalb lieber in Kauf übereilt zu heiraten, als später die Ehe wegen fehlenden Kindersegens annullieren lassen zu müssen.

Dennoch, Riana war ein unschuldiges junges Mädchen und ich wollte sie auf keinen Fall kompromittieren. Immerhin zog ich in einen Krieg und es konnte durchaus sein, dass ich nicht wiederkam. Wenn ich Riana entehrt und womöglich auch noch schwanger zurückließ, würde das ihr ganzes weiteres Leben äußerst negativ beeinträchtigen. Kein Mann von Stand würde sie dann mehr heiraten wollen, geschweige denn, den Bastard eines anderen aufziehen.

„Ich wünsche es mir so sehr", meinte sie ernst und legte mir die Hand auf die Brust. „Ich möchte deine Nähe spüren, solange es uns noch vergönnt ist. Wir kennen uns zwar nur kurz, doch es ist mir, als würde ich dich schon ewig lieben. Und morgen verlässt du mich für lange Zeit. Deshalb wünsche ich mir, dass etwas von dir bei mir bleibt. Und wenn es nur die Erinnerung an ein paar gemeinsame Stunden ist."

„Ich werde kommen", versprach ich fest. Obwohl mein Ehrgefühl mich mahnte. Aber ich fühlte genau wie sie, - auch mir war bewusst, wir waren füreinander bestimmt.

Kapitel 3: Der Bastard

Zwei Stunden später klopfte ich leise an ihre Türe. Im ganzen Haus war es still und dunkel. Das Fest war vorüber, einige der Gäste nach Hause gefahren, die anderen schliefen in den bereitgestellten Gästezimmern. Aus den unteren Wirtschaftsräumen erklang noch gedämpftes Rumoren und entferntes Töpfeklappern. Die Küchenmägde waren noch mit Spülen beschäftigt und ein paar Diener räumten den Ballsaal auf.
Nur mit einer Kerze als Lichtquelle war ich durch die Gänge und die Treppe hinauf zu Rianas Schlafgemach geschlichen. Mit klopfendem Herzen wartete ich nun vor ihrer Türe. Schlief sie etwa bereits, von den Anstrengungen des Tages erschöpft? Vielleicht hatte sie auch gedacht, ich käme nicht mehr und sich enttäuscht niedergelegt.

Während ich noch grübelte, öffnete sich lautlos die Türe und Riana zog mich schnell hindurch und verriegelte sie hinter mir. Das leise Klicken kam mir überlaut vor. Im Zimmer verbreiteten wenige Kerzen ein sanftes, gedämpftes Licht. Noch immer hing der Duft des Lavendelbades in der Luft. Er beruhigte und betörte gleichzeitig meine Sinne. Immer noch kämpfte die Sorge um Rianas Zukunft mit meiner steigenden Erregung. Die Aussicht auf ein paar intime Stunden mit ihr siegten schließlich.
Dabei war ich jedoch immer noch entschlossen sie nicht zu entehren, dazu bedeutete sie mir einfach zu viel. Aber eine kurze gemeinsame Zeit, vielleicht ein paar Küsse und Liebkosungen, konnten keine allzu schlimme Verfehlung sein. Zu mehr würde ich es nicht kommen lassen. Schließlich war ich kein unerfahrener Jüngling mehr, den alleine die Nähe einer schönen Frau aus der Fassung brachte. Körperliche Freuden hatte ich außerdem schon des Öfteren genossen, die jungen Mägde auf Schloss Drachenfels waren meist willig und gewährten mir gerne ihre Gunst.
Riana trug einen Morgenmantel aus Seide und darunter ein langes weißes Nachtgewand, das züchtig bis zum Hals geschlossen war. Sie schien etwas verlegen, so wie sie jetzt mit über der Brust verschränkten Armen auf ihrem Bett saß. Ihr Haar, das sie den ganzen Tag zu einem kunstvoll geflochtenen Zopf um den Kopf getragen hatte, floss ihr nun in weichen Wellen über den Rücken. Ich war versucht es durch meine Finger gleiten zu lassen und verschränkte deshalb meine Hände hinter dem Rücken.
„Setz dich zu mir", bat sie leise und errötete dabei sanft. Ihre Hand strich über den Platz neben ihr. Ich zögerte nur kurz und kam ihrer Aufforderung nach. Um sie besser ansehen zu können setzte ich mich seitlich auf die Bettkante. Sie tat es mir nach, so dass wir uns von Angesicht zu Angesicht gegenüber saßen. Unsere Augen suchten den Blick des anderen und schon war es um uns

geschehen. Alle meine guten Vorsätze waren vergessen, als sich unsere Lippen trafen.

So weich und anschmiegsam lag sie in meinen Armen und ihr süßer Mund erwiderte unschuldig und fordernd zugleich meinen hungrigen Kuss. Wie von selbst fand meine Hand zu der festen Rundung ihrer Brust und legte sich sachte darum. Riana drängte sich mir entgegen, ihre Lippen öffneten sich und ließen meine Zunge ein. Sie stieß einen kleinen Seufzer aus, dann fühlte ich ihre Zungenspitze, die ihrerseits neugierig auf Erkundung ging. Ohne dass es uns recht zu Bewusstsein kam, sanken wir auf die Matratze nieder, noch immer eng aneinander geschmiegt.

Während wir uns küssten und liebkosten nestelten meine Finger an den Schleifen ihres Nachthemdes, öffneten eine nach der anderen. Ich löste mich von ihrem Mund und stützte mich auf meinen Ellenbogen auf.

„Darf ich?" fragte ich leise und schob das Nachtgewand auf ihr Nicken auseinander. Sachte fuhren meine Fingerspitzen über ihre kleinen festen Brüste, die Brustwarzen, die sich zusammenzogen und aufrichteten und glitten weiter über die samtene Haut ihres Leibes.

Mein Gott, wie schön sie ist, fuhr es mir durch den Kopf. Ich konnte mich gar nicht satt sehen an diesem jungen, wundervollen Körper. Mein Geschlecht schwoll unter dem weit geschnittenen Stoff meiner Beinkleider an, drängte an ihren Oberschenkel. Meine Lippen suchten erneut ihren Mund und glitten dann ihren Hals herab und über ihre Brüste. Meine Hand auf ihrem Bauch wanderte langsam weiter, bis meine Finger an das Fließ seidiger Löckchen stießen. Die Verlockung sie dort zu streicheln war übermächtig und Riana kam meinen suchenden Fingern entgegen. Sie bäumte ihren Unterkörper auf, drängend und voller unschuldiger Begierde. Ihre Arme hielt sie um meinen Hals geschlungen und sie zog mich mit erstaunlicher Kraft näher zu sich. Nur allzu bereitwillig gab ich ihr nach, der Drang nach Befriedigung trieb mich dazu, mich an ihrem Körper zu reiben.

Wir verloren uns völlig in unserer Leidenschaft, ich spürte ihre Nässe an meinen Fingern, immer intensiver rieben sie ihre empfindlichste Stelle, so lange bis sich Riana leise stöhnend unter meiner Hand wand. Ihre Lust übertrug sich auf mich, ich ergoss mich mit einem unterdrückten Aufschrei in meine Beinkleider.

Eine Weile lagen wir schwer atmend nebeneinander, noch immer innig ineinander verschlungen. Langsam nur klärten sich meine Gedanken und mir wurde bewusst, was ich getan hatte. Obwohl ich mir fest vorgenommen hatte, Riana nicht anzurühren, hatte ich mich vergessen. Scham überflutete mich und ich rückte ein wenig von ihr ab. Sie öffnete die Augen und blickte mich mit noch immer verklärtem Blick an. Als wisse sie, woran ich dachte, hob sie ihre Hand und legte sie zärtlich an meine Wange.

Ich schüttelte niedergeschlagen den Kopf. „Bitte verzeih mir meine unbeherrschte Begierde. Es ist unverzeihlich, was ich getan habe..."
„Du hast nichts getan, was mir geschadet hätte. Im Gegenteil, du hast mich glücklich gemacht. Ich hatte nicht geahnt, dass es solche intensiven Gefühle gibt. Es war wunderschön."
„Aber ich habe dich entehrt", murmelte ich beschämt. „Das hätte nicht passieren dürfen..."
„Du hast mich nicht entehrt und das weißt du besser als ich. Nichts ist passiert, ich bin noch immer Jungfrau. Warum grämst du dich also?"
Ja, warum grämte ich mich? Trotz der Leidenschaft, die mich und sie mitgerissen hatte, war es nicht zur Vereinigung zwischen uns gekommen. Auch meine Finger hatten nur ihren äußeren Schambereich berührt. Wie sie schon sagte, war ihre Jungfräulichkeit noch intakt, ich konnte mir also höchstens vorwerfen, meinen primitiven Gelüsten nachgegeben zu haben. Trotzdem fühlte ich mich noch immer schlecht.
Riana schien nicht von Zweifeln geplagt, so wie ich. Sie zog nachlässig ihr Nachtgewand über der Brust zusammen und setzte sich auf. Liebevoll strich sie mir die feuchten Haare aus der Stirn und beugte sich dann zu mir herab um mich zu küssen. „Hat es dir nicht gefallen?" fragte sie leise und sah mich lächelnd an. So viel Natürlichkeit strahlte sie aus, dass ich mein Tun nicht mehr gar so verwerflich fand. Ihre weiteren Worte vertrieben meine Zweifel noch mehr.
„Wir sind verlobt und lieben uns", sagte sie und küsste mich erneut leicht auf den Mund. „Und du wirst lange fort sein. Die Erinnerung an diese Nacht wird mir helfen, wenn die Sehnsucht nach dir mich unglücklich macht. Deshalb vergälle sie mir nicht mit deinen Schuldgefühlen. Es gibt nichts, dessen wir uns schämen müssen."
Sie legte sich wieder dicht neben mich, kuschelte sich in meinen Arm. Ihre Augen waren meinen so nahe, genau wie ihr Körper. Lust überflutete mich aufs Neue und sie lachte leise, als sie den Beweis spürte. „Siehst du, dein Körper findet auch nicht, dass wir Unrecht getan haben. Also denk nicht mehr darüber nach, sondern küss mich noch einmal..."

Als wir am nächsten Morgen aufbrachen war es noch finster. Ich gähnte verhalten, war ich doch in der Nacht kaum zum Schlafen gekommen. Kurz vor dem Morgengrauen hatte ich Riana, die schlafend in meinen Armen lag, einen letzten Kuss gegeben und mich dann vorsichtig erhoben. Sie war nicht aufgewacht, was mich zum einen erleichterte. Es ersparte mir die Qual ihre Tränen sehen zu müssen. Andererseits hätte ich ihr nur zu gerne nochmals meine Liebe erklärt und unseren gemeinsamen Treueschwur mit einem letzten innigen Kuss besiegelt.

Als ich in das Zimmer kam, das ich gemeinsam mit Boril bewohnte, saß er aufrecht in seinem Bett. Er sah übernächtigt aus, so als habe auch er in der Nacht kein Auge zugemacht. Seine Augen blickten mich düster an und er meinte gehässig. „So, so, du hast also die Nacht bei der süßen Riana verbracht. Nun ist sie wohl keine unschuldige Jungfer mehr. Was meinst du wird Vater dazu sagen? Du kennst seine Prinzipien..."
„Erzähl es ihm, wenn dir das ein Bedürfnis ist" unterbrach ich ihn gleichgültiger als mir zumute war. Dennoch meinte ich eine Erklärung abgeben zu müssen. „Ich habe nichts getan, was meine Braut und ich bereuen müssten. Das werde ich notfalls vor dem Priester beschwören."
„Deshalb siehst du auch so zerzaust und müde aus. Und deine Kleidung solltest du tunlichst wechseln, darin kannst du Vater nicht unter die Augen treten." Er grinste anzüglich als er mich von oben bis unten musterte.
„Ich muss sie sowieso gegen Reisekleidung tauschen", brummte ich, drehte mich rasch um und begann mich auszuziehen. Ich hoffte, Boril hatte mein Erröten nicht bemerkt. Eilig schlang ich die Kleider zu einem Packen zusammen und ging zum Schrank um mir frische herauszunehmen. Als ich mich neu angekleidet umdrehte, hatte ich auch meine Verlegenheit überwunden.
„Und was ist mit dir? Du hockst in deinem Nachtgewand im Bett, so als hättest du alle Zeit der Welt. Vater will früh aufbrechen, damit wir eine möglichst große Wegstrecke schaffen." Ich hielt einen Moment inne, musterte ihn nachdenklich. Er sah aus, als würde er sich überhaupt keine Sorgen um die Zukunft machen.
„Wenn wir erst zu Hause sind, wird sich unser Leben gewaltig verändern", gab ich zu Bedenken. „Fragst du dich nicht auch, was uns die Zukunft bringt? Mir scheint, dir macht es keine Angst, was auf uns zukommen könnte."
Boril schwang die Füße aus dem Bett und stand auf. Mit einem Ruck zog er sich das Nachthemd über den Kopf und warf es in die Ecke. Nackt stand er vor mir und dehnte sich den Schlaf aus den Gliedern. Während er zum Schrank ging und in den Kleidern wühlte, meinte er über die Schulter: „Wieso Angst? Ich habe keine Angst, mir ist alles lieber, als auf dem Schloss zu versauern. Wir haben jahrelang das Kriegshandwerk erlernt, es wird Zeit, auszuprobieren, wie es ist, richtig zu kämpfen. Möchtest du nicht auch endlich wissen, wie es sich anfühlt ein Schwert in einen lebendigen Leib zu stoßen? Immer nur Strohpuppen zu durchbohren ist doch auf Dauer langweilig."
„Du brennst darauf Menschen zu ermorden?" fragte ich fassungslos. „Das kann nicht dein Ernst sein. Jeder Mensch ist ein Geschöpf Gottes..."
„Türken nicht, schließlich glauben sie nicht an Christus. Selbst der Papst sagt sie wären Feinde, die vernichtet werden müssen. Wenn wir sie nicht aus

unserem Land vertreiben, so werden wir uns bald alle fünfmal täglich auf Knien gegen Mekka wenden und einen Gott anbeten, der nicht der unsere ist. Bevor ich das tue jage ich den Kerlen doch lieber mein Schwert in den Wanst."

Unser Disput wurde durch lautes Klopfen an der Türe unterbrochen. Gleich darauf trat Vater ein. Er musterte uns streng und brummte: „Seid ihr fertig? Unten steht schon die Frühmahlzeit auf dem Tisch und die Pferde sind bereits gesattelt. Trödelt nicht herum, sobald die Sonne aufgeht werden wir reiten." Er erwartete keine Antwort, drehte sich um und verließ das Zimmer. Er war sich sicher wir würden ihm unverzüglich folgen, was wir auch taten.

Die Pferde standen gesattelt und gezäumt bereit als wir das Haus verließen. Am Sattelhorn meines Reittieres war Placidus angebunden und tänzelte nervös. Ich konnte ihm seine Unruhe nachfühlen, wie er wäre auch ich lieber hiergeblieben bei der Frau, der unser beider Herz gehörte. Aber das war leider unmöglich.

Ich ging zu ihm und legte meine Hand auf seine bebenden Nüstern. Er scheute zuerst, dann schien er mich zu erkennen und blieb ruhig stehen. „Wir werden Beide zu ihr zurückkehren", versprach ich ihm leise. „Und dann wird uns niemand mehr von ihr trennen." Während meiner Worte glitt meine Hand an meine Brust und umfasste das Medaillon, dass Riana mir in der Nacht gegeben hatte. Es ließ sich aufklappen und in seinem Inneren befand sich ihr Bildnis, winzig klein von Künstlerhand geschaffen.

„Es soll dich daran erinnern, möglichst schnell zu mir zurückzukehren", hatte sie gesagt als sie mir die Kette überstreifte. In Ihren Augen konnte ich Tränen erkennen und hatte sie ihr fortgeküsst.

„Ich werde wiederkommen, sobald es meine Mission zulässt", hatte ich mit erstickter Stimme geantwortet. Und ihr den silbernen Anhänger als Gegengeschenk gemacht, den ich seit meiner Kindheit trug. Auf ihm war das Wappen meiner Familie eingeprägt, es sollte bald auch das ihre werden.

Der Abschied von Georgi verlief knapp. Mein Vater umarmte ihn kurz, dann schwang er sich auf sein Pferd und ritt an. Boril und ich hoben die Hand zum Gruß und folgten ihm rasch nach. Ich warf einen letzten Blick hinauf zu dem Fenster hinter dem Rianas Stube lag. Sie stand am offenen Fenster und winkte mir zu. Ihr loses Haar wurde von einem Windhauch erfasst, er spielte übermütig damit, so dass es ihr Gesicht verbarg. Dann waren wir vorüber und mir würde für lange Zeit nur noch die Erinnerung an ihr Antlitz bleiben.

Auf dem Heimweg wurden wir von schlechtem Wetter überrascht, was unsere Reise um Tage verzögerte. Die ausgefahrenen Wege waren glitschig und unsere Pferde kamen nur mühsam durch den Schlamm, der ihnen oft bis an die Fesseln reichte. Zudem sogen sich unsere Kleider und die Gepäckstücke mit Wasser voll, was den Tieren zusätzliche Last auflud. Dadurch ermüdeten sie rasch, so dass wir öfter Pausen einlegen mussten. Als wir Schloss Drachenfels endlich erreichten, waren Pferde und Reiter gleichermaßen erschöpft.

Nach einem ausgiebigen Bad ging ich erholt nach unten um mit Vater und Bruder das Abendessen einzunehmen. Da sich Placi vehement geweigert hatte, dem Pferdeknecht in den ihm unbekannten Stall zu folgen, war mir nichts anderes übrig geblieben als ihn selbst einzustellen, zu putzen und zu füttern. Der Stallknecht hatte daneben gestanden und hin und wieder auf meine Anweisung das Pferd berührt. Schließlich hatte der Hengst ihn geduldet und sich dann sogar von ihm striegeln lassen. Endlich konnte ich beruhigt den Stall verlassen, ich war mir sicher, Placi würde es fortan dulden, von dem Knecht versorgt zu werden.
Hungrig und frohgemut betrat ich die Stube und merkte sofort, dass Streit in der Luft lag. Ein Blick auf Vaters geduckte Haltung genügte mir zu sagen, dass Vorsicht angebracht war. Rasch warf ich einen Blick zu Aleko, der eingeschüchtert auf seinem Platz saß. Aber er schien ausnahmsweise einmal nicht der Verursacher von Vaters Zornausbruch zu sein. Also konnte es nur Boril sein, denn sonst befand sich niemand im Raum.
Gerne hätte ich mich wieder zurückgezogen, ich hatte mich nach den Strapazen der Reise auf einen ruhigen Abend vor dem Kamin gefreut. Nach Streitereien stand mir absolut nicht der Sinn. Doch Vaters finsterer Blick zwang mich zum Bleiben. Also setzte ich mich wortlos neben Aleko und drückte ihm unter dem Tisch beruhigend das Bein. Ich wusste, wie sehr er immer unter den Wutausbrüchen unseres Vaters litt, selbst wenn sie nicht ihm galten.
Was hatte Boril getan? fragte ich mich, was Vater so in Rage brachte. Normalerweise gelang es ihm stets gut sich bei ihm beliebt zu machen. Ich hütete mich jedoch eine diesbezügliche Frage zu stellen, ich wollte nicht zwischen die Fronten geraten.
„Warum ist es ausgeschlossen, dass ich mir ebenfalls eine Frau von Adel suche?" rief Boril gerade aufgebracht. Entweder hatte er in seinem Zorn gar nicht bemerkt, dass ich das Zimmer betreten hatte. Oder aber es war ihm gleichgültig, was ich von dem Streit mitbekam. Ohne die Stimme zu senken schimpfte er weiter:
„Ich bin Euer zweitgeborener Sohn, mir steht es zu standesgemäß zu heiraten. Falls ihm", er deutete auf mich, „etwas zustößt, dann liegt es an mir, den Namen der Familie weiterzutragen. Das kann ich nicht, wenn ich mit einer Frau niederen Adels Vorlieb nehmen muss. Oder wollt Ihr, dass Eure Enkel aus einem minderwertigen Stall stammen?"

Vater übersah seine wütend blitzenden Augen und blickte ihn eine Weile kalt an. Dann sagte er mit leiser, aber gnadenlos deutlicher Stimme: „Ich denke, es ist an der Zeit dir zu sagen, wo dein Platz in der Familie ist. Du bist nicht mein zweitgeborener Sohn, sondern nur ein Bastard. Ich habe dich in die Familie aufgenommen, weil es der Wunsch deiner Mutter auf dem Sterbebett war. Ich habe sie geliebt und ich liebe auch dich da du ihrem Leib entstammst. Zweifellos wurdest du von mir gezeugt, das ist nicht zu übersehen. Aber dennoch bist du ein Bastard, so wie noch etliche mehr hier im Schloss herumlaufen. Und als Bastard kannst du niemals den Namen der Familie weitertragen. Deshalb ist es auch unnötig dir eine Braut von edler Herkunft zu suchen, kein hochgestellter Adeliger würde seine Tochter einem Bastard zur Frau geben. Nimm dir eine von niederem Adel oder meinetwegen auch eine Bürgerliche. Es ist mir gleich. Du erbst von mir ein Haus und ein Stück Land, von dem du gut leben kannst. Ansonsten hast du keinerlei Ansprüche."
Boril war während seiner Worte weiß geworden wie eine Wand. Er schnappte nach Luft wie ein Fisch auf dem Trockenen und fand keine Worte, die das ausdrücken konnten was er empfand. Tränen der Enttäuschung standen in seinen Augen, er wischte sie zornig weg. Endlich begann er zu reden, ebenso leise und entschlossen, wie Vater zuvor. Er ging ganz nahe zu ihm, so dass sie sich von Angesicht zu Angesicht gegenüberstanden.
„Ich bin also nur Euer Bastard, nicht wert, Euren Namen weiterzutragen. Nicht wert, Eurem wertvollen, hochgeborenen Erben das Wasser zu reichen. Seht mich an, ich bin Euer Fleisch und Blut, Eurem Erben zum Verwechseln ähnlich. Aber ich bin es nicht wert, den Namen fortzutragen, sollte Malamir etwas zustoßen. Morgen zieht er in den Krieg, was tut Ihr wenn er nicht wiederkommt? Wollt Ihr Euch dann auf diese kleine Missgeburt verlassen, die Ihr mit Eurem letzten Tropfen Samen gezeugt habt? Schaut ihn doch an, den Wurm, welche edlen Nachkommen kann er Euch wohl bringen?"
Vater erwiderte mit unbewegtem Gesicht seinen Blick und als Boril einmal stockte um tief Luft zu holen unterbrach er ihn grob: „Malamir wird aus dem Krieg zurückkommen und er wird unseren Namen weitertragen. Ebenso wird mir auch noch gelingen aus Aleko einen rechten Mann zu machen. Wenn er mit mir aus Ungarn zurückkehrt, wirst du ihn nicht wiedererkennen. Und jetzt ist Schluss mit diesem Unsinn. Bescheide dich in dein Los, so schrecklich ist es schließlich nicht. Du wirst nach meinem Tod dein Auskommen haben und ein durchaus angesehener Mann sein. Aber du wirst niemals der Herr dieses Schlosses sein und auch nie meinen Namen tragen."

In Borils Augen lag jetzt eine fast unheimliche Ruhe. Er musterte Vater lange schweigend, dann verbeugte er sich vor ihm. Doch anstatt klein beizugeben, sagte er tonlos: „Das werden wir ja sehen - Vater!"

Er drehte sich auf dem Absatz um und ging mit großen Schritten durch die Türe. Weder mich noch Aleko würdigte er noch eines Blickes. Als die schwere Haustüre hinter ihm zufiel, klang es merkwürdig endgültig. Kurz darauf ertönte das Geklapper von Pferdehufen, das sich schnell entfernte.

Ich sagte eine Weile nichts, zu befangen war ich von dem, was sich da vor meinen Augen und Ohren abgespielt hatte. Erst als Alekos leises Schluchzen in mein Bewusstsein drang erwachte ich aus meiner Erstarrung. Fürsorglich legte ich meinen Arm um seine mageren Schultern um ihn zu beruhigen.
„Er kommt schon wieder!" brummte Vater barsch und funkelte Aleko wütend an. „Und du hör auf zu flennen wie ein altes Weib. Boril sprach die Wahrheit, mit dir habe ich wirklich nichts Rechtes gezeugt. Ich sollte dich zu deiner Mutter ins Kloster schicken, vielleicht taugst du ja als Betbruder."
Ich spürte wie Aleko unter den harten Worten zusammenzuckte und drückte ihn kurz an mich. Doch es gelang mir nicht, seinen Tränenfluss zu stoppen. Aufheulend wand er sich aus meinem Arm und sprang auf. Wie von Teufeln gehetzt wischte er aus dem Zimmer. Ich erhob mich ebenfalls um ihm nachzugehen.
„Bleib hier!" herrschte Vater mich an. „Sind denn alle meine Söhne verrückt geworden? Boril ist anmaßend und Aleko eine verweichlichte Memme. Zeig du mir wenigstens, dass du mir ebenbürtig bist."
„Ich denke, Ihr seid ungerecht, Vater. Sowohl was Boril als auch was Aleko betrifft. Warum seid Ihr bloß so hart?"
„Fällst du mir auch noch in den Rücken?" tobte er. „Wo bleibt dein Respekt, deinem Vater gegenüber?"
„Respekt muss man sich verdienen, auch den von seinen Kindern. Ihr habt Boril gedemütigt. Und Ihr habt ihm die ganzen Jahre etwas vorgegaukelt. Selbst ich dachte, er wäre mir gleichgestellt. Das habt Ihr ihn sein ganzes Leben glauben gemacht und nun lasst Ihr ihn fallen. Kennt Ihr ihn wirklich so wenig? Er wird diese Demütigung nicht auf sich sitzen lassen, sondern sich dafür rächen. Ich sah es seinen Augen an."
„Ach, dummes Zeug", knurrte er unwirsch. „Er wird eine Zeitlang durch die Gegend reiten und sich danach in einer Schänke besaufen. Und sich irgendwann besinnen, dass er es nirgends so gut haben wird wie hier. Wo sonst hat ein Bastard derart viele Privilegien? Die kann er ja auch weiter genießen, schließlich habe ich ihn nicht verstoßen. Glaube mir, er wird zurückkommen und sich in sein Los fügen."
Da war ich mir ganz und gar nicht sicher, aber ich schwieg.

Kapitel 4: Borils Rache

Nach der Abendmahlzeit, die Vater und ich in dumpfem Schweigen zu uns genommen hatten stand ich wortlos auf um nach Aleko zu suchen. Ich brauchte nicht lange nachdenken, wo ich ihn suchen musste und erklomm gleich die Holztreppe, die in die kleine, unbewohnte Kammer direkt unter dem Giebel des Daches führte. Sie war schon immer Alekos Zufluchtsort gewesen wenn er unglücklich war. Ich hatte ihn schon oft hier oben aufgesucht um ihn zu trösten.

Die Kammertüre war nur angelehnt und schon auf den letzten Stufen hörte ich sein verzweifeltes Schluchzen. Meine Kehle wurde eng als ich daran dachte, wie viel Unrecht dieser sensible Junge schon über sich ergehen lassen musste. Vater wird ihn mit seiner Härte noch zerbrechen, dachte ich voller Ingrimm und trat durch die Türe. Warum nur war er seinen Kindern gegenüber so grausam und feindselig eingestellt? Das hatte ich mich schon oft gefragt ohne je eine Antwort zu finden. Seine Töchter schienen für ihn überhaupt nicht zu existieren, ebenso wenig seine zahlreichen Bastarde. Und Aleko erging es nicht viel besser, einzig dass er in der Familie geduldet wurde und eine strenge Erziehung bekam. Ansonsten war er für Vater eher ein Born ständigen Ärgernisses.

Mit Boril und mir war er zwar nie gleichgültig umgegangen, Liebe und Zuneigung hatten aber auch wir nicht von ihm erfahren. Wir waren seine nützlichen Söhne, die er stolz präsentierte. Er ließ uns in der Kriegs- und Waffenkunst ausbilden und zu Rittern erziehen. Seit unserer Jugend mussten wir in Turnieren unser Können beweisen und für die Familienehre Trophäen einheimsen. Und wehe, das Glück war uns nicht hold, dann ließ Vater uns seinen Ärger tagelang spüren. Schon manches Mal hatte ich mich einem seiner Streitrösser ähnlich gefühlt, auf die war er zwar stolz aber wenn sie versagten übergab er sie ohne Gefühlsregung dem Abdecker.

Auf Aleko war er noch nie stolz gewesen und würde es vermutlich nie sein. Der Junge war klein, zart und sensibel. Unter der Last, die ihm Vater sowohl körperlich als auch seelisch aufbürdete, litt er unsäglich. Er bemühte sich redlich, ihm alles recht zu machen, schaffte es aber kaum einmal. Darüber hinaus war er kränklich und würde vermutlich nicht einmal annähernd meine oder Borils Statur erreichen. Vater hatte schon oft in Alekos Beisein sinniert, dass er eigentlich unmöglich seinen Lenden entsprungen sein konnte. Worte wie Wechselbalg oder Feen-Kind fielen, wenn er überhaupt einmal von seinem jüngsten Sohn sprach. Selbst in dessen Gegenwart nahm er sich nicht zurück. Dabei war es offensichtlich, dass Aleko sein Sohn war, er hatte ihm zumindest seine Gesichtszüge vererbt. Wäre dem nicht so, hätte er ihn vermutlich längst verstoßen.

Seufzend ließ ich mich neben Aleko auf die schmale Bettstatt sinken und legte meine Hand beruhigend auf seinen Rücken. Ich spürte sein Beben, hörte sein Schluchzen und fühlte mich unendlich hilflos. Was sollte ich dem Jungen sagen, das ihn in seinem Seelenschmerz trösten konnte? *Vater meint es nicht so*, oder, *er liebt dich auch wenn er es dir nicht sagen kann*? Das wären alles Lügen gewesen und Aleko wusste das so gut wie ich. Also schwieg ich und versuchte ihn durch meine Nähe und meine brüderliche Liebe zu beruhigen.

Nach einer Weile wurde er ruhiger, das krampfhafte Schluchzen wurde weniger und hörte schließlich ganz auf. Aleko drehte sich zur Seite und sah mich aus roten, verquollenen Augen an. „Warum ist er so?" fragte er tonlos. Ich konnte nur die Schulter zucken.

„Wenn du in wenigen Tagen in den Krieg ziehst bin ich ganz alleine mit ihm. Das macht mir schreckliche Angst. Bitte geh mit uns nach Ungarn. Oder nimm mich mit dir..." Hoffnungsvoll richtete er den Blick in mein Gesicht, doch ich musste ihn enttäuschen.

„Das geht leider nicht, - weder das eine noch das andere. Ich muss reiten, ich habe mein Wort gegeben. Und dort wo ich hingehe ist es zu gefährlich für Kinder. Du könntest gefangengenommen und versklavt oder gar getötet werden..."

„Meinst du wirklich, das könnte schlimmer sein, als weiter mit Vater zu leben?" Er sagte es so bitter, dass es mir das Herz zusammenzog. Leise fuhr er fort: „In der Sklaverei kann es mir auch nicht schlechter ergehen. Und wenn ich getötet werde..., dann hätte ich endlich alles hinter mir."

Es entsetzte mich, wie gleichgültig Aleko seinem eigenen Tod entgegen sah, fast meinte ich Todessehnsucht aus seiner Stimme herauszuhören. War das normal für einen zwölfjährigen Jungen? Ganz sicher nicht. Ich ballte hilflos die Fäuste und in diesem Moment hasste ich Vater. Aber ich verschwieg Aleko meine Emotionen. Stattdessen versuchte ich ihn auf andere Gedanken zu bringen.

„In ein paar Tagen reist du mit Vater nach Ungarn zu seinen Verwandten. Dort wird es dir gut ergehen, seine Schwester und ihr Mann haben etliche Kinder, alles Jungen. Einige davon sind ungefähr in deinem Alter, da findest du sicher bald Anschluss und vielleicht sogar Freunde."

„Meinst du wirklich?" fragte er zweifelnd und ich nickte. „Ganz sicher. Ich war vor Jahren einmal mit Vater dort. Vaters Schwester Antonina ist eine sehr nette Frau, sie wird dich gerne aufnehmen. Und ihr Mann ist riesengroß und dick. Er züchtet Schweine und Gänse, wahrscheinlich weil er die selbst so gerne isst. Er wird dafür sorgen, dass du ein wenig Fleisch auf die Knochen bekommst. Dir wird es dort so gut gefallen, dass du gar nicht mehr weg willst."

„Ich will auf jeden Fall zurückkommen, wenn du auch wieder hier bist. Darf ich dann bei dir und deiner Frau wohnen? Das würde mir am allerbesten gefallen."

„Natürlich kannst du zu uns ziehen, wenn das dein Wunsch ist. Aber bis dahin vergeht noch mindesten ein Jahr. Aber wenn ich zurück und verheiratet bin, nehme ich dich zu mir."

„Versprichst du es mir?" fragte er mit leuchtenden Augen und ich nickte ernsthaft. „Ja, das verspreche ich dir."

Nachdem Aleko erschöpft vom Weinen eingeschlafen war, ging ich zu meinem Zimmer und legte mich aufs Bett. Es war noch nicht sehr spät, noch längst nicht Zeit um Schlafen zu gehen aber ich hatte keine Lust verspürt, den Abend mit Vater zu verbringen. Ich wollte lieber in Ruhe nachdenken.

Es klopfte leise an der Türe und ich erhob mich von meinem Bett um zu öffnen. Ein Hausdiener stand vor mir und hielt mir ein versiegeltes Kuvert hin. „Das wurde für Euch abgegeben, junger Herr. Der Bote sagte, es solle Euch nur persönlich zugestellt werden."

Ich nahm verwundert den Brief in Empfang, dankte dem Diener und schloss die Türe hinter ihm. Ein Blick auf das Siegel sagte mir, dass die Nachricht von Boril kam. Neugierig erbrach ich es und rollte das Schriftstück auf. Es enthielt nur wenige Worte und seine Unterschrift. *Ich muss dich dringend sprechen. Triff mich noch heute Nacht bei der Bärenhöhle. Komme unbedingt alleine! Boril.*

Es verwunderte mich nicht, dass er mich sprechen wollte. Nach seinem überstürzten Aufbruch wusste er sicher nicht, wohin er sich wenden sollte. Vielleicht tat ihm der Streit mit Vater auch Leid und er wollte, dass ich zwischen ihnen vermittelte. Oder aber, er brauchte einfach jemanden, der ihm zuhörte. Genau wie vorhin Aleko. Egal was sein Beweggrund war, ich würde auf jeden Fall zu ihm reiten. Und ich würde mich sofort auf den Weg machen. Bis zur Bärenhöhle dauerte es etwa eine Stunde wenn man zügig ritt. In der Nacht konnte es auf den unebenen Waldwegen auch länger dauern.

Leise verließ ich mein Zimmer, nachdem ich mir einen dunklen Umhang übergeworfen hatte. Verstohlen wie ein Dieb schlich ich durch die schwach erleuchteten Gänge und die Treppen hinab. Wie ich gehofft hatte, begegneten mir weder Bedienstete und ich traf auch nicht auf Vater, was mir besonders unangenehm gewesen wäre. Ich verspürte keine Lust, ihm Rede und Antwort zu stehen. Oder womöglich Männer zu meinem Schutz mitzunehmen, was er bestimmt verlangt hätte.

Erst als ich Placi langsam aus dem Stall geführt hatte und ein Stück vom Schloss entfernt war, stieg ich auf und trieb ihn zu leichtem Galopp an. Der nächtliche Ausritt war gleichzeitig eine gute Gelegenheit, das

Vertrauensverhältnis zwischen mir und dem Hengst zu prüfen. Auf der beschwerlichen Heimreise hatte ich ihn nur wenig geritten, sondern meist am Zügel neben mir geführt. Wie er sich heute Nacht unter dem Sattel verhielt, würde den Ausschlag geben ob ich ihn in den Krieg mitnehmen oder ihn lieber in den Hände eines Vertrauten lassen würde.

Zügig ritten wir durch die mondhelle Nacht. Placi gehorchte willig meinen Befehlen und reagierte auf den leisesten Schenkeldruck. Ich war sehr zufrieden mit ihm und spornte ihn zum Galopp an, als wir zu einer ebenen Wiese kamen. Am Waldrand stieg ich ab und führte ihn am Zügel durch das dichte Holz. Die Bärenhöhle lag gut versteckt zwischen karstigem Gestein mitten im Wald. Boril und ich hatten sie schon vor vielen Jahren zufällig bei einem unserer Streifzüge entdeckt. Boril war beim Klettern zwischen den Felsen abgerutscht und in einen Spalt gefallen. Zu seinem Glück war sein Sturz nach knapp zwei Metern zu Ende gewesen. Er blieb unversehrt und nachdem ich ebenfalls in die Höhle gestiegen war, hatten wir diese mittels einer Fackel erkundet. Wir entdeckten im hintersten Winkel das Skelett eines Bären. Vermutlich war er durch einen Steinschlag in seiner Schlafhöhle eingesperrt worden und verhungert.

Nach dieser Entdeckung waren wir oft bei der Höhle gewesen. Wir richteten uns in ihrem Inneren gemütlich mit Decken und Fellen ein und verbrachten so manchen ungestörten Nachmittag dort. Außer uns kannte niemand diesen geheimen Ort und das war auch heute noch so. Allerdings war weder Boril noch ich in den letzten Jahren hier gewesen. Es verwunderte mich dennoch nicht, dass mein Bruder sich nun an diesen Zufluchtsort aus der Kindheit erinnerte.

Flüchtig dachte ich, dass ich ihm eigentlich etwas Proviant hätte mitbringen können, sicher hatte er nichts Essbares bei seinem übereilten Aufbruch mitgenommen. Aber ich wollte ihn lieber überreden, mit mir nach Hause zu kommen.

Endlich lag die Lichtung vor mir, dahinter ragte der Wald finster auf. Meine Augen suchten nach Boril, der sicher bereits irgendwo zwischen den Bäumen auf mich wartete. Aber ich konnte ihn nirgends ausmachen. Nun, dachte ich, vielleicht wartet er auch in der Höhle. Placi noch immer am Zügel führend trat ich auf die hell vom Mond beschienene Lichtung.

Ein helles Sirren war das einzige, was ich hörte. Ich wollte mich noch schnell zur Seite werfen, doch es war schon zu spät. Ich spürte einen dumpfen Schlag an meiner linken Brust und registrierte Placis Aufbäumen und erschrecktes Wiehern. Dann raste der Boden auf mich zu.

Ich weiß nicht, ob ich bewusstlos gewesen war oder nur benommen, als ich die Augen aufschlug sah ich Grashalme vor meinem Gesicht und fühlte das taunasse Gras unter meiner Wange. Hoch in meiner linken Brustseite verspürte ich ein seltsames Gefühl, jedoch keinen richtigen Schmerz. Der kam erst, als ich mich hochstemmen wollte und er war so schneidend, dass ich mit einem Aufschrei zurückfiel. Blutrote Nebel waberten vor meinen Augen und plötzliche Übelkeit überfiel mich. Meine linke Seite fühlte sich seltsam taub an, aber noch immer hatte mein Gehirn nicht erfasst, was mir zugestoßen war. Erst als plötzlich eine dunkle Silhouette vor mir auftauchte und Stiefel nur Zentimeter vor meinem Gesicht erschienen, dämmerte mir, dass jemand auf mich geschossen hatte. Aber wer? Ich hatte doch hier keine Feinde.

Harte Hände packten mich an der Schulter und warfen mich herum. Mit einem Aufschrei landete ich auf dem Rücken und schnappte vor Schmerz nach Luft. Mein verschwommener Blick klärte sich ein wenig und ließ mich eine Gestalt erkennen, die über mich gebeugt stand. Meine Augen weiteten sich ungläubig.

„Boril?" stieß ich hervor und griff mit meiner rechten Hand nach seinem Arm. Ich bekam Angst um ihn. Was, wenn der unbekannte Schütze auch ihn aufs Korn nahm?

„Du musst in Deckung gehen!" stieß ich gepresst hervor und versuchte, ihn am Arm herunterzuziehen. Aber er riss sich grob los und starrte auf mich herab.

„Du begreifst es nicht, oder?" fragte er und lachte roh. „Du argloser Idiot."

Für einen Moment vergaß ich meinen Schmerz und meine zunehmende Schwäche. Die Erkenntnis drängte sich mit Macht in mein Gehirn. Ich wollte sie nicht akzeptieren. Unmöglich konnte Boril auf mich geschossen haben. Er war mein Bruder, die meiste Zeit unseres Lebens hatten wir Seite an Seite verbracht.

„Warum?" brachte ich mühsam hervor. „Was habe ich dir getan?"

„Das weißt du nicht? Du warst doch dabei. Du bist sein Erbprinz, sein Nachfolger. Und ich nur ein dreckiger Bastard dem nicht einmal eine gute Frau zusteht. Er schämt sich meiner vor seinen Freunden. Der alte Hurenbock. Er sollte sich all seiner Bastarde schämen und wir uns für ihn. Er steckt seinen Schwanz in jedes Weibsbild und macht es dick. Aber seine Brut ist Luft für ihn. Nur du zählst, du alleine. Du bekommst sein Schloss, seine Ländereien. Und die Frau, die du so begehrst. Und ich bekomme einen Tritt in den Arsch..."

Aufgebracht lief er vor mir hin und her und stieß dabei wilde Flüche und Verwünschungen aus. Dann kam er zu mir zurück, packte mich am Revers und riss mich hart in die Höhe. Der grausame Schmerz in meiner Brust ließ mich wider Willen keuchen. Es schien ihn nicht zu kümmern. Seine dunklen Augen schimmerten feucht, doch seine Stimme war voller Zorn.

„Er hat mich gedemütigt und das soll er mir büßen. Ich werde alles vernichten, was ihm heilig ist. Ich werde nicht eher ruhen, bis alle Dimitroffs unter der

Erde liegen. Mein Leben lang habe ich unter euch gelitten. Deine Mutter hat mich gehasst und gequält. Ich werde sie in ihrem Kloster aufsuchen und ihr den Hals umdrehen. Mit deinen Schwestern verfahre ich ebenso. Und dann werde ich mir Aleko vornehmen. Ganz zum Schluss ist Vater dran. Er soll wissen, dass es seine Familie nicht mehr gibt, bevor ich ihn ebenfalls töte. Ich werde ihn zwingen alles mir zu überschreiben, mit seinem Blut soll er sein Testament verfassen. Und dann wird alles mir gehören, mir, Boril dem Bastard."
Seine Augen glühten irre als er mich wild lachend anstarrte. Ich konnte nicht glauben, dass das mein Bruder war. Ich sah ihm an, wie tödlich ernst er es meinte. Er würde nicht eher ruhen, bis er alle Familienmitglieder ausgelöscht hatte und ich sollte sein erstes Opfer sein. Er hatte mich bereits schwer verwundet, würde er mir jetzt gleich die Kehle durchschneiden?

Ich merkte wie ich schwächer wurde aber ich verspürte keine Angst vor dem Tod. Von der Hand meines Bruders zu sterben, bekümmerte mich jedoch. Nie hatte ich geahnt, wie sehr er mich hasste. Dieser alles verzehrenden Hass musste schon lange in ihm schwelen, Vaters Demütigung war nur der Funke gewesen, der ihn zum Brennen gebracht hatte.
„Was hast du jetzt vor?" fragte ich schwach und versuchte, seinem harten Blick standzuhalten. Ich fühlte mich zunehmend elender und meinte zu spüren wie das Leben mit meinem Blut aus der Wunde in meiner Brust floss. Meine tastende Rechte erfühlte den kurzen Pfeil, der mich knapp über dem Herzen getroffen hatte. Der Pfeil einer Armbrust, - Boril war ein Meister im Armbrustschießen. Er holte damit sogar einen winzigen Zaunkönig vom Ast, das hatte ich schon mit eigenen Augen gesehen. Daher verwunderte es mich, dass er nicht mein Herz getroffen hatte.
Das sagte ich ihm und er lächelte mich geringschätzig an. „Natürlich hätte ich dich auf der Stelle töten können aber das war nicht meine Absicht. Ich wollte dich verwunden, tödlich verwunden. Aber du darfst nicht allzu schnell sterben, denn du sollst Vater noch ausrichten können, was ich dir auftrage ihm zu sagen. Deshalb dürfen wir auch keine Zeit mehr verlieren, du musst unbedingt lebendig und bei Bewusstsein bei ihm ankommen. Also reiß dich zusammen..."
Er wandte sich ab und wollte Placi am Zügel packen, der einige Schritte von uns entfernt stand. Das gefiel dem Hengst jedoch nicht, er legte die Ohren an und bleckte die Zähne.
„Verdammt, warum bist du ausgerechnet mit diesem wilden Gaul gekommen", schimpfte Boril und versuchte abermals nach den Zügeln zu greifen. Eilig sprang er zurück als das Pferd nach ihm schnappte und dann schrill wiehernd stieg.

„Beruhige ihn, oder ich erschieße ihn", rief mir Boril zu und griff nach der Armbrust, die an seinem Gürtel hing. Da ich nicht wollte, dass auch noch das Pferd einen sinnlosen Tod fand, nahm ich meine letzten Kräfte zusammen und rief Placi zu mir. Tatsächlich gehorchte er meinem Befehl und blieb dicht bei mir stehen. Seine Nüstern blähten sich, als er den Kopf zu mir herunter beugte und das Blut roch. Nervös begann er zu trippeln, flüchtete aber nicht, was ich insgeheim befürchtete.

Boril wollte anscheinend keine Zeit mehr verlieren. Er trat hinter meinen Kopf, bückte sich und schob seine Hände unter meine Arme. Dann zog er mich hoch, was mir ein ungewolltes Stöhnen entlockte. Der plötzliche scharfe Schmerz drohte meine Sinne zu überwältigen, alles drehte sich vor meinen Augen. Doch die Tortur war noch nicht zu Ende. Unter Aufbietung all seiner Kräfte hob mich Boril hoch und warf mich bäuchlings über den Sattel. Er ignorierte meinen jaulenden Aufschrei und schob und hob mich solange, bis ich rittlings auf dem Pferd saß.

Mir lief der Schweiß in Strömen vom Gesicht und ich biss so heftig die Zähne zusammen, dass sie knirschten. Es war mir unmöglich, aufrecht zu sitzen, langsam sank mein Oberkörper nach vorne auf den Pferdehals. Aber das war anscheinend genau die Position in der Boril mich haben wollte. Er hielt plötzlich einen Strick in der Hand, den er mir ums Handgelenk band. Dann duckte er sich unter Placis Kopf durch und band mir auch das andere Handgelenk. Danach kamen meine Füße an die Reihe, auch sie wurden unter dem Leib des Pferdes zusammengebunden. Mir war klar, was er damit bezweckte, auf diese Weise konnte ich nicht herunterfallen.

Nachdem er sein Werk vollendet hatte, kam er an die Seite, an der mein Kopf hing, angeschmiegt an den Pferdehals. Er griff mir unters Kinn und hob mein Gesicht so weit an, dass ich ihm in die Augen schauen musste. Mit vor Hass vibrierender Stimme flüsterte er: „Richte dem Alten aus, ich werde ihn vernichten. Ihn und all jene, die er gezeugt hat. Ich werde auf seinem Grab tanzen und mir danach aneignen, was er mir vorenthalten wollte. Und ich werde Riana heiraten, an deiner statt."

Er weidete sich noch einen Moment an meinem schockierten Gesichtsausdruck, dann trat er zurück und versetzte dem Hengst einen heftigen Schlag aufs Hinterteil. Erschreckt machte Placi einen Satz und stob dann davon. In meinen Ohren rauschte das Blut, dennoch vermeinte ich, Borils gemeines Lachen zu hören.

Die unnatürliche Position, mit der ich auf seinem Rücken hing machte Placi nervös. Er galoppierte und schlug dabei immer wieder nach hinten aus um mich von seinem Rücken zu befördern. Was jedoch die Stricke um meine Arme und Beine verhinderten. Für mich war dieser Ritt eine einzige Qual, immer wieder wurde ich auf und ab geschleudert. Da meine Brust fest auf die Schultern des Hengstes gepresst war, wurde der Pfeil bei jeder Bewegung des Tieres tiefer in mein Fleisch gebohrt. Der Schmerz drohte mir das Bewusstsein zu rauben doch ich kämpfte vehement dagegen an. Es musste mir gelingen, Placi zu beruhigen und zu langsamerer Gangart zu bewegen, nur so würde ich vielleicht lebend am Schloss ankommen.

Ich wollte nicht sterben, schon gar nicht auf so unwürdige Weise. Obwohl die Schmerzen grausam waren, die meine Brust durchtobten, hoffte ich entgegen Borils Aussage, nicht tödlich verwundet zu sein. Vielleicht konnte mir Vaters Leibarzt helfen, der Mann war ein ausgezeichneter Arzt und Chirurg. Aber erst einmal musste ich lebendig zu Hause eintreffen.

Ich ignorierte so gut es ging meine Schwäche und versuchte, beruhigend auf Placi einzureden. Das fiel mir unheimlich schwer, immer wieder versagte mir die Stimme. Zudem musste ich oft die Zähne zusammenbeißen, damit ich nicht meine Pein herausschrie und das Pferd noch mehr verschreckte.

Als der Hengst endlich in Trab und dann in Schritt verfiel, war ich ausgelaugt wie nie zuvor in meinem Leben. Mein Atem ging stoßweise und keuchend, mein Blut und Speichel rann an Placis Schulter herab. Ich hatte längst die Orientierung verloren und hielt die Augen geschlossen. Falls der Hengst den Heimweg nicht fand, so würde er bald meinen Leichnam herumtragen. Gleichgültigkeit breitete sich in mir aus, meine zunehmende Schwäche übertönte sogar den Schmerz und ich fand es plötzlich verlockend, einfach aufzuhören zu atmen, zu leben. Ich sehnte mich nach Ruhe und Frieden.

Kaum registrierte ich, wie das Pferd anhielt, die aufgeregten Stimmen wurden vom Rauschen in meinen Ohren übertönt. Ich konnte mich nicht dazu zwingen, die Augen zu öffnen und plötzlich wurde es schwarz um mich.

Kapitel 5: Der Vampir

Ich öffnete die Augen und sah mich verwundert um. Ich lag in einem Zimmer, das mir vage vertraut vorkam. Aber es wollte mir nicht einfallen, woher. Unendliche Schwäche hielt mich umfangen, es fiel mir sogar schwer, die Augen offenzuhalten.
Plötzlich schob sich ein Gesicht in mein Blickfeld und freundliche braune Augen musterten mich prüfend. Der Mann lächelte und sagte etwas, das ich nicht verstand, das Rauschen des Blutes in meinen Ohren übertönte jedes andere Geräusch.
Der Mann zog sich wieder zurück und ich schloss die Augen. Schlafen, das war es was ich wollte. Lange und tief. So tief, dass ich die Schmerzen in meinem Körper nicht mehr spürte. Mein Bewusstsein driftete ab, wollte in den Schlaf gleiten aus dem es keine Wiederkehr gab. Da packte mich eine Hand und schüttelte mich energisch. Widerwillig nur reagierte mein Bewusstsein darauf und kehrte an die Oberfläche zurück.
Ein Becher wurde mir an den Mund gehalten, mein Kopf im Nacken gestützt. Aber ich wollte nicht trinken, ich wollte nur schlafen. Doch der Becherrand drängte hartnäckig zwischen meine Lippen. Eher zufällig fanden ein paar Tropfen den Weg in meinen Mund, sie prickelten leicht auf meiner Zunge. Die Flüssigkeit fühlte sich warm an und besaß einen seltsamen Geschmack, der mich an Kupfer erinnerte. Obwohl ich nicht wollte, schluckte ich. Die wenigen Tropfen belebten mich augenblicklich und ich wollte mehr davon. Gierig begann ich zu trinken.
Kaum hatte die Flüssigkeit jedoch meinen Magen erreicht, meinte ich sie brenne mir ein Loch hinein. Meine Eingeweide krampften sich zusammen und mein Körper begann sich zuckend zu winden. Warme Hände legten sich auf meine nackten Schultern, hielten mich leicht und doch mit erstaunlicher Kraft. Eine dunkle Stimme drang weich in meine Ohren. Sie beruhigte meinen aufgewühlten Geist und ich lag still. Der Schmerz in meiner Eingeweide verging so rasch wie er gekommen war und machte einem seltsamen Wohlgefühl Platz. Ich meinte zu spüren, wie meine Lebensgeister zurückkehrten und atmete ruhig und tief ein.

Es ging mir tatsächlich sehr viel besser, stellte ich verwundert fest und öffnete die Augen. Mein Blick, der noch eben nur verschwommen sah, war jetzt klar. Nun erkannte ich auch, wo ich mich befand, nämlich im Krankenzimmer unseres Schlosses. Der Mann trat erneut in mein Blickfeld und ich sah, dass es Dimitri war, der Leibarzt meines Vaters.
„Wie fühlt Ihr Euch?" fragte er lächelnd, so als wüsste er bereits, dass es mir besser ging. „Ihr habt mir einen gehörigen Schrecken eingejagt. Euer Geist

befand sich bereits auf dem Weg ins Jenseits, ich konnte Euch gerade noch davon abhalten, den endgültigen Schritt zu tun."

„Was war das für eine Flüssigkeit, die Ihr mir eingeflößt habt? Ich dachte, sie verbrennt mir die Eingeweide."

„Lebenselixier", meinte er lakonisch. „Wie Ihr merkt hat es geholfen. Ihr befindest Euch nicht mehr in Gefahr zu sterben. Allerdings steht Euch noch einiges bevor, dass ich Euch leider nicht ersparen kann. Der Pfeil steckt tief in Eurer Brust, es wird schmerzhaft sein, wenn ich ihn entferne."

Der Pfeil, den hatte ich ganz vergessen. Ich schaute auf meine linke Brust herunter in der Erwartung eine aufgeworfene, entzündete Wunde zu sehen. Stattdessen sah ich völlig unversehrte Haut. Wäre das getrocknete Blut nicht gewesen, hätte man meinen können, der Pfeil sei nur auf meine Haut geklebt. Verwirrt runzelte ich die Stirn. Mit dem Finger stupste ich zaghaft an den glatten Holzschaft aber meine Vorsicht war unbegründet, ich verspürte keinerlei Schmerz.

„Wie habt Ihr das gemacht?", fragte ich fassungslos. „Ich spüre weder Schmerz noch Schwäche. Noch vor wenigen Minuten dachte ich, mein Leben sei verwirkt. Und jetzt fühle ich mich als wäre ich nie verwundet worden. Wäre da nicht dieser Pfeil... Könnt Ihr etwa zaubern?"

Dimitri lachte unbeschwert und zog sich einen Schemel heran auf den er sich setzte. Sein Gesicht befand sich nun in Augenhöhe zu mir. Er schien einen Moment zu überlegen, dann erklärte er bedächtig: „Ihr habt recht, es ist eine Art Zauberei. Aber anders hätte ich Euch nicht mehr retten können. Wie ich schon sagte, wart Ihr so gut wie tot."

Ich blickte ihn misstrauisch an, von plötzlicher Furcht befallen an. War er etwa ein Hexer, ein Zauberer und bediente er sich schwarzer Kräfte? Wenn Vater davon erfuhr, würde er ihn aus dem Haus jagen und mit Hunden hetzen lassen. Er war ein frommer Mann und verabscheute jegliche Magie, selbst wenn dadurch sein Sohn vor dem ansonsten sicheren Tod gerettet wurde. Wo war er überhaupt, mein Vater? Suchend irrte mein Blick durchs Zimmer.

„Ich habe ihm nahegelegt, draußen zu warten", erklärte Dimitri, so als hätte er meine Gedanken gelesen. Was ihn mir noch unheimlicher machte.

„Und er hat so einfach auf Euch gehört?" fragte ich schwach. „Bisher hat er sich von niemandem daran hindern lassen, zu sein, wo er es für richtig hielt. Schon gar nicht in seinem eigenen Schloss."

Dimitri lachte leise und meinte vergnügt: „Ich könnte ihn sogar dazu bringen, im Stall zu warten, wenn ich das wollte. Und es würde ihm noch nicht einmal seltsam vorkommen. Aber ich habe ihn bloß gebeten in der Stube nebenan zu warten und für Euer Leben zu beten. Und das tut er auch ganz artig. Er würde mich bei Eurer Behandlung nur stören. Vor allem bei dem Gespräch, dass ich mit Euch führen muss..."

„Welches Gespräch? Und warum?" Wenn möglich wurde mir noch unheimlicher zumute. Es wollte mir nicht in den Kopf, dass irgendjemand Vater Befehle erteilte und der sie nicht nur kommentarlos hinnahm, sondern sogar tat, was von ihm verlangt wurde. Er war ein Mensch, der sich höchstens von Gott persönlich etwas befehlen ließe, und selbst dessen war ich mir nicht sicher.

Dimitri lächelte, als hätte er abermals an meinen Gedanken teilgehabt. Er antwortete aber nur auf meine Fragen: „Ein sehr wichtiges Gespräch, das ich vielleicht schon früher mit Euch hätte führen sollen. Das hat mir Euer fast tödlich verlaufendes Abenteuer gezeigt."

Er betrachtete mich einen Moment grübelnd, so als überlege er, wie er beginnen sollte, dann holte er tief Luft und fragte: „Erinnert Ihr Euch noch an das erste Mal, da wir uns begegnet sind, - wie alt wart Ihr da?"

Einen Moment war ich verwirrt und musste nachdenken. „Sechs oder sieben", vermutete ich, dann fiel es mir wieder ein. „Ich war gerade sechs geworden, es war an meinem Geburtstag und ich wollte unbedingt das Pferd reiten, das mir Vater geschenkt hatte. Ich bin runtergefallen und habe mir den Kopf aufgeschlagen. Ihr habt mir die Wunde genäht." Meine Hand fand wie von selbst die kleine Narbe an meiner Stirn und Dimitri nickte.

„Genau, Ihr wart sechs. Und wie alt war ich? Könnt Ihr Euch noch daran erinnern wie ich damals aussah?"

Verwundert kniff ich die Augen zusammen. Was bezweckte er mit diesen Fragen? Ich musterte sein Gesicht und plötzlich ahnte ich, was er meinte. Erstaunt riss ich die Augen auf und stammelte: „Aber das kann doch gar nicht sein! Ihr saht damals genauso aus wie heute, es scheint als wärt Ihr seither keinen Tag gealtert. Wie kann das angehen? Immerhin sind seither achtzehn Jahre vergangen."

Tatsächlich sah Dimitri aus wie ein Mann in den besten Jahren. Ich schätzte ihn auf dreißig, höchstens fünfunddreißig Jahre. Aber dann konnte er mich damals gar nicht behandelt haben, er wäre ja selbst noch ein Knabe gewesen. Erneut überfiel mich Furcht vor ihm. Es konnte gar nicht anders sein, er war ein Hexer.

„Beruhigt Euch, ich bin weder ein Hexer noch ein böser Magier." Mit diesen Worten machte er mir endgültig klar, dass er meine Gedanken lesen konnte. Ich meinte, mein Herz bliebe stehen vor Schreck, doch er griff nach meiner Hand und hielt sie fest in seiner, obwohl ich sie ihm zu entziehen versuchte. Eine seltsame Kraft ging von ihm aus, ohne dass er etwas sagte oder tat brachte er mich dazu ihm tief in die Augen zu sehen. Sie waren klar und offen und ich meinte, mich in ihrem Blick zu verlieren. Unvermittelt fiel die Angst von mir ab und machte Vertrauen Platz. Ich vertraute ihm plötzlich so sehr, ich hätte ihm bedenkenlos mein Leben anvertraut. Was ich ja bereits tat, wurde mir bewusst...

„Ich werde dein Vertrauen niemals missbrauchen, Malamir", versprach er feierlich und mich verwunderte kaum noch, dass er schon wieder meine Gedanken kannte. Auch dass er mich plötzlich duzte und beim Namen nannte, erschien mir völlig selbstverständlich. Freunde sprachen sich mit Namen an und ich wollte nichts mehr, als ihn zum Freund zu haben.

Neugierig hing ich an seinen Lippen und er fuhr fort: „Ich werde nicht lange drum herum reden und dir sagen, was du wissen musst. Es wird dir vermutlich unglaublich vorkommen, doch es ist die reine Wahrheit. Nachdem ich mich dir offenbart habe, gebe ich dir einige Tage Zeit darüber nachzudenken. Das wird dir nicht bewusst werden aber dennoch wirst du zu einer für dich richtigen Antwort kommen. Sobald du sie gefunden hat, werde ich sie von dir erbitten."

Erneut machte er eine kleine Pause, während der ich ihn nur anstarrte. Mein Kopf war seltsam frei, mein Gehirn für alle Wahrheiten offen. Dennoch befand ich mich in einem geistigen Zustand, der mir wie ein Traum erschien.

„Ich bin ein Vampir, Malamir", erklärte Dimitri rundheraus. „Ein Wesen, das sich vom Blut und Leben der Menschen ernährt. Das ist meine dunkle Seite, aber sie macht alles aus, was ich bin. Sobald ich meinen vampirischen Trieb befriedigt habe bin ich für andere Menschen bloß ein Mensch. Sie erkennen nicht was ich bin, ahnen nicht was ich tue. Ich kann ihre Gedanken lesen, ihren Willen beeinflussen, ja ihnen sogar etwas ihres kostbaren Lebenssaftes rauben ohne dass sie es bemerken. Es würde zu weit führen, dir heute alles zu erklären, was einen Vampir ausmacht. Dazu bleibt uns später noch genügend Zeit.

Heute will ich dir nur sagen, dass du ein Auserwählter bist, ein Mensch, der würdig ist, ein Vampir zu werden. Ich habe es schon damals gespürt, als ich dich zum ersten Mal sah. Nur deshalb bin ich all die Jahre hier geblieben, in deiner Nähe. Und nun ist der Zeitpunkt gekommen, dir darüber Bescheid zu sagen. Dass du ein Auserwählter bist heißt jedoch nicht, dass du zwingend zu Meinesgleichen werden musst. Diese Entscheidung liegt alleine bei dir und zudem ist deine Zeit noch nicht gekommen. Aber du sollst wissen, was deine wahre Bestimmung ist. Dir bleibt vermutlich noch mindestens ein halbes Menschenleben Zeit, dir dessen bewusst zu werden und eine Entscheidung zu treffen. Ich werde dich auf deinem Lebensweg begleiten, als dein Freund, sofern das dein Wunsch ist. Ansonsten werde ich aus der Ferne über dich wachen, so wie ich es bisher getan habe. Und wenn dein Leben zu Ende geht, werde ich bei dir sein um dich zu fragen, wie du dich entschieden hast."

Er schwieg und entließ mich aus seinem hypnotischen Blick. Mir war, als würde ich aus einem tiefen Schlaf erwachen und nicht wissen, ob ich seine

Worte geträumt oder tatsächlich gehört hatte. Aber mir kam nicht seltsam vor, was Dimitri erzählt hatte und ich bewahrte das Gehörte in meinem Kopf, ohne noch einen weiteren Gedanken daran zu verschwenden. Für Dimitri schien die Sache ebenfalls erledigt, er erhob sich und meinte in sachlichem Ton, dass er nun den Pfeil aus meiner Schulter entfernen werde. Einzig die Tatsache, dass er mich weiterhin duzte, sagte mir, dass sich zwischen uns etwas entscheidend geändert hatte.

Bedauernd sah er auf mich herab und stieß einen kleinen Seufzer aus. „Leider kann ich dir erneute Schmerzen nicht ersparen. Der Pfeil steckt tief und er ist mit Widerhaken versehen, die sich in dein Fleisch gebohrt haben. Es gibt zwei Möglichkeiten, ihn zu entfernen, doch keine davon ist schmerzfrei. Entweder ich packe den Schaft und reiße ihn mit einem Ruck heraus, oder ich schneide ihn aus deiner Brust. Wähle du, was dir eher zum Aushalten erscheint. Ich würde die erste Methode vorschlagen, da sie schnell geht. Sobald der Pfeil heraus ist, gebe ich dir nochmals von meinem Blut zu trinken..."

„Blut?" unterbrach ich ihn entsetzt. Mir wurde übel bei dem Gedanken. „Ihr gabt mir Blut zu trinken? Euer Blut?" Ich schüttelte mich angeekelt und eine Gänsehaut überzog meinen Körper.

Dimitri schien mit dieser Reaktion gerechnet zu haben. Er zuckte nur die Schulter und erklärte: „Vampirblut ist ein sehr heilkräftiges Elixier. Hätte ich es dir nicht eingeflößt, ich hätte dich nicht retten können. Du standest bereits an der Schwelle des Todes und keine ärztlich Kunst der Welt hätte dich noch zu retten vermocht."

Als hätte ich ihn nicht unterbrochen fuhr er fort: „Nach der Entfernung des Pfeiles gebe ich dir von meinem Blut, das wird die Wunde in kurzer Zeit verschließen und vollständig ausheilen. Danach bist du wieder kerngesund, so wie du es vor dem Treffer warst. Allerdings solltest du noch mindestens solange das Bett hüten und einen Verband tragen bis dein Vater abgereist ist. Diese Täuschung ist leider notwendig, ihn deine Verwundung vergessen zu machen steht leider nicht in meiner Macht. Er würde Verdacht schöpfen, wenn du plötzlich gesund und ohne die kleinste Narbe herumspazieren würdest. Du musst also ein wenig schauspielern, aber das dürfte kein Problem sein."

„Das werde ich schon meistern", meinte ich und grinste halbherzig. Ich fühlte mich zunehmend verwirrt von allem, was ich heute erlebt und gehört hatte. Außerdem verspürte ich Angst vor dem was mir noch bevorstand und wünschte, der verdammte Pfeil wäre schon aus meiner Schulter. Zorn auf Boril überkam mich und zum ersten Mal seit dem Zusammentreffen mit meinem Bruder fiel mir wieder ein, was eigentlich geschehen war. Ich musste es Vater sagen, ihm ausrichten was Boril mir aufgetragen hatte. Schließlich war auch sein Leben und das von Aleko bedroht.

„Das kannst du alles tun, nachdem ich den Pfeil entfernt habe. Dann lasse ich deinen Vater zu dir und du kannst ihm sagen was passiert ist. Und jetzt mach dich bereit. Beiße auf das Holz, das hilft ein wenig. Ich werde mich beeilen, damit du nicht allzu lange leiden musst."

Nur flüchtig kam mir in den Sinn, dass Dimitri schon wieder in meinen Gedanken gelesen hatte. Aber momentan war mir das gleichgültig. Gottergeben nahm ich das Stück weiches Holz zwischen die Zähne, das er mir hinhielt und biss fest darauf. Dann holte ich tief Luft, kniff die Augen zusammen und wartete auf den unvermeidlichen Schmerz.

Er kam fast augenblicklich und raubte mir in seiner Heftigkeit den Atem. Das Stück Holz zerbrach knirschend zwischen meinen Zähnen und ich hörte ein raues Stöhnen, dass ich als mein eigenes identifizierte. Dann war der reißende Schmerz vorbei und zurück blieb ein dumpfes Pochen, das sich schnell zu einem schmerzhaften Pulsieren steigerte.

„Hier trink, dann wird es sofort besser", drang Dimitris Stimme in meine Ohren und ich öffnete die Augen. Knapp vor meinem Gesicht schwebte sein Arm und aus zwei tiefen Wunden an seinem Handgelenk sickerte Blut.

Trotz des tobenden Schmerzes zögerte ich. Mein Blick glitt nach oben, suchte unsicher sein Gesicht und ich erstarrte. Was ich sah war so unglaublich, dass ich den Schmerz vergaß. Aus Dimitris Mund ragten lange, gefährlich aussehende Eckzähne. Auch seine Augen hatten sich verändert, sie glänzten unnatürlich und ihr Blick verlieh seinem Gesicht ein dämonisches Aussehen. Doch während ich ihn noch fassungslos anstarrte, veränderten sich seine Züge fast unmerklich, verwandelten sich wieder in das Gesicht zurück, dass ich schon so lange kannte. Er lächelte mich beruhigend an und drängte: „Du musst trinken, sonst verschließt sich die Wunde wieder."

Gehorsam öffnete ich den Mund und legte ihn über die kleinen Wunden. Vergessen war, was ich eben gesehen hatte, ebenso der Ekel, den ich gerade noch verspürt hatte. Sobald der erste Blutstropfen meine Zunge netzte gab es für mich kein Halten mehr. Plötzlich verspürte ich eine wahre Gier nach diesem ungewöhnlichen Elixier und ich begann zu saugen wie ein hungriger Säugling an der Mutterbrust. Entzückt schloss ich die Augen und gab mich ganz diesem nie gekannten Genuss hin. Erst als mir Dimitri sein Handgelenk sachte aber bestimmt entzog erwachte ich aus diesem Zustand unendlichen Wohlbehagens. Hektisch griff ich nach seinem Arm, wollte verhindern, dass er ihn mir entzog. Doch er ließ sich nicht erweichen.

„Nein, das ist genug. Mehr wäre nicht gut für dich. Deine Wunde schließt sich bereits und du dürftest keinen Schmerz mehr verspüren..."

Seine nüchternen Worte brachten mich in die Wirklichkeit zurück und ich starrte an meiner linken Seite herab. Tatsächlich konnte ich nur noch einen winzigen Wulst erkennen, wo eben noch der Pfeil aus meinem Fleisch geragt

hatte. Und selbst dieser Wulst glättete sich zusehends und nichts als glatte unversehrte Haut blieb zurück.
Mein Blick zuckte zu Dimitri, der gerade sein Handgelenk zum Mund führte. Seine Zunge strich kurz über die kleinen Einschnitte und als er den Arm senkte waren die Male verschwunden. „Vampirzauber", sagte er und sah mich ernst an. Ich nickte ebenso ernst. Auch ohne Erklärung wusste ich, dass alles, was heute hier in diesem Zimmer geschehen war ein Geheimnis zwischen ihm und mir bleiben musste. Und obwohl mir noch immer der Kopf schwirrte, von den seltsamen Dingen, die ich erlebt hatte und den Fragen, die noch nicht beantwortet waren, war die Gewissheit in meinem Kopf, dass ich niemals und zu niemandem über Dimitris Geheimnis reden würde.

„Bist du bereit, deinem Vater Rede und Antwort zu stehen?" fragte mich Dimitri und ich nickte. Sauber gewaschen und mit einem imposanten Verband unter meinem frischen leinenen Nachtgewand lag ich in den Kissen, die er mir hinter dem Rücken aufgestapelt hatte. Mit ein wenig Puder und Asche hatte ich vor dem Spiegel versucht, mein nun wieder gesundes Aussehen in ein blasses, kränkliches zurück zu verwandeln.
„Mit ein bisschen Beeinflussung meinerseits wird dir dein Vater schon abnehmen, dass du von Krankheit gezeichnet bist", hatte Dimitri lachend gemeint und noch mehr mit Ruß vermischte Asche unter meinen Augen und auf meinen Wangen verrieben. Mein Spiegelbild gab seinen Worten Recht, aus der silbernen Fläche schaute mich ein blasses, von dunklen Schatten und Augenringen gezeichnetes Gesicht entgegen. Ich überprüfte nochmals den leidenden Blick, den ich Vater zeigen wollte und legte mich in die Kissen zurück. Dimitri warf die Schminkreste in den Kamin und schaute sich prüfend im Krankenzimmer um. Neben dem Bett stand die Waschschüssel, gefüllt mit blutigem Wasser. Auf einem silbernen Tablett lag der Pfeil, an dem ebenfalls noch Blut klebte und sogar ein paar Fleischfetzen hingen. Daneben hatte Dimitri blutige Tücher drapiert und ein Skalpell dazu gelegt, das Blutspuren aufwies. Ich musste seine Umsicht bewundern, er hatte alles so arrangiert, als hätte hier tatsächlich eine Operation stattgefunden.
Er ging zur Türe hinaus und ich hörte ihn leise zu Vater sprechen, dann kamen beide zurück und stellten sich neben meinem Bett auf. „Er ist natürlich noch schwach und Ihr dürft ihn nur wenige Minuten sprechen", erklärte Dimitri in einem Ton, der keinen Widerspruch duldete. Ich musste mir wirklich verkneifen, Vaters Gesicht zu mustern, es hätte mich brennend interessiert, wie er auf diesen Befehl reagierte. Aber ich hielt die Augen geschlossen, so als wäre ich zu matt, sie zu öffnen.
„Zum Glück ist er nicht ganz so schwer verletzt worden, wie ich anfangs angenommen habe", erläuterte Dimitri weiter. „Ihr müsst Euch keine Sorgen

um sein Leben machen. Dennoch wird es noch eine Weile dauern, bis er wieder auf den Beinen ist..."
„Wird er in der Lage sein, mit mir zu sprechen?" hörte ich Vater sagen. „Ich muss wissen, wer es auf ihn abgesehen hat und warum..."
„Er ist wach und kann es Euch vielleicht sagen, sofern er es weiß. Aber Ihr dürft ihn nicht überanstrengen. Und vergesst nicht, jede Aufregung kann die Genesung verzögern. Also macht ihm um Gottes Willen keine Vorwürfe..."
Er rüttelte mich sanft am Arm, das Zeichen, dass ich die Augen öffnen sollte. Ich tat es und starrte Vater scheinbar verwirrt an. „Gut dass Ihr hier seid", flüsterte ich matt und fuhr nach einer längeren Pause stockend fort: „Es war Boril, Vater! Er schickte mir eine Nachricht und bat mich um ein Treffen..." Ausführlich und von vielen angeblichen Schwächeanfällen unterbrochen erzählte ich, was mir zugestoßen und was Boril mir aufgetragen hatte, zu sagen. „Eure harten Worte waren wohl der Auslöser eines schon lange schwelenden Hasses gewesen", endete ich bitter und musste kaum noch Schwäche vortäuschen. Die Erinnerung an Borils hassverzerrtes Gesicht, seine mit tödlichem Ernst ausgestoßenen Drohungen machten mir tatsächlich Angst. Nicht unbedingt um mich, nach Ansicht meines Bruders war ich ja bereits tot. Er war sich seiner Sache sicher gewesen und würde kaum nachforschen, ob ich etwa durch ein Wunder vor dem sicheren Tod gerettet wurde. Aber ich fürchtete um meine Familie, um Vater und Aleko und auch um meine Mutter und meine Schwestern. Sie bedeuteten mir genauso viel wie Vater und Bruder, auch wenn ich sie schon lange nicht mehr gesehen hatte.
Vater hingegen tat meinen Einwand mit einer groben Gebärde ab. „Er wird kaum seine Zeit und Energie verschwenden, ein mehrere Tagesritte entferntes Kloster zu überfallen um ein paar Weibsbilder umzubringen... Und an mir und Aleko wird er nicht Rache nehmen können, es sei denn, er verfolgt uns bis nach Ungarn. Aber da ich mehrere Männer mit auf die Reise nehme, wird er sich vermutlich nicht an uns heranwagen..."
Ich starrte ihn sprachlos an. Kein Wort der Bestürzung kam über seine Lippen, dass sein eigener Sohn ihn so sehr hasste. Mir schien fast, es war ihm egal. Wie konnte ein Mensch nur so viel Kälte in sich tragen? fragte ich mich. Vater war der gefühlloseste Mann, der mir je begegnet war. Und anscheinend hatte er einen Großteil seiner inneren Kälte an Boril vererbt. Mein Bruder wäre viel besser geeignet gewesen als ich, Vaters Nachfolger zu werden, kam es mir in den Sinn. Die beiden waren sich, was Gefühllosigkeit anging, absolut gleichwertig.
So verwunderte es mich auch nicht, dass mein Befinden Vater nicht weiter bekümmerte. Ich würde nicht an der Verletzung sterben, hatte Dimitri ihm versichert und das reichte ihm vollkommen aus. Ob ich unter Schmerzen oder Schwäche litt war für ihn zweitrangig. Hauptsache, ich würde bald wieder

vollständig gesund sein, so dass ich meine Pläne nur geringfügig verschieben musste.

„Sieh zu, damit du möglichst bald wieder auf die Beine kommst", war denn auch sein Abschiedswort für mich. „Sobald du aufstehen und reiten kannst, machst du dich auf den Weg. Vollständig erholen kannst du dich, während der Reise. Meinetwegen nimm dir eine Kutsche dafür, falls dir der Ritt zu anstrengend wird."

Ohne sich noch einmal umzudrehen verließ er das Krankenzimmer. Dimitri schloss sorgfältig die Türe hinter ihm und meinte dann lakonisch:

„Ein wirklich fürsorglicher Mann, dein Vater."

„Ja", erwiderte ich seufzend und schlug die Bettdecke zurück um mich an den Bettrand zu setzen. „Aber so ist er nun einmal. Obwohl ich ihn in manchen Situationen um seine Gefühllosigkeit beneide, bin ich froh, nicht so zu sein wie er. Warum seid Ihr ihm so treu ergeben, all die Jahre? Soweit ich zurückdenken kann, habt Ihr noch kein Wort des Dankes von ihm gehört für all Eure Mühen."

„Dafür bezahlt er mich recht gut, das genügt mir", meinte Dimitri wegwerfend, fügte aber schnell ernst hinzu: „Ich bin niemals seinetwegen hier gewesen, auch wenn ich ihn ab und zu behandelt habe. Ich sagte dir schon, dass ich alleine um deinetwillen hier in der Nähe geblieben bin. Mein eigentliches Heim befindet sich in der Nähe von Sofia, dort besitze ich ein Haus, ein uraltes Erbstück. Seit Jahren wird es nur von meinem Verwalter und ein paar Bediensteten bewohnt, nur ab und zu reise ich für kurze Zeit hin um nach dem Rechten zu sehen."

„Wegen mir?", fragte ich verwundert, doch dann fiel mir wieder ein, dass er mir das schon erzählt hatte. Seltsam, es war mir sofort wieder entfallen, obwohl ich es nicht vergessen hatte. Alles, was mit Dimitri zusammenhing, hielt ich tief in meinem Inneren verwahrt, aber es wollte mir einfach nicht gelingen, länger darüber nachzudenken. Auch jetzt blitzten nur kurz all die seltsamen und unglaublichen Begebenheiten in meinem Gedächtnis auf, die er mir präsentiert hatte. Sie ließen sich jedoch nicht festhalten, sie verwischten, wie ein Traum nach dem Erwachen.

„Das ist mein vampirischer Bann", beantwortete Dimitri wieder einmal meine Gedanken und ich nahm es seltsam gleichgültig hin. „Ich habe ihn zu deinem und auch zu meinem Schutz über dein Gedächtnis gelegt. Er macht, dass du vergisst, was dir an mir fremd und vielleicht sogar ungeheuerlich vorkommt. Aber keine Sorge, wir werden in den nächsten Nächten sehr viel Zeit haben uns ausführlich darüber zu unterhalten."

Er griff nach seinem Umhang und warf ihn sich über die Schultern und wandte sich zur Türe. Dann drehte er sich nochmals zu mir um. „Ich muss gehen, die Nacht währt nicht mehr allzu lange und ich will nicht vom

Morgengrauen überrascht werden. Vergiss nicht, den Kranken zu spielen, morgen Abend werde ich nach dir sehen."

Er nickte mir kurz zu und verließ das Zimmer. Ich starrte noch eine Weile auf die Türe und grübelte über ihn nach. Aber erneut wollten mir meine Gedanken nicht gehorchen, so gab ich es schließlich auf. Ich pustete die Kerze auf dem Nachttisch aus und legte mich gähnend unter den Decken zurecht. Der enganliegende Verband um meine Brust zwickte und störte mich ein wenig beim atmen. Zu gerne hätte ich ihn abgenommen, ließ es aber bleiben. Unter normalen Umständen würde ich jetzt um mein Leben ringen oder, - was noch wahrscheinlicher war, - hätte den Kampf bereits verloren. Dagegen bedeutete ein zu fest sitzender Verband wirklich nur ein kleines Übel.

Die Anstrengungen des Tages forderten ihren Tribut, bald schloss ich von Müdigkeit übermannt die Augen. Gedankenbilder blitzten durch mein Gehirn, ich sah lange Zähne, Blut und magische Augen, die mich beschworen. Doch sie bereiteten mir keine Furcht, sie hatten eher einen beruhigenden Einfluss auf mich. Ich seufzte wohlig und schlief ein.

Kapitel 6: Bekenntnisse

Am Morgen fühlte ich mich so gut, dass ich am liebsten aufgestanden und hinunter gegangen wäre. Es fiel mir schwer, der besorgten Dienerin, die mir eine leichte Suppe, etwas Brot und Tee bracht, den Verletzten vorzuspielen. Nur mit Mühe konnte ich sie bewegen, die Krankenstube zu verlassen. Erst nachdem ich den Napf geleert hatte, schien sie zufrieden und ging.

Eigentlich war mein Hunger noch längst nicht gestillt und nur zu gerne hätte ich mir ein richtiges Frühstück bestellt. Doch ich verkniff es mir und boxte mich leicht in den Magen als er protestierend knurrte. Es würde sicher auffallen, wenn ich, - gestern noch schwer verletzt, - heute schon wieder normale Portionen verdrücken würde. So bezähmte ich meinen Hunger und lauschte den Geräuschen, die durch die angelehnte Türe zu mir drangen.

Das ganze Haus schien in Aufbruchstimmung und das war es in gewissem Sinne ja auch tatsächlich. Vater ließ sämtliche Dinge, die irgendwie zu transportieren waren in den unterirdischen Stollen schaffen, der nur durch eine Geheimtüre zu erreichen war. Diesen Stollen ließen schon seine Vorfahren errichten, noch bevor das Schloss gebaut war. Kaum einer wusste um diese geheimen Gänge, die tief in den Fels führten.

Vater hatte ein paar besonders vertrauenswürdige Männer ausgewählt, um unser gesamtes Habe in die unterirdischen Räume zu bringen. Sie waren alle zu strengem Stillschweigen verpflichtet und würden zudem mit in die Fremde reiten. Niemand wusste zwar, ob einer von uns jemals ins Schloss zurückkehren würde, doch Vater war entschlossen, unser gesamtes Hab und Gut lieber dort unten verrotten zu lassen, als dass es den osmanischen Feinden in die Hände geriete. Sollten sie das Schloss besetzen, würden sie nur wertloses Zeug vorfinden.

Auch von den Ställen drangen Geräusche geschäftigen Treibens. Dort waren Knechte dabei, die kleineren Tiere wie Ziegen, Schafe und Schweine einzufangen und auf Karren zu verladen. Sie wurden ins Dorf gebracht und an die Bauern verteilt. Ebenso wurde mit den Kühen und den Pferden verfahren, die wir nicht mehr gebrauchen konnten. Natürlich hatte Vater keines unserer Tiere verschenkt, so großmütig war er nicht. Er hatte sich von jedem Bauer mit einer Unterschrift, die meist nur aus einem Kreuz bestand, bestätigen lassen, dass er bei seiner Rückkehr ein gleichwertiges Tier zurück erhielt. Die meisten Bauern waren gerne darauf eingegangen, wahrscheinlich vermuteten sie, ihrem Herrn in diesem Leben nicht mehr zu begegnen.

Gegen Abend kehrte endlich Ruhe ein, sämtliche Einrichtungsgegenstände und Wertsachen waren fortgeschafft worden. Ein beklemmendes Gefühl überkam mich. Sobald Vater und Aleko am nächsten Morgen abgereist waren, würde auch ich nicht mehr lange hier sein. Sämtliche Bediensteten waren schon ausbezahlt und fortgeschickt worden. Nur noch Vaters Soldaten waren zurückgeblieben, sie würden ihn auf dem Weg nach Ungarn bewachen und danach zurückkehren um sich vermutlich einem Heer von Widerstandskämpfern anzuschließen.

Vater hatte zwei- oder dreimal bei mir vorbeigeschaut und sich versichert, dass es mir gut ging. Ich hatte Müdigkeit vorgetäuscht um nicht mit ihm sprechen zu müssen. Anscheinend hatte auch er nicht das Bedürfnis zum Reden verspürt, nach ein paar einsilbigen Sätzen war er wieder gegangen. Noch immer nagte Groll in mir, wegen des Unfriedens, den er mit seiner schroffen Art heraufbeschworen hatte. Hingegen wollte und konnte ich Boril nicht die alleinige Schuld zuweisen. Obwohl er mir so unmissverständlich zu verstehen gegeben hatte, wie sehr er mich hasste konnte ich ihm seinen Zorn nachfühlen. Ich hätte viel dafür gegeben, mich mit ihm aussprechen zu können.

Verdammt, wir waren Brüder und zusammen aufgewachsen, ich liebte ihn, genauso wie ich Aleko liebte. Es tat mir im Herzen weh, dass er mich genauso verachtete wie unseren gemeinsamen Vater.

Aleko hatte erst am Morgen erfahren, dass ich verwundet worden war und sich nach dem Frühstück zu mir geschlichen. Er wusste jedoch nicht, dass ich fast von Boril umgebracht worden wäre und ich gedachte auch nicht, es ihm zu erzählen. Auch so litt er schon genug unter den Anspannungen in unserer Familie, das Wissen um einen Mordanschlag unseres gemeinsamen Bruders würde ihn noch mehr verängstigen.

Wie er so mit großen und ängstlichen Augen neben meinem Bett stand, brachte ich es einfach nicht über mich, ihm den Schwerverletzten vorspielen. Seine Angst um mich rührte mein Herz an und so erzählte ich ihm schließlich unter dem Siegel der Verschwiegenheit, dass ich nicht so krank sei, wie ich Vater glauben machte.

„Ich habe einfach keine Lust, mir Vaters Vorwürfe anzuhören", raunte ich ihm in verschwörerischem Ton zu und sein mitleidiger Blick sagte mir, dass er mich nur zu gut verstand. „Also dachte ich, ich täusche eine ernsthafte Verletzung vor und mache mir einen gemütlichen Tag im Bett. Aber eigentlich ist es nur ein unbedeutender Kratzer, den ich mir geholt habe. Ich hoffe jedoch, du behältst das für dich."

Ich sah ihm an, dass ihm vor Erleichterung ein Stein vom Herzen fiel. In feierlichem Ton versprach er, Vater kein Wörtchen zu verraten. Er stibitzte sogar heimlich ein paar von den harten Keksen für mich, die der Koch als Reiseproviant gebacken hatte und setzte sich dann zu mir aufs Bett. Um die Zeit totzuschlagen spielten wir Schach und erzählten uns gegenseitig Geschichten. So gelöst und zufrieden wie an diesem Tag hatte ich Aleko kaum jemals erlebt und ich freute mich, ihn so in Erinnerung behalten zu können. Insgeheim machte ich mir jedoch große Sorgen um meinen kleinen Bruder. Es war mehr als ungewiss, ob wir uns jemals wiedersehen würden. Ich hoffte inständig, er würde die lange, gefahrvolle Reise nach Ungarn unbeschadet überstehen und wünschte ihm, dass er bei Vaters Verwandten ein bisschen glücklich wurde. Wie gerne hätte ich ihn bei mir behalten aber das war leider unmöglich. Als er sich am Abend weinend von mir verabschiedete, hätte ich ebenfalls heulen mögen, so sehr sorgte ich mich um ihn.

Der Abschied von Vater am nächsten Morgen verlief so nüchtern, als würde er eben mal für einige Tage verreisen. Er kam in der Frühe in Reisekleidung in mein Zimmer gestapft und trat an mein Bett. Ich wollte mich erheben, doch das ließ er nicht zu. Seine Hand berührte leicht den Verband, den ich noch immer um die Brust trug und er musterte mich streng. „Ich hoffe, deine Verwundung wird dich nicht allzu lange davon abhalten, deine Pflicht unserem Volk gegenüber wahrzunehmen. Denke immer daran: Ein Dimitroff lässt sich nicht unterkriegen. Je eher diese osmanischen Teufel in ihre Schranken verwiesen werden, desto eher können wir wieder das Leben führen, das uns von Geburt an zusteht. Ich vertraue darauf, dass du dir stets vor Augen führst, was du unserem Namen schuldig bist. Kämpfe tapfer, mein Sohn, damit der Name Dimitroff weiterhin seinen guten Klang behält."
Er drückte kurz meine Hand und verließ dann gemessenen Schrittes mein Zimmer. Ich starrte ihm hinterher. Kein Wort über Boril war über seine Lippen gekommen, so als habe er niemals ein Interesse an ihm gehabt. Es kam mir vor, als würde er ihm nicht mehr bedeuten, wie seine Pferde, die er bei irgendwelchen seiner Leute untergestellt hatte.
Aber was den Abschied von mir betraf, hatte er sich ja auch nicht gerade wie ein liebender Vater verhalten. Seine einzige Sorge schien, dass ich mich meiner Pflicht dem Land und der Familie gegenüber erinnerte. Damit unser ehrbarer Namen nicht auch noch durch mich beschmutzt wurde. Ich nahm zu seinen Gunsten an, seine Mahnung schlösse auch die Pflicht mit ein, meine bevorstehenden Abenteuer zu überleben und danach möglichst bald zu heiraten um den Familiennamen durch viele gezeugte Söhne weiterzutragen. Seufzend ließ ich mich in die Kissen zurücksinken.
Hatte ich tatsächlich mehr von ihm erwartet, vielleicht sogar einen Beweis seiner väterlichen Zuneigung? Eigentlich nicht, sinnierte ich und rang mir ein grimmiges Lächeln ab. So war Vater nun einmal. Selbst die Befürchtung, seinen Haupterben nie mehr wiederzusehen konnte ihn nicht dazu bringen Emotionen zu zeigen. Vielleicht war er ja tatsächlich keiner tiefen Gefühle mächtig.
Ich beschloss, meine bittern Gedanken zu verdrängen und warf entschlossen die Decke von mir als das Rattern der Kutschenräder und das Getrappel vieler

Pferdehufe in der Ferne verklang. Ich war nun ganz auf mich alleine gestellt. Einzig die uralte Donka war noch im Schloss geblieben, sie sollte bis zu meiner Abreise für mich sorgen. Vermutlich würde sie nicht einmal bemerken, dass ich nicht mehr krank war. Sie war fast taub und ihre Augen taugten ebenfalls nicht mehr viel. Wahrscheinlich hatte sie nicht einmal mitbekommen, dass ich verwundet worden war und würde sich deshalb nicht wundern, wenn sie mich herumlaufen sah. Überhaupt hielt sie sich überwiegend in der Küche auf, dort befand sich in einer Nische hinter einem Vorhang sogar ihr Nachtlager.

Ich befreite mich zuerst von dem engen Verband um meine Brust und genoss es, endlich wieder durchatmen zu können. Intensiv betrachtete ich die Stelle, an der mich der Pfeil getroffen hatte. Meine Haut war tatsächlich vollkommen unversehrt, nicht die kleinste Narbe erinnerte noch an die böse Wunde, die mich fast das Leben gekostet hätte. Ich schüttelte ungläubig den Kopf, noch immer konnte ich nicht so recht begreifen, was mir geschehen war.

Dimitri kam mir kurz in den Sinn, doch es gelang mir nicht, den Gedanken an ihn lange festzuhalten. Er war am vergangenen Abend kurz vorbeigekommen und bald wieder gegangen. Heute Abend, so hatte er mir versprochen, würde er kommen und sich lange mit mir unterhalten.

Was sollte ich den ganzen Tag treiben? überlegte ich währen ich in meine Kleider schlüpfte. Placi zu satteln und mit ihm auszureiten traute ich mich nicht. Zwar schien es mir unwahrscheinlich, dass Boril nach Vaters Abreise weiter das Schloss beobachtete, - schließlich hielt er mich für tot. Dennoch wollte ich nichts riskieren.

Alles kam mir fremd vor, als ich durch die Gänge lief, die nun bar jeden Schmuckes waren. Die Bilder an den Wänden waren verschwunden, ebenso die alten Rüstungen und Waffen, die ich seit meiner Kindheit kannte. Meine Schritte hallten hohl auf den Steinfliesen, die nun von keinem Läufer mehr bedeckt waren. Sämtliche Türen zu den Zimmern standen offen, die Räume lagen gähnend leer und dunkel vor mir. Sogar die Fackeln waren aus ihren eisernen Halterungen entfernt worden und die Läden vor den Fenstern fest verschlossen. Nur vereinzelt fielen Streifen von Tageslicht durch kleine Gucklöcher und malten helle Kringel auf die Böden.

Im flackernden Schein der Kerze, die ich bei mir trug, kam mir mein Heim fast vor wie ein Geisterschloss, das schon seit Jahren nicht mehr bewohnt war. Dort wo Bilder an den Wänden gehangen und Schränke gestanden hatten, zeichneten sich dunkle Umrisse auf den leeren Wänden ab. Vater hatte wirklich gründlich ausräumen lassen, noch nicht einmal ein Hocker war zurückgeblieben, auf den man sich setzen konnte.

Aus der Küche hörte ich gedämpfte Geräusche und ging darauf zu. Ich hörte Donka leise vor sich hin brabbeln, so wie sie es oft tat. Sie rührte in einem eisernen Kessel der über dem Feuer hing und warf ab und zu ein paar Zutaten in die siedende Brühe. Der Geruch von Eintopf stieg mir in die Nase, dem einzigen Gericht, das die alte Köchin noch zuwege brachte. Etwas anderes würde ich in den nächsten Tagen nicht in den Magen bekommen. Nun, es sollte mir recht sein, ich war nicht verwöhnt. Hauptsache, ich wurde satt. Ohne die Alte zu stören ging ich an der Küche vorbei und öffnete die schwere Türe, die in den Innenhof führte.

Hier war ich vor neugierigen Blicken sicher, der dreieckige Innenhof wurde an zwei Seiten von Schlossmauern und an einer von schroff aufragenden Felsen begrenzt. Er war nicht allzu groß und lag die meiste Zeit des Tages in tiefem Schatten. Während der Morgenstunden wurde er allerdings von der Sonne beschienen und ich wollte die Zeit nutzen, ein wenig frische Luft zu schnappen.

Da die Pferdeställe geleert und mit Balken vernagelt worden waren, war Placi hier untergebracht worden. Außer ihm gab es noch ein zweites Pferd, das mir unbekannt vorkam. Nun, vielleicht sollte es ein Ersatzpferd für mich sein. Es war ein kleiner Unterstand für die Tiere errichtet worden, sie konnten sich im Hof frei bewegen ohne die Gefahr, entdeckt zu werden. Placi kam mir entgegen getrabt und stieß mich mit der Nase an. Anscheinend fühlte er sich ebenso verlassen wie ich. Ich streichelte ihm über die Nüstern und dachte an Riana. Fast hatte ich ein schlechtes Gewissen, weil ich während der letzten beiden Tage nicht an sie gedacht hatte. Wusste sie überhaupt von dem feigen Anschlag auf mein Leben? Vater hatte nicht erwähnt, ob er einen Boten zum Haus seines Freundes geschickt hatte um ihm mitzuteilen, was geschehen war. Wahrscheinlich hatte er es unterlassen, vermutete ich. Sein Stolz ließ es wohl kaum zu, zuzugeben, dass einer seiner Söhne abtrünnig und fast zum Brudermörder geworden war. Es war mir auch lieber wenn Riana nichts erfuhr, es hätte mich belastet, zu wissen, dass sie sich um mich grämte. Und schließlich war mir ja nichts geschehen, ich war gesund und wohlauf.

Ich setzte mich auf einen Stein und zog das Medaillon unter meinem Obergewand hervor. Die Sonne ließ Rianas Bildnis erstrahlen, als ich den Deckel aufklappte. Sehnsucht überkam mich und ich dachte an jene verzauberte Nacht zurück. Würde es uns vergönnt sein, einst eine Nacht der Vereinigung zu erfahren? Zum ersten Mal bekam ich Angst, den Krieg, in den ich zog nicht zu überleben. Bisher hatte ich nie einen Gedanken an meinen möglichen Tod im Kampf verschwendet. Nein, nahm ich mir vor, ich würde nicht sterben, ich würde leben. Für Riana und die glücklichen Zeiten, die ich mit ihr verbringen wollte. Ich würde aus dem Krieg heimkehren und sie zur Frau nehmen.

So saß ich eine ganze Weile, versunken in Rianas Bildnis und Gedanken an zukünftige glückliche Zeiten mit ihr. Erst als die Sonne weiterzog und es unangenehm kühl wurde, tauchte ich aus meinen Zukunftsträumen auf.

Steifbeinig erhob ich mich um den Pferden aus der Futtertruhe ein paar Scheffel Hafer in den Trog zu füllen. Heu hatten sie zur Genüge in einer Raufe, sie konnten davon so viel fressen wie sie mochte. Nachdem ich Placi zum Abschied nochmals den Hals geklopft hatte, ging ich zurück ins Haus und in die Küche. Wie erwartet war der Eintopf fertig. Donka wollte sich von ihrem Hocker erheben um meinen Teller zu füllen, doch ich gebot ihr mit einer Geste sitzen zu bleiben. Sie grinste mich aus ihrem zahnlosen Mund dankbar an und widmete sich dann wieder ihrem Napf, den sie bedächtig auslöffelte.

Ich setzte mich ihr gegenüber an den Küchentisch, griff nach dem noch warmen Brot und brach mir ein ordentliches Stück ab. Ich verspürte nach dem mageren Frühstück mächtigen Hunger und füllte mir den Teller ein zweites Mal mit Eintopf. Anerkennend nickte ich in Donkas Richtung, zum Ausdruck, wie gut es mir schmeckte. Sie lachte meckernd und zwinkerte mir aus ihren trüben Augen zu. Gerne hätte ich mich ein wenig mit ihr unterhalten, wusste aber von früheren Bemühungen, wie anstrengend das war. Man musste der Alten ins Ohr brüllen, trotzdem verstand sie meist nur die Hälfte, so dass eine Konversation fast unmöglich war. Deshalb ließ ich es lieber ganz sein. Über was hätte ich mit der Greisin auch reden sollen?

Nachdem ich mir einen Krug mit Apfelwein und Wasser gefüllt hatte ging ich zu meinem Zimmer zurück. Hier hatte ich wenigstens ein Bett, auf das ich mich setzen konnte. Ansonsten war auch dieses Zimmer fast gänzlich ausgeräumt worden. Einzig eine Truhe mit meinen Habseligkeiten stand noch an einer Wand.

Ich legte mich aufs Bett, verschränkte die Arme hinter dem Kopf und starrte an die Zimmerdecke. Mir war schrecklich langweilig, doch was konnte ich schon tun? Ich wollte weder an Vater, noch an Aleko oder gar an Boril denken, deshalb vertrieb ich alle aufkommenden Gedanken an sie sofort aus meinem Kopf. Und wenn ich an Riana dachte, an die Nacht mit ihr, so verspürte ich ein lustvolles Ziehen in meinen Lenden, das mich zu unzüchtigen Handlungen verleitete. Das wollte ich aber auf keinen Fall, sie bedeutete mir zu viel, als dass ich die Erinnerung an sie auf diese Weise beschmutzte. Danach wäre ich mir nur schäbig vorgekommen.

Aufstöhnend warf ich mich herum, richtete meinen Blick aufs Fenster. Doch da gab es nicht viel zu sehen, nur einen kleinen Ausschnitt der Felswand, die sich einige Meter entfernt steil erhob. Noch nicht einmal ein Baum oder Strauch unterbrach die graue Eintönigkeit der Steine. Ich starrte sie an bis mir die Augen zufielen.

Ein lautes Klopfen an der Türe riss mich aus dem Schlaf. Erschrocken öffnete ich die Augen, konnte aber kaum etwas sehen. Es war tiefe Nacht, erkannte ich voller Verwunderung, ich musste den ganzen langen Nachmittag und auch den Abend verschlafen haben.

„Herein!" rief ich mit schlaftrunkener Stimme, schwang die Beine über den Bettrand und tastete nach Zunder und Feuerstein um die Kerze neben meinem Bett zu entzünden. Noch ehe ich beides gefunden hatte öffnete sich die Türe und Dimitri trat ins Zimmer. Er trug eine Kerze mit sich, entzündete damit meine und stellte dann seine daneben.

„Hast du geschlafen? Das ist gut, dann bist du ja ausgeruht", sagte er fröhlich und zog den wackeligen Hocker hervor, der unter meiner Bettstatt stand. Vorsichtig ließ er sich darauf nieder, so als traue er ihm nicht. Doch das unscheinbare Möbel war stabiler als es aussah, es gab zwar ein protestierendes Ächzen von sich, hielt aber Dimitris Gewicht stand. Er setzte sich so bequem hin, wie es unter den primitiven Umständen möglich war und musterte mich prüfend.

„Du siehst wieder blendend aus, so als seist du nie verwundet worden", sagte er zufrieden und grinste mich selbstgefällig an. „So ein Schlückchen Vampirblut wirkt halt wahre Wunder..."

Seine Worte brachten mir sofort all die seltsamen Begebenheiten in die Erinnerung zurück, die ich den ganzen Tag trotz meiner Bemühungen nicht mehr zusammengebracht hatte. Plötzlich fiel mir alles wieder ein, die ungewöhnlichen Dinge, die sich zugetragen hatten und auch die Fragen, die ich ihm unbedingt stellen wollte. Mein Kopf war auf einmal so voll davon, dass ich gar nicht mehr wusste, womit ich beginnen sollte.

„Nur keine Eile", lächelte Dimitri und bewies mir damit, dass er schon wieder in meinen Gedanken las. „Wir haben die ganze Nacht Zeit, uns zu unterhalten. Und die nächsten Nächte, - falls die heutige nicht ausreichen sollte."

„Gibt es so viel über dich, - das was du bist, - zu erzählen?" fragte ich verwundert. Er war ein Vampir, rief ich mir ins Gedächtnis zurück. Seltsam, dass mir diese doch so ungewöhnliche Tatsache die ganze Zeit entfallen war. Erst jetzt kam mir das ganze Ausmaß dieses Wortes zur Bedeutung. Ich schüttelte ungläubig den Kopf. Ein Vampir!

„Ja, ein Vampir. Und es gibt tatsächlich einiges über mich zu berichten. Aber es hängt ganz von dir ab, wieviel ich dir preisgeben soll. Vielleicht hast du ja schon nach einigen Minuten genug gehört und willst nichts mehr weiter wissen. Es kann sogar sein, dass ich, - das was ich bin, - dir so widerwärtig erscheint, dass du gar nichts mehr mit mir zu tun haben willst. Was ich jedoch eigentlich nicht annehme. Da du ein Auserwählter bist, müsstest du zumindest neugierig sein, wie dein vampirisches Leben verlaufen könnte. Aber das wird sich alles finden, - im Laufe der Nacht."

„Du ließt in meinen Gedanken", platzte ich heraus und mir wurde bewusst, dass ich ihn ebenfalls mit dem vertraulichen du anredete.

Es schien ihm jedoch nichts auszumachen. „Aber nur in der ersten Zeit", versicherte er ernst. „Wenn wir vertrauter miteinander sind, werde ich es nicht mehr tun. Momentan erleichtert es mir jedoch, dich, - deine wahren Gedanken besser zu verstehen. Gedanken sind direkter, intensiver als Worte, wenn du verstehst was ich meine. Aber falls es dir total zuwider ist lasse ich es sein..."
„Nein, nein, ich denke das geht in Ordnung", meinte ich leicht gedehnt.
„Es ist irgendwie auch faszinierend. Und schließlich habe ich nichts zu verbergen."
„Bei mir sind deine geheimen Gedanken jedenfalls sicher. Ich würde sie nie gegen dich verwenden. Und wie gesagt, wenn wir uns erst einmal besser kennen, so gehören deine Gedanken wieder ganz dir alleine."

„Du bist also ein Vampir", kam ich unumwunden auf die unglaublichste Behauptung zurück, die mir je untergekommen war. „Eigentlich habe ich bisher, - entgegen vieler meiner Landsleute nicht daran geglaubt, dass es Wesen wie Vampire wirklich gibt. Und wenn ich den Geschichten Glauben schenke, die über Vampire erzählt werden, so siehst du zumindest völlig anders aus..."
„Wie sieht ein Vampir denn aus? Nach der Meinung deiner Landsleute...?" fragte er zurück und grinste mich mit breitem Lächeln an. Seine Zähne waren ungewöhnlich gut in Schuss für einen Mann seines Alters, fiel mir auf. Die meisten Leute um die Dreißig hatten schon Zahnlücken oder zumindest faulende Zahnstummel im Mund. Dimitris Gebiss hingegen war kräftig, vollständig und kerngesund, soweit ich das beurteilen konnte.
„Nun..." sagte ich gedehnt und rief mir die Legenden ins Gedächtnis, die so über Untote oder Wiedergänger erzählt wurden. Ich hatte mich nie besonders dafür interessiert da ich Schauergeschichten kaum Geschmack abgewinnen konnte. „....Vampire sind Tote, die aus den Gräbern auferstehen um die Lebenden zu beißen und sie zu Ihresgleichen zu machen. Sie sehen ausgezehrt und krank aus, verstecken sich tagsüber in dunklen Ecken oder Gräbern und kommen nur des Nachts hervor. Sie können keine Nahrung zu sich nehmen, scheuen Wasser, besonders Weihwasser..."
Mehr fiel mir momentan nicht ein und ich zuckte die Schultern. „Auf jeden Fall trifft nichts davon auf dich zu, - soweit ich das beurteilen kann..."
„Oh doch, da trifft sogar einiges auf mich zu", widersprach er mir und lachte über mein ungläubiges Gesicht. „Fangen wir mal an: Das mit den Toten stimmt auf jeden Fall..."
„Du bist doch nicht tot!" unterbrach ich ihn empört. Wollte er mich veralbern? Tote konnten nicht reden, sich nicht bewegen, sie waren... tot eben. Ich sah aber doch, dass er lebte und atmete. Und seine Hände waren warm, nicht kalt wie die eines Leichnams, daran konnte ich mich genau erinnern.

Er sah mich ernst an und erhob sich um vor mich zu treten.

„Jetzt in der Nacht lebe ich. Aber während des Tages bin ich tot. Ich erwache sobald die Nacht anbricht zum Leben und sterbe, sobald der erste Hahnenschrei erklingt. Das ist mein Schicksal und dass jeden Vampirs. Denke einmal nach; hast du mich schon jemals am Tage gesehen?"

Nein, das hatte ich nicht, musste ich zugeben. Er war immer nur während der Dunkelheit bei uns gewesen. Seltsam, es war mir und auch den anderen Bewohnern des Schlosses niemals aufgefallen.

„Tagsüber denkt niemand an mich, das hat mit dem Bann zu tun, den ich über die Menschen lege. Aber darüber erzähle ich dir später mehr. Kommen wir wieder zu der Auflistung zurück, die du über Vampire erstellt hast. Was war es noch..., ach ja, die Sache mit dem Beißen. Die stimmt zumindest zum Teil. Ich beiße Menschen um mich von ihrem Blut zu ernähren. Und ich töte Menschen, das muss ich leider zugeben. Ich sauge das Leben mit dem Blut aus meinen Opfern. Denn nur menschliches Leben hält mich selbst am Leben. Aber die Gebissenen werden nicht zwangsläufig zu Vampiren, so wie es die Geschichten glauben machen wollen. Das wäre auch äußerst fatal, wie du dir sicher vorstellen kannst. Es würde eine Kettenreaktion auslösen, die nicht aufzuhalten wäre und die Welt wäre bald nur noch von Vampiren bevölkert."

Das leuchtete mir zwar ein, war aber Angesichts der Ungeheuerlichkeit seiner vorangegangenen Aussage eher zweitrangig für mich. „Du tötest Menschen und ernährst dich von ihrem Blut?" Ich konnte es nur flüstern und ein Schauer durchjagte meinen Körper. Voller Grauen sah ich ihn an.

Er schien meine Reaktion erwartet zu haben und trat einen Schritt zurück. Doch er löste den Blick nicht von meinem Gesicht. Ich sah in seiner Miene jedoch keine Reue und er schien auch nicht von Scham über sein schändliches Tun gepeinigt. Langsam schüttelte er den Kopf. „Ich bin ein Vampir und Vampire töten. Das ist nun einmal so, selbst wenn ich wollte, ich könnte es nicht ändern. Ich sage dir das so schonungslos, weil jeder Auserwählte wissen muss, was auf ihn zukommt."

Er hob ablehnend die Hand als er sah, wie ich den Mund zum Widerspruch öffnete. „Nein, sage nichts. Ich weiß auch so, was deine Meinung ist. Alle Vampire waren einst Menschen und alle hatten wir zuerst gedacht, es niemals fertigzubringen einen anderen Menschen wegen seines Blutes zu töten. Ich war genau derselben Meinung als ich davon erfuhr. Auch ich hätte damals Stein und Bein geschworen, dass ich niemals ein Vampir werden würde. Und doch bin ich es ohne Zögern geworden als es an der Zeit war. Auch dein Entschluss wird feststehen, sobald deine Zeit gekommen ist. Deshalb nimm es jetzt einfach als Tatsache hin. Du hast wahrlich noch genügend Zeit, darüber nachzudenken."

Ich starrte ihn eine Weile schweigend an und er tat nichts, mich in der einen oder anderen Weise zu beeinflussen. Er stand nur vor mir und blickte mich an. Schließlich nickte ich resignierend und fragte zaghaft. „Erzählst du mir wenigstens, wen du bevorzugt tötest? Ich kann mir nicht vorstellen, dass du wahllos den ersten Besten beißt, der dir über den Weg läuft."
„Darüber will ich dir gerne Auskunft geben", meinte er sanft. „Natürlich treffe ich schon eine Auswahl wenn es mir möglich ist. Und das ist meist der Fall. Meine bevorzugte Beute sind Kranke, Sterbende und Verletzte. An die komme ich leicht heran, da ich ja den Leuten als Arzt bekannt bin. Werde ich nun ans Lager eines Kranken oder Verletzten gerufen, so erkennen meine Vampirsinne schnell, ob dieser Mensch noch eine Lebenschance hat. Ist sie nur noch gering, so erkläre ich ihn kurzerhand zu meinem Opfer und sauge ihn aus. Besitzt er jedoch noch genügend Lebenswille, so versuche ich ihn zu heilen. So, wie es jeder gute Arzt tun würde."
„Gibst du den Kranken von deinem Blut, so wie du es bei mir getan hast?"
Er schüttelte lächelnd den Kopf.
„Nein, das tue ich nicht. Ich versuche die Leute mit herkömmlichen Heilmethoden gesund zu machen. Sterben sie dennoch, so war es eben ihr Schicksal."
„Aber du hast mir von deinem Blut gegeben. Und ich wäre ohne diese Gabe ganz gewiss gestorben..."
„Du bist ein Auserwählter, das sagte ich dir bereits. Aber deine Zeit, zum Vampir zu werden war noch nicht reif. Deshalb erhielt ich dich durch mein Blut am Leben."
Wieder schwieg ich eine Weile und ließ das, was er mir gesagt hatte in mich einwirken. Er wartete geduldig, bis ich meine nächste Frage stellte. „Wie oft musst du töten? Und wen tötest du, sollte gerade kein passendes Opfer vorhanden sein?"
„Im allgemeinen töte ich jede Nacht einen Menschen", gab er unumwunden zu. „Wenn kein passendes Opfer, - wie du es nennst - vorhanden ist, so kann ich auch durchaus ein paar Nächte ohne Blut auskommen. Allzu lange darf es jedoch nicht dauern, das könnte schädlich für mich werden. Sollte ich deshalb nach vier fünf Tagen immer noch keinen Sterbenden gefunden haben, - was aber eher unwahrscheinlich ist, so bin ich leider gezwungen mich an dem Menschen schadlos zu halten, der mir als erster über den Weg läuft. Aber wie ich schon sagte, kommt das kaum einmal vor. Gerade in diesen schlimmen Zeiten wo Hunger, Krankheit und Krieg regieren ist es ein Leichtes für mich, genügend Blut zu bekommen. Es sterben täglich viel mehr Menschen als ich zum Überleben benötige. Wenn es dir eine Beruhigung ist, ich habe schon seit mehr als hundert Jahren keinen Menschen mehr getötet, dessen Zeit eigentlich noch nicht abgelaufen war."

„Seit mehr als hundert Jahren", rief ich verdattert aus. „Ja um Himmels Willen, wie alt bist du denn eigentlich? Ich hielt dich für etwa dreißig Jahre..." Jetzt lächelte er und sah dabei richtig geschmeichelt aus. Anscheinend war er eitel, fuhr es mir durch den Sinn. Seine Worte bestätigten mir diese Vermutung. „Ich danke dir für dieses Kompliment. Tatsächlich war ich bereits etwa fünfzig als ich zum Vampir wurde. Aber alle Vampire, egal in welchem Alter sie sterben, erreichen nach kurzer Zeit das Aussehen, wie sie es in ihren besten Jahren besaßen. Oder auch besessen hätten falls sie in ihrer Jugend sterben. Jeder Vampir den ich kenne wird in etwa um die dreißig Jahre geschätzt, es gibt weder sehr junge, noch sehr alte Vampire. Und dieses Aussehen behalten wir unser unsterbliches Leben lang."

„Und wie alt bist du nun wirklich?" fragte ich nochmals nach. Seine Antwort verschlug mir schier die Sprache. „Vierhundertzwölf Jahre, - in wenigen Wochen werden es vierhundertdreizehn sein. Allerdings feiere ich schon längst keinen Geburtstag mehr. So viele Kerzen passen ja auch auf keinen Kuchen." Er lachte über seinen kleinen Scherz und auch ich musste grinsen.

„Was hältst du von einem Ritt durch die Nacht?" fragte er unvermittelt und dehnte seine Schultern. „Ich brauche ein wenig Bewegung und dir würde sie auch nicht schaden. Wir können uns danach noch weiter unterhalten. Oder auch in den nächsten Nächten, wenn es dir für heute genug sein sollte."

Ich war sofort einverstanden, ein nächtlicher Ausritt war genau das, wonach mir der Sinn stand. Ich brauchte tatsächlich ein wenig Zeit, das zu verdauen, was er mir erzählt hatte. Und die frische Nachtluft würde mir helfen meine Sinne zu klären.

Kapitel 7: Gespräch mit dem Vampir

Schweigend ritten wir nebeneinander durch die sternenklare Nacht. Der Schein des Halbmondes reichte aus, Hindernisse auf dem Weg zu erkennen. Aber Dimitri versicherte mir, auch bei völliger Finsternis sehen zu können. Er verglich die Sehkraft seiner Augen mit der, nächtlicher Jäger wie Eule oder Katze und behauptete sogar Farben erkennen zu können. Ich konnte das kaum glauben, nahm es aber als Tatsache hin, sicher würde er mich nicht belügen.

An seiner Seite zu reiten kam mir irgendwie unwirklich vor, so wie er selbst mir plötzlich unwirklich vorkam. Obwohl ich ihn schon so lange kannte, ertappte ich mich selbst dabei wie ich ihn heimlich musterte als sei er ein völlig Fremder. Er lächelte leicht, so als wüsste er was ich tat, unternahm jedoch nichts, meine Betrachtung zu stören.

Er sah sehr gut aus, eine Tatsache, die mir bisher kaum aufgefallen war. Vermutlich deshalb, weil mich das Aussehen anderer Männer noch nie besonders interessiert hatte. Seine Gesichtszüge waren fein geschnitten, nicht so grob wie die, vieler meiner Landsleute. Er trug halblanges, dunkelbraunes, leicht gewelltes Haar und ein schmaler, sorgfältig rasierter Bart umrahmte sein Gesicht. Besonders auffallend erschienen mir seine hellbraunen, ausdrucksvollen Augen. Bernstein, überlegte ich, seine Augen hatten die warme Farbe von Bernstein. Er war groß, jedoch nicht so groß wie ich und von schlankem Wuchs. Ich fragte mich unwillkürlich, ob er ebenfalls einer adeligen Familie entstammte. Ich kannte weder seinen Nachnamen noch den Ort an dem er geboren war. Nun, irgendwann würde ich ihn einmal danach fragen.

Er schaute zu mir herüber und ein Lächeln enthüllte seine ebenmäßigen Zähne. Plötzlich schob sich ein anderes Bild vor mein geistiges Auge, ich sah ihn, wie er mir von seinem Blut gegeben hatte. Da waren seine Eckzähne lang und messerscharf gewesen...

„Wie hast du das gemacht?" entfuhr es mir und ich fügte hastig hinzu.
„Das mit deinen Zähnen, neulich nachts. Sie sahen ganz anders aus als heute."
„Vampirzähne", erklärte er, als sei das die normalste Sache der Welt.
„Sie wachsen an, sobald mich Blutgier packt."
„Blutgier?" Ich war perplex. An jenem, nur wenige Tage zurückliegendem Abend war ich dem Tode näher als dem Leben gewesen. Wieso hatte das Blutgier in ihm geweckt? Hatte er mich etwa...? Der Gedanke war zu ungeheuerlich, ihn zu Ende zu denken. Plötzlich überkamen mich Zweifel. Befand ich mich in seiner Nähe etwa gar nicht in der Sicherheit, in der ich mich gewähnt hatte? Furcht befiel mich.

Er hielt sein Pferd an, als er meine Gedanken sah und schaute mich tadelnd an. „Natürlich bist du bei mir in absoluter Sicherheit. Wäre das nicht der Fall, du wärst schon längst tot. Ich gebe zu, das Blut, das aus deiner Wunde floss erregte meine Blutgier. Schließlich bin ich ein Vampir. Im Allgemeinen kann ich diesen Drang unterdrücken und tue es auch. Aber an jenem Abend war er mir nützlich. Nur mit spitzen Zähnen kann ich meine eigenen Adern perforieren und da es eilte, dass du mein Blut bekommst ließ ich meiner Gier freien Lauf und meine Zähne wuchsen an. Vielleicht erinnerst du dich noch daran, dass sie sich danach gleich wieder zurückgebildet haben. Du musst lernen, mir zu vertrauen, Malamir. Ich versichere dir, nach über dreihundertfünfzig Jahren Vampirdasein habe ich meine Blutgier vollkommen im Griff."

Ich murmelte eine Entschuldigung die er mit knapper Geste abwehrte. Ich suchte krampfhaft nach einem unverfänglichen Thema und fragte ihn deshalb: „Wo wohnst du eigentlich? Und wer hat dich heute Abend eingelassen? Die alte Donka hört noch nicht einmal einen Kanonenschuss, unmöglich kann sie den Türklopfer gehört haben."

Dimitri lachte und schaute mich schelmisch an. „Ich sagte doch, ich war stets in deiner Nähe. Und was ist näher als das Schloss selber? Ich wohne seit elf Jahren im oberen Turmzimmer. Der Turm besitzt einen separaten Eingang und ich einen Schlüssel dazu..."

„Im Turmzimmer?" Vor Überraschung fiel mir die Kinnlade herab. Aber das war doch unmöglich. Der einzige Turm unseres Schlosses besaß einen separaten Eingang, da hatte Dimitri Recht. Aber der befand sich innerhalb des Schlosshofes und war nur über den Innenhof zu erreichen. Selbst wenn er einen Schlüssel zum Turm besaß, hätte Dimitri nicht ungesehen zu dem Turm gelangen können. Denn jedes Mal wenn er ausging oder heimkehrte hätte er durchs Portal gehen müssen. Dabei wäre er doch ganz sicher bemerkt worden.

„Ich sehe schon, ich muss dir noch sehr viel erklären", gab mir der Vampir auch gleich grinsend Bescheid und erläuterte weiter: „Ich habe doch sicher schon meinen vampirischen Bann erwähnt, oder?" Er wartete keine Antwort ab sondern fuhr fort: „Mit Hilfe dieses Bannes kann ich mich sozusagen unsichtbar machen. Nicht etwa wie mit einer Tarnkappe, das geht leider nicht. Aber sobald ich meinen Bann über die Menschen in meiner Umgebung gelegt habe, bin ich für sie nicht mehr existent. Sie sehen mich zwar und befolgen sogar meine Befehle. Aber sobald sie mich nicht mehr sehen vergessen sie mich sofort und total. Als ich dich zum ersten Mal gesehen und deine Bedeutung erkannte, beschloss ich spontan, dich unter meine Fittiche zu nehmen bis es an der Zeit wäre, dich aufzuklären. Da mein Zuhause weit weg von hier ist und ich keine Lust hatte, mir mühsam eine Bleibe zu suchen, empfahl sich das Schloss geradezu. Ich bat deinen Vater damals, mir sämtliche Räume zu zeigen, was er auch unter dem Einfluss meines vampirischen Zuspruchs bereitwillig tat. Der Turm erschien mir sehr geeignet für meine

Zwecke, denn er war unbewohnt. Also belegte ich ihn kurzerhand mit meinem Bann. Seither kam niemand mehr auf die Idee, auch nur einen Fuß dort hinein, geschweige denn in das obere Zimmer zu setzen. Und wenn ich des Abends erwache, gehe ich ganz ungeniert durchs Haus und jedermann der mir begegnet grüßt mich freundlich und vergisst mich dann sofort wieder. Sogar mein Pferd fand ein warmes Plätzchen im Stall und wurde bestens versorgt. Keinem Knecht fiel jemals etwas dabei ein. Wie du gesehen hast, wurde es sogar zu deinem in den Innenhof eingestellt."

„Ich hatte mich schon gewundert, denn das Pferd kam mir unbekannt vor. Hast du deinen Bann auch über das Tier gelegt? Ich nehme doch nicht an, dass es ein Vampir- oder Geisterpferd ist." Ich musste grinsen bei dem absurden Gedanken.

Auch Dimitri lachte. „Nein, so etwas gibt es meines Wissens nicht. Es ist ein ganz gewöhnliches Pferd. Aber es stimmt, mein Bann liegt auch über ihm. Aber schau mal, dort drüben liegt eine kleine Mariengrotte, zu der die Menschen oft pilgern um den Beistand der Gottesmutter zu erbitten. Möchtest du dort ein Gebet sprechen und um eine gefahrlose Reise für deinen Vater und Bruder bitten?"

Er deutete in Richtung einer Felswand, die unweit von uns aufragte. Ich starrte angestrengt in die angezeigte Richtung seines Fingers, konnte aber außer dunkel aufragenden Steinen nichts erkennen. Wenn er dort eine Grotte sah, mussten seine Augen wirklich ausgezeichnet sein.

Ich überlegte kurz, dann nickte ich zustimmend. Es gab einige, für die zu beten mir am Herzen lag. Hoffentlich würde die Muttergottes meine Gebete erhören. Ich ließ mein Pferd hinter Dimitris herlaufen, der bereits querfeldein zu der kleinen Altarnische in der Felswand ritt. Erst als wir davor anhielten konnte ich die schemenhaften Umrisse der steinernen Maria mit dem Jesuskind auf dem Arm erkennen, die auf einem Podest stand und auf uns hernieder blickte. Davor stand eine hölzerne Bank zum niederknien.

Ich stieg ab, ging darauf zu und ließ mich auf die Knie sinken. Stumm sandte ich meine Gebete zu Maria. Ich bat sie um Schutz für Aleko und auch für Vater, dass sie in der Fremde Zuflucht finden mochten. Auch für Riana betete ich, erbat, die Gottesmutter möge ihre Hände immerfort beschützend über sie halten. Und für Boril, damit er auf den rechten Weg zurückfand und nicht der ewigen Verdammnis anheim fiel. Erst zum Schluss erbat ich Gottes Segen für mich selbst, dass ich dem, was auf mich zukam gewachsen sein würde und es mir vergönnt war gesund aus dem Krieg heimzukehren.

Ich war so vertieft in meine Gebete, dass ich erschrak als sich Dimitris Hand leicht auf meine Schulter legte. „Komm", sagte er leise. „Lass uns weiterreiten."

„Kommst du öfter hier her?" fragte ich ihn als wir wieder auf dem Weg angekommen waren.

Er schüttelte den Kopf. „Nur selten, diese Gegend ist in der Nacht einsam und verlassen, nicht die rechte Umgebung für einen Vampir. Im Allgemeinen ziehe ich die Nähe von Menschen vor. Nicht nur, um meinen Mahlzeiten nahe zu sein..."

Er grinste, als ich erschrocken den Blick zu ihm wandte. „Das war nur ein Scherz", beruhigte er mich. „Ich suche mir meist gleich nach dem Erwachen ein geeignetes Opfer. Danach ist meine Gier soweit gestillt, so dass ich unter Menschen weilen kann, ohne allzu quälenden Blutdurst zu verspüren."

Ich antwortete ihm nicht darauf, noch immer hatte ich mich nicht daran gewöhnt, dass er sich von menschlichem Blut und Leben ernährte. Der Gedanke, dass er Menschen aussaugte erschien mir zu makaber, selbst wenn diese Menschen bereits auf der Schwelle des Todes standen. Deshalb suchte ich fieberhaft nach einem Gesprächsstoff, der für mich angenehmer war. Die Grotte fiel mir wieder ein und eine Eigenheit, die man Vampiren nachsagte...

„Ich dachte, Wesen wie du scheuen religiöse Attribute. Es heißt, Vampire könnten sich nicht in der Nähe heiliger Orte aufhalten oder geweihter Gegenstände berühren. Aber du warst mit mir bei der Marienfigur."

„Aberglaube", winkte er ab und drehte sich leicht im Sattel zur Seite um mir ins Gesicht sehen zu können. Ich sah, dass ein heiteres Funkeln in seinen Augen tanzte. „Woher diese Mär stammt, weiß wohl niemand mehr zu sagen. Ich habe oft darüber nachgedacht, bin aber zu keinem schlüssigen Ergebnis gekommen. Vampire sind jedenfalls nicht gottlos, zumindest nicht die, die ich kenne. Und wenn es unser Tun wäre, das Gott auf diese Weise bestraft, dann müssten sehr viele Menschen ebenfalls Angst vor sakralen Gegenständen und Zeremonien haben. Wie dem auch sei, manchmal ist es ganz nützlich, dass es solche Geschichten über uns gibt. Falls einer von uns in den Verdacht gerät, ein Vampir zu sein - was hin und wieder vorkommen kann, - so kann er sich durch das einfache Berühren eines geweihten Gegenstandes von dem Vorwurf reinwaschen."

„Ist dir so etwas schon passiert? Trotz deines vampirischen Bannes?" wollte ich wissen und er nickte unbekümmert. „Leider ja. Ich befand mich schon in Situationen, da wirkte mein Bann nicht mehr. So ist es zum Beispiel leider keinem Vampir gegeben, eine große Menschenmenge alleine durch seine Magie zu beeinflussen. Der Bann wirkt nur dann perfekt, wenn man jeden einzelnen Menschen damit belegen kann. Bei einer großen Ansammlung versagt er. Jedenfalls dann, wenn man aus irgendeinem Grund in den Verdacht gerät, ein Vampir zu sein. Dann scheint plötzlich jedem unsere Unnatürlichkeit aufzufallen. Es ist nicht schön, so entlarvt zu werden, das kann ich dir sagen. Aber zu meinem Glück ist es mir bisher noch nicht allzu oft passiert."

Neugierig stellte ich die Frage, ob er mir davon erzählen würde. „Wenn wir die nächsten Nächte gemeinsam unterwegs sind, bleibt uns noch mehr als genug Zeit für derlei Geschichten", vertröstete er mich zu meiner Enttäuschung. Seine Ankündigung überraschte mich jedoch so sehr, dass ich es schnell vergaß.

„Du kommst mit? Aber warum? Versteh mich nicht falsch, selbstverständlich freue ich mich über deine Gesellschaft. Aber kann das nicht gefährlich für dich werden? Ich weiß ja selbst nicht einmal, was das für Menschen sind, mit denen ich demnächst in den Kampf ziehen werde. Was ist, wenn unser Trupp während des Tages weiterzieht? Du wirst mich aus den Augen verlieren."

„Mach dir keine Sorgen um mich, ich komme schon zurecht. Und ich werde dich weder verlieren, noch bei deinen Kameraden auffallen. Ich kenne diese Sorte Männer bestens, die sich der Sache des Freiheitskampfes verschrieben haben. Bevor ich auf dich traf und vorübergehend sesshaft wurde bin ich schon so manches Mal mit den Haiduken in den Kampf gezogen. Ein Feldarzt und Chirurg ist bei diesen Menschen immer wohl gelitten. Selbst wenn er nur des Nachts erscheint. Ich versorgte ihre Verletzten und behandelte ihre Krankheiten. Und ich erlöste jene, die zu schwer verletzt waren, um weiterleben zu können. Dass ich mich gleichzeitig von ihnen ernährte blieb mein Geheimnis."

„Und wo verbrachtest du die Tage?" fragte ich, noch immer nicht überzeugt. „Am Tage bist du tot, hast du mir gesagt. Und zudem darauf angewiesen, vor Tageslicht geschützt zu sein..."

„Alles kein Problem", winkte er ab und erklärte weiter: „Ich habe mir schon vor langer Zeit eine große Plane aus dickem, eingefetteten Rinderleder besorgt, die ich zusammengerollt hinter meinem Sattel mitführe. Sollte ich einmal keinen geeigneten Unterschlupf finden, so suche ich mir einen möglichst abgeschiedenen Ort, wickele mich fest in die Plane und verschlafe darin den Tag. Durch meinen Bann halte ich zufällig vorbeikommende Menschen davon ab, mein Versteck zu entdecken."

Er lächelte verschmitzt als er weiter fortfuhr: „Manchmal, wenn ich mit größeren Truppen für längere Zeit unterwegs war, besorgte ich mir einfach einen Wagen oder quartierte mich in einem der Fuhrwagen ein, die Gerätschaften oder Proviant transportierten. Unter Zuhilfenahme meines Vampirzaubers konnte ich dort ungestört die Tage verschlafen. Du siehst, es ist ein Leichtes für mich, dir und deiner Truppe nahe zu bleiben."

„Du bist anscheinend wild entschlossen, mich durch mein weiteres Leben zu begleiten", lachte ich. Er schaute mich ernst an. „Ja, das bin ich. Es sei denn, meine Gesellschaft ist dir nicht angenehm. Wie ich schon sagte, kann ich dich auch aus der Distanz beobachten um dir notfalls beizustehen."

Ich war ebenfalls ernst geworden und schaute ihm offen ins Gesicht. „Also ich habe gegen deine Gesellschaft nichts einzuwenden. Irgendwie kommt es mir vor, als wären wir schon ewig Freunde und das gefällt mir. Aber ist es kein zu großes Opfer für dich, so lange an meiner Seite zu bleiben? Du sagst, du tust es schon seit elf Jahren und willst es auch weiterhin so halten. Sicher hast du aber doch deine ureigene Vorstellung, wie du dein Leben gestalten möchtest. Ich will dich nicht zwingen, dich meiner Lebensweise oder meinen Gewohnheiten anzupassen."

Jetzt lachte er. „Vor allem willst du nicht, dass ich mich zu sehr in dein Leben einmische, nicht wahr. Sprich ruhig aus was du denkst. Du fürchtest insgeheim, ich könne deine Zweisamkeit mit Riana stören, wenn du erst einmal mit ihr verheiratet bist."

Verlegen wandte ich den Blick ab, denn genau das war mir durch den Sinn gegangen. Ich hatte nichts gegen seine Freundschaft und seine Nähe, solange ich mit den Haiduken umher zog. Und auch danach würde er mir als Freund gerne willkommen sein. Aber ich konnte mir nicht vorstellen, dass er auch bei mir blieb, wenn ich verheiratet war und eine eigene Familie besaß.

„Du machst dir zu viele Gedanken", beruhigte er mich. „Ich habe keinesfalls vor, dich fortan wie eine Glucke ihre Küken zu bewachen. Ich werde nur solange bei dir bleiben, wie das auch dein Wunsch ist. Und wenn du eine Familie gründest, so werde ich zwar in deiner Nähe bleiben, euch jedoch nicht stören. Du wirst nur den Kontakt zu mir haben, den du dir selber wünschst."

„Ich möchte auf jeden Fall mit dir in freundschaftlichem Kontakt verbunden bleiben", versicherte ich ihm und es war mir erst damit. Eine Frage hatte ich jedoch noch, die mir am Herzen lag. „Wirst du Riana verraten, was du bist? Oder muss das ein Geheimnis zwischen uns bleiben?"

„Das weiß ich heute noch nicht", gab er mir zur Antwort. „Ich kenne deine Braut nicht und weiß nicht wie sie auf die Wahrheit über mich reagieren würde. Unter Umständen wird sie nie erfahren was ich bin. Was deine anderen Zweifel betrifft; so macht es mir nichts aus, dir Jahrzehnte meines unsterblichen Lebens zu widmen. Das würde jeder Vampir tun, der einen Auserwählten gefunden hat."

„Und jeder Vampir weiß sofort, wann er einen Auserwählten vor sich hat?" wollte ich wissen. Doch Dimitri schüttelte lächelnd den Kopf. „Nein, nicht alle. Ich behaupte sogar, die meisten wissen es höchstens im Unterbewusstsein. So war es auch bei meinem Erschaffer. Er trat eines Tages in mein Leben, zufällig, wie wir beide meinten. Seitdem verband uns eine stetig wachsende Freundschaft, wir waren fast unzertrennlich. Trotzdem dauerte es Jahre bis er sich mir als Vampir zu erkennen gab und erst als mein

Tod nahe war kam er zu dem Entschluss, mich zu seinesgleichen zu machen. Davor hatten weder er noch ich dieses Thema jemals erwähnt."
„Und du bist dir sicher, er hat es zuvor nicht bemerkt?"
„Wir sprachen natürlich später darüber, nachdem meine Umwandlung von statten gegangen war. Und er versicherte mir, es sei ihm nie bewusst geworden. Er hatte nur den Drang verspürt, mich nicht zu verlassen, immer in meiner Nähe zu bleiben."
„Und warum ist es bei dir und mir anders?" fragte ich verwundert. Aber er zuckte nur die Schulter. „Ich weiß es einfach. Vielleicht sind meine Sinne einfach sensibler, so war es schon als ich noch ein Mensch war. Schon damals konnte ich in die Gedanken meiner Mitmenschen sehen, wusste was sie dachten oder planten. Ich konnte in die Zukunft sehen und so manches Unglück vorhersagen. Das brachte mir oft Verdruss ein, zumal ich über heilende Hände verfügte und so manchen Kranken dem Tode entriss, der normalerweise hätte sterben müssen. Für viele Menschen meiner Zeit war ich ein Hexer und sie vergolten mir meine Dienste schlecht. Aber auch das ist eine längere Geschichte, die ich dir zu gegebener Zeit einmal erzählen werde."
Eine Weile ritten wir schweigend, für mich gab es so viel nachzudenken, dass mir fast der Schädel brummte. Immer neue Fragen drängten in mein Gehirn, es waren so viele, dass ich nicht wusste mit welcher ich beginnen sollte. Dimitri unterbrach meine Grübeleien nicht und forderte mich auch nicht auf, weitere Fragen zu stellen. Er war sich sicher, mir im Laufe unzähliger Nächte all die Antworten geben zu können, nach denen ich lechzte. So als zöge ich nicht bereits morgen in einen ungewissen Krieg. Ein Krieg, den die meisten, die ihn vor mir gesucht hatten, nicht überlebt hatten. Die Heere der Osmanen waren einfach zu groß und stark als dass ein paar Freiheitskämpfer ihnen ernsthaften Schaden zufügen konnten.
„Warum wagst du dann überhaupt diesen Schritt, wenn du doch nicht an einen Sieg glaubst?" fragte Dimitri leise und zeigte mir, dass er wieder einmal an meinen Gedanken teilhatte. Ich dachte lange über eine Antwort nach, fand jedoch keine, die mich selbst überzeugte.
„Vielleicht weil es von mir erwartet wird", meinte ich schließlich schulterzuckend. „Vater bestand darauf, dass seine Söhne für die Befreiung Bulgariens kämpfen. Er sagt, dass seien wir unserem Namen schuldig. Und bislang habe ich auch nicht darüber nachgedacht. Doch nun kommen mir Zweifel. Ich möchte nicht sterben, nicht so früh. Vor allem wo ich nun Riana kennengelernt habe will ich unbedingt leben. Ich möchte sie heiraten, mit ihr Kinder zeugen und glücklich sein."
„Dann lass es sein, in den Krieg zu ziehen. Du wirst nichts ändern können, indem du für eine bereits verlorene Sache dein Leben riskierst."

Ich schüttelte abwehrend den Kopf. „Nein, das kann ich nicht. Mein Vater und Rianas Vater erwarten es von mir. Ich habe ihnen mein Wort gegeben und ein Dimitroff bricht sein Wort nicht. Jetzt, da schon Boril für unsere Sache verloren ist, muss wenigstens ich die Familienehre aufrecht halten."
Dimitri seufzte neben mir hörbar auf, enthielt sich aber eines weiteren Kommentars. Mir war nur Recht, dass er nicht weiter in mich drang. Je länger ich darüber nachdachte, desto mehr wurde mir bewusst, dass ich wirklich nicht in den Kampf ziehen wollte. Rigoros verdrängte ich den verlockend in mir aufkeimenden Gedanken, die mir aufgezwungenen Pläne einfach aufzugeben, Riana zu holen und mit ihr irgendwohin zu gehen, wo wir beide ein ungestörtes Leben führen konnten.

Es war bereits weit nach Mitternacht, als wir wieder beim Schloss angelangten. Wir führten die Pferde in den Innenhof und sattelten sie ab. Nachdem sie abgerieben und mit Futter und Wasser versorgt waren, schaute Dimitri mich fragend an. „Falls du müde bist, verlasse ich dich für heute. Ansonsten können wir gerne noch eine Weile reden."
Ich war nicht müde, schließlich hatte ich den größten Teil des Tages verschlafen. Deshalb lud ich ihn ein, mit mir in mein Zimmer zu kommen.
„Viel anbieten kann ich dir leider nicht, nur etwas Apfelwein und trockene Kekse." Ich stockte, da mir einfiel, dass er ja vermutlich außer Blut nichts zu sich nahm. Unsicher sah ich ihn an, doch er grinste nur. „Mach dir meinetwegen keine Umstände. Ich habe heute zwar nichts zu mir genommen, das macht mir aber nichts aus."
Ich meinte, ein leichtes Aufblitzen in seinen Augen zu sehen und erschrak. Sofort ärgerte ich mich über meine dumme Furcht und lächelte ihn verkrampft an. Trotzdem ich mich sofort wieder in der Gewalt hatte, schien er meine Unsicherheit zu bemerken. Doch bevor er etwas sagen konnte, meinte ich schnell: „Ich weiß, du würdest mir nichts tun, aber das ist alles noch so neu für mich. Entschuldige bitte..."
„Oh, ich bin dir nicht böse. Ich kann mir gut vorstellen, wie es dir ergeht. Nach allem, was in den letzten Tagen auf dich eingestürmt ist müssen deine Nerven angekratzt sein. Es erstaunt mich sowieso, wie gelassen du bisher reagiert hast. Vielleicht wäre es besser, ich würde gehen und dich schlafen lassen. Die nächsten Tage werden anstrengend werden, da solltest du ausgeruht sein."
„Nein, bleib' noch ein wenig. Ich bin noch nicht müde und könnte sowieso nicht schlafen. Außerdem bin ich etwas angespannt wegen dem, was auf mich zukommen mag. Ich habe bisher noch nie ernsthaft gekämpft und der Gedanke, Menschen zu töten macht mir Angst. Mit Vater konnte ich nicht darüber sprechen, er hätte mich nicht verstanden. Boril vertrat die Ansicht,

einen Osmanen zu töten sei keine Sünde, da sie alle Heiden seien. Aber ich kann ihm darin nicht wirklich zustimmen. Für mich sind es vor allem Menschen..."

Unsicher sah ich Dimitri an. War er, was das Töten von Menschen anging der richtige Gesprächspartner für mich? Ein Mann, der selbst seit Jahrhunderten Nacht für Nacht tötete? Mein Gott, wie viele Menschen waren ihm schon zum Opfer gefallen? Es mussten Tausende sein. Vor meinem geistigen Auge sah ich ein Schlachtfeld, übersät mit ausgesaugten Leichnamen. Voller Grauen schüttelte ich mich. Konnte es wirklich meine Bestimmung sein, so zu werden wie er?

Er kannte meine Gedanken, sah, was ich sah. Und er legte mir die Hand auf die Schulter. Sein Blick bohrte sich in meinen und er zwang mich mit seinem Willen, ihm standzuhalten. „Du hast Recht, Malamir. Es sind sicher Tausende, die ich getötet habe. Aber ich versichere dir, ich habe ihnen nichts genommen außer ein paar Stunden des Schmerzes, des Siechtums und der Todesangst. Deshalb kann ich sehr gut mit dem Gedanken leben. Zugegeben, es war hier und da ein Mann dabei, der nicht bereits auf der Schwelle des Todes stand. In seltenen Ausnahmefällen töte ich auch einmal einen Menschen, der noch mitten im Leben steht. Manchmal ist man zu Entscheidungen gezwungen, die man unter normalen Umständen nicht fällen würde. Auch für Vampire gibt es Zeiten des Krieges. Und in jedem Krieg müssen Unschuldige sterben. Auch die Osmanen, die du vielleicht bald töten wirst sind unschuldig, zumindest in ihren eigenen Augen. Sie kämpfen für eine Sache, von der sie ebenso überzeugt sind wie du von der Deinen. Und sie setzen Prioritäten genau wie du es tun wirst."

Ich dachte über seine Worte nach und fand, sie waren nicht abwegig. Wenn ich mich morgen auf den Weg machte, dann führte mich dieser Weg zwangsläufig in ein völlig neues Leben. In ein Leben voller Gewalt, Blut und Tod. Und es konnte sehr gut sein, dass ich geradewegs meinem eigenen Tod entgegen zog.

„Ich glaube, ich muss jetzt doch eine Weile alleine sein", sagte ich endlich und blickte ihn an. „Mein Kopf schmerzt und ich fühle mich etwas müde"

Er nickte verständnisvoll. „Dann sehen wir uns morgen Abend. Schlaf dich gründlich aus, denn wir werden nur des Nachts unterwegs sein können. Das wird eine große Umstellung für dich bedeuten. Bis du dich an das nächtliche Leben gewöhnt hast, werden wir vermutlich nicht allzu schnell vorankommen."

Er wünschte mir eine gute Nacht und ging zur Tür. Doch ehe sie hinter ihm ins Schloss fiel, kam mir eine Frage in den Sinn, die ich unbedingt noch stellen wollte.

„Dimitri", rief ich halblaut und er drehte sich zu mir um und sah mich fragend an.

„Du sagtest, du konntest früher in die Zukunft sehen. Besitzt du diese Gabe auch heute noch?"

Seine Augenbrauen zogen sich zusammen und er musterte mich mit einem seltsamen Ausdruck in den Augen. Dann nickte er knapp. „Manchmal", sagte er. „Warum?"

„Nun, ich würde gerne wissen, wie meine Zukunft aussieht. Werde ich überleben? In mir fühle ich eine unbestimmte Angst. Ich meine, eine dunkle Ahnung zu spüren. Wenn du meine Zukunft kennst, so sage es mir."

Er blieb eine Weile stumm stehen und starrte mich an. Dann meinte er fast brüsk: „Tut mir leid, aber ich sehe nichts." Er drehte sich um und ging eilig aus der Türe. Mit einem Geräusch, das in meinen Ohren endgültig klang fiel sie ins Schloss.

Kapitel 8: Dimitris Geschichte

Schon vor Einbruch der Dunkelheit hatte ich alle Vorbereitungen für den nächtlichen Ritt getroffen. Die wenigen Dinge, die ich mitnehmen wollte, - Kleidung zum Wechseln und warme Decken, hatte ich bereits am Vormittag zusammengesucht. Ich verstaute alles sorgfältig in einer gefetteten Lederplane, die groß genug war, mir mitsamt meiner Habe bei Regen Schutz zu bieten. Daneben fiel der Ledersack kaum ins Gewicht, der Dinge für den täglichen Bedarf beinhaltete. Dass war mein Essgeschirr, ein großes Stück Talgseife und mein Rasiermesser mit Wetzriemen. Bisher hatte ich viel Wert auf meinen sorgsam gestutzten Kinn- und Backenbart gelegt. Allerdings vermutete ich, bald nicht mehr die nötige Zeit für eine morgendliche Rasur zu finden. Zudem war fraglich, ob ich in nächster Zeit überhaupt noch genügend Interesse für ein gepflegtes Äußeres aufbringen würde. Das Leben der Haiduken war karg. Ich würde mit Männern zusammenleben, die in den Bergen in Höhlen unter primitiven Unterständen hausten. Wahrscheinlich musste ich froh sein wenn mir das nackte Leben blieb.

Wie immer, wenn mich Gedanken an meine unmittelbare Zukunft überfielen, versuchte ich sie zu verdrängen. Deshalb ging ich zum Innenhof und versorgte die Pferde. Sie bekamen beide eine tüchtige Portion Hafer in die Tröge, denn auch für die Tiere würden vermutlich bald magere Zeiten anbrechen. Zum Glück begann in wenigen Wochen der Sommer, es würde also wenigstens genügend Gras geben, so dass sie nicht hungern mussten. Wie es mir in der Hinsicht ergehen würde, wusste ich nicht. Aber ich rechnete nicht damit, mich jeden Tag satt essen zu können. Deshalb sprach im am Mittag Donkas Eintopf nochmals herzhaft zu. Bestens gesättigt ging ich danach zu meinem Zimmer um den Nachmittag zu verschlafen.

„Wie steht es eigentlich mit deiner Mahlzeit?" wollte ich wissen und schaute fragend zu Dimitri hinüber. Er war kurz nach Einbruch der Dunkelheit in meinem Zimmer erschienen und hatte mich geweckt. Wir waren kurz danach aufgebrochen, nachdem er zuerst intensiv in die Nacht gelauscht hatte. Dasselbe Verhalten war mir schon am Vorabend aufgefallen und er hatte auf meine Frage geantwortet, er überprüfe ob Menschen in unmittelbarer Nähe wären. Er könne ihre Herzschläge hören und vertraute Personen an ihrer Aura erkennen, hatte er mir erklärt. Und mich beruhigt, dass Boril nicht in unserer Nähe weile.

„Ich habe nicht unbedingt vor, mir heute Nacht eine Blutmahlzeit zu suchen", beantwortete er meine Frage und fügte hinzu: „Ich muss nicht jede Nacht trinken, ein Vampir in meinem Alter kann einige Nächte ohne Blut überstehen ohne Schaden zu nehmen. Mach dir also um mich keine Gedanken. Ich werde dich schon nicht anfallen weil mich die Gier packt."

Er grinste mich an, so als sähe er sehr genau wie ich bei seinen Worten errötete. Er unterließ es jedoch, mich zu tadeln, dass ich ihm noch immer nicht völlig vertraute. Insgeheim schalt ich mich selbst für meine immer wieder aufflackernde Furcht.

„Du wirst schon noch lernen, mir voll und ganz zu vertrauen", brummte er nur zuversichtlich und wechselte das Thema: „Du bist heute ziemlich schweigsam. Machst du dir Sorgen wegen dem, was bald geschehen mag?"

Ich nickte und rollte unbehaglich mit den Schultern: „Ehrlich gesagt habe ich Angst, die in mich gesetzten Erwartungen nicht zu erfüllen. Und fast noch mehr Angst habe ich davor, das erste Mal einen Menschen zu töten. Ich bin mir nicht sicher ob ich dazu fähig bin. Wenn ich es aber nicht fertigbringe, werde vermutlich ich selbst sehr bald getötet..."

Er sah mich sehr ernst an und sprach erst nach einer Weile. „Wenn es zum Kampf kommt wirst du dein Gewissen ausschalten und nur noch deinem Instinkt gehorchen. Glaube mir, es ist so, ich habe schon viele Männer im Krieg erlebt und weiß, dass die meisten so reagieren. Dein Selbsterhaltungstrieb wird dir sagen was zu tun ist."

Ich seufzte schwer und murmelte: „Warum bin ich bloß in einer Zeit des Krieges geboren? Das Leben könnte so angenehm sein, aber die Menschen vergeuden ihre Zeit damit, sich gegenseitig zu bekriegen. Was meinst du, - werden bald friedlichere Zeiten anbrechen?"

Erneut traf mich ein langer Blick, dann schüttelte Dimitri langsam den Kopf. „Ich fürchte nein. Ich verfolge die Geschicke dieses Landes schon lange, wie du weißt. Und ich habe bereits die Anfänge dieses Krieges miterlebt. Leider muss ich sagen, es sieht schlecht aus für unsere Zukunft. Die Osmanen scheinen unendlich viele Krieger aufbringen zu können. Und sie sind wild entschlossen, die Herrschaft an sich zu reißen. Wir sind gegen sie nur ein kleines Volk mit viel zu wenigen Soldaten. Und auch unsere Nachbarländer können uns nicht beistehen, da sie ebenso bedroht sind wie wir."

„Also ist es deiner Meinung nach sinnlos, was ich vorhabe?" fragte ich direkt und er nickte. „Es wird nichts nützen. Gegen die Osmanen seid ihr paar Widerstandskämpfer nur eine Handvoll Leute. Ihr könnt gegen sie nicht gewinnen, - nur den Tod finden..."

Ich zügelte Placi und starrte Dimitri an. „Willst du mir damit sagen, ich solle mein Vorhaben lieber aufgeben?"

Auch er hielt sein Pferd an und schaute mich fast trotzig an: „Ja das will ich. Noch hast du Zeit, es dir anders zu überlegen. Hol deine Riana und geh mit ihr fort, in ein möglichst weit entferntes Land. Du hast mich gestern gefragt ob ich deine Zukunft sehe. Nun das tue ich in gewisser Weise. Sie wird wie die all der idealistischen Männer sein, die meinen den Osmanen trotzen zu können. Kaum einer von ihnen hat seinen Wagemut überlebt und die,

die nachfolgen werden es ebenfalls nicht. Es ist ein Kampf Daniel gegen Goliath. Nur dass es diesmal Daniel nicht gelingen wird, Goliath zu besiegen. Du wirst zwischen den Fronten zermalmt werden, Malamir."

„Willst du deshalb mit mir kommen?" flüsterte ich tonlos und er zuckte die Schultern. „Ja", gab er leise zu und blickte mich unverwandt an. „Ich fürchte um dein Leben. Aber nicht, weil ich deinen Tod gesehen habe, das ist nicht der Fall. Ich fürchte um dich, weil ich schon viele Männer habe sterben sehen, die sich den Haiduken angeschlossen haben. Sie starben für ihre Freiheit und die Freiheit ihrer Kinder. Aber sie haben nichts erreicht. Der Feind zieht weiter voran und knechtet weiter das Land. Und von den Freiheitskämpfern bleiben höchstens ein paar Legenden übrig."

Er lenkte sein Pferd noch näher an meines, sah mir eindringlich in die Augen. „Willst du wirklich für eine verlorene Sache sterben, Malamir? Noch hast du die Gelegenheit, dein Schicksal zu wenden."

Lange starrte ich ihn schweigend an, in meinem Kopf überschlugen sich die Gedanken. Doch dann senkte ich resigniert den Blick. „Ich kann nicht zurück", wisperte ich kaum hörbar doch Dimitri verstand mich dennoch. Auch die Worte, die nicht über meine Lippen kamen hörte er. Rianas Vater baute darauf, dass ich für die Freiheit des Landes kämpfte. Er würde mir niemals verzeihen, wenn ich aus Feigheit einen Rückzieher machte. Und er würde mir niemals Riana zur Frau geben.

„Du wirst sie auch nicht bekommen, wenn du im Kampf getötet wirst", gab Dimitri zu bedenken, doch mein Entschluss stand fest. Ich konnte nicht anders, ich musste es wenigstens versuchen. Energisch trieb ich mein Pferd wieder an und Dimitri folgte mir schweigend. Er machte keinen Versuch mehr, mich umzustimmen.

Wir waren die dritte Nacht unterwegs und meine Laune war so mies wie das Wetter. Es regnete in Strömen und wir waren durchgeweicht bis auf die Knochen. Die Pferde stampften langsam durch knöcheltiefen Matsch, es war zu gefährlich, sie schneller voranzutreiben.

Verstohlen musterte ich Dimitri der mit stoischem Gesichtsausdruck neben mir ritt. Die Nässe und Kälte schien ihm nichts auszumachen, während ich das Klappern meiner Zähne kaum noch kontrollieren konnte. Der Wetterumschwung war überraschend gekommen, ein Gewitter in der letzten Nacht hatte die frühsommerliche Wärme vertrieben. Der wolkenverhangene Himmel schüttete seit Stunden Unmengen von Wasser auf uns herab. Dimitri hatte vorgeschlagen, den Regen abzuwarten und erst in der nächsten Nacht den Ritt fortzusetzen, doch ich hatte abgelehnt.

Nun bereute ich meinen Entschluss und sehnte mich nach dem einfachen Zimmer in dem kleinen Gasthof zurück, in dem wir haltgemacht hatten.

Auf einen Tag wäre es nun wirklich nicht angekommen, gestand ich mir ein und ärgerte mich über meine Sturheit. Ich wurde zwar erwartet, doch ein bestimmter Tag war nicht vereinbart worden. Wenn ich erst in zwei oder drei Wochen bei meinen zukünftigen Kameraden eintraf, so war das auch gut. Warum wollte ich unbedingt so bald dort eintreffen? fragte ich mich nun. Damit ich in meinem Entschluss nicht doch noch schwankend wurde? Ich fegte den Gedanken mit einem raschen Wischen über mein nasses Gesicht mit fort.

„Dort drüben ist eine Hütte", hörte ich Dimitri sagen und schaute in die angezeigte Richtung. Außer Regenfäden und verschwommener Landschaft konnte ich allerdings nichts erkennen.

„Wir könnten dort haltmachen und versuchen, unsere nassen Kleider zu trocknen", schlug er vor. „Du wirst sonst noch zu Tod kommen, ohne auch nur einmal dein Schwert gegen den Feind erhoben zu haben." Ich meinte einen sarkastischen Unterton herauszuhören, doch als ich Dimitri ins Gesicht blickte sah ich nur ehrliche Besorgnis darin.

Seit unserem Gespräch in der ersten Nacht war unser Verhältnis ein wenig abgekühlt, was vor allem an mir lag. Seine Mahnung schwirrte hartnäckig durch meinen Kopf und es fiel mir immer schwerer, meinem Vorsatz treu zu bleiben. Dimitri hingegen hatte seither kein Wort mehr darüber verloren.

Zustimmend nickte ich und trieb mein Pferd hinter seinem her quer über eine sumpfige Wiese. Die Hufe unserer Reittiere erzeugten schmatzende Laute auf dem nassen Boden. Ansonsten war es merkwürdig still, das monotone Rauschen des Regens verschluckte alle Geräusch. Ich bemerkte die winzige Hütte erst, als wir schon fast davor standen, sie lag halb hinter dichten Büschen verborgen. Einladend sah sie nicht gerade aus mit ihrem zusammengesunkenen Strohdach. Vermutlich würde es drinnen ebenso nass sein wie hier draußen. Doch wenn wir nun schon davor standen, konnten wir auch hineingehen und uns umschauen.

Das schien auch Dimitris Gedanke, er war bereits vom Pferd gestiegen und öffnete die Tür. Die leichte Berührung reichte aus, das morsche Holz zu zerbröckeln, anscheinend stand die Hütte schon sehr lange leer. Meine Hoffnung auf einen trockenen Platz schwand noch mehr und zerstob vollends, als ich ins Innere trat.

Der Regen floss ungehindert durch große Löcher im Dach und nässte das verfaulte Stroh auf dem Boden. Modriger Geruch stieg daraus auf und ich sah ein paar kleine Schatten eilig davon stieben, - Ratten. Ich schüttelte mich angeekelt, diese Biester waren mir zutiefst zuwider.

Dimitri schienen sie nicht zu stören, zielstrebig steuerte er die einzige gemauerte Wand an und blieb mit prüfendem Blick davor stehen. Das konnte ich natürlich eher ahnen als sehen, in der Finsternis konnte ich mit Mühe seine

Umrisse erkennen. Seine Stimme klang jedoch zuversichtlich als er sich zu mir umwandte. „Wie ich mir dachte ist das Dach an dieser Stelle heil geblieben. Die Mauer und der Kamin bieten etwas Schutz gegen die Witterung. Komm her, hier ist genügend trockener Platz für uns beide. Sogar Holz liegt herum, wir können also ein Feuer im Kamin machen und unsere Sachen trocknen. Für die Pferde reicht es allerdings nicht, wir werden ihnen die Sättel abnehmen und sie grasen lassen. Mach du das bitte, ich versuche inzwischen ein Feuer in Gang zu bringen."

Als ich wenig später wieder die Hütte betrat brannte das Feuer bereits. Dimitri half mir unsere Sättel und die Reisetaschen vor den Kamin zu tragen. Wir durchsuchten unser Habe und legten alles was nass geworden war heraus, damit es trocknen konnte. Unsere Umhänge hängten wir an einem eisernen Haken neben dem Kamin auf.

„Du solltest unbedingt deine nassen Kleider gegen trockene austauschen", riet mir Dimitri. „Sonst bekommst du am Ende noch eine Lungenentzündung."

„Und was ist mit dir?" fragte ich, während ich mich schon aus den feuchten Stoffen wand. Bibbernd vor Kälte suchte ich eilig ein paar frische Sachen aus meinem Beutel. Zu meinem Glück hatte die Lederplane dicht gehalten. Als ich wieder angezogen war hängte ich mir noch zusätzlich eine Decke um die Schulter, damit mir warm wurde.

„Ich kann nicht krank werden und die nassen Kleider stören mich auch nicht. Ein Vampirkörper ist recht unempfindlich gegen Witterungseinflüsse", gab er mir zur Antwort während er in den Flammen stocherte um sie besser zu entfachen. Durch das Feuer wurde es nicht nur warm, es spendete auch genügend Licht, so dass ich endlich wieder etwas erkennen konnte. Neugierig sah ich mich um. Es sah ganz so aus, als sei die Hütte von ihren Bewohnern Hals über Kopf verlassen worden. Sie hatten anscheinend nichts mitgenommen. Über dem Feuer hing noch ein Kupferkessel und weiteres Geschirr stand auf einem Bord an der Wand. Auch einen Tisch gab es, und vier Schemel, die aber ziemlich verschimmelt aussahen, da sie unter dem undichten Dach standen.

„Die einstigen Bewohner haben nichts mitgenommen", sinnierte ich laut und sah Dimitri kopfschüttelnd an. „Ist das nicht seltsam?"

„Sie haben ihr Häuschen ja auch nicht verlassen", gab er mir halblaut zur Antwort und deutete mit dem Kinn in eine Ecke. Ich folgte seinem Blick und erstarrte. Auf verrotteten Strohsäcken, halb bedeckt mit modernden Laken lagen die unterschiedlich großen Skelette von zwei Kindern. An einer Wand erkannte ich die verkrümmt daliegenden Knochen eines erwachsenen Menschen und neben der Türe die eines weiteren. Die Reste eines Häubchens auf dem Schädel ließen den Schluss zu, dass es eine Frau war, die hier gestorben war.

„Vermutlich wurden sie überfallen und ermordet", sprach Dimitri leise weiter. „Ihre Kate liegt so abgelegen, dass niemand bemerkt hat, dass es sie nicht mehr gibt."
Schaudernd löste ich den Blick von den Knochen und blickte Dimitri an. „Wie lange werden sie wohl schon hier liegen?" Doch er zuckte nur die Schultern. „Das kann ein Jahr sein oder auch fünf. Nach dem Verfall des Daches denke ich, es ist schon eine Zeitlang her. Wir werden es wohl nie erfahren."
Er bückte sich und stöberte in einer Holztruhe, die an der Wand stand. Schließlich förderte er ein Laken zutage und ging damit auf die Skelette der Kinder zu. „Bereite du dir eine Mahlzeit zu, ich werde inzwischen die Überreste dieser unglücklichen Familie hinter dem Haus begraben." Ohne eine Antwort abzuwarten machte er sich daran, die Knochen einzusammeln und auf das Laken zu legen. Mit seiner makabren Last verließ er die Hütte und ich hörte ihn kurz danach draußen schaufeln. Anscheinend hatte er irgendwo eine Schippe gefunden. Nach einer Weile kam er zurück, triefend vor Nässe und mit schlammbespritzten Kleidern.
„Jetzt muss ich mich doch noch umziehen", brummte er und begann sofort damit. Die verdreckten Sachen hängte er zu den Umhängen vor den Kamin. Dann setzte er sich neben mich auf die einzige trockene Bank. Ich war gerade dabei, ein paar Happen Brot und Trockenfleisch aus meinen Vorräten zu essen. Eigentlich hatte mir der Anblick der Skelette den Appetit verdorben doch ich zwang mich zum Essen. Um das lastende Schweigen zu durchbrechen bot ich Dimitri von meiner Mahlzeit an.
Er schüttelte lächelnd den Kopf. „Mein Magen ist für derlei Nahrung nicht mehr geschaffen, ich würde keinen Bissen hinunter bringen."
„Hast du nicht manchmal noch Verlangen nach menschlichen Speisen?" wollte ich wissen, froh ein Thema gefunden zu haben, dass mich vom gewaltsamen Tod der einstigen Bewohner der Hütte ablenkte. Dimitri lächelte abermals und ging bereitwillig auf meinen Ablenkungsversuch ein.
„Nein, nicht mehr seit ich zum Vampir geworden bin. Der Geruch von Speisen bereitet mir sogar Übelkeit. Was dich jedoch nicht davon abhalten soll, weiter zu essen."
„Ich bin eh nicht sehr hungrig", bekannte ich und packte Fleisch und Brot in ein Leintuch und legte es beiseite. Unschlüssig sah ich ihn an. „Was machen wir mit der angebrochenen Nacht? An einen Weiterritt ist wohl nicht zu denken, es schüttet noch immer wie aus Kübeln. Und Schlafen kann ich auch nicht..."
„Nun, ich kann dir ein paar Geschichten aus meinem Leben erzählen wenn du das möchtest. Oder dir einige meiner vampirischen Geheimnisse verraten. Was immer du hören willst."

Ich dachte einen Moment nach. „Deine Lebensgeschichte interessiert mich schon brennend. Vorausgesetzt, sie ist nicht allzu tragisch. Mein Bedarf an Tragik ist für heute gedeckt, ich würde lieber etwas Angenehmes hören."
Er lachte und meinte beruhigend. „Na, so dramatisch hat sich mein Leben nicht gestaltet, wenngleich es ungewöhnlich war. Auch mein Tod war nicht sehr spektakulär, vor allem wenn man bedenkt, dass ich ihn seit dreihundertfünfzig Jahren überwunden habe. Ich fange einfach mal an und wir werden sehen, wie weit wir kommen. Ist dir das recht?"
Ich nickte eifrig und setzte mich etwas bequemer hin. Gebannt hing mein Blick an seinen Lippen als er zu erzählen begann...

„Ich wurde im Jahre des Herrn 1048 in einem kleinen Dorf in der Nähe von Sofia geboren. Meine Eltern waren einfache Leute und da ich das Älteste ihrer Kinder war, musste ich schon früh viele Pflichten übernehmen. Meine zahlreichen Geschwister hüten und daneben auch noch das wenige Vieh, das wir besaßen. Meine Mutter kannte ich nur als abgehärmte Frau, die fast ständig in gesegneten Umständen war. Heute weiß ich nicht mehr, wie viele Kinder sie geboren hat, einige davon starben schon kurz nach der Geburt und andere erreichten kaum ein paar Jahre. Zu erwachsenen Menschen brachten es nur vier, neben mir nur drei meiner Schwestern.
Als ich etwa acht Jahre alt war, durfte ich meinen Vater begleiten. Er verdiente unseren spärlichen Unterhalt als Bader und Zahnreißer. Selbst bezeichnete er sich zwar als Kräuterdoktor, doch ich würde heute sagen, er war höchstens ein Scharlatan. Er stellte Salben und Gebräue her und verkaufte sie gegen vielerlei Gebrechen. Im Frühjahr belud er unseren Wagen mit den Wundermitteln, die er während des Winters hergestellt hatte und wir zogen damit durchs Land. Er wusste in welchem Dorf an welchen Tagen Markt abgehalten wurde und war überall bestens bekannt und auch wohlgelitten. Sobald er sein kleines Zelt aufstellte kamen die Leute herbei um seine Dienste in Anspruch zu nehmen.
Bereits mit etwa zwölf Jahren assistierte ich ihm beim Zahnreißen, dem Herausschneiden von Hühneraugen und eingewachsener Zehennägeln oder dem Aufschneiden von Furunkeln. Wenn du so willst, war es sein Vorbild, das mich bewog, später ein Medikus zu werden. Es machte mir Spaß den Menschen zu helfen, indem ich sie von lästigen Leiden befreite. Allerdings bedauerte ich immer, nur relativ unbedeutende Übel beseitigen zu können. Ich träumte insgeheim davon, ein Wundarzt oder Heiler zu werden. Doch das würde niemals möglich sein, musste ich mir eingestehen. Mein Vater verdiente kaum genug, seine Familie zu ernähren, wie sollte er mir da ein Studium der Medizin ermöglichen können. Dieser Gedanke war so abwegig, dass ich ihn niemals laut äußerte.

Ebenso wenig ahnte Vater von den seltsamen Kräften, die in mir schlummerten. Meine zweifelhafte Gabe, in die Gedanken fremder Menschen sehen zu können oder Unheil vorauszuahnen hielt ich eisern vor ihm verborgen. Er war ein gottesfürchtiger Mann und hätte sich wahrscheinlich nicht gescheut, seinen eigenen Sohn vor ein Hexengericht zu zerren, hätte er von meinen *Teufelskräften* gewusst.

Ich war bereits ein Mann von neunzehn oder zwanzig Jahren, als mein Leben eine entscheidende Wende nahm. Wieder einmal waren wir unterwegs und unser Ziel war eine kleine Stadt in der eine neue Kirche eingeweiht wurde. Das Ereignis sollte mit einem großen Fest gefeiert werden und wie wir waren viele fahrende Händler dort um auch ein Stück des großen Kuchens abzubekommen. Rund um die neue Kirche wimmelte es geradezu von Buden und Zelten und die Händler priesen so vielstimmig und lautstark ihre Waren an, dass man kaum sein eigenes Wort verstand.

Nachdem unser Stand aufgebaut war, schlenderte ich über den Platz um mir auch die Stände der anderen Händler anzusehen. Als ich einen Ausrufer sah, der auf einem Podest stand und von einer großen Pergamentrolle ablas, trat ich neugierig näher. Wie der größte Teil der Bevölkerung konnte ich weder lesen noch schreiben, deshalb hingen meine Augen voll staunender Bewunderung an den Lippen des Mannes. Ich beneidete ihn sehr um sein Talent, war es doch schon lange mein Wunsch, wenigstens lesen zu können. Andächtiger, als ich je einem Priester zugehört hatte, lauschte ich seinen Worten.

Er trug mit lauter Stimme vor, welche Attraktionen das Kirchenfest bot und wann und wo die jeweiligen Ereignisse stattfanden. Danach verkündete er, dass ein berühmter Medikus sein Zelt neben der Kirche aufgeschlagen hätte und Kranke und Gebrechliche eingeladen waren, seine Dienste gegen ein kleines Obolus in Anspruch zu nehmen.

Für mich war diese Ankündigung eine wahre Sensation. Noch nie war mir ein richtiger Medikus begegnet. Mein Entschluss stand schnell fest, ich würde das Zelt dieses Mannes auf jeden Fall aufsuchen. Am besten sofort, damit nicht allzu viele Kranke vor mir wären und ich womöglich lange warten musste. Zwar war ich kerngesund, doch das hinderte mich nicht, ich wollte den Mann unbedingt sehen und hoffte, ihm wenigstens ein paar Fragen stellen zu dürfen. Dabei wusste ich noch nicht einmal, was ich ihn fragen wollte, doch ich war einfach neugierig, einen richtigen Doktor kennenzulernen. Sobald ich vor ihm stände, da war ich mir sicher, würde mir schon etwas einfallen.

Wie ich erhoffte, waren nur wenige Kranke vor mir. Ein Mann mit entstellenden Beulen am Kopf und eine Frau, die ein blasses Kind auf den Armen hielt saßen stumm auf einer harten Bank. Auf einem Karren lag ein

junger Bursche, dessen linker Unterschenkel in unnatürlichem Winkel abstand. Aus seinen schmutzigen Verbänden drang penetranter Eitergeruch und sein Gesicht war vor Schmerz verzerrt.
Er tat mir leid, deshalb ging ich zu ihm. Seine Augen glänzten vom Fieber und dicke Schweißperlen standen auf seiner Stirn. Ich grübelte, wie er es bis hierher geschafft hatte, da niemand bei ihm war. Doch noch ehe ich ihn fragen konnte, trat ein kräftiger Mann hinter einem Vorhang hervor und sah mich auffordernd an. Kurz entschlossen packte ich den Karren und schob ihn hinter den Vorhang. Der Junge sah mich mit erstaunten Augen an, sagte aber nichts. Ein Mann erhob sich hinter einem Tisch und kam auf uns zu. Er sah imponierend aus und ich wusste sofort, das musste er sein, der berühmte Medikus. Ich wollte etwas sagen, doch er hob herrisch die Hand. „Ich bilde mir mein Urteil selbst", sagte er nur und begann, die stinkenden Verbände vom Bein des Jungen abzunehmen. Der knirschte vor Schmerz mit den Zähnen und verdrehte dann die Augen, - er war in Ohnmacht gefallen. Den Doktor schien es nicht zu kümmern, er untersuchte eingehend das verletzte Bein seines Patienten. Ich schaute ebenfalls hin und mir drehte sich fast der Magen um bei dem Anblick. Der Unterschenkel des Jungen war gebrochen und der Knochen stand weit aus einer dick geschwollenen und bereits schwarz verfärbten Wunde heraus. Als der Arzt darauf drückte quollen Unmengen dicken, zähen und bestialisch stinkenden Eiters hervor. Ich schluckte würgend, konnte aber den Blick nicht abwenden.
„Da hilft nur noch eine Amputation des Unterschenkels", dachte ich im gleichen Moment wie der Medikus es sagte. Anscheinend hatte ich laut gedacht, denn er sah mich mit gerunzelter Stirn an. Dann nickte er bedächtig. „Dein Freund sieht nicht aus, als würde er die Operation bezahlen können", sagte er streng. „Kommst du dafür auf?"
„Er ist nicht mein Freund", stammelte ich. „Ich kenne ihn gar nicht."
„Was tust du dann hier?" blaffte er mich an. Ich zuckte unglücklich die Schulter. „Er tat mir einfach leid, wie er so elend da draußen lag. Ich sah, dass er Schmerzen litt und wollte ihn fragen, ob ich was für ihn tun kann. Da wurde er schon aufgerufen..."
„So, so, du hattest Mitleid mit ihm. Das ist eine seltene Tugend heutzutage. Tja, was machen wir jetzt mit ihm? Ganz umsonst kann ich ihn nicht behandeln. Schau mal nach, ob er wenigstens ein paar Münzen einstecken hat."
Zögernd griff ich in die Taschen des Jungen und förderte eine Silbermünze zutage. Das war immerhin mehr, als ich zu finden vermutet hatte. Ich hielt sie hoch und der Medikus wiegte den Kopf. Dann griff er nach der Münze und ließ sie in seinem Rocksäckel verschwinden. Brummig meinte er: „Naja, besser als gar nichts. Aber wenn ich ihn für den mickrigen Silberling

operieren soll musst du mir assistieren. Mein Helfer hat sich für ein paar Tage frei genommen. Er wohnt in einem der Nachbardörfer und wollte die Gelegenheit nutzen seine Familie zu besuchen. Und der Kerl", er deutete mit dem Kinn auf den stämmigen Mann, der uns hereingerufen hatte, „taugt nur für grobe Handlangerdienste mit seinen ungeschickten Pranken."

Seufzend wiegte er den Schädel und musterte dann meine Hände. „Du machst den Eindruck, als wärst du eher geeignet. Außerdem bist du beim Anblick der brandigen Wunde nicht gleich in Ohnmacht gefallen, was auch selten vorkommt. Wenn du dich geschickt anstellst, kannst du mir während der Zeit, die ich hier weile assistieren. Was sagst du dazu?"

Sein Angebot war so verlockend, dass ich sofort zusagte. Das war die Chance, auf die ich insgeheim schon lange gewartet hatte. Ich wusste, ich würde sie kein zweites Mal bekommen. Nur flüchtig kam mir in den Sinn, wie ich Vater erklären sollte, dass er in den nächsten Tagen auf meine Hilfe verzichten musste. Ich verschob die Frage auf später, mir würde schon etwas einfallen.

Dir die Einzelheiten der Operation zu erklären, würde zu weit abschweifen. Der Medikus, - Demetrios war sein Name, war auf jeden Fall angetan von meiner Begabung im Umgang mit Kranken. Und als er weiterzog begleitete ich ihn auf seinen ausdrücklichen Wunsch hin.

Mein Vater war natürlich nicht begeistert, ließ mich dann aber schweren Herzens ziehen. Ich habe meine Familie nicht mehr wiedergesehen...

Demetrios entdeckte bald mein ungewöhnliches Talent und beschloss, es zu fördern. Zuerst unterwies er mich selbst in der ärztlichen Kunst und brachte mir zudem lesen und schreiben bei. Einige Jahre lernte ich von ihm, dann übergab er mich der Obhut weiterer Gelehrter. Er schickte mich nach Italien und ich besuchte dort die renommiertesten Universitäten. Als frischgebackener Medikus kehrte ich schließlich zu Demetrios zurück. Er nahm mich auf wie den Sohn, den er nie besessen hatte und legte, als er alt und gebrechlich wurde sein Lebenswerk in meine Hände. Kurz vor seinem Tode überschrieb er mir sein gesamtes Vermögen, darunter sein Haus in der Nähe Sofias.

Nach seiner Beerdigung suchte ich nochmals den kleinen Ort auf, in dem ich geboren war. Doch meine Familie gab es nicht mehr. Wie ich erfuhr, hatte bereits einige Winter zuvor eine Epidemie meine Eltern dahingerafft. Meine Schwestern waren vermutlich längst verheiratet aber keiner, den ich fragte, wusste, wo sie wohnten. So ging ich schließlich unverrichteter Dinge nach Sofia zurück.

Ich arbeitete fortan als Medikus in der Stadt. Bald war ich allseits bekannt für meine manchmal ungewöhnlichen Methoden der Heilung, doch zunehmend wurde ich von den Kirchendienern wegen meines angeblichen Hexenwerkes verfolgt. Nicht ganz zu Unrecht, muss ich heute eingestehen, zwar nutze ich nicht die Kräfte des Teufels, doch immerhin bediente ich mich manchmal meiner übernatürlichen Kräfte wenn es galt ein Menschenleben zu retten. Und hin und wieder schnitt ich den Leib eines Kranken auf um ihm ein Geschwür herauszuschneiden, - in den Augen der Kirche war das ein schlimmer Frevel und kam Gotteslästerung gleich.

Wie ernst es meinen Feinden war bekam ich jedoch erst zu spüren, als ich eines Abends von Schergen aus meinem Haus geholt und vor ein Hexengericht gezerrt wurde. Man unterzog mich einer peinlichen Befragung aus der ich geschunden und geschleift den Gang in die Todeszelle antrat. Dort sollte ich am nächsten Morgen den Tod am Galgen finden. Den Scheiterhaufen wollte man mir ersparen, weil viele Menschen, denen ich durch meine ärztliche Kunst geholfen hatte für mich um Gnade baten.

Ich fieberte stark und litt schreckliche Schmerzen an allen Gliedern. Ich sehnte den Tod und das Ende meiner Leiden herbei, flehte Gott wenigstens um eine gnädige Ohnmacht an, die mich aus meiner Pein befreien würde. Doch er erhörte mich nicht.

Als sich schließlich die Türe meines Verlieses öffnete und ein Priester hindurch trat, schleuderte ich ihm wilde Schmähungen entgegen. Ich haderte mit Gott, der mich so leiden ließ und spie mit letzter Kraft dem Mönch vor die Füße. Doch anstatt mich zu tadeln oder gar wegen meiner angeblichen Sünden zu verteufeln, legte er mir nur mitfühlend seine Hand auf die Schultern und sah mir intensiv in die Augen.

Die Welt um mich wurde eine andere, - so kam es mir wenigstens vor. Sein Blick drang in mich und machte mich willenlos. Die Zeit schien stillzustehen, in gewisser Weise war es tatsächlich so. Denn als mich der Priester aus meinem erstarrten Zustand in die Wirklichkeit zurückholte war ich ein anderer Mensch. Plötzlich spürte ich keine Schmerzen mehr, ja mir ging es sogar ausgesprochen gut. Ich konnte mich wieder bewegen und die Eisenfesseln, mit denen ich an die Wand gekettet gewesen war, lagen zerbrochen am Boden.

Der Priester bat mich, ihm zu folgen. So als sei das die selbstverständlichste Sache der Welt, führte er mich durch die Türe und durch leere Gänge aus dem Gefängnis heraus. Keine Menschenseele störte unseren Weg in die Freiheit.

In der Nähe der Gefängnismauern standen Pferde bereit, wir stiegen auf und ritten in gemäßigtem Tempo aus der Stadt. Niemand verfolgte uns oder blickte uns auch nur nach. Dass der Teufels-Medikus, - wie ich schmähend genannt worden war, - soeben dem Tod am Galgen entfloh schien niemanden zu interessieren. Erst weit vor der Stadt kamen unsere Pferde zum Stehen, immer noch ohne jegliches Zutun von mir. Wie in einem Traum war ich meinem Erretter gefolgt, ohne darüber nachzugrübeln wie oder warum er das getan hatte. Auch jetzt stieg ich vom Pferd, so wie er es mir vormachte.

Er sei Omurtag, so stellte sich mein Retter vor. Ich murmelte meinen Namen und er lächelte wissend. Dann erzählte er mir, dass er zufällig in der Stadt gewesen sei und den Prozess um meine Person verfolgt hätte. „Ich wusste, dass du nicht der Gotteslästerer warst, als den man dich beschuldigte", erklärte er mir, „deshalb beschloss ich, dich aus dem Gefängnis und vor dem Tod zu erretten. Leider konnte ich dir die Qualen der Folter nicht ersparen, doch nun bist du ja wieder gesund. Ich würde dir raten, dich für einige Zeit aus der Stadt zurückzuziehen. Besser noch für immer, denn morgen früh wird jedermann erfahren, dass du aus dem Gefängnis entkommen bist. Das wird die Leute mehr denn je davon überzeugen, dass du tatsächlich mit dem Teufel im Bunde stehst."

Kapitel 9: Viele Fragen

Dimitri schwieg versonnen und ich fragte gespannt: „Omurtag war ein Vampir, nicht wahr?" Er nickte ernst und erwiderte fest meinen Blick.
„Ja, das war er. Aber damals erzählte er mir noch nichts davon. Und seltsamerweise interessierte es mich nicht im Geringsten, was oder wer er war und wie er es fertiggebracht hatte, mich einfach so aus dem Gefängnis zu holen. Erst viel später klärte er mich über sein wahres Ich auf. Da waren wir schon lange Freunde..."
„Der vampirische Bann", mutmaßte ich und Dimitri nickte abermals. „Ja, er legte ihn über mich und deshalb kam mir nichts sonderbar vor, - obwohl mir nie zuvor in meinem Leben seltsameres widerfahren war. Omurtag hielt diesen Bann über Jahre aufrecht."
„Und wie ging es weiter?" drängte ich als er erneut verstummte. Dimitri holte tief Luft, so als bereite es ihm Pein über den Mann zu sprechen, der ihn einst zum Vampir gemacht hatte. Ich bekam fast ein schlechtes Gewissen, doch er zerstreute meine Sorge mit einem schiefen Lächeln. „Nein, keine Angst, es macht mir nichts aus über Omurtag zu sprechen. Das alles ist bloß schon so lange her und ich habe es bisher noch niemandem erzählt. Deshalb muss ich ein wenig nachdenken, wie sich die Geschichte damals abgespielt hat. Aber jetzt fällt mir wieder alles ein. Mein Retter entpuppte sich schnell als wortkarger Einzelgänger. Ich konnte ihm fast vom Gesicht ablesen, dass er mich eiligst zu verlassen gedachte. Aber aus einem Grunde, der mir selbst nicht bewusst wurde, wollte ich in seiner Nähe bleiben. Heute denke ich, mein Unterbewusstsein sagte mir schon damals, dass er in meiner Zukunft noch eine große Rolle spielen würde.
Er begleitete mich die ganze Nacht und ließ mich, als der Morgen graute alleine zu einem Ort weiterreiten, der in der Nähe lag. Dort könne ich erst einmal unterkommen bis sich in der Stadt die Aufregung um mein Verschwinden gelegt habe, gab er mir Bescheid. Nach letzten Ermahnungen verließ er mich einfach, - meine Suche nach ihm blieb ergebnislos.
Schweren Herzens begann ich mein Leben neu zu ordnen. Nach Sofia traute ich mich nicht zurück, mein Haus und mein Vermögen wähnte ich verloren. Also fing ich wieder ganz von vorne an. Mit Geld aus dem Säckchen Silbermünzen, das Omurtag mir vor seinem Verschwinden in die Hand gedrückt hatte, kaufte ich mir einen kleinen Wagen. Mein Pferd musste als Zugtier herhalten. In der nächsten größeren Stadt besorgte ich mir die notwendigen Utensilien um wieder als Arzt tätig sein zu können. Ich ließ mir einen dichten Bart wachsen und die Haare kürzen und nahm einen anderen Namen an. Fortan führte ich ein zwar einfaches aber zufriedenes Leben als Wanderdoktor.

Nach einigen Monaten traf ich unvermutet Omurtag wieder. Er kam gerade aus einer üblen Spelunke und hielt einen stark angetrunkenen Mann am Arm. Ehe ich mich noch von meiner Verwunderung erholt hatte, ging hinter den beiden die Türe erneut auf. Ein grobschlächtiger Kerl schimpfte hinter ihnen her und schüttelte drohend die Faust. Dann bückte er sich und hob einen großen Stein auf, den er nach Omurtags Kopf warf. Er traf gut, Omurtag stieß einen unterdrückten Schrei aus und ging zu Boden. Der Betrunkene an seiner Seite rappelte sich auf und wankte eilig davon.

Ich stürzte auf Omurtag zu und wollte mir seine Blessur ansehen. Er war bereits wieder auf den Beinen und schaute sich wild um. Seine sonst so ebenmäßigen Züge waren verzerrt und seine Augen glitzerten fast dämonisch. Das veränderte ihn so sehr, dass ich einen Moment unschlüssig innehielt. War das überhaupt der Mann, der mich vorm Galgen gerettet hatte?

Doch sobald Omurtag mich erkannte glätteten sich seine Züge und ich sah sein gutmütiges Lächeln aufblitzen. „Dimitri, wo kommst du denn her? Schön, dich zu sehen." Er tat, als hätte es nie einen Zwischenfall gegeben. Doch mich konnte er nicht täuschen, ich hatte gesehen, wie ihn der Stein mit voller Wucht getroffen hatte. Er musste zumindest eine Beule, wenn nicht sogar einen blutigen Hautriss davon abbekommen haben. Ich war wild entschlossen, mir die Wunde anzusehen.

Das ließ er jedoch nicht zu. Stattdessen packte er mich am Arm und zog mich sanft aber unnachgiebig mit sich. Sein Ziel war eine Wirtschaft, viel nobler als die Kaschemme aus der er soeben gekommen war. Ehe ich mich versah, saßen wir an einem der Tische. Er bestellte bei der hübschen Schankmagd zwei Becher Bier und ein Vesper. Bis das Bestellte kam, fragte er mich aus, wie es mir in der Zwischenzeit ergangen sei.

Erst weit nach Mitternacht verließen wir die Gaststube, nachdem ich das Vesper verzehrt und zwei Becher Bier getrunken hatte, während er nur ab und zu an seinem Bier genippt hatte. Ich hatte ihm ausführlich erzählt, wie mein Leben seit der Befreiung verlaufen war von ihm aber so gut wie nichts erfahren. Immerhin versprach er mir, mich am nächsten Abend erneut treffen zu wollen, was mich im Innersten erfreute.

Er hielt sein Wort und von da an reisten wir gemeinsam weiter, - ohne festes Ziel. Warum er bei mir blieb sagte er nicht und ich fragte nicht danach. Meist, so muss ich gestehen, dachte ich nicht einmal über unsere seltsame Gemeinschaft nach. Auch nicht über seine Abwesenheit am Tage und sein plötzliches Auftauchen, sobald die Nacht anbrach. Ganz egal, welche Strecke ich tagsüber gefahren war, sobald es dunkelte war er da.

Erst nach einigen Jahren fiel mir nach und nach auf, wie ungewöhnlich er doch war. Ich dachte plötzlich intensiver an ihn, auch während des Tages. Bis mein Gehirn so voller unbeantworteter Fragen war, dass es schier zu bersten drohte. Endlich fand ich eines Nachts den Mut, sie ihm zu stellen und zu meinem Erstaunen beantwortete er sie lückenlos. Er sei ein Vampir, erklärte er offen und eröffnete mir nach und nach seine nächtliche Lebensweise. Er klärte auch auf, weshalb er jeden Abend bei mir war; er versteckte sich des Morgens in der engen Nische unter meiner Bettstadt und reiste auf diese Weise mit mir umher. Einzig meine Frage, warum er mich plötzlich in sein heimliches Dasein einweihte, wusste er nicht zu beantworten. Und auch nicht, was ihn über unsere inzwischen enge Freundschaft hinaus bewog, mir so wenig wie möglich von der Seite zu weichen. Dieses Rätsel löste sich erst, als ich eines Nachts in einer Herberge von einem Feuer überrascht wurde und tödliche Verbrennungen erlitt.

Weil es mir des Winters in meinem Wagen zu kalt war, - mit über fünfzig Lebensjahren war ich nicht mehr der Jüngste und manches Zipperlein begann mich zu plagen, - hatte ich mich in einer einfachen Gaststätte einquartiert. Im Zimmer neben dem meinen war unbemerkt ein Brand ausgebrochen und die Flammen verzehrten schnell die dünne Zwischenwand. Bei anderen Menschen konnte ich Unglücke wie dieses oftmals vorhersagen und hatte so schon manchem das Leben gerettet. Bei mir selbst funktionierte das leider nicht. Bis ich aus dem Schlaf erwachte war ich von den Flammen eingeschlossen, mein Bettzeug brannte bereits wie Zunder. Ehe ich mich versah hatte mein Nachtgewand Feuer gefangen, ich brannte lichterloh wie eine Fackel.

Der Schmerz ließ mich aus dem Bett springen und durchs Zimmer hechten. Doch die dicken Schwaden beißenden Qualms raubten mir zuerst den Atem und dann das Bewusstsein. Ich erwachte erst wieder, als ich in einen Trog mit eiskaltem Wasser getaucht wurde. Mein verschwommener Blick erkannte Omurtags besorgtes Gesicht, das sich über mich beugte. Ich wusste nicht, warum er mich so entsetzt anstarrte, schließlich verspürte ich keinerlei Schmerz, so schlimm konnte also mein Zustand doch nicht sein.

„Doch es ist schlimm", sagte er leise und seine Stimme zitterte. Er hob sachte einen meiner Arme an, so dass ich ihn sehen konnte. Mir wurde übel bei dem Anblick, die Haut hing in verkohlten Fetzen herab, darunter war rohes, nässendes Fleisch zu sehen.

„So sieht dein ganzer Körper aus" teilte er mir tonlos mit und ich sah, wie sich Tränen aus seinen Augen stahlen und seine Wangen herunter liefen. Seine Stimme war nur ein Murmeln, als er weiter sprach: „Tut mir Leid, Dimitri, aber bei so schweren Verletzungen versagen meine vampirischen Kräfte. Es gibt nichts, was ich für dich tun kann..."

„Dann töte mich", flüsterte ich schwach und krallte meine Hand in seinen Arm. „Bitte, töte mich. Ich will nicht so qualvoll sterben müssen. Die Schmerzen sind nur momentan weg, das Feuer hat die Nerven in meiner Haut zerstört. Dennoch werde ich schrecklich leiden müssen, bis der Tod mich erlöst. Erspare mir das, Omurtag, ich flehe dich an. Dir ist die Macht gegeben, du kannst mich erlösen."

Er schien einen Moment nachzudenken und schaute sich flüchtig um. Doch niemand schenkte uns Beachtung. Das Haus brannte jetzt lichterloh und die Menschen rannten hektisch durcheinander, mit Lösch- oder Rettungsversuchen beschäftigt. Als er mir das Gesicht wieder zuwandte, schien sein Entschluss festzustehen. Er hob mich aus dem Pferdetrog, in den er mich gelegt hatte und eilte mit mir zu einem kleinen Schuppen, der weit genug von dem brennenden Haus entfernt war, so dass keine Gefahr bestand, er könne ebenfalls Feuer fangen. Vorsichtig ließ er meinen geschundenen Körper auf die Stroheinstreu gleiten.

Meine Zähne schlugen aufeinander und Schwäche machte sich rasend schnell in mir breit. „Tu es", flüsterte ich bebend vor Schwäche und Schmerz. „Bitte erlöse mich..."

Doch Omurtag schüttelte entschieden den Kopf. „Nein! Es gibt eine andere, eine bessere Lösung. Ich mache dich zu einem Vampir. Du musst nur ja sagen..."

Dimitri hob den Kopf und schaute mich durchdringend an. „Da ich heute und hier vor dir sitze, weißt du, dass ich bin auf seinen Vorschlag eingegangen bin. Ich brauchte nicht lange zu überlegen, mir war, als hätte ich das insgeheim längst beschlossen. Dabei hatte ich nie zuvor auch nur einen Gedanken daran verschwendet. Nach meiner Umwandlung nahm ich nicht nur mein normales Aussehen wieder an, ich wurde allmählich auch wieder zu einem Mann in der Blüte seiner Jahre. Und so werde ich auch die nächsten Jahrhunderte bleiben, - vorausgesetzt, ich möchte sie erleben."

„Du kannst selbst bestimmen, ob du weiter lebst oder stirbst?" Ich beugte mich überrascht vor. „Ich dachte eigentlich, ein Vampir lebt ewig."

Dimitri lachte. „Wenn er das möchte, dann kann er ewig leben. Zumindest, wenn es so etwas wie Ewigkeit überhaupt gibt. Irgendwann gibt es vielleicht gar keine Menschheit mehr, - oder keine Welt, die wir bevölkern können. Wer weiß schon, wie unsere Erde in tausend oder gar in einer Million Jahren aussieht. Falls sich die Völker noch lange so bekriegen, wie sie es jetzt tun, rotten sich die Menschen vielleicht irgendwann selber aus. Aber das ist kein Thema, dass ich weiter verfolgen möchte..."

„Was ist aus Omurtag geworden?" schwenkte ich schnell um. Auch ich wollte nicht über die Zukunft der Menschheit spekulieren. Omurtags Schicksal interessierte mich hingegen sehr.

Dimitris Blick wurde weich als er an den Mann dachte, dem er sein unsterbliches Leben verdankte. „Soweit ich weiß, geht es ihm gut. Ich blieb

einige Jahre mit ihm zusammen, so lange wie nötig war, aus mir einen eigenständigen Vampir zu machen. Doch wie ich bereits sagte, war Omurtag schon immer ein Einzelgänger, irgendwann merkte ich ihm an, dass er lieber wieder alleine wäre. Wir haben uns getrennt, unsentimental und ohne Abschied. Manchmal treffen wir aufeinander und verbringen ein wenig Zeit zusammen. Aber es kommt auch vor, dass wir uns Jahrzehnte lang nicht sehen. Unserer Freundschaft tut das keinen Abbruch."
„Ist er so wie du?" wollte ich wissen und fügte erklärend hinzu: „Ich meine, sind alle Vampire in etwa gleich?"
Er dachte einen Moment nach, dann schüttelte er den Kopf. „Nicht gleich, aber eine gewisse Ähnlichkeit ist schon vorhanden. Keineswegs vom Äußeren, das ist so verschieden wie das der Menschen, die wir einmal waren. Nun vielleicht ist uns allen das gute Aussehen gemein, jeder Vampir ist auf seine Weise schön. Unsere Charaktere unterscheiden sich jedoch sehr, manche sind extrovertiert, andere eher in sich gekehrt. Einige von uns lieben es, aufzufallen und treten sogar auf Bühnen auf, wo sie die Menschen durch Gesang, Tanz oder schauspielerische Talente erfreuen. Ich kenne einen Vampir, der malt für sein Leben gerne. Seine überwiegend sakralen Bilder kannst du in so manchem Kloster oder Gotteshaus bewundern. Was uns allen gemein ist, ist die Art unserer Nahrungsaufnahme und der Zwang, während des Tages zu schlafen. Darüber kann sich kein Vampir hinwegsetzen."
„Dann ernähren sich alle Vampire von Sterbenden?" wollte ich wissen. Doch zu meiner Verwunderung schüttelte Dimitri den Kopf. „Nein, sein Lebenselixier besorgt sich jeder auf die ihm angenehmste Weise. Töten und Blut trinken müssen wir alle, doch wie sich der einzelne seine Mahlzeit besorgt bleibt ihm selbst überlassen."
Er schaute mich leicht belustigt an, ehe er fortfuhr. „Auch unter uns gibt es Sammler und Jäger und manche, die irgendwo dazwischen stehen. Ich selbst zähle mich zu den Sammlern. Ich nehme den erstbesten Todgeweihten und bereite ihm ein möglichst sanftes Ende. Damit bin ich vollkommen zufrieden. Ein Jäger wäre das nicht, sie sind die Wölfe unserer Art. Und ein Wolf will jagen und gewaltsam töten."

Jäger? Wölfe? Ich schaute ihn verdutzt an. Es gab also doch Mörder unter Vampiren. Wie sonst sollte ich das verstehen? Dimitri deutete mein langes Gesicht richtig und klärte mich auf. „Als gemeinen Mörder würde ich keinen Vampir bezeichnen, wenngleich manche Jagd auf Menschen machen. Es ist jedoch nicht üblich, Jagd auf gewöhnliche Sterbliche zu machen. Ich würde sogar so weit gehen, zu sagen, es ist uns verboten unschuldiges Leben zu nehmen. Zur Jagd freigegeben sind nur solche Menschen, die ein schweres Verbrechen auf sich geladen haben. Meuchelmörder etwa. Oder solche, die ihren Mitmenschen sonstige schlimme Dinge antun. Also all jene, die auch von der Justiz zum Tode verurteilt werden würden."

„Und du jagst nicht, - hast du es noch nie getan?" Ich sah ihn an, seine sanften Gesichtszüge. Nein, sicher konnte Dimitri keiner Fliege etwas zuleide tun."

Er lächelte, so als kenne er meine Gedanken. Dann wiegte er leicht den Kopf. „Täusche dich nicht in mir, wie jeder Vampir kann ich zur Bestie mutieren. Doch im Allgemeinen töte ich wirklich nur Sterbende. Doch zuerst hat mir Omurtag das Jagen beigebracht..."

„Er ist also ein Jäger?" fragte ich atemlos und auch ein wenig fasziniert. Dimitri nickte lachend. „Oh ja, Omurtag ist ein Jäger. Er betreibt die Menschenjagd mit wahrer Leidenschaft. Er verabscheut es für sich selbst, Sterbende zu nehmen. Nur wenn er mal gar keinen Verbrecher ausfindig machen kann, nimmt er damit Vorlieb. Danach ist er jedoch meist die ganze Nacht schlecht gelaunt."

„Aber er hat dich nicht wegen deiner Art des sanften Tötens verachtet, oder?" wollte ich wissen. Dimitri hob in gespieltem Tadel den Finger. „Ich sehe schon, welche Art Vampir aus dir einmal werden würde. Aber nein, verachtet hat er mich nicht. Wie gesagt, bleibt es jedem Vampir selbst überlassen, wie er sich ernährt. Außerdem tut es jeder für sich, es ist unter uns nicht üblich, in Gesellschaft zu speisen. Und im Notfall greifen wir alle sowohl auf die eine, als auch auf die andere Möglichkeit zurück."

Gerne hätte ich noch mehr über die vampirischen Wölfe erfahren, merkte aber, dass Dimitri nicht so gerne darüber reden wollte. Deshalb wechselte ich erneut das Thema und fragte:

„Gibt es eigentlich viele Vampire? Und wie steht es mit weiblichen Vampiren? Du hast noch niemals eine Frau erwähnt."

Geduldig wie ein Lehrer stand Dimitri mir weiter Rede und Antwort.

„Nein, es gibt nicht allzu viele Vampire. Und ja, es gibt auch weibliche darunter. Sie sind allerdings extrem selten anzutreffen. Ich persönlich kenne nur eine einzige Vampirin. Von den männlichen Artgenossen kenne ich kaum mehr als ein Dutzend persönlich und höchstens nochmals zehn vom Hörensagen. Und um deiner nächsten Frage gleich zuvorzukommen; wir erkennen uns, sollten wir uns begegnen. Wir erkennen einen anderen Vampir schon von weitem an seiner Aura. Die unterscheidet sich bei jedem von uns ein wenig, so dass wir sofort erkennen ob wir einen Freund oder einen Fremden vor uns haben. Und nein, wir rivalisieren nicht untereinander. Manchmal entstehen unter uns echte Freundschaften, die oft Jahrhunderte überdauern. Aber es kann auch sein, dass wir einander nicht allzu sympathisch finden, dann gehen wir uns aus dem Weg. Zu Streit kommt es aber kaum einmal, dazu sind wir wirklich zu wenige und leben zudem meist auch weit voneinander entfernt."

Ich grinste ihn verblüfft an, das wären tatsächlich meine weiteren Fragen gewesen. Konnte es sein, dass er es überdrüssig wurde, mir Rede und Antwort zu stehen?

„Nein, ich bin nur müde", beantwortete er meine nicht gestellte Frage. Als ich aufsah, merkte ich, dass er tiefe Ringe unter den Augen hatte. Kein Wunder, seit zwei Tagen hatte er kein Blut getrunken. Außerdem graute bereits der Morgen, wie ich durch einen Blick durchs Fenster feststellte. Es wurde Zeit für Dimitri, in sein provisorisches Tagesversteck zu kriechen.
„Wo willst du den Tag verbringen?" fragte ich ihn und schaute suchend umher. Das Tageslicht würde bald ins Innere der Hütte drängen, hier war also kein geeigneter Platz für ihn. Doch er schien unbesorgt. Träge erhob er sich und griff nach der Plane, die er immer mit sich führte. Er klemmte sie unter den Arm und ging damit zur Türe. Über die Schulter sagte er: „Ich werde mir draußen ein geeignetes Plätzchen suchen. Ruhe dich ebenfalls gut aus, die weitere Wegstrecke wird anstrengend werden. Wir müssen durch die Berge und das ist bei Regen nicht ungefährlich. Für dich wäre es besser am Tag zu reiten, wenn du also möchtest, reite voraus. Ich werde dich schon einholen..."
Ich überlegte kurz, schüttelte dann aber den Kopf. „Nein, ich warte auf dich. Ich kann zwar in der Nacht nicht viel erkennen, dafür sind deine Augen aber schärfer als meine am Tage. Außerdem kennst du den Weg, ich müsste ihn mir mühsam suchen."
Er nickte zustimmend und verschwand durch die Türe. Prüfend schaute ich mich nach einer Stelle um, an der ich schlafen konnte ohne nass zu werden. Der einzige trockene Fleck in der Hütte war jedoch der, an dem ich mich befand. Also rollte ich meine Decke aus und legte mich darauf. Gemütlich war es nicht, doch ich war so müde, dass mir die Enge und der harte Untergrund vermutlich nicht viel ausmachen würde. So war es dann auch, fast augenblicklich schlief ich ein.

Der Dauerregen hatte endlich nachgelassen, nur noch ab und zu lud eine tiefhängende Wolke ihre nasse Last über uns ab. Dafür war es empfindlich kalt geworden und Dampfwolken stiegen aus unseren Mündern und den Nüstern der Pferde. Ich wickelte mich fester in meinen Umhang, der wieder leidlich trocken war.
Wir kamen nur langsam voran, der steile Bergpfad war trügerisch glatt und die Hufe der Pferde rutschten ständig auf dem Geröll und Matsch aus. Um uns und die Tiere nicht übermäßig zu gefährden waren wir abgestiegen und führten sie am Zügel hinter uns her. Dimitri ging etwa drei Meter vor mir, so dass ein Gespräch nicht möglich war. Ich hatte also Zeit, meinen Gedanken nachzuhängen. Wie meist, dachte ich an Riana, stellte mir meine Zukunft mit

ihr in den schillerndsten Farben vor. Und ich verdrängte energisch jene bedrohlichen Gedanken, die das idyllische Bild zerstören wollten. Doch sie kamen immer wieder zurück, bohrten sich wie ein gefräßiger Wurm in mein Gehirn.
Denk an etwas anderes, Malamir! sagte ich mir selber vor, doch es wollte mir nicht recht gelingen. Darüber nachzugrübeln, wie es wohl meinem Vater und Bruder erging, war auch nicht besser, es schürte nur zusätzlich meine Sorge. Und was war mit Boril...?
Die Gedanken an ihn verdrängte ich seit dem Tag seines feigen Anschlages auf mich. Doch nun überfielen sie mich mit Macht und wollten nicht mehr weichen. Wo war er, was tat er? fragte ich mich. War er etwa schon auf dem Weg zu dem Kloster, um seine Ankündigung, meine Mutter und Schwestern zu ermorden in die Tat umzusetzen? Oder versuchte er Vater und Aleko während ihrer Reise aufzulauern um sie zu töten? Aber nein, beruhigte ich mich selbst. Die Soldaten, die Vater begleiteten waren eine wirkungsvolle Abschreckung. Boril konnte alleine nichts gegen sie ausrichten. Und eigentlich konnte ich mir auch nicht vorstellen, dass er den weiten Weg zu Mutters Zufluchtsstätte auf sich nehmen würde, nur um seine Rache zu befriedigen.
Mich selbst wähnte ich ebenfalls in Sicherheit, schließlich war Boril ja der Meinung, mich bereits getötet zu haben. Doch trotz all der beruhigenden Fakten, die ich mir einredete ging mir jedoch eine hartnäckige Frage nicht aus dem Kopf: Wo versteckte sich mein Halbbruder und welche Gemeinheit heckte er gerade aus?
Bisher hatte ich es vermieden, mit Dimitri über Boril zu reden. Aber das wollte ich nun endlich nachholen, sobald sich die Gelegenheit ergab.
Etwa zwei Stunden später hatten wir den steilen Pfad bewältigt, eine Hochebene lag vor uns und wir stiegen auf um unseren Weg in flottem Trab fortzusetzen. Da wir jetzt nebeneinander reiten konnten war auch wieder möglich, uns zu unterhalten. Ich kam sogleich auf meinen abtrünnigen Bruder zu sprechen und Dimitri schien nicht erstaunt darüber. Wahrscheinlich hatte er meine Grübeleien längst aus meinen Gedanken gelesen, mutmaßte ich. Meine Gefühle deswegen waren zwiespältig, - einerseits erleichterte es ungemein das Verständnis zwischen uns, da Dimitri immer wusste, worüber ich gerade nachdachte. Andererseits fand ich es anstrengend, meine Gedanken ständig zu kontrollieren. Nicht immer war das, was mir gerade in den Sinn kam geeignet, es mit anderen zu teilen. Besonders wenn ich an Riana dachte, fielen mir Dinge ein, die nur sie und mich etwas angingen. Darüber, so nahm ich mir vor, musste ich unbedingt einmal mit Dimitri reden. Doch nicht jetzt, momentan ging Boril vor.

„Du kennst meinen Bruder schon so lange, wie du mich kennst", begann ich und drängte Placi näher an sein Pferd heran. Der Hengst nahm das zum Anlass, schnell nach dem Hals von Dimitris Wallach zu schnappen, so dass ich ihn energisch zügeln musste. Unwillig brummend ließ er von ihm ab. Dimitri beruhigte mit sanften Worten sein erschrockenes Pferd, dann kam er auf meine Frage zurück.

„Ja, natürlich. Boril war bei unserer ersten Begegnung noch ein kleiner Wicht, kaum den Windeln entwachsen. Er tat mir damals ziemlich leid, muss ich gestehen, deine Mutter behandelte ihn nicht gut..."

„Sie hasste ihn", gab ich zu, meinte aber entschuldigend hinzufügen zu müssen. „Es war nicht ihre Schuld sondern Vaters. Er zwang sie, das Kind seiner toten Geliebten aufzuziehen. Alleine das war schon schlimm, dass er ihr dafür ihr eigenes Kind wegnahm und zu einer Amme gab, konnte sie nur schwer verkraften."

„Trotzdem!" beharrte er. „Boril war ein unschuldiges Kleinkind. Er hatte nicht verdient zum Zankapfel rivalisierender Frauen zu werden. Ich versuchte, das deiner Mutter klarzumachen. Doch sie wollte leider nicht auf mich hören. Sie hat das Böse, den Hass in ihn gesät. Und als er zur Blüte kam, traf er dich mit aller Macht..."

„Konntest du dass damals schon spüren?" wollte ich wissen.

Aber Dimitri schüttelte den Kopf. „Nein, bei so kleinen Kindern kann man noch nicht sagen, wie sie sich entwickeln. Und bloße Vermutungen entsprechen später nicht unbedingt der Wirklichkeit. Viele Menschen werden in Kindheit und Jugend ungerecht behandelt und wachsen dennoch zu rechtschaffenen Erwachsenen heran. Umgekehrt gerät so mancher auf die schiefe Bahn, der mit Liebe und Güte erzogen wurde. Es kommt immer auf den Charakter des einzelnen an, wie er sein Schicksal meistert. Boril war ein sehr unglückliches Kind, das konnte ich spüren. Aber der Hass erwuchs erst später in ihm. Zum ersten Mal merkte ich es, als er etwa vierzehn oder fünfzehn Jahre alt war.

Ich hoffte, es wäre nur vorübergehend, dieses Alter zwischen Kindheit und erwachsen werden ist für jeden eine Zeit voller Zweifel. Bei ihm verging es jedoch nicht, sondern wurde zunehmend stärker. Er neidete dir deine Stellung als Erstgeborener und versuchte immer wieder durch kleine Intrigen, vor eurem Vater besser dazustehen als du. Dass er dir nicht ernsthaft Schaden zufügte, verdankst du nur deiner brüderlichen Liebe zu ihm. Er spürte wohl im Unterbewusstsein, dass du der einzige Mensch warst, der ihn wirklich liebte. Das hielt ihn letztendlich davon ab, dir ernsthaft nach den Leben zu trachten."

„Er hat es aber trotzdem getan. Und wenn du nicht gewesen wärst, hätte er es auch geschafft."

„An dieser Eskalation war dein Vater schuld. Seine harten Worte zerstörten mit einem Schlag alle Hoffnungen, die sich Boril gemacht hatte. Er drehte durch weil er nur noch durch diesen Racheakt seinen unbändigen Hass auf euren Vater befriedigen konnte. Er wollte ihn dadurch strafen, dass er ihm das Einzige nahm, an dem ihm wirklich etwas lag."

Er zog wie fröstelnd die Schultern zusammen als er leise hinzufügte. „Dieser Ausbruch überraschte selbst mich. Obwohl ich ihn ständig beobachtete, war ich nicht auf diese Hassattacke Borils gefasst. Sonst hätte ich es nicht so weit kommen lassen..."

„Was hättest du getan?" wollte ich wissen, doch er presste nur die Lippen zusammen und ritt schweigend weiter. Mir lief es kalt den Rücken hinab als mir bewusst wurde, was sein Schweigen bedeutete.

Kapitel 10:   Ankunft bei den Haiduken

Als der Tag graute befanden wir uns mitten in der Wildnis. Immerhin hatten Dimitris Augen rechtzeitig eine winzige Höhle zwischen den Felsen entdeckt, wo wir den Tag verbringen konnten. Eigentlich war es nicht mehr als ein breiter Spalt, der tief in das Gestein führte. Wir mussten auf Händen und Knien hinein kriechen. Zumindest war es dort unten trocken und auch der unangenehm kalte Wind konnte uns nicht allzu viel anhaben.
Dimitri kroch noch ein Stück weiter unter die Felsen als ich und bedeckte sich eher nachlässig mit seiner Plane gegen eventuell eindringendes Tageslicht. Viel Gefahr bestand allerdings nicht davor, zumal ich vor ihm lag und so seinen lichtempfindlichen Vampirkörper zusätzlich schützte.
Zum ersten Mal erlebte ich mit, wie er des Morgens starb. Und obwohl mir mein Herz vor Aufregung wild klopfte, faszinierte mich der Anblick auf seltsame Weise. Ich sah seinen Körper sich zuckend winden, so als erleide er Schmerzen und bekam Angst um ihn. Dann beruhigte ich mich selbst mit dem Gedanken, dass Dimitri bestimmt nichts spürte. Wahrscheinlich waren es unbewusste Bewegungen, die er noch machte, bevor er in Schlaf fiel. Dennoch war ich erleichtert, als er endlich still lag und auch das Röcheln und Stöhnen verstummte.
Seufzend drehte ich mich in der engen Felsnische um und stöberte in meinem Proviantbeutel nach dem wenigen Brot und Fleisch, das ich noch bei mir trug. Langsam kaute ich den harten Brotkanten und das zähe Räucherfleisch und spülte alles mit einem Schluck schalem Wasser aus meinem ledernen Trinkbeutel hinunter. Dann rollte ich mich mühsam in meine Decke, wobei ich mir mehrmals den Kopf an den Felsen über mir stieß. Doch schließlich hatte ich es geschafft. Einigermaßen warm und nicht sehr bequem lag ich auf dem Rücken, starrte die Steine über mir an und versuchte einzuschlafen. Es wollte mir nicht gelingen. Noch ein Nachtritt, so hatte Dimitri gesagt, dann wäre ich am Ziel meiner Reise. In dem kleinen, versteckt liegenden Bergdorf würde ich auf meine zukünftigen Gefährten treffen und mit ihnen gefährliche Abenteuer bestehen. Oder auch den Tod finden...

Am Abend ritt ich schweigsam und in Gedanken versunken neben meinem Reisegefährten her. Meine Gedanken schweiften immer wieder in die unmittelbare Zukunft. Auf was hatte ich mich bloß eingelassen? Je näher ich meinem Ziel kam, desto flauer wurde mir im Magen. Am liebsten hätte ich Placi gewendet und wäre den Weg zurückgeritten. Die Versuchung wurde so groß, dass meine feuchten, um die Zügel gekrampften Hände zuckten. Dennoch verdrängte ich den Gedanken hartnäckig, dass es Angst war, die mit ihren Klauen nach mir griff.

Dimitri versuchte nicht, mich zum Reden zu animieren, er ritt vor mir her, die Augen auf den kaum auszumachenden Pfad gerichtet. Nur ab und zu hob er den Kopf wie witternd in den Wind und starrte durchdringend die Büsche an, die den nahen Waldrand säumten. Ich folgte diesen Blicken, konnte aber außer dunklen Umrissen nichts erkennen. Wir befanden uns nicht mehr in tiefster Wildnis, ab und zu konnte man weit entfernt die erleuchteten Fenster von Bauernhäusern erkennen. An der Anzahl der kleinen hellen Flecke sah man ob es sich um kleine Dörfer oder einzelne Höfe handelte.

Plötzlich hielt Dimitri sein Pferd vor mir an und gebot mir mit einer Handbewegung, es ihm gleichzutun. Seine Augen fixierten einen Punkt weit vor uns. „Wegelagerer", flüsterte er seltsam heißer und fast meinte ich, ein Knurren aus seiner Brust zu hören. Erstaunt schaute ich zu ihm hin und erschrak. Im schwachen Licht einer dünnen Mondsichel sah ich seine Zähne aufblinken. Lang und drohend ragten sie unter seiner Oberlippe hervor. Und seine Augen blickten absolut kalt, als er mir kurz das Gesicht zuwandte. Nichts erinnerte mehr an den freundlichen Mann mit den liebenswürdigen Zügen und dem gewinnenden Lächeln. Was da neben mir lauerte war eine Bestie, zum Sprung bereit.

Obwohl mich sein furchterregender Anblick erschreckte, empfand ich doch keine Angst vor ihm. Ich wusste, seine Blutgier war erwacht, aber sie galt den Männern, die uns in der vermeintlichen Sicherheit der Büsche auflauerten.

Der Vampir an meiner Seite musste sehr hungrig sein, wurde mir bewusst. Schon seit drei Nächten hatte Dimitri kein Blut zu sich genommen. Wohl deshalb war er zum Wolf geworden, der seine Beute witterte. Er wollte hetzen und töten...

Ohne weiter auf mich zu achten, gab er seinem Pferd die Sporen und stob davon. Ich folgte ihm etwas langsamer, unschlüssig, wie ich mich verhalten sollte. Doch meine Neugier war erwacht und ich wollte unbedingt dabei sein bei dem, was immer auch geschah.

Als wir näher kamen zügelte Dimitri sein Pferd ein wenig und ich holte auf. Hatte er es sich anders überlegt? War doch seine sanfte Art durchgebrochen und hatte den Wolf in ihm besiegt? Ich wusste nicht, ob ich enttäuscht oder erleichtert darüber war.

Dann überschlugen sich die Ereignisse. Aus den Büschen preschten drei Männer hervor. Sie hielten Knüppel und Messer in den Händen. Schon grapschte der erste nach den Zügeln von Dimitris Pferd und schwang bedrohlich seine Keule. Doch noch ehe er ausholen konnte beugte sich Dimitri herab, packte den schweren Mann am Arm und zog ihn mit einem Ruck hoch, so als handele es sich um einen kleinen Jungen. Sein Kopf schnellte nach vorne, ich hörte einen erstickten Schrei und sah wie die Beine des Mannes neben dem Pferdeleib wild strampelten. Plötzlich hingen sie still und dann fiel der leblose Körper zu Boden.

Ich war von dem Anblick so überrumpelt, dass ich darüber fast die anderen beiden Männer vergaß. Erst als Placi wild wiehernd stieg, erkannte ich die Gefahr. Zu meinem Glück war der Hengst nicht gewillt, den fremden Mann in seiner Nähe zu dulden. Bösartig bleckte er die Zähne und stieß seinen Kopf nach dem Gesicht des Wegelagerers. Ich hörte einen grässlichen Schrei und das Knirschen zersplitternder Knochen und ahnte mehr als ich sah, dass Placi dem Mann in die Wange gebissen hatte. Der Kerl vergaß augenblicklich sein Vorhaben und ging aufheulend in die Knie.

Als ich meine Aufmerksamkeit erneut Dimitri zuwandte, war der schon vom Pferd gesprungen und hatte den dritten Mann überwältigt. Wie eine übergroße Gliederpuppe hing der Körper in den Fängen des Vampirs. Falls Dimitri überhaupt bemerkte, dass ich ihn beobachtete, so war es ihm egal. Sein Mund lag am Hals des Mannes und noch immer lag ein dämonischer Ausdruck auf seinen sonst so friedlichen Zügen. Erst als die letzten Zuckungen seines Opfers erstarben ließ er von ihm ab. Einen Moment hielt er den Körper noch fest, dann ließ er ihn einfach zu Boden poltern. Seine glitzernden Augen suchten nach dem dritten Mann, der verkrümmt auf dem Boden hockte und sich das Gesicht hielt. Blut strömte zwischen seinen Fingern hervor, was den Vampir in Dimitri noch mehr erregte. Wie ein Raubtier glitt er auf den am Boden kauernden zu, packte ihn und drehte ihn fast sanft herum. Die Hand des Mannes glitt von seinem Gesicht und ich sah die schreckliche Wunde, die Placi ihm zugefügt hatte. Die Zähne des Hengstes hatten ein riesiges Stück Fleisch herausgerissen und den Wangenknochen zermalmt. Das, seines Haltens beraubte Auge, hing grotesk heraus.

All das schien Dimitri weder zu interessieren, noch zu schockieren. Sein Mund war geöffnet und von seinen langen Reißzähnen tropfte Speichel. Den Blick fest auf die pulsierende Halsschlagader gerichtet beugte er den Kopf und biss zu.

Ich sah, wie seine Fänge die Haut durchstießen und in das weiche Fleisch eindrangen. Ein Blutschwall folgte, als er sie wieder herauszog. Doch schon lagen seine Lippen über den Wunden und saugten sich fest. Seine Augen schlossen sich, als er zu trinken begann.

Ich stand wie erstarrt, abgestoßen und fasziniert zugleich. Nichts auf der Welt konnte mich bewegen, den Blick abzuwenden. Fast meinte ich, selbst den Geschmack von Blut auf meiner Zunge zu spüren und schluckte trocken. Erst als der Vampir von seinem Opfer abließ erstarb auch meine Faszination. Schuldbewusst wich ich dem Blick seiner Augen aus, der, nunmehr wieder menschlich, auf meinem Gesicht ruhte. Er ließ den Leichnam des Banditen fast sachte zu Boden gleiten und erhob sich langsam, trat auf mich zu.

Falls ich in seinen Zügen Beschämen zu sehen erwartete so wurde ich enttäuscht. Er sah mich fest an und sagte mit nun wieder normaler Stimme: „Heute hast du den Wolf in mir gesehen, den mordenden Vampir. Auch das ist eine Seite, die zu meinem Dasein gehört. Und obwohl ich die Jagd nicht suche und das gewaltsame Töten nicht zu meiner Befriedigung brauche, so steckt es doch in mir seit ich zum Vampir geworden bin. Es bereitet mir auch keinerlei Gewissensqualen, diesen Männern das Leben genommen zu haben."
„Warum sagst du mir das?" wollte ich wissen und starrte ihn verwirrt an. Konnte er mir ansehen, wie sehr mich das Schauspiel gefesselt hatte, - welche seltsamen Gefühle es in mir ausgelöst hatte? Natürlich sah er es, wurde mir im gleichen Augenblick klar und der Verdacht stieg in mir hoch, er hatte mich damit testen wollen.
Doch Dimitri schüttelte den Kopf als er meine Gedanken las.
„Nein, das war kein Test, ich ahnte auch so bereits deine Reaktion voraus. Die Begegnung mit diesen Wegelagerern kam mir allerdings mehr als gelegen. Ich brauchte dringend Blut und die Chance, jemanden in dieser wenig besiedelten Gegend aufzutreiben, der an Altersschwäche oder Krankheit leidet ist eher gering. Wie ich dir bereits sagte, vergisst jeder Vampir seine Vorlieben, wenn er keine Wahl hat. Das, was du eben gesehen hast, war ganz normales vampirisches Verhalten."
„Was tun wir nun mit den Leichen?"
Ratlos blickte ich zu den Körpern, die auf der Erde lagen. Was taten Vampire mit ihren ausgesaugten Opfern? Sicher ließen sie sie nicht einfach liegen. Mein Blick streifte zweifelnd die nähere Umgebung, es würde ein mühsames Unterfangen sein, ein Loch in diesen felsigen Untergrund zu graben, das groß genug war, drei Leichen aufzunehmen. Wir hatten noch nicht einmal eine Schaufel bei uns.
Doch Dimitri schien diesbezüglich sorglos. „Keine Bange, das ist gleich geschehen. Ich schaffe die Körper ein wenig abseits des Weges und verstecke sie unter Steinen und Geröll. Ein wenig Vampirzauber darüber und sie tauchen frühestens als Skelette wieder auf. Vermutlich vermisst diese Kerle sowieso niemand. Es sind Banditen, durch widrige Lebensumstände aus der Bahn geworfen, wie so viele in diesen unseligen Zeiten. Falls sie noch irgendwo Angehörige haben, so rechnen die wohl kaum mit einem Wiedersehen."
Er bückte sich und griff nach dem Körper des zuletzt getöteten Mannes, packte ihn einfach am Schlafittchen und hob ihn anscheinend mühelos an. Er zog ihn neben sich her und ging zum nächsten, den er ebenso packte. Die schweren Körper schleifte er ohne sichtliche Anstrengung zwischen die Büsche. Ich eilte zu dem dritten Leichnam und packte ihn unter den Armen um ihn ebenfalls in die Büsche zu ziehen. Er war verdammt schwer, stellte ich fest und mühte mich ab. Wie schaffte Dimitri es, gleich zwei tote Männer

zu tragen? Er musste über enorme Körperkräfte verfügen, was mir bisher noch gar nicht aufgefallen war.

Während ich rückwärtsgehend den Leichnam hinter mir herzog, fiel mein Blick auf dessen Hals. Ich erwartete eine klaffende Wunde zu sehen. Doch die Haut des Getöteten war zwar schmutzig, ansonsten aber makellos. Verblüfft hielt ich inne und drehte den Toten ein wenig, so dass sein Kopf auf die andere Seite fiel. Aber auch hier war nichts von den Bissspuren zu sehen, die ihm Dimitri erst kurz zuvor zugefügt hatte. Wäre da nicht diese unnatürliche Blässe gewesen, man hätte meinen können, der Bandit wäre eines natürlichen Todes gestorben.

„Vampire verschließen die Wunden an den Hälsen ihrer Opfer, sobald diese ausgesaugt sind", sagte Dimitri neben mir. Er nahm mir die Leiche ab und zog sie tiefer ins Gebüsch. Ich folgte ihm eilig und nach wenigen Minuten blieb er stehen. Ich sah eine Senke im Boden, in der bereits die anderen beiden Getöteten lagen. Er warf den dritten dazu und begann damit, große Felsbrocken über den Körpern aufzuhäufen. Auch das tat er mit solcher Leichtigkeit, als handele es sich um höchstens faustgroße Steine. Danach suchte er dürre Äste und Gestrüpp, drapierte alles zu einem scheinbar zufällig entstandenen Haufen übereinander. Bald ließ nichts mehr darauf schließen, dass sich hier ein Grab befand. Ohne sich nochmals umzublicken ging Dimitri dann zur der Stelle zurück, an der die Pferde auf uns warteten.

Während ich ihm eilig folgte, kam ich nicht umhin, ihn erneut zu bewundern. Nichts deutete darauf hin, dass er innerhalb kaum einer viertel Stunde drei Männer getötet, ausgesaugt und ihre Körper verscharrt hatte. Seine Kleidung saß tadellos und weder Schmutz noch Blut klebte daran. Auch sein Gesicht und seine Hände waren frei von Blut. Und als er sich an einem kleinen Bach die anhaftende Erde von den Fingern gewaschen hatte, war er wieder ganz der gutaussehende, freundlich blickende Arzt, als den ich ihn kannte. Kaum konnte ich glauben, dass er noch vor kurzem eine reißende Bestie gewesen war, die skrupellos drei Menschenleben ausgelöscht hatte.

Es kam mir jedoch nicht in den Sinn, ihn deswegen zu verurteilen. Was die bange Frage in mir hochsteigen ließ, ob mich sein Vorbild ebenfalls skrupellos gemacht hatte. Tatsache war, dass ich kein Mitleid mit den Getöteten empfand, ich versuchte mich dadurch zu rechtfertigen, dass sie uns getötet hätten, wäre Dimitri ihnen nicht zuvor gekommen. Oder stimmte seine Behauptung tatsächlich, der Vampir läge bereits in mir verborgen? Hatte es mich deshalb so fasziniert, ihm beim Töten zuzusehen?

Natürlich wusste Dimitri wieder einmal, was in mir vorging. Doch entweder wollte oder konnte er mich in meiner Zwiespältigkeit nicht trösten. Er legte mir nur die Hand auf die Schulter und schlug vor: „Versuche zu vergessen, was du gesehen und empfunden hast. Noch ist deine Zeit nicht gekommen.

Lass das Geschehene einfach in dich einsinken und denke nicht weiter darüber nach. Wenn es an der Zeit ist, wirst du wissen, was das Richtige für dich ist. Jetzt komm, lass uns weiter reiten. Es ist nicht mehr allzu weit bis wir das Lager der Haiduken erreicht haben. Ich fürchte, deine Zeit als Partisan wird dir noch so manche Gewissensentscheidung abverlangen. Und auch die wirst du ganz alleine mit dir selbst ausmachen müssen, weder Gott, noch irgendein Mensch und auch kein Vampir kann dir dabei helfen."

Wie er vorausgesagt hatte, erreichten wir wenige Stunden später das kleine Dorf, das von seinen ursprünglichen Bewohnern verlassen, in einer unzugänglichen Bergregion lag. Es war noch tiefe Nacht als wir eintrafen, dennoch blieben wir nicht unbemerkt. Ein Rudel Hunde wurde zuerst auf uns aufmerksam und augenblicklich verkündete vielstimmiges Gebell, das Fremde angekommen waren.
Vorsichtshalber blieben wir erst einmal wo wir waren, was sich schnell als guter Entschluss herausstellte. Türen wurden aufgerissen und plötzlich sahen wir uns einer Vielzahl von bewaffneten Männern gegenüber. Erst als ich das vereinbarte Losungswort rief entspannte sich die Situation ein wenig. Dennoch blieben die Bewohner der Hütten erst einmal misstrauisch. Wir mussten von den Pferden steigen und uns mit ausgebreiteten Armen hinstellen, so dass man uns nach versteckten Waffen durchsuchen konnte. Natürlich trugen wir keine am Körper und als die Hände, die mich abtasteten den Brief mit dem Siegel Georgis zutage förderten, ging ein Raunen durch die Männer, die uns umstanden. Ein Hüne mit zotteligem Bart trat vor und nahm mir die Schriftrolle ab. Er studierte im Schein einer Fackel intensiv das Siegel, dann musterte er mich und grunzte zufrieden. Anscheinend wusste er genau, wie der Mann auszusehen hatte, der angekündigt worden war. Dimitri, der neben mir stand, wurde ebenfalls gründlich gemustert. Als ich ihn als meinen Freund und zudem als Feldarzt vorstellte, entlockte das dem Hünen ein erfreutes Grinsen.
„Einen Arzt können wir gut gebrauchen", erklärte er und deutete auf eine der Hütten. „Beim letzten Überfall haben wir leider Pech gehabt. Acht Männer starben und fünf wurden verwundet. Wir haben für sie getan, was wir konnten, doch ich fürchte, es war nicht genug. Zwei hat es besonders böse erwischt. Wenn Ihr bald nach ihnen schauen würdet, könnte das vielleicht ihr Leben retten..."
Dimitri hielt sich nicht mit Worten auf. Er lächelte dem Mann beruhigend zu, griff nach seiner Tasche, die am Sattel seines Pferdes hing und ging in die angezeigte Richtung. Auf einen Wink des Hünen hin folgte ihm ein Mann, überholte ihn und hielt ihm zuvorkommend die Türe auf. Beide verschwanden dahinter.

Der Hüne reichte mir die Hand. „Ich bin Anjo und der Anführer dieser Männer. Du musst unser anfängliches Misstrauen entschuldigen, aber wir können nicht vorsichtig genug sein. Es wäre nicht das erste Mal, dass ein Spitzel versucht, sich bei uns einzuschleichen. Eigentlich hatten wir ja damit gerechnet, dass auch dein Bruder mitkommt..." Er sah mich neugierig an und ich überlegte schnell, was ich sagen sollte. Am besten etwas, was der Wahrheit nahekam.

„Wir hatten Streit und er ist davongeritten, ich weiß nicht, wohin. Vielleicht überlegt er es sich ja noch und kommt nach..."

„Nun, dafür hast du ja diesen Feldarzt mitgebracht. Der tut uns auch gute Dienste. Ich hoffe doch, er schließt sich uns ebenfalls an...?"

„Zumindest vorerst", gab ich zur Antwort. Ich wollte nicht zu viel über Dimitri erzählen, das sollte er lieber selber tun. „Ich kenne seine Zukunftspläne nicht genau. Er war der Leibarzt meiner Familie und versorgte zusätzlich die Dorfbewohner der Umgebung. Jedenfalls kennt er sich bestens mit der Behandlung von Kampfwunden aus, er war lange als Feldarzt tätig."

„Er muss schon früh damit begonnen haben", brummte Anjo kopfschüttelnd. „Zumindest sieht er noch recht jung aus."

Ich erschrak, schon war mir der erste Fehler unterlaufen. Ich musste unbedingt vorsichtiger sein, wenn ich von Dimitri redete. Zum Glück ging Anjo nicht weiter auf das Thema ein. Er schickte die Männer, die immer noch um uns herumstanden wieder zum Schlafen und gähnte herzhaft. „Du bist sicher erschöpft von der Reise durch die Berge. Deshalb solltest du eure Pferde versorgen und dann ins Bett kriechen und dich gründlich ausschlafen. Dort in der Hütte", er deutete auf eines der dicht aneinander gereihten Gebäude, „ist ein Platz für dich bereit. Solange wir hier sind, kannst du dort schlafen. Wie der Alltag bei uns abläuft und was deine täglichen Pflichten sind erkläre ich dir am Morgen. Unser Leben in der Abgeschiedenheit ist hart und gefährlich, aber das ist dir sicher bewusst. Deshalb herrschen bei uns strenge Regeln, die unbedingt eingehalten werden müssen. Eigenmächtigkeiten werden nicht geduldet und Befehlsverweigerung wird streng bestraft. Nur wenn wir zusammenhalten und jeder sich auf jeden verlassen kann, können wir überleben."

Ich nickte, wenn sich auch mein Magen bei seinen unmissverständlichen Worten nervös zusammenzog. Hier, unter diesen Männern würde es keine Sonderbehandlung für mich geben. Hier war ich nicht der Sohn und Erbe eines Fürsten, sondern ein Mitstreiter für die Freiheit unseres Landes. Die Haiduken waren ursprünglich Hirten in der unwegsamen Bergregion gewesen, einfache Männer, die in der Einsamkeit Schafe und Ziegen gehütet hatten. Heute waren sie Soldaten. Die meisten meiner Kameraden hatten noch nie im Leben in einem richtigen Haus gewohnt und kannten nicht einmal vom

Hörensagen den Luxus, den ich von Geburt an gewohnt war. Ich würde mich ihnen anpassen müssen, wollte ich fortan zu ihnen gehören. Für ein Jahr würden diese Männer mir Familie, Kameraden und Freunde sein. Ich würde mit ihnen essen, schlafen, kämpfen und leiden, - und vielleicht auch sterben...

Zu behaupten, es wäre mir leicht gefallen, mich dem einfachen Leben der Haiduken anzupassen käme einer Lüge gleich. Der harte Tagesablauf mit seinen strengen Regeln machte mir anfangs sogar sehr zu schaffen. Jeden Tag wurde stundenlang geübt mit einfachsten Waffen zu kämpfen. Die meisten meiner Kameraden verfügten höchstens über Lanzen oder auch nur Mistgabeln, einige besaßen einfache Messer oder Prügel aus dicken Ästen geschnitten. Für mich war es neu, mit diesen primitiven Waffen zu kämpfen und ich stellte mich keineswegs geschickt damit an. Des Abends verarztete ich mir meine neuen Blessuren, kühlte blaue Flecke und Quetschungen oder bestrich mir Riss- oder Schnittwunden mit Kräutersalbe. Gegen Muskelkater half ein warmes Bad in der heißen Quelle, die nicht allzu weit abseits des Dorfes sprudelte. Oder ich ließ mich von Anjuta massieren, einer der Frauen, die ebenfalls im Dorf lebten.

Anjuta war als junges Mädchen von den Türken verschleppt worden. Mit ihrem groben Gesicht und der kräftigen Figur taugte sie anscheinend nicht für ein Harem und wurde deshalb zur Dienerin ausgebildet. Unter anderem erlernte sie auch die Kunst der Körperpflege, die bei den Osmanen einen hohen Wert besaß. Als ein Feuer das Lager, in dem sie gefangen gehalten wurde in Brand setzte konnte sie entkommen und da sie ihre Familie nicht mehr wiederfand, schloss sie sich den Haiduken an. Seither wandte sie ihr Können bei den Dorfbewohnern an, die ihre Dienste sichtlich genossen.

Wie Anjuta gab es einige Frauen im Dorf, fast alle hatten harte Schicksalsschläge hinnehmen müssen, die sie bewogen hatten, sich den Freiheitskämpfern anzuschließen. Sie versorgten die Dorfbewohner mit Essen, wuschen die Wäsche und pflegten die Kranken und Verwundeten. Und einige waren auch darunter, die gewisse Dienste anzubieten hatten, die von so manchem der ausgehungerten Männer gerne in Anspruch genommen wurden. So manche von ihnen wollte mich verführen in ihr Bett zu kommen, doch wenn ich an meine schöne Riana dachte, gefiel mir keine von ihnen. Zudem war ich meist des Abends zu erschöpft, mich nach der Gunst einer Frau zu sehnen.

Selbst an das Essen musste ich mich erst gewöhnen, obwohl ich nicht verwöhnt war. In Vaters Schloss war selten üppig gekocht worden und es kamen die landesüblichen Speisen auf den Tisch, bestehend aus dem, was die Bauern anstelle eines Pachtzinses abgaben. Geschlachtet wurde im Spätherbst und Winter, - da gab es auch das meiste Fleisch zu essen. Während der Frühlings-

und Sommermonate mussten wir uns mit Pökel- oder Räucherfleisch begnügen, dass zur Geschmacksverbesserung von Gemüse und Maisbrei diente. Es gab auch Fische, die in den Bächen geangelt oder im Dorfteich gefischt wurden und hin und wieder Geflügel oder Wildbret.
Was mir hier vorgesetzt wurde hatte meist nicht einmal einen Namen und die Zutaten konnte man höchstens erraten. Das Brot, aus grobem Mehl hergestellt, schmeckte fade und war so hart, dass es diejenigen mit schlechten Zähnen nur eingeweicht essen konnten. Da die Haiduken ein verstecktes Leben führten, kamen sie nur unregelmäßig zu Lebensmitteln, die sie in der Regel raubten. Da niemand vorausahnen konnte, was die Karawanen, die sie überfielen mit sich führten, musste eben aus dem, was zur Verfügung stand die Mahlzeiten hergestellt werden. Natürlich versuchten die Männer nach Kräften, den mageren Speisezettel durch gejagtes Wild zu bereichern. Das war aber in der unübersichtlichen Landschaft nicht leicht. An Wild gab es Hirsche, Fasanen und Hasen, die jedoch sehr scheu waren und die Umgebung des Dorfes mieden.
Wenn einmal eine Zeitlang gar nichts erlegt wurde und auch durch einen Überfall nichts Essbares aufzutreiben war, kam es schon hin und wieder vor, dass einer der mageren Klepper oder auch ein Hund aus dem Dorfrudel den Weg in den Kochtopf fand.
Eines Nachts verirrte sich ein Bär ins Dorf, ein räudiges, altersschwaches Tier, dem schon einige Zähne ausgefallen waren und den wohl der Hunger dazu trieb, die Nähe der Menschen aufzusuchen. Er wurde von den Hunden entdeckt und gestellt und danach von einem der Männer mit einem beherzten Lanzenstoß getötet. Sein Fleisch war zäh und schmeckte tranig, dennoch wurde der Bär ausgeweidet, zerlegt und bis auf den letzten Rest vertilgt. Sogar sein schäbiger Pelz fand noch Verwendung, in Streifen geschnitten und getrocknet diente er den ewig hungrigen Hunden zum Fraß.
Manchmal beneidete ich Dimitri fast um seine Blutmahlzeiten, besonders dann, wenn wir wieder einmal absolut Ungenießbares vorgesetzt bekamen. Er hingegen schien keine Not zu leiden, obwohl es in dem kleinen Feldlazarett nicht viele Verwundete gab, die an der Schwelle des Todes standen. Er äußerte sich allerdings nicht bei mir über die Art seiner Nahrungsbeschaffung und ich fragte ihn nicht danach. Ich war viel zu beschäftigt, mich einigermaßen einzugewöhnen, so dass ich abends oft früh zu Bett ging.

Dimitri schien zu spüren, was in mir vorging und ließ mich in Ruhe, er schien damit zufrieden zu sein, mich des Abends prüfend zu mustern um sich davon zu überzeugen, dass es mir nicht schlecht ging. Danach verschwand er, entweder um sich irgendwo mit Blut zu versorgen oder er ging zu der kleinen Krankenstation. Wo er die Tage verschlief wusste ich nicht und ich muss gestehen, ich dachte auch kaum einmal an ihn. Irgendwann später beichtete er mir, er habe seinen Bann über mich gelegt, so wie auch über meine Kameraden. Ich sollte mich ganz und gar auf mein neues Leben konzentrieren können. Vermutlich tat er es auch zu seinem eigenen Schutz, damit ich in Zeiten der Schwäche nichts Unüberlegtes ausplaudern konnte.

Nach etwa sechs Wochen hatte ich mein neues Leben endlich akzeptiert. Ich war nicht mehr ständig müde und erschöpft und holte mir während der täglichen Kampfübungen nur noch selten blaue Flecke. Neben dem Säbelkampf und dem zielsicheren Umgang mit Pfeil und Bogen oder Armbrust beherrschte ich nun auch den Kampf mit so primitiven Waffen wie Messern, Prügeln, Lanzen und sogar Mistgabeln. Selbst mit bloßen Fäusten und Füßen konnte ich mich verteidigen, sollte es einmal nötig werden.

Ich hatte meinen Platz unter meinen Kameraden gefunden und wurde von ihnen als Mitstreiter akzeptiert. Kaum einer wusste überhaupt, dass ich der Sohn eines Adeligen war und ich gedachte nicht, es ihnen zu erzählen. Mit der Zeit fand ich sogar Freunde unter den oft rüpelhaften, einfachen Männern. Und als ich eines Tages mit einem erlegten Hirsch auf der Schulter ins Dorf kam, wurde ich als der Held des Tages gefeiert.

Kapitel 11: Der erste Kampf

Den wahren Ernst des Haiduken-Lebens lernte ich kennen, als ich zirka acht Wochen unter ihnen weilte. Ein Überfall auf eine Karawane von Kaufleuten war geplant und ich sollte zum ersten Mal mit zu den Angreifern gehören. Der Angriff würde vermutlich am späten Nachmittag geschehen, Späher waren seit Stunden unterwegs, Reisetempo und genaue Route der Karawane auszukundschaften.

Unser Einsatztrupp verbrachte die Wartezeit in einer der Hütten, einige, so auch ich mit einem Würfelspiel beschäftigt, andere saßen dösend herum oder lagen auf den einfachen Strohsäcken und schliefen. Die Atmosphäre war angespannt, kaum ein Wort fiel und die Spieler am Tisch starten wie gebannt auf den Würfelbecher. Obwohl Anjo uns ermahnt hatte, nicht zu viel Alkohol zu trinken, kreiste der Weinschlauch zwischen uns. Auch ich nahm ab und zu einen Schluck, obwohl ich noch nie ein starker Trinker gewesen war. Ich mochte den benebelten Zustand nicht, den zu viel Wein bewirkte und an einem Tag wie diesem wollte ich unbedingt einen klaren Kopf behalten.

Gesprochen wurde nicht viel, jeder hing seinen eigenen Gedanken nach. Die abgestandene Luft im Zimmer schien die Angst auszudünsten, die in jedem von uns lauerte. Dass es meinen Kameraden nicht anders erging wie mir, erkannte ich an ihren zusammengepressten Kiefern und den verräterischen Schweißflecken an ihren Hemden obwohl es ein kühler Tag war. Auch mir rieselten Schweißperlen den Rücken herab und erzeugten ein unangenehmes Gefühl auf meiner Haut. Wäre ich ein Hund, sinnierte ich dumpf, wären meine Nackenhaare sicher gesträubt. Als ich mir das bildlich vorstellte, entlockte der Gedanke mir ein glucksendes Lachen. Die Augen der anderen Männer schnellten irritiert zu mir und ich murmelte etwas Unverständliches. Aber es schien niemanden wirklich zu interessieren warum ich lachte.

Die Zeit verrann schleppend, nach jedem meiner häufigen Blicke durchs Fenster meinte ich, die Sonne sei kaum weiter gerückt. Meine Gedanken wanderten zu Dimitri. In den letzten Tagen hatten wir uns wieder öfter und länger gesehen. Nun, da ich mich in der Gruppe integriert hatte und auch abends nicht mehr so früh müde wurde, suchte er wieder allabendlich meine Gesellschaft. Und wie während unserer Reise war auch plötzlich das innige Verständnis zwischen uns wieder da, erst jetzt bemerkte ich, wie sehr ich es vermisst hatte.

Am vergangenen Abend waren wir sogar zusammen ausgeritten. An einem kleinen See hatten wir haltgemacht und uns, auf einem Felsen sitzend, lange unterhalten. Es war eine wunderschöne Nacht gewesen, mit klarem Himmel, so dass man seine ganze Sternenpracht bewundern konnte. Dimitri hatte mir die einzelnen Sternbilder gezeigt und mir ihre Namen genannt. Auf meine verwunderte Frage, woher er darüber so gut Bescheid wisse, hatte er lächelnd geantwortet: „Wenn man so alt ist wie ich, muss man immer wieder neues erlernen, damit die Unsterblichkeit nicht langweilig wird. Du würdest staunen, mit welchen ungewöhnlichen Wissenschaften ich mich schon beschäftigt habe. In fremden Ländern werden oftmals Dinge gelehrt, von denen wir keine Ahnung haben. Während meiner langen Reisen habe ich viel dazugelernt. Dabei kommt mir besonders zugute, dass ein Vampirgehirn einmal erlerntes nie mehr vergisst. Natürlich muss auch ich manchmal tief in meinem Gedächtnis kramen um etwas zutage zu fördern, dass ich schon vor langer Zeit gehört oder gesehen habe. Aber es ist da und mein Wissen hat mir schon oft wertvolle Dienste geleistet."

Ich war beeindruckt und bat ihn, mir mehr über das zu erzählen, was er in Jahrhunderten an Wissen angesammelt hatte. Doch er wollte darüber nicht reden, stattdessen fragte er mich aus, wie es mir bei den Haiduken ergangen sei. Bereitwillig begann ich zu erzählen.

„Und morgen steht dir also dein erster Einsatz bevor", wiederholte er, als ich geendet hatte. Mir schien, als zögen sich seine Augenbrauen einen Moment besorgt zusammen, doch dann lächelte er mich an. „Du wirst ihn sicher gut meistern. Zudem weiß ich um deine Besonnenheit, dir wird also selbst im Eifer des Gefechtes kein Fehler unterlaufen. Dennoch bitte ich dich, gut auf dich aufzupassen. Denke an Riana, dass sie auf dich wartet und dich gerne heil und gesund zurück haben möchte."

Beklommen nickte ich. „Natürlich denke ich stets daran. „Der Einsatz morgen ist auch mehr ein Test unseres Könnens. Eine Karawane von Kaufleuten zu überfallen dürfte nicht allzu gefährlich sein. Diejenigen, die sich dabei geschickt anstellen, werden in wenigen Tagen aufbrechen um auf größere Truppen von Freischärlern zu stoßen. Ich möchte unbedingt dazu gehören. Harmlose Kaufleute zu überfallen, auch wenn sie Handel mit den Osmanen treiben ist nicht unbedingt meine Sache. Krieg gegen die türkischen Besatzer zu führen sehe ich als ehrenvoller und auch als notwendiger an."

„Außerdem", fügte ich nach einer kurzen Denkpause hinzu und raffte meinen Umhang fröstelnd dichter um mich, „will ich endlich aus diesen verdammten Bergen heraus. Die Kälte und Feuchtigkeit macht mich schrecklich übellaunig. Wenn man bedenkt, dass wir schon Juli haben... Normalerweise müssten wir bereits unter der brütenden Sonne stöhnen. Aber hier in den Bergen scheint der Sommer nie einzuziehen."

Mein Klagen entlockte Dimitri ein erneutes Lächeln und ich dachte neidisch daran, dass er ja Kälte gar nicht empfinden konnte. In letzter Zeit, wurde mir bewusst, beneidete ich ihn öfter um sein Vampirsein. Machte ich mich insgeheim bereits mit der Vorstellung vertraut, einmal so zu werden wie er?

Falls er meine Gedanken las, so äußerte er sich nicht dazu. Stattdessen kam er auf meinen bevorstehenden Einsatz zurück: „Täusche dich nicht, was den Überfall auf die Karawane angeht. Die Kaufleute haben zu ihrem Schutz bewaffnete Soldaten dabei und die sind gut ausgebildet. Du solltest keinesfalls leichtfertig sein, das kann dich dein Leben kosten. Denke immer daran, wenn du während des Tages verwundet werden solltest, kann ich dir nicht zur Seite stehen. Sei also bitte ganz besonders vorsichtig."
Ich versprach es ihm feierlich.

„Es ist soweit", riss mich Anjos Stimme aus meinen Grübeleien und mein Kopf ruckte zu ihm. Plötzlich begann mein Herz wie wild zu rasen. Viele meiner Kameraden waren aufgesprungen und versammelten sich in der Mitte des Raumes, ich tat es ihnen nach. Noch einmal erklärte uns der Anführer wie wir vorgehen sollten. Wir hingen gebannt an seinen Lippen, obwohl wir schon auswendig wussten, was er sagte. Wie ich, würden heute einige Männer in ihren ersten Kampf ziehen und sicher waren sie genauso nervös. Doch wir alle wussten, was zu tun war und waren bereit zu kämpfen.
Unsere Pferde standen schon seit Stunden gesattelt bereit, nachdem wir die Sattelgurte festgezurrt hatten saßen wir auf und ritten in loser Formation hinter dem Späher her, der uns den Weg weisen würde. Es herrschte Schweigen unter uns, obwohl es noch nicht notwendig war, leise zu sein. Bis zu der Stelle, wo wir auf die Karawane treffen würden war es noch über eine Stunde Ritt.
Das Wetter war trüb, doch es regnete nicht, so kamen wir gut voran. Ich ritt Dimitris Wallach, er hatte mir angeboten, sein ruhiges Tier meinem nervösen Hengst vorzuziehen. Ich war gerne darauf eingegangen, so konnte ich mich ganz auf den Kampf konzentrieren. Zudem wollte ich nicht riskieren, dass Placi etwas zustieß, schon um Rianas Willen. Sie hatte mir das Pferd anvertraut und ich wollte auf ihm zu ihr zurückkehren.
Meine Hand tastete unter meinen Umhang an meine Brust, dort wo das Medaillon mit ihrem Bildnis hing. Ich umschloss es mit der Faust und spürte den Trost, der von ihm ausging. Schnell führte ich es an meine Lippen, dann ließ ich es wieder an seinen Platz über meinem Herzen zurückgleiten. Ich würde aus diesem Kampf zurückkehren, aus diesem und auch aus jedem anderen. Und in nicht einmal einem Jahr würde ich mit ihr vereint sein...
Die Gedanken verliehen mir Kraft und Mut, zuversichtlich ritt ich inmitten meiner Kameraden weiter.
Nach einiger Zeit gebot uns unser Führer mit einer Handbewegung, anzuhalten. In halblautem Tonfall erklärte er, wie wir uns verteilen sollten. Noch immer befanden wir uns im Schutz des Bergwaldes. Zwischen den Bäumen und Büschen ragten schroffe Felsen und große Steine auf, die uns beste

Deckung boten. Das stark abfallende Gelände ließ es gerade noch zu, es zu Pferd zu bewältigen.

Ich stellte mich in den Steigbügeln auf und spähte in die Tiefe, dort wo der breite Reiseweg verlief. Von der Karawane war noch nichts zu sehen, sie befand sich noch außer Sichtweite hinter einer Biegung. Wie die anderen Pferde verhielt sich auch mein Wallach ruhig, so als wisse er, dass ein Wiehern uns verraten konnte. Mit hängendem Kopf stand er dösend da, nur sein Schweif peitschte hin und wieder nach den blutsaugenden Plagegeistern, die es im Wald zahlreich gab. Auch mir machten die lästigen Bremsen zu schaffen, die sich, angezogen von meinem Schweiß, auf meinem Kopf, Hals und den Händen niederließen. Ihr Biss war scharf, am liebsten hätte ich sie unter meiner klatschenden Handfläche zermalmt, doch ich ertrug sie ebenso stoisch wie meine Kameraden. Wir mussten unbedingt die Ruhe behalten, jede hektische Bewegung würde Unruhe in die Pferde bringen und das konnte unsere Mission gefährden. Ich war nun wirklich froh, auf Placi verzichtet zu haben, nie wäre es mir gelungen, sein Temperament im Zaume zu halten.

Die Zeit tröpfelte dahin, noch immer war von der Karawane nichts zu sehen. Meine Unruhe stieg ins Unermessliche und ich meinte nicht mehr ruhig sitzen zu können. Da ertönte plötzlich das kreischende Warnen eines Eichelhähers und bald darauf hörten wir auch die Geräusche von Pferdehufen und das Rumpeln vieler Wagenräder. Ein Aufatmen schien durch unsere Gruppe zu gehen und die Anspannung machte Angriffslust Platz.

Meine Hand legte sich auf den Griff des Säbels, der an meiner Seite hing und ich spürte, wie ein Prickeln meinen Körper durchzog. Die bangen Gedanken waren plötzlich wie weggewischt, wurden förmlich fortgeschwemmt. Gebannt hing mein Blick am erhobenen Arm unseres Anführers, als er ihn langsam senkte gab ich dem Wallach die Sporen und stob inmitten der anderen Kämpfer den Berg hinab.

Die vorausreitenden Soldaten sahen uns zuerst und versuchten den Zug anzuhalten. Was gar nicht so einfach war, denn die vorgespannten Ochsen waren zwar langsam in der Fortbewegung reagierten aber ebenso behäbig auf die Versuche, sie zum Stehen zu bringen. Die Ochsenführer hatten alle Hände voll zu tun, zu verhindern, dass sich Wagen und Tiere ineinander verkeilten. Sie stellten zumindest vorerst keine Gefahr für uns dar. Anders die Soldaten. Auf Kampf gedrillt wusste jeder von ihnen, was er zu tun hatte. Etwa zwanzig an der Zahl preschten sie uns mit gezogenen Säbeln entgegen.

Wir waren fünfzehn Mann und nur die Hälfte von uns besaß richtige Waffen. Mit gezücktem Säbel ritt ich deshalb inmitten sechs weiterer gut bewaffneter Reiter voran. Unsere Aufgabe war es, möglichst schnell viele Soldaten kampfunfähig zu machen. Die nachfolgenden Kameraden sollten ihnen dann mit ihren primitiven Waffen endgültig den Garaus machen.

Wie ich es gelernt hatte, schaltete ich jeden Gedanken an Skrupel aus, als ich auf meinen ersten Gegner traf. Mit einem Streich hieb ich ihm den erhobenen Arm vom Körper. Ich hörte seinen entsetzten Schrei, dann war ich schon beim nächsten angekommen. Ihn konnte ich nicht überraschen, geschickt duckte er sich unter meinem Hieb hindurch und stieß gleichzeitig mit seinem Säbel nach mir. Geistesgegenwärtig ließ ich mich auf die Seite fallen, so dass mich die Spitze des Säbels nur streifte. Gleich darauf saß ich wieder fest im Sattel, wendete mein Pferd auf dem Fuß und stieß meine Waffe in die Seite meines Gegners.

Ich kämpfte mich weiter voran, wie in einem Rausch. Erst als einer der Ochsentreiber mit verzerrtem Gesicht vor mir auf die Knie fiel und schreiend um sein Leben bat kam ich wieder zu mir. Verwirrt starrte ich auf den Mann hinab, der vor den Hufen meines Pferdes im Staub lag. Seine weit aufgerissenen Augen brachten mir schlagartig meine Menschlichkeit zurück. Ich drehte mich um und sah, was ich und meine Kameraden angerichtet hatten. Der Weg war mit gefallenen Körpern übersät, nur hier und da zeigte ein Zucken oder Stöhnen an, dass in manchem noch Leben war. Die meisten waren jedoch tot und es waren nicht nur Soldaten, auch einige meiner Kameraden waren darunter. Dennoch, - wir hatten den Sieg errungen. Doch dieser Sieg ließ keinen Triumph in mir aufkommen, im Gegenteil, er schmeckte bitter wie Galle.

Nach einer Weile beruhigte sich die Lage ein wenig. Die Treiber brachten die Zugtiere zur Ruhe und scharten sich dann ängstlich zusammen. Sie fürchteten um ihr Leben, hatten sie doch mit ansehen müssen, wie die Soldaten, die nur verwundet waren, den Todesstoß erhielten. Auch mich hatte es geschockt, als zwei meiner Kameraden von Körper zu Körper gingen und allen, in denen noch Leben war, die Kehle durchschnitten.

Die Ochsenführer waren jedoch nicht in Gefahr, sie waren einfache Männer, die nur ihre Arbeit taten. Unser Anführer gestattete ihnen sogar, sich an den Habseligkeiten der gefallenen Soldaten zu bereichern und schickte sie dann fort.

Einzig ein Mann blieb zurück, der vor Angst schlotternd auf einem der Wagen saß. Es war der Kaufmann, der seine mit Lebensmitteln, Stoffen und sonstigen nützlichen Dingen beladenen Wagen zu einem geheimen Treffpunkt bringen wollte, an dem er seine Schätze gegen das Gold der Osmanen einzutauschen gedachte. Wir hatten Order, ihn möglichst unversehrt ins Dorf zu bringen. Dort sollte er vor einem Haiduken-Gericht zur Rede gestellt und verurteilt werden.

Es war schon tiefe Nacht, als wir endlich müde und erschöpft im Dorf ankamen. Einen der Ochsenkarren, beladen mit Lebensmitteln und Stoffen führten wir mit uns, die anderen waren von einigen meiner Kameraden in ein Versteck gebracht worden. Die Ladungen sollten später sortiert und danach an die darbende Bevölkerung verteilt werden.

Auf dem Ochsenkarren brachten wir auch unsere Verwundeten und Toten zurück. Zwei Männer hatten den Überfall mit ihrem Leben bezahlt, vier weitere hatten Verwundungen davongetragen. Sie wurden als erste vorsichtig vom Wagen gehoben und ins Feldlazarett gebracht. Ich sah Dimitri neben Anjo stehen und uns gespannt entgegen blicken und meinte ein erleichtertes Aufblitzen in seinen Augen zu sehen, als er mich erkannte. Er nickte mir nur kurz zu und ging dann den Männern voraus, die die Verwundeten trugen.

Anjo ließ sich vom Anführer unserer Truppe Bericht erstatten, danach bedankte er sich bei uns für unseren Einsatz und schickte uns zu der Hütte, wo ein Essen auf uns wartete. Mir war allerdings nicht nach Essen zumute.

Ich dachte an die Männer, die ich getötet hatte, je mehr Abstand ich von den Geschehnissen gewann, desto schlimmer kam mir vor, was ich getan hatte. Es nütze auch nichts, mir vorzusagen, dass es Feinde waren, die mir ebenfalls nach dem Leben getrachtet hatten. Und dass sie für die falsche Sache gekämpft hatten. In meinem Mund blieb ein schaler Geschmack.

Nachdem ich wenigstens ein paar Brocken gegessen hatte, stand ich auf, um nach draußen zu gehen. Ich brauchte frische Luft und wollte alleine sein um nachzudenken. Mit langsamen Schritten verließ ich das Dorf und ging in Richtung der heißen Quelle. Dort angekommen zog ich mich aus und ließ mich in das warme Wasser gleiten. Ein scharfer Schmerz durchzuckte meine linke Seite und ich verrenkte den Kopf um die Stelle zu begutachten. Ich sah einen langen Schnitt, der quer über meine Rippen führte und der Säbelhieb meines zweiten Gegners fiel mir ein. Seltsam, ich hatte die Verwundung bisher gar nicht gespürt. Vorsichtig tastete ich sie ab und war beruhigt. Es war nur ein Kratzer, allerdings klaffte die Wunde ziemlich weit auseinander. Ich würde sie wohl nähen lassen müssen, überlegte ich mit Unbehagen. Aber dafür blieb noch Zeit, jetzt wollte ich mich erst in dem warmen Wasser entspannen, vielleicht würden dann auch meine Gewissensbisse zur Ruhe kommen.

Stöhnend legte ich mich so hin, dass möglichst wenig Wasser in die Wunde drang und schloss die Augen. Doch die Bilder wollten nicht weichen, immer und immer wieder zogen sie an meinem inneren Auge vorbei. Würde es immer so sein? grübelte ich. Würde mich das Töten weiterhin so belasten oder gewöhnte ich mich eventuell daran? Ich hatte schon gehört, dass altgediente Soldaten ihre Gegner hinmetzelten, ohne auch nur einen Gedanken an sie zu verschwenden. Aber konnte ich das auch? Und vor allem, wollte ich das überhaupt? Ich fand keine befriedigenden Antworten auf meine Fragen.

Eine Hand legte sich auf meine Schulter und ich riss erschrocken die Augen auf. Über meine fruchtlosen Grübeleien musste ich wohl eingeschlafen sein. Ein Gesicht erschien über mir, blickte mich forschend an und ich erkannte Dimitri. Erleichtert rappelte ich mich auf und stieg aus dem warmen Wasser. Dimitri reichte mir ein Tuch, das er mitgebracht hatte und ich rubbelte mich trocken. Zumindest meine Muskeln hatten sich in der heißen Quelle entspannt, ich fühlte mich nicht mehr ganz so steif. Als ich nach meinen Kleidern griff hielt Dimitri mich zurück.

„Was ist das da an deiner Seite?" fragte er und beugte sich herab um die Wunde genauer zu betrachten.

„Ach nichts, nur ein Kratzer", wehrte ich ab. „Ein Säbelhieb. Ich habe nicht einmal gespürt, wie es geschehen ist... Meinst du, es muss genäht werden?"

„Das müsste es schon, - wenn du nicht einen Vampir zum Freund hättest. Ein Schluck meines Blutes erzielt allerdings das gleiche Ergebnis, nur schneller und ohne eine Narbe zu hinterlassen."

„Ach ja, dein Blut..." meinte ich gedehnt und spürte ein unbestimmtes Gefühl der Gier in mir hochsteigen. „Daran habe ich überhaupt nicht mehr gedacht..."

„Ich kann dir die Wunde auch nähen, wenn dir das lieber ist." Dimitri grinste mich an, wohl wissend, wie ich mich entscheiden würde. Ich schüttelte schnell den Kopf, während ich mich anzog. Dabei beobachtete ich ihn verstohlen aus den Augenwinkeln, ich wollte sehen, wie seine Zähne anwuchsen. Zu meiner Enttäuschung zog er jedoch sein Messer aus der Gürtelscheide und stach sich die Spitze ins Handgelenk, dort wo die Ader pulsierte.

Seine Augen glitzerten einen Moment auf, als er den kleinen Blutstrom betrachtete, der über seine Hand rann. Doch als er zu mir trat und mir den Arm darbot, lag nur das warme Lächeln auf seinem Gesicht, das ich so gut kannte.

„Trink", sagte er leise als ich unschlüssig verharrte. Die kleine Wunde befand sich genau vor meinem Mund, ich musste meine Lippen nur darüber legen und saugen. Dennoch zögerte ich. Es war etwas sehr intimes, was in diesem Moment zwischen uns geschah, einer körperlichen Vereinigung nicht unähnlich. Ich wusste nicht, ob Dimitri ebenso empfand.

„Es ist nichts, was du bereuen müsstest", hörte ich ihn sagen. Seine Stimme klang schmeichelnd und als ich ihn ansah, erkannte ich, dass ihn Blutgier gepackt hatte. Lange Eckzähne schimmerten leicht im diffusen Mondlicht und sein Blick war verhangen. Doch es war nichts Bösartiges darin zu erkennen, der Vampir, der ihn im Moment beherrschte war ein friedlicher.

Wie von selbst legte sich mein Mund über sein Handgelenk und meine Zunge stieß fordernd gegen die Wunde um den Blutfluss zu stimulieren. Als die ersten Tropfen über meine Zunge rannen, schien die Welt um uns stillzustehen. Es war Ekstase, die mich packte, sie trieb mich dazu, sein Handgelenk zu umklammern und stärker zu saugen. Noch nicht einmal der stechende Schmerz in meinen Eingeweiden konnte mich abbringen, weiter gierig zu trinken. Ich hörte Dimitris leises Stöhnen, es vermischte sich mit meinem erregten Keuchen. Doch er unternahm nichts, mich aufzuhalten. Erst nach einer Weile entwand er mir seinen Arm.

„Das reicht, mehr Vampirblut könnte dir schaden." Fast bedauernd führte er sein Handgelenk zum Mund und strich mit der Zunge über den winzigen Einschnitt. Er verschloss sich augenblicklich und als Dimitri mich ansah waren seine langen Reißzähne verschwunden. Er lachte leise, als er meinen beschämten Gesichtsausdruck sah und schüttelte beruhigend den Kopf.

„Deine Reaktion ist ganz normal, ebenso wie meine eigene. Du brauchst dir deswegen keine Gedanken zu machen. Es hat uns auch niemand beobachtet, der das Gesehene missdeuten könnte."

„Warum war es dieses Mal so?" wollte ich wissen. Meine Verlegenheit schwand und machte Neugierde Platz. „Als du mir nach Borils Attentat von deinem Blut gegeben hast, habe ich es nicht so... erregend empfunden." Ich spürte, wie ich errötete und war dankbar für die Dunkelheit, die uns umgab. Oder konnte er es etwa trotzdem erkennen? Unsicher sah ich ihn an, doch er tat, als bemerke er nichts.

„Damals warst du dem Tode sehr nahe und zu schwach um irgendetwas zu empfinden. Und zu aufgewühlt und irritiert, als ich dich zum zweiten Mal Blut trinken ließ, nachdem ich dir den Pfeil aus der Brust gerissen habe. Heute verhielt es sich anders, du warst nicht schwer verletzt und so spürtest du meine vampirische Anziehungskraft. Sie ist allen Vampiren gegeben und jeder Mensch reagiert ähnlich darauf wie du. Auf diese Weise betören wir diejenigen, denen wir nur einen Teil ihres Blutes nehmen. Wir betören sie und sie verfallen uns."

„Du kannst von Blut leben, ohne den Menschen dafür zu töten?" Das war mir neu. Hatte er mir nicht einmal erzählt, er müsse das Leben seiner Opfer trinken um selbst leben zu können. Verwirrt starrte ich ihn an. „Warum tötest du dann?"

Er schaute mich ernst an und schüttelte bedauernd den Kopf. „Leider kann ich nicht allzu lange nur von Blut zehren. Vier oder fünf Nächte höchstens. Dann muss ich wieder töten, wenn ich nicht riskieren will vor Schwäche einzuschlafen. Das hat fatale Folgen. Aber darüber will ich jetzt nicht reden. Tatsache ist, dass ich gezwungen bin zu töten, so wie ich es dir bereits sagte. Aber wenn einmal gar kein geeignetes Opfer aufzutreiben ist, zapfe ich einfach die Menschen an, die in meiner Nähe sind."

„Hier im Dorf auch? Ich wunderte mich bereits, wovon du dich ernährst..." Jetzt lachte er unbekümmert und nickte lebhaft.

„Etliche deiner Kameraden waren so nett, mir ein Schlückchen ihres Lebenssaftes zu spenden. Es hat keinem geschadet, alle sind noch putzmunter und kräftig. Und um deine Neugier zu stillen, - ich gehe des Nachts einfach in die Schlafkammern und versetze die Schlafenden in Trance. Wenn überhaupt, so haben sie am nächsten Morgen höchstens die Erinnerung an einen seltsamen Traum. Aber ich kann auch Blut von Menschen einfordern, die wach sind. Ich betöre sie mit meiner vampirischen Magie und sie geben sich mir willenlos hin. Sie finden es sogar so erregend, dass sie gar nicht mehr von mir lassen wollen. Wenn ich wollte, könnte ich einen Menschen aussaugen und ihn dabei vor Wollust sterben lassen. Einige meiner Artgenossen tun das auch..."

„Du hast es noch nie getan?" wollte ich wissen. Es erregte mich bereits, mit ihm darüber zu sprechen und erneut errötete ich als ich den deutlichen Beweis spürte. Verdammt, was war mit mir los? Dimitri war ein Mann, genau wie ich. Zudem war ich mit der schönsten Frau verlobt, die mir je begegnet war. Bisher hatte ich noch nie so empfunden. Ich verstand mich selbst nicht mehr.

„Manchmal schon", gestand er unumwunden ein. „Ich bin zwar ein Vampir, aber auch immer noch ein Mensch und ein Mann. Wenn mir eine Frau begegnet die ich begehre, lasse ich mich gerne dazu hinreißen mit ihr zu schlafen. Gleichzeitig nehme ich mir von ihrem Blut, denn körperliche Lust und Blutgier sind untrennbar in einem Vampir verbunden."

Er grinste mich an und legte mir beruhigend die Hand auf die Schulter. Tröstend meinte er: „Keine Angst, Malamir, deine Reaktion auf mich ist ganz normal. Der Akt des Bluttrinkens ist ein sehr intimer, egal ob er aus Lust oder Notwendigkeit vorgenommen wird. Dabei spielt es auch keine Rolle wer, - Vampir oder Mensch, - das Blut des anderen trinkt. Und jeder, egal ob Mann oder Frau reagiert in gleicher Weise auf mich. Deshalb ist es nicht nötig, verlegen zu sein, ich denke deswegen gewiss nicht schlecht von dir. Nimm es einfach als das hin, was es war, - ein lustvolles Erlebnis für uns beide."

Das tat ich dann auch und während wir langsam zum Dorf zurück schlenderten erzählte ich ihm ausführlich von dem gelungenen Überfall. Auch von den Zweifeln und der Abscheu sprach ich, die ich im Nachhinein über mein eigenes Tun empfand. Ich spürte, wie er mit mir fühlte, doch helfen konnte er mir in dieser Beziehung nicht. Er, der seit Jahrhunderten dazu verurteilt war, sich von menschlichem Leben zu ernähren, konnte meine Schuldgefühle zwar nachempfinden, Ratschläge, wie ich sie überwinden konnte, konnte er mir aber nicht geben. Das musste ich - genau wie er - ganz alleine mit mir selbst ausmachen.

Kapitel 12: Kampf für die Freiheit

Der Abschied von den Kameraden aus dem kleinen Bergdorf fiel mir schwer, obwohl ich nur wenige Wochen mit ihnen verbracht hatte. Einige, so wie Anjo waren mir zu guten Freunden geworden, Freunde, die ich wahrscheinlich nicht mehr wiedersehen würde. Sie blieben im Dorf zurück um neue Rekruten auszubilden.

Mit mir brachen ein Dutzend Männer auf, um einer ungewissen Zukunft entgegenzureiten. Unser Weg führte uns erst einmal in unser Nachbarland Rumänien, wo wir uns mit weiteren Freiheitskämpfern treffen wollten. Wie es danach weiterging, wussten wir nicht und konnten nur Vermutungen anstellen.

Wir kamen nur langsam voran da die Reittiere meiner Weggefährten überwiegend alte, ausgezehrte Gäule oder auch Maultiere waren, die den beschwerlichen Weg durch die Berge nur mühsam bewältigten. Nur ein einziges Tier war Placi annähernd ebenbürtig, eine kräftige Stute, die Miklas gehörte, einem jungen Slawen, den das Schicksal zu unserer Gruppe verschlagen hatte. Mit Miklas verband mich inzwischen eine herzliche Freundschaft, er entstammte einer guten Familie und besaß eine ähnliche Bildung wie ich.

Zwar kam ich auch mit den einfachen Männern gut aus und fühlte mich in ihrer Mitte wohl. Doch war ich froh, auch hin und wieder über andere Dinge reden zu können, die nichts mit unserer Mission oder der Bewältigung alltäglicher Dinge zu tun hatte. Und das konnte ich mit Miklas.

Da wir die besten Pferde hatten, wurden wir vorausgeschickt um den Weg zu erkunden und geeignete Stellen auszusuchen, an denen wir Rast machen oder übernachten konnten. Außerdem waren wir beide in der Handhabung der Armbrust ausgebildet, was bedeutete, wir waren dafür zuständig Wild zu erjagen, damit alle genügend zu essen hatten. An Vorräten führten wir nur einen Sack Maismehl mit uns, aus dem abends am Lagerfeuer grobe Fladen gebacken wurden. Dazu kam den vielen hungrigen Mägen ein erlegtes Reh oder wenigstens ein paar Hasen oder Fasanen immer recht.

Da wir tagsüber ritten konnte Dimitri sich uns nicht anschließen, doch selbstverständlich begleitete er mich. Wie er es anstellte mich jede Nacht wiederzufinden blieb sein Geheimnis. Denn eine vorgegebene Reiseroute verfolgten wir nicht, jeden Tag suchten wir uns mühselig einen Weg durch die Wildnis, einzig den Stand der Sonne als Wegweiser. Dennoch war der Vampir jeden Morgen da und weckte mich, kurz bevor die Sonne aufging. Viel Zeit zu reden hatten wir dann allerdings nicht, er war bereits vom morgendlichen Sterben gezeichnet und konnte mir höchstens noch ein paar Hinweise geben, auf was ich während des Tages achten sollte.

Anscheinend kannte er die Gegend sehr gut, er warnte mich stets vor Hindernissen wie unpassierbaren Schluchten oder reißenden Flüssen, die uns zu Umwegen zwangen und erklärte mir, welchen Weg wir ungefährdet benutzen konnten.

Nach endlosen Tagen, wie mir schien, erreichten wir endlich die Donau die die Grenze zu Rumänien bildete. Von dort aus war es nicht mehr allzu weit zum Lager unserer zukünftigen Kampfgenossen. Nach weiteren drei Tagen trafen wir erschöpft und hungrig dort ein. Unser Vorrat an Maismehl war fast aufgebraucht, so dass es am Abend für jeden Mann nur einen kleinen Fladen gab. Zudem waren wir die letzten beiden Tage nicht zum Jagen gekommen, da unser Weg uns so nah an Städten und Dörfern vorüber geführt hatte, dass wir auf der Hut vor Entdeckung sein mussten. Es gab überall Spitzel, die sich einen Vorteil davon versprachen, verdächtige Beobachtungen den osmanischen Besatzern zuzutragen.

Das neue Lager besaß keinerlei Ähnlichkeit mit dem kleinen Dorf inmitten der Berge. Es bestand aus vielen kleinen und größeren Zelten und lag an einem Flusslauf, weit von den nächsten Ansiedlungen entfernt. Die Landschaft war öde und bestand überwiegend aus Sand und Steinen. Es gab kaum einen mageren Busch, geschweige denn Gras für die Pferde. Sie wurden deshalb auf eine weit entfernte Weide gebracht, die fast einen Tagesritt entfernt lag. Nur zwei Pferde blieben im Lager zurück, die mit Heu gefüttert wurden und für dringliche Botenritte oder ähnliches gebraucht wurden.

Wir Neuankömmlinge bekamen winzige Zelte zugewiesen und mussten zuerst lernen, wie sie auf- und abgebaut wurden. Ein solches, aus gefetteten Häuten oder Planen bestehendes Zelt war für zwei Mann gedacht. Außer dass es notdürftig Wind und Regen abhielt besaß es keinerlei Komfort.

Miklas und ich teilten uns ein Zelt und begannen sofort, es ein bisschen wohnlich auszustatten. Dazu benutzen wir die dicken Schaffelle und wollenen Decken, die wir einem Händler abgekauft hatten, der sie überteuert anbot. Das Geld war jedoch gut angelegt, so mussten wir wenigstens nachts nicht frieren. Noch war es zwar sommerlich warm, doch der Herbst würde nicht mehr allzu lange auf sich warten lassen. In der Gegend brachte ein Wetterumschwung schnell feuchte Kälte, die einem durch die Kleider kroch. Nachdem wir unsere wenige Habe verstaut hatten, setzten wir uns auf grobe Hocker, die wir vorm Zelteingang aufstellten. Auf dem kleinen, wackeligen Holztischchen vor uns stand ein Samowar in dem starker Tee zog. Miklas hatte die Teeblätter aus seiner Satteltasche gezaubert, den Samowar hatten wir ebenfalls bei dem Händler erstanden. Andächtig sog ich den würzigen Duft ein, er brachte Erinnerungen an mein Zuhause und andere Zeiten, denen ich mich jedoch nicht hingeben wollte. Deshalb ließ ich meinen Blick durch das Lager streifen.

„Hast du schon einmal so viele Zelte gesehen?" fragte ich Miklas, der schlürfend einen Schluck Tee genoss und dabei selig die Augen verdrehte. Er folgte meinem Blick und zuckte die Achseln.

„Fast wie eine Stadt", kommentierte er einsilbig und blies in seinen Becher ehe er fortfuhr: „Aber es wirkt alles schrecklich trist, irgendwie... verloren."

Das war auch meine Meinung. Die Zelte in ihren öden, undefinierbaren grau- oder Brauntönen unterschieden sich kaum voneinander. Aus den meisten drangen Rauchfahnen, die von den kleinen Kochstellen herrührten auf denen die Männer ihr Essen zubereiteten. Holz gab es keines, als Brennmaterial diente getrockneter Dung, der ebenfalls von Händlern verkauft wurde. Sein beißender Gestank vermischte sich mit allerlei Essensgerüchen. Die Männer, die hier lebten stammten aus den unterschiedlichsten Nachbarländern und so roch es aus jedem Zelt nach anderen Speisen und Gewürzen.

Eine gemeinsame Küche, so wie im Bergdorf gab es hier nicht, jeder war mehr oder weniger Selbstversorger. Maismehl und getrocknetes oder eingelegtes Gemüse und Fleisch konnte man sich im Verpflegungszelt abholen, was der Einzelne daraus kochte blieb ihm selbst überlassen. Gewürze und Salz musste man kaufen oder seine Mahlzeit ohne Würze zubereiten.

Das ganze Zeltlager machte einen trostlosen Eindruck, was sicher auch an der Umgebung lag. Mich fröstelte, als ich daran dachte, dass ich hier unter Umständen Wochen verbringen musste. Obwohl ich eben erst eine beschwerliche Reise hinter mich gebracht hatte, sehnte ich mich danach, weiterziehen zu können. Miklas erging es anscheinend nicht anders, mit verdrießlichem Gesichtsausdruck kauerte er da und umklammerte seinen Teebecher.

Erst als der Abend heraufzog kam ein wenig Leben in die Männer des Zeltlagers. Plötzlich erklangen Musikinstrumente und kehlige Stimmen sangen Lieder in den Sprachen ihres Heimatlandes. Schläuche mit Wein kreisten und so mancher förderte eine Kürbisflasche mit berauschendem Inhalt zutage. Miklas und ich schlenderten umher und wurden schließlich aufgefordert, uns einer Gruppe zuzugesellen. Wir bekamen Wein und Schnaps angeboten und revanchierten uns mit Brocken türkischen Honigs, den wir einem Händler für viel Geld abgekauft hatten. Obwohl es sich dabei um eine Spezialität unserer osmanischen Feinde handelte, wurden die klebrig süßen Stücke mit Wonne verzehrt.

Als wir spät in der Nacht müde und auch ein wenig betrunken in unser Zelt krochen sahen wir unsere Zukunft im Zeltlager nicht mehr gar so düster vor uns. Wir hatten Anschluss an unsere zukünftigen Weggefährten und Kampfgenossen gefunden und wurden von ihnen akzeptiert. Das war ein guter Anfang.

Gegen Morgen weckte mich die vertraute Stimme Dimitris. Es erfüllte mich mit Zufriedenheit, ihn wieder in meiner Nähe zu wissen. Ich wusste, er würde im Lager bleiben und sich wie zuvor im Bergdorf um die Kranken oder Verwundeten kümmern. Und um mich, sollte es nötig werden. Zufrieden wickelte ich mich enger in meine Decke und schlief sofort wieder ein.

Einige Wochen tat sich nichts Besonderes im Zeltlager, außer dass ständig neue Männer ankamen, die sich uns anschließen wollten. Um die Zeit zu vertreiben und in Übung zu bleiben, übten wir uns täglich in den verschiedensten Kampftechniken. Hin und wieder verließen einige ausgewählte Männer das Lager um kleine Überfälle auf Karawanen zu verüben. Die Zurückgebliebenen warteten dann stets angespannt auf die Rückkehr der Kameraden, bedeutete ein geglückter Raubzug doch meist eine Verbesserung unserer Lebensumstände. Die erbeuteten Güter wurden stets gewissenhaft unter allen aufgeteilt. Auch für die Menschen in der Umgebung fiel immer genügend ab, so dass keiner auf die Idee kam, uns zu verraten. Für die einfache Bevölkerung waren die Haiduken Helden, im Kampf gefallene Kameraden wurden wie Märtyrer verehrt. Diese Bewunderung wurde uns allerdings von den Landesverwaltern nicht zuteil, für die waren wir gemeines Räuberpack, Halunken, denen mit aller Härte nachgestellt wurde. Schon so mancher gefangene Haiduk war öffentlich hingerichtet worden, manche sogar grausam gepfählt. Ihre toten Leiber ließ man zur Abschreckung an den Pfählen hängen bis sie verwesen, als Warnung für diejenigen, die ihnen nacheifern wollten. Dennoch fanden sich immer wieder Männer bereit, ihr Leben für die Freiheit des Landes und seiner Menschen zu opfern.

Als eines Morgens ein Bote auf seinem abgehetzten Pferd im Lager ankam, wussten alle, dass es nun bald ernst werden würde. Aufbruchsstimmung machte sich breit und alles, was nicht unbedingt benötigt wurde, wurde zusammengepackt. Wenig später kam von den Anführern unserer Gruppe der Befehl, die Zelte abzubauen und uns bereit zu halten. Einige Männer wurden losgeschickt, die Pferde von den Weiden zu holen. Der Aufbruch sollte am Abend sein, für eine so große Truppe war es gefahrloser, im Schutze der Nacht zu reiten.

Während ich gemeinsam mit Miklas unser Zelt abbaute, dachte ich darüber nach, wie ich Dimitri von der plötzlichen Abreise unterrichten konnte. Wir würden vor seinem Erwachen aufbrechen und da ich nicht wusste, wo er den Tag verschlief, konnte ich ihm keine Nachricht hinterlegen. Aber dann überlegte ich, dass er mich sicher auch ohne Hinweis aufspüren würde. So, wie er mich immer fand.

Nach dem Abbau unseres Zeltes suchte Miklas den Händler auf, der am Morgen ins Lager gekommen war, er wollte noch ein paar Dinge besorgen. Ich blieb zurück um endlich den Brief zu öffnen, den der Bote mitgebracht und mir ausgehändigt hatte. Neugierig betrachtete ich die mit einer Schnur umwickelte Rolle. Sie trug Georgis Siegel und zuerst dachte ich, er käme von Riana. Meine freudige Erregung verwandelte sich jedoch augenblicklich in Schrecken als ich die Nachricht las: Der Tross, der Vater und Aleko nach Ungarn begleiten sollte war kurz vor der Ankunft am Zielort angegriffen und aus dem Hinterhalt beschossen worden. Ein Pfeil traf Vater in den Kopf, durchschlug sein Auge und tötete ihn auf der Stelle. Aleko wurde in die Brust getroffen und so schwer verwundet, dass man um sein Leben bangen musste. Wer das Attentat begangen hatte war ungewiss, außer Vater und Aleko gab es weder Verwundete noch Tote, es wurde auch nicht versucht, die Reisenden auszuplündern. Nach den Pfeilschüssen machte sich der Schütze unerkannt aus dem Staub, niemand hatte ihn überhaupt zu Gesicht bekommen.

Die Nachricht war schon viele Wochen alt, Vaters Verwandte hatten sie zum Schloss gesandt, von dort aus wurde sie zu Georgi gebracht, da man nicht wusste wo ich mich aufhielt. Georgi ließ sie dann an mich weiterleiten, was nochmals einige Zeit gedauert hatte. Inzwischen konnte viel geschehen sein. Was war mit Aleko? fragte ich mich immer wieder besorgt. Hatte er den feigen Anschlag überlebt? Oder lag er längst in einem kühlen Grab, fern seiner Heimat?

Er lebt, redete ich mir immer wieder selbst ein. Aleko war mein Bruder, vom gleichen Blut wie ich. Ich hätte es gespürt, wäre er gestorben, er hätte es mir in meinen Träumen mitgeteilt. Aber auch Vater ist von deinem Blut, - und seinen Tod hast du auch nicht gespürt, redete mir ein kleiner Teufel ein. Warum also solltest du Alekos Tod spüren?

Weil ich Aleko liebe, hielt ich trotzig dagegen. Mehr als ich Vater jemals geliebt hatte. Nein, ich wollte es nicht glauben, - Aleko durfte nicht tot sein, er lebte und wurde wieder gesund...

Der Tod meines Vaters bedrückte mich zwar, echt betrauern konnte ich ihn jedoch nicht. Das musste ich mir zu meiner Schande eingestehen. Er hat es provoziert, flüsterte der kleine Teufel in meinem Kopf hämisch. Und Boril hat sich für die ihm angetane Schmach bitter gerächt.

Dass es Boril gewesen war, der den Überfall verübt hatte, stand für mich außer Frage. Er hatte es mir ja angekündigt. Erneut bekam ich Angst um Mutter und Schwestern, würde er an ihnen seine Rache vollenden? Zumindest enthielt das Schreiben keinerlei Hinweis darauf, was mich wiederum beruhigte. Ich musste einfach darauf vertrauen, dass mein Halbbruder mit der Ermordung der männlichen Familienmitglieder zufrieden war. Seiner Meinung nach war er jetzt der einzige Überlebende der Familie Dimitroff und somit der Erbe, der er so gerne sein wollte.

Sollten das Schicksal uns jemals wieder zusammenführen, würde es ein schmerzliches Erwachen für ihn werden. Und ich musste damit rechnen mein Erbe blutig gegen ihn zu verteidigen. Aber das stand noch in weiter Ferne und vielleicht würde ja nur einer, - oder auch keiner von uns überleben um den Familiennamen weiterzutragen...

Als wir aufbrachen ritt ich lange stumm neben Miklas her. Er respektierte mein Schweigen, nachdem er von der Botschaft erfahren hatte. Erst später durchbrach er meine Grübeleien um mich zu fragen, ob ich darüber reden wollte. Ich ging darauf ein, wenn ich auch nur die halbe Wahrheit erzählen konnte. Es erleichterte mich, mein Herz auszuschütten, selbst wenn er mir weder Rat noch Trost spenden konnte.

Irgendwann in der Nacht war dann plötzlich Dimitri da. Ihm brauchte ich nicht viel zu erzählen, er las aus meinen Gedanken, was geschehen war. Ein bisschen hatte ich gehofft, seine hellseherischen Fähigkeiten würden erkennen ob Aleko noch lebte, aber er musste mich enttäuschen.

„Höre auf dein Herz", war der einzige Rat, den er mir geben konnte. Ich nickte und richtete den Blick hinauf zu den blinkenden Sternen. Einer leuchtete besonders hell und ich nahm das als gutes Omen. Ich beschloss, diesen Stern zu Alekos Stern zu machen. Solange er des Abends am Himmel erschien wollte ich annehmen, dass es meinem Bruder gut ging.

Von dieser Nacht an waren wir fast ständig unterwegs. Es gab kein festes Lager mehr und keine festen Zeiten. Wir richteten uns nach den Begebenheiten, die wir gerade vorfanden und schlugen irgendwo unsere Zelte auf. Die Verpflegung war karg und wir krochen öfters abends hungrig in unser Zelt. Unser Leben und unser Rhythmus geriet zunehmend aus dem Lot.

Immer mehr Haiduken schlossen sich uns an, so dass wir schon bald eine beachtliche Schar bildeten. Doch wir kamen nur noch langsam voran, da viele dieser Männer zu Fuß gingen. Außerdem führten wir Wagen mit Proviant, Viehfutter und sonstigen nützlichen Gegenständen mit uns. Um uns Nahrung, Pferde oder Waffen zu beschaffen überfielen wir unterwegs Karawanen und plünderten sie aus. Und irgendwann kam es auch zum ersten Kampf mit den Osmanen. Es war ein blutiges Gemetzel, bei dem es auf beiden Seiten viele Tote und Verletzte gab.

Wie durch ein Wunder kam ich aus allen Gefechten mit heiler Haut heraus, trug nur ab und zu geringfügige Wunden davon, die Dimitri in altbewährter Manier heilte.

Auch für ihn gab es viel zu tun, - und viel Nahrung. Das provisorisch errichtete Feldlazarett quoll manchmal schier über vor Verletzten. Dimitri und seine Helfer hatten alle Hände voll zu tun. Sie amputierten Gliedmaße, flickten Köpfe und Bäuche zusammen, soweit es in ihrer Macht stand. Vor vielen Verletzungen mussten sie allerdings kapitulieren, sie waren so schwer, dass alle ärztlich Kunst versagte. Dimitri blieb dann nur noch, die

Verwundeten durch seinen tödlichen Biss von ihren schlimmen Schmerzen erlösen. Er tat es ohne Reue.

Manchmal beneidete ich ihn um seine Kaltblütigkeit. Aber dann überlegte ich mir, er trug ja keine Schuld daran, dass diese Männer starben, er erleichterte nur ihr Los. Ich hingegen hatte schon etliche Menschenleben auf dem Gewissen, auch wenn es Feinde waren, die ich tötete. Das brachte mich zunehmend in seelische Konflikte.

Wenn wir in den Kampf zogen, gelang es mir meist, mein Gewissen völlig auszuschalten. Ich war zu beschäftigt, mein eigenes Leben und das meiner Kameraden zu verteidigen. Aber sobald es vorbei war kamen die Zweifel an meinem Tun. Manchmal versuchte ich mit Miklas darüber zu reden, doch er verstand mich nicht. Für ihn war jeder getötete Feind ein Sieg der gerechten Sache. Türken waren für ihn keine Menschen sondern eine Bedrohung, die es auszumerzen galt. Ich jedoch konnte das nicht einfach so sehen.

Sobald ich nach dem Kampf zur Ruhe kam plagten mich Bilder, die vor meinem geistigen Auge vorüberzogen. Ich sah schreckgeweitete Augen, die brachen, sobald mein Säbel sein Ziel gefunden hatte. Abgetrennte Gliedmaße, blutige Leiber, die sich am Boden wälzten. Und ich hörte die längst verstummten Schreie sterbender Menschen und Tiere, die immer noch in meinen Ohren gellten.

„Du siehst aus, als sei dir der Leibhaftige persönlich begegnet", sprach mit Dimitri eines nachts an. Besorgt musterte er mein versteinertes Gesicht und schüttelte den Kopf. „Du erträgst es nicht, das Töten. Du bist einfach nicht der Mensch dafür. Ich habe das schon längst erkannt..."

Ich starrte ihn müde an. Ihm brauchte ich nicht zu widersprechen, er, der noch immer in meinen Gedanken las wusste, wie es um mich bestellt war. Matt nickte ich und rieb mir die brennenden Augen. „Was soll ich bloß tun, Dimitri?" fragte ich leise, - verzweifelt. „Ich habe nicht geahnt wie es sein würde. Ich glaubte, es sei ein Kampf für Freiheit und Ehre als ich mich darauf einließ. All die hehren Worte, - Befreiung unseres Landes und seiner Menschen aus der Sklaverei. Ich habe wirklich daran geglaubt. Aber nun bin ich mir nicht mehr sicher. Es sind Menschen, die ich umbringe, Menschen, die genauso fühlen wie ich. Sie sind ebenfalls überzeugt, für eine gerechten Sache zu kämpfen, ich kann es ihren Gesichtern ansehen..."

Er legte mir leicht die Hand auf die Schulter und suchte meinen Blick. Zwingend sahen seine Augen in die meinen und seine Stimme klang beschwörend. „Wenn du nicht überzeugt bist von der Richtigkeit deines Tuns, dann lass es sein, Malamir. Das Kämpfen und Töten ist nun einmal nicht jedermann gegeben. Auch wenn dein Vater dich zum Kämpfer erziehen ließ, musst du selbst entscheiden ob es das Richtige für dich ist. Diese Verantwortung kann man dir weder aufbürden noch abnehmen.

Deshalb kann ich dir nur raten: Wenn es dich wirklich so sehr belastet so verlasse diese Truppe und reite fort, - irgendwohin. Sonst zerbrichst du an diesem Krieg und dem sinnlosen Töten."

Er musterte mich schweigend und als ich nicht antwortete fuhr er eindringlich fort: „Du kannst nichts ausrichten, genauso wenig wie all diese Männer, denen du dich angeschlossen hast. Es sind verlorene Seelen, dem Untergang geweiht. Sollest du bei ihnen bleiben, so wirst du mit ihnen untergehen. Niemand kann das riesige osmanische Heer besiegen. Die Haiduken mögen tapfere, vom Volk verehrte Männer sein, aber in Wahrheit sind sie nur eine Handvoll schlecht ausgerüsteter Bauern und Hirten. Du wolltest einmal Prophezeiungen von mir hören, erinnerst du dich? Nun, ich prophezeie dir, dieser Krieg wird noch sehr, sehr lange nicht zu Ende sein und noch viele Generationen überdauern. Das osmanische Reich wird sich weiter und weiter ausdehnen und immer mehr Länder und Menschen in die Sklaverei zwingen. Nichts und niemand wird die Türken aufhalten können..."

Tief in mir wusste ich, dass er Recht hatte. Ich konnte nichts bewirken, also sollte ich meine Sachen packen und fortreiten. Aber wohin? Und was würde dann aus meiner Liebe zu Riana werden? Ihr Vater würde mir niemals verzeihen, wenn ich feige desertierte. Und sie mir niemals zur Frau geben. Entschlossen schüttelte ich den Kopf.

„Nein, ich kann mich nicht einfach davonschleichen wie ein Feigling. Lieber sterbe ich..."

Er musterte mich düster, dann seufzte er leise auf. Sein Blick wurde hart.

„Du wirst sterben, Malamir. Zumindest wenn du meinen Rat nicht befolgst. Du fragtest mich auch ob ich deine Zukunft sähe. Ich habe dich belogen als ich antwortet das könne ich nicht. Damals hatte ich noch gehofft, du würdest dich anders besinnen. Nun, das hast du nicht, deshalb sage ich dir jetzt mit aller Deutlichkeit: Solltest du diese Truppe nicht bald verlassen, so wird das dein Untergang sein."

„Abweisend hob er die Hand als ich ihn unterbrechen wollte. „Nein, ich kann dir keine Einzelheiten nennen weil ich sie nicht kenne. Ich sehe nur die Nebel des Todes, die dich umgeben. Noch kannst du sie abstreifen, - noch liegt es in deiner Macht. Aber du musst es selbst bestimmen, ich kann dir nur raten. Und du musst dich bald entscheiden..."

Wie vor den Kopf geschlagen starrte ich ihn an. War das Wirklichkeit oder narrte mich ein böser Traum? Doch nein, Dimitri war wirklich und seine Prophezeiung die Wahrheit. Ich spürte es und sah es in seinen Augen. Sie kannten die Wahrheit. Verwirrt drehte ich mich um und ging davon. Er hielt mich nicht auf.

Lange lief ich durch die Nacht, ohne Ziel. Irgendwann blieb ich stehen, legte meine Stirn an die raue Borke einer Fichte. Würziger Harzgeruch stieg mir in die Nase, ich achtete nicht darauf. In meinem Kopf jagten sich die Gedanken. Was soll ich tun? Dieser eine Satz ging mir wieder und wieder durch den Kopf. Doch ich fand keine Antwort. Ich wollte nicht sterben, gewiss nicht. Ich hatte doch so viele Pläne.
Riana erschien vor meinem inneren Auge, sie lächelte mich verheißungsvoll an. Wenn sie hier wäre, mir sagen würde ich solle Dimitris Rat befolgen, - ich würde keine Sekunde zögern. Dann sah ich sie, wie sie enttäuscht das Gesicht von mir abwandte ob meiner Feigheit und es zerriss mir schier das Herz. Was, wenn sie mich deshalb verachtete? Dann hätte ich sie ebenfalls verloren. Und müsste zudem mit der Schande leben, meine Kameraden im Stich gelassen zu haben.
Wütend über meine Unschlüssigkeit stieß ich einen Schrei aus und hieb die Faust an den rauen Stamm. Der Schmerz klärte meine Sinne ein wenig, gedankenverloren leckte ich über meine aufgeschürften Knöchel. Eine Lösung meines Problems fiel mir jedoch nicht ein, frustriert setzte ich mich auf den Erdboden und lehnte den Rücken an den Baumstamm.
So saß ich noch als der Morgen anbrach und das Rumoren des erwachenden Lagers in meine Ohren drang. Verwirrt hob ich den Kopf und blinzelte in die aufgehende Sonne. Hatte ich geschlafen oder die ganze Nacht gegrübelt? Ich wusste es nicht, in meinem Schädel dröhnte es wie nach einer durchzechten Nacht. Leise ächzend erhob ich mich und dehnte meine steifen Glieder. Dann machte ich mich auf den Weg zurück ins Lager.
Miklas wartete schon mit einem dürftigen Frühstück auf mich. Immerhin belebte mich der starke Tee ein wenig und die Fladen aus Maismehl beruhigten meinen knurrenden Magen. Sie waren steinhart, weil sie zu lange auf dem erhitzten Stein gelegen hatten, deshalb kaute ich besonders vorsichtig. Ich wollte nicht riskieren, mir einen Zahn auszubeißen. Mein Gebiss wies bereits einige beschädigte Zähne auf, eine Folge des zwischen Steinbrocken ausgemahlenen Maismehls, in dem sich oft Sandkörner und sogar kleine Steine befanden. Niemand machte sich die Mühe, das Mehl zu sieben, so gerieten die Steinchen in die Fladen und wenn man darauf biss tat das höllisch weh.
„Wir werden hier noch einige Tage verweilen und auf eine weitere Truppe von etwa hundertfünfzig Männer warten, die zu uns stoßen will", begann mir Miklas unaufgefordert zu berichten. Er hatte am vergangenen Abend einer Besprechung der Unterführer beigewohnt, zu der ich ebenfalls geladen war, die ich jedoch total vergessen hatte. Interessiert hob ich den Kopf.
„Hundertfünfzig Mann, das ist eine beträchtliche Zahl. Damit zählen wir etwa fünfhundert Krieger. Eine kleine Armee..."

Miklas Augen leuchteten triumphierend als er weitersprach. „Das ist noch gar nichts, es werden noch zweimal so viele werden, wenn wir erst in der Walachei angekommen sind. Denn dort treffen wir auf das Heer des berühmten Vlad III. Er ist weithin bekannt für seine Tapferkeit und wagte es, Sultan Mehmed II. zum Kampf zu fordern. Uns wird die Ehre zuteil, mit ihm zu kämpfen. Unter seiner Führung werden wir diesen Turban-Trägern endlich das Fürchten lehren."

Vlad III., der Name war mir nicht unbekannt. Um den Vojevoden rankten sich wahre Legenden. Anno 1456 war der Sohn des ins Exil verbannten Vlad II. vom ungarischen König zum Herrscher über alle Länder der ungarischen Walachei gekürt worden. Berühmt wurde er vor allem durch seine Taktik und seine strategische Kriegsführung, mit der er sein überwiegend aus Bauern und Hirten bestehendes Heer zu beachtlichen Erfolgen führte.

Doch Vad III: war nicht nur berühmt, er war selbst unter seinen eigenen Leuten wegen seiner unglaublichen Grausamkeit gefürchtet. Man hatte ihm den Beinamen Tepes – der Pfähler -gegeben weil er alle seine Kriegsgefangene ausnahmslos pfählen und ihre Leichen zur Abschreckung aufgespießt hängen ließ. Aber nicht nur Kriegsgefangene bekamen seine Grausamkeit zu spüren, er ließ sie gnadenlos an jedem aus, der sich aus irgendeinem Grunde sein Missfallen zuzog. So wurde erzählt, er habe Gesandten, die es nicht für nötig fanden ehrerbietig den Hut vor ihm zu ziehen, diesen an den Kopf nageln lassen. Oder dass er Ehefrauen, die ihre Männer betrogen ebenso hinrichten ließ wie Mädchen, die ihre Jungfernschaft nicht hüteten, oder Witwen, die der Unkeuschheit verfielen. Bevor sie starben wurden ihnen zudem noch die Geschlechtsorgane verstümmelt.

Auch Bettler, die er als unnütze Fresser bezeichnete oder sonstige Taugenichtse, bekamen seine ganze Härte zu spüren. Man sagte dem Pfähler nach, er verspüre geheime Lust daran, Menschen zu verstümmeln. Je nach Laune oder Vergehen ließ er sie zerhacken, häuten, rädern oder verbrennen. Das Blenden oder Abhacken von Gliedmaßen waren geläufige Strafen für kleinere Vergehen.

Ich erzählte Miklas von den Gerüchten, die man über Vlad Tepes verbreitete doch er winkte nur geringschätzig ab. „Das sind doch nur Märchen, die seine Feinde erfunden haben um ihn beim ungarischen König in Ungnade zu bringen. Es kann nur gut für ihn sein, wenn er gefürchtet wird, das verschafft ihm Respekt. Ich kann es jedenfalls kaum erwarten, diesen Mann kennenzulernen. Er ist eine lebende Legende. Und wenn er die Osmanen tatsächlich an Pfählen aufspießt, so ist das nicht schlimm. Schließlich tut man das mit uns Haiduken auch, sollten man uns in die Gewalt bekommen."

Ich konnte das bewusste Quälen von Menschen, - auch wenn es sich um unsere Feinde handelte, - zwar nicht so einfach abtun wie Miklas, äußerte mich jedoch nicht dazu. Er dachte in diesen Dingen völlig anders als ich und ich wollte mich nicht den spitzen Bemerkungen aussetzen, die er üblicherweise für mich parat hielt. Deshalb zuckte ich nur nichtssagend die Schulter und biss in meinen harten Fladen, was mich von einer Antwort befreite.

Den ganzen Tag dachte ich über Dimitris ernste Worte nach und überlegte, was ich tun sollte. Doch erst gegen Abend reifte in meinem Kopf langsam ein Plan heran. Als ich spät am Abend endlich mit Dimitri zusammentraf, brannte ich förmlich darauf, ihm mitzuteilen, was ich mir ausgedacht hatte.
„Komm, wir vertreten uns ein wenig die Beine. Zudem können wir abseits des Lagers ungestörter reden", meinte er und schlug den Weg, der aus dem Lager führte ein. Ich folgte ihm bereitwillig, meine innere Unruhe zwang mich schon den ganzen Tag dazu, nervös hin und her zu laufen. Tief atmete ich die frische Luft ein, die bereits den nahenden Herbst erahnen ließ. Wie jeden Abend wanderte mein Blick zum nächtlichen Firmament, suchte nach Alekos Stern. Er funkelte heute besonders hell, so kam es mir vor, ein gutes Omen für das, was ich Dimitri mitteilen wollte.
Wir waren an einem kleinen Bach angelangt und setzten uns nahe seinem Lauf auf Felsstücke. Hier waren wir weit genug vom Lager und etwaigen zufälligen Zuhörern entfernt, so dass ich frei reden konnte. Also kam ich unumwunden auf den Plan zu sprechen, der meinem stundenlangen Kopfzerbrechen entsprungen war.
„Ich werde nicht desertieren", begann ich und sah, wie sich Dimitris Augenbrauen unwillig zusammenzogen. Er sagte jedoch nichts, sondern blickte mich nur auffordernd an.
„Zumindest vorerst nicht", redete ich beschwichtigend weiter. „Ich habe heute erfahren, dass die ungarische Walachei unser Ziel ist..." Ausführlich berichtete ich, was ich von Miklas erfahren hatte und fügte dann hinzu: „Ich habe mir überlegt, ich werde mit der Truppe bis nach Ungarn reiten und mich dann heimlich von ihr trennen. Dann suche ich das Anwesen von Vaters Verwandten auf. Ich muss mir einfach Gewissheit verschaffen, ob Aleko noch lebt. Ich frage mich das Tag und Nacht und werde keine Ruhe finden, bevor ich es weiß. Falls er noch lebt, was ich wünsche und hoffe, so werde ich ihn mit mir nehmen. Ich werde zu Riana reiten und ihr erklären, weshalb ich meine Mission nicht erfüllen kann. Wenn ihre Liebe zu mir echt ist, wird sie mich verstehen und notfalls ohne den Segen ihres Vaters meine Frau werden. Und dann werde ich mit ihr und Aleko irgendwohin gehen, so wie du mir geraten hast..."
Fast flehentlich blickte ich ihn an. Würde Dimitri meinen Plan gutheißen? Sein Urteil war mir wichtig. Er schwieg lange Zeit, dann seufzte er tief auf. Schließlich meinte er: „Ich sehe immer noch Gefahr für dich. Doch ich sehe

auch, dass ich dich nicht umstimmen kann. Auch mir will leider nichts Rechtes einfallen, was du anstelle deines Planes tun könntest. Nun denn, es ist deine Entscheidung und ich werde sie nicht in Frage stellen. Aber ich werde auch nicht von deiner Seite weichen."

Er erhob sich und schlug den Rückweg ein. Aber der kurze Moment, bis er sich endgültig von mir abwandte hatte ausgereicht, mir seinen besorgten Gesichtsausdruck zu offenbaren.

Kapitel 13: Flucht von der Truppe

Wieder waren wir überwiegend während der Nacht unterwegs. Solange es durch unwegsames Berggelände ging, mussten wir kaum Entdeckung befürchten. Ansiedlungen mieden wir nach Möglichkeit. Denn falls die Osmanen unser ständig anwachsendes Heer entdeckten, würden sie alles daransetzen, uns zu vernichten.

Unsere ungeordnete Truppe löste sich langsam immer weiter auf. Diejenigen, die über Reittiere verfügten ritten bald weit voraus. Wesentlich langsamer kamen die Gruppen der Männer zu Fuß hinterher, dicht gefolgt von denen, die beladene Maultiere oder Esel führten. Ganz zum Schluss mühten sich die Treiber mit den behäbigen Zugochsen und Wagen ab.

Miklas und ich befanden uns wieder bei der Vorhut, da wir über die besten Pferde verfügten. Solange wir des Nachts ritten schloss sich uns auch Dimitri an. Als wir jedoch zu den endlosen Weiten der ungarischen Puszta kamen, wurde unter uns beschlossen, wieder während des Tages zu reiten. Wir waren nur eine Handvoll Männer, so dass wir kaum auffielen. Zudem konnte man verdächtige Reiter oder Truppen leicht schon von weitem erspähen und notfalls rechtzeitig ausweichen.

Ich sah Dimitri an, dass ihm diese Änderung nicht gefiel, doch ich konnte mich ohne triftige Begründung nicht den Plänen der anderen widersetzen. Da auch ihm kein plausibel klingender Grund einfiel, trennte er sich notgedrungen von mir. Nicht jedoch, ohne mich zur Vorsicht zu mahnen, und zu versichern, er würde mich in der Nacht schon aufstöbern.

Für den Vampir war diese Reise kräftezehrend, es gab in der menschenleeren Puszta weder Sterbende noch Verbrecher, die ihn ernähren konnten. Einen meiner Kameraden zu töten verbot sich von selbst, also blieb ihm nichts anderes übrig als die schlafenden Männer um ihr Blut zu erleichtern.

Nachdem er sich über eine Woche so mehr schlecht als recht am Leben gehalten hatte sah ich ihm den Verfall deutlich an. Zum ersten Mal machte ich mir Sorgen um ihn. Er sah hager und krank aus, nichts erinnerte mehr an den Mann, der er noch vor einigen Nächten war. Und in seinen Augen meinte ich ein fiebriges Glimmen zu sehen, das mir mehr und mehr Angst einjagte. Würde er sich wahllos auf einen von unserer Gruppe stürzen, wenn sein Hunger, seine Gier zu groß wurde?

Was wusste ich schon wirklich über ihn? Er hatte mir einmal gesagt, dass er alle paar Tage gezwungen war, zu töten. Und dass er in extremen Fällen auch einen Menschen aussaugte, der normalerweise nicht zum Kreis seiner Opfer zählte. War nun dieser Extremfall gekommen? Wen würde er auswählen? Dieser Gedanke ließ mich nicht zur Ruhe kommen. Die Männer, mit denen ich ritt waren mir zu Freunden geworden auf die ich mich felsenfest verlassen

konnte. Es wäre meine Pflicht gewesen, sie zu warnen. Aber wie konnte ich das? Sie würden mich für verrückt halten oder bestenfalls auslachen, wenn ich ihnen erzählte, ihr Leben sei durch einen hungrigen Vampir bedroht.
Um mich selbst ängstigte ich mich nicht, niemals würde Dimitri mich zum Opfer erwählen. Er hatte sich sogar geweigert von meinem Blut zu trinken als ich es ihm anbot. Es war mir allerdings gelungen ihn umzustimmen... Versonnen versuchte ich nochmals nachzuempfinden, wie unglaublich gut sich das angefühlt hatte. Der intime Akt hatte mir die gleiche Ekstase beschert, die ich damals gespürt hatte, als er mir von seinem Blut zu trinken gab. Mein verräterischer Körper reagierte spontan auf die sinnliche Lust, die der Gedanke daran in mir entfachte.
Eine Hand legte sich leicht auf meinen Mund, unterdrückte den Schrei, den ich ausstoßen wollte als ich die Gestalt neben meinem Lager sah. Ich erkannte Dimitri, der lächelnd den Kopf schüttelte und seine Hand dann fort nahm.
„Entschuldige, ich wollte dich nicht erschrecken", meinte er leichthin und ließ sich neben mir nieder. „Aber du warst so in Gedanken versunken, dass du mich nicht hörtest. Hoffentlich habe ich dich nicht gestört..." Er lächelte erneut, da er natürlich sehr genau wusste, an was ich gedacht hatte.
„N.. nein", stammelte ich und riss mich zusammen. Forschend blickte ich ihm ins Gesicht, konnte aber wegen der Dunkelheit seine Züge nicht genau erkennen. Zwar erhellte ein riesiger Vollmond die Nacht und sein Schein genügte, auch innerhalb des Zeltes Einzelheiten zu erkennen, doch Dimitris mir zugewandtes Gesicht lag im Schatten. Erst als ich mich aufsetzte konnte ich ihn deutlicher sehen.
Eine Verwandlung war mit ihm vorgegangen, stellte ich fest. Seine Züge hatten sich geglättet und fast meinte ich, den rosigen Hauch zu erkennen, den ihm nur menschliches Blut - und menschliches Leben verlieh. Er hatte sich satt getrunken, das stand außer Frage. Unwillkürlich fragte ich mich, wen er wohl getötet hatte.
„Belaste dich nicht mit Dingen, die unabänderlich sind. Ich muss tun was notwendig ist und ich habe es getan. Es hat nichts mit dir zu tun, also denke nicht daran..." Er sah mir fest in die Augen und meine Befürchtungen wichen aus meinen Gedanken. Er wechselte das Thema und sah mich forschend an.
Wie lange willst du noch mit deinen Kameraden reiten? Du solltest dich bald von ihnen trennen. Jetzt wäre ein guter Augenblick, bis zum Morgen sind es noch einige Stunden und niemand würde uns bemerken. Ich kann den Männern suggerieren, lange und tief zu schlafen, so daß du einen größeren Vorsprung bekommst..."
Ich schaute ihn unschlüssig an. Es stimmte, der Zeitpunkt wäre gut. Ich war nicht müde und auch Placi wäre ausgeruht genug. Warum nur zögerte ich? Ich konnte mich selbst nicht verstehen. Wenn ich jetzt fortreiten würde, wäre

ich in spätestens zwei Tagen bei meinen Verwandten angelangt. Doch irgendetwas hielt mich zurück.
Dimitri schien meine Beweggründe besser zu kennen als ich selbst. Er legte mir väterlich die Hand auf die Schulter. „Du schämst dich deiner selbst, weil du meinst feige zu handeln wenn du deine Kameraden verlässt. Aber sein eigenes Leben zu retten ist nicht feige. Der Selbsterhaltungstrieb ist nun einmal der am stärksten ausgeprägte Trieb des Menschen."
„Aber ich lasse meine Kameraden im Stich", warf ich fast flehend ein.
„Ich könnte nicht verkraften, wenn sie durch mich ihr Verderben finden..."
„Das wird nicht der Fall sein, Malamir. Nun gut, ich sehe das Schicksal deiner Freunde nicht voraus, ich sehe nur deinen drohenden Tod. Das soll aber nicht heißen, dass sie ebenfalls sterben. Wie ich dir bereits sagte, umgibt dich die Aura des Todes, durch was jedoch dein Leben bedroht ist weiß ich nicht. Zweifellos werden einige, vielleicht viele oder sogar alle deine Kameraden in der Schlacht getötet, in die ihr zieht. Aber das kannst du auch nicht verhindern wenn du bei ihnen bleibst. Du bist nur ein einzelner Mensch und wenn du noch so tapfer kämpfst, du kannst nicht ein ganzes Heer retten. Ja, wenn du ein Mann wie Vlad Tepes wärst, seinen Einfluss und seine Macht besäßest, - dann könntest du das Schicksal dieser Menschen beeinflussen. Aber nicht als einer von vielen, dir bleibt nur, mit ihnen zu kämpfen und auch mit ihnen unterzugehen..."

Seine eindringlichen Worte verfehlten ihre Wirkung nicht, es war richtig, was er sagte. Ich war zwar ein Unterführer, aber ich konnte meine Leute nur führen. Die Befehle gab ein anderer. Einer dem es keine Gewissensbisse bereitete, Menschen in den Tod zu schicken. Dazu kam, dass ich niemandem wirklich verpflichtet war. Ich hatte versprochen ein Jahr mit den Haiduken zu kämpfen. Aber wenn ich dieses Jahr nicht einhielt, aus welchen Gründen auch immer, so hatte das keine Konsequenzen für mich. Ich hatte nichts unterschrieben und niemand würde mich zwingen können, das Jahr auch wirklich durchzuhalten. Ich war einzig und alleine meiner Ehre verpflichtet. Aber gerade das machte mir so zu schaffen. Meine Ehre war mir heilig und das Versprechen, das ich abgegeben hatte war ein ehrenhaftes Versprechen gewesen. Wie konnte ich es da brechen?
„Was hast du von deiner Ehre, wenn deine Knochen auf irgendeinem Feld vermodern? Du hast auch Riana ein Versprechen gegeben, nämlich das, zu ihr zurückzukehren. Willst du behaupten, das sei weniger wert? Wem nützt du wenn du tot bist? Weder ihr noch deinen Kameraden. Also besinne dich Malamir, ich bitte dich."
Riana. Meine Hand griff zu dem Medaillon auf meiner Brust, umschloss es fest. Plötzlich wusste ich, welches Versprechen mir mehr bedeutete.

Entschlossen stand ich auf und sah Dimitri auffordernd an. „Na dann komm, lass uns keine Zeit mehr verlieren..."

Niemand bemerkte unseren Aufbruch. Miklas, der auf seinem Lager tief und fest schlief drehte sich zur Zeltwand und murmelte im Schlaf ein paar unverständliche Worte. Ich hätte mich gerne von ihm verabschiedet, ließ es jedoch bleiben. Was sollte ich ihm auch sagen? Er würde noch früh genug merken, dass ich nicht mehr da war...
Placi kam schnaubend angetrabt als ich leise nach ihm pfiff. Willig ließ er sich aufzäumen. Dimitris Wallach trug noch den Sattel, er brauchte nur aufzusteigen. Wir mussten nicht besonders leise sein, als wir das Lager verließen, Dimitri versicherte mir, meine Kameraden würden so fest schlafen, dass nicht einmal ein Kanonenschlag sie aufwecken könnte.
Eine Weile ritten wir schweigend, dann begann ich ein Gespräch. Ich musste einfach reden um meine trüben Gedanken zu vertreiben.
„Schade, ich hätte ihn schon gerne kennen gelernt, diesen Vlad Tepes. Man erzählt sich so viele seltsame Geschichten von ihm, ich kann gar nicht glauben, dass sie alle wahr sein sollen."
Dimitri schien einen Moment zu überlegen, dann meinte er: „Nun, ich fürchte sie sind alle wahr. Ich kenne ihn zwar ebenfalls nicht persönlich, doch was ich über ihn gehört habe ist so außergewöhnlich grausam, das kann sich niemand erdacht haben. Sei froh, dass du ihm nie begegnen wirst, er behandelt seine Verbündeten nicht besser wie seine Feinde wenn er verärgert ist. Und das soll er fast ständig sein. Wenn du mich fragst, so mag er zwar ein hervorragender Stratege sein, aber meiner Meinung nach ist er nicht ganz richtig im Kopf. Der Mann hat vermutlich mehr Menschenleben auf dem Gewissen als ich. Und das will schon etwas heißen."
Er sagte das keineswegs ironisch, es schien ihm bitter ernst. Er drehte sich leicht im Sattel um mich besser anschauen zu können. „Erst vor kurzem hörte ich eine neue Schauergeschichte über ihn. Er ließ einige Zigeuner, die angeblich gestohlen hatten zum Tod am Galgen verurteilen. Als einige ihrer Stammesbrüder um Gnade für die Verurteilten baten und sich auf eine Urkunde Kaiser Sigismunds beriefen, die das Henken von Zigeunern verbot, soll das den Pfähler so erbost haben, dass er die Männer statt sie zu hängen braten und sieden ließ. Anschließend zwang er die Bittsteller, ihre Angehörigen aufzuessen."

Ich starrte Dimitri fassungslos an. Konnte ein Mensch wirklich so seelenlos sein. Ein Schauder lief über meinen Körper als ich mir ausmalte, welche Qualen diese Menschen hatten aushalten müssen. Bei lebendigem Leib in siedendes Öl geworfen zu werden musste einfach grauenhaft sein.

„Noch schlimmer trifft es diejenigen, die er pfählen lässt", gab Dimitri zu bedenken. „Stell dir vor, du wirst auf einen zugespitzten Pfahl gesetzt, der sich dann durch dein eigenes Gewicht langsam in deinen Körper schiebt. Manche, der so Gemarterten leben noch Stunden oder gar Tage. Nur wenn der Pfahl ein wichtiges Organ wie Leber oder Herz durchstößt sterben sie schnell. Aber das ist bei den wenigsten der Fall. Angeblich hat Vlad Tepes schon Tausende pfählen lassen. Er soll sich sogar inmitten dieser Unglücklichen niedergelassen haben um genüsslich zu speisen."

Ob solcher Grausamkeit fehlten mir die Worte. Ich konnte nur entsetzt den Kopf schütteln. Wahrscheinlich war es doch besser, ich lernte diesen Menschen nie kennen, angesichts seiner Gräueltaten hätte ich nicht gewusst, wie ich mich ihm gegenüber verhalten sollte. Am Ende hätte ich selbst noch sein Missfallen erregt.

Als der Morgen graute hielt Dimitri sein Pferd an. Seine Züge waren angespannt von dem Schmerz, der ihn allmorgendlich befiel. „Ich kann nicht mehr weiter, es wird höchste Zeit, mir ein Versteck zu suchen." Er deutete auf eine Buschgruppe in der Nähe. „Dort werde ich den Tag verbringen. Reite du noch ein Stück weiter, in etwa einer Stunde wirst du bei einem kleinen Dorf anlangen. Es besitzt einen Gasthof, dort kannst du bis zum Abend verweilen."

Er wartete keine Antwort ab sondern setzte sein Pferd in Richtung der Büsche in Bewegung. Ich sah ihm stumm nach und überlegte, wie er dort den Tag überstehen wollte. Es gab nur kümmerlichen Schatten unter dem niedrigen Buschwerk, zu wenig für seinen lichtempfindlichen Körper. Aber er hatte ja seine Plane dabei und konnte sich notfalls auch in der Erde vergraben. Ich brauchte mir keine Sorgen zu machen.

Langsam ritt ich weiter, ich hatte es nicht eilig weil mein Weg vorerst bei dem Gasthof endete. Vielleicht konnte ich dort ein Zimmer bekommen und den Tag in einem richtigen Bett verschlafen. Nach den vielen, auf hartem Boden oder Strohsäcken verbrachten Nächten schien mir diese Aussicht äußerst verlockend. Und beim Gedanken an ein üppiges Frühstück mit Speck und Eiern lief mir das Wasser im Mund zusammen.

Ich war so vertieft in meine Vorfreude dass ich die unscheinbaren kleinen Zelte gar nicht bemerkte, die plötzlich vor mir auftauchten. Sie verschmolzen fast mit dem Grau der Morgendämmerung. Erst als Placi stehenblieb und nervös schnaubte erkannte ich wo ich gelandet war. Erschrocken blickte ich mich um. Es war ein Zeltlager, ähnlich dem, das ich erst vor wenigen Stunden verlassen hatte. Im ersten Moment befürchtete ich, ich wäre im Kreis geritten und wieder dort angekommen. Doch schnell erkannte ich meinen Irrtum, dieses Lager war mir vollkommen fremd.

Nichts rührte sich, die Männer schienen noch zu schlafen. Vermutlich handelte es sich ebenfalls um Freischärler, doch da ich keine Lust verspürte, ihre neugierigen Fragen zu beantworten, wollte ich mich beeilen fortzukommen bevor ich entdeckt wurde. Hastig blickte ich mich nach ihren Reittieren um, sie standen weit entfernt grasend auf einer Wiese. Das war gut, so konnte mich wenigstens niemand verfolgen.

Ich spornte Placi an, damit ich schnell aus dem Lager fortkam, da sah ich wie neben mir ein Zeltspalt geöffnet wurde. Ein verschlafenes Männergesicht schaute heraus. Als der Mann mich entdeckte kam Leben in ihn, blitzschnell schwang er die Eingangsplane ganz auf und wand sich hindurch. „He da!", rief er mir zu. „Was hast du hier zu suchen? Bleib gefälligst stehen..."

Ich dachte nicht daran, dem Ruf Folge zu leisten und spornte Placi noch mehr an. Das fehlte mir noch, dass ich verdächtigt wurde ein Dieb oder Spion zu sein. Ich verspürte keinerlei Lust, den Männern Rede und Antwort zu stehen. Gehorsam umrundete mein Hengst das Zelt und verfiel dann in Galopp. Ich atmete auf, mich würde gewiss keiner mehr einholen. Bis der Mann bei den Pferden angelangt war, würde ich über alle Berge sein.

Ich hatte den Gedanken kaum zu Ende gedacht, da verspürte ich einen harten Schlag auf Rücken und Schädel der mich glatt aus dem Sattel warf. Den Aufprall spürte ich schon nicht mehr, mir wurde plötzlich schwarz vor Augen. Ich konnte nicht lange bewusstlos gewesen sein, denn als ich die Augen öffnete sah ich gerade noch Placi, der wild auskeilend davon stob. Benommen rappelte ich mich hoch, kam aber nicht weit. Ein Tritt vor die Brust beförderte mich zurück und mein Kopf knallte unsanft auf den Boden. Mein Bewusstsein drohte mich erneut zu verlassen.

Mit aller Macht zwang ich mich, nicht ohnmächtig zu werden und kniff die Augen fest gegen den Schmerz zusammen. Ganz langsam beruhigte sich das Schaukeln in meinem Gehirn, so dass ich schließlich wieder wagte, die Augen zu öffnen. Und war sofort versucht, sie erneut zu schließen.

Was ich da vor mir sah, konnte nur ein Trugschluss sein. Denn ich sah in mein eigenes Gesicht, es trug denselben verblüfften Ausdruck, den ich verspürte. „Du?" sagten der Mund über mir und meiner gleichzeitig. Doch die Augen, die mich entgeistert anstarrten waren nicht schwarz wie meine sondern von dunklem blau. Borils Augen.

Wir waren beide zu fassungslos um mehr zu sagen und starrten uns nur gegenseitig an. Boril fasste sich zuerst. „Wieso bist du nicht tot?" zischte er leise durch die Zähne, so dass nur ich ihn hören konnte. „Wie konntest du überleben?"

Mein Schädel schmerzte zu sehr als dass mir eine passende Antwort einfallen wollte. Auf keinen Fall durfte ich ihm von Dimitri erzählen. Deshalb verzog ich nur geringschätzig den Mund und murmelte: „...Glück."

Boril ließ sich von den Knien auf die Fersen sinken, so dass ich an ihm vorbeischauen konnte. Hinter ihm standen etwa ein Dutzend Männer, darunter auch der, der mich entdeckt hatte. Er stierte grimmig zu mir herunter und schwenkte demonstrativ eine schwere Keule. Jetzt wusste ich was mich so hart getroffen und aus dem Sattel geworfen hatte.
Boril erhob sich langsam und stellte sich dicht neben mich wo er schwer seinen Stiefel auf meine Brust stellte um mich am Aufstehen zu hindern. Notgedrungen blieb ich auf dem Rücken liegen, die Arme zur Seite ausgestreckt. Ich kam mir vor wie ein niedergestrecktes Stück Wild und das war ich wohl auch. In meinem Kopf kreisten wild die Gedanken. Würde mein Halbbruder auf der Stelle das vollenden, was er damals nicht geschafft hatte und mich jetzt und hier töten?
Plötzlich erschienen Dimitris Züge vor meinem inneren Auge. Er hatte mich sehr eindringlich gewarnt, mir gesagt, dass meine Zeit immer knapper wurde. Ich hatte es nicht wahrhaben wollen. Als ich mich von ihm verabschiedete, - nicht einmal eine Stunde war das her, - da hatte er mich seltsam besorgt angesehen. Hatte er etwa vorausgesehen, was geschehen würde?
Borils Fuß, der den Druck auf meine Rippen plötzlich verstärkte, brachte mich in die Gegenwart zurück. Ich ächzte als mir die Luft aus den Lungen gepresst wurde und griff unwillkürlich nach seinem Knöchel um den Druck zu mindern. Er hielt es wohl für einen Versuch, mich befreien zu wollen und verhinderte es durch einen rohen Tritt in meine Seite. Ich meinte, meine Rippen knacken zu hören und stieß wider Willen einen Schrei aus. Er grinste böse auf mich herab und wandte sich dann an seine Männer. Mit theatralisch anmutender Handbewegung und spöttischer Verbeugung deutete er auf mich.
„Kameraden, darf ich euch meinen hochwohlgeborenen Halbbruder Malamir Dimitroff vorstellen. Bringt mir einen Strick, er wird fortan mein Gefangener sein."
Über die, ob unserer Ähnlichkeit verblüfften Gesichter der Männer zog breites Grinsen. Anscheinend hatte Boril ihnen bereits von mir erzählt. Bestimmt nichts schmeichelhaftes, vermutete ich als ich in Augen sah, die mich böse anstarrten. Ein Mann ging zu den Zelten und kam kurz darauf mit einem kräftigen Seil zurück, dass er Boril reichte. Der wog es grinsend in der Hand, dann befahl er mir, aufzustehen.
Ich tat es zögernd, letztendlich blieb mir nichts anderes übrig als zu gehorchen. Die Männer umstanden uns jetzt so dicht, so dass an Flucht überhaupt nicht zu denken war. Ihre Blicke waren böse und hingen lauernd auf mir, so als sei ich der Teufel in Person. Ich sah ihnen an, wie sie darauf warteten, dass ich eine falsche Bewegung machte. So, als wären sie erpicht darauf, mich zu verprügeln. Um ihnen dazu keinen Anlass zu geben streckte ich unaufgefordert die Hände aus und ließ mich von Boril fesseln.

Ich schwankte leicht, weil das Aufstehen in meinem Kopf neben pochendem Schmerz auch Schwindelgefühle ausgelöst hatte. Für einen Moment musste ich die Augen schließen. Mein Magen rebellierte und wäre er nicht leer gewesen, hätte ich meinem Bruder sicher vor die Füße gespien. So würgte ich nur laut und schluckte die Spucke, die sich sauer in meinem Mund ansammelte, hinunter. Nach ein paar vorsichtigen Atemzügen wich die Übelkeit etwas.

Ich zwang mich dazu, Boril in die Augen zu sehen, er erwiderte den Blick trotzig. „Was hast du mit mir vor?" fragte ich, obwohl ich es eigentlich nicht wollte. Mein Herz pumpte aufgeregt und ich spürte, wie mir Schweißperlen von der Stirn rannen. Boril sah sie ebenfalls und lachte rau.

„Du hast wohl Angst, wie? Die kannst du auch haben. Ich weiß zwar noch nicht, was ich mit dir anstelle, dazu ist meine Überraschung, dich lebend anzutreffen, noch zu groß. Aber mir wird bestimmt etwas einfallen. Jetzt kommst du erst einmal mit uns. Ich hoffe, du bist gut zu Fuß. Wir brauchen unsere Pferde für uns selbst und dein Gaul ist abgehauen..., du wirst also laufen müssen. Aber du warst ja stets ein sportlicher Kerl, da macht dir ein Fußmarsch sicher wenig aus."

Er zog mich mit sich bis zu den Zelten und band dort den Strick um einen jungen Baum. „Versuche lieber nicht, zu türmen, meine Männer behalten dich im Auge", sagte er warnend und ging zu seinem Zelt um es abzuschlagen und zu verstauen.

Ich ließ mich im Schneidersitz auf den Boden nieder und starrte düster auf die Fesseln um meine Handgelenke. Der raue Strick lag eng an, keine Möglichkeit, ihn heimlich abzustreifen. Und der Knoten war so angebracht, dass ich weder mit den Fingern, noch mit den Zähnen daran kam. Boril verstand sein Handwerk, grübelte ich, - wenn ich nur wüsste, was er mit mir vorhatte. Zumindest schien er mich nicht töten zu wollen. Oder vielleicht doch? Vielleicht würde er es tun, sobald seine Kameraden nicht mehr bei uns waren. Ich wusste nicht, wie weit er ihnen vertraute. Ein Mord vor vielen Zeugen konnte ihm unter Umständen gefährlich werden.

Nun, ich war froh, dass er mich zumindest vorerst verschonte. Je länger er mich am Leben ließ, desto besser standen meine Chancen, von Dimitri gerettet zu werden. Ich zweifelte nicht daran, dass der Vampir mich fand, schließlich hatte er mich bisher überall aufgestöbert. Und für Dimitri waren ein Dutzend Männer nicht unbedingt ein unüberwindbares Hindernis. Er würde ganz sicher eine Möglichkeit finden, mit ihnen fertig zu werden und mich zu befreien.

Abermals störte Boril meine Gedanken. Er und seine Männer hatten ihre Zelte und Habseligkeiten auf Packtiere geladen und die Pferde gesattelt. Nun saßen alle auf. Boril löste den Strick vom Baum und zog mich zu seinem Pferd.

Dort band er das Seil am Sattel fest und stieg ebenfalls auf. Ohne mich noch zu beachten ritt er an seinen Leuten vorbei und setzte sich an die Spitze der Truppe.

Es fiel mir schwer, mich dem Tempo des Pferdes anzupassen. Boril ließ es zwar nicht allzu schnell, jedoch zügig traben. Um nicht hinterher geschleift zu werden, war ich gezwungen rasch zu laufen. Vor Anstrengung lief mir bald der Schweiß am Körper herab. Ich war schon mehrfach gestolpert und meine Handgelenke schmerzten durch die ständigen Rucke am Seil. Vergeblich versuchte ich, es mit den Händen zu umfassen, immer wieder glitten meine Finger davon ab.

Irgendwann konnte ich nicht mehr. Meine Lungen pumpten wie Blasebälge, keuchend holte ich Luft. Der Boden schien unter meinen Füßen vorbeizufliegen und war mir auf einmal ganz nahe. Mit einem erstickten Aufschrei warf ich mich auf die Seite, damit wenigstens mein Gesicht nicht von den Steinen aufgeschrammt wurde. Ich hörte das Lachen der Männer, die hinter uns her ritten. Sie amüsierten sich köstlich über meine vergeblichen Versuche, wieder auf die Beine zu kommen.

Zuerst merkte ich gar nicht, dass Boril endlich angehalten hatte. Ich lag japsend und hustend auf dem Bauch, kaum noch fähig den Kopf zu heben. In meinem Mund spürte ich den Geschmack von Staub und Blut und meine Handgelenke brannten wie Feuer. Ich vermied es, sie anzusehen, so wie es sich anfühlte hing meine Haut in Fetzen.

Langsam und schwerfällig rollte ich herum als mich eine Stiefelspitze anstieß. Neben mir kauerte Boril. Ausdruckslos starrte er mich an. Dann schüttelte er den Kopf. „Ich hätte dir mehr Durchhaltevermögen zugetraut. Das Leben als Vaters Kronprinz hat dich zu sehr verweichlicht."

Sein Leben war nicht anders verlaufen als meines, hätte ich ihm gerne geantwortet, und ich hätte ihn mal sehen mögen, wenn er gezwungen wäre hinter einem Pferd herzurennen. Doch ich hielt den Mund, vor allem, weil ich mir nicht sicher war, einen verständlichen Ton herauszubringen. Ich meinte, meine Zunge wäre ums doppelte angeschwollen und Durst plagte mich.

Boril wusste wie ich litt, und schien zu erwarten, dass ich um Wasser bat. Aber ich wollte mich nicht erniedrigen, indem ich ihn anbettelte. Noch nicht... Als er zu der Kürbisflasche an seinem Gürtel griff und sich den Strahl in den Mund laufen ließ wandte ich den Kopf ab. Allein der Anblick des Wassers machte mich bereits in meinem Entschluss wankend. Ich schluckte trocken um das Kratzen in meiner Kehle zu vertreiben.

„Du musst nicht den harten Mann herauskehren", sagte er unvermutet sanft, so dass ich ihm überrascht wieder den Kopf zudrehte. Der Spott in seinen Augen strafte seinen Tonfall Lügen. Ebenso seine folgenden Worte.

„Du wirst lernen müssen, mich um alles zu bitten, was dich am Leben erhält. Also fang besser gleich damit an."

Wegen des Sandes in meinen Augen fiel es mir schwer, nicht zu blinzeln, doch ich hielt seinem Blick wenigstens eine Weile stand. Stumm schüttelte ich den Kopf.

Er presste die Lippen zusammen und befestigte die Flasche wieder an seinem Gürtel bevor er knurrte: „Na dann eben nicht. Mal sehen, wie du in einer Stunde darüber denkst." Knapp gab er das Zeichen zum Aufbruch und ich beeilte mich, auf die Beine zu kommen, bevor er aufgesessen war. Wütend wie er war, würde er mich hinter sich her schleifen bis mir das Fleisch von den Knochen fiel.

Du weißt, dass er ein aufbrausendes Temperament hat, sagte ich zu mir selbst, als ich erneut hinter seinem Pferd her rannte. Warum reizt du ihn auch noch? Aber nun war es zu spät, selbst wenn ich gewollt hätte, ich hätte keinen Ton von mir geben können. Immerhin war es mir gelungen, den Strick mit den Händen zu umfassen, so dass er mir nicht mehr die Haut abschürfte. Ich versuchte meine Beine gleichmäßig zu bewegen um nicht zu stolpern, doch das war auf dem unebenen Boden unmöglich. Zudem war das Tempo, dass Boril anschlug noch schneller als zuvor. Schon nach wenigen Minuten brachte mich eine aufragende Wurzel zu Fall und ich wurde erneut mitgeschleift. Vor Schreck ließ ich auch noch das Seil los, der heftige Schmerz an meinen Handgelenken ließ mich wider Willen aufschreien.

Kein Zweifel, ich war am Ende. Niemals würde ich es überstehen, den ganzen Tag so schnell zu laufen. Warum sollte ich mich also noch weiter quälen? Wenn es mein Bruder darauf anlegte, mich zu Tode zu schleifen, dann sollte er es gleich tun. Das ersparte mir wenigstens längere Qualen. Apathisch blieb ich liegen und ließ mich durch den Staub zerren.

Die Männer hinter mir riefen Boril etwas zu, was ich nicht verstand. Ich merkte nur, dass ich plötzlich still lag. Auf den obligatorischen Tritt in meine Rippen reagierte ich ebenso wenig wie auf den plötzlichen Ruck, mit dem ich auf den Rücken geworfen wurde. Ich kniff nur geblendet die Augen zu.

Der Zustand, in dem ich mich befand ähnelte einem Traum. Ich hörte meinen keuchenden Atem und spürte die pochenden Schmerzen in meinen Handgelenken. Ebenso registrierte ich, was mein Bruder sagte. Aber weder mein Körper noch mein Geist war zu einer Reaktion fähig. Ich lag einfach da, unfähig mich zu rühren.

Ein Schwall kalten Wassers, der über mich geschüttet wurde, brachte mich abrupt in die Wirklichkeit zurück. Ich schnappte nach Luft, als es mir in Mund und Nase lief und musste würgen. Ich riss die Augen auf.

„Na bitte, da ist er ja wieder. Dachte ich's doch, dass er nur simuliert", hörte ich eine Stimme und sah einen Mann mit einem hölzernen Eimer in der Hand über mir stehen. Neben ihm kam jetzt auch Boril in mein Blickfeld, er schaute mürrisch.

„Nein, ich denke nicht, dass er simuliert", knurrte er verächtlich. „Der Kerl ist ein Weichling und verträgt nichts. Also müssen wir ihn wohl doch auf einen der Gäule setzen. Sonst kommen wir heute nicht mehr an unser Ziel."

Er befahl, mich aufrecht hinzusetzen und mir Wasser zu geben und sein Befehl wurde sofort und ziemlich grob ausgeführt. Ich wurde unter den Armen gepackt, hoch gezerrt und mit dem Rücken an einen Felsen gelehnt. Kurz darauf spürte ich einen Becher an meinen Lippen und Wasser rann in meinen Mund. So viel Wasser, das ich gar nicht so schnell schlucken konnte. Ein Großteil lief mir wieder aus dem Mund, was mir einen derben Schlag auf die Wange einbrachte. Ein zweites Mal drängte der Becher zwischen meine Lippen und diesmal gelang es mir, das Wasser zu schlucken.

Es belebte mich einigermaßen und als ich fühlte, dass niemand mehr neben mir stand öffnete ich die Augen um mich umzusehen. Wir befanden uns an einem kleinen Bach, deshalb war das Wasser so kalt gewesen, dass man über mich gegossen hatte. Die Männer waren dabei ihre Wasserflaschen aufzufüllen und die Pferde standen etwas abseits und soffen in vollen Zügen.

Nachdem sie sich satt getrunken hatten, begannen zwei Männer, damit eines der Packpferde abzuladen und die Last auf die anderen zu verteilen. Das freie Tier wurde zu mir geführt und ich musste auf seinen Rücken steigen.

Es trug weder Sattel noch Decke, damit ich nicht herunter rutschte klammerte ich mich an der Mähne fest. Zudem wurden meine Füße unter dem Bauch des Tieres zusammengebunden. Die Zügel bekam ich nicht in die Hand, einer der Männer band sie an seinen Sattel. Nach kurzer Zeit waren wir wieder unterwegs, inmitten des Reiterpulkes brauchte ich an Flucht nicht einmal zu denken. So saß ich stundenlang festgebunden auf dem Packpferd, das einen fürchterlich stoßenden Gang hatte. Dennoch war es mir lieber durchgeschüttelt zu werden als weiterhin zu laufen.

Da niemand mit mir sprach hing ich meinen Gedanken nach. Wohin ritten wir und vor allem, was hatte Boril mit mir vor? Diese Fragen zogen unaufhörlich durch mein Gehirn, ohne dass ich zu einem Ergebnis kam. Zumindest die erste Frage würde sich bald von selbst beantworten, wenn es stimmte, dass wir am Abend am Ziel wären.

Wenigstens konnte ich auf Dimitri hoffen, der sicher nichts unversucht lassen würde, mich ausfindig zu machen. Eigentlich sah meine Lage doch gar nicht so schlecht aus, machte ich mir selber Mut. Vielleicht würde ich ja bereits morgen Früh wieder ein freier Mann sein.

Kapitel 14: In Gefangenschaft

Mein Optimismus zerstob, sobald wir an unserem Ziel ankamen. Wir ritten einen kaum erkennbaren Weg entlang, der zwischen hohen Felswänden verlief. Eigentlich war es nicht mehr als ein Trampelpfad, stellenweise so eng, dass gerade ein Pferd hindurch passte. Deshalb waren wir gezwungen hintereinander zu reiten. Ich blickte in die Höhe und schauderte beim Anblick der schroffen, dunklen Felsen, die so hoch aufragten, dass man nur einen schmalen Streifen Himmel darüber erkennen konnte. Es kam mir so vor als ritten wir direkt in den Schlund der Hölle.
Plötzlich schnitt uns eine Felswand den Weg ab und ich wunderte mich, dass die Männer vor mir unbeirrt weiter ritten. Als ich selbst an der Wand ankam erkannte ich, dass sich in dem Felsen ein wahres Labyrinth von Höhlen und Gängen befand. Der ganze Fels schien davon durchzogen zu sein. Die Reiter vor mir waren bereits in einer der Öffnungen verschwunden. Sie hatten Fackeln angezündet, deren zuckender Schein schemenhafte Schatten an die Wände und Decken warfen.
Hohl hallten die Hufe der Pferde auf dem steinigen Boden, manchmal patschten sie auch durch seichte Wasserläufe, die von den Wänden rannen, sich in Senken sammelten und dann in irgendwelchen Ritzen wieder verschwanden. Die Luft war feucht und kühl, so dass man unsere Atemwolken und die der Pferde sah. Immer wieder zweigten Nebengänge ab oder taten sich Höhlen vor uns auf. Ich hatte längst jegliche Orientierung verloren, doch Boril und seine Männer ritten unbeirrt weiter. Nach etwa einer viertel Stunde wurde es merklich heller und dann hatten wir das Höhlenlabyrinth hinter uns gelassen. Vor uns tat sich ein überraschend langes und breites Tal auf.
Ungläubig sah ich auf viele Zelte und Menschen, es war ein riesiges Lager, das da gut verborgen in einem Kessel inmitten hoch aufragender Felswände lag. Die karstigen Hänge waren bis zu etwa halber Höhe bewaldet. Sollte überhaupt jemand auf die Idee kommen, von dort oben in die Schlucht zu blicken, konnte er sicher nur Bäume sehen. Dieser Ort war ein nahezu perfektes Versteck. Der Weg mitten durch den Berg war nur mit einem ortskundigen Führer zu finden. Fremde würden sich in den verzweigten Gängen hoffnungslos verirren oder in eine der tückischen Felsspalten stürzen, die sich oft unvermutet auftaten.
Boril und unsere Truppe durchritten das Lager und ich bemerkte, dass mein Halbbruder von den meisten Männern erkannt und mit ehrerbietigem Respekt gegrüßt wurde. Er dankte ihnen mit hoheitsvollem Kopfnicken und mir dämmerte, dass er ein einflussreicher Führer dieser Menschen sein musste. Diese Erkenntnis bereitete mir Sorge. In diesem Lager lebten meiner groben Schätzung nach mindestens fünfhundert Menschen, die eng an die Felswände

gestellten Zelte zogen sich schier endlos durch das Tal. Wenn alle diese Männer Borils Befehl unterstanden, sah es schlecht aus für mich. Meine Hoffnung auf rasche Befreiung schwand dahin.

Wir ritten immer weiter voran, bis wir auch noch das letzte Zelt passiert hatten. Erst dann hielten wir an. Die Männer stiegen ab. Ich blieb als einziger auf dem Pferd zurück und schaute mich schnell um. Es wurde bereits dunkel, doch ich konnte die Gebäude noch gut erkennen, die in die Felswand hinein gebaut schienen. In diesem abgeschiedenen Kessel hatten einst Mönche ein kleines Kloster erbaut, von dem nur noch eine Ruine stand. Allerdings lebten die frommen Männer sicher längst nicht mehr hier. Es gab nur noch verfallene Häuser und Hütten, die vermutlich durch einen Felssturz zerstört worden waren. Über den Ruinen konnte man deutlich erkennen, wo ein riesiges Stück der Felswand herausgebrochen war. Die herabgestürzten Steinbrocken lagen noch überall verstreut. Einzig der Turm der kleinen Kirche war nahezu unversehrt geblieben, es hing sogar noch eine Glocke darin. Um die Kirche herum hatten die Mönche den Friedhof angelegt. In Reihen angeordnet lagen steinerne Grabstätten, viele geborsten durch die darauf stürzenden Felsstücke. Ich bekreuzigte mich aus alter Gewohnheit.

„Vielleicht wirst du auch bald dort liegen", meinte Boril hämisch als er es sah. Ich verzichtete auf eine Antwort und ließ mich vom Pferd gleiten als er den Strick durchschnitt, der mich an das Tier fesselte. Meine Füße fühlten sich taub an durch die lange Fesselung und ich hatte Mühe, nicht hinzufallen. An dem Strick, den ich noch immer um die Handgelenke trug zog er mich hinter sich her zu einem niederen Anbau, der von dem Felssturz nicht zerstört worden war.

Er öffnete eine schmale Türe und trat zur Seite, so dass ich an ihm vorbeigehen konnte. Zögernd betrat ich das dunkle Innere. Es roch modrig und seltsam streng. So als befände ich mich...? Der Geruch kam mir zwar vage vertraut vor, ich konnte ihn jedoch nicht genau identifizieren. Doch Boril half mir auf die Sprünge.

„Der Schweinestall", sagte er boshaft und stieß mich vorwärts. Mit einer Fackel, die er sich von einem seiner Männer reichen ließ, erhellte er den Raum. Es war tatsächlich ein Stall. An den Wänden hingen noch rostige Ketten und es gab einen hölzernen Futtertrog. Der Boden bestand aus gestampftem Lehm. Immerhin war er leidlich sauber gefegt. Die einzige Öffnung außer der Türe war ein kleines, längliches Fenster. Mit einem Blick erkannte ich, es war zu schmal mich hindurch zu zwängen. Nun, zumindest bekam ich genügend frische Luft, dachte ich in einem Anflug von Galgenhumor. Außerdem würde es am Tage nicht allzu dunkel in meinem Gefängnis sein.

Boril schien vorerst damit zufrieden, mich sicher untergebracht zu wissen. Ohne ein weiteres Wort verließ er den Stall und ich hörte, wie ein Riegel vorgeschoben wurde. Plötzliche Dunkelheit umfing mich, da er die Fackel mitgenommen hatte. Ich wartete einen Moment, bis sich meine Augen an die Lichtverhältnisse gewöhnt hatten, dann tappte ich zu dem Fensterschlitz und spähte hindurch.

Es war aber bereits zu dunkel, um draußen noch Einzelheiten zu erkennen, deshalb ließ ich mich an der Wand zu Boden sinken und lehnte mich mit dem Rücken dagegen. Sie war kalt und feucht, doch das war mir momentan egal. Ich fühlte mich ausgelaugt und elend. Meine Handgelenke schmerzten, ebenso meine Finger. Vorsichtig betastete ich die Kuppen und stellte fest, dass meine Nägel eingerissen und abgesplittert waren. Eine Folge meiner verzweifelten Bemühungen, den Strick festzuhalten. Zudem hatte ich noch weitere Blessuren davongetragen, zumindest schmerzte mein Körper an allen möglichen Stellen.

Ich seufzte schwer auf und legte meine Arme über die angewinkelten Knie und den Kopf darauf. Noch nicht einmal den Strick hatte mir Boril abgenommen und mir weder Wasser noch Nahrung in mein Verlies gestellt. Ich bezweifelte stark, dass er nochmals zurückkommen würde um das Versäumte nachzuholen und stellte mich im Geiste auf eine ungemütliche Nacht ein.

Eigentlich war ich so müde und erschöpft, dass ich auf der Stelle hätte einschlafen können. Wären da nicht meine Sorgen und Ängste gewesen, die mich hartnäckig wachhielten. Was wollte Boril von mir? fragte ich mich immer wieder bang. Warum hatte er mich nicht sofort getötet? Was würde er mit mir anstellen? Auf alle diese Fragen fand ich keine Antwort.

Meine einzige Hoffnung war Dimitri, doch ich zweifelte ebenso sehr wie ich hoffte, dass er mich hier finden und befreien konnte. Würden seine vampirischen Fähigkeiten ausreichen, ihn durch das Labyrinth des Berges zu führen? Trotz meiner Zweifel wollte ich darauf vertrauen, dass er mich fand. Aber konnte er mich auch befreien?

Ein Rumpeln an der Türe ließ mich nervös zusammenzucken. Aber es waren nur zwei von Borils Männern. Sie brachten mir, - oh Wunder, - eine Garbe Stroh, einen Krug mit Wasser und einen Napf mit Nahrung. Mürrisch legten sie die Sachen ab ohne ein Wort an mich zu richten oder mich gar eines Blickes zu würdigen. Dann kam der eine mit gezücktem Messer auf mich zu, während der andere die Fackel hielt. Noch immer wortlos schob er das Messer zwischen meine gefesselten Hände und durchtrennte den Strick mit einem Ruck.

Erst als sie fort waren rührte ich mich und streifte vorsichtig die Reste der Fessel ab. Gerne hätte ich meine Handgelenke gerieben um die

Blutzirkulation in meinen tauben Händen in Gang zu bringen. Ich wagte es aber nicht, weil mir schon die leichteste Berührung der wunden Haut brennende Schmerzen verursachte.

In meinem Gefängnis war es so dunkel, dass ich nicht die Hand vor Augen sah. Mir blieb deshalb nichts übrig, als mich zu der Stelle vorzutasten, an der ich Wasser und Nahrung vermutete. Ich tat es sehr vorsichtig um ja nichts umzustoßen. Endlich hielt ich den Krug in den Händen und trank in gierigen Zügen. Danach suchte ich nach dem Napf und verschlang den faden, breiigen Inhalt ohne mich darum zu scheren, was es war.

Das satte Gefühl im Magen machte, dass ich nicht mehr gar so pessimistisch in die Zukunft blickte. Vielleicht, so überlegte ich, wollte mich Boril ja doch nicht töten, wenn er das vorhätte, würde er doch nicht dafür sorgen, dass ich Nahrung erhielt. Und sogar Stroh, damit ich nicht auf dem nackten Boden liegen musste. Vielleicht besann er sich ja doch noch darauf, dass wir Brüder waren.

Als ich das Stroh ausbreitete fand ich eine Decke darunter. Sie fühlte sich zwar grob an und roch streng, dennoch wickelte ich sie dankbar um mich. Sie schütze mich wenigstens ein bisschen vor der nächtlichen Kälte und der Feuchtigkeit im Stall. Und schließlich fand ich auch die nötige Gelassenheit um einschlafen zu können.

Eine Berührung weckte mich und ich riss erschrocken die Augen auf. Doch um mich war nur Schwärze. „Hab keine Angst, ich bin es, Dimitri", hörte ich die vertraute Stimme. Obwohl er flüsterte, konnte ich sie deutlich hören. Auch die Besorgnis, die darin mitschwang.

„Geht es dir gut?" fragte er, obwohl er den Zustand meines Körpers bestimmt schon längst erkundet hatte. Ich nickte in die Richtung, in der ich ihn vermutete. Sehen konnte ich ihn nicht, er mich hingegen bestimmt. Seine nächsten Worte bestätigten es mir. „Zeig mir deine Hände" befahl er und ich schob sie gehorsam unter der Decke hervor, hielt sie hoch.

„Woher wusstest du...?" fragte ich als ich hörte wie er erschrocken einatmete.

„Dein Gesicht und deine Stirn sind von Schürfwunden übersät, typische Verletzungen, wenn man an einem Seil über den Boden geschleift wird. Deine Hände sehen entsetzlich aus, besonders die Fingerkuppen. Einige Nägel sind bis tief ins Fleisch eingerissen."

„Es tut auch ziemlich weh", gestand ich ein und spürte plötzlich wieder jede einzelne, meiner Verletzungen. „So wie mein ganzer Körper schmerzt. Aber sag, wie hast du mich gefunden? Und vor allem, wie hast du es geschafft in dieses Lager zu kommen. Es liegt so versteckt..."

„Du kennst doch meine Fähigkeiten. Es war leicht, deiner Spur zu folgen und ebenso leicht, hier hereinzukommen. Allerdings fürchte ich, wird es ungleich schwerer werden, dich wieder hier herauszubringen."

Er berichtete, dass schon im Morgengrauen das Unheil gespürt habe, es mir aber nicht mehr sagen konnte, da er bereits zu schwach dazu gewesen war. Nach seinem Erwachen war die Vision immer noch da gewesen, deshalb hatte er sich sofort auf die Suche nach mir gemacht, aber nur mein Pferd gefunden. Da wurde seine Befürchtung, dass mir etwas zugestoßen war, zur Gewissheit. „Aber ich fühlte auch, dass du noch lebst und so folgte ich deiner Aura bis hier her. Ich passierte die Wachen, die überall standen, ohne dass sie von mir Notiz nahmen. Und dann ortete ich dich in diesem dreckigen Stall. Niemand hielt mich auf, als ich eintrat..."

„Aber warum kannst du mich nicht einfach so nach draußen bringen wie du hereingekommen bist?" fragte ich flehentlich. Meine Angst, in Borils Gewalt bleiben zu müssen, verleitete mich zu der Frage obwohl ich seine Antwort ahnte. Schließlich hatte er mir schon einiges über seine vampirischen Fähigkeiten erzählt. Und auch, wo seine Grenzen lagen.

Ich hörte ein Seufzen und dann seine Worte: „Ich bin nur ein Vampir, Malamir, kein Zauberer. Glaube mir, wenn ich nur eine winzige Chance zu deiner sofortigen Befreiung sähe, ich würde sie nutzen. Aber es gibt keine, zumindest momentan nicht. Obwohl dein Bruder sicher nicht ahnt was ich bin, hat er, - wohl eher zufällig - dafür gesorgt, dass es schwierig, wenn nicht sogar unmöglich ist, dich zu befreien. Da ist zuerst dieser schmale Pfad, der in die Schlucht führt. Ja, könnte ich dich in einem Wagen verstecken wäre es leicht für mich, die Wachen so zu beeinflussen, dass sie mich ohne Kontrolle ziehen ließen. Aber es gibt keinen einzigen Wagen im Lager, weil der Weg selbst für einen Handkarren zu schmal ist. Und da ich Menschen nur, was meine eigene Person angeht manipulieren kann, kann ich dich auch nicht einfach mit mir nehmen. Als ich her kam bin ich an mindestens zehn Wachen vorbei geritten ohne ihnen überhaupt aufzufallen. Du jedoch würdest ihnen sofort auffallen, weil Boril den Männern eingeschärft hat, dich auf keinen Fall entfliehen zu lassen. Diesen Befehl kann ich nicht rückgängig machen. Im Gegenteil kann es mir sogar schaden, mit dir gesehen zu werden. Große Menschenmengen zu beeinflussen liegt nicht in der Macht eines Vampirs. Ich würde Gefahr laufen, selbst gefangengenommen zu werden. Und das würde weder dir, noch mir nützen."

Das sah ich ein und natürlich wollte ich nicht riskieren, ihn ebenfalls in Gefahr zu bringen.

„Kannst du denn überhaupt etwas für mich tun?" fragte ich kleinlaut und holte tief Luft bevor ich eingestand: „Ich habe Angst, Dimitri, - nackte Todesangst. Ich hatte heute genug Zeit meinen Bruder zu beobachten und über ihn nachzudenken. Er ist gnadenlos, zumindest was meine Person angeht. Ich weiß noch immer nicht weshalb er mich so hasst, aber er tut es. Sein Hass wird erst schwinden wenn ich tot bin."

Ich dachte einen Moment nach, bevor ich fortfuhr: „Als er mir die Decke und das Essen bringen ließ, hatte ich gehofft, er hätte es sich anders überlegt, würde sich wieder auf unser gemeinsames Blut besinnen. Jetzt aber denke ich, er will nur nicht, dass ich zu schnell sterbe. Als er erkannte, dass ich doch nicht tot bin reifte in seinem Kopf ein Plan und um den durchzuführen braucht er mich lebend..."

Ich verstummte abermals, weil ich nicht aussprechen konnte, was mir im Kopf herum spukte. Das ich befürchtete, Boril würde sich, was immer er von mir wollte mit Gewalt holen. Möglichkeiten, mich zu zwingen gab es unendlich viele und ich traute ihm durchaus zu, dass er bereit war Gewalt bis hin zur Folter anzuwenden.

Auch ohne dass ich es aussprach kannte Dimitri meine Ängste und da er sie mir nicht auszureden versuchte dachte er wahrscheinlich ähnlich. Nach einem neuerlichen Seufzer meinte er nachdenklich: „Ich könnte Boril natürlich töten, doch bin ich mir nicht sicher, ob das wirklich klug wäre. Er besitzt sehr viel Einfluss, jeder hier hört auf sein Kommando. Und deshalb ist Boril auch der einzige, der dich schützen kann. Wäre er nicht mehr da würden die anderen dich töten, schon aus dem Grunde, weil sie nicht wüssten, was sie sonst mit dir anstellen sollen. Laufenlassen würden sie dich auf keinen Fall."

Er schwieg und auch ich wusste nichts mehr zu sagen. Mein Schädel brummte von der Anstrengung, doch noch eine Lösung zu finden, aber mir wollte nichts einfallen. Schließlich brach Dimitri das lastende Schweigen indem er vorschlug: „Lass mich dir wenigstens helfen, damit du nicht durch unnötige Schmerzen geschwächt wirst. Du musst stark bleiben. Ein wenig meines Blutes wird genügen, da du nicht schwer verletzt bist."

Die Aussicht war verlockend, denn die Schmerzen der unzähligen kleinen Verletzungen beeinträchtigten mich mehr als mir lieb war. Ich hätte gerne darauf verzichtet. Doch was war, wenn Boril bemerkte, dass meine Wunden über Nacht geheilt waren?

Darauf wusste auch Dimitri keine schlüssige Antwort, dennoch bestand er darauf, mir von seinem Blut zu geben und begründete: „Als Arzt muss ich dir sagen, dass verschmutzte Wunden eine große Gefahr für Gesundheit und Leben darstellen. Die meisten meiner Kollegen bestreiten das zwar, aber ich habe durch langjährige Beobachtungen an Verletzten diese Erfahrung gemacht. Zudem bringt es dir Linderung und dein Körper wird nicht durch ständige Schmerzen erschöpft. Wie ich bereits sagte, solltest du zusehen, unbedingt bei Kräften zu bleiben."

Sein Zureden bewirkte, dass ich sein Blut schließlich annahm. Die wenigen Tropfen, die er mir zugestand wirkten in der altbekannten Weise und bald fühlte ich mich wieder gut. „Wo willst du hin?" fragte ich beklommen als Dimitri sich erhob. Aber seine Antwort war beruhigend für mich.

„Ich muss mir einen Platz für den Tag suchen. Aber keine Angst, ich bleibe natürlich hier im Lager", sagte er bestimmt. „Ich werde jede Nacht in deiner Nähe sein um dir beizustehen. Und sei versichert, sobald ich nur die geringste Möglichkeit sehe, dich zu befreien, werde ich sie nutzen. Verliere nicht den Mut, Malamir, gemeinsam werden wir einen Weg finden."

Nachdem Dimitri gegangen war versuchte ich nochmals einzuschlafen, doch es wollte mir nicht gelingen. Meine Ängste plagten mich so sehr, dass ich begann wie ein gefangenes Tier hin und her zu laufen. Und obwohl ich dem neuen Tag voller Sorge entgegen blickte war ich doch froh, als endlich die Sonne aufging. Gleichzeitig fragte ich mich bang, ob ich ihren Untergang noch erleben würde.
Im Lager erwachte langsam das Leben und allerlei Geräusche drangen in mein Gefängnis. Ich blickte durch den schmalen Fensterschlitz, konnte aber nicht allzu viel erkennen. Deshalb ließ ich mich wieder auf dem Boden nieder um auf das zu harren, was der Tag mir bringen mochte.
Mein Blick fiel auf meine Hände und Handgelenke. Sie waren wieder unversehrt, sogar meine Fingernägel hatten ihre alte Länge zurück erlangt. Würde es Boril auffallen, dass alle meine Wunden verschwunden waren? Ganz sicher, er war schon immer ein ausgezeichneter Beobachter gewesen. Vielleicht konnte ich ihn täuschen, indem ich mir Gesicht und Hände mit Schmutz einrieb. Ein Versuch konnte zumindest nicht schaden.
Ich goss ein wenig Wasser aus dem Krug auf den Boden und verteilte den so entstandenen Schlamm über Kinn, Wangen und Stirn. Danach rieb ich mir die Hände bis über die Handgelenke ein und betrachtete sie kritisch. Das Ergebnis überzeugte mich nicht, vermutlich ließ sich auch Boril nicht davon täuschen lassen. Aber ich konnte mir die Wunden nun einmal nicht mehr zurück zaubern. Ich musste eben versuchen, meine Hände vor seinen Blicken zu verstecken...

Ich war so in meine Betrachtungen vertieft, dass ich vor Schreck zusammenzuckte als sich die Türe öffnete. Boril trat hindurch und blieb vor mir stehen. Ein Blick zeigte mir, er war alleine gekommen. Er fühlte sich anscheinend sehr sicher. Oder wollte er mir einfach nur demonstrieren, dass er vor mir keine Angst hatte?
Die Versuchung, ihn anzugreifen war zwar da, doch ich ließ es bleiben. Es würde mir außer neuerlichen Blessuren nichts einbringen. Selbst wenn ich Boril überwältigte, das ganze Lager war voller Männer, die mir feindlich gesinnt waren. Deshalb schaute ich nur fragend zu meinem Bruder auf. Eine ganze Weile fraßen sich unsere Blicke ineinander, keiner wollte zuerst zur Seite schauen.

Schließlich beendete ich das Duell indem ich eindringlich fragte. „Was hast du mit mir vor, Boril?"

Er ließ sich auf dem Rand des Futtertroges nieder, so konnte er mir besser ins Gesicht sehen und blieb trotzdem in erhobener Position, - was ihm anscheinend wichtig war. Mir war es gleichgültig, mich interessierte nur die Antwort auf die Frage, die ich ihm gestellt hatte. Er schien zu überlegen, ob er sie mir beantworten wollte. Dann endlich begann er:

„Das wirst du noch früh genug erfahren. Vorerst werde ich dich hier als meinen Gefangenen festhalten. Wie lange, das wird sich noch herausstellen."

„Warum?" fragte ich. Doch dieses eine Wort brachte ihn in Rage. Unwirsch wedelte er mit der Hand.

„Warum, warum?" äffte er mich nach und sah mich böse an. „Aus dem gleichen Grund, aus dem ich auf dich geschossen habe. Ich will endlich meine Rache vollenden."

„Du willst mich also töten." Ich bemühte mich, völlig emotionslos zu klingen, obwohl mir das Herz bis zum Hals schlug. „So, wie du Vater und Aleko getötet hast?"

Er sah mich triumphierend an. „Du weißt es also schon."

„Nicht genau", gestand ich ein. „Ich habe die Nachricht erst vor wenigen Tagen erhalten. Weshalb hast du das getan, Boril? Nur wegen Vaters böser Worte? Haben sie dich so gekränkt, dass du deine ganze Familie deswegen auslöschen willst? Aleko hat dir nie Böses getan, er ist dein Bruder, um Himmels Willen. Genau wie ich auch."

Plötzlich sprühten seine Augen vor Hass und sein Gesicht kam meinem sehr nahe. Ich spürte seinen Atem, heiß und feucht.

„Vaters Worte waren nur der Tropfen, der das Fass zum Überlaufen brachte. Er ist an allem Schuld. An den Demütigungen, die ich seit meiner Kindheit ertragen musste. An dem Hass, den mir deine Mutter entgegenbrachte. Verdammt, ich war doch nur ein Kind. Ein Kind, das nicht wusste, weshalb es zum Streitapfel zwischen zwei Frauen wurde. Ich war unschuldig daran, aus dem falschen Bauch gekrochen zu sein, ich habe mich nicht selbst da hinein gepflanzt. Es war Vater, der seinen geilen Schwanz nicht im Zaume halten konnte. Hatte er nicht genug damit zu tun, seine Frau immer aufs Neue zu schwängern? Warum musste er auch noch ihrer Schwester einen Bastard machen?"

Sein Ausbruch überraschte mich, so hatte ich ihn noch nie erlebt. Trotzdem er nicht unrecht hatte mit seinen Worten, versuchte ich Vaters Taten zu entschuldigen. „Immerhin hat er dich in der Familie aufgenommen als deine Mutter starb. Er hat dich großgezogen wie seine ehelichen Kinder..."

„Wie seine ehelichen Kinder?" höhnte er und lachte bitter auf. „Er hat mich deiner Mutter überlassen, die mich von Anfang an hasste und nichts ausließ, mir das immer und immer wieder zu zeigen. Wahrscheinlich ahnst du nicht einmal, wie oft sie mich geschlagen und gedemütigt hat. Es verging kein Tag, seit ich denken kann, an dem sie mir ihren Hass nicht entgegen geschleudert hat. Sie hätte mich besser ersäuft, sobald er mich zu ihr gebracht hat, dann wäre mir viel erspart geblieben."

„Aber warum hast du es ihm nie erzählt? Er hätte es unterbunden. Du warst das Kind der Frau, die er liebte. Deshalb wollte er dich bei sich haben. Das hat er mir selbst einmal erzählt..."

„Pah, von wegen Liebe. Du hast doch selbst gehört, dass er mich einen Bastard nannte. Einen Bastard, der niemals seinen Namen tragen würde. Warum hat er mir all die Jahre Hoffnungen gemacht? Hätte er mich lieber gleich nach meiner Geburt zu seinen anderen Bastarden gesteckt. Dann hätte ich niemals nach seinem Namen getrachtet..."

Mir kam bei seinen bitteren Worten ein unheimlicher Verdacht über den ich mir sofort Klarheit verschaffen musste. „Hast du deshalb versucht, mich zu töten? Mich und Aleko. Willst du an unserer Stelle den Familiennamen tragen?"

In seinen blauen Augen glitzerte es unheilvoll und zum ersten Mal kam mir die Vermutung, er wäre vielleicht verrückt geworden. Hatte sein verzehrender Wunsch, ein Dimitroff zu sein ihn etwa in den Wahnsinn getrieben?

Er beugte sich noch weiter vor, so dass seine Augen direkt in meine starrten. „Genau das ist mein Ziel", gab er unumwunden zu. „Und ich werde es erreichen. Der Anfang ist bereits gemacht, Vater und Aleko sind tot. Bis gestern dachte ich, auch du wärst tot und ich muss gestehen, es war ein Schock, dich lebendig zu sehen. Aber dann habe ich nachgedacht und bin zu dem Schluss gekommen, es ist gut, dass du noch lebst. Durch dich werde ich alles bekommen, was ich begehre. Und wenn ich es habe, dann werde ich auch dich töten."

Ich merkte, wie mir bei seinen Worten das Blut aus dem Gesicht wich. Trotzdem nahm ich mich zusammen. Es gab noch mehr zu erfahren und ich wollte alles wissen. Gedanken um mein Schicksal konnte ich mir noch später machen. Denn so, wie es aussah brauchte Boril mich noch. Also überwand ich meinen Schrecken und fragte weiter:

„Hast du auch meine Mutter getötet, so wie du es mir angekündigt hast? Und was ist mit meinen Schwestern?"

„Deine Mutter", er spukte verächtlich aus bevor er weiter sprach. „Ich habe sie aufgesucht in ihrem Kloster, dort wo sie sich in Sicherheit wähnte. Nachdem ich Vater getötet hatte und Aleko, diesen elenden kleinen Wicht, da habe ich ein paar Männer um mich geschart. Männer, denen ich blind vertrauen konnte. Wir sind zu dem Kloster geritten und haben es kurzerhand überfallen. Es war ganz einfach die Betschwestern zu überwältigen. Dann habe ich sie mir vorgenommen, deine Mutter, - die Frau, die mir meine Kindheit zur Hölle gemacht hat. Sie hat mich um ihr jämmerliches Leben angefleht, aber ich habe ihr nichts erspart und sie erst getötet, nachdem ich meine Rache befriedigt hatte."

„Und meine Schwestern?" Ich musste wissen, ob sie ebenfalls tot waren. So wie Mutter. Der Gedanke, alle meine Familienmitglieder niedergemetzelt zu wissen, wollte mir das Herz zerreißen. Trotzdem brauchte ich Gewissheit. Aber Boril winkte nur geringschätzig ab. „Die Weibsbilder habe ich verschont, wen interessieren die schon. Zudem haben die Nonnen sie geschützt, indem sie mir hartnäckig verheimlichten, welche der Mädchen im Orden meine Halbschwestern waren. Da sie mich, wie gesagt sowieso nur wenig interessierten habe ich davon abgesehen, wegen ihnen all die jungen Dinger zu töten."

Ich schwieg, erschüttert über seine Worte. Wie gefühllos und roh er geworden war, ich konnte es einfach nicht fassen.

„Genug der Gefühlsduselei", unterbrach er meine Trauer und packte mich an der Schulter um mich hochzuziehen. „Sobald ich mit deiner Hilfe mein Ziel erreicht habe, wirst du sie wiedersehen, deine geliebte Familie. Ich werde dich zu ihnen schicken." Er lachte, als er mich vor sich her durch die Türe stieß.

Geblendet von der Morgensonne schloss ich einen Moment die Augen. Als ich sie wieder öffnete, sah ich mich einer riesigen Menschenansammlung gegenüber, die sich auf dem freien Platz drängte. Ich blieb wie angewurzelt stehen, bang, was das zu bedeuten hatte. Doch Boril stieß mich weiter voran, so dass ich erst vor einem Kohlebecken zu stehen kam, in dem Holzscheite verglühten. Ein Mann stocherte mit einer Stange darin, so dass Funken hochstoben.

Mein Herz schlug mir vor Aufregung bis zum Hals als ich die feindseligen Blicke auf mir fühlte und die schmähenden Rufe hörte. Was, um Himmels Willen hatte Boril diesen Menschen über mich erzählt, dass sie mir so übel gesonnen waren?

Er stand dicht hinter mir, seine Hand noch immer an meiner Schulter, so als wolle er jedem demonstrieren, dass ich völlig in seiner Gewalt war. Dann plötzlich griff er zu und riss mich herum, so dass ich Auge in Auge zu ihm stand. Sein Blick war fassungslos auf mein Gesicht gerichtet und ich wusste sofort, was ihm aufgefallen war. Meine Maskerade mit dem Schlamm hatte also nichts genützt. Fieberhaft überlegte ich, wie ich meine unversehrte Haut begründen könnte, doch natürlich fiel mir nichts ein.

„Was ist das?" Seine Finger fuhren über mein Gesicht und er packte mich grob an den Haaren um meinen Kopf herumzuziehen. Sein ungläubig staunender Gesichtsausdruck hätte mich zum Lachen gebracht, wäre mir nicht so mulmig zumute gewesen.

„Was hat das zu bedeuten?" fragte er schließlich leise, nachdem er seine Fassung ein wenig zurückgewonnen hatte. Doch ich zuckte nur die Schultern. Als er auch meine Hände ohne jeglichen Kratzer sah verzerrten sich seine Züge noch mehr und ich konnte ihm ansehen, wie unheimlich ich ihm geworden war. Erst recht, nachdem er mir mit einem Ruck das Hemd an der linken Seite herunter gerissen hatte. Fast panisch suchten seine Finger und Augen nach der Narbe, die der Pfeil seiner Armbrust hinterlassen haben musste und die doch nicht da war.
„Wie kann es möglich sein, dass du nicht einmal einen Kratzer aufweist? Sag es mir! Bist du etwa ein Zauberer? Oder gar ein Hexer?" Er zischte mir die Worte so leise zu, so als wolle er auf keinen Fall, dass jemand der Umstehenden sie hörte.
„Schon möglich", gab ich ebenso leise gedehnt zurück und blickte ihn fest an. Mit seiner Frage hatte er mir selbst die Begründung gegeben, nach der ich vergeblich gesucht hatte. Wenn er mich für einen Zauber hielt, blieb wenigstens Dimitris Zutun aus dem Spiel. Zudem, - so hoffte ich zumindest, - würde mir eine derartige Enthüllung vielleicht einen gewissen Respekt verschaffen.
Doch ich hatte mich getäuscht, - wie so oft, wenn es um Boril ging. Sein Blick wurde hart und ebenso hart stieß er hervor. „Nun dann wollen wir doch mal sehen, ob dir deine Zauberkräfte auch weiterhin hilfreich sind."

Kapitel 15: Versklavt

Er wandte sich von mir ab und der wartenden Menge zu und begann mit lauter Stimme zu reden. „Dieser Mann da neben mir, der mir so ähnlich sieht ist ein Spion Sultan Mehmeds. Er wurde zu uns geschickt, um uns auszuspionieren. Zum Glück konnten meine Kameraden und ich ihn gestern stellen, als er mir früh Morgens auflauerte, mit der Absicht, mich zu ermorden, meine Leiche zu beseitigen und dann an meiner Stelle hierher zu kommen. Nachdem wir ihn einem scharfen Verhör unterzogen hatten, gab er zu, dass er seine wirklich verblüffende Ähnlichkeit mit mir dazu ausnützen wollte um an meiner Stelle das Kommando zu übernehmen und schließlich alle Männer in eine Falle der osmanischen Teufel zu führen."

Ich war so perplex über diese ungeheuerliche Unterstellung, dass ich nicht fähig war, zu widersprechen. Wie konnte mein Bruder nur so etwas von mir behaupten. Wollte er etwa, dass ich von der wütenden Menge in Stücke gerissen wurde?

Falls das sein Plan war, so schien er aufzugehen. Empörte Rufe wurden laut und Fäuste drohend in meine Richtung geschwungen. Doch einige ließen es nicht dabei, sondern bückten sich nach Steinen, die sie nach mir schleuderten. Ich wurde einige Male hart getroffen und nur weil ich geistesgegenwärtig meinen Kopf mit den Armen schützte, passierte mir nichts Schlimmeres.

Boril unterband den Ausbruch mit einer herrischen Bewegung, zu meinem Glück hörte die empörte Menge auf ihn und der Steinhagel hörte auf. Nicht so die verbalen Beleidigungen und Drohungen. Ich wurde mit den übelsten Schimpfnamen bedacht und man forderte lautstark, mich aufzuhängen, zu vierteilen oder auch zu verbrennen. Schließlich gelang es Boril, die Menge zum Schweigen zu bringen.

„Nein, das tun wir nicht, ein allzu früher Tod wäre eine unverdiente Gnade für diesen Verräter. Wir warten bis Fürst Vlad III. bei uns eintrifft und überlassen es ihm, diesen Mann seiner gerechten Strafe zuzuführen. Bis dahin bleibt er unser Gefangener und wird sich sein Essen durch Sklavendienste verdienen. So trägt er wenigstens einen Teil der Schuld ab, die er auf sich geladen hat."

Beifallsrufe brandeten auf. Boril ließ sie eine Weile zu, dann brachte er die Menge erneut zum Schweigen. Er deutete auf mich und rief: „Wir werden dem Verräter zum Zeichen seiner Schande den Sklavenbrand aufdrücken. So, für jedermann gut sichtbar gezeichnet kann er sich frei im Lager bewegen. Da ich es war, den er schädigen wollte, fordere ich jegliches Vorrecht an ihm. Er wird fortan mein persönliches Eigentum sein. Nur wenn ich ihn nicht brauche steht er der Allgemeinheit zur Verfügung. Es ist erlaubt, ihn zu züchtigen, jedoch nicht, ihn so schwer zu misshandeln, dass er keine Arbeiten mehr verrichten kann. Und selbstverständlich ist es verboten, ihn zu töten. Sollte jemand meinen Anordnungen zuwiderhandeln, so wird er schwer bestraft."

Ich stand wie versteinert als ich Borils unglaubliche Beschuldigung vernahm, glaubte meinen Ohren nicht zu trauen. Das konnte doch nur ein grausamer Scherz sein, den mein Halbbruder sich da ausgedacht hatte. Mich als Spion und Verräter zu bezichtigen war einfach absurd.

Zudem wussten die Männer doch, dass ich sein Bruder war, zumindest die, die bei meiner Gefangennahme dabei gewesen waren. Er hatte mich ihnen doch mit so höhnischen Worten vorgestellt. Sicher würden sie ihn gleich der Lüge bezichtigen.

Doch als ich mich hektisch nach ihnen umsah, wurde ich eines Besseren belehrt. Hämisch grinsend standen sie um mich und Boril herum und mir wurde klar, dass er sie in seine perfiden Intrigen eingeweiht haben musste. Keiner von ihnen würde mir zur Hilfe kommen. Im Gegenteil, als Boril einen Wink gab, traten zwei besonders kräftig aussehende Männer zu mir und packten mich an den Armen.

Endlich löste sich meine Erstarrung, doch es war zu spät um Gegenwehr zu leisten. Harte Hände bogen mir die Arme auf den Rücken, dann wurde ich vorwärts gedrängt, auf das Kohlebecken zu. Verzweifelt grub ich die Absätze meiner Stiefel in den Boden, umsonst. Ich wurde in die Knie gezwungen und spürte eine Hand, die in meine Haare griff und meinen Kopf zur Seite zog. Noch einmal versuchte ich mich gegen das zu wehren, was mir bevorstand, doch gegen meine Bezwinger hatte ich keine Chance.

Mit hilfloser Panik starrte ich auf den Mann, der jetzt die Stange aus dem Feuer zog und damit auf mich zukam. An ihrem unteren Ende erkannte ich einen Buchstaben, ein V das wohl für Verräter stand. Das rotglühende Eisen kam meinem Gesicht bedrohlich nahe, schon spürte ich die sengende Hitze auf meiner linken Wange. Mit einem verzweifelten Brüllen mobilisierte ich meine Kräfte und bäumte mich auf. Und es gelang mir tatsächlich, meine Bezwinger zu überraschen. Der Kraftaufwand verschonte mich zwar nicht vor dem Brandeisen, doch immerhin landete es seitlich auf meinem Hals und nicht, wie es Boril eigentlich vorgesehen hatte, in meinem Gesicht.

Mein Schmerzensschrei gellte schrill in meinen Ohren als sich das glühende Eisen in meine Haut fraß. Es kam mir wie eine Unendlichkeit vor, dabei dauerte es höchstens zwei Sekunden in denen das Eisen meinen Hals berührte. Nachdem es vorbei war, ebbte der Schmerz langsam auf ein erträgliches Maß ab.

Noch immer hing ich im Griff der Männer, sie schienen unschlüssig, ob sie mich loslassen sollten und schauten fragend zu Boril. Dessen Gesicht erschien in meinem Blickfeld, er schien ungehalten zu sein, dass das Brandmal nicht auf meiner Wange prangte, so wie er es befohlen hatte. Vor Schreck hielt ich die Luft an, würde er das Martyrium wiederholen lassen? Doch dann wandte er sich brüsk ab und die Männer ließen mich los.

Ich kam mit Mühe auf die Beine, der Schock über die Brandmarkung ließ meine Knie zittern. Schweiß lief mir über Gesicht und Hals und brannte in der frischen Wunde. Um nicht aufzustöhnen biss ich die Zähne zusammen. Ich war mir der vielen Augenpaare bewusst, die mich anstarrten, jede kleinste Reaktion verfolgten. Boril hatte mich zum Sklaven all dieser Männer gemacht, dämmerte es langsam in mein Bewusstsein. Zum Sklaven...

Sklaven waren mir zwar schon öfter begegnet, doch nie hatte mich bisher ihr Schicksal besonders interessiert. Dennoch wusste ich einiges über diese Unglücklichen. Meist waren es besiegte Feinde, die zum Sklavendasein verdammt wurden. Sie waren für jedermann gut sichtbar als Sklave gekennzeichnet, indem man ihnen einen Brand aufdrückte oder ihnen Zunge, Finger, Nase oder ein Ohr abschnitt. Fortan waren sie keine eigenständigen Menschen mehr, sondern Eigentum ihres Besitzers. Er konnte mit ihnen tun, was er wollte, - sie verprügeln, verstümmeln oder töten ohne befürchten zu müssen, dafür belangt zu werden. Denn das Leben eines Sklaven war weniger wert als das eines Hundes und niemanden kümmerte es, was mit ihm geschah. Der Gedanke, nunmehr selbst ein Sklave zu sein kam mir so aberwitzig vor, dass ich ihn einfach nicht realisieren konnte. Das alles musste ein böser Traum sein, aus dem ich hoffentlich bald erwachen würde. Aber es war kein Traum, dennoch folgte das böse Erwachen sofort.

Boril löste die Versammlung mit lauter Stimme auf, doch ich achtete weder auf seine Worte noch darauf, dass sich die Menschenmenge langsam zerstreute und jeder seinem Tagwerk zustrebte. Ich stand noch immer zwischen den beiden Männern, die mich zwar nicht mehr festhielten, mir aber dennoch wie Wächter vorkamen.

Die Fassungslosigkeit wollte einfach nicht aus meinem Gehirn weichen, noch nie zuvor in meinem Leben war ich mir so verunsichert und verloren vorgekommen. Deshalb leistete ich auch keinerlei Gegenwehr, als ich erneut am Arm gepackt und zu einem offenen Zelt in der Nähe geführt wurde. Willenlos ließ ich geschehen, auf einen Hocker gedrückt zu werden, kaum registrierte ich den Mann, der mit einem breiten Messer auf mich zukam. Ich zuckte erst zusammen, als die scharfe Klinge mein Gesicht berührte und blickte erschrocken auf. Aber es war nur ein Rasiermesser und der Mann begann mir damit den Bart abzuschaben. Er tat es nicht besonders zartfühlend, als er fertig war brannte meine Gesichtshaut und an einigen Stellen fühlte ich Schnitte.

Ohne Bart fühlte ich mich seltsam nackt und noch verwundbarer. Männer meines Alters und Standes trugen Bärte. Das man mich rasierte, stellte eine bewusste Demütigung dar. Aber wenn ich gehofft hatte, es wäre endlich vorbei, so hatte ich mich getäuscht. Der Mann kam erneut auf mich zu, diesmal trug er eine Schere in der Hand und begann, mein Haar abzuschneiden. Strähne um Strähne schwarzen Haares fielen zu Boden und legten sich wie Trauerflor um meine Füße.

Wie unter Zwang griff ich mir an den Kopf, als er von mir abließ und befühlte die stoppeligen Reste meiner einstigen Haarpracht. Eine weitere Demütigung, - wie viele würde ich heute noch ertragen müssen? Nur unter Aufbietung meiner ganzen Willenskräfte gelang es mir, nicht zusammenzubrechen. Ich konnte mich nicht entsinnen, mich jemals in meinem Leben elender gefühlt zu haben.

Doch die Tortur war noch immer nicht zu Ende, jetzt kam der Mann auf mich zu, eine Schale mit einer übel riechenden Flüssigkeit in der Hand. „Es ist wohl besser, ihr fesselt ihm die Hände auf den Rücken", brummte er an meine Bewacher gewandt. „Das Zeug brennt höllisch, er wird es sich nicht so einfach auftragen lassen. Und ich will nicht riskieren, dass er es verschüttet. Es frisst Löcher in die Kleider."

Ehe ich mich versah, wurden meine Arme gepackt und auf den Rücken gebogen, dann spürte ich Lederriemen, die sich um meine Handgelenke schlangen. Voller Panik versuchte ich mich zu befreien und wand mich wie eine Schlange. Vergeblich, ich wurde niedergerungen und saß schließlich schwer atmend auf dem Hocker. Hände legten sich um meine Stirn und bogen mir gewaltsam den Kopf nach hinten. Wehrlos musste ich die schmerzhafte Prozedur über mich ergehen lassen, die nun begann.

Mit einem zusammengeknüllten Lappen, dessen Spitze er immer wieder in die Flüssigkeit tunkte, betupfte der Mann mein Kinn, die Wangen, Teile meines Halses und meine Oberlippe. Im ersten Moment fühlte sich die Tinktur kalt an, doch schon nach wenigen Sekunden begann sie zu brennen wie Feuer. Sie schien sich regelrecht in meine Haut zu fressen. Der Schmerz wurde so stark, dass ich wider Willen aufbrüllte und mich unter dem harten Griff um meinen Kopf wand. Aber erst nach einer schieren Unendlichkeit lösten sich die Hände von meiner Stirn.

Ich war wie von Sinnen vor Schmerz, warf meinen Kopf hin und her und versuchte, mir mein Gesicht an meinem Hemd abzureiben. Meine Augen tränten von den aufsteigenden Dämpfen und Rotz und Speichel liefen mir aus Nase und Mund. Ich meinte, nicht mehr atmen zu können. Jemand schüttete schließlich einen Eimer kaltes Wasser über mein Gesicht und das Brennen ließ etwas nach.

„Steh auf und zieh deine Kleider aus, - alle", wurde ich angeherrscht und fühlte, wie man mir die Fesseln löste. Als ich nicht sofort reagierte, wurden mir grob Wams und Hemd aufgerissen. Einer meiner Bewacher fuchtelte ungeduldig mit einer Reitpeitsche vor meinem Gesicht. Mein Magen zog sich schmerzhaft zusammen. Sollte ich auch noch die Peitsche zu spüren bekommen? Ich konnte ein Zittern nicht verhindern, als ich langsam meine Beinkleider fallen ließ und völlig nackt dastand. Doch niemand rührte mich an und ich entspannte mich wieder etwas.

„Anziehen!" Ein Bündel kam auf mich zugeflogen und ich zuckte zurück, so dass es vor meine Füße fiel. Mein Blick erfasste bauschig wallenden Wollstoff, einem Frauengewand nicht unähnlich. Als ich danach griff erkannte ich, dass es ein Kaftan war, ein Gewand, wie es die Osmanen trugen. Langsam zog ich es mir über.

„Ein passendes Gewand für einen Verräter und Sklaven. So bist du für jedermann gut als Türkenfreund zu erkennen." Hämisches Gelächter prasselte auf mich ein.

Endlich brachten sie mich in mein Gefängnis zurück und ließen mich alleine. Als die Türe hinter meinen Peinigern zufiel wankte ich zu meinem Lager und brach zusammen.

Irgendwann kam ich wieder zu mir. Das Brennen war ein wenig schwächer geworden und vorsichtig betastete ich mit den Fingerspitzen die wunde Haut. Ich zuckte zusammen, als ich die Unebenheiten spürte, vor meinem geistigen Auge erschien ein Gesicht mit zerfressener Haut. Warum hatte Boril mir das antun lassen? Wollte er mich entstellen weil mein Gesicht dem seinen so glich?

Erschöpfung und Schmerz zwangen mich in einen leichten Dämmerschlaf, der jedoch nicht lange währte. Ein Tritt in meine Seite ließ mich hochfahren und erschrocken die Augen aufreißen. Borils große Gestalt ragte über mir auf. „Steh auf!" herrschte er mich an und als ich nicht reagierte, trat er erneut nach mir. Da mein Bedarf an Schmerzen längst gedeckt war, erhob ich mich und blieb dicht vor ihm stehen. Er trug eine Fackel bei sich, da es im Stall dämmrig war und hielt sie nun dicht vor mein Gesicht. Ich zuckte zurück als ich die Wärme des Feuers auf meiner wunden Haut spürte. Meine schreckhafte Reaktion entlockte ihm ein böses Lächeln. Spöttisch meinte er:

„Anscheinend habe ich dir deine Zaubereien ausgetrieben, dein Gesicht ist voller Wunden und auch die Brandmarkung ist deutlich zu erkennen. Halb und halb dachte ich schon, wir müssten die ganze Prozedur jeden Tag wiederholen."

„Warum hast du mir das angetan, Boril?" Ich musste diese Frage einfach stellen. „Was habe ich dir getan, dass du mich so hasst? Wir sind doch Brüder..." Ich verstummte, da meine Stimme versagte.

Sein Gesicht verzerrte sich und einen Moment glaubte ich Unsicherheit in seinen Augen zu erkennen. Doch er blieb mir eine Antwort schuldig.

Sein Schweigen, das lastend zwischen uns hing bedrückte mich, deshalb fragte ich: „Wie soll es weitergehen, Boril? Wie lange willst du deine Rachegelüste an mir auslassen?"

„So lange, bis ich habe was ich will. Es liegt an dir ob es schnell geht oder lange dauert. Bis dahin wirst du mir als Sklave dienen..."

„Um Himmels Willen, was ist es, was du so dringend von mir begehrst? Vielleicht gäbe ich es dir ja gerne freiwillig. Wenn es das Schloss ist, bitte nimm es. Mich zieht es sowieso nicht dorthin zurück. Oder ist es Vaters Namen? Auch den kannst du gerne führen..."

Er trat noch näher an mich und starrte mir in die Augen. „Das Schloss und den Familiennamen nehme ich mir sobald du tot bist. Was ich haben will ist Riana und du wirst mir helfen, sie zu bekommen."

Ich prallte zurück und starrte ihn entsetzt an. Dann schüttelte ich langsam den Kopf. „Riana wirst du niemals bekommen. Ich liebe sie und sie liebt mich. Und wenn sie erfährt, was du mir angetan hast, so wird sie dich hassen."

„Das ist mir egal", sagte er sehr leise und bestimmt. „Mag sie mich hassen oder nicht, ich will sie haben, sie besitzen. Sie muss mich nicht lieben, sondern mir bloß einen Erben gebären. Erst wenn ich das erreicht habe wird meine Rache vollendet sein."

„Ich werde dir niemals dabei helfen", sagte ich und versuchte, meiner Stimme einen festen, unbeirrbaren Klang zu geben. „Du kannst mich ebenso auf der Stelle töten."

„Das könnte dir so passen", lachte er höhnisch, wurde aber sofort wieder todernst. „Du wirst mir helfen, das schwöre ich dir. Ich kenne dich gut, Bruder. Du bist nicht so hart wie du tust. Und es wird mir Spaß machen, dir das zu beweisen bevor ich dich endgültig zerbreche. Zeit haben wir genug, bis Vlad Tepes eintrifft vergehen noch einige Wochen. Bis dahin gedenke ich mit deiner Hilfe zu erreichen, was ich will. Danach wirst du sterben, das ist gewiss. Aber wie es dir bis zu deinem Tod ergeht liegt ganz an dir. Also überlege es dir gut..."

Ohne eine Antwort abzuwarten drehte er sich um und verließ den Stall. Als die Türe hinter ihm zufiel ließ ich mich auf mein Strohlager sinken. Ich wusste, es war nicht nur dahergeredet um mich einzuschüchtern. Er hatte die bittere Wahrheit ausgesprochen und mir graute vor der Zukunft. Aber egal was er mir antun würde, ich konnte nicht tun was er von mir verlangte. Er begehrte Riana weil sie mir versprochen war und wollte sie nur besitzen um dadurch seinen endgültigen Triumph über Vater und mich auszukosten.

Ich fühlte Furcht in mir aufsteigen. Ich liebte Riana aber würde ich wirklich hart genug sein, seiner Forderung zu trotzen? Er hatte Recht, ich war nicht stark und ich fürchtete mich fast zu Tode vor dem was er mir noch alles antun konnte.

„Vater im Himmel, steh mir bei", flüsterte ich inbrünstig. Doch ich bezweifelte, dass er mich überhaupt hörte...

Irgendwann wurde es endlich Nacht und Dimitri kam zu mir, nie zuvor hatte ich ihn dringender herbeigesehnt. Ich konnte ihn in der Dunkelheit nicht ausmachen, hörte aber sein entsetztes Luftholen als er mein von Wunden übersätes Gesicht sah und meinen desolaten Gemütszustand erkannte.
„Gütiger Himmel, Malamir, was hat man dir angetan?" Ohne meine Antwort abzuwarten ging er neben mir in die Hocke und ich fühlte seine Hände auf mir. Sehr behutsam untersuchte er mich und seufzte dann erleichtert auf.
„Zum Glück sind die Wunden nicht allzu tief und noch frisch. Allerdings fürchte ich, wird dein Bartwuchs nicht mehr wiederkommen. Die Säure hat die Haarwurzel bereits zerstört.
„Säure? Bartwuchs?" murmelte ich verwirrt. Dann kam mir die schmerzhafte Prozedur wieder in den Sinn. „Ich dachte, Boril hätte bezweckt, mein Gesicht zu entstellen." Ich drehte vorsichtig meinen Kopf zur Seite, damit Dimitri das Brandmal auf meinem Hals sehen konnte.
„Er hat mich zum Sklaven gemacht, Dimitri. Zu seinem Sklaven..."
Mir versagte die Stimme und ich verstummte. Erst nach einer Weile hatte ich mich wieder einigermaßen gefasst, so dass ich weitersprechen konnte. Ich merkte selbst, wie verzweifelt ich klang, konnte es aber nicht ändern. „Was soll ich bloß tun, Dimitri?"
Stockend erzählte ich ihm, was an diesem Tag geschehen war und was Boril von mir verlangt hatte. „Aber wenn ich tue was er verlangt, so wird das nicht nur mein Leben zerstören sondern auch das von Riana", endete ich mutlos.
Ich hörte Dimitri tief einatmen, ansonsten blieb er stumm. Vermutlich wollte auch ihm keine Lösung einfallen. Doch plötzlich kam mir eine Idee, wie ich dieser Situation entfliehen konnte ohne Riana zu gefährden.
„Du musst mich töten, Dimitri, - noch in dieser Nacht. Ich komme niemals lebend hier heraus, da kann ich auch durch deinen vampirischen Biss sterben. Du würdest mir vieles ersparen. Boril wird mich peinigen, bis ich tue war er verlangt. Danach will er mich dem Pfähler übergeben. Ich werde am Pfahl sterben, Dimitri. Das kannst du nicht zulassen. Töte mich lieber gleich, damit ersparst du mir schreckliche Leiden."
„Ich werde nichts dergleichen tun", erklang seine Stimme ziemlich schroff. „Du darfst dein Leben nicht so einfach wegwerfen, Malamir. Noch besteht Hoffnung, dich aus Borils Händen zu befreien. Ich habe dir versprochen, dich hier herauszubringen."
„Aber wann und wie? Ich fragte es verbittert. „Ich bin gerade mal einen Tag in der Gewalt meines Bruders und sieh, was er mir bereits angetan hat. Er wird nicht ruhen, bis er mich endgültig besiegt hat. Ich bin ihm voll-

kommen ausgeliefert und ich wage nicht einmal daran zu denken, was er mir morgen antun wird. Ich habe eine Scheißangst vor dem Mann, den ich als meinen Bruder geliebt habe." Meine Stimme wurde lauter und schriller und mein Körper bebte wie im Schüttelfrost. Dann verstummte ich abrupt, in der plötzlichen Stille hörte man nur noch das Geräusch meiner aufeinanderschlagenden Zähne.

Dimitri legte stumm seinen Arm um meine Schultern und zog mich sanft an sich. Um meine nur noch mühsam aufrecht erhaltene Selbstbeherrschung war es endgültig geschehen. Ich legte meinen Kopf an seine Brust und weinte wie ein Kind.

Nur langsam gewann ich meine Fassung zurück und wich ein Stück von ihm zurück. Noch immer sagte er kein Wort und bewegte sich auch nicht.

„Wenn du mich nicht töten willst, dann mach mich zu einem Vampir", schlug ich aufgeregt vor. Warum war mir diese Lösung nicht schon eher eingefallen? „Du sagtest doch, ich sei dafür ausersehen. Ich bin damit einverstanden."

Doch zu meiner grenzenlosen Enttäuschung wollte Dimitri auch von diesem Vorschlag nichts wissen. „Meinst du, ich hätte das nicht bereits in Erwägung gezogen? Aber so einfach geht das leider nicht. Ich erzählte dir doch, dass das Erschaffen eines neuen Vampirs gut überlegt sein will. Zudem müsstest du an der Schwelle des Todes stehen und das tust du nicht. Auch kann man nie voraussehen, wie ein neugeborener Vampir reagiert. Unter all den vielen Menschen hier um uns herum, könnte es fatale Folgen für uns Beide haben. Dein Wunsch, so verständlich er mir auch ist, entspringt deiner Verzweiflung. Deshalb darf ich nicht darauf eingehen. Als letzte Option will ich es allerdings nicht ausschließen, falls dein Leben unmittelbar auf dem Spiel steht. Aber noch habe ich die Hoffnung, dich auf ungefährlichere Weise hier herauszubringen. Obwohl ich weiß, was ich dir dadurch zumute. Du bist stark, Malamir. Stärker als Boril denkt und auch stärker als du selbst von dir denkst. Lass mich dir helfen, damit deine Schmerzen und deine Schwäche schwinden. Danach kannst du auch wieder vernünftige Entscheidungen fällen."

„Was habe ich davon?", begehrte ich auf. „Wenn Boril morgen sieht, dass meine Wunden über Nacht verschwunden sind wird er sie mir erneut zufügen lassen. Immer und immer wieder, das hat er mir bereits angedroht. Aber darauf kann ich gerne verzichten..."

Dimitri seufzte erneut auf, doch er gab nicht nach. „Dann machen wir es heute anders. Anstatt dass du mein Blut trinkst träufele ich ein paar Tropfen auf deine Wunden. Sie werden davon zwar abheilen, allerdings wird eine Narbe zurückbleiben. Zumindest, was das Brandmal an deinem Hals betrifft. Boril wird also keine Veranlassung haben, es dir erneut aufzudrücken. Und mit der Säure in deinem Gesicht hat er bereits erreicht was er wollte. Dein Bartwuchs ist zerstört, du wirst nie mehr einen Bart tragen."

„Warum hat er das bloß getan?"
„Die Osmanen entehren ihre Sklaven, indem sie sie ihres Bartes berauben. Es ist eine große Schande, bartlos zu sein. Anscheinend hat Boril davon gehört und wollte dich damit demütigen. Auch in unserer Kultur ist ein Bart ein Zeichen der Würde."
„Falls ich also am Leben bleibe werde ich für immer meiner Ehre und Würde beraubt sein", resümierte ich niedergeschlagen. „Mit einem Sklavenzeichen am Hals und zudem einem entstellten Gesicht."
„Nein, dein Gesicht wird ohne Narben abheilen", versicherte er mir weich und wiederholte dann: „Wie ich schon sagte, du bist eine starke Persönlichkeit Malamir. Viel stärker als du dich selbst einschätzt. Du wirst deine Ehre zurück erlangen. Auch ohne Bartwuchs..."
Seine Worte verfehlten ihre Wirkung nicht, vermutlich hatte er sie ein wenig mit seinem Vampirzauber unterstützt. Ich spürte eine wohlige Müdigkeit in mir aufsteigen. Als ich seine Finger sanft über das Brandmal und danach über mein Gesicht streichen fühlte, ließ ich ihn einfach gewähren. Nach den Schrecken des vergangenen Tages tat mir seine Fürsorge unendlich gut. Schläfrig schloss ich die Augen.

Ich fuhr erst wieder erschrocken hoch als Dimitri sich erhob. Auf meine bange Frage, ob er schon gehen wolle, antwortete er beruhigend: „Ich werde Boril aufsuchen und versuchen, ihn zu beeinflussen. Versprich dir allerdings nicht allzu viel davon."
„Wird er nicht erstaunt sein, dich so plötzlich im Lager zu sehen? Was, wenn er misstrauisch wird und dich ebenfalls gefangen nehmen lässt?"
Der Gedanke, dass dies geschehen könnte, brachte meine Sorge vehement zurück. Doch er beruhigte mich erneut:
„Keine Angst, das wird nicht der Fall sein. Im Gegenteil wird er froh sein, einen Arzt zu bekommen. Ich habe ein Zelt ausgemacht, in dem neben Verletzten etliche Kranke liegen, die an blutigem Durchfall leiden. So etwas kann schnell zu einer Epidemie führen. Vielleicht sollte ich dafür sorgen, dass sich Boril mit der Krankheit infiziert. Wenn er auf der Latrine hockt und Krämpfe in den Eingeweiden hat, würde er dich wenigstens vor weiteren Quälereien verschonen."
Seine Worte entlockten mir ein gequältes Grinsen, mehr brachte ich nicht zustande. Als er mir zum Abschied leicht die Schulter drückte seufzte ich niedergeschlagen. „Ich habe Angst, sobald du mich verlässt, Dimitri. Wenn du nur irgendetwas von dir bei mir zurücklassen könntest. Etwas, das mir deinen Schutz auch während des Tages gewährleisten würde."
Ich stockte, unschlüssig ob ich sagen sollte, was mich bewegte. Aber dann wagt ich es einfach: „Kannst du mir nicht wenigstens ein wenig deines Blutes

geben, bevor du gehst? Nur ein winziges Schlückchen. Es würde mir helfen, den Tag besser zu überstehen."

Ich merkte, wie er bei meinen Worten erstarrte und fürchtete schon, meine Bitte käme ihm ungehörig vor. Deshalb zuckte ich zusammen, als er ausrief. „Das ist die Lösung, Malamir. Warum bin ich bloß nicht selbst darauf gekommen."

Vermutlich habe ich ziemlich dumm geschaut, denn er lachte leise auf. Ich spürte, wie er sich erneut neben mir niederließ und drehte ihm mein Gesicht zu. Obwohl ich in der Dunkelheit des Stalles seinen Gesichtsausdruck höchstens erahnen konnte, meinte ich ihn befreit grinsen zu sehen.

„Mein Blut, - es wird die Verbindung zwischen uns herstellen, nach der ich gesucht habe. Indem ich dir von meinem Blut gebe, ist ein winziger Teil von mir in dir. Boril wird das unbewusst erkennen. Ich hoffe zumindest, dass es sich so verhält. Ein Fall wie dieser dürfte in der Vampirgeschichte ziemlich einmalig sein..."

Ich verstand überhaupt nichts mehr und so begann Dimitri mir geduldig zu erklären: „Ich werde dir einfach jede Nacht ein wenig von meinem Blut geben. Und Boril suggerieren, dass er dir nichts antun darf, solange er meine Aura an dir spürt. Ähnlich, wie mich mein Bann während des Tages vor Entdeckung bewahrt, wird es dich schützen."

„Und du meinst, das wirkt?" fragte ich zaghaft. Es kam mir einfach zu simpel vor um wirklich wirksam sein zu können."

„Wir werden es ausprobieren. Mag sein, dass die Wirkung meines Blutes am Anfang noch nicht stark genug ist oder nicht lange genug anhält. Aber das müsste von Tag zu Tag besser werden. Zumindest ist es eine Chance, - und ich bin sehr zuversichtlich, dass es uns dadurch gelingt, in wenigen Nächten das Lager gemeinsam zu verlassen."

„Aber werde ich nicht zum Vampir, wenn ich so oft von deinem Blut trinke? Kann es mir schaden, - oder dir? Es wird dich doch nicht zu sehr schwächen?"

„Es schadet weder dir noch mir", sagte er überzeugt und fügte hinzu: „Dir bringt es zudem den Vorteile, dass du dich kräftiger fühlst. Vermutlich wirst du auch bald feststellen, dass du plötzlich besser sehen und hören kannst. Aber zum Vampir wirst du nicht. Das ist ein wesentlich komplizierterer Vorgang. Aber komm, lass uns keine Zeit verlieren. Ich brenne darauf, auszuprobieren ob es funktioniert."

Ich war einverstanden, nicht zuletzt weil ich nach seinem Blut gierte. Als ich sein Handgelenk an meinem Mund fühlte begann ich sogleich kräftig zu saugen. Er ließ mich ziemlich lange trinken, viel länger als jemals zuvor. Dennoch wollte ich mehr. Er ließ sich jedoch nicht beirren. „Das reicht. Morgen werden wir es wiederholen. Versuch jetzt zu schlafen, Malamir. Ich werde Boril aufsuchen um zu sehen, wie weit ich ihn beeinflussen kann."

Er ließ sich nicht mehr aufhalten und als er gegangen war blieb ich etwas zuversichtlicher zurück. Ich machte es mir auf meinem dürftigen Strohlager so bequem, wie es die Umstände zuließen. Mit hinter dem Kopf verschränkten Händen starrte ich in die Finsternis und dachte über Dimitri nach. Sein Vampirbann befähigte ihn, mich in meinem Gefängnis aufzusuchen, sooft und solange es ihm beliebte. Solange er bei mir war kam kein Mensch auf die Idee, nach mir zu sehen oder mir gar Böses antun zu wollen. Aber leider war er ein Wesen der Nacht und konnte mich nur des Nachts wirksam beschützen. Ich betete zu Gott, dass Dimitri Recht behielt und mir sein Blut auch am Tage ein bisschen Schutz gewähren würde.

Kapitel 16: Hoffnungslose Lage

Auch an diesem Morgen wurde ich von Lärm aus dem Schlaf geschreckt. Er erinnerte mich unliebsam an die Geschehnisse des vergangenen Tages und ich fuhr hoch. Mein Herz klopfte zum Zerspringen, ich spürte das Zittern in meinen Beinen als ich zu der Fensterscharte ging um hindurch zu blicken.
Aber meine Befürchtung, erneut einer aufgebrachten Menschenmenge gegenübergestellt zu werden bewahrheitete sich nicht. Stattdessen hörte ich laute Rufe und das aufgeregte Wiehern und Scharren von Pferden, die darauf warteten, aufzubrechen. Ich kannte diese besondere Stimmung, denn ich hatte sie selbst schon mehrmals erlebt. So verhielten sich Männer und Pferde, die bereit waren in die Schlacht zu ziehen.
Tatsächlich vernahm ich wenig später das Getrappel unzähliger Pferdehufe, das sich langsam entfernte. Es dauerte lange, bis auch das letzte Tier das Lager verlassen hatte und die Geräusche in der Ferne verklangen. Die darauffolgende Stille kam mir fast unheimlich vor und einen Moment dachte ich, alleine im Lager zurückgelassen worden zu sein.
Aber das war natürlich nicht der Fall. Und auch Boril und seine engsten Vertrauten waren nicht mit den anderen davon geritten. Was ich mir zwar gewünscht hätte aber nicht wirklich geglaubt hatte. Wie zur Bestätigung kam wenig später ein Mann in mein schäbiges Domizil um mich zu meinem Bruder zu bringen. Ich kämpfte energisch die in mir aufsteigende Panik nieder und erhob mich von meinem Lager um dem Mann zu folgen. Er brachte mich kaum ein paar Meter weiter zu einem der Gebäude, die in die Felsen gebaut waren. Zögernd trat ich ein.

Drinnen war es dämmerig und ich brauchte ein paar Sekunden, mich an die Lichtverhältnisse zu gewöhnen. Dann erkannte ich Boril, der auf einem wuchtigen Stuhl an einem großen Tisch saß und auf etwas starrte, das vor ihm lag. Er tat, als sei er ganz vertieft und schaute erst auf, als ich nach einem unsanften Stoß in den Rücken direkt vor ihm zu stehen kam.
„Ah, da bist du ja. Setz dich dort hin!" Er deutete knapp auf einen von fünf weiteren Stühlen, die um den Tisch verteilt standen. Ich setzte mich wortlos und ließ meinen Blick schnell durch den Raum schweifen. Ich war mit Boril alleine, der Mann der mich hergebracht hatte war wieder gegangen. Stumm starrte ich auf den dunklen Haarschopf meines Bruders, er hatte den Kopf wieder über das Schreiben auf dem Tisch gesenkt, so als wäre ich gar nicht da. Oder wollte er mir, indem er mich absichtlich nicht beachtete demonstrieren, wie wenig Angst er vor mir hatte?
Endlich rührte er sich. Er schob mir fast unwirsch den Brief zu, der vor ihm lag. Dann setzte er ein Tuschefässchen so energisch daneben ab, dass die

schwarze Flüssigkeit überschwappte und einen hässlichen Fleck auf dem Tisch hinterließ. Er grunzte ärgerlich und legte mir einen Federkiel hin.
„Hier, ich mache es dir einfach. Du brauchst bloß deinen Namen darunter zu setzen..."
Noch immer wortlos nahm ich das Schriftstück auf um das Geschriebene zu lesen. Es war an Riana gerichtet erkannte ich schon an der Anrede und ließ es ohne weiterzulesen wieder sinken. „Das unterschreibe ich nicht, - niemals."
Falls ich einen Wutausbruch erwartet hatte, so wurde ich enttäuscht. Boril saß mir bereits wieder gegenüber, hatte die Beine gemütlich von sich gestreckt und hielt die Arme vor der Brust verschränkt. Er schürzte bedächtig die Lippen und wippte mit den Füßen.
Schließlich entschloss er sich zu einer Antwort. „Nun gut, wie du willst. Dann wird Vaters Verwandtschaft es büßen. Und Aleko, - ein zweites Mal wird er dem Tod gewiss nicht entgehen..."
Ich sprang auf und beugte mich zu ihm. „Was hast du gesagt? Aleko lebt...?"
„Nicht mehr lange", gab er mir ungerührt zurück. „Es sei denn, du gibst deine ebenso dumme wie sinnlose Weigerung auf..."
Ich ließ ihn nicht ausreden, zu ungeheuerlich war, was er in den Raum gestellt hatte. Ich musste wissen, was mit Aleko geschehen war, ob er tatsächlich noch lebte. Falls das so war, dann hielt Boril einen weiteren Trumpf in der Hand.
„Du lügst", behauptete ich und setzte mich wieder hin obwohl ich am liebsten hin und her gerannt wäre. „Warum sollte Aleko auf einmal doch noch am Leben sein? Du hast damit geprahlt, dass du ihn getötet hast. Genau wie Vater. Oder soll der etwa auch nicht tot sein? Weil es dir plötzlich gut in den Kram passen würde...?"
Er ließ sich nicht beirren sondern starrte mich böse an. Seine Worte waren leise aber deutlich zu vernehmen. „Ich sage die Wahrheit. Ich habe zwar Vater getötet aber Aleko lebt. Mein Pfeil sollte ihn ins Herz treffen ist aber an etwas abgeprallt, das er unter dem Umhang trug. So verletzte ich ihn nur leicht. Zuerst wollte ich ihm durch einen weiteren Schuss den Rest geben, aber dann war es mir nicht die Mühe wert, den jämmerlichen kleinen Wicht umzulegen. Er wird sowieso niemals wagen, mir das Erbe streitig zu machen Und heute bin ich froh, ihn nicht getötet zu haben. Denn deine treusorgende Riana ist zu ihm gereist, sobald sie von seiner Verwundung erfahren hat. Das heißt, sie ist hier in Ungarn, ganz in unserer Nähe. Kaum mehr als einen Tagesritt entfernt. Und wenn sie deinen Brief erhalten hat, wird sie innerhalb weniger Tage hierher ins Lager kommen. Zur Hochzeit mit mir. Das weiß sie zwar noch nicht. Aber sie erfährt es schon bald..."
„Niemals!" stieß ich im Brustton der Überzeugung hervor. „Du wirst niemals meine Unterschrift bekommen." Mir war vollkommen ernst damit. Ich würde mich lieber von ihm in Stücke hacken lassen als Riana ins Verderben zu

locken. Doch zu meiner Verwunderung zuckte Boril nur geringschätzig mit der Schulter.

Wie du willst. Aber dann stirbt Aleko und mit ihm Vaters gesamte Verwandtschaft. Seine Schwester, ihr Mann und die lieben Kinderchen. Und die Bediensteten, falls sie so dumm sind, sich einzumischen. Ich werde keinen verschonen. Meine Männer warten bereits auf meinen Befehl. Entweder überbringen sie Riana deine Nachricht und geleiten sie anschließend hierher. Oder aber sie überfallen das Anwesen unseres Onkels und machen es dem Erdboden gleich. Sie werden alle niedermetzeln, alle außer Riana natürlich. Sie wird auf jeden Fall hierher kommen, ob freiwillig oder gezwungen ist mir egal. Also entscheide dich endlich. Was weiter geschieht liegt alleine bei dir."

Ich starrte ihn voller Grauen an. Würde er wirklich tun, was er sagte? Ja, er würde. Ich sah es seinem gnadenlosen Blick an. Er hatte mich in der Hand. Und er wusste genau, wie er meinen Widerstand brechen konnte. Wusste, dass ich das Leben so vieler Menschen niemals für eine bereits verlorene Sache opfern würde. Was also konnte ich noch tun?

Resigniert senkte ich den Kopf. Seine Hand kam in mein Blickfeld, schob den Federkiel etwas näher, rückte das Schreiben zurecht. Widerwillig las ich, was Boril angeblich in meinem Namen geschrieben hatte.

Geliebte Riana, stand da in seiner markanten Schrift verfasst.

Ich lasse dir diese Nachricht schreiben, da ich dazu selbst leider nicht in der Lage bin. Ich wurde schwer verwundet und ringe seit Tagen mit dem Tode. Ob er letztendlich der Sieger sein wird ist nicht gewiss. Ich weiß nur, dass ich dich noch einmal sehen möchte, deine Lippen ein letztes Mal auf den meinen spüren will, so dass ich friedlichen Herzens von dieser Welt gehen kann. Die Männer, die ich dir schicke werden dich sicher zu mir geleiten, bitte habe vollstes Vertrauen zu ihnen.

Ich harre der Stunde, da dich meine Augen ein letztes Mal erblicken dürfen.
In großer Liebe dein

Ich griff nach dem Federkiel und setzte mit zittriger Hand meine Unterschrift unter das Schreiben. Dann ließ ich achtlos den Federkiel fallen und barg den Kopf in meinen Händen.

Boril verlor keine Zeit mehr. Er streute feinen Sand auf die noch nasse Tinte und blies ihn fort als die Schrift getrocknet war. Dann rollte das Schreiben sorgfältig zusammen, umwickelte es mit Kordel und verschloss es schließlich mit einem dicken Klecks roten Wachses in das er unser Familiensiegel drückte. Erst als er es den draußen wartenden Reitern ausgehändigt hatte, widmete er seine Aufmerksamkeit wieder mir.

Ich saß noch immer wie gelähmt auf dem Stuhl. In meinem Kopf jagten sich die Gedanken, sie kreisten um Riana und um das Verderben, in das ich sie

lockte. Ich schalt mich einen Feigling, weil ich Boril so leicht nachgegeben hatte. Hätte ich mich doch vehementer weigern sollen?
Aber was hätte es gebracht? Gar nichts, musste ich mir eingestehen. Meine Weigerung hätte nur sinnloses Blutvergießen verursacht. Zumindest mein Gewissen sollte also durch meine Entscheidung beruhigt sein. Trotzdem quälte mich der nagende Schmerz des Versagens. Erst Borils Stimme riss mich aus meiner Lethargie.
„Was tue ich denn nun mit dir?" fragte er betont munter. Er schien allerdings keine Antwort zu erwarten, denn er fuhr im gleichen Atemzug fort: „Da du mein Sklave bist, muss ich dir auch ein paar Sklavenarbeiten auferlegen. Hmm, mal sehen..."
Er schaute sich im Raum um und ich folgte unwillkürlich seinem Blick. Viel gab es hier nicht zu tun, das erkannte ich so schnell wie er. Die Einrichtung bestand einzig aus dem Tisch, den Stühlen und einer Pritsche an der Wand, die wohl Borils Schlafstatt war. Ansonsten gab es nur noch ein Kohlebecken. Nun gut, dem Fußboden aus Felsstein hätte eine Reinigung nicht geschadet, aber für solche Kleinigkeiten hatte Boril noch nie einen Blick gehabt. Er schien auch nicht wirklich daran interessiert, mich mit niederen häuslichen Arbeiten zu beschäftigen. Stattdessen grinste er mich gemein an.
„Ich werde dich einfach der Allgemeinheit zur Verfügung stellen, so wie ich es den Leuten versprochen habe. Im Lager gibt es genügend Aufgaben, die niemand gerne macht. Die kannst du tun..."
Ohne mir zu sagen, was er mit mir vorhatte trat er durch die Türe nach draußen und ich folgte ihm ergeben. Widerstand zu leisten war zwecklos, es gab genügend Leute im Lager, die sicher darauf brannten, mich durch Anwendung von Gewalt zu unterjochen. Und ich verspürte keine Lust, mich durch Schläge oder die Peitsche unnötig demütigen und quälen zu lassen. Also trottete ich unaufgefordert hinter Boril her.
Ich war mir unangenehm der vielen Blicke bewusst, die auf mir hafteten. Auf die Schmährufe, die mich aufs übelste beschimpften, reagierte ich nicht, hingegen fiel es mir schwer, die Wurfgeschosse zu ignorieren. Da mein Bruder verboten hatte, mich ernsthaft zu verletzen, waren es nicht Steine, wie ich zuerst befürchtet hatte. Doch was da auf mich niederprasselte war kaum angenehmer, wenn auch nicht schmerzhaft. Man bespuckte mich und bewarf mich mit fauligem Obst oder Gemüse, - und auch mit Exkrementen.
Die unwürdige Behandlung machte mir weit mehr zu schaffen, als ich angenommen hatte. Ich kam mir schutzlos vor, als wäre ich nackt. Obwohl ich den Kopf gesenkt hielt, war mein Gesicht bald von Speichel und Dreck aller Art übersät. Ich meinte, ich müsste jeden Augenblick in Tränen ausbrechen, so sehr fühlte ich mich erniedrigt. Und es gelang mir nur unter Aufbietung all meiner Willenskräfte, aufrecht weiterzugehen.

Boril, der nichts tat, die Schikane zu unterbinden blieb endlich vor einem großen Zelt stehen und drehte sich zu mir um. Er schaute mich ungerührt an als er erklärte: „In diesem Zelt befinden sich die Kranken. Da sich die Krankheit, die im Lager grassiert schnell ausbreitet, will natürlich keiner freiwillig die Pflege der Männer übernehmen. Deshalb wirst du das ab sofort tun. Ganz alleine bist du dabei nicht, es gibt im Lager noch ein paar Männer, die einen ähnlich niederen Status wie du besitzen. Sie werden dich in deine Aufgaben einweisen."

Er sah mich einen Moment sinnend an, dann fügte er noch hinzu: „Falls du befürchtest, selbst diese Krankheit zu bekommen, so kann ich dich beruhigen. Sie scheint nicht tödlich zu verlaufen, - zumindest ist bislang noch keiner daran gestorben. Du kannst also ganz unbesorgt sein, was dein weiteres Schicksal angeht. Dir wird auf jeden Fall die Ehre zu teil werden, von Vlad Tepes persönlich gerichtet zu werden."

Er lachte, so als hätte er einen köstlichen Scherz gemacht und verstummte erst, als ich keine Miene verzog. Obwohl es mich meine ganze Willenskraft kostete, wollte ich ihm nicht zeigen, wie sehr mich seine Drohungen ängstigten. Deshalb war ich erleichtert, als er mich endlich mit einem herrischen Wink ins Innere des Zeltes schickte.

Sobald die schwere Eingangsplane hinter mir zugefallen war, blieb ich stehen um mir einen ersten Eindruck von meinem zukünftigen Aufgabenbereich zu machen. Fast augenblicklich stach mir der prägnante Geruch nach Erbrochenem und Fäkalien in die Nase. Er ging von unzähligen Kranken aus, die blass und elend auf primitiven Strohbetten lagen, und hing wie eine Nebelschwade in der Luft. Ich blähte die Nasenflügel auf und versuchte möglichst flach zu atmen. Aber es nutzte nichts, der Gestank blieb.

„Bist du der Neue?" raunzte mich eine hohe Stimme von der Seite an und ich drehte den Kopf. Neben mir stand ein recht großer und vor allem dicker Mann, zu dem die helle Fistelstimme gar nicht passen wollte. Er schien den Grund meines erstaunten Gesichts zu kennen und meinte ärgerlich: „Starr mich nicht so an, das mag ich nicht. Um deiner Frage gleich zuvorzukommen, - ja, ich bin ein Kastrat. Es wurde mir schon vor vielen Jahren angetan als ich noch ein Knabe war. Wo du nun Bescheid weißt kann ich dir zeigen, was du zu tun hast. Also komm mit mir..."

Ich kam stumm seiner Aufforderung nach, da ich nicht wusste, wie ich mich ihm gegenüber verhalten sollte. Anscheinend litt er mehr unter seiner körperlichen Unvollkommenheit, als er sich selbst eingestehen wollte und war deshalb sofort darauf zu sprechen gekommen. Denn eigentlich hatte ich mir noch gar keine Gedanken über ihn gemacht. Doch nun, als ich hinter ihm herlief, betrachtete ich ihn mit fast zwanghafter Neugier.

Tatsächlich wirkte er seltsam weibisch mit seinem feisten Fleisch und den üppigen Proportionen, die unter seinem einfachen Leinengewand wabbelten. Seine nackten Füße steckten in Holzschuhen, darüber waren weiße, haarlose Waden zu sehen. Auch sein Schädel wies kein einziges Haar auf und war so glänzend, dass sich das Flackern der Fackeln darauf spiegelte. Sein feister Nacken schien aus dem Halsausschnitt seines Gewandes zu quellen.
Ich war so in die Betrachtung seiner Gestalt vertieft, dass ich beinahe in ihn hinein gelaufen wäre, als er plötzlich stehenblieb. Seinen Körper umgab ein säuerlicher Schweißgeruch, der mir unangenehm in die Nase stieg. Dass auch mein Geruch nicht angenehm war, bemerkte ich am Rümpfen seiner Nase und mir wurde wieder bewusst, dass mein Gesicht und Gewand mit allerlei stinkendem Zeug behaftet war.
„Kann ich mich irgendwo ein wenig säubern?" fragte ich beklommen.
„Ich wurde auf dem Weg hierher mit Dingen beworfen, die ich normalerweise nicht einmal mit dem Schuh berühren würde..." Beschämt zog ich die Schultern nach vorn und versuchte ein Grinsen, das mir jedoch misslang.
Meine verlegene Unsicherheit entlockte dem Eunuchen ein mitleidiges Lächeln. Sein eben noch abweisender Gesichtsausdruck änderte sich und selbst seine Stimme bekam einen anderen Klang.
„Verzeih mir, - aber ich dachte nicht daran, dass dir ebenso übel mitgespielt wurde wie mir und den anderen hier. Man sagte uns, du seist ein Spion und Verräter aber du sieht irgendwie nicht wie ein Verräter aus. Vermutlich bist du nicht schlechter als jeder von uns. Ich wurde als Kind von den Osmanen geraubt und zum Eunuchen gemacht. Doch als ich befreit wurde, behandelte man mich so, als sei ich an meinem Schicksal selber schuld. Ich galt nichts bei den Türken, war nicht mehr als ein Sklave. Und heute ergeht es mir nicht besser, meine eigenen Landsleute begegnen mir mit Misstrauen und Spott."
Er hielt mir die Hand hin. „Mein Name ist Edu."
„Malamir", murmelte ich und ergriff seine weiche Hand, deren Druck jedoch überraschend kräftig war. Edu grinste mich an und zwinkerte mit einem Auge. Ich sah, dass er nicht einmal Augenbrauen hatte. Und seine wenigen Wimpern waren so farblos wie sein teigiges Gesicht. Nur die hellblauen Augen blickten lebhaft und klug.
„Malamir, - der Name eines früheren Landesfürsten. Wer hätte gedacht, dass ihn einmal ein Sklave tragen würde. Aber komm, ich zeige dir, wo du dich säubern kannst und dann stelle ich dich den anderen vor, die wie du und ich dazu verdammt sind diese scheißenden und kotzenden Kranken zu pflegen."
Er ging mir voran zu einem weiteren Zeltausgang und schlug die Plane beiseite. Dahinter war ein winziger Platz, eingerahmt von hohen Felswänden. Ich sah ein spärliches Rinnsal die Steine herab laufen, kaum mehr als zwei Hände breit. Das Wasser sammelte sich in einem natürlichen Becken aus

Felsstein. Was überlief versickerte nach wenigen Metern wieder in einer Felsspalte.

Mein Blick glitt prompt zu den Höhen über mir, doch ich erkannte sogleich, was auch Edu mir sagte: „Keine Chance da hinauf zu klettern. Du würdest nicht weit kommen."

Er deutete auf das Becken. „Darin kannst du dich waschen und versuchen, dein Gewand etwas zu säubern. Das Wasser ist allerdings eisig kalt und Seife gibt es nicht. Zieh dein Gewand aus, dann wird es nicht nass. Während du dich wäschst versuche ich, die gröbsten Flecken zu entfernen."

Ich zögerte einen Moment, denn unter dem Kaftan war ich nackt. Aber Edu hatte Recht, wenn der Wollstoff durchnässt wurde, würde er nur schlecht trocknen. Ich wäre gezwungen, den ganzen Tag in feuchten Kleidern herumzulaufen. Also zog ich mich kurz entschlossen aus und reichte das Gewand an Edu weiter. Dann kniete ich mich an das Becken und begann mich abzuwaschen.

Das Wasser war wirklich sehr kalt und ich bekam eine Gänsehaut. Trotzdem schöpfte ich es mir immer aufs Neue über den Kopf und rieb mir den Schmutz aus meinen Haarstoppeln und vom Gesicht. Das Waschen befreite mich auch ein wenig von dem Schmutz, der auf meiner Seele lagerte, dieses Gefühl bewog mich, auch meinen Oberkörper und die Arme abzureiben. Plötzlich überkam mich die Sehnsucht, am ganzen Körper sauber zu sein und ich watete in das Becken. Es war tiefer als ich vermutet hätte, das Wasser reichte mir bis an die Hüften. Bibbernd vor Kälte rieb ich mir kräftig meine untere Körperhälfte und die Beine ab und beeilte mich dann, aus dem eisigen Nass zu entfliehen. Mein Blick traf auf Edu, der neben dem Zelteingang stand, meinen Kaftan in der Hand und mich mit seltsamem Ausdruck anstarrte. Wie jemand, der bei etwas Unlauterem beobachtet wurde, senkte er schuldbewusst den Blick und reichte mir dann eilig ein grobes Tuch.

Ich rubbelte mich hektisch trocken, bemüht, gleichzeitig meine Blöße mit dem schäbigen Fetzen zu bedecken. Auch Edu war verlegen, seine Augen schienen fast aus den Höhlen zu quellen, bei dem angestrengten Versuch an mir vorbei zu starren. Schließlich drückte er mir mein Gewand in die Hand, murmelte ein paar undeutliche Worte und verschwand im Zeltinneren.

Ich folgte ihm, nachdem ich wieder bekleidet war. Er rannte mir so schnell voraus, dass ich Mühe hatte ihn einzuholen. Er blieb erst stehen, als wir an einem kleinen Verschlag ankamen, der mit Stangen und Decken vom übrigen Zelt abgegrenzt war. Der abgeteilte Platz war für diejenigen vorgesehen, die zur Versorgung der Kranken eingeteilt waren. Ich sah ein paar Strohlager und einen roh zusammen gezimmerten Tisch mit ein paar Schemeln davor. An einer Seite lagen auf einem einfachen Bretterregal ein paar Decken und Laken. Darunter standen irdene Töpfe, in denen ich Heilkräuter oder ähnliches vermutete. Über einer Feuerstelle im Boden hing ein Kupfertopf in dem etwas brodelte, dass übel roch. Eine kleine, gebückte Gestalt stand davor und rührte bedächtig mit einem Holzlöffel den stinkenden Inhalt um.

„Das ist Romika", wisperte mir Edu zu und deutete mit dem Kinn auf die zierliche Frau. „Sie ist eine Heilerin und kommt jeden Tag um nach den Kranken zu sehen. Manche behaupten, sie sei eine Hexe..."

„Erzähl keinen Unsinn, Edu, sondern komm her und stelle mir den Neuen vor. Ich will mir selbst ein Bild von ihm machen." Romika drehte sich nicht nach uns um, doch ihre Stimme duldete keinen Widerspruch während sie ununterbrochen weiter rührte. Edu schien besonderen Respekt vor ihr zu haben, - oder war es sogar Angst? Jedenfalls schubste er mich so heftig an, dass ich fast bis zur Feuerstelle stolperte.

Die Frau wandte den Kopf in meine Richtung und ihre dunklen Augen musterten mich interessiert. Schließlich ließ sie den Löffel los und drehte sich vollends zu mir um. Ungeniert betrachtete sie mich eingehend von Kopf bis Fuß. Ähnlich wie bei Dimitri hatte ich das Gefühl, sie würde mir direkt in die Seele blicken. War sie vielleicht wirklich eine Hexe?

Als hätte sie meine Gedanken erraten winkte sie geringschätzig ab, sagte aber nichts. Nach der gründlichen Musterung schien sie sich ein Urteil über mich gebildet zu haben. „Also wie ein Verräter siehst du nicht aus...", meinte sie unverblümt und verzog so verächtlich den Mund, dass ich mir eher wie ein dummer Junge vorkam. Als hätte sie meine Gedanken abermals erraten, hob sie beschwichtigend eine schmale Hand und fuhr ungerührt fort. „Ich ahnte schon immer, dass dieser Wichtigtuer Boril kein bisschen Menschenverstand besitzt. Dir sieht man deine Ehrlichkeit an der Nasenspitze an. Allerdings ist deine Ähnlichkeit mit ihm tatsächlich auffällig. Selbst jetzt noch, nachdem man dich so entstellt hat."

Bei dem Wort entstellt schnellte meine Hand zu meinem Gesicht, - waren mir von der ätzenden Tinktur vielleicht doch Narben geblieben? Aber ich fühlte nur glatte Haut. Romika lächelte mir beruhigend zu.

„Ich meinte mit entstellend die Rasur und dass man dir den Kopf geschoren hat. Ansonsten ist dein Gesicht makellos..."

„Boril ist mein Bruder, deshalb die große Ähnlichkeit", platzte ich heraus, obwohl ich es gar nicht hatte sagen wollen. Was war Besonderes an dieser Frau, das mich zwang, auf sie ähnlich offenherzig wie auf Dimitri zu reagieren?

Sie wirkte weder jung noch alt, sondern sah irgendwie alterslos aus. Ihr Gesicht, von dunklem Haar umrahmt, schien eher unscheinbar. Klein und zierlich von Gestalt strahlte sie jedoch eine große Kraft und Ruhe aus. Ihre dunklen Augen konnten gleichermaßen gütig als auch bezwingend blicken. Sie kam mir immer mehr wie Dimitri vor. Aber ein Vampir konnte sie unmöglich sein. Schließlich war es heller Tag, - Vormittag. Wäre sie ein Vampir, so würde sie längst im Tagschlaf liegen. Vielleicht war sie ja tatsächlich eine Hexe. Wenn es leibhaftige Vampire gab, so gab es ganz sicher auch Hexen...

Erneut lächelte sie, ohne meine Gedanken, in denen sie zweifellos las, zu beantworten. Stattdessen antwortete sie. „Dachte ich's mir doch, dass ihr das gleiche Blut in euch tragt. Aber außer dem Äußeren erkenne ich kaum Gemeinsamkeiten zwischen euch. Boril wird von schwelendem Hass zerfressen, und offensichtlich richtet sich dieser Hass gegen dich. Du musst mir die Geschichte eures Zwistes unbedingt einmal erzählen. Aber nicht jetzt, momentan gibt es Wichtigeres zu tun. Die Kranken brauchen ihre Medizin. Edu und Ossip sollen dich einweisen. Gion hilft mir indessen, diejenigen zu versorgen, die bereits leichte Nahrung zu sich nehmen können."

Erst jetzt wurde mir bewusst, dass sich noch zwei weitere Männer im Zelt aufhielten. Sie standen stumm da und kamen auf einen Wink Romikas heran um die ihnen zugeteilten Aufgaben zu erfüllen. Edu stellte uns gegenseitig kurz vor und ich reichte jeden die Hand. Gion, ein dürrer junger Mann, murmelte ein paar nichtssagende Worte während Ossip mir nur fest die Hand quetschte. Er war mittelgroß und kräftig gebaut.

Romika erklärte in bitterem Tonfall: „Ossip kann nicht sprechen, man hat ihm die Zunge herausgeschnitten weil er angeblich seinen Kriegsherrn Vlad Tepes nicht gegrüßt hat. Er hatte dem Mann zuvor viele Jahre treu gedient. Aber so etwas gilt bei diesem Schlächter nicht. Er spielt sich als Herr über alle Lebewesen auf und richtet sie nach Gutdünken. Deshalb achte gut auf das was du sagst oder tust, wenn er in einigen Wochen hier ins Lager kommt. Er ist launisch und so unberechenbar wie ein wildes Tier."

„Was will er hier?" fragte ich beklommen? Und dachte an die Drohung, die Boril ausgestoßen hatte. Würde er vor Vlad Tepes wirklich bei seiner Behauptung bleiben, ich sei ein Verräter? Das wäre mein sicherer Tod...

„Boril ist ein sehr enger Vertrauter des Pfählers", unterbrach Romika meine Gedanken. „Er hat sich ihm vor einiger Zeit angeschlossen und irgendwie die besondere Gunst dieses Mannes erobert. Er herrscht hier im Lager, während der Fürst die Truppen in den Krieg führt und sorgt für ständigen Nachschub an kampffähigen Männern. Erst heute Morgen hat ein ansehnlicher Trupp das Lager verlassen um für Vlad zu kämpfen. Etwa einen halben Tagesmarsch entfernt, vor der Stadt Tirgoviste toben seit Wochen blutige Kämpfe zwischen den Osmanen und Vlad Tepes Haiduken-Heer. Es heißt, der Pfähler hätte schon Tausende gefangene Türken dort aufspießen lassen."

Meine Eingeweide zogen sich schmerzhaft zusammen als ich mir das bildlich vorstellte. Dieser Mann musste der Teufel in Person sein. Und ausgerechnet Boril war ein enger Vertrauter dieses Schlächters...

„Im Laufe des Tages werden Verwundete erwartet, die hier versorgt werden sollen", fuhr Romika fort. „Viele Verwundete vermutlich, für die wir dringend Platz brauchen. Deshalb ist es ungemein wichtig, eine möglichst große Zahl der Kranken soweit auf die Beine zu kriegen, dass sie ihr Lager für die Verletzten räumen können. Zum Glück sind die meisten bereits über den Berg. Die Medizin wird ein Übriges tun, dass sie schnell gesunden. Deshalb verliert keine Zeit, sie endlich auszuteilen."

Gion und Ossip waren bereits damit beschäftigt, die stinkende Brühe aus dem Kessel in irdene Krüge umzufüllen. Edu und ich würden die Medizin an die Kranken verteilen.
„Woran sind diese Männer eigentlich erkrankt?" wollte ich wissen. „Boril sagte mir, es handele sich um Durchfall und Erbrechen. Ist diese Krankheit sehr ansteckend?"
Doch Romika winkte nur gereizt ab. „Sie ist überhaupt nicht ansteckend. Dass diese Kerle hier liegen ist ihre eigene Schuld. Sie haben verdorbenes Fleisch gegessen. Ein Holzfass war beim Transport beschädigt worden, der Sud lief davon und das darin eingelegte Fleisch verdarb. Anstatt es zu vergraben, so wie ich ihnen geraten hatte, haben die Männer es gekocht und verzehrt, - obwohl es bereits zum Himmel stank. Ein Wunder, dass sie sich davon nur einen verdorbenen Magen geholt haben. Sie hätten ebenso gut daran sterben können."
Sie schüttelte seufzend den Kopf und verdrehte die Augen, was darauf schließen ließ, dass sie zumindest vom Urteilsvermögen dieser Männer nicht allzu viel hielt. Dann machte sie eine scheuchende Handbewegung, so als wolle sie uns auf Trab bringen. Deshalb griff ich gehorsam nach einem der Krüge und einer kleinen Kelle, so wie Edu es auch tat. Gemeinsam gingen wir in das Krankenzelt.
Einige der Männer lagen unter den Decken und schliefen, andere saßen darauf und blickten uns entgegen. Neben jedem Lager standen flache Holznäpfe, in einigen war Erbrochenes. Außerdem waren zahlreiche Holzeimer aufgestellt, deren Deckel nur unzureichend den durchdringenden Gestank nach Fäkalien zurückhielten. Ich hätte mir am liebsten die Nase zugehalten und hielt die Luft so lange als möglich an. Aber es nützte nichts und so entschloss ich mich, möglichst flach zu atmen. Trotzdem konnte ich zuerst mein Ekelgefühl kaum unterdrücken und hatte Angst, mich selbst übergeben zu müssen. Erst nach einer kleinen Ewigkeit gewöhnte sich meine Nase an den üblen Geruch.
Wir gingen von Lager zu Lager und verabreichten jedem der Männer eine Kelle des Gebräus. Sie schluckten es tapfer, verzogen aber allesamt angewidert die Lippen und manche würgten so stark, so dass ich befürchtete, sie würden es wieder ausspucken. Erst nachdem sie ihre Medizin geschluckt

hatten, bekamen diejenigen, denen es besser ging von Romika und Gion Näpfe mit dünnflüssigem Haferbrei vorgesetzt.

Der Tag verflog überraschend schnell durch all die ungewohnten Arbeiten, die ich unter Edus Anleitung erledigte. Ich leerte Spucknäpfe und Kübel in die ausgehobene Grube hinter dem Zelt und schaufelte danach eine Lage Erde und Steine darüber um den Gestank in Grenzen zu halten. Am Nachmittag verließen die leidlich Genesenen ihre Lager und kehrten, - versehen mit vielen Ermahnungen Romikas zu ihren eigenen Zelten zurück.

Wir richteten die zerdrückten Strohlager neu und legten frische Laken darüber. Die beschmutzten Decken wurden danach außerhalb des Zeltes in großen Zubern durchgewaschen und an lange Leinen gehängt. Der raue Wind blies sie schnell trocken, so dass sie bald zusammengelegt und auf den Regalen deponiert werden konnten.

Nachdem die gröbsten Arbeiten erledigt waren gab es für mich die erste Mahlzeit des Tages. Schon seit Stunden knurrte mein Magen protestierend, doch ich wollte nicht um Nahrung bitten. Schließlich meinte Romika nach einem kritischen Blick in mein Gesicht, dass es an der Zeit wäre, einen Bissen zu essen.

Das Essen war einfach aber kräftig und sättigend und nachdem mein Magen gefüllt war fühlte ich mich bedeutend besser. Die neu gewonnenen Kräfte hatte ich bald auch bitter nötig als die ersten Verwundeten im Lager eintrafen. Nach und nach wurden etwa zwanzig Männer ins Zelt getragen und auf den freien Lagern abgelegt. Sie waren allesamt in schlechtem Zustand, manche waren schon seit Tagen unterwegs. Die sie brachten erzählten uns, dass eine große Anzahl Verwundete bereits unterwegs gestorben seien. Man hatte sie notdürftig verscharrt oder unter Steinhaufen begraben.

Über das Elend, dass ich miterleben musste, vergaß ich fast meine eigenen Sorgen. Gemeinsam versorgten wir die Verletzten so gut es ging. Wir gaben ihnen Wasser, das mit einer Medizin gegen Schmerzen vermischt war. Unter Romikas Anleitung lernte ich Verbände anzulegen, Wunden auszuwaschen oder gebrochene Glieder zu schienen. Oder ich schnitt blutdurchtränkte Kleidung auf und säuberte Körper von Blut, Erbrochenem und Exkrementen. Als der Abend anbrach machte es mir längst nichts mehr aus, nackte Leiber oder intime Körperteile zu berühren. Ich tat einfach, was getan werden musste um das größte Leid zu stillen.

Irgendwann war plötzlich Dimitri da und widmete sich sogleich den Verwundeten. Er beachtete mich zuerst nicht, sondern besprach mit Romika die Schwere der einzelnen Fälle. Die Beiden schienen sehr vertraut miteinander, so als würden sie sich bereits lange kennen. Was eigentlich nicht sein konnte, denn Dimitri war ja erst seit zwei Nächten im Lager.

Zum ersten Mal erlebte ich den Vampir als Arzt und war beeindruckt, wie sachlich er sich der Verletzten annahm. Er entschied unter Zuhilfenahme seiner vampirischen Fähigkeiten, wer seine Hilfe am nötigsten hatte und behandelte die Verwundeten dann nach der Dringlichkeit ihres Zustandes.

Aus einiger Entfernung beobachtete ich Dimitri bei seinen Bemühungen. Meine Arbeit war vorerst getan und meine Neugier groß. Vor allen interessierte mich, ob er vielleicht den einen oder anderen mit seinem Blut heilen würde, so wie er es bei mir getan hatte. Aber ich wurde enttäusch, er behandelte die verletzten Männer so, wie es wohl jeder Arzt getan hätte. Dennoch war es faszinierend ihm dabei zuzusehen.

Die Männer wurden auf einen großen Holztisch gelegt und - wenn sie nicht sowieso ohne Bewusstsein waren, von Ossip und Edu festgehalten. Dimitri öffnete Wunden mit dem Skalpell, schabte Eiterherde aus und entfernte steckengebliebene Pfeilspitzen. Er amputierte auch Gliedmaßen, die nicht mehr zu retten waren. Dazu benutzte er eine Säge, mit der er die Knochen durchtrennte. Danach wurden die Wundflächen mit einem glühend gemachten Eisen kauterisiert um die Blutung zu stillen und Wundbrand vorzubeugen.

Kleinere Wunden wusch er mit einem Kräutersud aus Romikas Vorrat aus und verband dann mit ihrer Hilfe die Verletzten. Während Ossip und Edu die Männer zu ihrem Lager trugen, säuberte Gion den Tisch für den nächsten Patienten.

Kapitel 17: Folgenschwere Entscheidung

Bis auch noch der letzte Verwundete versorgt war, war es tiefe Nacht geworden. Übrig blieben zwei Männer, die so schwer verletzt waren, dass ihnen nicht mehr zu helfen war. Sie lagen in Decken gehüllt in einer abgedunkelten Ecke, wo sie in Ruhe sterben konnten. Hin und wieder schaute Gion bei ihnen vorbei, wischte ihnen den Todesschweiß vom Gesicht oder benetzte ihre Lippen mit ein paar Tropfen Wasser. Leise murmelte er dabei ein paar tröstende Worte, damit sie merkten, dass sie nicht alleine waren.

Selbst ich hatte bald erkannt, dass diesen beiden Schwerverletzten nicht mehr zu helfen war. Dem einen war mit einer Keule der Schädel zertrümmert worden, es grenzte für meine Begriffe an ein Wunder, dass er nicht sofort an dem Schlag gestorben war. In Abständen von wenigen Minuten wurde sein Körper von schweren Anfällen geschüttelt und Schaum sickerte aus seinem Mund. Aber er atmete immer weiter, obwohl er nicht bei Bewusstsein war.

Der andere kam manchmal für kurze Zeit zu sich und suchte dann nach jemandem, der ihm Trost spendete. Da ich nichts anderes zu tun hatte, entschloss ich mich, bei ihm zu bleiben bis seine letzte Stunde anbrach. Ihm war im Kampf der Leib mit einem Säbel aufgeschlitzt worden, wobei auch seine Eingeweide zerschnitten wurden. Der Inhalt der Gedärme hatte sich in den Bauchraum ergossen und vergiftete ihn langsam. Man hatte seinen Bauch dick mit Tüchern umwickelt um ihn überhaupt transportieren zu können. Aber Hilfe konnte er auch hier nicht finden. Kein noch so guter Arzt würde seine Gedärme wieder zusammenflicken können. Um wenigstens seine grauenhaften Schmerzen zu lindern, hatte ihm Romika ein starkes Schmerzmittel eingeflößt.

Der Mann stöhnte trotzdem ununterbrochen und ich betete, dass er endlich sterben möge. Es tat mir fast körperlich weh, ihn so leiden zu sehen ohne ihm helfen zu können. Aber sein Körper war noch immer kräftig und sein Herz wollte einfach nicht aufhören zu schlagen.

Mit einem feuchten Tuch wischte ich ihm den Schweiß von der Stirn, da griff mich jemand am Arm und zog mich sachte zurück. Erstaunt blickte ich auf, genau in Dimitris Augen. „Lass mich zu ihm", bat er weich und ich gehorchte seinem zwingenden Blick und erhob mich um zur Seite zu treten.

Dimitri nahm meinen Platz am Lager des Schwerverletzten ein und legte ihm leicht die Hand auf den Kopf. „Ich werde dir helfen, hab keine Angst", murmelte er leise und senkte seinen Blick in die Augen des Mannes. Der starrte ihn einen Moment an, dann zog ein Lächeln über seine gepeinigten Züge und er nickte leicht. „Danke", wisperte er und legte den Kopf zur Seite. Fasziniert beobachtete ich, wie Dimitri den Körper des Mannes anhob und an seine Brust bettete. Sein Kopf senkte sich über dessen Hals. Erst nach einer

ganzen Weile hob er ihn wieder und er ließ den Verletzten zurück auf das Lager gleiten. Ich starrte in das totenbleiche Gesicht, das jetzt friedlich entspannt wirkte. Die Augen des Mannes waren geschlossen und kein Atemzug hob und senkte mehr seine Brust. Er war tot.
Dimitri erhob sich ohne mir Beachtung zu schenken und ging zum Lager des anderen Schwerverwundeten. Auch ihn zog er in seine Arme und ich sah, wie er den Kopf senkte und seine langen Vampirzähne in den Hals des Mannes trieb. Voller Genuss saugte er mit halb geschlossenen Augen und schien sich der Menschen um ihn herum gar nicht bewusst zu sein.
Ich riss mich von dem Anblick los, der ein undefinierbares Gefühl in mir entfachte und sah mich erschrocken um. Was, wenn der Vampir bei seiner Blutmahlzeit beobachtet wurde? Doch ich stellte schnell fest, dass keiner der vielen Menschen im Zelt auch nur einen Blick in unsere Richtung warf. Die Verletzten schliefen oder hielten zumindest die Augen geschlossen und Edu, Ossip und Gion waren damit beschäftigt die letzten Spuren der Operationen zu beseitigen.
Doch dann fiel mein Blick auf Romika und ich sah, dass sie Dimitri beobachtete. Ich erschrak, - würde sie gleich aus dem Zelt laufen und lauthals um Hilfe schreien? Siedend heiß fiel mir ein, dass Dimitris Bann unwirksam würde, sobald er als Vampir entlarvt wurde.
Aber Romika lief nicht davon und schrie auch nicht um Hilfe. Sie schien von dem Anblick ähnlich fasziniert wie ich. Und als der Vampir mit dem Bluttrinken fertig war, traf sich sein Blick mit dem ihren. Ich erkannte, dass zwischen den beiden geheimnisumwitterten Wesen ein stummes Einvernehmen zu bestehen schien. Und plötzlich wusste ich mit Gewissheit, dass Romika eine Hexe war. Sie kannte Dimitris Geheimnis und akzeptierte es.

Es ging schon auf Mitternacht zu, da erschien Boril im Krankenzelt. Ich hatte ihn den ganzen Tag nicht gesehen und auch kaum einmal an ihn gedacht. Er unterhielt sich eine Weile mit Dimitri und Romika über den Zustand der Verletzten und stattete danach dem einen oder anderen Mann einen kurzen Besuch ab. Ich beobachtete ihn aus meiner Ecke und wunderte mich insgeheim über die zwei Seelen, die in seiner Brust beheimatet schienen. Wie konnte ein Mann zu Menschen, die ihm kaum bekannt waren so herzlich sein und gleichzeitig seinen eigenen Bruder so hassen?
Sein Anblick ließ außerdem Furcht in mir hochsteigen; welche Demütigung oder Quälerei gedachte er mir diesmal anzutun? Selbst Dimitris beruhigende Anwesenheit konnte nicht verhindern, dass ich vor Nervosität zu schwitzen begann. Doch meine Aufregung war unnötig, Boril schien nichts Böses im Sinn zu führen, zumindest für den Moment nicht. Er sagte nur knapp, dass es für mich an der Zeit wäre, meinen Kerker aufzusuchen.

„Lass ihn noch eine kurze Weile hier, ich brauche ihn noch. Ich werde ihn später persönlich zu seiner Zelle bringen", mischte sich Dimitri ein und schaute Boril dabei zwingend an.
Der erwiderte den Blick mit gerunzelter Stirn und ich dachte schon, er würde ablehnen. Aber dann zuckte er nur die Schulter.
„Wie Ihr wollt", meinte er nachlässig und wandte sich sogleich zum Gehen. Dann drehte er sich noch einmal um und deutete eine leichte Verbeugung vor Dimitri an. „Es ist wirklich ein großes Glück für uns, dass Ihr Euch unserer Truppe angeschlossen habt. Vermutlich wären etliche der Verwundeten ohne Eure Hilfe gestorben. Ich vertraue Euch meinen Gefangenen an, verfügt über ihn nach Belieben." Er nickte nochmals kurz und verließ dann endgültig das Zelt.
Dimitri zwinkerte mir lächelnd zu und schüttelte mich leicht an der Schulter. „Na siehst du, mein Blut zeigt bereits Wirkung. Noch ein paar Tage, dann können wir es wagen, diesen Ort gemeinsam zu verlassen. Ich bin sehr zuversichtlich..."
Romika, die während der ganzen Zeit bei uns gestanden hatte schien kaum von seinen geheimnisvollen Worten überrascht. Was in mir die Vermutung noch mehr bestätigte, sie wäre eine Hexe.
Sie lächelte, als sie meine Gedanken sah und nickte mir zu. „Wenn du es so nennen willst, so bin ich eine Hexe. Ich selbst würde mich zwar eher als Schamanin oder Druidin bezeichnen aber vermutlich kommt es auf das gleiche heraus. Weiße Frauen wie ich sind so selten wie Vampire oder Werwölfe aber es gibt uns ebenso. Ich denke, du wirst mein Geheimnis genauso wahren, wie das Dimitris. Er hat mir einiges über dich erzählt und mich um meine Hilfe gebeten. Ich werde versuchen, dich zu schützen so gut ich es vermag, - während des Tages, wenn er im Todesschlaf liegt."

Ich bedankte mich erfreut und erleichtert bei ihr und verließ bald darauf mit Dimitri das Krankenzelt. Er brachte mich zu meinem Kerker und ging mit mir hinein. Niemand versuchte ihn davon abzuhalten, überhaupt war zu der nächtlichen Stunde keine Menschenseele zu sehen. Boril vertraute Dimitri anscheinend voll und ganz weil er es nicht einmal für nötig fand eine Wache vor meinem Gefängnis zu postieren. Oder hatte der ihm suggeriert, uns alleine zu lassen?
„Das war gar nicht nötig", beantwortete er meine nicht gestellte Frage und machte es sich auf dem Rand des Futtertroges bequem. Ich ließ mich müde auf mein dürftiges Strohlager sinken. Erst jetzt bemerkte ich, wie sehr meine Füße von dem stundenlangen Stehen und Laufen schmerzten. Überhaupt überfiel mich die körperliche Erschöpfung nach diesem langen ereignisreichen Tag nun mit Macht.

„Boril wähnt dich innerhalb des Lagers als sicher aufgehoben", fuhr Dimitri fort. „Er rechnet überhaupt nicht damit, dass du eine Möglichkeit zur Flucht finden könntest. Und tatsächlich würdest du auch ohne meine Hilfe niemals an den Wachen am Lagereingang vorbeikommen. Und vermutlich auch den Weg durch das unterirdische Höhlenlabyrinth nicht mehr finden..."
„Wie hast du den Weg da hindurch überhaupt gefunden?" wollte ich wissen und gähnte verhalten. „Ich hatte schon Angst, du würdest dich in diesen verflixten Gängen verirren und mich niemals aufspüren."
Er lachte gutmütig, doch ich konnte seiner Stimme trotzdem einen leisen Tadel entnehmen. „Anscheinend bist du noch immer nicht von meinen Fähigkeiten überzeugt. Es war für mich so einfach, eurer Spur zu folgen, als hättet ihr mir den Weg markiert. So viele Menschen und Pferde hinterlassen nicht nur offensichtliche Spuren wie Abdrücke von Hufen oder Pferdeäpfel auf dem Boden. Noch prägnanter war die Duftspur, der ich selbst mit verbundenen Augen hätte folgen können. Zudem hat mich deine Aura zu dir geführt, - ich würde dich überall finden..."
Er fragte mich über besondere Ereignisse während des Tages aus und ich berichtete ihm beklommen von dem Brief, den Boril mir abgepresst hatte.
„Ich wagte einfach nicht, mich weiterhin zu widersetzen", gestand ich kleinlaut ein. „Ich hatte Angst, er würde seine Drohung wahr machen und ein Blutbad unter meinen Verwandten anrichten lassen..."
Dimitri schwieg eine Weile als ich geendet hatte und meinte dann:
„Das kompliziert unseren Plan natürlich. Ein paar Nächte bräuchte es schon noch, bis du genug meines Blutes in dir hast um unbehelligt mit mir das Lager verlassen zu können. Vielleicht weigert sich Riana ja, hierher zu kommen. Oder sie benötigt noch einige Tage für die Reisevorbereitungen..."
„Ich fürchte, sie wird sich sofort auf den Weg machen. So, wie Boril den Brief formulierte muss sie denken, ich läge im Sterben. Ich bin mir sicher, sie lässt keine Stunde unnötig verstreichen und wird sofort aufbrechen. Wenn ich doch wenigstens sie aus dieser schrecklichen Sache heraus halten könnte. Aber selbst wenn sie sich weigern würde, so würden Borils Männer sie einfach entführen. Und dabei womöglich noch weitere unschuldige Menschen umbringen."
„Vielleicht hält wenigstens das Wetter Riana auf", hoffte Dimitri und fügte hinzu. „Es wird bald Regen geben. Und du weißt selbst, wie ständige Regenfälle und aufgeweichter Boden die Reisegeschwindigkeit drosseln. Das gilt vor allem, wenn man Rücksicht auf eine Frau nehmen muss. Borils Männer werden sich wohl oder übel auf das Tempo von Rianas Kutsche einstellen müssen. Sie wird doch hoffentlich mit der Kutsche reisen und nicht zu Pferd..."

Das wusste ich allerdings nicht, so genau kannte ich meine Verlobte ja auch nicht. Mir blieb nichts übrig als zu beten, dass der Himmel recht bald und fleißig seine Schleusen öffnete und Riana schon deswegen gezwungen wäre mit einer langsamen Kutsche Vorlieb zu nehmen.

Dann fiel mir etwas ein: „Und wenn du mir mehr von deinem Blut gibst?" fragte ich hoffnungsvoll. Alleine der Gedanke an sein Blut ließ mein Verlangen danach erwachen. Ich hätte nichts einzuwenden gehabt, die doppelte Menge zu trinken. Da ich selbst merkte, wie gierig meine Stimme klang fügte ich schnell hinzu: „Würde dann die gewünschte Wirkung nicht eher eintreten? Wir könnten das Lager verlassen und Borils Männer abfangen, bevor sie Riana hierher gebracht haben..."

Doch Dimitri zerstörte meine Illusion.

„So einfach, wie du dir das vorstellst, ist es leider nicht. Ich kann es nicht wagen, dir noch mehr meines Blutes zu geben. Du bekommst bereits so viel, wie ich gerade noch vertreten kann. Mehr könnte dir schaden. Vampirblut ist einer starken Medizin ähnlich, in Maßen wirkt es Wunder, zu viel kann jedoch tödlich sein. Deshalb ist eine Blutgabe eigentlich auch nur im Falle einer akuten Erkrankung oder Verletzung vertretbar. Ich will dir nicht verheimlichen, dass es mit Risiken für deine Gesundheit verbunden sein kann. Zumindest wenn du längere Zeit von meinem Blut trinkst..."

„Und welcher Art sind diese Risiken? Ich merke nicht, dass es mir schadet. Im Gegenteil, es belebt mich."

„Noch hast du ja auch nicht allzu viel davon erhalten", gab er zu bedenken. „Du wirst jedoch schon bald merken, dass es neben einigen Vorteilen auch Nachteile für dich hat. So werden sich vermutlich deine Wahrnehmungen verstärken, zum Beispiel wirst du im Dunkeln besser sehen können und dein Gehör wird schärfer werden. Aber daneben wird sich vermutlich auch Schläfrigkeit am Tage und Abneigung gegen Sonnenlicht einstellen. Vielleicht bist du sogar gezwungen, die Sonne ganz zu meiden weil sie dir Schmerz bereitet. Wie ich bereits sagte, dürfte es ziemlich einmalig sein, was wir tun. Ich habe bisher nie ähnliches gehört und weiß somit auch nicht genau, wie sich mein Blut auf Dauer auf deine Gesundheit auswirkt..."

„Ich will es trotzdem", beharrte ich. „Ansonsten habe ich bald überhaupt keine Chance mehr, zu überleben. Boril wird mich in wenigen Wochen an Vlad Tepes übergeben und was der mit mir anstellt, darüber möchte ich gar nicht nachdenken. Ich habe nur die Möglichkeit mit Hilfe deines Blutes von hier zu fliehen oder auf grausame Weise zu sterben. Da ziehe ich das Risiko, an deinem Blut zu sterben bei weitem vor. Zumindest wird es mir keinen schmerzhaften Tod bereiten."

Darauf wusste auch Dimitri nichts einzuwenden. Deshalb erhob er sich seufzend vom Rand des Futtertroges und kam zu mir. Mir war tatsächlich egal, ob ich eventuell von seinem Blut erkranken oder gar sterben konnte, ich wollte es unbedingt haben. Mir war, als hätte ich den ganzen Tag nur auf diesen Moment gewartet. Ich fieberte förmlich vor Gier danach und konnte kaum erwarten bis er sich die Ader an seinem Handgelenk aufgebissen hatte. Als er es mir endlich darbot saugte ich mich sogleich daran fest und sog das Elixier voller Wonne in meinen Mund.

Das Dimitris Blut so wirkte, wie ich und er es erhofft hatten erfuhr ich bereits am nächsten Morgen. Zwar war Boril übelster Laune als er mich aus meinem Kerker holte. Er beschimpfte mich und drohte mir auch alle möglichen Strafen an, hielt sich jedoch mit ihrer Durchführung zurück. Ja, er verbot sogar seinen Männern schimpfend, mich weiterhin mit Schmutz zu bewerfen als er mich zum Krankenzelt brachte.

Der Tag verlief ähnlich wie der vorangegangene. Ich widmete mich der Pflege der Verletzten und grübelte in jeder freien Minute darüber nach, wie ich verhindern konnte, dass Boril Riana in seine Gewalt brachte. Aber mir wollte keine Lösung einfallen, stattdessen quälten mich Gedanken, was er ihr antun würde. Sein Plan, sie zu heiraten um mich zu demütigen und sich dadurch für die Sünden meiner Eltern zu rächen beängstigte mich. Ich konnte nicht verhindern, dass immer wieder Bilder vor meinem geistigen Auge entstanden. Bilder, wie er Riana schändete, sie sich gewaltsam unterwarf. Ich konnte das einfach nicht zulassen, wusste aber auch nicht, wie ich es verhindern konnte.
„Du liebst sie sehr, diese junge Frau, die bald hier eintreffen soll", hörte ich Romikas Stimme und drehte mich zu ihr um. Ich nickte. „Ich würde für sie sterben."
Es wunderte mich kaum, dass sie von Riana wusste, sie las mit derselben Leichtigkeit meine Gedanken, wie es auch Dimitri tat. Da ich ihr fast ebenso vertraute wie ihm, versuchte ich nicht, mich dagegen zu wehren. Es tat mir sogar gut, mit ihr meine Ängste teilen zu können. Auch wenn sie mir nicht helfen konnte.
„Vielleicht kann ich ja wenigstens etwas für deine Verlobte tun", sprach sie weiter, so als wäre die Art unserer Konversation die natürlichste der Welt.
„Wie soll das angehen?" fragte ich und fühlte einen Hoffnungsschimmer in mir aufsteigen. Wenn sie Riana helfen könnte wäre schon viel gewonnen.
„Kannst du erreichen, dass sie gar nicht hier eintrifft? Reicht deine Zauberkraft soweit?"
Doch sie schüttelte den Kopf und lächelte entschuldigend. „Nein, das steht nicht in meiner Macht. Aber sobald sie eintrifft werde ich sie beschützen, so gut ich es vermag. Zwar kann ich Boril leider nicht in jeglicher Beziehung beeinflussen, doch ein wenig schon. Mit etwas Glück und Gottes Hilfe wird

es mir und Dimitri gelingen, sowohl dich als auch deine Braut heil aus dem Lager zu bekommen."

„Vielleicht wäre es doch am besten, Dimitri würde Boril töten", meinte ich düster. „Dann wäre zumindest die Gefahr für Riana gebannt. Sie könnte unbehelligt zurückkehren..."

„Aber es wäre dein sicherer Tod", wandte Romika ein und sah mich beschwörend an. „Boril ist der einzige, der dich schützen kann. Wäre er nicht mehr da, die anderen würden kurzen Prozess mit dir machen. Sie glauben, was er ihnen über dich gesagt hat. Und niemanden hassen sie mehr als einen Verräter. Sie würden dir einen schrecklichen Tod bereiten."

„Ja, ich weiß", gab ich zu. „Dimitri hat es mir ebenfalls schon erklärt. Mit seinem Vampirbann kann er zwar einzelne Menschen, nicht aber eine so große Menge beeinflussen. Und so wie es momentan aussieht, hat er Boril tatsächlich unter Kontrolle. Trotzdem habe ich Angst, Angst um mich und noch viel mehr um Riana..."

„Du musst Vertrauen haben", beschwor sie mich abermals. „Vertrauen in Dimitri und mich. Und in Gott. Du solltest beten, Malamir, beten hilft immer..."

Weitere Tage vergingen, ohne dass Riana eintraf. Ich begann zu hoffen. Hatte sie vielleicht eine Möglichkeit gefunden, ihren Begleitern zu entkommen? Aber dann sagte mir mein Verstand, dass sie vermutlich nicht einmal ahnte, in welcher Gefahr sie schwebte. Vielleicht war sie ja bereits wieder zum Schloss ihres Vaters zurückgereist, grübelte ich dann, - bevor Borils Männer eingetroffen waren um sie mitzunehmen. Oder aber, sie hatte es sich doch noch überlegt und den langen, beschwerlichen Weg nach Ungarn gar nicht erst angetreten. Warum sollte sie einen kleinen Jungen besuchen, den sie nicht einmal kannte? Nur weil Aleko mein Bruder war?

Zum ersten Mal wünschte ich mir, ihre Liebe zu mir wäre nicht so tief, wie sie mir vor so langer Zeit geschworen hatte. Ich selbst liebte sie so sehr, dass ich leichter mit dieser Tatsache fertig geworden wäre, als damit, sie als Ehefrau meines Bruders zu sehen. Doch insgeheim wusste ich, dass all diese Gedanken einzig meinen Ängsten entsprangen. Riana liebte mich, so wie ich sie und sie würde ganz gewiss kommen...

In den Nächten brachte mich weiterhin Dimitri in meinen Kerker zurück. Und jede Nacht gab er mir von seinem Blut. Wie er vermutet hatte, veränderten sich bald meine Wahrnehmungen. Ich konnte im Dunkeln plötzlich deutlicher sehen, obwohl es in meinem Kerker so finster war wie zuvor. Und es bereitete mir keine Mühe mehr, Worte zu verstehen, die weit von mir entfernt gesprochen wurden. Und zu meiner Verwunderung wuchsen meine Haare in fast unheimlichem Tempo nach, bereits wenige Tage nachdem man mir den

Kopf geschoren hatte fielen sie mir schon wieder über die Ohren. Noch seltsamer war, dass es niemandem aufzufallen schien. So bewahrheitete sich auch meine Befürchtung nicht, man würde mich erneut scheren.

Leider trafen auch die anderen Dinge zu, die Dimitri mir prophezeit hatte. So war ich während der Nacht so munter, dass ich kaum ein Auge zu bekam und am Tag dafür müde und schlapp. Und wenn mich Boril in der Frühe zum Krankenlager brachte, brannten und tränten meine Augen von der Helligkeit des beginnenden Morgens. Die Haut meines Gesichts und meiner Hände schmerzte, sobald ein Sonnenstrahl darauf fiel. Deshalb machte ich mir zur Gewohnheit, die Hände tief in den weiten Ärmeln meines Gewandes zu verstecken und den Kopf tief gesenkt zu halten. Wie ein armer Sünder schlich ich hinter meinem Bruder her, was diesem zu gefallen schien. Anscheinend dachte er, es wäre seine Gegenwart, die mich zu dieser demütigen Haltung zwang. Mir war es gleich, was er dachte, wenn er mich nur in Ruhe ließ.

Was nicht nur mich, sondern auch Dimitri beunruhigte, war die Appetitlosigkeit, unter der ich plötzlich litt. Sie war so schlimm, dass ich Ekel vor jeglicher Nahrung empfand. Andererseits litt ich Hunger und nahm schnell ab. Und meine Kräfte schwanden rapide dahin. Ich bekam es mit der Angst zu tun; wurde ich etwa zum Vampir?

„Nein, das ist unmöglich", beruhigte mich Dimitri als ich ihm meine Befürchtung mitteilte. „Es ist nur die Reaktion auf mein Blut. Ich werde die Menge reduzieren, du wirst sehen, in ein paar Tagen spielt sich alles wieder ein. Du musst dich bis dahin einfach zwingen, zu essen. Ich habe bereits mit Romika gesprochen, sie wird dir eine besonders nahrhafte Suppe zubereiten, die du einfacher zu dir nehmen kannst."

Auch der Gedanke an Suppe ekelte mich an, ich nickte aber gehorsam. Ich wusste ja, dass ich unbedingt bei Kräften bleiben musste, deshalb würde ich mich bemühen Nahrung zu mir zu nehmen. Ich wechselte das Thema: „Warst du draußen?"

Er nickte, zuckte aber bedauernd die Schulter. „Ja, aber ich konnte sie nicht finden. Es sind zu viele Menschen unterwegs, unmöglich für mich, Riana unter ihnen herauszufinden. Da ich sie noch nie persönlich getroffen habe, kenne ich ihre Aura nicht. Auch nicht die von Borils Männern. Und da ich nicht weiß, welchen Weg sie nehmen, muss ich mich alleine auf das Glück verlassen. Leider war es mir bisher nicht hold. Mein Pferd trat in ein Loch und verlor ein Eisen. Ich sah mich gezwungen, es zu führen und schaffte es gerade noch, vor dem Morgengrauen wieder im Lager zu sein. Es tut mir leid..."

Ich seufzte unglücklich. Es wäre zu schön gewesen, wenn Dimitri Riana aufgespürt hätte. Wir waren übereingekommen, dass er in der Nacht das Lager verlassen würde um nach ihr zu suchen. Hätte er sie gefunden, so hätte er ihre Begleiter getötet und sie in Sicherheit gebracht. Aber wie er sagte, das Glück war ihm nicht hold gewesen.

Vor zwei Nächten war er zum ersten Mal auf die nächtliche Suche gegangen. Das Lager zu verlassen, war kein Problem für ihn gewesen, auch nicht die Durchquerung des Labyrinths. Doch welchen der Wege draußen sollte er wählen? Es gab drei, die zur Auswahl standen. Einen, der über den Höhenzug führte und besonders beschwerlich war. Dann einen, der durch eine enge Schlucht, entlang eines Wildbachs führte und einen dritten, der zwar eben war, aber dafür einen weitem Umweg um das Felsmassiv machte, in dem unser Tal verborgen lag. Dimitri hatte sich für den letzten entschieden, da er am einfachsten zu passieren war. Wie ich, vermutete auch er, dass Riana in einer Kutsche reiste.
Er traf zwar auf Menschen, die am Wegrand nächtigten, doch Riana war nicht darunter. Er versprach mir deshalb, es nochmals zu versuchen, und ritt in der vergangenen Nacht erneut los. Doch dann traf ihn das Missgeschick mit dem lahmenden Pferd.
„Ich werde es heute Nacht nochmals versuchen. Ich nehme Placi mit, da mein Pferd noch immer leicht hinkt."
Ich nickte dankbar und voll neu erwachter Hoffnung. In dieser Nacht würde er Riana ganz sicher aufspüren. War sie erst in Sicherheit, so brauchte ich mir auch um mich keine Sorgen mehr zu machen. Selbst wenn mir Dimitri nur noch die Hälfte der Blutration zugestand, es würde trotzdem gelingen, das Lager in wenigen Nächten unter seinem Schutz zu verlassen.
„An Placi habe ich gar nicht mehr gedacht", gestand ich ein, froh das Thema wechseln zu können. „Ich sah ihn zum letzten Mal als ich auf dem Boden lag und er wild davon stob. Du hast ihn also mitgebracht?"
Er nickte. „Ich habe ihn angelockt und mit mir genommen. Jetzt steht er bei den andern Gäulen. Ich wollte ihn nicht in der Wildnis seinem Schicksal überlassen. Zudem dachte ich mir, brauchst du dein Pferd, sobald ich dich von hier weggebracht habe. Aber lass uns keine Zeit mehr verlieren. Ich will möglichst zeitig aufbrechen, umso größer ist meine Chance, Riana zu finden."
Das war natürlich ganz in meinem Sinne, deshalb verließen wir gemeinsam das Zelt durch den Hinterausgang. Kein Mensch störte uns, als er mir von seinem Blut gab. Es schien mir viel zu wenig, was er mir zugestand und ich versuchte, ihm wenigstens noch ein paar Schlucke abzuschmeicheln. Aber er blieb hart und verschloss rasch die kleine Wunde an seinem Handgelenk.
Als wir das Zelt wieder betraten blieb Dimitri witternd wie ein Raubtier stehen. „Verdammt, das hat mir gerade noch gefehlt", brummte er und klärte mich auf, als er meinen erstaunten Blick sah: „Verwundete, zwei oder drei. Ich kann ihre Wunden bereits riechen. Sie werden in wenigen Minuten hier

sein. Ich muss mir die Männer zumindest ansehen. Wenn sie mitten in der Nacht gebracht werden, wird es vermutlich schlecht um sie stehen..."
Tatsächlich kamen kurze Zeit später Träger herein, die zwei Verwundete schleppten. Erschöpft legten sie die Männer neben dem Operationstisch ab. Nachdem sie Dimitri die Art der Verwundungen mitgeteilt hatten, verließen sie das Krankenlager um sich erst einmal eine Stärkung zu besorgen.

Ich schaute Dimitri zu, wie er mit sicheren Griffen die Verletzten untersuchte und reichte ihm eine Schere, mit der er ihre Kleider aufschneiden konnte. Seine Diagnose stand schon bald fest. „Den hier kann ich retten, er hat zwar viel Blut verloren, doch sein Herz schlägt kräftig. Sein zertrümmerter Unterschenkel muss leider amputiert werden, aber danach hat er gute Chancen, am Leben zu bleiben."
Er hob leicht die zerschnittenen Fetzen der Kleidung des anderen an und schüttelte bedauernd den Kopf. „Der wird es nicht schaffen. Er hat einen Lanzenstich im Bauch. Die Wunde ist zwar äußerlich nur klein, sein Inneres ist jedoch bereits vergiftet. Wahrscheinlich sind seine Eingeweide perforiert. Das hat dieselben verheerenden Folgen, wie die aufgeschlitzten Därme des anderen Verwundeten neulich. Der Mann glüht vor Fieber, vermutlich hat sich in seinem Bauch jede Menge Eiter angesammelt."
„Kannst du ihn nicht aufschneiden und den Eiter entfernen?" wollte ich wissen. Doch Dimitri verneinte. „Das hätte keinen Sinn, die Infektion ist schon zu weit fortgeschritten und hat bereits die Organe befallen. Ich werde ihn erlösen..."
Ich wusste nicht warum, aber ich wollte nicht, dass dieser Mann starb. Irgendetwas an ihm kam mir seltsam vertraut vor. Deshalb ging ich jetzt in die Hocke und griff nach den blonden Strähnen, die auf dem schweißnassen Gesicht des Verletzten klebten. Sein Kopf lag von mir abgewandt zur Seite geneigt. Vorsichtig drehte ich ihn herum und erstarrte. Es war Miklas, der da lag, obwohl sein Gesicht verdreckt war und vom Fieber aufgedunsen erkannte ich ihn sofort.
„Es ist Miklas", stotterte ich und blickte Dimitri entsetzt an. Er sah mich mitleidig an, und ich merkte, dass er ihn ebenfalls erkannt hatte. „Tut mir leid", murmelte er. „Aber es gibt keine Rettung für ihn."
„Du..., du kannst ihn nicht...", das Wort wollte mir nicht über die Lippen kommen. „Nicht Miklas! Er ist mein Freund."
Er seufzte schwer und nickte. „Wenn du es nicht möchtest, so werde ich ihn nicht töten. Aber er wird sterben. Eine solche Verwundung überlebt kein Mensch. Zumindest leidet er nicht allzu sehr, er ist bewusstlos und wird vermutlich auch nicht mehr erwachen. Bleibe bei ihm bis es zu Ende ist. Ich werde mich um den anderen kümmern."

Er erhob sich und rief nach Edu und Gion, denen in dieser Nacht die Versorgung der Verwundeten oblag. Während sie den Mann für die Operation vorbereiteten wusch sich Dimitri sorgsam die Hände und schlüpfte in den speziell für ihn angefertigten Kittel, den er stets bei Amputationen oder Operationen trug um seine Kleidung nicht mit Blut zu beschmutzen.

Ich kauerte neben Miklas und hielt seine fieberheiße Hand. Obwohl er mich vermutlich nicht hören konnte, sprach ich leise zu ihm. Wider besseren Wissens bat ich ihn, nicht zu sterben, während mir Tränen über die Wangen liefen. Dem Freund hilflos beim Sterben zuzusehen setzte mir mehr zu als die Sorge um mein eigenes Leben. Plötzlich fielen mir all die Abenteuer und Nöte ein, die wir gemeinsam gemeistert hatten. Ich meinte, sein Lachen zu hören und erinnerte mich, wie seine Augen schalkhaft geblitzt hatten wenn er mir von seinen Jugendstreichen erzählt hatte. Er wollte noch so viele Dinge erleben, hatte so viele Träume, - wie oft hatte er mir davon erzählt. Und nun sollte nichts davon in Erfüllung gehen. Wenn es doch nur eine Möglichkeit gäbe, ihn zu retten...

Ein Gedanke schoss mir in den Sinn und ließ sich nicht mehr vertreiben. Er formte sich mehr und mehr. Mein Blick wanderte zu Dimitri, der mir den Rücken zugewandt, verbissen um das Leben des anderen Verwundeten kämpfte. So als wisse er um meine Gedanken schüttelte er energisch den Kopf, blickte sich aber nicht nach mir um. Aber mein Entschluss stand fest: Ich würde ihn bitten, Miklas mit seinem Blut zu heilen.

„Nein, das tue ich nicht!" lehnte er kategorisch ab als ich ihm einige Zeit später meine Bitte vortrug. Mit einer herrischen Handbewegung schnitt er mir den Widerspruch bereits im Mund ab. „Es ist nicht Vampirart, einen Todgeweihten zu erretten, das sagte ich dir bereits. Ich bin ein Vampir, ein todbringendes Wesen. Mein Sinnen trachtet danach, diesen Mann zu töten. Ich verschone ihn, weil du das wünschst, aber ich werde ihn nicht heilen..."

„Du bist aber doch auch Arzt, - mit Leib und Seele, wie ich weiß. Ich habe gesehen, wie du alles getan hast, den anderen Mann zu retten. Warum nicht Miklas?"

Er war nicht etwa böse oder ungehalten, zeigte jedoch auch keinerlei Anzeichen, dass er mein Ansinnen verstand. Er kauerte sich mir gegenüber, so dass Miklas zwischen uns lag und legte ihm leicht die Hand auf die Brust. Völlig emotionslos sagte er: „Weil Miklas' Lebensuhr abgelaufen ist. Es war sein Schicksal an diesem Lanzenstich zu sterben, du solltest Gott nicht ins Handwerk pfuschen, wenn er ihn nun zu sich holen will. Ich verstehe sehr gut, wie schwer es für dich ist. Dennoch musst du akzeptieren..."

„Warum hast du bei mir Gott ins Handwerk gepfuscht?" wollte ich wissen. Ich merkte selbst, wie aggressiv ich klang, wie fordernd ich ihn anstarrte.

„Mich wollte Gott schon vor einem Jahr zu sich holen, doch du hast mich ihm weggenommen. Wo bleibt da die Logik? Du bist selbstgerecht, Dimitri. Du hast mich dem Tod entrissen, weil du meinst, ich wäre zum Vampir bestimmt, während Miklas nur ein gewöhnlicher Mensch ist. Aber Miklas ist mein Freund und ich kann nicht ertragen, dass er stirbt. Ich bitte dich nur bei ihm, niemals mehr sonst, ich schwöre es dir. Bitte lass ihn nicht sterben, Dimitri..."

Ich konnte nicht verhindern, dass mir die Tränen aus den Augen drängten. Dennoch wandte ich den Blick nicht von dem Vampir. Ich beschwor ihn stumm. Und ich siegte.

Resigniert schüttelte Dimitri den Kopf, er kam mir plötzlich müde vor, wie er lange zu Boden starrte. Dann hob er den Kopf und blickte mich an. „Nun gut, wenn es dein Wunsch ist, so werde ich es tun. Aber nur dieses einzige Mal, denke daran Malamir."

Ohne den Blick von mir zu nehmen griff er nach der Schere, die noch immer neben Miklas auf dem Boden lag. Er stach sich die Spitze in die Ader an seinem Handgelenk und ich sah, dass sich seine Augen kurz vor Schmerz verengten. Aber er sagte nichts und blickte auch nicht auf die Wunde, die sofort heftig zu bluten begann. Mit der anderen Hand hob er Miklas Kopf im Genick an, so dass er leicht nach hinten sackte. Seine Lippen öffneten sich und Dimitri legte sein blutendes Handgelenk daran.

Voller Faszination sah ich das Blut des Vampirs in Miklas' Mund rinnen. Ich schluckte vor plötzlich erwachender Gier danach. Aber ich rührte mich nicht.

Miklas' Reflexe schienen noch zu funktionieren, er schluckte instinktiv als das Blut in seine Kehle rann. Dann plötzlich griffen seine Hände nach Dimitris Arm und seine Lippen saugten sich an dessen Handgelenk fest. Er sog das Lebenselixier wie ein Verdurstender in sich.

Als der Vampir ihm den Arm entzog riss Miklas die Augen auf und seine Finger grapschten suchend umher. Er jammerte wie ein greinendes Kleinkind, dem die Mutterbrust entzogen worden war. Doch Dimitri ließ sich nicht mehr erweichen und beobachtete ihn mit ausdruckslosem Blick. Er hatte die kleine Wunde bereits verschlossen und stand nun langsam, wie schwerfällig auf.

„Es wird noch eine Weile dauern, bis er wieder bei klarem Verstand ist. Ich habe ihm befohlen, noch mindestens eine Stunde zu schlafen. Danach wird er nicht mehr genau wissen, was ihm zugestoßen ist. Sage ihm einfach, er hätte einen fürchterlichen Schlag auf den Kopf bekommen und sei lange bewusstlos gewesen. Er wird es glauben, er trägt eine Beule am Hinterkopf, die vermutlich von seinem Sturz nach dem Lanzenstich herrührt. Wie du allerdings seine zerschnittene Kleidung erklären willst, ist deine Sache.

Ich mache mich auf den Weg, obwohl es fast zu spät ist, mit der Suche zu beginnen."

Siedend heiß fiel mir Riana wieder ein, in meiner Sorge um Miklas hatte ich gar nicht mehr an sie gedacht. Schamröte zog deswegen über mein Gesicht doch Dimitri beruhigte mich: „Es war ja nicht deine Schuld, dass die Verwundeten gebracht wurden. Und so viel länger hat mich dein Freund auch nicht aufgehalten. Vielleicht befindet sich Riana ja bereits in der Nähe. Sollte das der Fall sein, werde ich sie finden, das verspreche ich dir."

Er war verschwunden, ehe ich mich nochmals bei ihm bedanken konnte. Ich blieb alleine an Miklas Lager zurück. Edu und Gion waren wieder in ihre Betten zurückgekehrt, nachdem sie den anderen Verwundeten verbunden und auf sein Lager gelegt hatten. Ihnen war gar nicht aufgefallen, was sich in unserer Ecke abgespielt hatte. Es war schon spät, weit nach Mitternacht. Und eigentlich hätte ich längst in meinem Kerker sein müssen. Aber Boril hatte sich den ganzen Tag nicht blicken lassen und schien sich ganz auf Dimitri zu verlassen, der mich jeden Abend zu meinem Gefängnis brachte. Nun, nahm ich mir vor, ich konnte ebenso gut alleine dorthin gehen. Aber das hatte noch Zeit. Ich wollte noch abwarten, bis Miklas aus seinem Schlaf erwacht war.

Kapitel 18: Rianas Ankunft

Nach etwa einer Stunde erwachte Milkas, so wie Dimitri es vorausgesagt hatte. Er blickte sich erst verwirrt um, dann fiel sein Blick auf mich. Er runzelte die Stirn, so als müsse er überlegen, woher ich ihm bekannt vorkam. Mein fehlender Bart und die kurzen Haare schienen ihn zu irritieren. Doch dann erkannte er mich. „Malamir?" fragte er ungläubig und fuhr hoch. „Bist du es wirklich? Was ist geschehen und wie komme ich hier her ins Lager? Ich war doch auf dem Kampffeld..."

Ich erzählte ihm knapp, die Geschichte, die ich mir während seines Schlafes ausgedacht hatte blieb aber so weit als möglich bei der Wahrheit. „Du bist verwundet worden, hast einen derben Schlag auf den Kopf bekommen. Dadurch warst du so lange bewusstlos, dass man dich für schwerer verwundet hielt, als du letztendlich warst. Zudem scheint jemand versucht zu haben, dich aufzuspießen, wir fanden ein Loch in deiner Kleidung, das nur von einem Lanzenstich stammen konnte. Deshalb haben wir dir die Kleider vom Leib geschnitten. Aber du hattest Glück, du wurdest gar nicht verletzt. Das Blut stammte anscheinend von deinem Gegner. Nun, deine Uniform ist leider ruiniert, aber dafür bist du gesund. Du hast mir wirklich einen gewaltigen Schrecken eingejagt als du gebracht wurdest. Ich befürchtete schon, du wärst tot."

Er starrte mich mit rätselhaftem Gesichtsausdruck an und erwiderte lange Zeit nichts. In seinem Blick lag Unsicherheit, die mich befremdete. So, als wäre er sich unserer Freundschaft nicht mehr sicher. Oder war er mir böse, weil ich mich aus dem letzten Lager heimlich davongemacht hatte ohne ihm eine Nachricht zu hinterlassen?

Ich wollte gerade zu einer Erklärung ansetzen, da durchbrach er die lastende Stille. „Bist du wirklich ein Verräter, Malamir? Hast du mich und die anderen so sehr getäuscht?"

Ich war betroffen. Wusste er von den Anschuldigungen, die Boril gegen mich erhoben hatte? Anscheinend ja. Mir dämmerte, dass er wohl schon so lange wie ich hier im Lager weilte und meine Demütigung miterlebt hatte. Schamröte zog in mein Gesicht, doch ich hielt seinem Blick stand. Dann schüttelte ich den Kopf.

„Nein, das habe ich nicht. Aber ich kann dir nicht verdenken, dass du diese schlechte Meinung von mir hast. Mein Bruder hat sich mächtig angestrengt, mich in ein möglichst schlechtes Licht zu stellen. Leider glaubt man ihm und nicht mir..."

„Dein Bruder?" unterbrach er mich und starrte mich verwundert an. „Wer...?"

„Boril, der Kommandant dieses Lagers ist mein jüngerer Bruder", gab ich zu und holte tief Luft. Ich überlegte schnell, was ich Miklas bereits erzählt hatte

und wieviel ich ihm verraten konnte. Dann fuhr ich fort: „Ich habe dir doch von dem Streit mit meinem Bruder erzählt. Dass er aus Zorn über die Ungerechtigkeit meines Vaters auf mich geschossen hat und danach verschwunden ist. Ich traf zufällig auf ihn, als ich unsere Truppe verlassen hatte um mich zu überzeugen, dass mein kleiner Bruder Aleko noch lebt. Ich weiß heute, es war ein Fehler, so überstürzt aufzubrechen ohne dir Bescheid zu geben. Aber ich musste unbedingt Bescheid wissen wie es Aleko geht und ich dachte, du würdest vielleicht versuchen mich zurückzuhalten..."
Stumm um Verzeihung bittend blickte ich in Miklas' Gesicht. Aber er reagierte gar nicht auf meine Worte sondern fragte stattdessen weiter: „Wenn Boril dein Bruder ist, weshalb behauptet er dann, du wärst ein Verräter?"
„Es ist sein Hass auf mich, der ihn zu dieser Behauptung bewog. Und dabei weiß ich noch nicht einmal, warum er so für mich empfindet. Natürlich hatte er es schwer in seiner Kindheit, - aber dafür konnte ich doch nichts. Ich habe stets versucht, ihn zu beschützen und dachte bis vor einem Jahr, er liebe mich so wie ich ihn. Aber anscheinend hat er mich schon immer gehasst und es nur sehr gut verborgen. Und nun, da ich ihm in die Hände geraten bin, will er vollenden, was ihm beim ersten Mal nicht geglückt ist. Er will mich tot sehen..."
„Warum hat er dich dann nicht sofort getötet?" wollte Miklas noch immer misstrauisch wissen. „Es wäre doch logischer, er hätte dich auf der Stelle umgebracht als er auf dich traf. Weshalb schleppt er dich hierher und bezichtigt dich des Verrates?"
„Ich weiß es auch nicht", gab ich seufzend zu und zuckte hilflos die Schultern. „Ich habe mir schon selbst den Kopf zermartert. Vielleicht sieht er es als krönenden Abschluss seiner Rache an, mir einen möglichst langsamen und grausamen Tod zu bereiten. Er hat mir gedroht, mich an Vlad Tepes auszuliefern und was der mit Verrätern macht, ist weithin bekannt. Ganz sicher bekomme ich nicht einmal den Hauch einer Chance, mich zu rehabilitieren..."
„Er will, dass du gepfählt wirst?" stieß Miklas ungläubig hervor und sein Gesicht verzog sich angewidert. Plötzlich war er wieder der Freund, den ich so schätzte. Er legte mir einen Arm um die Schulter und drückte mich an sich. Dann ließ er mich abrupt wieder los.
„Das werde ich nicht zulassen", brach es grimmig aus ihm hervor. „Ich werde zu ihm gehen und ihm ins Gesicht sagen, dass er dir Unrecht tut. Am besten gleich morgen früh, bei der Versammlung. Dann können es auch alle anderen hören..."
„Nein, bitte tu das nicht", flehte ich erschrocken.
„Du würdest dich nur ebenfalls in Gefahr bringen und helfen kannst du mir so nicht. Boril darf nicht einmal ahnen, dass du mein Freund bist und zu mir stehst. Sonst kann es gut sein, dass er dich ebenfalls als Verräter denunziert.

Es macht es mir bestimmt nicht leichter, wenn du ebenfalls zum Tod am Pfahl verurteilt wirst."

Erst als ich ihm das Versprechen abgenötigt hatte, keinesfalls bei Boril für mich einzutreten, entspannte ich mich wieder ein wenig. Da es uns beiden auf dem Herzen lag, das schreckliche Missverständnis zwischen uns auszuschalten, redeten wir noch eine ganze Weile. So erfuhr ich, dass Miklas am Morgen nach meinem Verschwinden mit der Truppe direkt hierher ins Lager geritten war. Und dass er, so wie die meisten Lagerbewohner, meiner Ächtung und anschließenden Demütigung beigewohnt hatte. Er hatte zuerst nicht glauben wollen, was man mir vorwarf, sich durch Borils Auftreten aber schließlich doch davon überzeugen lassen, dass ich ein Verräter wäre. Tief enttäuscht war er zu seinem Zelt gegangen und hatte sich innerlich von unserer Freundschaft losgesagt.

Als ich mich später auf den Weg zu meinem Gefängnis machte, war mein Herz mit Friede erfüllt. Es machte mich zufrieden, dass das Vertrauensverhältnis zwischen mir und Miklas wieder hergestellt war. Und ich beglückwünschte mich selbst, mit Dimitri so hartnäckig um sein Leben gefeilscht zu haben.

Ich meinte, kaum ein Auge zugetan zu haben, als mich Boril am nächsten Morgen weckte. Kein Wunder, ich hatte gerademal vier Stunden geschlafen. Aber die klärende Aussprache mit Miklas war es mir wert, den Tag müde überstehen zu müssen.

Boril schien bester Laune, wenngleich ich selbst sie nicht zu spüren bekam. Er grüßte jeden, dem wir begegneten besonders freundlich und manchmal lachte er sogar. Mich hingegen bedachte er mit finsteren Blicken und stieß mich sogar grob an, weil ich angeblich zu langsam lief. Waren seine plötzlichen Grobheiten etwa die Reaktion darauf, dass mir Dimitri in dieser Nacht viel weniger seines Blutes zugestanden hatte? Die Vermutung lag nahe und besorgte mich. Was sollte aus meinen Fluchtplänen werden wenn das Vampirblut keine ausreichende Wirkung mehr besaß? Ich musste unbedingt mit Dimitri darüber reden. Er musste mir wieder die alte Menge seines Blutes zugestehen, ungeachtet der negativen Folgen für meinen Körper.

Zu meiner Verwunderung brachte mich Boril nicht zum Krankenzelt. Unser Fußmarsch führte uns stattdessen zu einem kleinen, düsteren Seitental, das von so hohen Steilhängen eingerahmt war, dass kaum ein Sonnenstrahl den Weg bis zum Boden fand. Es roch penetrant nach Moder und Verwesung und ich hielt unwillkürlich den Atem an. Woher kam bloß dieser unglaubliche Gestank?

Erst als sich meine Augen genügend an die Düsternis angepasst hatten, erkannte ich unter einem Felsvorsprung mehrere längliche, in Decken geschlagene und mit Seilen verschnürte Gegenstände. Ich zwang mich, genauer hinzusehen. Tatsächlich, meine Augen und Nase hatten mich nicht getrogen, es waren menschliche Körper, die dort lagen. Der Anblick jagte mir einen Schauer über den Rücken.

„Du wirst gemeinsam mit den anderen Männern die verstorbenen Kameraden begraben", schreckte mich Borils dumpf klingende Stimme aus meiner Betrachtung. Ich sah und roch, dass er sich ein Tuch vor Mund und Nase hielt, das mit Lavendelöl getränkt war. Auf diese Weise hoffte er den Leichengeruch zu überdecken, der, je weiter wir kamen, umso penetranter wurde. Vermutlich lagen einige der Körper schon geraume Zeit hier.

Der Gestank drohte mich fast zu überwältigen, deshalb atmete ich so flach als möglich durch den Mund. Trotzdem fürchtete ich, mich jeden Moment übergeben zu müssen und war froh, dass Boril schnell verschwand, nachdem er mir knapp befohlen hatte, mich zu den anderen Männern zu begeben, die bereits damit beschäftigt waren, eine große Grube auszuheben.

Nachdem er fort war bückte ich mich, riss einen langen Stoffstreifen aus dem Saum meines Kaftans und tunkte ihn in eine Wasserpfütze. Den feuchten Stoff legte ich mir über Mund und Nase und verknotete ihn anschließend am Hinterkopf. Diese Maßnahme, so hoffte ich, würde den schlimmsten Geruch abhalten. Als ich näherkam sah ich, dass sich die anderen Männer ebenfalls Tücher um Mund und Nase gebunden hatten.

Niemand würdigte mich eines Blickes oder richtete das Wort an mich. Anscheinend war ihnen bekannt, wer ich war und sie befanden es unter ihrer Würde mit einem Sklaven zu reden. Ich bekam nur grob eine Schaufel in die Hand gedrückt und man bedeutete mir, mit dem Schippen zu beginnen.

Wie ich aus ihrem Gerede heraus hörte waren es keine Sklaven, die da mit mir schufteten, aber allesamt Männer, die sich eine Verfehlung zu Schulden hatten kommen lassen und ihre Strafe abarbeiten mussten, indem sie die Toten begruben.

„Ich wurde vor die Wahl gestellt", knurrte ein grobschlächtiger Kerl grimmig, während er sich mit dem Ärmel den Schweiß von der Stirn wischte. „Entweder fünfundzwanzig Peitschenhiebe oder dieser Arbeitseinsatz. Hätte ich gewusst, in welchem grauenhaften Gestank ich arbeiten muss, so hätte ich die Peitsche vorgezogen. Dann könnte ich jetzt auf meinem Lager auf dem Bauch liegen und mich erholen. Naja, nachher ist man immer schlauer. Beim nächsten Mal weiß ich jedenfalls, wie ich mich entscheide."

Die anderen stimmten ihm brummend zu.

Da der Boden mit Steinen und Felsbrocken durchsetzt war, gestaltete sich unsere Arbeit sehr mühsam. Zwei besonders kräftige Männer bearbeiteten den felsigen Untergrund mit Hacken und lockerten ihn auf. Wir anderen

schaufelten danach Erde und Steine zur Seite und türmten sie auf einen Haufen.
Es war schon Nachmittag, als die Grube endlich lange und tief genug ausgehoben war um die zwölf Körper darin zu bestatten. Dann kam der schlimmste Teil unserer Arbeit, wir mussten die Toten herbei tragen und in das Massengrab legen. So wie mich die anderen ansahen, überlegten sie, ob sie diese Aufgabe mir alleine überlassen sollten. Doch dann entschieden sie sich, dass es wohl besser wäre, gemeinsam anzupacken damit wir diesen schrecklichen Ort möglichst bald verlassen konnten.
Ich konnte mich nicht erinnern, jemals eine schlimmere Arbeit getan zu haben und als wir die Leichen endlich alle in die Grube gelegt hatten war sie noch nicht zu Ende. Erst nachdem wir die Körper mit einer dicken Lage Erde und Steinen bedeckt hatten, verflüchtigte sich der Gestank allmählich. Erschöpft legten wir eine Pause ein und labten uns an einer kleinen Quelle, die wir unweit an einem Hang entdeckt hatten.
Inzwischen waren die anderen mir gegenüber nicht mehr so abweisend, das gemeinsame Schuften in diesem Tal der Toten hatte uns vereint. Sie teilten sogar die mitgebrachten Brotfladen mit mir. Und obwohl ich zuerst befürchtet hatte, keinen Bissen hinunter zu bekommen, verschlang ich meinen Fladen voller Heißhunger.
Wir hatten gerade damit begonnen unsere Arbeit zu Ende zu bringen, da kamen zwei Männer, die eine weitere stumme Last brachten. „Wartet mit dem Zuschaufeln des Grabes", riefen sie schon von weitem. „Wir bringen noch einen, den es heute erwischt hat."
Schnaufend ließen sie den in eine Decke gewickelten und mit Seilen verschnürten Körper neben dem Grab zu Boden gleiten. Einer schüttelte verständnislos den Kopf, als er erklärte: „Der dumme Kerl brach völlig grundlos einen Streit vom Zaun und bekam dabei ein Messer in den Bauch. Ist ziemlich jämmerlich gestorben, obwohl Romika sich sofort seiner angenommen hat. Aber sie konnte nichts mehr für ihn tun. Na, wenigstens kommt er gleich in die Grube und liegt nicht wochenlang stinkend herum."
Sie verließen uns bald wieder, froh, ihrer Last ledig zu sein. Ich starrte auf den Körper, der mir vor den Füßen lag und wusste nicht, weshalb mir plötzlich eine Gänsehaut über den Rücken lief. War es das Büschel blonder Haare, das aus den Decken lugte und eine böse Ahnung in mir aufsteigen ließ? Ich spürte ein schmerzhaftes Ziehen in meinen Eingeweiden und wusste, ich musste mich einfach vergewissern, wer da tot auf dem Boden lag. Langsam ging ich neben dem ausgestreckten Körper in die Hocke und zupfte an der Decke bis sie ein Gesicht freigab.
Erstickt keuchte ich auf, als ich die totenbleichen Züge sah. Meine schreckliche Ahnung hatte mich nicht getrogen. Es war Miklas, der da vor

mir lag. Seine gebrochenen, halb geöffneten Augen, sahen mich mit seltsamer Ruhe an. Sein Gesicht war friedlich, so als hätte er gefunden was er suchte. Plötzlich meinte ich Dimitris Stimme zu hören, vernahm erneut, was er mir vor nicht einmal einem Tag erklärt hatte:
„Miklas' Lebensuhr ist abgelaufen. Es war sein Schicksal an diesem Lanzenstich zu sterben, du solltest Gott nicht ins Handwerk pfuschen, wenn er ihn nun zu sich holen will."
War es tatsächlich so? War Miklas Lebensuhr unwiderruflich abgelaufen gewesen, so dass niemand ihn mehr vor dem Tod retten konnte? Ich musste mir endgültige Gewissheit verschaffen. Deshalb lockerte ich die Stricke bis zu seiner Hüfte, und schlug die Decke auseinander. Ich sah die Wunde, die ihm den Tod gebracht hatte. Ein Stich in den Bauch, an genau der Stelle, an der ihn schon einmal die Lanze durchbohrt hatte.

Das verständnislose Murmeln der anderen Männer drang an mein Ohr und brachte mich in die Wirklichkeit zurück. Sorgfältig wickelte ich Miklas wieder in die Decke und zog die Stricke straff. Bevor ich seinen Kopf verhüllte, schloss ich ihm noch sanft die Augen. Dann erhob ich mich schwerfällig und starrte in die befremdeten Gesichter um mich herum.
„Er war ein guter Freund", erklärte ich leise und schluckte den Kloß hinunter, der mir die Kehle abdrücken wollte. „Erst gestern habe ich ihn unvermutet wieder getroffen und wir haben uns ausgesprochen. Und nun ist er tot..."
Ich wusste nicht, ob sie mich verstanden, es war mir auch egal. Ich bückte mich erneut, packte die Stricke und zog Miklas Körper in die Grube. Es war gerade noch so viel Platz darin, dass ein zusätzlicher Leichnam hinein passte. Während ich gemeinsam mit den anderen das Grab zuschaufelte gingen mir immer wieder Dimitris Worte durch den Sinn.
Hatte er gewusst, dass nicht einmal sein Blut Miklas mehr retten konnte? Hatte er sich deshalb so vehement gegen mein Ansinnen gewehrt? Vielleicht hatte er ja Miklas' Zukunft gesehen, oder vielmehr, dass ihm keine Zukunft mehr beschieden war. Oder aber, er hatte Miklas die kurze Gnadenfrist verschafft, damit er und ich uns aussprechen konnten. Weil die schreckliche Anschuldigung, die auf mir lastete unsere Freundschaft vergiftet hatte. Vielleicht hatte Miklas aber auch seine schwere Verwundung nur deshalb so lange überlebt, damit er von Dimitri die kurze Gnadenfrist erhalten und sich mit mir aussöhnen konnte. Erst danach konnte er zufriedenen Herzens von dieser Welt scheiden.
Ich seufzte schwer, die letztendliche Wahrheit würde ich wohl nie erfahren. Deshalb wollte ich um meines eigenen Seelenfriedens Willen einfach annehmen, dass es so gewesen war. „Lebe wohl, mein Freund", murmelte ich leise und warf eine letzte Schaufel Erde auf den Grabhügel.

Kurze Zeit später trafen wir müde und schmutzig im Lager ein. Da niemand da war, der mir sagte wo ich hingehen sollte, beschloss ich, mich zum Krankenzelt zu begeben. Als ich eintrat, empfing mich wohltuende Ruhe. Die meisten Verletzten schliefen oder dösten vor sich hin. Von den Pflegern war nur Edu da. Er nickte mir freundlich zu, rümpfte aber die Nase als ich ihm nahe kam.
„Pfui Teufel, nach was riechst du denn? Das ist ja kaum auszuhalten. Und wo warst du den ganzen Tag? Wir haben dich vermisst."
Ich sagte es ihm und fügte dann müde hinzu. „Ich werde mich kurz draußen waschen, der Gestank ist mir selbst zuwider. Ob es allerdings viel nützt wage ich zu bezweifeln. Mein Gewand stinkt vermutlich mehr als mein Körper."
„Ich kann dir ein frisches geben", meinte er verschwörerisch und ließ flink die Augen wandern, ob uns eventuell jemand belauschte. Dann fuhr er geheimnisvoll fort: „Ich habe so meine Beziehungen. Aber geh dich erst mal waschen, ich bringe dir gleich ein anderes Gewand."
Mich fröstelte bereits bei dem Gedanken, in das kalte Wasser des steinernen Beckens hinter dem Zelt zu steigen, aber dann überwand ich mich und schlüpfte aus dem schmutzigen Kaftan. Entschlossen setzte ich einen Fuß in das Becken und ließ mich dann schnell ganz hinein gleiten, bevor ich es mir anders überlegen konnte.
Das Wasser war so kalt, dass ich meinte, das Herz bliebe mir stehen. Zähneklappernd rieb ich mich von oben bis unten ab und tauchte zum Schluss sogar noch unter und fuhr einige Male mit den Händen durch mein Haar um es zu säubern. Dann tauchte ich prustend und bibbernd wieder auf.
Edu stand schon bereit, ein Tuch in der Hand, das er mir reichte. Wie schon bei meinem ersten Bad schien er mich mit den Augen zu verschlingen, als ich mich trocken rubbelte. Sein Blick war mir unangenehm, doch ich tat als bemerke ich ihn nicht. Aber ich fragte mich insgeheim, ob es dem Eunuchen vielleicht Lust bereitete, meinen nackten Körper zu betrachten. Erst nachdem ich mir das frische Gewand übergestreift hatte fühlte ich mich wieder wohl.
„Wo ist Romika?" wollte ich wissen um das Schweigen zu durchbrechen. Edu zuckte die Schultern. „Boril war da und hat sie gebeten, mit ihm zu kommen. Er tat sehr geheimnisvoll und schien außerdem bester Laune zu sein."
„Er war bereits heute Morgen verdächtig vergnügt", fiel mir ein und ich runzelte besorgt die Stirn. Was hatte dieser Gemütsumschwung zu bedeuten? In Anbetracht von Borils schwierigem Charakter bestimmt nichts Gutes für mich. Wenn es bloß schon Abend wäre und Dimitri erwacht, wünschte ich mir. Dann wüsste ich wenigstens, ob Riana endlich in Sicherheit war.
„Ist heute irgendetwas Besonderes vorgefallen?" fragte ich so harmlos es mir möglich war. Ich wollte Edus Neugier nicht wecken, weil ich wusste, wie sehr

er mich dann nerven würde um alles zu erfahren. Ich hatte keine Lust, ihm von meinen Ängsten zu erzählen. Oder überhaupt zu ihm von Riana zu sprechen. Ich wagte ja kaum an sie zu denken, aus Furcht meine schlimmen Gedanken würden sich bewahrheiten.

„Irgendjemand ist gekommen, mit dem Boril viel Aufhebens gemacht hat. Ich hörte, es sei eine Frau. Gesehen habe ich sie allerdings nicht, aber sie muss angeblich sehr schön sein, die Kerle da draußen schienen ganz angetan von ihr. Sie wird nur Unruhe ins Lager bringen, Weibsbilder bringen immer Unglück."

Er sagte es düster, so als spräche er ein Orakel aus. Edu mochte Frauen nicht, das war hinlänglich bekannt. Er sah sie als Quell allen Übels auf der Welt an. Einzig Romika verehrte er wie eine Heilige. Aber ich verspürte keine Lust, mir über Edus Sympathien und Antipathien Gedanken zu machen.

Seine Worte hatten mich wie ein Keulenschlag getroffen. Riana war hier, wurde mir klar und die Erkenntnis durchfuhr mich wie ein glühendes Schwert. Aus irgendeinem Grunde war es Dimitri nicht gelungen, sie zu finden und in Sicherheit zu bringen.

Riana ist hier, in Borils Gewalt, ging es mir immer wieder durch den Kopf. Tausend Gemeinheiten fielen mir ein, die er ihr antun konnte. Was ihre Ankunft für mich bedeutete, darüber wagte ich überhaupt nicht nachdenken.

„Was ist mit dir?" hörte ich Edus besorgte Stimme und seine feisten Hände griffen schnell nach mir, damit ich nicht zu Boden stürzte. Mir war auf einmal, als bekäme ich keine Luft mehr und ich krümmte mich ächzend zusammen. Erst ein heftiger Schlag auf den Rücken, ließ mich nach Luft schnappen. Und dann fand ich mich plötzlich auf einer freien Lagerstatt wieder, zu der Edu mich geschleppt hatte. Ich sah sein Gesicht über mir, das ratlos schien und er schüttelte mich.

„Himmel, so sag schon, was ist mit dir los? Du siehst aus, als sei dir soeben der Leibhaftige erschienen. Soll ich nach Romika schicken?"

Ich wehrte schwach ab und versuchte mich zu erheben. Aber Edus schwere Hand ließ nur zu, dass ich mich aufsetzte. „Es geht schon wieder", murmelte ich schwach. „Die ungewohnte Arbeit und der fürchterliche Leichengestank waren wohl etwas zu viel für mich. Zudem habe ich kaum etwas gegessen..."

„Ich besorge dir sofort etwas zu essen." Anscheinend froh, mir etwas Gutes tun zu können, wieselte er davon, nicht ohne mich zuvor ermahnt zu haben, bloß ja nicht aufzustehen. Als er fort war, vergrub ich mein Gesicht in den Händen. Was konnte ich bloß tun? Meine Angst um Riana war so groß, dass ich gar nicht an die Folgen für mich selbst dachte. Ich zermarterte mir den Kopf nach einer Lösung. Doch mir wollte einfach keine einfallen. Warum hatte sich Dimitri nicht mehr angestrengt, bei der Suche nach Riana, dachte ich und fühlte Zorn in mir aufsteigen. Wäre es darum gegangen, ein Blutopfer für sich zu finden, hätte der Vampir wahrscheinlich mehr Erfolg gehabt. Doch dann entschuldigte ich mich in Gedanken bei dem Freund, natürlich stand außer Zweifel, dass er alles versucht hatte, Riana aufzuspüren. Doch in letzter Zeit schien einfach alles in meinem Leben schief zu gehen.

„Ah, da ist er ja, genau wie Boril vermutet hat", hörte ich eine brummige Stimme und fuhr herum. Im Zelteingang standen zwei Männer, in denen ich enge Vertraute meines Bruders erkannte. Mein Herz begann bei ihrem Anblick hektisch zu schlagen, ihr Auftauchen konnte nichts Gutes bedeuten. Meine Vermutung bestätigte sich sofort. Sie kamen zu mir und forderten mich barsch auf, aufzustehen. Nachdem ich dem Befehl nachgekommen war, rissen sie mir wortlos die Arme nach hinten und fesselten mich. Dann stießen sie mich zum Zeltausgang. Wir kamen an Edu vorbei, der einen Teller und einen Becher trug und uns verständnislos anstarrte. Ich konnte nur hilflos den Kopf schütteln, dann waren wir an ihm vorbei. Draußen warf ich einen kurzen Blick zum Himmel um mich über den Stand der Sonne zu informieren. Es würde noch mindestens eine Stunde dauern bis sie unterging, erkannte ich deprimiert. Hilfe von Dimitri war somit noch lange nicht zu erwarten. Was immer auf mich zukam, ich würde es alleine durchstehen müssen.

Dass mich nichts Gutes erwartete, spürte ich mit jeder Faser meines Körpers. Ich fühlte mich so angespannt, als wären meine Muskeln und Nerven zum Zerreißen gespannt. Was würde Riana von mir denken, da ich sie in eine so schlimme Situation gebracht hatte? Hätte ich mich doch hartnäckiger wehren sollen, als Boril mir befahl, den Brief zu unterzeichnen? Niedergeschlagen ließ ich den Kopf hängen.

Ich hob ihn erst wieder, als ich grob über die Schwelle von Borils Domizil gestoßen wurde. Es war düster und kühl im Inneren des Felsenhauses, da weder die Holzscheite in der Feuerstelle, noch die Fackeln in den Wandhaltern angezündet worden waren.

Ein unterdrückter Schrei ertönte aus einer Ecke und mein Kopf ruckte in die Richtung aus der er erklang. Ich sah jedoch nur eine undeutlich Gestalt, meine Augen hatten sich noch nicht an das Dämmerlicht gewöhnt. Trotzdem erkannte ich zweifelsfrei Riana, ich konnte ihre Ausstrahlung förmlich spüren. Auch sie hatte mich anscheinend trotz meines veränderten Aussehens sofort erkannt, denn sie kam auf mich zugeeilt und schlang ihre Arme um mich. „Malamir, mein Liebster!" rief sie aus und sah mich aus geweiteten Augen an. „Du lebst und bist auch nicht verwundet. Oh, ich danke Gott dafür."

Sie schluchzte erleichtert auf und als ich sah wie ihr Tränen über die Wangen rannen senkte ich ohne mich zu besinnen den Kopf und küsste sie ihr sanft fort.

Ein derber Schlag zwischen die Schulterblätter brachte mich augenblicklich in die raue Wirklichkeit zurück. Boril riss mich an meinen gefesselten Armen

so vehement zurück, dass ich fast rücklings zu Boden gestürzt wäre. Im letzten Moment konnte ich mich fangen und blieb breitbeinig stehen. Zu ihrem Glück ließ mich Riana geistesgegenwärtig los, sonst wäre sie zu Fall gekommen.
Borils vor Wut blitzende Augen waren direkt vor meinem Gesicht. Sie schienen vor Hass zu sprühen. „Du wagst es, meine zukünftige Frau zu küssen", geiferte er mich an. „Ich sollte dich auf der Stelle dafür auspeitschen lassen..."
Trotz seiner Drohung wollte ich richtigstellen, dass Riana meine Braut und nicht seine war. Ich konnte es einfach nicht über mich bringen, sie ihm zu überlassen ohne um sie zu kämpfen. Ich wollte sie verteidigen, selbst wenn ich dafür mein Leben aufs Spiel setzte. Doch leider war ich mit meinen gefesselten Händen hoffnungslos im Nachteil und Boril ließ mich das auch sofort spüren.
Wuchtig trat er mir in die Kniekehlen, so dass ich zu Boden ging. Nur mühsam konnte ich ein Stöhnen unterdrücken als meine Knie auf dem harten Steinboden aufkamen. Der jähe Schmerz schoss mir bis ins Hirn und raubte mir die Luft. Doch Boril kannte keine Rücksicht, er packte mich im Haar, das bereits wieder nackenlang war und schüttelte wild meinen Kopf hin und her.
„Sie wird mich heiraten, - schon bald. Und dich werde ich bis zu unserem Hochzeitstag am Leben lassen. Damit du mit dem Wissen ins Grab fährst, dass deine geliebte Riana unwiderruflich mir gehört."
Er lachte gemein und erklärte mir, während er mich versonnen anblickte: „Eigentlich ist es Brauch, an einer Hochzeit einen Stier zu schlachten und am Spieß zu braten. Da wir keinen Stier haben werde ich dich aufspießen lassen. Aber erst am Tag nach der Eheschließung, du sollst noch miterleben, wie Riana die meine wird."
Ich biss die Zähne zusammen um ihm nicht zu zeigen, wie sehr mich seine Worte erschreckten. Doch Riana stieß ein verzweifeltes „nein" hervor und begann leise zu schluchzen. Gerne hätte ich sie getröstet, doch die Situation ließ es nicht zu. Noch immer hielt mich Boril an den Haaren gepackt und zog meinen Kopf in den Nacken. So konnte ich Riana nur aus den Augenwinkeln sehen und ihr nicht einmal durch einen Blick Trost signalisieren.

Eine Frau trat aus dem Schatten zu ihr, die ich zuvor gar nicht bemerkt hatte. Ich erkannte Romika, die bislang stumm in einer Ecke verharrt hatte. Nun legte sie ihren Arm um Rianas Schulter und zog sie an sich. Leise sagte sie etwas zu ihr dass ich nicht verstand. Ihre Worte schienen Riana ein wenig zu beruhigen, sie legte vertrauensvoll ihren Kopf an den der Hexe.
Boril schien nichts gegen die Vertrautheit zwischen den beiden Frauen zu haben, er schaute eine Weile grübelnd zu ihnen hin, dann wandte er sich

wieder mir zu. Da er seinen Griff in mein Haar nicht lockerte, musste ich wohl oder übel in seine Augen blicken. Ich hielt seinem Blick stand, er sollte nicht merken, wie sehr ich mich ängstigte.

„Wie war das eigentlich zwischen euch beiden?" wollte er wissen. „Damals, am Tag eurer Verlobung. Du warst die ganze Nacht bei Riana, erst im Morgengrauen bist du in unser Zimmer zurückgekehrt. Hast du sie entjungfert in jener Nacht? Ich muss es wissen..."

„Nein, das habe ich nicht", stieß ich hervor. Ich wollte nicht, dass er von Riana schlecht dachte. Doch sie schien andere Gedanken zu verfolgen. Sie lachte gezwungen und sagte an Boril gewandt: „Doch, wir haben miteinander geschlafen. Mein Herz und mein Körper gehören Malamir und nicht dir. Er ist der Mann den ich will und der mich bereits besessen hat. Ich werde dir niemals so gehören, wie ihm."

Ich sah wie sich Borils Züge wütend verzerrten und fürchtete um Rianas Leben. Es war ihm zuzutrauen, dass er sie tötete weil sie mir angeblich ihre Jungfernschaft geschenkt hatte. Deshalb widersprach ich schnell. „Nein, bitte sag so etwas nicht Riana. Ich will nicht das er denkt, du wärst keine anständige Frau."

An Boril gewandt versicherte ich: „Ich habe es dir damals schon gesagt und tue es heute nochmals: ich habe nicht mit ihr geschlafen. Mehr als ein paar Küsse gab es nicht zwischen uns..."

Er starrte mich nachdenklich an, dann wanderte sein Blick zu Riana und Romika und er lächelte plötzlich. Dann meinte er süffisant: „Aber das können wir doch ganz leicht feststellen, - wer von euch beiden die Wahrheit sagt. Romika ist bestens bewandert, was Frauenheilkunde und Geburtshilfe angeht. Sicher kann sie auch feststellen ob unsere liebe Riana noch Jungfrau ist. Das kannst du doch, oder? Und du wirst mich auch nicht belügen. Denn sollte ich in der Hochzeitsnacht feststellen, dass du mich angeschwindelt hast, so würdest du Malamirs Schicksal teilen müssen."

Er schaute Romika auffordernd an und befahl dann: „Untersuche sie. Und sage mir ob sie noch Jungfrau ist."

Sowohl die Hexe als auch Riana erbleichten bei seinen Worten. Keine von ihnen rührte sich. Doch dann fing sich Romika und zuckte die Schulter, so als sei es ihr egal. „Ich kann es tun, aber nicht in eurem Beisein. Verlasst das Zimmer, - alle beide." Dann murmelte sie leise an Riana gewandt: „Hab keine Angst. Es wird nicht wehtun und ist schnell vorüber..."

Doch Boril war nicht gewillt, sein eigenes Heim zu verlassen und schüttelte stur den Kopf. „Nichts da, kommt gar nicht in Frage. Ich will gewiss sein, dass du sie wirklich untersuchst. Sie kann sich dort hinlegen."

Er deutete auf sein Feldbett in einer Ecke des Raumes. „Von mir aus kann sie

ihre Röcke anbehalten, damit wir nichts von ihr zu sehen bekommen, was sich nicht gehört. Du wirst schon irgendwie darunter kommen."
Nachdem Romika Riana nochmals leise gut zugeredet hatte, ließ diese sich von ihr zu dem Feldbett führen und legte sich darauf. Die Hexe kauerte sich so vor sie, dass sie uns den Blick weitgehend mit ihrem Körper verdeckte.
Ich kniete noch immer vor Boril und er hielt mich noch immer am Haar gepackt. Doch nun, da er zu der Ecke starrte lockerte er seinen Griff, so dass ich den Kopf ein wenig senken konnte. Eigentlich wollte ich nicht hinschauen, dennoch tat ich es ähnlich gebannt wie Boril. Riana hielt den Kopf zur Wand gedreht, damit sie uns nicht ansehen musste. Und Romika schob ihr die Röcke gerade so weit hoch, dass sie mit ihrem Arm darunter kam. Schon nach wenigen Sekunden zog sie ihn wieder hervor und ordnete sorgfältig Rianas Kleid. Dann erhob sie sich und drehte sich zu Boril um. Anklagend erhob sie ihre Hand und ich erkannte voller Schrecken Blut daran. Boril brauste sofort auf. „Du tölpelhaftes Weib, hast du ihr etwa versehentlich die Unschuld genommen? Ich hätte dir mehr Feingefühl zugetraut."
Doch Romika sah ihn nur grimmig an. „Ich habe ihr nichts geraubt, ihre Unschuld ist noch intakt, darauf gebe ich Euch mein Wort. Sie hat gerade ihren Monatsfluss, wenn Ihr versteht, wovon ich spreche...?" So wie sie Boril anschaute, vermutete sie, dass er von Dingen, die den weiblichen Körper betrafen keine Ahnung hatte. Aber natürlich wusste er darüber Bescheid und sein Gesicht hellte sich auf.
„Das trifft sich gut, so können wir schon jetzt den Hochzeitstag bestimmen. Er soll in sechs Wochen sein. Ich möchte, dass meine Frau möglichst sofort schwanger wird und man sagt allgemein, dass die Mitte des Zyklus die beste Zeit dafür sei. Oder stimmt das etwa nicht?"
Romika murmelte etwas unverständliches, was Boril wohl als Zustimmung wertete. Er schien plötzlich bester Laune und forderte die Heilerin auf Riana mit zu sich in ihr Zelt zu nehmen. „Sie wird bis zu unserer Hochzeit unter deiner Obhut bleiben. Und gib mir ja gut auf sie Acht, egal was mit ihr geschieht, es fällt auf dich zurück."
„Wenn ich sie nicht aus den Augen lassen soll, dann muss ich sie auch mit ins Krankenlager nehmen", meinte Romika mürrisch. „Ich kann wegen ihr nicht die Kranken vernachlässigen."
„Ja, mach nur", winkte Boril großmütig ab. Es schien, als sei es ihm egal, womit sich seine zukünftige Frau bis zur Hochzeit beschäftigte. Er fügte bloß noch mahnend hinzu: „Solange du aufpasst, dass sie weder verschwindet, noch ihre Tugend verliert, ist mir alles recht."
Mein Herz machte bei seinen Worten einen freudigen Hüpfer. Wenn Riana im Krankenzelt mitarbeitete konnten wir uns wenigsten sehen. Und vielleicht sogar Pläne für unsere Flucht schmieden. Vorausgesetzt natürlich, Boril

würde mir weiterhin gestatten, bei der Krankenpflege zu helfen. Ich warf einen raschen Blick zu ihm hoch. Inzwischen hatte er endlich mein Haar losgelassen aber ich kniete noch immer auf dem Boden.

Er ignorierte mich, was mir nur Recht war. Insgeheim atmete ich auf, als Riana in Romikas Begleitung Borils Behausung verließ. Ich hätte es nur schlecht ertragen können, wäre sie Zeugin weiterer Demütigungen geworden. Doch mein Aufatmen kam zu früh, sobald die beiden Frauen fort waren besann sich mein Bruder wieder auf mich. Er grinste auf mich herab.

„Ich gedenke Rianas Ankunft zum Anlass nehmen, heute Abend ein kleines Fest zu geben", begann er so leutselig, als gäbe es noch die alte Vertrautheit zwischen uns. Doch schon seine nächsten Worte machten mir klar, dass dem nicht so war. „Da du mein Sklave bist wirst du selbstverständlich mich und meine Braut bedienen. Du solltest mir dafür dankbar sein, denn auf diese Weise kannst du ihr ganz nahe sein..."

Er lachte vergnügt und packte mich bei der Schulter um mich hoch zu zerren. Als ich stand trat er hinter mich und löste meine Fesseln.

„Du kannst dich sogleich nützlich machen indem du meine Uniform ein wenig aufpolierst. Schließlich soll meine Braut nur den besten Eindruck von mir bekommen. Also spute dich. Und vergiss meine Stiefel nicht. Sie müssen heute Abend so glänzen, dass ich mich darin spiegeln kann. Aber wenn ich es recht bedenke, wirst eher du es sein, dessen Gesicht sich darin spiegelt. Denn als mein persönlicher Sklave wirst du vor mir auf dem Boden kriechen und meine Füße küssen, wenn ich es von dir verlange."

Kapitel 19: Die Bestrafung

Der Abend gestaltete sich mehr und mehr zum Alptraum für mich. Wie er mir befohlen hatte, säuberte ich Borils Uniform und wienerte seine Stiefel bis sie glänzten. Danach musste ich ihm beim Ankleiden helfen. Doch wenn ich hoffte, damit sei mein Dienst getan, so sah ich mich getäuscht. Mein Bruder fand immer wieder neue Dinge, die ich noch erledigen musste. Ich tat sie, ohne ein Wort darüber zu verlieren, denn ich wusste, er suchte nur nach einem Grund, mich zu betrafen.
Inzwischen war mir richtig übel vor Hunger und Durst, außer dem dünnen Fladenbrot und dem Wasser am Mittag hatte ich noch nichts in den Magen bekommen. Das war schon Stunden her. Und da ich die Tage zuvor wegen meiner anhaltenden Appetitlosigkeit kaum etwas gegessen hatte, fühlte ich mich zunehmend geschwächt. Doch noch war ich nicht hungrig genug um Boril um Nahrung oder Wasser zu bitten. Noch überwog mein Stolz meinen Hunger und Durst.
Von draußen zogen verlockende Düfte ins Hausinnere und quälten mich zusätzlich. Zur Feier des Tages hatte Boril mehrere Schafe und Ziegen schlachten lassen, die schon seit Stunden über offenen Feuerstellen brieten und ihren Duft im ganzen Lager verströmten.
Nicht zum ersten Mal an diesem Tag haderte ich in Gedanken mit Dimitri. Warum hatte er mir in der vergangenen Nacht nur so wenig von seinem Blut zugestanden, grollte ich ihm. Sicher war mir nur deshalb heute so viel Übles widerfahren. Noch gestern hätte mich der Geruch des bratenden Fleisches höchstens zum Brechen gereizt, anstatt meinen Magen vor Hunger protestierend knurren zu lassen. Und sicher hätte sich Boril mir gegenüber auch weniger Gemeinheiten erlaubt.
Ich musste unbedingt bald mit dem Vampir reden. Doch wo blieb er bloß? Die Sonne war schon vor mindestens zwei Stunden untergegangen aber Dimitri war noch immer nicht aufgetaucht. Insgeheim begann ich mir Sorgen zu machen.
Doch dann beruhigte ich mich selbst, - vielleicht waren wieder Verwundete angekommen, die er natürlich vorrangig behandeln musste. Bemerkt hatte ich zwar nichts, aber ich war ja auch nur kurze Zeit im Krankenzelt gewesen. Oder hatte es Dimitri nicht geschafft vor dem Morgen im Lager zu sein? Befand er sich noch irgendwo da draußen, weit weg von mir? Oder war ihm am Ende gar etwas zugestoßen? Der Gedanke bereitete mir Schrecken.
Es war spät gewesen als er hinaus geritten war, um nach Riana Ausschau zu halten. Und natürlich hielt die nächtliche Wildnis auch für ihn so manche unliebsame Überraschung bereit. Auch ein Jahrhunderte alter Vampir war nicht unbesiegbar. Das hatte er mir selbst erklärt.

Mir wurde übel bei dem Gedanken, Dimitri könne womöglich in einen Hinterhalt geraten und ebenfalls gefangen genommen worden sein. Zwar wäre er dann immer noch besser dran als ich sterbliches Wesen, aber unverwundbar war auch er nicht.

Die Furcht griff mit kalter Hand nach meinem Herzen. Was würde aus mir und Riana werden, sollte Dimitri nachhaltig daran gehindert werden, ins Lager zurückzukehren? Zwar schämte ich mich dafür, mein Wohl über seines zu stellen, doch der Gedanke hielt sich hartnäckig in meinem Kopf und machte mich ganz konfus.

„Sag mal, hörst du mir überhaupt zu?" Erst Borils verärgerte Stimme und mehr noch der Stoß, den er mir verpasste, brachte mich in die Wirklichkeit zurück. Verdattert starrte ich ihn an, ich hatte tatsächlich nichts von dem aufgenommen, was er mir gesagt hatte.

„Du guckst, als wärst du in Gedanken auf dem Mond. Was ist in dich gefahren? Konzentriere dich gefälligst auf meine Anordnungen. Sonst wird es dir heute noch schlecht ergehen."

Ich murmelte eine Entschuldigung und zwang mich dazu, mich demütig vor ihm zu verbeugen. Nein, ich wollte keinesfalls sein Missfallen erregen, nicht heute Abend und vor allem nicht in Rianas Beisein. Sie sollte sich neben der Angst, die sie um sich selbst haben musste nicht auch noch um mich sorgen. Deshalb raffte ich mich auch noch zu einer Erklärung auf, verbunden mit einer Bitte.

„Mir ist übel, Boril. Ich kann nicht mehr denken vor Hunger und Durst. Dort draußen in dem Leichengestank konnte ich nichts essen und danach habe ich nichts mehr bekommen. Wenn du nicht willst, dass ich dir ohnmächtig vor die Füße falle, musst du mir etwas zu essen geben. Danach wird es mir wieder besser gehen."

Er lachte ungläubig und auch ein wenig hämisch. „Was sagst du da? Ein Tag ohne Essen zwingt dich schon in die Knie? Du bist ja noch verweichlichter als ich vermutet hätte. Dein Glück, dass Vater nicht mehr sieht, welch eine Memme er mit dir großgezogen hat. Das hätte seine hohe Meinung von seinem Erstgeborenen ganz sicher erschüttert. Aber meinetwegen, wenn du so schwach bist, dann iss etwas. Dort auf dem Tisch steht Brot und Fleisch. Es ist vom Mittag übrig und vermutlich schon ausgetrocknet. Aber deinen Ansprüchen wird es schon noch genügen. Beeile dich gefälligst, wir wollen meine schöne Braut doch nicht zu lange auf dieses Fest zu Ehren ihrer Ankunft warten lassen."

Ich verzichtete auf eine Antwort und machte mich heißhungrig über den Teller her. Appetitlich sahen die Reste wirklich nicht mehr aus, vermutlich hätte sogar ein Hund sie verschmäht. Aber mein Hunger gebot mir, alles bis auf den letzten Krümel aufzuessen.

Ich verschwieg Boril, dass ich seit Tagen kaum etwas gegessen hatte und ignorierte sein Lästern als er sah, wie gierig ich Fleisch und Brot verschlang. Wie hätte ich auch begründen sollen, warum ich nichts von dem Essen angerührt hatte, das er mir in meinen Kerker hatte bringen lassen?
Zum Schluss leerte ich noch einen halben Krug mit gewässertem Wein, der ebenfalls auf dem Tisch stand. Zuvor fischte ich ein paar Fliegen heraus, die sich darin ertränkt hatten und schnippte sie angewidert zu Boden.
Boril beobachtete mich mit spöttisch hochgezogenen Augenbrauen, doch er unterließ es, mir weitere Beleidigungen an den Kopf zu werfen. Als ich fertig war, wurde sein Blick streng und er gemahnte mich: „Du wirst sowohl Riana als auch mich sehr zuvorkommend bedienen. Ich will, dass du uns beiden förmlich jeden Wunsch von den Augen abliest. Aber lass dich nicht hinreißen, ihr allzu nahe zu kommen oder gar mit ihr zu sprechen. Sie soll einsehen, dass ihr ehemaliger Bräutigam nur noch ein elender Sklave und somit für alle Zeiten für sie verloren ist. Je eher sie das begreift und akzeptiert, umso besser ist es für sie. Solltest du meinen Anweisungen zuwider handeln, so sähe ich mich gezwungen, dich auf der Stelle hart zu bestrafen. Hast du mich verstanden, Malamir?"
Ich nickte knapp, doch das schien ihm nicht genug. Er packte mich an beiden Oberarmen und schüttelte mich grob. „Hast du das verstanden?" wiederholte er leise aber entschlossen. Ich nickte abermals und tat ihm den Gefallen.
„Ja, ich habe dich verstanden, - Bruder." Woraufhin er mir einen Stoß versetzte, der mich fast bis zur Türe katapultierte.
So sehr ich mich auch bemühte, Riana nicht anzusehen, sie schien den Blick keinen Moment von mir zu nehmen. Was natürlich Borils Missfallen erregte. Bislang reagierte er es an mir ab, - indem er mich fast pausenlos hin und her scheuchte und mich die gewöhnlichsten und niedrigsten Arbeiten verrichten ließ. Und ich tat alles was er mir auftrug, nur damit er nicht auf die Idee kam, seinen Ärger doch noch an Riana auszulassen. Was die jedoch so aufzuregen schien, dass sie mich mit so beschwörenden Blicken bedachte, dass ich meinte, sie durchbohre mich. Es war ein Teufelskreis, in dem wir drei gefangen schienen, ohne Hoffnung auf Erlösung.
Hingegen ignorierte Riana eisern die Annäherungsversuche, die Boril machte. Sie verschmähte das Fleisch und trank auch nicht den Wein, den er ihr darbot. Sie tat, als sei ihr neuer Bräutigam überhaupt nicht vorhanden. Ihre Augen hafteten nur auf mir und ihr Blick war unendlich traurig.
Ich hingegen beobachtete ständig Boril und sah voller Unbehagen wie es in ihm zu brodeln begann. Das krampfhafte Öffnen und Schließen seiner Hände konnte nur bedeuten, dass ein baldiger Ausbruch bevorstand. Doch über wem würde er sich entladen, über Riana oder mir? Keine der beiden Alternativen würde mir gefallen und meine Nervosität stieg von Minute zu Minute.

Natürlich hoffte ich einerseits, Boril würde seine Wut an mir abreagieren und Riana verschonen. Andererseits fürchtete ich mich vor dem, was er mir in seiner gekränkten Eitelkeit antun konnte. Um ihn bei Laune zu halten versuchte ich wirklich alles, was in meiner bescheidenen Macht stand. Irgendwie musste ich ihn besänftigen. Selbst auf die Gefahr hin, von Riana und auch allen anderen Anwesenden als elender Feigling und Speichellecker angesehen zu werden.

Auch Borils Vertraute hatten sich längst auf das perfide Spiel eingelassen und bemühten sich ebenfalls, mich nach Herzenslust zu schikanieren. Und das Niveau der Aufgaben, die sie mir auftrugen, sank in dem Maße, in dem ihre Trunkenheit anstieg. Mein Bruder, der ganz gegen seine Gewohnheit ebenfalls angetrunken war, ließ seine Freunde böse lachend gewähren.

Irgendwann bemerkte Riana, dass ich derjenige war, der dafür bezahlen musste, dass sie sich Boril gegenüber so abweisend verhielt. Bestürzt schlug sie die Augen nieder und schien zu überlegen. Dann änderte sie ihre Taktik und begann Boril in ein Gespräch zu verwickeln. Sie ließ sich sogar von ihm mit ausgesuchten Fleischhappen füttern, die er von einer großen Lammkeule absäbelte.

Nüchtern wäre Boril vermutlich niemals auf ihren plötzlichen Sinneswandel hereingefallen, doch der Alkohol vernebelte seine Sinne. Rianas Taktik schien aufzugehen, denn mein Bruder ließ mich endlich in Frieden. Entnervt zog ich mich aus seiner Reichweite und der seiner Freunde zurück, blieb jedoch nahe genug, um sofort zur Stelle zu sein, sollte man nach mir verlangen. Von meinem Platz aus beobachtete ich voller Argwohn was sich zwischen Boril und Riana entwickelte.

Meine heimliche Befürchtung traf bald ein, Boril missverstand Rianas plötzliche Freundlichkeit gründlich und wurde zunehmend zutraulicher. Und schließlich versuchte er ernsthaft, sie zu küssen. Ihr Sträuben ignorierte er und zog sie in der hartnäckigen Art betrunkener Männer dicht an sich heran. Da sie seiner Kraft nicht gewachsen war, musste sie es über sich ergehen lassen, dass er sie immer mehr bedrängte. Ich sah, wie seine gespitzten Lippen ihre Wange fanden. Seine Hand um ihren Kopf gelegt, drehte er ihr Gesicht dem seinen zu und bedeckte ihren Mund mit Küssen.

Riana wehrte ihn energisch ab, ich sah, wie sie ihre Hände gegen seine Brust stemmte und ihren Kopf zurück bog. Doch Boril dachte nicht daran, sie loszulassen, mit weit geöffneten Lippen versuchte er hartnäckig mit seiner Zunge in ihren Mund einzudringen. Zudem grapschte seine freie Hand nach Rianas Busen um ihn zu betasten. Als es ihm gelang griff er so fest zu, dass sie einen empörten Schrei ausstieß und ihm eine Ohrfeige verpasste.

Entgeistert und ernüchtert ließ er von ihr ab, aber nur, um sie im nächsten Moment erneut zu packen. Er war aufgesprungen und versuchte sie in seine

Arme zu reißen. „Das wirst du mir büßen, Weib!" knurrte er. Dabei schüttelte er sie grob.

Als ich den Schmerz und die Angst in ihren geweiteten Augen sah vergaß ich augenblicklich, dass ich nur ein Sklave war. Ohne nachzudenken sprang ich hinzu und versuchte Riana aus Borils Umarmung zu befreien. Ich bekam ihn von hinten am Hals zu fassen und zerrte ihn von ihr weg. Er war über meinen Angriff so überrascht, dass er sie losließ und rücklings zu Boden stürzte. Da ich ihn immer noch umklammert hielt, riss er mich mit sich auf die Erde. Schnell wollte ich mich wieder aufrappeln, da wurde ich von mehreren Händen gepackt und in die Höhe gezerrt. Auch Borils Freunde waren schlagartig nüchtern geworden. Ehe ich auch nur Luft holen konnte, hatten sie mir die Arme auf dem Rücken verdreht. Ich musste gebückt stehen, wollte ich nicht riskieren, dass mir die Arme ausgekugelt wurden.

Boril schien Riana vergessen zu haben. Wie ein gereizter Stier stand er vor mir, zwar sah ich nur das Zucken seiner Hände, doch das genügte, mir zu sagen wie wütend er war. Da ich befürchtete, er würde gleich mit Fäusten auf mich einprügeln spannte ich instinktiv meine Muskeln an. Doch die Fausthiebe blieben aus.

Man gestattete mir sogar, mich wieder aufzurichten, allerdings wurden meine Arme nicht losgelassen. Boril stand so dicht vor mir, dass ich das wutentbrannte Lodern in seinen Augen sah. Seine Zähne knirschten hörbar und sein Gesicht schien wie aus Stein gemeißelt. Eine Ewigkeit lang starrten wir uns gegenseitig in die Augen. Dann brach er das lähmende Schweigen.

„Du hast es tatsächlich gewagt, mich anzugreifen", flüsterte er gefährlich leise. „Dafür sollte ich dich töten."

„Dann töte mich", erwiderte ich im gleichen Tonfall und hielt seinem Blick eisern stand. In diesem Moment war es mir bitter ernst mit meinen Worten. „Töte mich, jetzt auf der Stelle, - denn nur so kannst du gewiss sein, dass ich dich nicht töte."

Erneut fraßen sich unsere Blicke ineinander. Dann lächelte er grimmig und schüttelte den Kopf. „Nein, das werde ich gewiss nicht tun. Du hoffst doch nur, dass ich dich schnell töte, denn du fürchtest dich vor dem Tod am Pfahl. Es war nicht Mut, der dich mich angreifen ließ, sondern Feigheit. Und gerade deshalb werde ich dich noch am Leben lassen. Noch sechs Wochen lang sollst du die Tage zählen und dich jeden Tag ein wenig mehr fürchten."

Er beobachtete mein Gesicht und als ich keine Regung zeigte kniff er enttäuscht die Augen zusammen.

Nachdenklich meinte er dann: „Bestraft werden sollst du jedoch sofort für deinen Angriff auf mich. Damit du nicht noch einmal wagst, mich hinterrücks anzugreifen. Fünfzig Peitschenhiebe sehe ich als angemessen für dein Vergehen an und sie sollen sofort vollstreckt werden."

Er wandte sich an die Männer, die mich noch immer hielten. „Schafft ihn dort hinüber, zu dem Pfahl und bindet ihn fest. Zuvor entblößt ihm noch den Oberkörper, er soll richtig spüren, wie sich das Leder in seine Haut frisst. Damit es ihm eine Lehre ist..."

„Fünfzig Peitschenhiebe wird er womöglich nicht überstehen. Und Ihr wollt doch, dass er am Pfahl stirbt und nicht jämmerlich am Wundfieber krepiert", hörte ich eine vertraute Stimme hinter mir. Dimitri kam in mein Blickfeld. Er beachtete mich jedoch nicht, sondern schaute Boril fest in die Augen. Der starrte mit ärgerlich gerunzelter Stirn zurück. Natürlich wollte er auf keinen Fall, dass ich dem Pfählen entkam, nicht einmal durch elendes Dahinsiechen am Wundbrand.

„Dann eben fünfundzwanzig Hiebe", beharrte er. „Die wird er schon aushalten. Zudem könnt Ihr ihn ja gleich danach verarzten."

„Wunden sind Wunden, ob fünfundzwanzig oder fünfzig, das Risiko bleibt gleich. Der Mann ist bereits geschwächt, das sehe ich ihm an. Seht nur, wie hager er während seiner Gefangenschaft geworden ist, er hat mindestens zwanzig Pfund verloren. Weshalb wollt Ihr ihn überhaupt schlagen lassen? Weil er seine Braut gegen Eure Zudringlichkeit verteidigt hat? Ihr habt ihm bereits seine Freiheit und sein Leben gestohlen, jetzt wollt Ihr ihm auch noch das Letzte rauben, das ihm heilig ist, - seine Liebe. Wie weit wollt Ihr in Euren Rachegelüsten noch gehen?"

Ungläubig hörte ich Dimitris vorwurfsvollen Worten zu. Mir war nicht klar, was er mit seinen provokanten Äußerungen erreichen wollte. Er musste doch erkennen, wie er Boril damit verärgerte. Und er kannte doch seinen Jähzorn so gut wie ich.

„Euch scheint ja mächtig viel an meinem Bruder zu liegen", quetschte Boril durch die Zähne. Misstrauen erschien in seinen Augen. „Wieso eigentlich? Hat er Euch Versprechungen gemacht, damit Ihr ihm helft?"

Als Dimitri erklärte, es sei seine Pflicht als Arzt, den Menschen beizustehen, meinte Boril sarkastisch: „Nun, wenn Euch sein Wohl so sehr am Herzen liegt, dann könnt Ihr ja die Peitschenhiebe für ihn einstecken. Es bleibt bei den fünfundzwanzig, ich bin ja kein Unmensch. Also wie steht es, - er oder Ihr? Mir ist es gleich..."

Spöttisch grinste er Dimitri an, so als wisse er genau, wie der sich entscheiden würde. Aber der Vampir überraschte ihn ebenso wie mich. Er verbeugte sich leicht und erwiderte in ebenso spöttischem Tonfall: „Dann nehmt mich. Wo soll ich mich hinstellen, - dort an den Pfahl? Nein, bemüht Euch nicht, Ihr braucht mich nicht anzubinden. Ich laufe schon nicht davon."

Ich wollte protestieren. Wie kam Dimitri darauf, sich an meiner Stelle auspeitschen zu lassen? Das konnte ich nicht zulassen. Doch er schnitt mir mit einem warnenden Blick das Wort ab und ging dann einfach an mir vorbei zu dem Pfahl, der zur Durchführung von Bestrafungen mitten im Lager aufgestellt war. Die meisten Männer, die noch um die Feuer versammelt saßen erhoben sich, um sich das Schauspiel nicht entgehen zu lassen. Auch ich wurde vorwärts gestoßen, damit ich mit ansehen musste, wie Dimitri an meiner Stelle bestraft wurde.

Möglichst unauffällig suchte ich in der Menge nach Riana, konnte sie aber nirgends entdecken. Anscheinend hatte sie Borils Unaufmerksamkeit genutzt und sich in Romikas Zelt in Sicherheit gebracht. Erleichtert atmete ich auf, eine Sorge weniger für mich, - zumindest für den Augenblick.

Mir war weiß Gott nicht wohl dabei, dass Dimitri meine Strafe auf sich nahm. Obwohl ich andererseits froh war, die Züchtigung nicht ertragen zu müssen. Als er jetzt an den Pfahl trat und seine Hände an das Holz legte, bestand Boril darauf, dass ich mich ihm gegenüber aufstellte. Ich sollte aus der Nähe miterleben, wie ein anderer für mich litt.

„Ihr müsst Euren Oberkörper freimachen.", brummte er mürrisch an Dimitri gewandt. „Oder wollt Ihr es Euch doch noch überlegen und den Sklaven seine Strafe selbst abbüßen lassen? Noch habt Ihr die Wahl..."

Er sagte es lockend, so als hoffe er, dass Dimitri sich noch anders besann. Aber der begann bereits damit, sich seiner Kleidung zu entledigen. Als er bis zur Hüfte nackt war, legte er erneut die Hände an den Pfahl und senkte den Kopf. Völlig ruhig stand er da, so als wäre es keine besondere Sache, ausgepeitscht zu werden.

Trotz seiner zu Schau gestellten Gleichgültigkeit ahnte ich, wie sehr er die Schläge fürchtete. Ich wusste, dass sein Schmerzgefühl nicht anders war als mein eigenes. Und noch immer war mir nicht klar, warum er sich für mich opfern wollte. Mein Mund wurde trocken vor Schuldgefühl.

Boril gab ein kurzes Zeichen und ein Mann trat vor, eine Peitsche in der Hand. Fünf lange, dünne Lederschnüre, in die Knoten geknüpft waren hingen noch schlaff herunter. Doch schon im nächsten Augenblick sausten sie durch die Luft und trafen Dimitris nackten Rücken. Er zuckte zusammen, gab aber keinen Laut von sich. Auch die nächsten zehn Hiebe ertrug er stumm. Dann platzte die Haut unter einem besonders derben Schlag auf und Blut lief ihm den Rücken herab. Ich sah, wie sich seine Finger fester um das Holz schlossen und hörte sein gequältes Stöhnen. Aber er rührte sich nicht, bis auch der letzte der fünfundzwanzig Hiebe sein Ziel gefunden hatte.

Mir gelang es kaum, meinen Kiefer zu lockern, so fest hielt ich die Zähne zusammengebissen. Fast meinte ich, das Brennen auf meinem Rücken zu spüren, so sehr litt ich mit dem Vampir. Als es vorüber war trat ich zu ihm und fasste ihn leicht am Arm. Niemand hinderte mich daran. Boril schickte die Gaffer fort und entfernte sich dann selbst nach einem letzten missmutigen

Blick auf Dimitri und mich. Kurz darauf standen wir ganz alleine auf dem Platz.

Ich bückte mich nach Dimitris Kleidern und hielt sie ihm stumm hin. Meine Schuldgefühle drohten mich zu überwältigen als ich sah, wie vorsichtig er danach griff. Er machte keine Anstalten sich anzukleiden, was ich ihm nach einem scheuen Blick auf seinen Rücken durchaus nachfühlen konnte. Borils Scherge hatte sich nicht zurückgehalten und die Peitsche mit voller Wucht eingesetzt. Sein Werk hatte fingerdicke, blutige Striemen hinterlassen, die teilweise weit auseinander klafften.

„Es tut mir leid...", brachte ich endlich heraus und ich schluckte mehrmals trocken, weil mir die Stimme aus Scham versagte. Gerne hätte ich mehr gesagt, doch ich konnte das, was ich empfand einfach nicht in Worte fassen.

„Komm", sagte Dimitri nur und wandte sich ab um den Weg zu meinem Kerker einzuschlagen. Sein Schritt war gemessen und er hielt den Oberkörper steif, dennoch setzte er stoisch einen Fuß vor den anderen bis wir vor meinem Gefängnis angelangt waren. Ich riss eilig die Türe für ihn auf und ließ ihn eintreten, dann folgte ich langsam. Nachdem meine Finger im Stroh die kurze Fackel ertastet hatten, die Dimitri vor einigen Nächten mitgebracht hatte, entzündete ich sie rasch.

Betreten sah ich zu, wie er sich mit einem leisen Seufzer auf den Rand des Troges setzte. Er hielt den Kopf abgewandt, dennoch glaubte ich seinen gequälten Gesichtsausdruck zu sehen. Noch immer nagten Schuldgefühle und Scham an meiner Seele und machten mich stumm. Dabei wollte ich doch so viel sagen, aber es kam einfach nichts über meine Lippen.

Ich weiß nicht, wie lange wir so verharrten, es kam mir wie eine Ewigkeit vor, es konnten jedoch höchstens ein paar Minuten gewesen sein. Schließlich durchbrach Dimitris Stimme die lastende Stille. Zu meiner Erleichterung klang sie überraschend fest.

„Du hast keinen Grund dich zu grämen", sagte er und drehte sich zu mir um. Mit einer einladenden Geste deutete er neben sich und ich ließ mich ebenfalls auf dem Rand des Futtertroges nieder. Meine Lippen öffneten sich, um eine weitere Entschuldigung zu stammeln, doch er winkte ab.

„Du fragst dich, wieso ich mich für dich auspeitschen ließ", nahm er mir die Fragen aus dem Mund und beantwortet sie sogleich. „Vor allem deshalb, weil mein Fleisch viel schneller heilt als deines und ich außerdem keine Wundinfektion bekommen kann. Sieh her, mein Rücken beginnt bereits zu verheilen, in spätestens einer Stunde ist nichts mehr von den Peitschenhieben zu sehen."

Er lächelte ein wenig gequält als er fortfuhr. „Zu deiner Beruhigung sollte auch beitragen, dass die Schmerzen ebenfalls bereits auf ein erträgliches Maß gesunken sind. Es gibt also wirklich keinen Grund für dich, in mir einen Märtyrer zu sehen."

„Trotzdem...", wagte ich einzuwenden. Seine Erklärung hatte meine Sprache endlich zurückgebracht, so dass ich wenigstens versuchen wollte, ihm zu sagen was ich fühlte. „Es war sehr selbstlos von dir, meine Strafe auf dich zu nehmen. Ich bin dir unendlich dankbar dafür. Aber ich schäme mich auch, dass ich es zugelassen habe. Ich weiß doch, dass du ebenso leidest wie ich. Dennoch hatte ich solche Angst..., ich..., ich war einfach unfähig, abzulehnen, dass du dich für mich opferst."

Er schüttelte den Kopf und sah mir dann in die Augen. „Du musst dich wirklich weder entschuldigen, noch wegen deiner angeblichen Schwäche schämen." Er hielt einen Moment inne, dann fuhr er leise fort. „Vielleicht habe ich es auf mich genommen, weil auch ich mich dir gegenüber schuldig fühle..."

„Du..., wieso...?" Erstaunt blickte ich ihn an. Er zuckte unbestimmt die Schulter.

„Nun, es ist einiges nicht so gelaufen, wie ich es mir gewünscht hätte. Zum Teil durch meine Schuld, - obwohl ich schwerlich anders hätte handeln können. Zum Beispiel meine Suche nach Riana. Ich hatte sie aufgespürt, letzte Nacht. Aber leider gelang es mir nicht sie in Sicherheit zu bringen. Dass sie sich nun ebenfalls in Borils Gewalt befindet erschwert deine Befreiung ungemein..."

„Was ist geschehen?" wollte ich wissen. Es musste etwas Gravierendes vorgefallen sein, sonst wäre Riana nicht hier. Und Dimitri war ja auch erst sehr spät im Lager aufgetaucht, fiel mir ein. Wäre er hier gewesen, er hätte sich sicher eher eingemischt und es gar nicht so weit kommen lassen, dass mir die Peitschenstrafe drohte.

„Das ist schnell erzählt. Wie du weißt war es bereits spät, bis ich fort kam. Meine Ahnung sagte mir, ich müsse es nochmals auf dem gängigen Reiseweg versuchen. Und tatsächlich fand ich Riana und ihre Begleiter auf einer kleinen Lichtung nahe der Straße. Sie hatten dort ihr Lager aufgeschlagen und schliefen alle fest. Auch der Mann, der eigentlich Wache hätte halten sollen. Aber das war mir nur Recht, umso leichter würde es mir fallen, Riana zu befreien. Ich stieg also vom Pferd und pirschte mich zu Fuß an das Lager heran..."

Doch als er näher kam bemerkte Dimitri, dass er nicht der einzige war, der sich für die schlafenden Reisenden interessierte. Ein kleiner Trupp Osmanen war ebenfalls aufmerksam geworden und kreiste das Lager von mehreren Seiten ein. Was natürlich sehr schlecht für Dimitri war, wie sollte er mit zehn oder gar zwölf Männern fertig werden, noch dazu, da sie von allen Seiten kamen.

Er versuchte sie der Reihe nach auszuschalten und bei den ersten sechs hatte er auch Erfolg, sie starben zwischen seinen Zähnen. Doch dann wurde er bemerkt und der Rest der Türken wendete sich geschlossen gegen ihn. Gegen so viele Gegner gleichzeitig hatte er trotz seiner Vampirkräfte keine Chance. Er wurde mehrmals von den Krummsäbeln getroffen und schwer verletzt. Unter Aufbietung seiner letzten Kräfte konnte er nochmals zwei Osmanen töten, die anderen ergriffen die Flucht als sie erkannten, dass es kein Mensch war, gegen den sie kämpften.

Dimitri blutete aus unzähligen Wunden und es gelang ihm gerade noch ins Dickicht zu kriechen bevor er starb.
„Als ich heute Abend erwachte war Riana samt ihren Wächtern verschwunden. Ich befürchtete, sie seien doch noch Opfer der Türken geworden und suchte die Umgebung ab. Aber ich fand nur die Leichen der Männer, gegen die ich gekämpft hatte. Also ritt ich hierher zurück und sah schließlich meine Vermutung bestätigt; Riana war im Lager..." endete er und schüttelte niedergeschlagen den Kopf.
„Trotzdem du so viel riskiert hast, es war alles umsonst", murmelte ich ebenso niedergeschlagen wie er und seufzte tief auf. „Es scheint, als hat sich wirklich alles gegen mich verschworen. Ich werde hier sterben, Dimitri, ich weiß, dass es so sein wird. Es ist meine Vorbestimmung dass ich am Pfahl ende und nicht einmal du kannst mich davor bewahren. Es wird mir ergehen wie Miklas, auch ihm war es vorbestimmt zu sterben. Dein Blut hat ihm nichts genützt."
Stockend erzählte ich Dimitri, was Miklas widerfahren war.
„Du konntest sein vorbestimmtes Schicksal nicht abwenden", endete ich verzweifelt und prophezeite dann düster. „Ebenso wenig wird es dir gelingen, mich zu retten. Ich werde gepfählt werden wie ein Hammel am Spieß, Dimitri. Nur mit dem Unterschied, dass mir zuvor niemand die Kehle durchtrennt." Ich verstummte abrupt weil meine Stimme zu versagen drohte.
„Nein, das wirst du nicht", knurrte er ungewohnt rau und sah mich wild an. „Ich werde es nicht zulassen. Noch bleibt uns Zeit..."
„Sechs Wochen, ja. Dann soll ich sterben. Nachdem ich mit angesehen habe, wie Boril Riana zu seiner Frau gemacht hat."
„Sechs Wochen sind eine lange Zeit", meinte er beschwichtigend. „Bis dahin wird sich eine Möglichkeit ergeben, dich zu befreien."
„Und was ist mit Riana?" wollte ich wissen.
„Ich liebe sie und werde sie nicht in den Händen meines von Rache besessenen Bruders zurücklassen. Wie willst du es anstellen, uns beide hier herauszubringen?"
Seine Züge verhärteten sich. „Das kann ich nicht. Es wird sich mühsam genug gestalten, dich aus diesem Lager zu schleusen. Bei Riana ist es unmöglich."

„Warum? Kannst du ihr nicht ebenfalls von deinem Blut geben und sie dadurch unter deinen Schutz stellen?"
Ich war verwirrt, eigentlich hatte ich fest angenommen, dass er das tun würde.
„Tut mir leid, aber das geht nicht. Zum einen, weil ich sie nicht kenne und sie mich nicht. Wie willst du ihr erklären dass ich ein Vampir bin? Und wie sie dazu bringen, mein Blut anzunehmen? Sie ist ein Mensch, nicht wie du dazu bestimmt, ein Vampir zu werden. Sie würde sich vor mir fürchten und, was noch schlimmer wäre, sie würde mich in ihrer Angst vielleicht verraten."

Er sah meinen verwirrten Blick und beeilte sich mir zu versichern:
„Natürlich habe ich nicht die Absicht, sie in Borils Händen zu lassen. Aber zuerst musst du hier raus. Dein Leben ist in Gefahr, dass Rianas nicht. Auch wenn es schlimme Zeiten für sie werden, Boril hat nicht die Absicht, sie umzubringen. Wir werden vermutlich nicht verhindern können, dass er sie zur Hochzeit zwingt und sie zu seiner Frau macht und eventuell schwängert. Aber sobald sie sein Kind trägt wird er sie von hier wegbringen lassen. Das ist kein Ort für eine Schwangere. Er wird sie vermutlich zu Vertrauten schicken, wo sie in Sicherheit ist und in Ruhe sein Kind gebären kann. Dann ist der Moment für uns gekommen, sie aus seiner Gewalt zu befreien
Er wusste, wie seine Worte auf mich wirken mussten. Deshalb legte er mir verständnisvoll den Arm um die Schulter.
„Ich weiß, wie schrecklich die Aussicht für dich ist, Riana in Borils Hand zu wissen. Und das Wissen, dass er statt du seinen Samen in ihren Leib pflanzt ist gewiss nur schwer zu ertragen. Doch ist gerade das die Garantie, dass er ihr kein Leid zufügt, - nicht der Mutter seines Kindes."
„Er wird ihr Gewalt antun", stieß ich hervor. „Sie liebt ihn nicht und wird sich ihm niemals freiwillig hingeben. Ich könnte den Gedanken nicht ertragen, dass er sich ihr aufzwingt, sie zwingt ein Kind auszutragen, dass sie vielleicht niemals lieben kann..."

Dimitri hatte auch darauf eine Antwort. Allerdings trug sie nicht dazu bei, meinen Seelenfrieden zu finden.
„Sie wird es lieben, da bin ich mir sicher. Und du auch, weil du sie liebst und das Kind ihrem Leib entspringt. Mit der Zeit wirst du vergessen, dass es nicht dein eigen Fleisch und Blut ist. Und so schwer es für Riana sein mag, sich einem ungeliebten Mann hinzugeben, den meisten Frauen ist ein ähnliches Schicksal beschert. Sie werden nicht gefragt, ob sie einen Mann heiraten und ihm Kinder gebären wollen. Ich will nicht sagen, dass ich das richtig finde, aber so ist es nun einmal. Riana hat zumindest die Chance, nach ihrer

Befreiung an deiner Seite ihr Glück zu finden. Das wird sie für das entschädigen, was sie bei Boril erdulden muss."

Ich ließ seine Worte auf mich wirken und wusste, dass er Recht hatte. So schwer es für mich war, die geliebte Frau zurückzulassen, es war wirklich die einzige Chance für unsere gemeinsame Zukunft. Doch zuerst musste es mir gelingen, das Lager lebend zu verlassen.

Kapitel 20: Rianas Versprechen

Nachdem der Vampir mich von der Notwendigkeit seines Tuns überzeugt hatte, gab er mir von seinem Blut. Um dessen Wirkung zu steigern gestand er mir wieder eine größere Menge zu, jedoch nicht so viel wie in den ersten Tagen. Wie jede Nacht zuvor konnte ich nicht genug bekommen und wollte sein Handgelenk nicht loslassen. Er entzog es mir sanft aber unerbittlich.

Danach zog er sich seine Kleider wieder an. Inzwischen war sein Rücken so weit abgeheilt, dass nur noch ein paar rote Striemen an seine hässliche Bekanntschaft mit der Peitsche erinnerten und er versicherte mir, dass er keinerlei Schmerz mehr verspürte. Trotzdem plagte mich immer noch mein schlechtes Gewissen, weil ich zugelassen hatte, dass er an meiner Stelle bestraft worden war.

„Vergiss es einfach", riet er mir eindringlich. „So wie ich es selbst schon vergessen habe. Sei einfach froh, dass es dir erspart blieb, versuche lieber zu vermeiden, dass du noch einmal in eine solche Situation kommst. Denke an das, was wir heute besprochen haben: Nur indem du Boril möglichst wenig Anlass gibst, dich überhaupt zu bemerken, bietest du auch Riana einen gewissen Schutz vor ihm. Also geh ihm nach Möglichkeit aus dem Weg."

„Und du, - was tust du jetzt?" fragte ich als ich sah, dass er sich zum Gehen richtete. Er lächelte matt. „Ich muss mir dringend eine Blutmahlzeit suchen. Gestern habe ich viel Blut verloren, das muss ich ausgleichen damit ich bei Kräften bleibe."

„Wird sich Boril morgen nicht wundern, dass du die Peitsche so gut überstanden hast?"

Er schüttelte den Kopf. „Ich habe ihm bereits suggeriert, dass er es vergisst, und seinen Männern ebenfalls. Auch das war mit ein Grund, dass ich die Schläge auf mich genommen habe. Bei dir hätte er es nicht vergessen und wäre morgen wieder voller Misstrauen wegen der fehlenden Wunden gewesen. Und du sollst ihm doch möglichst wenig Anlass bieten, sich über dich aufzuregen. Versuche zu schlafen und alles Belastende zu vergessen. Und iss genügend, auch wenn es dir schwer fällt, du wirst deine Kräfte noch brauchen."

Die nächsten Tage wurden nicht einfach für mich. Zwar ignorierte mich Boril weitgehend, ja er fand es nicht einmal mehr für nötig, mich des Morgens persönlich zum Krankenzelt zu bringen, sondern ließ das einen seiner Männer tun. Irgendetwas beschäftigte ihn und einige Tage später verließ er sogar in Begleitung eines Gefolges von fast hundert Männern das Lager. Ich hätte gerne gewusst, wohin er ritt, doch meinen Wächter brauchte ich nicht danach zu fragen, er sprach nie ein einziges Wort mit mir.

Im Krankenzelt wurde ich dann jedoch von Edu informiert. In seiner hohen Stimmlage berichtete er mir aufgeregt, Boril sei mit seiner Truppe nach Tirgoviste unterwegs. Er wollte dort Vlad Tepes treffen und ihn bei der Gelegenheit auch gleich zu seiner Hochzeit einladen.
Mir wurde flau im Magen. Boril würde also wirklich seine Drohung wahr machen und mich an den Pfähler ausliefern. Bisher hatte ich immer noch im tiefsten Winkel meines Herzens ein kleines bisschen gehofft, er würde mir mit dieser Androhung nur Angst einjagen wollen. Ich hörte kaum mehr auf Edus Geplapper, der es ungemein aufregend fand, dass im Lager eine Hochzeit stattfinden sollte. Erst als er mir zum wiederholten Mal eine Frage gestellt und keine Antwort bekommen hatte, stieß er mich an.
„Was ist denn auf einmal mit dir los? Du bist ja ganz blass geworden. Ist dir übel? Oder hast du wieder mal kaum etwas gegessen? Komm, ich bringe dich zu Romika, die wird schon wissen, was mit dir geschehen soll..."
„Ich winkte matt ab. „Nein, es ist nichts. Mir geht es gut und ich habe bereits gefrühstückt."
Das war zwar eine Lüge, aber ich hatte keine Lust, mich von Romika tadeln zu lassen. Ich wollte mir auch kein Essen aufzwingen lassen, mein Hals war wie zugeschnürt. Deshalb machte ich Edu den Vorschlag, sofort mit der Arbeit anzufangen. Er schaute mich gekränkt an, ging aber mit mir. Allerdings vermied er es, mich nochmals anzusprechen.
Es tat mir ein wenig Leid, ihn verärgert zu haben. Aber was hätte ich ihm sagen sollen? Das ich, sozusagen als Hochzeitsgabe, geopfert werden sollte? Bislang wusste im Krankenlager niemand davon, - ausgenommen vielleicht Romika, aber ich war mir nicht sicher. Ich wollte auch nicht, dass es jemand erfuhr, - es fiel mir schwer genug selbst mit dieser angsteinflößenden Aussicht zu leben. Ich wollte nicht auch noch die mitleidigen Blicke oder tuschelnden Worte der anderen ertragen. Helfen konnte mir sowieso niemand. Edu, Gion und Ossip waren Sklaven wie ich und wenn sie Boril um mein Leben anflehen würden könnte es dem höchstens in den Sinn kommen, sie aus Zorn ebenfalls pfählen zu lassen. Dann hätte ich auch noch das Schicksal meiner Kameraden auf dem Gewissen.
Stumm begann ich mit meinen täglichen Aufgaben. Dabei vermied ich es tunlichst, in Romikas Richtung zu blicken. Aber nicht etwa wegen ihr, sondern wegen Riana, die sich immer in ihrer Nähe aufhielt. Die beiden Frauen standen sich inzwischen sehr nahe, das sah man an der Fürsorge, mit der Romika Riana unter ihre Fittiche nahm. Sie schienen mir fast so vertraut miteinander wie Mutter und Tochter.
Es war ein weiteres perfides Spiel Borils, mich und Riana jeden Tag zusammenzubringen, ohne dass wir jedoch miteinander sprechen durften. Er hatte mich strengstens gewarnt, ihr zu nahe zu kommen oder sie gar

anzusprechen. Und mir die übelsten Dinge angedroht, sollte ich es wagen seiner Anordnung zuwider zu handeln. Da ich wusste, er würde sie wahr machen, hielt ich mich eisern von Riana fern. Auch wenn es mich noch so sehr schmerzte.

Sie hingegen ließ mich anscheinend keinen Moment aus den Augen. Wann immer ich einen schnellen Blick aus den Augenwinkeln in ihre Richtung wagte, sah sie zu mir her. In ihrer Miene sah ich dabei so viel Schmerz, dass es mir schier das Herz zerreißen wollte. Ich fragte mich dann immer, was sie wohl denken mochte, - ob sie von Borils Drohungen wusste oder einfach vermutete, ich liebe sie nicht mehr.

Manchmal dachte ich bei mir, es wäre wirklich besser gewesen, unsere Liebe hätte sich nur als kurzes, heftiges Strohfeuer entpuppt. Wie einfach wäre es für uns beide, würden wir uns nichts mehr bedeuten. Ich könnte mich voll und ganz auf meine Flucht konzentrieren und womöglich würde sich Riana ja tatsächlich in Boril verlieben. Sie war jung und unerfahren und Boril war ein stattlicher, gutaussehender Mann. Doch das schien sie gar nicht zu bemerken. Für sie gab es nur mich, - und sie liebte mich noch immer so wie in jener einen kurzen Nacht, die uns vergönnt gewesen war. Und mir erging es mit ihr nicht anders.

Natürlich gab mir Dimitri auch weiterhin jede Nacht von seinem Blut und die Menge, die er mir nun zugestand erwies sich als gut für unsere Zwecke. Zwar litt ich nach wie vor unter Appetitlosigkeit, aber ich konnte mich meistens zwingen, genug Nahrung zu mir zu nehmen um bei Kräften zu bleiben. Auch die Schutzwirkung seines Blutes verbesserte sich allmählich, ich konnte mich freier bewegen und mir auch mehr Freiheiten herausnehmen ohne dafür bestraft zu werden.

„In spätestens einer Woche können wir ungehindert gemeinsam das Lager verlassen", meinte er optimistisch. Ich wollte seinen Optimismus gerne teilen, doch es fiel mir nicht leicht. „In einer Woche kann noch viel geschehen", unkte ich trübe. „Ich glaube nicht eher daran, als bis ich weit von hier weg bin."

Inzwischen hatte ich jeglichen Glauben verloren, den an Gott ebenso wie den an Dimitris vampirische Fähigkeiten. Ich konnte nur noch an das glauben, was für mich begreifbar war. Aber das war sehr wenig.

Oder war es der Gedanke an Riana, der in mir keine richtige Freude über meine baldige Freiheit aufkommen ließ? Ich konnte einfach nicht akzeptieren, sie alleine einem ungewissen Schicksal überlassen zu müssen.

Der Vampir versuchte nach Kräften meine Zweifel zu zerstreuen und mir Mut zu machen. Doch davon wollte ich nichts hören. Ich befand mich in einem geistigen Ausnahmezustand, der eine Mischung aus Angst, Hoffnung,

Enthusiasmus und dann wieder Hoffnungslosigkeit war. All diese Gefühle suchten mich nacheinander oder auch gleichzeitig heim. Und insgeheim befürchtete ich manchmal, darüber wahnsinnig zu werden.

Noch immer war Boril nicht ins Lager zurückgekehrt und niemand konnte oder wollte mir sagen, was ihn so lange fernhielt. Für mich bedeutete seine Abwesenheit allerdings kaum eine Erleichterung, denn er hatte seine Vertrauten angewiesen, ein wachsames Auge auf mich zu haben. Und zu meinem Leidwesen nahmen sie ihre Aufgabe sehr ernst. Ständig hielt sich mindestens ein Mann in meiner Nähe auf und beobachtete, was ich tat. Besonders schien sie zu interessieren, dass ich Riana auch ja nicht zu nahe kam.

Ich war schon eine geraume Weile damit beschäftigt, hinter dem Zelt eine neue Toilettengrube auszuheben. Das hatte mir mein Aufpasser, - ein besonders unangenehmer Mensch, dem es anscheinend Spaß machte mich zu schikanieren, - aufgetragen. Immer wenn er an der Reihe war überhäufte er mich mit möglichst unangenehmen Aufgaben.
Das Ausheben der Abortgruben war bislang stets Gions Arbeit gewesen, zudem wäre sie noch gar nicht nötig gewesen, da die zuletzt ausgehobene noch nicht voll war. Aber mein Wächter bestand darauf, dass ich es tun müsse. Er wählte sogar eine, seiner Meinung nach besonders geeignete Stelle dafür aus. Mich wunderte kaum, dass es sich dabei um ein extrem steiniges Stück Erde handelte, dass inmitten herabgestürzter Felsbrocken nahe der Steilwand lag. Dort ein tiefes Loch zu graben würde mich vermutlich den ganzen Tag beschäftigen.
Doch ich tat ihm nicht den Gefallen, mich zu beschweren, in stoischer Gleichmut trieb ich die Hacke in den steinigen Untergrund und schaufelte dann Erde und Geröll heraus, die ich dahinter zu einem Haufen aufschichtete. Immerhin verzichtete mein Wächter an diesem Tag darauf, mich bei meinem Tun ständig zu beobachten. Längst war es Herbst geworden und ein unangenehm kalter Wind strich durch die hohle Gasse zwischen Zelt- und Felswand. Zudem regnete es schon seit Tagesanbruch. Nachdem er sich versichert hatte, dass ich auch wirklich mit der mir aufgetragenen Arbeit begann, verschwand der Mann schleunigst im Zeltinneren um sich im Kreise einiger fast genesenen Patienten die Zeit mit einem Würfelspiel zu vertreiben. Mein Kaftan war längst durchnässt und der eisige Wind klebte ihn mir unangenehm kalt auf den Leib. Damit mir wenigstens ein bisschen warm wurde, arbeitete ich mit Feuereifer. Doch all meine Mühe war umsonst, ich zitterte vor Kälte. Aus meinem Haar liefen mir Rinnsale über Gesicht und Hals, ich hatte es längst aufgegeben, sie wegzuwischen. Flüchtig dachte ich

darüber nach, ob ich wohl Gefahr lief, an einer Erkältung oder gar an einer Lungenentzündung zu erkranken, doch dann sagte ich mir, dass das Vampirblut das verhindern würde. So wie es Verletzungen zuverlässig heilte, schützte es mich auch vor Krankheiten.

Mein Tun kam mir vor wie die reinste Sisyphusarbeit. Der schwere, steinige Boden ließ sich nur unter Kraftaufwand bewegen und die durchnässte Erde, die ich so mühsam aus dem Loch zu befördern versuchte, rutschte immer wieder zurück. Frustriert holte ich mit der Hacke aus, trieb sie tief in den aufgeweichten Boden. Zu allem Übel verklemmte sie sich zwischen den Steinbrocken, so dass ich heftig am Stiel rüttelte und zerrte, um sie wieder frei zu bekommen. Plötzlich gab das Hindernis so unvermittelt nach, dass ich das Gleichgewicht verlor und mich rücklings auf meinen Hintern setzte.

Ein erschrockener Schrei ließ mich herumfahren. Da stand Riana, die sich eine gefettete Ziegenhaut zum Schutz gegen den Regen über Kopf und Schulter gelegt hatte. Sie ließ sie fallen und kauerte sich neben mir nieder ohne darauf zu achten, dass sie nass wurde und zudem den Saum ihrer Röcke mit Schlamm beschmutzte.

„Hast du weh getan?" fragte sie voller Besorgnis währen ihre Augen mich prüfend abtasteten.

„Riana...!" stieß ich verblüfft hervor und rappelte mich eilig auf. „Was, um Himmels Willen tust du hier?"

Ich wollte sie hochziehen, ließ es aber bleiben als mein Blick auf meine schmutzigen Hände fiel. Betreten ließ ich sie sinken und starrte Riana an.

Sie hatte sich bereits wieder erhoben und stand so dicht vor mir, dass ich sie hätte berühren können. Ihr Anblick erregte mich so, dass ich sie am liebsten in meine Arme gerissen und geküsst hätte. Nur unter Aufbietung all meiner Willenskraft widerstand ich der Versuchung.

„Ich musste dich einfach sehen..., mit dir reden", stieß sie hervor und warf sich mir ungeachtet meines durchnässten, schmutzigen Gewandes an die Brust. Und ich schloss ebenso spontan meine Arme um sie, ohne einen Gedanken daran zu verschwenden welche Folgen das für uns beide haben konnte. Mein Kopf senkte sich herab und unsere Lippen trafen sich zu einem langen, innigen Kuss.

Nur ganz allmählich drang die Erkenntnis in mein Bewusstsein, was wir hier taten. Nicht auszudenken, was geschehen würde, sollte jemand unseren verbotenen Kuss beobachten. Plötzliche Ernüchterung zwang mich dazu, Riana abrupt loszulassen und einen Schritt zurückzutreten. Misstrauisch suchten meine Augen den Zelteingang ab, aber niemand war zu sehen.

„Entschuldige bitte", murmelte ich hilflos als ich ihren gekränkten und verwirrten Gesichtsausdruck sah. Fast kam ich mir feige vor, als ich lahm erklärte: „Das dürfen wir nicht tun. Es ist viel zu gefährlich. Wenn Boril davon erfährt..."

„Boril ist nicht hier", beschwor mich Riana und legte sanft ihre Finger auf meine Lippen. „Niemand ist hier. Nur du und ich..."

„Aber der Wächter... Er kann jeden Moment herauskommen um nachzusehen, was ich treibe. Sollte er dich in meiner Nähe sehen, so wird er Boril Bericht erstatten." Hektisch ließ ich meine Augen erneut zum Zelteingang schweifen. War da nicht eine Bewegung? Erschrocken hielt ich die Luft an. Als nichts geschah entspannte ich mich langsam wieder. Nein, niemand kam heraus, es war nur die Plane, die leicht im Wind schwang.

„Der Wächter ist selbst beschäftigt. Romika hat ihn gebeten beim Ausbessern einer undichten Zeltplane behilflich zu sein. Zuvor müssen jedoch erst die Verwundeten in einer trockenen Ecke untergebracht werden. Und nach den Ausbesserungsarbeiten müssen sie an ihre alten Plätze zurückgetragen werden. Das dauert seine Zeit. Wir sind also vollkommen ungestört..."

Trotz ihrer Worte war mir weiterhin mulmig zumute. Doch ich wollte nicht, dass sie mich für feige hielt. Um mich von meinen Ängsten abzulenken hob ich die gefettete Tierhaut auf, schüttelte die Regentropfen ab und hielt sie ihr hin. Dann besann ich mich anders und legte sie ihr über Kopf und Schulter. Ich kam mir schrecklich unbeholfen vor und versuchte meine Unsicherheit mit Worten zu überspielen.

„Du wirst dich erkälten, du bist schon ganz nass."

„Keine Angst, so empfindlich bin ich nicht", erwiderte sie sanft und nahm die Enden der Haut in beide Hände. „Ein bisschen Regen bringt mich nicht um. Du bist viel nässer als ich, du triefst ja geradezu."

Ihre Stimme klang plötzlich besorgt. „Außerdem bist du entsetzlich dünn geworden. Romika sagte, du würdest kaum essen... Versprich mir, dich zu zwingen. Du musst bei Kräften bleiben."

Wozu? wollte ich fragen, verkniff es mir aber. Wie sollte ich Riana erklären, was mir bevorstand? Unmöglich konnte ich ihr sagen, dass ich am Tage ihrer Hochzeit sterben sollte. Dass ein kräftiger Körper meine Leiden um ein vielfaches verstärken und meinen Tod nur hinausziehen würde.

So weit wird es nicht kommen, redete ich mir energisch ein, - Dimitri wird mich retten. Ich musste bloß endlich wieder Vertrauen in seine vampirischen Fähigkeiten fassen. Doch die morbiden Todesahnungen geisterten hartnäckig durch meine Gedanken und brachten mich immer wieder dazu, über mein baldiges Ende nachzugrübeln.

„Ich verspreche es", lenkte ich mich selber ab und fügte mit mehr Zuversicht hinzu als ich empfand. „Alles wird gut werden, Riana."

„Ja", hauchte sie und schmiegte sich erneut an mich als könne ich ihr tatsächlich Schutz gewähren. Ihr Vertrauen in mich versetzte mir einen Stich, denn in Wahrheit war sie nirgends mehr in Gefahr als in meiner Nähe. Trotzdem konnte ich einfach nicht anders, ich musste meine Arme erneut um sie legen, sie an mich drücken. Ich brauchte ihre Wärme, ihre Nähe wie die Luft zum Atmen.

Ihr anschmiegsamer Körper entlockte meinem eigenen eine eindeutige Reaktion, die in diesem Moment ganz gewiss nicht angebracht war. Dennoch fühlte ich mich emotional einfach zu schwach dagegen anzukämpfen. So presste ich sie eng an mich und legte sachte mein Kinn auf ihren Scheitel. Und fast meinte ich, ein wenig ihrer Kraft flösse in mich.

Obwohl sie meine Begierde spüren musste, wehrte Riana sich nicht gegen meine Umarmung. Im Gegenteil drängte sie sich noch dichter an mich. Nachdem wir eine Weile eng umschlungen verharrt hatten, hob sie mir ihr Gesicht entgegen und unsere Lippen trafen sich aufs Neue. Meine Zunge erforschte hungrig ihren Mund, verlor sich in der Weichheit und Wärme. Sie schmeckte süß und aufregend, ich konnte nicht genug bekommen. Auch sie war begierig nach mir und zeigte es mir deutlich. Für einen glückseligen Moment vergaßen wir allen Unbill um uns herum.

„Wir dürfen das nicht tun", sagte ich schließlich gequält als mein vernebelter Verstand zurückkehrte. Ich schob sie ein wenig von mir, loslassen konnte ich sie jedoch nicht. Trotz meiner Bedenken hätte ich sie am liebsten erneut an mich gerissen und geküsst. Aber dann siegte doch meine Vernunft über meinen schwachen Körper.

„Boril wird mich auspeitschen lassen oder noch Schlimmeres, sollte er davon erfahren. Oder, was noch schrecklicher wäre, - er könnte sich vor Zorn dazu hinreißen lassen, dir etwas anzutun. Das wäre für mich furchtbarer als alles, was er mir zufügen könnte. Du weißt, er erhebt Anspruch auf dich..."

Rianas dunkle Augen funkelten kämpferisch, als sie leidenschaftlich hervorstieß: „Ich bin nicht Borils Eigentum und werde es niemals sein. Du bist es, dem ich versprochen bin und du bist derjenige, den ich will. Ich werde Boril niemals gehören..."

Ihr Kampfgeist erfreute mich und beschämte mich gleichermaßen. Sie schien wild entschlossen für unsere Liebe zu kämpfen, wie gerne hätte ich es ihr gleichgetan. Aber ich brachte den Mut dazu nicht mehr auf. Borils Macht über mich würde letztendlich stärker sein als meine Liebe zu Riana. Resigniert ließ ich den Kopf sinken.

Doch dann zwang ich mich dazu, ihr fest in die Augen zu sehen. Es hatte keinen Sinn, sich etwas vorzumachen, ich musste ihr sagen, dass ich nicht mehr imstande war für unsere Liebe zu kämpfen. Auch wenn es mir noch so schwer fiel ihr meine Ohnmacht zu gestehen und ich die Verachtung fürchtete, die sie dann für mich empfinden musste. Tief holte ich Luft.

„Ich bin leider nicht in der Lage, dich vor Borils Absichten zu schützen", bekannte ich unglücklich. „Er hat es sich in den Kopf gesetzt, dich mir wegzunehmen und ich kann ihn nicht daran hindern, seinen Willen durchzusetzen. Um dir selbst einen Gefallen zu tun, rate ich dir, nicht gegen ihn anzukämpfen. Er wird dich unterjochen, deinen Willen brechen, so wie er es mit meinem gemacht hat..."

Ich hielt einen Moment inne, weil mir das Sprechen plötzlich schwer fiel. Doch ich war es ihr schuldig, sie schonungslos aufzuklären, ich musste ihr sagen, weshalb alles so gekommen war und was mein Bruder aus mir gemacht hatte. Zuerst stockend, dann flüssiger begann ich zu reden. Ich begann bei jenem Tag, als ich sie verlassen hatte und ließ nichts aus, außer der Tatsache, dass ich durch einen Vampir vor dem ansonsten sicheren Tod gerettet worden war. Auch meine Freundschaft zu Dimitri erwähnte ich nicht.

Sie hörte mir stumm zu und schließlich endete ich: „Boril hat es sich in den Kopf gesetzt, sich all das anzueignen, was ihm Vater vorenthalten hat. Bis auf meine Schwestern und vielleicht Aleko hat er meine Familie heimtückisch ermordet. Auch mich wird er nicht am Leben lassen. Er machte mich zu seinem Sklaven weil er mich noch brauchte. Durch mich ist er an dich herangekommen und dass du jetzt in seiner Gewalt bist ist einzig meine Schuld. Ich hätte mich nicht von ihm zwingen lassen sollen, dir diesen Brief zu schreiben. Aber ich hatte einfach zu viel Angst..."

Ich brach ab, nicht mehr fähig, ihr noch in die Augen zu sehen. Ich wollte die Verachtung nicht sehen, die sie mir entgegen bringen musste. Doch zu meiner Verwunderung legte sie ihre Hand an meine Wange und drehte meinen Kopf sachte zu sich herum. Voller Verwirrung sah ich, dass sie wehmütig lächelte.

„Nein, ich verachte dich nicht", wisperte sie leise, so als kenne sie meine Gedanken. „An deiner Stelle hätte ich vermutlich nicht anders gehandelt."

„Aber durch meine Feigheit bist du hier. Weil ich nicht wagte, mich Borils Forderungen zu widersetzen..."

„Du konntest nicht anders. Angst um andere Menschen zu haben ist niemals feige. Zudem hätte deine Weigerung nichts geändert, höchstens noch mehr Menschenleben gekostet. Es war richtig, wie du gehandelt hast."

Sie blickte mich einen Moment stumm an, dann meinte sie: „Zumindest kann ich dir eine Sorge nehmen; Aleko lebt und es geht ihm gut. Dass er nicht starb verdankt er dir..."

„Mir? Aber wie kann das angehen? Ich war doch gar nicht in seiner Nähe..."

„Aber du hast ihm an seinem zwölften Geburtstag ein kleines Übungsschwert geschenkt, - so erzählte er mir jedenfalls. Dieses Schwert trug er bei sich, unter seinem Umhang verborgen. Sein Knauf befand sich in Höhe seines Herzens und der Pfeil prallte daran ab. Statt in seinem Herzen blieb er in seiner Schulter stecken, wo er eine stark blutende, aber ansonsten harmlose

Fleischwunde hinterließ. Nachdem er entfernt war, ging es deinem kleinen Bruder bald wieder besser. Und inzwischen hat er unter der liebevollen Zuwendung eurer Verwandten auch den Überfall und den tragischen Tod eures Vaters verwunden."

Ich hätte vor Freude weinen können über diese gute Nachricht. Und zum ersten Mal seit langer Zeit schickte ich ein stummes Dankgebet zum Himmel. Vielleicht hatte Gott mich ja doch noch nicht ganz vergessen. Würde er mich nochmals erhören, wenn ich ihn um Beistand für Riana anflehte?

„Bitte widersetze dich Boril nicht", bat ich sie leise. „Dir kann ich leider nichts geben, was dich vor ihm schützt. Nur den dringenden Rat, zu tun, was er von dir verlangt. Er ist skrupellos und wird dich ohne zu zögern zwingen, ihm zu Willen zu sein. Er besitzt keinerlei Gewissen und manipuliert Menschen ganz wie es ihm beliebt. Und er schreckt vor absolut nichts zurück. Ich könnte nicht ertragen, dich leiden zu sehen."

Ihre Augen füllten sich mit Tränen und zum ersten Mal sah ich, wie sie um Fassung rang. Doch bevor mir ein tröstendes Wort einfiel, hatte sie sich schon wieder in der Gewalt. Ich musste sie bewundern; mit ihren gerade mal siebzehn Jahren sah sie ihrer ungewissen Zukunft um ein vielfaches tapferer entgegen als ich.

„Auch ich will dich nicht leiden sehen. Deshalb werde ich mich nicht weiter gegen Boril wehren und habe zugestimmt, seine Frau zu werden. Ich habe ihm im Gegenzug das Versprechen abgerungen, dich am Leben zu lassen. Dafür werde ich am Hochzeitstag den Schein wahren und vor seinen Männern die liebende Braut spielen. Ich versprach ihm auch noch, ihm freiwillig als gute Ehefrau zu dienen, - aber nur, wenn er dich freiließe. Er meinte, er werde darüber nachdenken..."

Ich kniff bitter die Lippen zusammen, schwieg aber. Wie hätte ich ihr sagen können, dass Boril mich weder frei-, noch am Leben lassen würde? Dass er mir sogar einen besonders grausamen Tod zugedacht hatte. Und dass es ihn einen Deut scherte, ob sie freiwillig oder gezwungenermaßen bei ihm blieb. Doch dieses Wissen behielt ich für mich, ich ahnte, wenn Riana das erführe, würde sie niemals einwilligen, ihn zu heiraten.

Zudem verspürte ich trotz des Ernstes unserer Lage einen Stich der Eifersucht im Herzen, - schalt mich aber sofort einen Narren dafür. Eher musste ich dankbar sein, dass Riana sich einsichtig zeigte. Ich hoffte nur, Boril würde ihre so offensichtliche Sorge um mein Wohl nicht auszunutzen um sie gefügig zu halten.

Sie schien zu spüren was in mir vorging, denn sie umarmte mich und drückte ihr Gesicht an meine Brust. Ich spürte, wie sie zitterte. Doch dann hob sie den Kopf und sah mich an. In ihren Augen erkannte ich einen harten Glanz.

„Ich werde Borils Frau weil er mir keine andere Wahl lässt. Und weil es vermutlich der einzige Weg ist, dass du weiterleben darfst. Aber tief in meinem Herzen gehöre ich zu dir. Ich werde ewig dir gehören, - selbst wenn ich dich niemals mehr sehen werde. Boril kann meinen Körper besitzen, aber niemals meine Seele. Und ich werde niemals seinen Erben gebären..."

Voller Kummer sah ich sie an. Wie naiv und unschuldig sie doch war. Wie wollte sie Boril daran hindern, sie zu schwängern? Er würde nicht zurückschrecken, ihr seinen Samen mit Gewalt in den Leib zu pflanzen. Und ganz sicher würde er sie nicht unbewacht lassen, bis sein Kind geboren wäre. Riana würde nicht einmal die Gelegenheit bekommen, Romikas Hexenkünste in Anspruch zu nehmen um sich des ungewollten Lebens zu entledigen.

So, als kenne sie wiederum meine Gedanken, schüttelte sie energisch den Kopf. „Ich habe lange nachgedacht und mich zudem mit Romika beraten. Sie versicherte mir, es wäre möglich..."

„Was hast du vor?" wollte ich besorgt wissen. Ihre Entschlossenheit machte mir Angst, - Angst um ihr Wohlergehen und ihr Leben. Sie durfte Boril nicht unterschätzen. Gehetzt fügte ich hinzu: „Wie willst du eine Schwangerschaft verhindern?"

„Ich werde schwanger werden, das ist sogar mein dringendster Wunsch. Aber es wird nicht Borils Kind sein, dass ich empfange, sondern Deines..."

Kapitel 21: Gefährliche Leidenschaft

„Meines?" echote ich perplex und schaute sie ungläubig an. Hatten die Anspannung und die Sorgen etwa ihren Geist verwirrt? Oder wollte sie einfach glauben, es sei mein Kind, das sie zu gebären gezwungen sein würde?
„Aber wie stellst du dir das vor? Wie soll ich das machen?"
„Nun, darüber weißt du vermutlich besser Bescheid als ich", konterte sie und lächelte leicht über meine Verwirrung. Doch sogleich wurde sie wieder ernst, ihr war so wenig zum Scherzen zumute wie mir. Und sie schien bereits einen festen Plan zu haben, den sie mir nun erklärte.
„Ich muss akzeptieren, was das Schicksal mir auferlegt. Und ich werde mein Schicksal mit Frieden im Herzen annehmen, wenn ich weiß, dass du dadurch am Leben bleiben kannst. Dir alleine wird auf ewig meine Liebe gehören. Doch wenn ich dich auch nie mehr im Leben sehen, dich nie mehr umarmen kann, so will ich doch etwas von dir zurückbehalten. Etwas, das ich genauso lieben kann wie ich dich liebe und das mir zeigt, dass ein Teil von dir bei mir ist, - dein Kind..."
Sie konnte nicht mehr weiter sprechen, es war endgültig um ihre Fassung geschehen. Aufschluchzend sank sie in meine Arme und ich hielt sie fest. Ich versuchte ihr Trost zu vermitteln, dabei war mir selbst zum Heulen zumute. Endlich fand ich die Sprache wieder, wenn auch stammelnd.
„Wenn das dein größter Wunsch ist, so würde ich ihn dir natürlich gerne erfüllen. Trotzdem ich nicht weiß, wie wir das bewerkstelligen könnten. Ich bin ein Sklave und werde strengstens bewacht. Zudem musst du bedenken, - was wird Boril tun, wenn er merkt, dass du vor der Hochzeit einem anderen Mann beigelegen hast? Selbst wenn er nicht ahnen würde, dass es mein Kind ist, - was er aber ganz sicher tun wird. Niemals wird er mein Kind aufziehen - er wird es töten, sobald es auf der Welt ist. Oder, noch schlimmer, er wird dich umbringen, sobald er davon erfährt..."
Doch Riana schien ihrer Sache ganz sicher zu sein. Und sie hatte ihren Entschluss reiflich überlegt, wie sie mir nun klarmachte.
„Ich habe alles mit Romika besprochen und sie versprach, mir zu helfen. Sie meinte, es wäre ein Leichtes, einem Mann in der Hochzeitsnacht Jungfräulichkeit vorzugaukeln, sie habe diesbezüglich schon mancher Braut geholfen. Eine mit Blut gefüllte Blase eines Kaninchens in der Scheide platziert hätte schon so manchen Bräutigam getäuscht. Sie will zusätzlich dafür sorgen, dass Boril in der Hochzeitsnacht betrunken sein wird. Am nächsten Morgen wäre ihm dann sicher das blutige Laken ein ausreichender Beweis, dass er mein erster Mann gewesen sei."
Es machte mich ein wenig verlegen, wie offen sie über diese intimen Dinge sprach. Doch ich bewunderte sie auch für ihren Mut. Und nachdem ich kurz

über ihre Ausführung nachgedacht hatte nickte ich zustimmend. So konnte Boril vermutlich tatsächlich getäuscht werden. Aber da gab es noch mehr zu bedenken, fiel mir ein. Etwa die Dauer der Schwangerschaft. Würde Boril nicht misstrauisch werden, wenn das Kind bereits nach acht Monaten geboren würde? Doch auch dazu hatte Riana eine Antwort parat.

„Romika versicherte mir, nicht wenige Kinder kämen früher als errechnet zur Welt, zudem kennen sich die meisten Ehemänner sowieso kaum genau über Schwangerschaft und Geburt aus, das ist allein die Sache der Frau. Und um deiner nächsten Frage zuvorzukommen, - da Boril und du euch so sehr ähnelt, wird er niemals vermuten, das Kind könne nicht seines sein. Du siehst, Romika und ich haben alles bedacht. Nun liegt es nur noch an dir..."

Ich musste zugeben, ihre Worte klangen überzeugend. Und ich vertraute Romikas Urteil, - wenn sie versicherte, Boril würde nichts merken, so würde es auch so sein. Zudem verlockte mich der Gedanke, mit Riana zu schlafen. Und auch der, meinem herrschsüchtigen Bruder doch noch eins auszuwischen. Trotzdem plagte mich auch Unsicherheit. Es war gefährlich, was Riana vorhatte, gefährlich für uns beide. Schließlich benötigten wir für unsere Liebestunden einen Platz, an dem wir ungestört sein konnten. Das schien mir ein fast unüberwindbares Problem. Ratlos fragte ich deshalb:

„Aber wo soll es geschehen? Ich werde ständig überwacht und du kannst dich auch nicht frei bewegen..."

„Wie du weißt, ist Romika von Boril zu meiner Aufpasserin bestellt worden. Er vertraut ihr und wird niemals vermuten, dass sie uns helfen wird ihn zu betrügen. Sie machte mir den Vorschlag..."

Näherkommende Stimmen ließen sie jäh verstummen, auch ich blickte erschrocken zum Zelteingang. Doch zu unserem Glück kam niemand heraus. Trotzdem wollten wir nicht riskieren, zusammen gesehen zu werden, das würde unseren Plan zunichtemachen.

„Ich muss gehen", wisperte Riana und sah sich gehetzt um. Dann stülpte sie die gefettete Ziegenhaut, die sie nachlässig um die Schulter gelegt hatte über ihr längst nasses Haar und raffte sie unter ihrem Kinn zusammen. Ohne ihren angefangenen Satz zu beenden eilte sie davon. Ich wagte nicht ihr nachzurufen, die Gefahr im Zeltinneren gehört zu werden war zu groß. Deshalb blieb ich wo ich war und schaute ihr verwirrt hinterher.

Den restlichen Tag grübelte ich darüber nach, ob es wohl richtig sei, was wir tun wollten. Immer wieder wägte ich die Risiken ab, überlegte, ob sie die Befriedigung meiner Begierde wert wären. Doch der Gedanke, dass Riana mein statt Borils Kind bekommen würde, gefiel mir immer besser.

Doch dann überwog wieder die Angst vor dem, was daraus entstehen konnte. Würde sich Boril tatsächlich täuschen lassen? Was würde aus Riana und dem Kind werden, sollte er doch Verdacht schöpfen?

Dann redete ich mir wieder ein, dass es aber ihr dringendster Wunsch sei und ich wollte sie keinesfalls enttäuschen. Immerhin konnte es wirklich so sein, dass ich sie niemals wiedersah. So vieles konnte geschehen, das ich nicht zu beeinflussen vermochte. Selbst wenn es Dimitri gelang, mich unbeschadet aus dem Lager zu bringen, - Riana musste zurückbleiben. Es war mehr als ungewiss, wann, oder ob es mir überhaupt gelang, sie zu befreien.

Andererseits, auch wenn ich mir deswegen eigennützig vorkam, ich wollte mit Riana schlafen, ich wollte es so sehr, dass mein Geschlecht beim bloßen Gedanken daran anschwoll. Die vielen Entbehrungen und auch die Pein der letzten Wochen hatten zwar meinen Körper geschwächt, nicht jedoch die Leidenschaft in mir. Rianas ständige Präsenz, zuerst nur in meinen Gedanken und jetzt real, machte es mir nicht einfacher. Ich begehrte sie, wie ich nie zuvor etwas begehrt hatte und es war mir völlig egal, dass wir im Begriff waren eine Todsünde zu begehen

Nicht zuletzt die in mir schlummernde Angst, dieses Abenteuer letztendlich doch nicht zu überleben trug endgültig zu meinem Entschluss bei. Sollte ich wirklich sterben, so würde etwas von mir auf dieser Welt zurückbleiben. Ein Kind, auch wenn ich es niemals kennenlernen durfte, würde mich ein Stück weit unsterblich machen.

Zwar war ich inzwischen halbwegs überzeugt, das Lager lebend zu verlassen. Dimitris Blut und sein ständiger Zuspruch zeigten allmählich Wirkung und verliehen mir etwas Optimismus. Doch hundertprozentigen Schutz gewährte mir das Vampirblut nicht, das hatte ich immer wieder feststellen müssen. Unvorhersehbare Geschehnisse konnten seine Wirkung mindern oder sogar ganz außer Kraft setzen. Deshalb beschwor mich Dimitri auch jede Nacht aufs Neue, so wenig als möglich aufzufallen.

Als Dimitri mich am Abend besuchte, unterließ ich es mit ihm über Rianas Vorschlag zu sprechen. Es fiel mir schwer, doch ich fürchtete, er würde es mir ausreden wollen, was vermutlich auch der Fall wäre. Damit er es nicht aus meinen Gedanken las, bemühte ich mich, während seiner Anwesenheit an möglichst belanglose Dinge zu denken. Da er längst nicht mehr ständig meine Gedanken kontrollierte, gelang es mir tatsächlich, ihm mein Geheimnis vorzuenthalten.

Dimitri war schon seit Nächten damit beschäftigt meine Flucht vorzubereiten. Er nutzte jede freie Stunde der Nacht, um die Umgebung nach sicheren Unterschlupfmöglichkeiten abzusuchen in denen er Decken und Proviant deponierte.

Die Verstecke mussten sicher vor zufälliger Entdeckung sein. Denn Boril würde nichts unversucht lassen, mich aufzuspüren. Einige seiner Männer kannten sich in der Umgebung wie in ihrer Westentasche aus. Und er würde mich tage-, wenn nicht sogar wochenlang suchen lassen.

An diesem Abend verabschiedete Dimitri sich bald, nachdem er mir die obligatorische Menge seines Blutes zugestanden hatte. Ich nickte artig zu seinen ebenso obligatorischen Ermahnungen und legte mich dann mit hinter dem Kopf verschränkten Armen auf mein Lager. Jetzt konnte ich mich endlich ungestört meinen Gedanken an Riana widmen und meine Grübeleien ließen erst gar keine Müdigkeit aufkommen.

Dimitris Blutgabe bewirkte, dass ich in meinem dunklen Kerker jede Einzelheit erkennen konnte. Allerdings gab es nur wenig zu sehen, deshalb verfolgten meine Augen gelangweilt das geschäftige Treiben einer dicken Spinne, die emsig damit beschäftigt war ihr Netz zu flicken. Ein großer Käfer hatte es in dem vergeblichen Versuch, sich daraus zu befreien zerstört. Jetzt hing er zu einem unentwirrbaren Kokon verschnürt an der Decke. Sein hilfloser Zustand erinnerte mich fatal an meinen eigenen, zwar war ich nicht gebunden, aber dennoch gab es für mich kein Entrinnen...

Nein, befahl ich mir selbst, ich wollte mich nicht schon wieder diesen trübsinnigen Gedanken hingeben, nicht in dieser Nacht. Lieber wollte ich weiter über Rianas Vorschlag nachdenken. Noch immer war es mir ein Rätsel, wie wir zusammenkommen sollten. Ich konnte nicht aus meinem Kerker heraus, zumindest nicht ohne fremde Hilfe. Dimitri legte stets wieder den Riegel vor, wenn er mich verließ. Und ich hörte oft, wie der Wachmann um Mitternacht nochmals überprüfte, ob ich auch tatsächlich sicher eingeschlossen war. Ob mich danach noch jemand bewachte, wusste ich nicht.

Noch immer krochen Zweifel durch mein Gehirn und tausend Möglichkeiten fielen mir ein, was alles schiefgehen konnte. Je mehr ich grübelte, desto mehr zweifelte ich.

Ich meinte sogar, Dimitris mahnende Stimme zu hören. Nur noch ein paar Nächte Geduld, so flüsterte er mir beschwörend zu, dann wäre ich endlich frei. Ich sollte die fast schon greifbare Freiheit nicht aufs Spiel setzen.

Ich erschrak als mir bewusst wurde, dass der Vampir tatsächlich zu mir sprach. Er war in meine Gedanken gedrungen und hatte gesehen was ich vorhatte. Sogar über die Entfernungen hinweg war er in der Lage, in meine Gedanken zu dringen.

Ärger stieg in mir hoch. Meine intimsten Gedanken gingen ihn wirklich nichts an. Am liebsten hätte ich es ihm sofort gesagt. Dann ließ ich meinem Ärger einfach freien Lauf und beschwerte mich, so als stände er mir gegenüber. Wenn er meine geheimen Gedanken hören konnte, so würde er sicher auch das hören. Eine Antwort blieb jedoch aus.

Schlechtes Gewissen packte mich und ich fürchtete einen Moment den einzigen Freund, den ich noch besaß, verärgert zu haben. Kurz erwog ich, ihm eine Entschuldigung zu schicken, ließ es aber dann doch lieber bleiben.

Stattdessen gab ich ihm insgeheim Recht. Es war wirklich ein waghalsiger Plan, den Riana da ausgeheckt hatte. Er konnte einfach nicht gutgehen. Zum Glück hatten wir noch keine Möglichkeit gefunden, ihn zu verwirklichen. Gleich morgen, so nahm ich mir vor, wollte ich zu ihr gehen und ihr sagen, dass ich es mir überlegt hätte. Und ich würde nicht noch einmal wankend werden, so schwer es mir auch fiel sie enttäuschen zu müssen. Es war einfach besser für uns beide...

Ich hatte noch nicht zu Ende gedacht, da hörte ich, wie leise der Riegel vor meiner Kerkertüre zurückgezogen wurde. Eisiger Schreck durchfuhr mich und mein Kopf ruckte in Richtung der Türe. Fieberhaft überschlugen sich meine Gedanken.

Aus zusammengekniffenen Augen musterte ich die schmale, dunkle Gestalt, die nahezu lautlos durch den engen Spalt glitt und die Tür dann leise zudrückte. Mein Herz begann aufgeregt zu hämmern, doch dann durchfuhr mich ein Stich der Enttäuschung als ich Romikas schlichtes Gewand erkannte. Ihr Haar hatte sie zum Schutz gegen den schier endlosen Regen mit einem dunklen Tuch bedeckt, das zudem den größten Teil ihres Gesichtes verbarg. Was, so überlegte ich voller Verwunderung, wollte die Hexe von mir?

Langsam kam sie auf mich zu, sorgsam darauf bedacht, in der Finsternis nicht gegen ein Hindernis zu stoßen. Ich beobachtete sie, noch immer reglos auf meinem Lager verharrend. Sie wirkte unsicher, wie sie vorsichtig einen Fuß vor den anderen setzte und wie eine Blinde die Arme tastend ausstreckte. Unsicherheit war mir an Romika bisher noch nie aufgefallen und es mutete mir seltsam an, sie so zu sehen. Aber dann überlegte ich, dass sie zwar über hexische Fähigkeiten, aber nicht über die nachtsehenden Augen eines Vampirs verfügte.

Ich war so vertieft in meine Beobachtung, dass ich erst als sie direkt vor mir stand und das Tuch vom Kopf gleiten ließ, am üppig hervorquellenden Haar erkannte, dass es gar nicht Romika war, sondern Riana, die im Gewand der Hexe steckte. Die beiden Frauen besaßen in etwa die gleiche Größe und das wallende Kleidungsstück ließ nicht erkennen, dass sich Rianas mädchenhaft schlanke Figur darunter verbarg.

Als das Tuch neben mir ins Stroh fiel, löste sich meine Erstarrung und ich erhob mich langsam. Alle Zweifel, die ich eben noch gehegt hatte waren vergessen, weggewischt von Rianas zaghaftem Lächeln. Wie unter Zwang zog ich sie an mich und drückte sie an meine Brust. Scheu schaute sie zu mir auf und schmiegte sie sich dabei doch so vertrauensvoll in meine Arme, als sei das der sicherste Platz auf der Welt.

Ihre Züge wirkten ein wenig angespannt, doch ich erkannte sowohl ihre Entschlossenheit als auch ihre Liebe zu mir darin. Ich spürte die gleiche Liebe zu ihr, heiß stieg sie in mir auf, so dass ich alles um mich herum vergaß.

Alle Bedenken waren plötzlich so weit weg, als hätte es sie nie gegeben und Dimitris Ermahnungen schien ich nie vernommen zu haben. Für mich gab es nur noch Riana und ich wollte sie ganz und gar besitzen.

Auch sie schien von der gleichen Leidenschaft beseelt und drängte ihren Körper gegen den meinen. Unsere Lippen fanden sich zu einem langen, innigen Kuss und ohne dass es uns bewusst wurde, sanken wir eng umschlungen auf mein schäbiges Strohbett.

Zwischen uns war eine Vertrautheit als würden wir uns schon ewig lieben. Unser Kuss wollte nicht enden, wir erforschten mit Lippen und Zunge den Mund des anderen. Ich konnte einfach nicht genug bekommen und ihr schien es nicht anders mit mir zu ergehen.

Als ich endlich meine Lippen von ihren löste, schlug sie die Augen auf und schaute mich mit verhangenem Blick an. Ich verlor mich in diesen Augen, die mir in ihrer Leidenschaft schöner denn je vorkamen.

Da sie nicht ahnte, dass ich sie um vieles deutlicher erkennen konnte, als sie mich, versuchte sie nicht, ihre Leidenschaft zu verbergen. Ihre Zunge fuhr über ihre, vom Küssen geschwollenen Lippen und ihre Augen blickten begehrlich. Auch ihr Körper zeigte mir deutlich was er begehrte. Sie war eine sehr leidenschaftliche Frau, erkannte ich wehmütig und fragte mich insgeheim, ob es mir vergönnt sein würde, diese Leidenschaft länger als ein paar kurze Nächte zu genießen. Die Liebe zu ihr erfüllte mein Herz und ließ mich gleichzeitig traurig werden. Denn eine innere Stimme flüsterte mir zu, dass uns nur wenige glückliche Stunden vergönnt sein würden.

Ich ignorierte die Stimme, wollte ihr nicht zuhören. In Gedanken schalt ich mich einen unverbesserlichen Pessimisten, der es wieder einmal schaffen würde, sich das Glück der Stunde zu vergällen. Nein, heute sollte er es nicht schaffen, schwor ich mir. Und dann hörte ich einfach auf zu denken...

Riana bewegte sich neben mir und fesselte meine Aufmerksamkeit. Mir stockte der Atem als sie mit langsamen Bewegungen begann, die Schlaufen des schlichten Gewandes aufzuknüpfen. Der Stoff glitt auseinander und ich sah, darunter war sie völlig nackt...

Ich starrte ihren jungen, schlanken und ach so verlockenden Körper an, kaum konnte ich mich satt daran sehen. Begierde stieg in mir hoch und ich spürte das Anschwellen meines Gliedes. Auch Riana spürte es, ich lag so dicht bei ihr, dass es ihr gar nicht entgehen konnte. Doch sie war keinesfalls erschrocken sondern lächelte.

Mit einem leichten Schwung ihres Körpers drehte sie sich ein wenig zur Seite. Jetzt war sie meinem Gesicht ganz nahe. Sie nahm es zwischen ihre Hände, die sich kühl anfühlten und ein ganz klein wenig zitterten. Leicht berührten ihre Lippen meinen Mund, wie ein sanfter Hauch streifte ihr Atem mein Ohr als sie fast flehentlich wisperte:

„Liebe mich, Malamir. Mach mich zu deiner Frau..."

Ich sah Tränen in ihren Augen und wusste nicht, ob sie aus Liebe oder Angst weinte. Ich hob die Hand und strich ihr tröstend übers Haar, dann zog ich sanft ihren Kopf zu mir herab. Mit kleinen Küssen wischte ich ihre Tränen fort und ließ meinen Mund dann zu ihren Lippen weiter wandern. Ich bedeckte sie mit Küssen die schnell leidenschaftlicher wurden.
Gleichzeitig ließ ich meine Hände von ihrem Gesicht zum Hals und danach über ihren Körper gleiten. Sanft streichelte ich ihre festen Brüste, liebkoste mit den Fingerspitzen die zarten Knospen. Ich spürte, wie sie unter den Berührungen erzitterte, doch sie wehrte mich nicht ab. Sie schien sich sogar langsam zu entspannen. Das ermunterte mich, mein Liebesspiel fortzusetzen und ich ließ meine Finger über ihren flachen Bauch und weiter bis zu dem seidigen Fließ zwischen ihren Beinen wandern.
Trotz meiner stetig größer werdenden Begierde hielt ich mich zurück, ich wollte, dass unsere erste Liebesnacht für Riana ebenso schön sein würde wie für mich. Ich spürte, dass ihr ganzer Körper bebte und wie sie ihre Hüften an meinen Oberschenkel presste. Ihr leises Stöhnen drang in mein Ohr und sagte mir, sie wäre bereit.
Ich bemühte mich, meinen Kaftan zu öffnen ohne sie aus meiner Umarmung zu entlassen. Sie schien zu merken, was ich bezweckte und half mir aus dem lästigen Kleidungsstück. Danach schlüpfte sie aus ihrem eigenen Gewand um sich sofort wieder an mich zu drängen. Ihren heißen, nackten Körper an meiner Haut zu spüren, brachte mich fast um den Verstand. Erneut bedeckte ich sie mit erregten Küssen, atmete dabei tief den betörenden Duft ihrer Leidenschaft ein.
Unsere Leiber fanden wie von selbst zueinander und wir vergaßen beide die tödliche Gefahr, in der wir schwebten und auch den schäbigen Ort an dem wir uns liebten. Erneut glitten meine Hände über Rianas Körper und meine Lippen suchten hungrig ihren Mund. Sie stöhnte leise und bog sich mir entgegen. Meine Finger glitten zwischen ihre Beine, erfühlten die heiße Nässe, mit der sie mir ihre Bereitschaft kundtat. Ihre Hand fuhr über meine Brust und an meinem Bauch entlang, bis zu meinem erregten Glied. Sie umschloss es sanft, was mir ein wohliges Seufzen entlockte.
Für mich gab es kein Halten mehr, ich schob mich zwischen ihre leicht gespreizten Beine und drang vorsichtig in sie ein. Dann verharrte ich einen Moment, ich wusste, ich tat ihr weh. „Es tut mir Leid", murmelte ich an ihrem Mund und fuhr zärtlich mit der Zunge über ihre Lippen, „aber leider kann ich dir den Schmerz nicht ersparen..."
Ihr Lächeln wirkte ein wenig gequält, doch sie versicherte tapfer: „Es ist nicht so schlimm, hör bitte nicht auf."

Sachte begann ich mich erneut in ihr zu bewegen, küsste sie sanft und raunte ihr Worte der Leidenschaft ins Ohr. Sie entspannte sich sichtlich und bewegte sich zuerst zaghaft, dann schneller zu meinem Rhythmus. Plötzlich warf sie stöhnend den Kopf hin und her und hob ihr Becken an, damit ich tiefer in sie eindringen konnte. Ein weiteres Zeichen brauchte es nicht, ich stieß heftiger in sie und ergoss schließlich meinen Samen in ihren Leib.

Langsam glitt ich von ihr und legte mich dicht neben sie, die Arme fest um sie geschlungen. Ich küsste ihre Stirn und danach ihren Mund. Ihre Augen waren geschlossen und ich sah, wie sich eine Träne unter den dichten Wimpern hervor stahl.

„Fühlst du dich gut?" fragte ich leise und ein klein wenig besorgt. Bereute sie etwa plötzlich, was wir getan hatten?

Sie schlug die Augen auf und blickte zu mir hoch, obwohl sie in der Finsternis meine Züge vermutlich höchstens erahnen konnte. Dennoch lächelte sie weich und nickte. „Es geht mir gut, sehr gut..."

Ihre Hand fuhr über ihren Bauch, so als wäre sie sich sicher, mein Kind bereits empfangen zu haben. Ich bezweifelte das zwar, aber ich wollte sie nicht verunsichern und auch nicht bedrängen. Obwohl ich mir nicht schöneres hätte vorstellen können, als fortan jede Nacht mit ihr zu schlafen, wollte ich diese Entscheidung ihr alleine überlassen. Deshalb zog ich sie nur noch fester in meine Arme und liebkoste sie, von stummer Liebe erfüllt.

Nach einer Weile bewegte sie sich und entwand sich mir schließlich um sich aufzusetzen.

„Ich muss gehen", murmelte sie erstickt, während sie nach ihrem Gewand tastete um es sich anzuziehen. Ich hatte mich ebenfalls erhoben und half ihr dabei, - hielt es ihr so hin, dass sie in die Ärmel schlüpfen konnte und begann dann, die oberen Schlaufen einzufädeln. Ihre Hände lösten meine ab und knüpften mechanisch die übrigen zu.

„Ich muss gehen", murmelte sie erneut und klang traurig dabei. Doch als sie fortfuhr war ihre Stimme fest und sicher. „Ich werde morgen Nacht wieder zu dir kommen. Jede Nacht, solange Boril nicht zurückkehrt. Und wenn er zurück ist..., nun dann werden wir sehen..."

Schnell stellte sie sich auf die Zehenspitzen und hauchte mir einen letzten Kuss auf den Mund. Und noch ehe ich reagieren konnte, eilte sie zur Kerkertüre. Diesmal schien sie nicht zu befürchten, zu stolpern. Nackt stand ich da und starrte ihr hinterher. Erst als ich hörte, wie sie den Riegel vorschob, ließ ich mich langsam zu Boden sinken. Nachdenklich starrte ich zur Decke, wo die Spinne inzwischen mit der Reparatur ihres Netzes fertig war. Wie ein Raubtier hing sie über dem armseligen Käfer und saugte den letzten Rest Leben aus ihm heraus.

Der Anblick erinnerte mich an Dimitri und meine Kopfhaut zog sich auf unangenehme Weise zusammen. Hatte der Vampir mitbekommen, was zwischen Riana und mir gewesen war? Wenn ja, - und da war ich mir fast sicher, - wie würde er darauf reagieren? Ich beschloss jedoch, im Moment nicht weiter darüber nachzudenken. Morgen Abend würde ich hören, was er dazu zu sagen hatte. Doch egal, was es war, ich würde mir in dieser Beziehung nicht dreinreden lassen.

Plötzlich wurde ich mir unangenehm der Kälte in meinem Gefängnis bewusst. Deshalb zog ich mich eilig wieder an und verkroch mich danach tief in mein Strohbett. Ich wollte noch eine Weile an Riana denken, doch die Müdigkeit überfiel mich plötzlich mit Macht, ich schlief fast auf der Stelle ein.

Dimitri war merkwürdig schweigsam, als er mir am Abend begegnete. Zuerst fiel es mir gar nicht auf, es gab viel zu tun, denn Verwundete waren frisch eingetroffen. Sie wurden am späten Nachmittag gebracht. Wie jedes Mal seit Boril weggeritten war, erkundigte ich mich sofort bei Romika, ob er vielleicht darunter wäre oder es sonst Neuigkeiten von ihm gäbe. Aber sie hatte nur stumm den Kopf geschüttelt und ich war erleichtert gewesen. Von mir aus konnte Boril für immer verschollen bleiben.

Als Dimitri mich dann spät in der Nacht zu meinem Kerker begleitete, wurde mir seine Schweigsamkeit zum ersten Mal unangenehm bewusst. Doch da ich den Grund dafür zu wissen glaubte, sprach ich ihn nicht darauf an. Er würde noch früh genug mit der Sprache herausrücken.

Doch ich täuschte mich, er gab mir wie jeden Abend von seinem Blut und machte dann Anstalten, sich zu verabschieden. Er war schon an der Türe, als ich es nicht mehr aushielt und herausplatzte: „Warum redest du nicht mit mir? Sag schon endlich, dass dir nicht gefällt, das ich mit Riana geschlafen habe und tu nicht so, als wüsstest du nichts davon. Ich sah dir an der Nasenspitze an, wie sehr es dir missfällt..."

„Würde es denn etwas nützen, wenn ich dich zur Rede stelle?" fragte er sehr sanft dagegen, kam aber zu mir zurück und blieb dicht vor mir stehen. Ich konnte seine Augen sehen, die ruhig meine Züge musterten. Weder Zorn noch sonst eine Gemütsregung lag in ihnen.

Verwirrt schüttelte ich den Kopf. „Nein, vermutlich nicht. Trotzdem..."

„Du bist ein erwachsener Mann, Malamir. Und somit ganz allein für deine Entscheidungen zuständig. Ich kann und will dir da nicht dreinreden. Ich kann dich nur warnen."

„Ich konnte Rianas Bitte nicht abschlagen", sprudelte ich schnell hervor. „Sie will mein Kind bekommen, nicht das meines Bruders. Wie soll ich ihr diesen Wunsch abschlagen? Das hättest du an meiner Stelle auch nicht getan. Immerhin weiß ich nicht, ob ich dieses Abenteuer tatsächlich überlebe.

Und es ist beruhigend für mich, zu wissen, dass etwas von mir auf dieser Welt zurückbleibt, sollte ich sterben."
Ich blickte ihn fast flehend an, er musste mein Argument doch begreifen. Und schließlich nickte er tatsächlich. Er legte seine Hand auf meine Schulter, so wie er es immer tat wenn er mich beruhigen oder trösten wollte. Dann holte er tief Luft.
„Ich verstehe dich natürlich, - und ich kann auch Rianas Beweggründe verstehen. Aber du wirst noch nicht sterben müssen, nicht, wenn ich es verhindern kann. Ich habe alle meine Vorkehrungen getroffen, unserer Flucht steht nichts mehr im Wege. Du hast inzwischen genügend meines Blutes in dir, so dass du in meiner Begleitung das Lager unbehelligt verlassen kannst. Es liegt jetzt nur noch an dir, an deiner Zustimmung. Sage mir, wir reiten noch heute Nacht und wir brechen sofort auf..." Auffordernd blickte er mich an.
Ich fühlte, wie ich bei seinen Worten erbleichte. Heute Nacht schon? Aber Riana wartete sicher bereits draußen. Nein, heute Nacht konnte ich noch nicht von hier fort. Ich musste es ihr irgendwie erklären...
„Das kannst du nicht", mischte sich Dimitri ein. Bevor ich aufbegehren konnte, fuhr er beschwörend fort: „Du darfst ihr nicht sagen, dass du fliehen willst, dieses Wissen wäre zu gefährlich für sie. Und für dich, denn sie wird versuchen, dich umzustimmen. Oder mit dir fliehen wollen, was unmöglich ist, wie du weißt."

Natürlich war mir das bewusst, auch, dass es das Beste wäre, sofort, auf der Stelle das Lager zu verlassen. Dennoch zögerte ich. Was würde aus Rianas Plan werden, - würde eine Liebesnacht ausreichen, um schwanger zu werden? Das kam mir unwahrscheinlich vor, wenn es auch hin und wieder vorkommen mochte. Zudem, musste ich zugeben, verlockte es mich sehr, noch einmal mit ihr zu schlafen, den ganzen Tag hatte ich an nichts anderes denken können. Wenn ich jetzt davon ritt, würde ich vielleicht nie mehr in den Genuss ihres Körpers und ihrer Liebe kommen.
Dimitris ungehaltene Worte zeigten mir deutlich, dass er auch diese Gedanken gelesen hatte. Und erneut schnitt er meinen Protest mit einer herrischen Handbewegung ab. So ungehalten hatte ich ihn kaum einmal erlebt.
„Eure Liebe in allen Ehren, aber sie kann euch beide das Leben kosten. Du hilfst Riana nicht indem du hierbleibst. Das haben wir doch schon lange und breit besprochen. Wo ist dein Verstand geblieben? Glaubst du, das alles wäre ein Kinderspiel? Diese Flucht ist kein Ausflug, den man nach Belieben verschieben kann. Komm endlich zur Vernunft, Malamir."
„Ich kann einfach nicht", brach es aus mir heraus. „Nicht heute Nacht. Bitte Dimitri, du musst mich verstehen..." Hilflos brach ich ab und starrte ihn an.

Doch als ich seinen abweisenden Gesichtsausdruck sah, setzte ich von neuem an.
„Nur noch diese eine Nacht, Dimitri, dann komme ich mit dir. Boril ist doch noch nicht zurück und wird auch nicht erwartet, das hätte ich erfahren. Somit wird es nicht viel ausmachen, dass wir den Fluch nochmals verschieben. Ich will Riana nur noch ein einziges Mal in meinen Armen halten. Kannst du das nicht verstehen?"
Stumm starrte er mich an und zuckte schließlich resigniert die Schultern. „Also gut, noch eine Nacht. Aber dabei muss es bleiben, es wird mit jedem Tag gefährlicher für dich. Boril war lange fort, sollte er unvermutet zurückkehren, wäre ich gezwungen, meinen Bann zu erneuern, er wirkt nicht ewig. Deshalb wäre es mir lieber, du begegnest ihm erst gar nicht mehr..."
Dankbar versicherte ich ihm nochmals, dass es auf jeden Fall bei morgen bliebe. Er erwiderte meinen Blick nachdenklich ehe er antwortete. „Nun, es ist deine Entscheidung, ich muss sie akzeptieren. Aber schiebe es nicht nochmals auf, die Zeit drängt. Es sind schon viel zu viele unvorhergesehene Dinge geschehen, die unseren Fluchtplan verzögert haben."
Als er ging starrte ich ihm nach, bis er verschwunden war. Eigentlich verstand ich meine Hartnäckigkeit selbst nicht. So lange hatte ich diesen Tag herbeigesehnt, warum brachte ich es jetzt nicht fertig, mit ihm zu gehen? Meine Kopfhaut zog sich zusammen und plötzlich bekam ich Angst. Sein Blick ging mir nicht aus dem Sinn, - genauso hatte er mich angesehen, als er mir von der Todesaura erzählte, die er an mir wahrnahm. War sie etwa wieder da? Oder vielleicht war sie ja nie fort gewesen. Ich hatte ihn schon lange nicht mehr danach gefragt. Aber jetzt war es zu spät, er war fort. Gleich morgen, so nahm ich mir vor, würde ich ihn danach fragen...
Meine Bedenken verschwanden, so als wäre sie nie dagewesen, als sich die Türe erneut leise öffnete und Riana hindurch schlüpfte. Ich wollte sie noch ein einziges Mal lieben und darüber alles andere vergessen...

Kapitel 22: Der Verräter

Wie in der vergangenen Nacht trug sie Romikas Gewand doch im Gegensatz zum vergangenen Abend warf sie sich sofort in meine Arme. Ohne ein Wort zu sprechen sanken wir zusammen ins Stroh und rissen uns fast gegenseitig die Kleider vom Leib. Dabei küssten wir uns voll wilder Gier. Unsere Vereinigung war ebenso ungestüm und es dauerte nicht lange, bis wir uns schwer atmend und eng aneinander geschmiegt von der Leidenschaft erholten, die uns förmlich überwältigt hatte.

Während des Tages hatten wir es beide ängstlich vermieden, uns auch nur anzusehen. Jeder war seiner Pflicht nachgekommen, es sollte auch nicht der geringste Verdacht aufkommen, zwischen uns gäbe es Heimlichkeiten. Irgendeiner von Borils Männern war immer in unserer Nähe und beobachtete jede unserer Bewegungen. Zweifellos würde mein Bruder bei seiner Rückkehr über alles informiert werden, was sich während seiner Abwesenheit zugetragen hatte. Und wir wollten nicht einmal den leisesten Verdacht aufkommen lassen.

Ich kam nicht umhin mich über Borils langes Ausbleiben zu wundern, das passte so gar nicht zu ihm. Ganz gewiss war er nicht in die Schlacht geritten, obwohl er seine Männer dorthin begleitet hatte. Das Kämpfen an der Seite von Bauern und Hirten entsprach ganz und gar nicht seinem Stil, dazu war er sich zu gut. Deshalb vermutete ich, er wäre in Vlad Tepes Domizil zu Gast, das sich meines Wissen in Tirgoviste befand. Von dort aus befehligte der grausame Fürst sein Heer, - nahe genug bei der Schlacht um dem Gemetzel beizuwohnen, aber dennoch in sicherer Distanz zum Feind. Deshalb würde auch leider mein heimlicher Wunsch nicht in Erfüllung gehen, Boril möge bei einem Angriff getötet werden. Er und Vlad III. würden den Kampfhandlungen wahrscheinlich aus der Sicherheit dicker Schlossmauern zuschauen.

Riana bewegte sich in meinem Arm und brachte mich dadurch in die Gegenwart zurück. Sogleich keimte neue Lust in mir auf und ihr schien es genauso zu ergehen. Diesmal etwas weniger wild liebten wir uns ein zweites Mal.

„Ich kann nicht lange bleiben", murmelte sie bedauernd, als ich begann ihr Gesicht mit Küssen zu bedecken. „Einem der Schwerverletzten, die heute ankamen, geht es besonders schlecht, es kann sein, dass Romika noch mal nach ihm sehen muss. Es wäre fatal, wenn sie auf einmal doppelt im Lager gesehen würde. Oder wenn mich einer anspricht, weil er glaubt, ich wäre sie. Deshalb werde ich lieber aufbrechen..."

Sie raffte das Gewand um sich und verschloss nur so viele Schlaufen, dass es nicht auseinander klaffte. Dann gab sie mir zum Abschied einen raschen Kuss und huschte dann zur Türe wo sie verharrte und durch einen Spalt in die Nacht spähte. Erst als sie sicher war, dass niemand in der Nähe weilte, verließ sie fast fluchtartig meinen Kerker.

Ich ging zu meinem winzigen Fenster und lauschte ängstlich ihren leichten Schritten. Doch es blieb alles ruhig, keine aufgebrachte oder misstrauische Stimme erklang und ich beruhigte mich wieder ein wenig. Ich hatte mir noch gar nicht richtig bewusst gemacht, wie gefährlich Rianas nächtliche Ausflüge zu mir waren. In Romikas Kleidern hatte ich sie sicher gewähnt. Doch nun wurde mir bewusst, dass die Heilerin bestimmt öfter einmal gerufen wurde um nach plötzlich Erkrankten zu sehen. Wenn nun Riana in Romikas Gewand schlüpfte, bot ihr das zwar einen gewissen Schutz, da niemand sich Gedanken machte, wenn die Hexe mitten in der Nacht durchs Lager ging. Es barg aber auch Gefahren, da jedermann, den ein Zipperlein plagte, oder der einfach nur auf einen Schwatz aus wahr, sie ansprechen und so den Schwindel aufdecken konnte.

Aber für diese Nacht war es ja noch einmal gut gegangen, und weitere Liebesnächte würde es nicht für uns geben. Energisch verdrängte ich das Gefühl des Verlustes, das mich bei diesem Gedanken befiel. Es war besser für mich und Riana, sagte ich mir immer wieder vor und ging zu meinem Lager zurück. Ich musste versuchen zur Ruhe zu kommen und wenigstens ein paar Stunden zu schlafen. Morgen Abend würde ich mit Dimitri unwiderruflich das Lager verlassen.

Er hatte ja Recht mit seinem Drängen, gestand ich mir ein, - es war unverantwortlich von mir, noch länger zu warten. Auch wenn mich der Gedanke, weiterhin mit Riana zu schlafen verlockte, es war einfach zu gefährlich für uns beide. Ich musste unser beider Sicherheit vor ihre und meine Wünsche stellen. Vielleicht, so hoffte ich, hatte sie ja bereits mein Kind empfangen, so heftig, wie wir uns geliebt hatten.

Und wenn nicht? Nun, ich würde nach meiner Flucht alles daran setzen, auch Riana möglichst bald aus Borils Gewalt zu befreien. Ich wollte einfach daran glauben, dass es mir gelingen würde. Und schließlich hatte Dimitri fest versprochen, mir dabei zu helfen. Mit seiner Unterstützung würde ich Riana befreien können. Voll neu erwachter Zuversicht schloss ich die Augen.

Am Morgen wurde ich durch Lärm von draußen geweckt. Erschrocken sprang ich auf und spähte durch mein winziges Fenster. Mein Herz begann vor Aufregung wild zu schlagen als ich die vielen Männer sah, die durchs Lager ritten. Das konnte nur eines bedeuten: Boril war zurückgekommen.

Warum ausgerechnet heute? fragte ich mich voller Unbehagen und versuchte vergeblich, die Panik, die in mir hoch kroch zu ignorieren. Warum war er nicht noch einen einzigen Tag länger fortgeblieben? Und warum war ich nicht schon in der Nacht geflohen, so wie es Dimitri gefordert hatte?

Ich meinte fast, seine mahnenden Worte zu hören, die mich bedrängten. Hätte ich doch bloß auf ihn gehört!

Nur mühsam gelang es mir, mich selbst zu beruhigen. Boril würde meine Flucht nicht verhindern können, notfalls würde ihn Dimitri eben nochmals mit seinem Bann belegen müssen. Eine kleine Verzögerung, sie würde unseren Fluchtplan nicht in Gefahr bringen können...

Doch irgendwie gelang es mir nicht so recht, das mulmige Gefühl zu ignorieren, das mich befallen hatte. Es verstärkte sich sogar noch, als ich meinen Bruder sah, - und den Mann, der an seiner Seite ritt. Ich hatte ihn zwar noch nie zuvor gesehen, aber schon so viel über ihn gehört, dass ich ihn sofort erkannte; Vlad Tepes, - der Pfähler. Er heftete den Blick seiner seelenlosen Augen genau auf mein winziges Gefängnis, als wüsste er, dass sich darin sein nächstes Opfer befand.

Entsetzt prallte ich zurück, so als könne er mich tatsächlich sehen. Meine Gedanken überschlugen sich. Was wollte dieser Mann jetzt schon hier? Er sollte doch erst in ein paar Wochen kommen, - als Ehrengast zu Borils Hochzeit.

Erneut begann mein Herz angstvoll zu rasen und ich verfluchte erneut meinen Starrsinn. Warum hatte ich bloß nicht auf den Vampir gehört? Anstatt hier in der Falle, könnte ich inzwischen in einem sicheren Versteck sitzen und ganz entspannt auf den Abend warten um an der Seite Dimitris meine Flucht fortzusetzen.

Ich beruhigte mich erst ein wenig, als ich merkte, dass sich anscheinend niemand für mich interessierte. Die Männer verteilten sich langsam und auch Boril suchte seine Unterkunft auf. Der Fürst begleitete ihn, die beiden sahen müde aus, vermutlich würden sie sich erst von dem langen Ritt erholen wollen.

Tatsächlich begann der Tag kurz darauf wie jeder andere zuvor für mich. Ein Wächter brachte mich zum Krankenzelt und ich begann wie jeden Morgen mit meiner Arbeit. Mit Borils Trupp waren erneut Verletzte angekommen, die bereits von Romika versorgt wurden. Die Heilerin hatte inzwischen viel von Dimitri gelernt, sie stellte sich äußerst geschickt an und konnte sogar selbständig Glieder amputieren und einfachere Operationen ausführen. Das war ein Segen für die Verletzten, so mussten sie nicht den ganzen Tag leiden, bis der Vampir endlich am Abend erschien. Und für manchen, bei dem Eile Not tat bedeutete es sogar, dass er weiterleben durfte. Doch trotz Romikas Bemühungen starben während des Tages zwei besonders schwer Verwundete.

Ihre Leichen mussten in Tücher eingewickelt und hinter das Zelt geschafft werden, von wo aus sie dann zum Beerdigungsplatz gebracht wurden. Das war normalerweise Edus Aufgabe, er war groß und kräftig und schaffte

es meist ohne Hilfe, die leblosen Körper wegzuschaffen. Heute beauftragte Romika jedoch Ossip und mich mit dieser Arbeit. Auf meine Frage, wo Edu sei zuckte sie nur beunruhigt die Schultern.
„Er sagte, er müsse etwas erledigen. Dabei klang er nervös und er machte auch einen fahrigen Eindruck auf mich. Aber er wollte mir nicht verraten, was er vorhat. Ich hoffe nur, er tut nichts Unbesonnenes."
Das war wirklich sehr seltsam, besonders weil Edu bisher noch niemals freiwillig das Krankenzelt verlassen hatte. Nur hier fühlte er sich vor dem Spott der Lagerbewohner einigermaßen sicher. Den Schwerverletzten war es egal, wer sie versorgte und wenn sie genasen hatten sie sich meist so an den Anblick des fettleibigen Eunuchen mit der Fistelstimme gewöhnt, dass sie ihn in Ruhe ließen.
Ich kam nicht umhin, mir ebenfalls ernsthafte Gedanken über Edus Verschwinden zu machen. Schon seit zwei Tagen war mir aufgefallen, dass er sich mir gegenüber ziemlich wortkarg verhielt. Ja er hatte mich regelrecht gemieden, dabei hatte er doch zuvor immer so oft als möglich meine Nähe gesucht.
Und gegenüber Riana, - so fiel mir auf, - hatte er sich fast feindselig verhalten. Obwohl sie stets genauso freundlich zu ihm war, wie zu allen anderen im Zelt. Doch so sehr sie sich auch bemühte, Edu hatte einzig mit Ablehnung darauf reagiert. Deshalb war sie ihm schließlich resigniert aus dem Weg gegangen.
Ich hatte sein seltsames Verhalten zwar mitbekommen, doch da ich den Kopf voll mit Zukunftsplänen hatte, war ich gar nicht auf die Idee gekommen, mir darüber Gedanken zu machen. Doch nun kam mir bang in den Sinn, es sei vielleicht ein Fehler gewesen, die offensichtliche Zuneigung Edus zu mir stets verharmlost zu haben. Warum nur war sie mir niemals zuvor so deutlich wie jetzt aufgefallen? Ich hatte seine Blicke doch bemerkt, mit denen er bei meinem Bad meinen nackten Körper förmlich verschlang. Wie Schuppen fiel es mir plötzlich von den Augen: Der Eunuch hatte mehr von mir gewollt als bloße Freundschaft. Und er hatte Riana nicht gemocht, weil er auf sie eifersüchtig war. Die plötzliche Erkenntnis verstärkte meine Sorge noch. Wäre Edu imstande, aus Eifersucht eine Dummheit zu begehen?
Der Gedanke ließ mich nicht mehr zur Ruhe kommen, so sehr ich mir auch immer wieder vorsagte, er sei ein Hirngespinst. Selbst wenn Edu tatsächlich in mich verliebt wäre, was ich immer noch nicht glauben wollte, so ahnte er doch sicher nicht einmal, dass mich Riana in meinem Kerker besucht hatte. Wie sollte er auch, er hatte doch nie das Krankenzelt verlassen. Nein, sein Verschwinden musste einen anderen Grund haben. Aber welchen...?

Am frühen Nachmittag erschienen plötzlich Wachen im Zelt und mein ungutes Gefühl wurde zur grausamen Wirklichkeit denn sie holten nicht nur mich, sondern auch Riana ab. Ich unternahm einen verzweifelten Versuch, unsere Liebe zu verbergen, indem ich gleichgültig weg sah, als einer der Männer sie grob am Arm packte und mit sich zerrte. Noch immer hoffte ich inbrünstig, es gäbe einen harmlosen Grund, weshalb wir Boril vorgeführt wurden und wollte gar nicht erst den Verdacht eines Geheimnisses zwischen uns aufkommen lassen. Doch im Herzen wusste ich, dass genau das geschehen war; mein Bruder wusste um unser Liebesverhältnis Bescheid. Aber noch immer konnte ich einfach nicht glauben, dass uns ausgerechnet Edu verraten hatte. Vielleicht war es ja doch einer von Borils Spitzeln gewesen, der uns heimlich beobachtet und sich durch sein Wissen goldene Sporen verdienen wollte.

Ich würde es nur allzu bald erfahren, schoss es mir bitter durch den Kopf als mir die Arme grob auf den Rücken gerissen und meine Hände gebunden wurden. Man trieb mich hinter Riana und ihrem Wächter aus dem Krankenzelt und stieß mich so derb vorwärts, dass ich mehrmals das Gleichgewicht verlor und zu Boden stürzte. Unter Flüchen und Tritten wurde ich wieder in die Höhe gezerrt und weiter getrieben bis wir endlich auf dem Richtplatz zum Stehen kamen.

Ungute Gefühle wurden in mir wach als ich an die schlimmen Geschehnisse dachte, die mir hier schon widerfahren waren. Und als ich den Kopf hob um mich umzusehen, steigerte sich meine dumpfe Ahnung zur angstvollen Gewissheit.

Wie damals war der Platz von einer dicht gedrängten Menschenmenge gesäumt, die teils neugierig, teils hämisch dem entgegen fieberten, was geschehen sollte. Doch heute blieb die Menge seltsam stumm, es gab keine Pfiffe, kein Gejohle oder Hohngelächter. Höchstens ein leises Raunen oder Murmeln war zu hören.

Den Grund für die Disziplin der Meute erkannte ich, als ich zu dem Tisch hinsah, der mitten auf dem Platz aufgestellt war. Dahinter saß Boril und neben ihm der grausame Karpatenfürst Vlad Tepes. Seine bloße Anwesenheit reichte aus, aus einem Heer von primitiven Bauernsoldaten eine Schar folgsamer Lämmer zu machen. Trotz meiner stetig wachsenden Besorgnis kam ich nicht umhin, mir den legendären Kriegsherrn genauer zu betrachten. Eigentlich sah er eher durchschnittlich aus, fand ich. Er schien nicht sehr groß und auch seine eher schmächtige Statur ließ zu wünschen übrig. Sein hageres Gesicht wurde von langen, dunklen Locken umrahmt, auf seinem Kopf saß eine Mütze aus Fell. Sein sorgsam rasierter Oberlippenbart, der wie ein breiter Balken sein Gesicht teilte, ließ nur die kräftige Unterlippe sehen, sein nicht besonders ausgeprägtes Kinn war bartlos. Am hervorstechendsten waren jedoch seine großen, dunklen Augen, deren Blick so kalt wie Eis war. Keine Regung war in ihnen zu erkennen, als sie jetzt sowohl über Riana als auch über mich streiften. Trotzdem spürte ich, wie mir eine Gänsehaut über den Körper zog.

Obwohl ich wahrlich andere Sorgen hatte, formte mein Gehirn die Zeilen, die ein Zeitgenosse über den blutrünstigen Vojevoden gedichtet hatte und das in aller Munde war:

„Es war sein Lust und gab ihm Mut, wenn er sah fließen Menschen Blut."

Würde der Pfähler, der auch Dracula – Sohn des Drachen – genannt wurde, sich auch am Anblick meines fließenden Blutes berauschen?

Ich war so gebannt von der Aura des Bösen, die von diesem Mann ausging, dass ich Edu zuerst gar nicht wahrnahm, der neben Borils Stuhl stand. Erst als seine hohe Stimme über den Platz halte, ruckten meine Augen in seine Richtung. Mein Herz machte einen schmerzhaften Sprung; es war also tatsächlich Edu, dem Riana und ich diesen schicksalhaften Auftritt zu verdanken hatten. Die Enttäuschung über den Mann, den ich als meinen Freund gewähnt hatte, überwog für einen Moment die Furcht, die immer mehr von mir Besitz ergriff.

Doch Edu schien mich gar nicht zu sehen, sein Finger deutete anklagend auf Riana und seine Stimme schrillte, als er rief:

„Das ist sie, die Hure. Ihr müsst sie verbrennen, die Hexe! Sie ist nicht würdig, Eure Frau zu werden. Ich sah mit meinen eigenen Augen, wie sie dem Sklaven schöne Augen machte. Und ich habe sie verfolgt, als sie des Nachts zu seinem Kerker schlich. Meine Ohren hörten, wie sie ihn verführte, ihn anflehte, ihr ein Kind zu schenken... Sie ist eine Buhle des Teufels und Ihr müsst sie bestrafen..."

Ich sah, wie Riana bei seinen gehässigen Worten erbleichte und mir erging es vermutlich ebenso. Fassungslos starrte ich Edu an. Was war bloß in ihn gefahren, dass er nicht nur Riana, sondern auch mich denunzierte? Merkte er in seiner Eifersucht und seinem Hass auf Riana gar nicht, dass er mit ihrem auch gleichzeitig mein Schicksal besiegelte? Meinte er wirklich, Boril würde seine zukünftige Frau töten und den Mann, der ihn zum Hahnrei gemacht hatte ungeschoren lassen? Seine verletzten Gefühle mussten Edus Gehirn so sehr verwirrt haben, dass er gar nicht erkannte, was er mit seiner Beschuldigung anrichtete. Erst als er sah, wie sich Borils wutverzerrter Blick auf mich heftete, schien ihm zu dämmern, dass er einen großen Fehler gemacht hatte.

„Nein", stieß er erschrocken hervor und schüttelte den Kopf. „Nein, ihr dürft nicht Malamir die Schuld geben. Er war nur das willenlose Werkzeug dieser verderbten Hure. Sie hat sich ihm an den Hals geworfen, ihn angefleht, sie zu schwängern. Alles ging von ihr aus, deshalb müsst Ihr sie bestrafen..."

Verzweifelt verstummte er und ich konnte das Grauen sehen, das er plötzlich empfand. Mit panisch geweiteten Augen sah er mich an. Aber ich konnte angesichts des Teufelskreises, in den er mich und Riana gebracht hatte kein

Mitleid für ihn empfinden. Fieberhaft überlegte ich, was ich sagen könnte um Edus Beschuldigungen zu entkräften. Doch natürlich fiel mir nichts ein, es gab keine Worte, die den Zorn meines Bruders beschwichtigen könnten.
Er war noch während Edus Gestammel aufgestanden und hatte ihn wie ein lästiges Kind beiseite geschubst ohne ihm weiter zuzuhören. Es kostete ihn all seine Kraft, gemessenen Schrittes auf mich zuzugehen, ich sah, wie seine Augen vor Wut loderten. Sie waren alleine auf mich gerichtet, Riana, die wie versteinert noch immer auf demselben Fleck stand würdigte er keines Blickes. Aber ich wusste, sein Zorn würde sie ebenso hart wie mich treffen. Wenn er erst mit mir fertig war..."
Breitbeinig blieb er vor mir stehen und musterte mich kalt. Und dann schlug er mir so unvermutet seine Faust in den Magen, dass ich nicht einmal Zeit hatte, die Muskeln anzuspannen. Ich krümmte mich zusammen, doch schon im nächsten Moment traf mich seine Faust im Gesicht und richtete mich wieder auf. Da meine Hände auf dem Rücken gefesselt waren, verlor ich das Gleichgewicht und krachte schwer zu Boden. Wie ein Käfer lag ich auf dem Rücken, schnappte verzweifelt nach Luft und starrte zu ihm hoch.
Mit einer knappen Handbewegung gab er seinen Männern den Befehl, mich wieder in die Höhe zu zerren. Sie mussten mich stützen, ich war unfähig, mich aus eigener Kraft auf den Beinen zu halten. Das Rauschen in meinen Ohren übertönte jedes andere Geräusch und Nebelschleier waberten vor meinen Augen.
Boril gewährte mir einen Moment, mich zu sammeln, anscheinend wollte er, dass ich auch wirklich mitbekam, was er zu sagen hatte. Als sich mein Blick endlich klärte, sah ich sein Gesicht genau vor meinem. Seine Augen starrten mich an und noch immer irrlichterten sie vor Wut. Ich wollte ihm keinesfalls zeigen, wie er mir damit Angst einflößte, deshalb hielt ich seinem Blick tapfer stand.
„Du hast es gewagt, sie anzurühren", stieß er plötzlich leise zischend hervor. „Das wirst du mir büßen..."
Seine Hand schnellte nach oben und traf mich im Gesicht. Ich spürte einen scharfen Schmerz, als mir sein Siegelring die Wange aufriss. Die Demütigung brannte so heiß wie der Schnitt, doch es gelang mir den Schlag ebenso wie die Schmach scheinbar unbeeindruckt hinzunehmen. Ich wusste, ich musste die Nerven behalten, nur so konnte ich das Ruder vielleicht noch einmal herum werfen.
Doch Boril war nicht gewillt, mir nur die geringste Chance zur Verteidigung zu geben. So wie er mich anstarrte wollte er mich auf der Stelle tot sehen. Seine Züge waren von Hass verzerrt, seine Zähne knirschten, so sehr presste er die Kiefer aufeinander. Doch dann entspannte er sich ein wenig und blickte an mir vorbei auf Riana, die noch immer wie erstarrt dastand.

„Sagt Ihr mir, ob es wahr ist, was der Eunuch Euch vorwirft. Seid Ihr eine Hure und habt mich mit meinem Sklaven hintergangen?"
„Nein, das habe ich nicht getan", hörte ich Rianas überraschend feste Stimme hinter mir. Zu gerne hätte ich mich umgedreht um ihr Gesicht zu sehen, doch das war unmöglich. So stand ich nur stumm und nickte zu ihrer Lüge. Sie fuhr kühl fort:
„Ich weiß nicht, weshalb Edu solche Behauptungen aufstellt. Vielleicht gefällt es ihm nicht, dass ich im Krankenzelt seinen Platz eingenommen habe. Bisher war er derjenige, der Romika zur Hand ging. Deshalb denke ich, er ist einfach nur eifersüchtig weil er befürchtet, ich würde ihn seiner Stellung berauben. Schon seit ich hier bin, verfolgt er mich mit Hass und Neid. Ich habe mir nichts dessen vorzuwerfen, wessen er mich beschuldigt."
Boril blickte grübelnd zu ihr hin, bevor er weiter bohrte: „Aber es ist eine Tatsache, dass Ihr diesem Sklaven früher versprochen wart. Ihr habt ihn geliebt..."
Es dauerte einen Moment, bis Riana wieder sprach. Ihre Stimme war leise und ich meinte einen wehmütigen Klang zu hören. „Ja, ich habe ihn geliebt. Und ich liebe ihn noch immer, - wie könnte ich das leugnen. Aber ich beuge mich Euch und werde Eure Frau werden. Und ich werde jungfräulich in diese Ehe gehen. Wer etwas anderes behauptet ist ein infamer Lügner..."
Ich konnte sehen, wie ihre Worte auf meinen Bruder wirkten. Er wollte ihr nur zu gerne glauben, das sah ich ihm an. Sein Stolz und seine Eitelkeit ließen es nicht zu, dass er von seiner Braut mit seinem Bruder hintergangen wurde. Viel lieber wollte er sich in der Gewissheit sonnen, dass sie ihm treu ergeben war, - und sei es nur aus Angst.
Ich überlegte, ob ich Rianas Erklärung zustimmen sollte, ließ es aber lieber bleiben. Es würde Borils Misstrauen nur von neuem erwecken. Vielleicht gelang es ihr ja tatsächlich, Edus Aussage zu entkräften. Boril mochte den Eunuchen nicht, er fand ihn abstoßend und duldete ihn nur im Lager, weil er so gut mit der Krankenpflege vertraut war. Ich hatte schon oft gesehen, wie er ihn angeblickt hatte, - voller Abscheu und Ekel. So wie man eine Kröte anblickt und überlegt, ob man sie wegen ihrer Hässlichkeit zertreten soll oder sie verschont, weil sie lästiges Ungeziefer vertilgt.
Boril schien tatsächlich mehr und mehr unschlüssig, wem er glauben sollte. Deshalb drehte er sich nun um und blickte hilfesuchend auf seinen Oberherrn. Der hatte den Disput die ganze Zeit schweigend verfolgt. Jetzt erhob er die Stimme, die genauso kalt war wie der Blick, den er über mich und Edu streifen ließ.
„Ich denke, Ihr werdet bald erfahren, ob das Frauenzimmer die Wahrheit gesagt hat. Spätestens in der Hochzeitsnacht werdet Ihr wissen, ob sie gelogen hat. Sollte das der Fall sein, bleibt Euch immer noch Zeit sie angemessen zu

bestrafen. Was diese beiden Kerle betrifft..." Seine Hand wedelte nachlässig zwischen mir und Edu, „so sollte es Euch ein leichtes sein, sie für den Aufruhr zu bestrafen, den sie angerichtet haben. Lasst sie beide auspeitschen, bis ihnen das Fleisch von den Knochen fällt. Danach sollen die Hunde und Krähen sich an ihren Überresten laben. Ihr seid zu lasch mit Euren Leuten, lieber Freund. Sie haben keinen Respekt vor Euch. Nur wenn Ihr hart durchgreift werden Euch zukünftig lästige Szenen wie diese erspart bleiben."

Mir gefror bei den kalt hervorgestoßenen Worten das Blut in den Adern. Mein Blick schnellte zu Boril, würde er wirklich zulassen, dass Edu und ich zu Tode gepeitscht wurden? Ich sah seinem Gesichtsausdruck an, dass er dem Vorschlag durchaus zugetan war und mir wurde himmelangst. Doch dann schüttelte er energisch den Kopf.

„Nein, zumindest der Sklave muss am Leben bleiben. Er wird an meinem Hochzeitstag am Pfahl sterben. Aber der andere soll sofort für seine Lügen büßen..."

Mit einer Handbewegung gab er seinen Männern ein Zeichen und sie stürzten sich sofort auf Edu und zerrten den Widerstrebenden zu dem Pfahl in der Mitte des Platzes. Dort fiel der Eunuch auf die Knie und bat weinend um Gnade. Sein feistes Gesicht flehentlich zu Boril gewandt, schrie er so laut er vermochte: „Nein, Herr! Bitte tut mir nichts, ich flehe Euch an. Ich gebe es zu, ich habe gelogen und Eure Braut hat Recht, - ich war eifersüchtig und ich entschuldige mich für mein Vergehen. Vergebt mir, ich bitte Euch..."

Er ließ sich in den Staub fallen und versuchte zu Boril zu kriechen. Doch der blickte nur kalt auf ihn nieder und befahl seinen Schergen, endlich mit der Bestrafung zu beginnen. Dann wandte er sich verächtlich ab und ging zu dem Tisch zurück, wo er sich niedersetzte um dem Schauspiel zuzusehen.

Edu wurde grob gepackt und trotz seiner heftigen Gegenwehr band man seine Hände an dem eisernen Ring fest. Dann wurde ihm mit einem Dolch das Gewand vom Leib geschnitten, so dass er schließlich zur allgemeinen Belustigung der Zuschauer völlig nackt dastand.

Der Anblick seines weißen, unförmigen Körpers löste Gelächter und höhnische Rufe aus, die niemand unterband. Einer von Borils Männern pikste seinen Dolch feixend in das gewaltige Hinterteil des Eunuchen, was den einen quiekenden Schmerzenslaut ausstoßen ließ. Erneut brandete Gelächter auf und ein paar Steine wurden geworfen. Edu schrie und versuchte vergeblich, den Steinen auszuweichen. Er bewirke nur, dass seine teigigen Fettmassen in Bewegung gerieten und zu wabbeln begannen.

Die Menge begann zu johlen und immer mehr Steine flogen. Erst als Boril herrisch einen Befehl brüllte, verstummte die lüsterne Meute. Gebannt starrten alle auf den kräftigen Mann, der mit einer mehrschwänzigen Peitsche hinter Edu trat und ausholte.

Auch ich konnte den Blick nicht abwenden, obwohl ich es gerne getan hätte. Ich wollte nicht sehen, was man dem Mann antat, in dem ich die ganze Zeit einen Freund gesehen hatte und trotz seines Vertrauensbruchs noch immer sah. Edu tat mir entsetzlich leid, dieses Schicksal hatte er nicht verdient. Ich fühlte mich ihm gegenüber sogar schuldig. Wenn ich ihn mehr beachtet hätte, wäre mir aufgefallen wie es um ihn stand und ich hätte mit ihm reden können. Doch nun war es zu spät, meine Ignoranz würde den Freund vermutlich das Leben kosten.

Als die Peitsche niedersauste und ihr verheerendes Werk begann, stieß der Eunuch einen schrillen Schrei aus. Erneut begann er laut zu flehen, doch niemand hörte ihm zu. Immer und immer wieder sausten die Peitschenschnüre auf seinen Körper nieder. Sie rissen die Haut auf und legten das Fleisch blank. Ströme von Blut liefen von Edus Rücken und tropften auf den steinigen Boden wo sie versickerten. Der Eunuch schrie und schrie. Er war längst auf die Knie gefallen, nur die Stricke um seine Hände verhinderten, dass er vollends zu Boden sank.

Ich hielt meine Augen geschlossen, es war mir unmöglich, seiner Qual länger zuzusehen. Doch meine Ohren konnte ich nicht verschließen. So war ich fast froh, als Edus Schreie in Wimmern übergingen und endlich ganz verstummten. Zögernd öffnete ich die Augen und zwang mich zu ihm hinzusehen.

Der Anblick den er bot war grässlich. Hätte ich nicht gewusst, dass es ein menschlicher Körper war, der da am Pfahl hing, ich hätte es nicht erkannt. Edus Leib schien eine einzige blutige Masse zu sein, grotesk verdreht hing er an dem Pfahl. Im ersten Moment dachte ich, er wäre tot, aber es war noch Leben in ihm, man konnte deutlich sehen, dass er atmete. Er reagierte jedoch nicht auf die Stöße und Püffe mit dem Peitschenstiel und ich hoffte für ihn, eine gnädige Ohnmacht möge ihn gefangen halten.

Auch Boril starrte eine Weile auf den Eunuchen, dann erhob er sich und trat zu ihm hin. Sinnend betrachtete er Edus Gesicht, die geschlossenen Augen. Dann trat er mit der Stiefelspitze nach ihm. Edu stöhnte und bewegte sich, was ihm sofort ein Wimmern entlockte. Er war also bei Bewusstsein, die Erkenntnis brachte Boril dazu, neben dem blutigen Körper in die Hocke zu gehen. Grob fasste er Edu am Kinn und zwang seinen Kopf herum ohne auf sein jammervolles Stöhnen zu reagieren.

„Was hat es nun mit deiner Behauptung auf sich?" fragte er hart. „Hältst du sie noch immer aufrecht?"

Doch der gepeinigte Mann antwortete nicht. Zwar flatterten seine Augenlider und seine Lippen zuckten, so als wolle er antworten. Doch er brachte nur unverständliche Laute hervor, war entweder zu schwach zum Reden, oder sein Geist war zu benebelt um zu erkennen, was von ihm verlangt wurde.

Schließlich gab Boril es auf und ließ den Kopf des Eunuchen achtlos fallen, so dass er zur Seite sackte. Edus Mund öffnete sich und blutiger Speichel rann ihm die Wange herab und über den Hals.

Eine dunkel gekleidete Frauengestalt kämpfte sich durch die gaffende Menge und kam furchtlos heran. Ich erkannte Romika, ihr Gesicht schien versteinert als sie auf Edu nieder sah. Sie wollte sich neben ihn knien, doch Boril hielt sie am Arm zurück.

„Wagt es nicht, ihn anzufassen!" raunzte er sie an. „Hättet Ihr getan, was ich Euch aufgetragen hatte, dann wäre das hier nicht nötig gewesen."

Ihr Kopf ruckte zu ihm hoch und ihre Augen blitzten ihn wütend an: „Ich weiß nicht wovon Ihr sprecht und bin mir keiner Schuld bewusst. Was seid Ihr bloß für ein armseliger Mann, dass Ihr diesen, vom Schicksal bereits so grausam gestraften Menschen so quälen lasst? Ehre und Menschenwürde scheinen Euch fremd zu sein. Lasst mich ihm wenigstens helfen..."

Doch Boril ließ sie nicht los sondern schüttelte sie grob. Gehässig flüsterte er, während seine Augen drohend auf Romika gerichtet waren: „Er benötigt Eure Hilfe nicht mehr, denn sein Leben ist verwirkt. Und Eures ebenso, wenn Ihr nicht tut was ich Euch sage. Eigentlich sollte ich mit Euch ebenso kurzen Prozess machen, denn Ihr habt kläglich versagt. Wie sonst konnte meine zukünftige Frau sich in den Kerker des Sklaven schleichen um ihm beizuliegen? Vielleicht habt Ihr ja sogar davon gewusst oder Ihnen womöglich noch bei dem Betrug geholfen..."

Mißtrauisch schaute er Romika ins Gesicht, suchte nach den verräterischen Zeichen ihres schlechten Gewissens.

Die Hexe hatte sich jedoch hervorragend in der Gewalt. Sie erwiderte seinen Blick voller Unverständnis, so als wisse sie nicht, wovon er überhaupt sprach. „Was meint Ihr?" fragte sie arglos. „Ich habe alles so getan, wie Ihr es mir aufgetragen habt. Eure Braut war die ganze Zeit bei mir, unter meiner Obhut. Während des Tages und ebenso in der Nacht. Wer etwas anderes behauptet ist ein Lügner..."

„Nun, dieser Lügner liegt zu Euren Füßen."

„Edu? Aber welchen Grund sollte er haben, solch eine Unwahrheit zu erzählen? Ich kann das nicht glauben..."

„Boril wurde unwirsch. „Er hat es aber getan und deshalb wurde er bestraft. Zu Recht, soll ich Euren Worten Glauben schenken."

Bekümmert schüttelte Romika den Kopf. „Warum habt Ihr überhaupt auf ihn gehört, ihn nicht ignoriert, so wie Ihr es die ganze Zeit getan habt? Edu hatte ganz sicher nichts Böses im Sinn. Sein Geist ist manchmal ein wenig verwirrt, eine Folge der vielen Demütigungen, die er schon ertragen musste. Vielleicht hat er nur etwas missverstanden..."

Aber Boril war nicht gewillt, über die Beweggründe des Eunuchen zu sinnieren. Unwillig wedelte er Romikas Einwände mit der Hand ab.
„Wie dem auch sei, nun ist es zu spät. Und nun verschwendet nicht länger meine Zeit und Geduld. Geht und nehmt Riana mit Euch. Und lasst Sie nicht mehr aus den Augen bis sie morgen meine Frau wird. Und sollte ich in der Hochzeitsnacht feststellen, dass sowohl sie, als auch Ihr mich hintergangen habt, so werdet ihr gemeinsam sterben."
Die Heilerin unternahm nochmals einen Versuch, Edu beizustehen, doch Borils Geduld war am Ende. Er stieß sie grob in Rianas Richtung und sein Blick war dabei so grimmig, dass Romika schließlich nachgab. Mit einem letzten hilflosen Blick auf den geschundenen Eunuchen wandte sie sich resigniert ab und ging zu Riana um sie in den Arm zu nehmen und zu trösten. Mit sanfter Gewalt brachte sie die Weinende dazu, mit ihr zu gehen. Dabei verhinderte sie geschickt, dass Riana sich durch einen verräterischen Blick in meine Richtung noch mehr in Gefahr brachte.

Kapitel 23:   Zwischen Leben und Tod

Nachdem die beiden Frauen verschwunden waren, besann sich Boril wieder auf mich. Langsam, fast schlendernd kam er auf mich zu und blieb so dicht vor mir stehen, dass ich das bösartige Funkeln in seinen Augen sehen konnte. Meine Eingeweide krampften sich vor Furcht zusammen und alles in mir schrie nach Flucht. Doch ich konnte mich nicht rühren, zum einen, weil ich gefesselt war und zudem noch immer von meinen Wächtern festgehalten wurde.

Trotz der Angst, die mich kaum atmen ließ, bemühte ich mich, Boril scheinbar unbeteiligt ins Gesicht zu sehen. Es schien mir jedoch nicht so recht zu gelingen, denn er grinste mich wissend an. „Du hast Angst, - Bruder!" behauptete er hämisch und fügte hinzu: „Und du tust Recht daran mich zu fürchten. Ich werde mit dir ebenso verfahren wie mit diesem stinkenden Haufen Dreck."

Er spie verächtlich in Edus Richtung und wandte sich dann sogleich wieder mir zu. „Hast du mir nun vielleicht etwas zu sagen? Oder soll ich deine Zunge erst durch die Peitsche lockern lassen?"

Ich schüttelte stumm den Kopf. Was hätte ich auch sagen sollen? Und die Peitsche war mir so oder so gewiss. Zwar würde Boril nicht zulassen, dass man mich halbtot schlug, so wie Edu. Aber es war ihm sicher egal ob mir das Fleisch in Fetzen hing, - solange noch genug Leben in mir wäre um es am Pfahl zu beenden.

Erneut stieg die Angst in mir hoch, breitete sich über meinen ganzen Körper aus und ließ mich erschauern. Ich merkte dass Boril es sah, doch ich konnte es nicht verhindern. Trotzdem ich es besser wusste, zuckte mein Blick zum Himmel um den Stand der Sonne zu erkunden. Nein, es wurde noch längst nicht Nacht, diesmal würde kein Vampir erscheinen um die Peitschenhiebe auf sich zu nehmen. Ich war alleine, - ganz und gar der Willkür meines Bruders ausgeliefert. Und obwohl so viele Menschen um mich waren, war ich mir noch nie in meinem Leben einsamer vorgekommen.

Hinter Boril entstand Bewegung, seine Schergen schnitten Edu vom Richtpfahl los und schleiften ihn ein paar Schritte weg, wo sie ihn, als handele es sich um Kadaver eines Hundes, achtlos in den Staub fallen ließen. Doch Edu war nicht tot, obwohl er sich nicht rührte, sah ich seinen stoßweise gehenden Atem, der seinen massigen Körper erzittern ließ. Aber niemand schenkte ihm mehr Beachtung, alle Augen waren gebannt auf mich und Boril gerichtet.

Mit einer Kopfbewegung gab er das Zeichen, mich an den Pfahl zu binden und die Männer, die mich hielten drängten mich vorwärts. Die Angst trieb mich dazu, energisch Gegenwehr zu leisten, ich stemmte die Fersen in den

Boden und beugte den Oberkörper, um aus der Umklammerung zu schlüpfen. Meine Bemühungen waren natürlich völlig nutzlos, sie lachten nur über meine Anstrengung und schleiften mich weiter vorwärts.

Boril kam langsam hinterher und stellte sich erneut dicht vor mich als wir den Pfahl erreicht hatten. Ich spürte, wie man mir die Handfesseln durchschnitt, um meine Hände an den eisernen Ring zu binden. Für einen winzigen Moment war ich frei und ich nutzte ihn aus um einen letzten Versuch zu wagen, mein Schicksal doch noch zu wenden.

Meine Hände schnellten vor und bekamen Borils Hals zu fassen. Mit der Kraft der Verzweiflung drückte ich meine Daumen so fest ich vermochte auf seine Gurgel. Seine Hände fuhren hoch und seine Finger krallten sich um meine, zerrten daran. Doch ich ließ nicht locker. Sein fassungsloser Blick, in den sich Panik schlich als er keine Luft mehr bekam erfüllte mich mit Genugtuung und ich drückte noch fester zu. Fast schon meinte ich zu spüren, wie sein Kehlkopf unter meinen Fingern brach, da bekam ich einen mörderischen Schlag in den Nacken, der mich auf der Stelle jeglicher Kraft beraubte. Mit einem Ächzen ließ ich los und sackte zu Boden wo ich benommen liegenblieb.

Ich hatte das Gefühl, mein Genick sei gebrochen und ich konnte kaum atmen. Vor meinen Augen wurde es schwarz und ich verlor das Bewusstsein. Doch die Ohnmacht hielt mich nur kurz gefangen, als ich die Augen wieder aufschlug hatte sich kaum etwas verändert. Direkt vor meiner Nase befanden sich Borils Stiefel und um uns brandete aufgeregtes Geschrei, dessen Lautstärke an- und abzuschwellen schien. Nur langsam wurde mir bewusst, dass dieses seltsame Gefühl durch das Pulsieren meines eigenen Herzschlages in meinen Ohren verursacht wurde.

Schwerfällig wälzte ich mich auf den Rücken und starrte hoch. Auch Boril, der direkt über mir stand, hatte noch immer mit sich zu tun. Sein Gesicht war dunkelrot angelaufen, er atmete abgehackt und keuchend und hielt sich den Hals. Doch in seinen Augen loderte nackte Mordgier als er auf mich nieder starrte und nachdem er sich ein wenig erholt hatte, versetzte er mir einen derben Tritt in die Rippen, der mich erneut in Atemnot brachte. Ich fürchtete, er würde mich nochmals treten, doch dazu fehlte ihm anscheinend noch die Kraft. Er begnügte sich damit, mich mit wütenden Blicken zu durchbohren.

Borils Schergen standen ebenfalls um mich herum, unschlüssig, was sie tun sollten. Ohne den ausdrücklichen Befehl ihres Herrn wagten sie nicht, mir etwas anzutun, obwohl die Lust dazu aus ihren Augen sprang.

Doch ein anderer besaß keine Skrupel und kam nun auf uns zu. Mein Magen zog sich zusammen als Vlad Tepes in mein Blickfeld trat und dicht neben meinem Kopf stehen blieb. Sein Blick lag so kalt auf mir, wie es noch nicht einmal der Borils vermochte. Ich befürchtete erneute Tritte, doch sie blieben aus.

Sein Blick wanderte weiter zu Boril und seine Züge nahmen einen ärgerlichen Ausdruck an. „Dieser Spion mit euren Gesichtszügen ist wirklich sehr dreist", knurrte er erbost. „Diese Dreistigkeit müsst ihr auf der Stelle aufs Strengste ahnden. Wie wollt Ihr Euch weiterhin bei Euren Männern Respekt verschaffen, wenn Ihr einem Sklaven erlaubt, Euch anzugreifen. Ihr müsst ihn sofort und hart bestrafen. Der Pfahl wäre für sein Vergehen angemessen."
Bei seinen Worten begannen seine Augen unheilvoll zu leuchten und ich vermeinte fast so etwas wie ... Lust darin zu erkennen. Ein Schauer überlief meinen Körper. Es stimmte also wirklich, was man sich über diesen Teufel in Menschengestalt erzählte, er empfand körperliche Lust am Quälen und Peinigen von Menschen.
Boril, der inzwischen wieder seine normale Gesichtsfarbe angenommen hatte und auch wieder atmen konnte, schaute seinen Oberherrn ablehnend an. „Nein, nicht heute. Er soll erst morgen Abend gepfählt werden, nachdem ich sicher bin, ob er meine Braut vielleicht doch geschändet hat. Jetzt soll er ausgepeitscht werden..."
„Auspeitschen ist eine zu geringe Strafe für diesen Angriff auf Euer Leben. Ihr solltet mit aller Härte vorgehen - ihn häuten lassen oder ähnliches. Das wäre eine gebührende Strafe für sein Vergehen. Ich habe einen Mann dabei, der ein wahrer Meister seines Faches ist..."
Häuten! Er wollte mich häuten lassen! Schon das Wort genügte, mich erzittern zu lassen und mir wurde übel vor Angst. *Verdammt Boril, besinne dich, ich bin doch dein Bruder*, wollte ich brüllen, *in unseren Adern fließt das gleiche Blut. Wie kannst du mir so etwas Grausames antun lassen?* Doch die Worte wollten nicht über meine Lippen, zu geschockt war ich von dem Gehörten.
„Nun...", Boril schien unentschlossen und schaute einen Moment grüblerisch auf mich herab. Dann heftete er den Blick wieder fest in die Augen des Fürsten. „Ich weiß nicht, ob ich dem zustimmen möchte, Hoheit. Wie ich sagte, würde ich eine Bestrafung vorziehen, bei der er am Leben und auch bei Bewusstsein bleibt. Ich will nicht dass er schon heute stirbt. Zu lange habe ich darauf gewartet, ihn am Pfahl sterben zu sehen."
Mir schwanden fast die Sinne vor Angst, als ich hörte, wie so kalt über mein Schicksal entschieden wurde. Am liebsten hätte ich meine Furcht laut hinausgebrüllt. Doch das Grauen, das ich empfand machte mich stumm. Ohnmächtig hörte ich dem Blutfürsten zu, der fast sanft sagte:
„Er ist Euer Gefangener, mein Freund, und natürlich sollt Ihr selbst über seine Strafe entscheiden."
Jetzt lächelte er Boril tatsächlich aufmunternd an. „Dennoch würde ich vorschlagen, überlasst den Kerl einfach meinen geschulten Männern. Sie sind sehr geschickt darin, einem Menschen größtmögliche Qual zu bereiten ohne

ihn zu töten. Sie könnten ihm ja die Knochen seiner Arme und Beine zerschlagen, das wird ihn lehren, was es bedeutet, seinen Herrn anzugreifen. Und morgen Abend wird er noch am Leben sein, das versichere ich Euch." Erneut trat dieses irre Leuchten in seine Augen, während er erwartungsvoll auf Borils Zustimmung wartete. Wie gebannt starrte auch ich meinen Bruder an, wollte ihn Kraft meiner Gedanken dazu bringen, mir dieses Los zu ersparen. Doch als ich seine Antwort vernahm schloss ich geschlagen die Augen.

„So soll es denn sein, mein Fürst", willigte er ein. „Das scheint mir tatsächlich eine geziemende Bestrafung. Eure Ideen sind wirklich die besten, Hoheit."

Vlad Tepes lächelte geschmeichelt und rief ein paar seiner Männer zu sich. Sie begannen sofort damit, seinen knappen Befehl in die Tat umzusetzen. Zuerst trieben sie vier Holzpflöcke in die Erde, dann wurde ich trotz meiner verzweifelten Gegenwehr bäuchlings zu Boden gezwungen und meine ausgestreckten Arme und Beine daran festgebunden. Ich konnte nicht sehen, was sich hinter meinem Rücken abspielte, aber ich konnte es mir nur allzu gut vorstellen. Die Furcht vor dem was mir bevorstand ließ meine Glieder zittern. Alles in mir schrie danach, Boril laut um Gnade anzuflehen. Doch ich wusste, er würde mir keine Gnade gewähren, deshalb biss ich die Zähne so fest zusammen, dass meine Kiefergelenke schmerzten. Ich wollte so lange wie möglich Würde bewahren um dem gaffenden und feixenden Pöbel nicht zu zeigen, wie sehr ich mich fürchtete. Als die Tortur begann, vergaß ich jedoch schnell meinen Vorsatz. Bereits die ersten Hiebe ließen mich laut aufschreien. Vier mit Knüppeln bewaffnete Männer schlugen gleichzeitig auf meine Arme und Beine ein, wobei die Ellenbogen- und Kniegelenke ihre bevorzugten Ziele waren. Sie achteten sorgsam darauf, weder meinen Körper noch mein Kopf zu treffen, denn ich sollte nicht lebensgefährlich verletzt und auch nicht ohnmächtig werden.

Der Schmerz war so grauenhaft, dass ich meine Pein laut hinausbrüllte. Doch niemand scherte sich um meine Schreie, scheinbar endlos prügelten sie weiter und weiter auf mich ein. Die Knüppel und scharfkantigen Scheite zerschmetterten mir Knochen und Gelenke und bald konnte ich mich nicht einmal mehr schreien.

Kaum registrierte ich noch, wie meine Peiniger endlich von mir abließen, mein ganzer Körper schien nur noch aus pochendem Schmerz zu bestehen. Ich zitterte so heftig, dass ich mir dadurch selbst noch mehr Qual bereitete, aber ich konnte nichts dagegen tun. Boril erschien in meinem Blickfeld, - er sagte irgendetwas zu mir, oder fragte mich, - doch ich war zu schwach um zu reagieren und schloss einfach die Augen. Irgendwann war er weg und nach und nach verschwanden auch die Zuschauer. Ich blieb alleine in meinem Schmerz zurück...

Die folgenden Stunden verbrachte ich in einem Alptraum zwischen Teilnahmslosigkeit und Pein. Manchmal meinte ich, in einem Bett von Wolken zu versinken und alles um mich wurde leicht und kam mir unwirklich vor. Dann wieder riss mich schneidender Schmerz brutal in die Wirklichkeit zurück.
Ich versuchte zu Gott zu beten, ihn zu bitten, mich zu erlösen. Aber Gott hörte mich nicht, oder es war ihm egal, wie sehr ich litt. Schließlich verfluchte ich ihn, in der Hoffnung, er würde mich aus Zorn über meinen Frevel töten. Aber auch darauf reagierte er nicht...
So dämmerte ich vor mich hin, endlos, wie mir schien. Meine Gedanken kreisten einzig um den Schmerz, der mich mit glühenden Nadeln traktierte und meine Zähne wie im Fieber aufeinander schlagen ließ. Ich war so erschöpft, dass ich nicht einmal mehr wimmern konnte.

Ich meinte eine Hand zu fühlen, die sich sachte unter mein Kinn schob und meinen Kopf sehr behutsam zur Seite drehte, doch ich war nicht in der Lage darauf zu reagieren. Auch nicht auf die warmen Tropfen, die auf meine verschorften Lippen fielen. Sie rannen über meinen Mund und versickerten im Staub. Doch es folgten weitere und ein Finger schob sich zwischen meine Lippen, öffneten sie einen Spalt, so dass die Flüssigkeit in meinen Mund rann. Ich schluckte reflexhaft und merkte schon kurz darauf, wie meine Schmerzen nachließen und bald darauf ganz schwanden. Aus eigener Kraft gelang es mir den Kopf zu heben und ich öffnete die Augen.
Es war Dimitri, der vor mir kauerte und von dessen Handgelenk noch immer Blutstropfen und den Boden tropften. Ich leckte mir über die Lippen, denn der Anblick ließ die altbekannte Gier in mir erwachen. Dimitri sah es und hielt mir seinen Arm bereitwillig erneut hin. Damit ich besser an die kleinen Wunden kam, stützte er mit der anderen Hand fürsorglich meinen Kopf. Erst nach einer Weile entzog er mir seinen Arm.
Noch immer war kein Wort gefallen und als ich den Kopf verdrehte, um dem Vampir ins Gesicht zu sehen, schien seine Miene eine erstarrte Maske zu sein. „Was ist?" fragte ich heißer. „Warum schaust du mich so seltsam an?"
Er schien wie aus einer Erstarrung zu erwachen und schüttelte beklommen den Kopf. Furchtsam blickte ich ihn an und drängte: „Binde mich doch endlich los, Dimitri. Wir müssen fliehen ehe jemand kommt und dich hier bei mir entdeckt. Was mir heute geschehen ist war so grauenhaft, ich will keine Sekunde länger hierbleiben."
Doch er schüttelte erneut den Kopf und erklärte mir gepresst. „Ich habe dich bereits losgebunden..."
„Aber ich spüre es doch gar nicht. Was ist los mit mir? Sicher brauche ich noch mehr von deinem Blut..." Ich hörte selbst die Panik, die in meiner

Stimme mitschwang. Meine Schmerzen waren verschwunden und ich fühlte mich wieder gut, so wie nach jeder Blutgabe des Vampirs. Aber ich konnte mich nicht bewegen, mich nicht erheben, - meine Arme und Beine schienen völlig ohne Gefühl. So als gehörten sie nicht mehr zu meinem Körper.
„Komm, ich bringe dich erst einmal in Sicherheit. Dann können wir reden. Du musst hier weg, es kann gefährlich werden, sollte man uns hier beobachtet." Ohne meine Antwort abzuwarten hob er mich auf seine Arme und stand auf. Als sei ich ein Kind trug er mich bis zu meinem Kerker, wo er mich auf mein Strohlager bettete.
„Ich komme gleich zurück", murmelte er und verschwand. Ich starrte verwundert auf die Tür und verstand überhaupt nichts mehr. Nochmals versuchte ich, mich zu erheben, doch ich konnte nur meinen Kopf und Rumpf bewegen, meine Arme und Beine konnte ich zwar fühlen, es gelang mir jedoch nicht, sie zu bewegen. Ab den Ellenbogen- und Kniegelenken schienen sie taub.
Ich versuchte meinen Oberkörper aufzurichten und schließlich gelang es mir, mich wenigstens soweit auf die Seite zu drehen, dass ich an mir herunter schauen konnte. Ich sah, dass meine Arme und Beine wie bei einer Gliederpuppe bewegungslos neben meinem Körper lagen. Ein Unterschenkel war seltsam verdreht, der Fuß zeigte nach innen. Mein rechter Arm lag halb unter meinem Leib verborgen, der linke hing mit nach außen gedrehter Handfläche über meinem Bauch. Fast wie bei einer achtlos hingelegten Marionette, deren hölzerne Extremitäten ungeordnet herumlagen.
Die Ärmel und der untere Teil meines Gewandes waren von Blut durchtränkt, das zum größten Teil schon getrocknet war. Der Anblick verdeutlichte mir noch mehr das Ausmaß der Verletzungen, die mir zugefügt worden waren. Ich meinte sogar Knochenstücke unter dem Stoff zu erkennen, die durch die Haut gedrungen waren und mir wurde übel vor Angst. Zwar verspürte ich keine Schmerzen mehr, aber so wie meine Arme und Beine zugerichtet waren, würde ich sie nie mehr benutzen können. Ich war ein Krüppel...
Die Erkenntnis traf mich wie ein Schlag und ein Aufschluchzen entrang sich meiner Kehle als mir die ganze Tragweite meiner Verletzungen bewusst wurde. Ich würde nie wieder gehen, nie mehr meine Arme gebrauchen können. Ja es gelang mir noch nicht einmal mehr einen Finger zu krümmen. Dimitri hatte mir nicht genug von seinem Blut gegeben, kam mir in den Sinn. Ja, genauso musste es sein. Es war zu wenig gewesen, um die vielen Verletzungen zu heilen. Gleich wenn er kam musste er mir nochmals davon gewähren. Und diesmal musste es viel mehr sein, sein Knausern würde ich nicht mehr akzeptieren. Er musste mir so viel zugestehen, dass ich vollkommen geheilt würde. Und danach würde ich mit ihm schleunigst das Lager verlassen. Nicht einmal mehr der Gedanke an Riana konnte mich auch nur

einen Tag länger hier halten. Aber wo blieb der Vampir nur? Er konnte mich doch in meinem hilflosen Zustand nicht alleine lassen...

Ich atmete auf, als sich endlich die Türe öffnete und Dimitri zurückkam. Obwohl ich überglücklich war, dass er wieder bei mir war, überschüttete ich ihn sofort mit Vorwürfen.

„Wo warst du denn so lange?", knurrte ich gereizt und forderte: „Du musst mir mehr deines Blutes gewähren, es war viel zu wenig, was du mir zugestanden hast. Meine Arme und Beine, ich kann sie nicht bewegen. Sieh nur, es stehen sogar ein paar Knochenstücke heraus."

Dimitri war nicht ungehalten über meine Vorwürfe. Noch immer schienen seine Züge wie aus Stein gemeißelt und ich erkannte Ratlosigkeit und Besorgnis in seinem Blick. Er machte sich Sorgen um mich, große Sorgen, - die Erkenntnis ließ meinen Ärger auf der Stelle verrauchen und die Angst kam mit Macht zurück.

„Bitte Dimitri, sag mir doch was los ist. Was ist mit mir? Ich muss es wissen." Ich hörte selbst, wie kleinlaut meine Stimme klang, die Furcht schnürte mir die Kehle zu. Und als er endlich zu sprechen begann, steigerte sie sich zur Panik.

Er räusperte sich ein paarmal als er neben mir Platz genommen hatte, so als wisse er nicht, wie er mir schonend beibringen konnte, was er zu sagen hatte. Doch dann wurden seine Züge fest und ein entschlossener Ausdruck trat in sein Gesicht.

„Ich habe dir bereits genügend von meinem Blut gegeben", begann er und unterband meinen Einwand mit einer müden Geste. „Mehr kann ich nicht verantworten ohne dir womöglich zu schaden."

„Aber siehe doch meine Arme und Beine", ereiferte ich mich aufgebracht. Mir war zwar im Innersten bewusst, dass ich mich ihm gegenüber ungerecht verhielt, schließlich hatte er stets sein Möglichstes für mich getan. Meine überreizten Nerven brachten mich jedoch dazu, Dinge zu sagen, die ich gar nicht so meinte. Deshalb hielt ich ihm weiter vor:

„Sie sind verdreht und gleich mehrfach gebrochen. Wie soll ich sie je wieder benutzen können? Ich kann doch so nicht mein weiteres Leben fristen..., als Krüppel..." Erneut begann ich vor Selbstmitleid zu schluchzen und Dimitri legte mir beruhigend die Hand auf die Schulter. Aus seiner Stimme hörte ich tiefes Bedauern.

„Es tut mir leid, Malamir. Aber bei dieser Art Verletzung versagen meine Heilkünste. Zwar wäre es kein Problem, deine Knochen wieder gerade zu bekommen, - aber es hätte keinen Sinn. Denn ich kann dir das Gefühl in deinen Extremitäten nicht zurückbringen. Die Schläge haben dir nicht nur Knochen und Gelenke zertrümmert, - sie haben Nerven durchtrennt und Sehnen zerrissen. Und die kann ich nicht heil machen, selbst wenn ich dir

mein ganzes Blut geben würde. Vampirblut ist zwar sehr heilsam, wie du weißt. Es kann nahezu alle Verletzungen oder Krankheiten heilen. Es kann auch gebrochene Knochen heilen, wenn es auch etwas mühevoller ist. Aber bei Nerven und Sehnen ist es wirkungslos. Ebenso wie bei Erkrankungen, die den Geist befallen. Warum das so ist, kann ich nicht erklären, ich weiß nur, dass es so ist..."
Entsetzt starrte ich ihn an, und ich meinte zu spüren wie das Blut aus meinen Wangen wich als mir die volle Tragweite seiner Worte bewusst wurde. Meine Arme und Beine würden so verdreht bleiben? Aber ohne Gefühl darin wäre ich bis ans Ende meiner Tage verdammt, ein Krüppel zu sein.
Immerhin wäre dieses Ende nicht mehr sehr weit, dachte ich in einem Anfall von Sarkasmus. Unfähig, einen Schritt zu gehen, würde ich das Lager niemals verlassen können. Es sei denn, der Vampir würde mich huckepack nehmen und forttragen. Aber selbst wenn ihm das gelänge, welch ein Leben hätte ich dann noch? Ich könnte mir meinen Lebensunterhalt höchstens noch erbetteln, so wie die Krüppel, an denen ich schon so oft achtlos vorüber geritten war.
Was hatte ich getan, dass Gott mich so sehr hasste? haderte ich erneut mit meinem Schicksal. Warum tat er mir das an? Alles hatte er mir genommen, meine Familie, meine Braut, meine Freiheit. Einzig mein Leben hatte er mir gelassen, - aber was für ein Leben war das noch?

Das Selbstmitleid überfiel mich erneut und ich spürte heiße Tränen über meine Wangen laufen. In meiner Bewegungsunfähigkeit konnte ich sie mir nicht einmal abwischen, was mich zornig aufschluchzen ließ. Für einen Moment hatte ich Dimitri völlig vergessen und erstarrte erschrocken, als ich seine Hand in meinem Gesicht fühlte. Er wischte mir sachte die Tränen weg. Dimitri, - natürlich, - warum hatte ich nicht gleich daran gedacht. Der Vampir war der einzige, der mir jetzt noch helfen konnte.
„Du musst mich töten", forderte ich so unvermittelt von ihm, dass er zusammenzuckte. Ich sah, wie er abwehrend den Kopf schüttelte, doch mein Entschluss stand fest. Der Tod war die einzige Alternative zu einem Leben als Krüppel. Und wer konnte mir einen leichteren Tod verschaffen als der Vampir? Einzig der kurze Moment, in dem seine Zähne meine Haut durchstießen würde ein wenig schmerzhaft sein, danach würde ich nur noch Wonne verspüren, - bis zum Schluss selige Wonne. Ja, so konnte ich den Tod akzeptieren.
Doch ein schneidendes „Nein!" zerstörte meinen Traum von einem friedlichen Tod. Und als ich Dimitri bittend ins Gesicht sah, schüttelte er energisch den Kopf. „Das kommt nicht in Frage. Hätte ich deinen Tod gewollt, so hätte ich dich schon vor vielen Monaten sterben lassen und uns beiden wäre einiges erspart geblieben. Ich habe jedoch andere Pläne für dich,

erinnerst du dich nicht mehr daran? Ich denke, nun ist der Zeitpunkt gekommen, sie in die Tat umzusetzen."

Sprachlos starrte ich zu ihm auf und mein Herz begann aufgeregt zu rasen. Natürlich hatte ich seine Worte von damals nicht vergessen, sie nur in die hinterste Ecke meines Gehirns verdrängt. Und nach Dimitris rigoroser Absage, als ich ihn vor Tagen, - oder waren es schon Wochen? darum gebeten hatte, hatte ich nicht mehr gewagt, noch einen Gedanken daran zu verschwenden.

Der Vampir spürte meine Unsicherheit und lächelte mir beruhigend zu. Dann beugte er sich vor und legte seine Hand ganz leicht auf meine Brust, dorthin wo mein Herz schlug.

„Du brauchst keine Bedenkzeit, hattest sie nie nötig. Denn tief in deinem Herzen weißt du die Antwort. Du wusstest sie schon, als ich dir zum ersten Mal davon erzählte."

Verwundert merkte ich, dass es stimmte, was er sagte. Nie in meinem Leben war mir etwas klarer gewesen als die Antwort auf eine Frage, die er mir noch gar nicht gestellt hatte. Doch nun tat er es.

„Ich frage dich nur ein einziges Mal und du wirst mir die einzig mögliche Antwort geben. Bist du gewillt ein Vampir zu werden, Malamir?"

„Ja, das will ich", sagte ich spontan und alle Zweifel waren verflogen.

Er lächelte mich an. „Dann lass uns keine Zeit verlieren."

Ich spürte keine Angst, keine Bedenken, als er sich neben mir ins Stroh kniete und mich in seine Arme bettete wie ein Vater sein Kind. In gewisser Weise war es ja tatsächlich so, ich würde als Vampir wiedergeboren werden und er würde derjenige sein, der mir den Weg in mein neues Leben ermöglichte.

Worte waren nicht von Nöten, wir wussten beide um den Ernst dieses Augenblickes. Und das Ritual, durch das ich zum Wesen der Nacht werden würde war mir vertraut und doch vollkommen neu. Es ängstigte mich nicht, erfüllte mich aber mit sehnsüchtiger Erwartung.

Vertrauensvoll schaute ich zu wie Dimitri sein Handgelenk an den Mund führte und mit seinen Vampirzähnen die Ader öffnete. Schweigend hielt er seinen Arm dicht vor meine Lippen und ich konnte es kaum erwarten, sein Blut zu trinken. Er ließ mich lange gewähren, länger als jemals zuvor. Ich schaute ihm dabei in die Augen, in denen ich fiebrige Erregung sah. Auch für ihn war es ein bedeutender Moment.

Nachdem er mir sein Handgelenk entzogen hatte, gewährte er mir ein paar Minuten Ruhe. Wie immer schien sein Blut ein Feuer in meinen Eingeweiden zu entfachen, das ich stoisch ertrug. Wusste ich doch bestens um die Euphorie und das Wohlbehagen, das dem kurzen Schmerz folgen würde.

Allzu lange ließ Dimitri mich diesen seligen Zustand jedoch nicht genießen. Seine Augen glitzerten vor unverhohlener Gier als er mich erneut in seine

Arme nahm. Sein Vampirantlitz machte mir keine Angst, voller Vertrauen legte ich den Kopf zur Seite in der Erwartung seines Bisses.

Er saugte lange und kräftig, aber selbst als meine Sinne zu schwinden drohten verspürte ich keine Angst. Ein Glücksgefühl hatte mich erfasst und füllte sowohl meinen Körper als auch meinen Geist aus. Hätte er mich in diesem Moment getötet, mit Freuden wäre ich in seinen Armen gestorben.

Doch Dimitri wollte nicht meinen Tod, er wollte mir die Ewigkeit schenken. Und mit sicherem Gespür merkte er, wann der Zeitpunkt gekommen war, von mir abzulassen. Sanft ließ er mich ins Stroh zurück gleiten.

Schwäche hielt mich umfangen und ich verspürte das Bedürfnis zu schlafen. Die Müdigkeit war schier überwältigend und wollte mich mit sich reißen, nur zu gerne hätte ich ihr nachgegeben. Doch Dimitri hielt mich zurück, obwohl er mich weder berührte, noch mit mir sprach. Es war alleine die Kraft seines Geistes, die mich hielt, mich trug und nicht losließ. Er vermittelte mir ein Gefühl der Geborgenheit, in dem ich mich sicher fühlte und das alle Ängste von mir fernhielt

Nachdem er mir abermals eine kurze Pause gegönnt hatte, hielt der Vampir mir erneut sein Handgelenk hin. Doch ich war so müde, so schwach, ich wollte nicht trinken, nur schlafen, - lange und tief und ohne jemals wieder zu erwachen.

Dimitri gab jedoch nicht auf. „Trink", schmeichelte er und ließ ein paar Tropfen Blut auf meine Lippen träufeln. Sie fanden ihren Weg durch einen winzigen Spalt in meinen Mund und sobald sie auf meine Zunge trafen, entfachten sie die altbekannte Gier in mir. Ich begann zu saugen und sobald das Blut ungehindert in meinen Mund floss, wollte ich immer mehr davon.

Kapitel 24: Tod und Leben

Gesättigt ließ ich von ihm ab und Dimitri bettete mich bequem auf mein Strohbett zurück. Er lächelte mich an und meinte verschmitzt: „Ich fürchtete schon, du würdest mein ganzes Blut aufbrauchen, ein bisschen benötige ich schließlich noch selbst."

Seine Worte machten mich verlegen. Ich hatte tatsächlich nur an mich, die Befriedigung meiner Gier gedacht, und keinen Gedanken daran verschwendet, dass es Dimitris Lebenssaft war, den ich trank. „Entschuldige", murmelte ich zerknirscht. „Aber du hast mich gewähren lassen..."

„Mach dir keine Gedanken", lachte er und klang sorglos dabei. „Ich wollte dich bloß ein bisschen necken. Du hast alles vollkommen richtig gemacht. Jetzt ruh dich aus. Die Umwandlung wird dich viel Kraft kosten und leider nicht schmerzlos sein. Aber ich bleibe die ganze Nacht hier und werde dir beistehen."

„Ich bin noch kein Vampir?" fragte ich verwundert. „Aber ich dachte..."

„So schnell geht es nicht. Der Bluttausch war nur der Anfang. Das Vampirblut tötet nun langsam deinen menschlichen Körper und wandelt ihn um. Das dauert eine Weile, womöglich die ganze Nacht. Aber spätestens im Morgengrauen ist es vorbei. Und wenn du morgen erwachst bist du ein Vampir..."

„Wird es sehr schmerzhaft sein?" fragte ich zaghaft. Die viele Pein, die ich bereits ertragen musste, ließ mich angstvoll reagieren. Ich wollte nicht mehr leiden müssen. Dimitri verstand mich nur zu gut. Tröstend meinte er:

„So schlimm, wie das, was du heute erdulden musstest wird es nicht werden. Aber du spürst natürlich, wie dein Körper schwächer wird und schließlich stirbt. Und da du kräftig bist, kann das dauern. Wenn du möchtest, können wir die Zeit mit Reden überbrücken. Ich kann versuchen, dir zu erklären, wie dein vampirisches Leben sein wird. Zumindest, was es fortan von deinem bisherigen Leben unterscheiden wird. Was deinen Weg durch dein neues Dasein betrifft, so wird er wie der jedes Menschen ungewiss sein. Mit der einzigen Ausnahme, dass du jeden Abend aufs Neue erwachst, egal was dir zuvor geschehen ist..."

„Du meinst, mir können auch weiterhin so schlimme Dinge widerfahren, wie im Leben?" Das waren ja heitere Aussichten. Was, wenn meine Pechsträhne weiter anhielt? Am Ende käme ich selbst als Vampir nicht aus Borils Fängen frei. Kaum auszudenken, was er mit mir anstellen ließe, sollte er merken dass ich unsterblich geworden war.

Doch Dimitri, der wieder einmal ungeniert in meinen Gedanken las, beruhigte mich: „Du wirst freikommen, schon sehr bald. Sobald du zum Vampir geworden bist, eröffnen sich dir völlig andere Möglichkeiten. Du kannst einen Bann über dich legen, der dich schützt. Er wirkt bei jungen Vampiren ebenso stark wie bei alten. Somit wirst du praktisch unsichtbar sein. Und morgen, im Laufe der Nacht wirst du endlich wieder ein freier Mann sein. Das verspreche ich dir."

Seine Worte beruhigten mich tatsächlich. Ich nahm mir vor, Dimitri einfach zu vertrauen, schließlich war er sehr alt und weise. Der Gedanke schoss mir durch den Kopf, dass ich ebenso alt werden konnte wie er, - und noch viel älter. Hunderte von Jahren, oder sogar Tausende. Die Aussicht machte mich schwindelig. Was stellte man in einer so langen Lebensspanne an? War es überhaupt interessant, so lange zu leben?"

„Du lebst, solange dir dein Dasein lebenswert erscheint", mischte sich Dimitri erneut in meine Gedanken. „Es steht dir frei, den Zeitpunkt deines Todes selbst zu bestimmen. Und du wirst spüren, wann die Zeit dafür gekommen ist. Aber bis dahin vergehen noch sehr viele Jahre, darüber brauchst du dir nicht schon heute den Kopf zu zerbrechen."

Ich nickte lächelnd. Ja, er hatte wie immer Recht. Ich würde noch sehr viele Jahre vor mir haben. Und ich würde immer so jung sein wie heute, denn mein Körper konnte sich nicht mehr verändern.

Mein Körper würde immer so bleiben, wie heute! Siedend heiß fuhr mir das in den Sinn. Warum hatte ich, und vor allem, warum hatte Dimitri nicht daran gedacht? Würde ich etwa auch als Vampir mit verkrüppelten Armen und Beinen existieren müssen? Voller Entsetzen schaute ich den Vampir an.

„Meine Beine und Arme", stieß ich hervor. „Werden sie etwa so bleiben? Wenn ja, dann will ich doch kein Vampir werden. Dann töte mich lieber jetzt gleich."

Doch Dimitri schaute mich nur vorwurfsvoll an. „Für welch einen lausigen Vampir hältst du mich? Meinst du, ich würde zulassen, dass du für alle Ewigkeit so bleibst, wie du momentan bist? Natürlich wirst du morgen als vollkommenes Wesen der Nacht erwachen. Du kannst dich zwar vom Äußeren nicht mehr verändern und wirst zum Beispiel für alle Zeiten bartlos sein. Auch an der Länge deiner Haare wird sich nichts mehr ändern oder an deiner Figur. Aber ansonsten regeneriert sich dein Vampirkörper jede Nacht aufs Neue. Das heißt, selbst wenn dir ein Bein abgeschlagen würde, so wäre es in der folgenden Nacht wieder dort wo es hingehört. Sobald du morgen Abend erwachst, wirst du gerade und gesunde Knochen haben. Nichts wird mehr noch an deinen elenden Zustand erinnern, höchstens deine Kleidung. Aber da werden wir auch eine Möglichkeit finden."

Seine Erklärung machte mich so glücklich, dass ich eine Weile stumm blieb und in Erwartungen schwelgte. Er störte mich nicht, sondern saß stumm und lächelnd neben mir.

„Du weißt ja noch gar nicht, was heute geschehen ist", fiel mir ein. Um mich selbst von den schmerzhaften Empfindungen abzulenken, die in meinem

Körper zu rumoren begannen, wollte ich Dimitri erzählen, was während des Tages geschehen war. Also begann ich mit meinem sehr ausführlichen Bericht und er hörte mir interessiert zu.

„Den armen Edu habe ich über all mein eigenes Unglück völlig vergessen", wurde mir bewusst und ich starrte den Vampir betroffen an. „Als ich ihn zum letzten Mal sah, hatte man ihn in den Staub geworfen, wie den Kadaver eines Hundes. Aber er lebte noch. Weißt du, was mit ihm geschehen ist?"

Seine Augen blickten mich ruhig an als er antwortete. „Edu ist tot. Ich habe ihn getötet. Deswegen bin ich vorhin nochmals weggegangen."

Ich war entsetzt. „Du hast ihn getötet? Aber warum? Er war zwar an dieser ganzen Misere schuld, aber den Tod hat er nicht verdient. Er tat es doch nur, weil er Angst hatte, mich zu verlieren. Mir ist leider nie aufgefallen, was er für mich empfand. Als ich es mir zusammenreimte, war es zu spät. Aus irgendeinem Grund meinte Edu, Riana sei für alles verantwortlich. Er wollte vermutlich, dass sie aus dem Lager verstoßen würde."

„In Edus Kopf war nicht alles in Ordnung, das habe ich schon längst bemerkt. Sein schreckliches Schicksal ist nicht spurlos an ihm vorüber gegangen. Aber da er immer friedlich war und darüber hinaus durchaus intelligent, habe ich ihn als harmlos eingestuft. Was, zumindest was dich betraf, ein Irrtum war. Ich hatte zwar bemerkt, was er für dich empfand, wollte dich aber nicht damit belasten. Dass er Riana gegenüber so feindlich eingestellt war, ist mir leider entgangen. Das hätte mir nicht passieren dürfen, ich kann es höchstens dadurch erklären, dass ich so intensiv damit beschäftigt war, unsere Flucht vorzubereiten. Hätte ich es bemerkt, hätte ich natürlich eingegriffen."

„Indem du Edu sofort getötet hättest?" fragte ich zurück und hörte selbst, wie anklagend es klang. Doch Dimitri ließ sich nicht provozieren und erklärte mir in ruhigem Ton:

„Ich habe ihn nicht aus Rache getötet, wie du zu vermuten scheinst. Ich tat es, weil ihm nicht mehr zu helfen war. Und ich habe ihn von seinen Leiden erlöst, weil ich es als meine vampirische Pflicht ansah."

„Er wurde übel ausgepeitscht", gab ich zu. „Aber daran hätte er nicht unbedingt sterben müssen..." Ich konnte nicht vermeiden, dass meine Stimme noch immer misstrauisch klang. Doch Dimitri überhörte es erneut.

„An den Peitschenhieben wäre er auch vermutlich nicht gestorben. Aber Aufregung und Angst haben ihm so zugesetzt, dass sein ohnehin krankes Herz nicht mehr richtig arbeitete. Er war bereits in Agonie gefallen und atmete kaum noch. Auf keinen Fall hätte er die Nacht überstanden, ich habe sein Leben nur geringfügig verkürzt."

Ich schwieg nachdem er geendet hatte. Meine Gedanken waren bei Edu und ich verspürte Trauer. Ich hoffte, seine geschundene Seele würde endlich Frieden finden, Frieden, der ihm im Leben nicht vergönnt gewesen war.

Die Stiche, die meinen Körper marterten wurden stärker und ab und zu konnte ich mir ein Stöhnen nicht verkneifen. Selbst in meinen Armen und Beinen verspürte ich plötzlich Schmerz. Es fühlte sich an, als kämen langsam die Empfindungen zurück. Ich sprach Dimitri darauf an und er schob einen meiner blutdurchtränkten Ärmel zurück, so dass mein Unterarm frei lag. Beide starrten wir neugierig darauf.
Tatsächlich war mit meinem Arm eine beeindruckende Veränderung vorgegangen und so wie es aussah, war sie noch immer im Gange. Die zuvor blutverkrusteten Wunden hatten sich wieder geschlossen. Und die Knochentrümmer, die noch vor kurzem aus meinem Fleisch ragt hatten, waren wie durch Zauberei verschwunden. Wenn man intensiv hinschaute, konnte man beobachten, wie sie sich ganz langsam in ihre ursprüngliche Position zurückschoben. Ich keuchte überrascht, konnte aber kaum den Blick abwenden. Es kam mir wie ein Wunder vor.
Auch Dimitri schien ähnlich zu empfinden, er beobachtete mit der gleichen Faszination wie ich den Heilungsprozess. „So wird es sich in Zukunft immer verhalten", sagte er mit einem zufriedenen Grinsen. „Jede Verletzung wächst innerhalb von kurzer Zeit wieder zusammen."
„Trotzdem hoffe ich doch, in Zukunft bleiben mir weitere erspart", konterte ich trocken. „So faszinierend der Anblick auch ist, ich möchte fortan doch lieber darauf verzichten."
Darauf konnte er nur mitfühlend nicken. „Das verstehe ich nur zu gut. Und ich hoffe für dich, dass dir nichts Schlimmes mehr widerfährt. Doch leider kann ich dir den Schmerz des Sterbens nicht ersparen."
Mit einem Tuch wischte er mir die Schweißperlen von der Stirn, damit sie mir nicht in die Augen rannen. Tatsächlich ging es mir zunehmend schlechter. Durch meine Eingeweide schienen Feuerströme zu fließen und in meinen Gedärmen rumorte es heftig. Ihr Inhalt verflüssigte sich, so dass ich nicht mehr in der Lage war, ihn bei mir zu behalten. Ich stieß einen stöhnenden Schrei aus, als er sich als stinkende Brühe zwischen meinen Beinen ergoss und mein Gewand ebenso wie das Stroh unter mir beschmutzte.
Zitternd vor Schwäche aber auch vor Verlegenheit starrte ich an mir herunter. „Ich konnte es einfach nicht mehr halten", stotterte ich und wäre vor Scham am liebsten im Erdboden versunken. Der Gestank breitete sich schnell im ganzen Kerker aus, es roch streng nach Verwesung.
„Mach dir keine Gedanken, das ist ein ganz normaler Vorgang", hörte ich Dimitris beruhigende Worte. Der eklige Geruch schien ihm nichts auszumachen, zumindest reagierte er mit keiner Miene darauf. Er entschuldigte sich sogar bei mir. „Das Vampirblut reinigt deinen Körper von allen Schlacken. Fortan wird dein Verdauungstrakt nicht mehr so funktionieren, wie du das

gewohnt bist, denn das Blut, das du trinkst, wird von deinem Körper vollständig verwertet werden. Tut mir leid, dass ich versäumt habe, dich auf diesen Vorgang vorzubereiten, ich habe einfach nicht mehr daran gedacht."

Er half mir aus dem besudelten Gewand und säuberte mich damit, bevor er es mitsamt dem verschmutzten Stroh nach draußen brachte. „Ich besorge dir etwas anderes zum Anziehen", schlug er vor. „Dieser Fetzen taugt eh nur noch zum Wegwerfen. Wirst du ein paar Minuten alleine bleiben können? Ich bin schnell wieder zurück."

Ich nickte und er hüllte mich noch sorgsam in meine Decke, bevor er mein Gefängnis verließ. Sobald er die Türe hinter sich geschlossen hatte, befiel mich jedoch Panik. Ich fürchtete, Boril oder einer seiner Schergen könne just in dem Moment auftauchen, da ich alleine und schutzlos war.

Wie lange würde der Vampir brauchen, bis er zurück war, fragte ich mich bang. Und was konnte mir in der Zwischenzeit zustoßen? In meinem momentanen Zustand war ich völlig hilflos. Selbst ein Kind hätte mich überwältigen können. Mit jeder Minute, die verstrich wurde ich schwächer und ich meinte bereits die Nähe des Todes zu spüren.

Um mich von meinen Ängsten und den beunruhigenden Vorgängen, die in meinem Körper abliefen abzulenken, versuchte ich mir vorzustellen, wie mein Leben fortan verlaufen würde. Doch die beruhigenden Bilder, die ich mir eigentlich erhofft hatte, blieben aus. Meine überreizten Nerven gaukelten mir stattdessen Szenen voller Düsternis vor und plötzlich befielen mich Zweifel: War es wirklich richtig gewesen, was ich getan hatte?

Riana! Wie hatte ich sie nur vergessen können? Wie ein Keulenschlag traf mich die Erkenntnis, dass ich keinen Moment an sie gedacht hatte, als mir Dimitri die entscheidende Frage gestellt hatte. Was würde aus uns, unserer Liebe werden, wenn ich zum Vampir geworden war? Wäre uns trotzdem eine gemeinsame Zukunft beschert? Oder würde ich mein unsterbliches Leben lang um meine verlorene Liebe trauern?

„Was meinst du, gibt es eine Möglichkeit für mich und Riana, auch nach meiner Umwandlung zusammen zu sein?" überfiel ich Dimitri sofort, als er kurze Zeit später zu mir zurückkam. Er hatte mir eine unauffällige, aus ledernen Beinlingen, einem grob gewebten Obergewand mit Kapuze und einem Wams aus geschorenem Fell bestehende Hirtentracht mitgebracht, die er vom Wäscheplatz gestohlen hatte. Sie war frisch gewaschen und fühlte sich noch ein wenig klamm an. Während er mir beim Ankleiden behilflich war, wiegte er zweifelnd den Kopf, ehe er bedauernd antwortete:

„Ich fürchte, nein. Riana ist eine kluge und vernunftbetonte junge Frau. In ihrer Vorstellung gibt es keine Vampire, demzufolge könnte sie niemals akzeptieren, was aus dir geworden ist. Und du liebst sie so sehr, dass du dich verraten könntest, weil du unbewusst deinen Bann lockerst. Wenn sie aber erkennt was du bist, so wird ihre Liebe zu dir in Furcht oder vielleicht sogar in Hass umschlagen. Und das würde dich mehr treffen, als die Trauer, sie verloren zu haben."

„Aber ich kann doch nicht einfach aus ihrem Leben verschwinden. Sie würde sich furchtbar grämen und sicher nach mir suchen lassen. Nein, das kann ich ihr nicht antun, das hat sie nicht verdient."

„Nun, wir könnten es so arrangieren, dass es aussieht, als hättest du einen Unfall erlitten. Einen Unfall, den du bedauerlicherweise nicht überlebt hast. Das wäre meiner Meinung nach die beste Lösung. Riana könnte eine angemessene Zeit um dich trauern und irgendwann wäre ihr Herz frei für einen anderen Mann den sie heiraten und dem sie Kinder gebären kann."

So vernünftig sein Vorschlag sein mochte, was Rianas Seelenheil betraf, mir gefiel er überhaupt nicht. Denn was würde aus mir ohne die geliebte Frau? Sie an der Seite eines fremden Mannes zu wissen war für mich unerträglich. Deshalb wandte ich ein:

„Und was geschieht mit Riana, sollte sie tatsächlich von mir schwanger sein? Zudem hat Boril beschlossen, seine Hochzeit mit ihr bereits auf morgen vorzuverlegen. Mein Kind würde als vermeintlicher Erbe meines Bruders aufwachsen. Und auch Riana wird in Borils Gewalt bleiben."

Es fiel mir immer schwerer, in zusammenhängenden Sätzen zu sprechen, die Schwäche bemächtigte sich mehr und mehr meines Körpers. Doch es war mir einfach zu wichtig, diese Fragen zu klären noch bevor der Tod mich ereilte. Dimitri entging meine Unruhe nicht. Deshalb versicherte er mir:

„Wir werden Riana befreien, ich verspreche es dir bei meiner Ehre. Sie wird zu ihrer Familie zurückkehren und dort dein Kind gebären, sollte sie wirklich schwanger sein. Vielleicht findet sich ja tatsächlich ein Weg, damit du zumindest eine Weile mit ihr zusammen sein kannst. Aber heute können wir leider nichts mehr für sie tun, deshalb solltest du dich nicht mit Gedanken an sie quälen. Deine Zeit neigt sich dem Ende, ich spüre bereits die Anzeichen deines baldigen Todes. Morgen wirst du als neugeborener Vampir auferstehen und die Welt um dich mit anderen Augen betrachten. Dann werden wir ganz sicher eine Lösung finden, die sowohl dir als auch Riana zu einer glücklichen Zukunft verhilft."

Auch wenn ich noch immer nicht ganz seiner Meinung war, ich musste es erst einmal auf sich beruhen lassen. Meine zunehmende Schwäche zwang mich dazu. Seitdem sich mein Körper entleert hatte, verspürte ich kaum noch Schmerzen. Mehr und mehr machte sich Gleichgültigkeit in meinen Gedanken breit. Kein Zweifel, der Tod griff mit seinen eisigen Klauen nach mir. Aber noch war ich nicht bereit, mich ihm zu ergeben. Hartnäckig klammerte ich mich an den letzten Rest meines menschlichen Lebens. Doch was ich begonnen hatte, konnte ich nicht mehr aufhalten, langsam aber unaufhörlich glitt ich in den schwarzen Nebel, der mich weich einhüllte.

Das Erwachen war schmerzhaft und ich holte tief Luft. Mir war, als hätte ich seit ewigen Zeiten keinen Atem mehr geschöpft. Noch hielt ich die Augen geschlossen, lauschte nur verwirrt den Geräuschen, die zwar vertraut, doch seltsam anders klangen. Sie schienen lauter, intensiver als sonst und ich war versucht, mir die Hände an die Ohren zu halten um sie abzuschwächen. Selbst das Fiepen der neugeborenen Ratten in ihrem Nest in der Mauernische, das sonst nur schwach zu hören war, klang auf einmal laut wie das Quieken junger Schweine in meinen Ohren.

Ich öffnete die Augen und stellte fest, dass ich mich immer noch in meinem Kerker befand, - natürlich, wo sollte ich auch sonst sein? Nichts in dem tristen Raum hatte sich verändert. Die dicke Spinne saß noch immer in ihrem Netz in der Ecke über dem Fenster. Die Reste des von ihr verspeisten Käfers drehten sich vergessen in ihrem Fadengespinst im Luftzug. Seine Flügel schillerten grün und blau, wenn das Mondlicht sie streifte. Gestern noch hatte ich gemeint, der Käfer wäre einfach nur schwarz.

Erstaunt über meine plötzliche Sehschärfe ließ ich meinen Blick weiter durch mein Gefängnis gleiten. Jeden Mauerriss an den vom Alter geschwärzten Wänden konnte ich deutlich erkennen. Und das, obwohl es Nacht war und mein Kerker finster wie ein Grab. Erst ganz allmählich drang die Erkenntnis in mein Bewusstsein, woher meine veränderten Wahrnehmungen rührten; ich war ein Vampir.

Im ersten Moment wusste ich nicht so recht, ob ich über mein neues Leben erfreut oder betrübt sein sollte. Ich hatte alles aufgegeben, alles verloren was mir bisher wichtig gewesen war. Und noch konnte ich nicht mit Bestimmtheit sagen, ob sich dieser hohe Einsatz gelohnt hatte.

Dimitri war nicht da, vielleicht fühlte ich mich deshalb so verloren. Doch dann fielen mir seine eindringlichen Worte ein, die er mir noch gesagt hatte, bevor der nahende Tod meine Sinne abgestumpft hatte.

„Wenn du erwachst, werde ich nicht bei dir sein. Doch du musst dich nicht fürchten, ich komme so schnell als möglich zu dir zurück. Und ich bringe dir dein erstes Opfer mit. Du musst menschliches Blut trinken, damit du endgültig zum Vampir wirst. Erst danach wirst du unsterblich sein."

Blut! Alleine der Gedanke daran reichte aus, eine unbezähmbare Gier in mir zu entfachen. Meine Eckzähne wuchsen so schnell an, dass ich mir damit in die Unterlippe schnitt. Der Schmerz und der Blutgeschmack entfachten meine Gier noch mehr, unwillkürlich stöhnte ich auf und wand mich in Pein. Plötzlich wusste ich auch, woher das Pochen und Rauschen in meinen Ohren rührte, es waren die Herzschläge der Menschen, die im Lager lebten.

Ich konnte sie hören, fühlen und riechen. Und am liebsten wäre ich aufgesprungen, um unter diesen Menschen da draußen ein Schlachtfest anzurichten. Ich wollte Blut, ich brauchte Blut. Und zwar sofort...
Trotz Dimitris eindringlicher Warnung, auf keinen Fall meinen Kerker zu verlassen, geriet ich in Versuchung, gerade das zu tun. Ich konnte nicht warten, bis er mir ein Opfer brachte, ich würde selbst auf die Suche gehen...
Just als ich mich erheben wollte, spürte ich dass jemand auf mein Gefängnis zukam. Nicht der Vampir, sondern menschliche Wesen, das spürte ich mit jeder Faser meines Körpers. Meine Gier steigerte sich, je näher sie kamen. Doch es stellte sich gleichzeitig ein Gefühl ein, das ich sehr gut kennen gelernt hatte und verabscheute: Angst.
Besorgt fragte ich mich, ob ich mich der Männer würde erwehren können, die da kamen. Sie wollen mich holen, schoss es mir in den Sinn. Heute war Borils Hochzeitstag, der Tag an dem ich sterben sollte, - wie konnte ich das nur vergessen? Ich war zwar zum Vampir geworden aber unsterblich war ich noch nicht. Wenn ich ihnen jetzt in die Hände fiel, so konnte das meinen endgültigen Tod bedeuten.
Wo blieb bloß Dimitri? Er müsste doch schon längst bei mir sein. Er hatte mir erklärt, er würde mindestens eine halbe Stunde vor mir erwachen. Wie lange brauchte er, um mir ein geeignetes Opfer zu besorgen? Oder war ihm etwas zugestoßen?
Die Gedanken, die durch mein Gehirn rasten, stockten als die Türe nach innen schwang. Meine nunmehr vampirischen Sinne ließen mich sofort erkennen, wer da zu mir kam. Es war Boril und er trat alleine ein. Doch mehrere seiner Männer warteten unmittelbar bei der Türe, auch das spürte ich deutlich. Ein Ruf meines Bruders würde genügen und sie würden meinen Kerker stürmen.
Boril war sich sicher, mich mit zerschlagenen Gliedern bewegungsunfähig vorzufinden, deshalb kam er völlig sorglos auf mich zu. Er trug eine kurze Fackel, deren Schein nicht weit reichte. Dennoch würde es nicht lange dauern, bis er merkte, dass mit mir etwas nicht stimmte. Oder war er vielleicht zu betrunken, die Veränderungen an mir zu bemerken? Er roch jedenfalls, als hätte er ein Weinfass alleine geleert.
Riana schien Romikas Rat befolgt zu haben und hatte ihren Gatten zum Trinken animiert, damit er den Schwindel ihrer angeblichen Jungfernschaft nicht durchschaute. Unbewusst hatte sie vielleicht auch mir damit einen Gefallen getan. Falls Boril betrunken genug war, würde er hoffentlich nicht merken, wie sehr ich mich verändert hatte.
Die Anspannung ließ mich meine Blutgier fast vergessen, meine Zähne waren nur unwesentlich größer als normal und, was wichtiger war, ich konnte meine Gedanken auf das, was wesentlich war konzentrieren. So blieb ich erst einmal

liegen. Auf die Ellenbogen gestützt und mit nur leicht angehobenem Oberkörper wartete ich, was Boril tun oder sagen würde.

Dicht vor mir blieb er stehen, leicht schwankend und mit einem trunkenen Grinsen auf den Lippen. „Es ist soweit, Bruder", lallte er und stieß mich mit dem Fuß an. „Zeit zum Sterben..."

Ich zuckte zusammen und ein knurrender Ton drang aus meiner Kehle, den ich nicht zu verhindern vermochte. Ein menschliches Wesen so nahe vor mir zu haben, sein Blut zu riechen und seinen Herzschlag zu hören, machte die Gier in mir fast unbezähmbar. Meine Zähne wuchsen erneut an, so dass ich fest die Lippen aufeinander kniff, damit Boril sie nicht sah.

Trotz der tobenden Blutgier wusste ich nicht, wie ich mich verhalten sollte. Alles in mir drängte danach, Boril anzufallen und zu töten. Aber da draußen warteten seine Männer, wenn ich die Herzschläge richtig deutete waren es mindestens fünf oder sechs. Zu viele, als dass ich mit ihnen fertig werden konnte. Mit Dimitris Hilfe wäre es vermutlich leicht, aber Dimitri war nicht da...

„Der Zeitpunkt meiner Hochzeitsnacht ist gekommen. Und du wirst ihr als Ehrengast beiwohnen", hörte ich Boril sprechen und versuchte mich auf seine Worte zu konzentrieren. „Ich werde die schöne Riana vor deinen Augen nehmen, noch am Pfahl soll dir das Bild vor Augen stehen, wie sie die meine wird. Und sollte sie trotz ihrer gegenteiligen Beteuerung doch keine Jungfrau mehr sein, so wird sie neben dir sterben."

Lauernd sah er auf mich herunter, neugierig, wie meine Reaktion wäre. Doch ich rührte mich nicht, ich war viel zu beschäftigt damit, den Drang, ihn zu töten unter Kontrolle zu halten. Noch immer war er arglos und sein Bedürfnis, mich zu demütigen machte ihn geschwätzig. Prahlerisch verkündete er in trunkenem Tonfall: „Nach deinem Tod werde ich an deiner Stelle zum Schloss unseres Vaters zurückkehren um dein Erbe anzutreten. Ich habe alles genau bedacht, - ich werde einfach behaupten, ich wäre du. Wie sehr habe ich es immer gehasst, mit deinem Gesicht geboren zu sein, nun wird es mir endlich einmal zum Guten gereichen. Um alles perfekt zu machen, habe ich bereits die Hochzeitspapiere mit deinem Namen unterzeichnet. Boril der Bastard wird sterben und ich werde ganz offiziell als Malamir Dimitroff mein Erbe antreten. Außer Riana gibt es niemanden mehr, der weiß wer ich wirklich bin und ich werde zu verhindern wissen, dass sie mich verrät. Dann wird mir endlich all das gehören, was Vater mir vorenthalten wollte und meine Rache wird vollendet sein. Na, wie findest du meinen Plan, ist er nicht genial?"

Erneut trat er nach mir um mir eine Reaktion zu entlocken. Ich tat ihm den Gefallen, wenn mein fauchender Schrei auch eher meinen unbändigen Zorn und nicht Schmerz ausdrückte. Gewaltsam musste ich mich zusammenreißen,

um ihn nicht anzufallen. Es kostete mich immense Kraft meine Selbstbeherrschung zu wahren, deshalb entging mir fast, wie Borils Augen sich zuerst weiteten und dann verwundert zusammenzogen. Ich konnte sehen, wie die Trunkenheit aus ihnen wich und jähem Misstrauen Platz machte. Lauernd stellte er fest:
„Es scheint dir verblüffend gut zu gehen, nach der Bestrafung gestern hatte ich eigentlich angenommen deine Knochen seien mehrfach gebrochen. Aber anstatt vor Schmerz zu winseln, machst du eher den Eindruck, als würdest du dich ausruhen. Wie kann das angehen?"
Wie zur Probe trat er mir heftig ans Bein. Es schmerzte, doch meine Reaktion war nicht die, die er erwartete. Was ihn zu einem weiteren, diesmal derberen Tritt verleitete. Ich gab einen knurrenden Laut von mir, der weniger dem Schmerz, als meiner aufflammenden Gereiztheit entsprang. Ich fühlte mich, wie ein in die Ecke gedrängtes Raubtier, aber noch immer versuchte ich eisern, mich zu beherrschen.

Wo, verdammt blieb Dimitri? fragte ich mich erneut. In seiner Gegenwart würde ich mich wesentlich wohler fühlen. Vielleicht, so mutmaßte ich, hielt er sich wegen Borils Männern verborgen. Auch für ihn war es nicht gefahrlos, einfach an ihnen vorbeizugehen, noch dazu mit einem willenlosen Opfer im Schlepp. Aber ganz sicher war er in der Nähe und würde mir beistehen, falls es notwendig wurde, beruhigte ich mich selbst.
Dennoch wurde ich zunehmend nervöser, die sich zuspitzende Situation begann mir über den Kopf zu wachsen. Und ich fürchtete, bald die Kontrolle über den blutgierigen Dämon in mir zu verlieren.
Auch Boril wirkte jetzt äußerst beunruhigt. Es kam ihm seltsam vor, dass ich auf seine Tritte kaum reagierte. Doch obwohl ihm inzwischen klar geworden war, dass ich mich ganz und gar nicht wie ein Schwerverwundeter benahm, ahnte er nicht einmal annähernd die tödliche Gefahr, die ihm durch mich drohte.
Das Verhängnis nahm seinen Lauf, als er sich über mich beugte und aus alter Gewohnheit nach meinem Haar griff um mich daran zu zerren. Wie oft in den letzten Wochen musste ich diesen ebenso demütigenden wie schmerzhaften Griff über mich ergehen lassen? Ich konnte ihn kein einziges Mal mehr ertragen.
Blitzschnell schnellte meine Hand vor und bekam seinen Arm noch in der Bewegung zu fassen. Mit einem geschmeidigen Satz sprang ich auf und ehe er begriff, hatte ich ihn schon zu mir herangezogen. Mit unmenschlicher Härte drückte ich sein Handgelenk zusammen und spürte, wie die Knochen unter meinen Fingern brachen. Er stieß einen jaulenden Schmerzensschrei aus, der wie Musik in meinen Ohren klang. Ohne darauf zu achten, zog ich ihn nahe

an mich heran. Meine Oberlippe drohend hochgezogen ließ ich ihn meine furchterregenden Vampirzähne sehen.

Der Anblick seines erbleichenden, von plötzlicher Furcht gezeichneten Gesichtes verschaffte mir ein Gefühl der Genugtuung. Ich wollte seine Angst genießen, ihn winseln und um sein Leben betteln hören, nur deshalb gab ich dem Drang noch nicht nach, ihn auf der Stelle zu töten.

„Sieh mich an", kam es knurrend über meine Lippen und ich schüttelte ihn grob. „Sieh dir an, zu was du mich gemacht hast. Dafür werde ich dein Leben fordern, Bruder. Mit deinem Blut wirst du mir Unsterblichkeit schenken."

Ich ließ sein Handgelenk los und packte ihn am Hinterkopf. Sein Hals war so nahe, dass ich seine hektisch pulsierende Schlagader genau vor Augen hatte. Der Anblick erregte mich so, dass ich alles um mich vergaß. Ich dachte nur noch daran, meine Zähne in sein weiches Fleisch zu bohren und genüsslich das Leben aus ihm zu saugen.

Aus dem Augenwinkel sah ich die Bewegung, die an der Türe entstand. Borils Männer stürmten, aufgeschreckt durch seinen markerschütternden Schrei, den Kerker. Vor Eile behinderten sie sich gegenseitig. Es waren viele, sehr viel mehr als ich vermutet hätte und ich bezweifelte, dass ich mit ihnen fertig werden konnte. Doch das war mir in diesem Moment egal. Für mich zählte nur noch Borils Blut. Ich wollte es trinken, ihn bis zum letzten Tropfen aussaugen, und ich vergeudete keine Sekunde mehr.

Ein letztes Mal schaute ich in sein von namenlosem Schrecken gezeichnetes Gesicht, dann bog ich seinen Kopf zur Seite und schlug meine Zähne in seinen Hals. Er versuchte sich zu wehren, doch gegen meine Vampirkräfte hatte er keine Chance. Sein Zucken und Wimmern verstärkte nur noch meine Gier. Und als sein Blut in meinen Mund floss, versank ich in einen wahren Sinnenrausch.

Kaum spürte ich die Hände, die an mir zerrten, mich von ihm wegzureißen versuchten. Eisern hielt ich ihn gepackt und labte mich an seinem Lebenssaft bis ich spürte, dass sein Leben erlosch. Mit seinem Tod kam die Ernüchterung, meine Gier schwand so schnell, wie sie aufgeflammt war. Ein letztes Mal sah ich in sein totenbleiches Gesicht, in die Augen, die noch immer das Grauen widerspiegelten, das er in seinem letzten Moment empfunden hatte. Dann ließ ich seinen toten Körper langsam zu Boden gleiten.

Erst jetzt registrierte ich die vielen Männer, die mich umlagerten, an mir zerrten. Borils Männern war noch nicht bewusst, dass ihr Anführer bereits tot war. Verbissen rangen sie mit mir, schlugen mit Stöcken oder auch mit bloßen Fäusten auf mich ein. Das wilde Schlagen ihrer Herzen, der Geruch ihres Blutes erweckten aufs Neue den Vampir in mir. Brüllend warf ich mich herum und schüttelte sie ab. Dabei biss um mich wie ein wildes Tier und zerfetzte Arme und Hände, die nach mir griffen.

Doch die Männer wurden immer mehr, der Kampflärm rief stetig weitere auf den Plan. Bald war ich so eingekeilt zwischen ihnen, dass ich mich kaum noch rühren konnte. Die Kunde von meiner wundersamen Genesung und dem Kampf verbreitete sich anscheinend wie ein Lauffeuer im Lager. Und immer mehr kamen, mich zu überwältigen. Schließlich traf mich ein harter Schlag am Kopf, der mich zu Boden streckte. Und noch ehe ich mich versah, wurden mir Hände und Füße gebunden.

Ich spannte die Muskeln an um die Stricke zu zerreißen, da fühlte ich plötzlich, dass Dimitri da war. Ich sah ihn nicht, konnte aber seine Aura fühlen und auf der Stelle vergaß ich die Männer um mich herum und starrte zur Türe. Wie ein Berserker kämpfte er sich durch die Menge auf mich zu. Ich sah Angst in seinem Gesicht, Angst die nicht ihm selbst, sondern mir galt. Vermutlich hatte er aus einem Versteck verfolgt, welch einen Aufstand ich angezettelt hatte. Und als er sah, dass ich zu unterliegen drohte, vergaß er alle Vorsicht um mir zu Hilfe zu eilen.

Doch sein selbstloser Einsatz wurde ihm zum Verhängnis, vor Schrecken starr sah ich wie ein Mann, den er gerade zur Seite gestoßen hatte, wütend ein langes Messer aus dem Gürtel zog und es Dimitri in den Rücken rammte. Er stockte mitten in der Bewegung und fiel dann vornüber. Niemand kümmerte sich weiter um ihn, die Nachdrängenden trampelten über ihn hinweg.

Von einer Sekunde auf die andere war seine Aura erloschen und ich wusste, dass er getötet worden war. Der Schock darüber verwirrte mich so sehr, dass ich für Sekunden jegliche Gegenwehr vergaß. Das nützte einer meiner Gegner aus und zog mir einen Knüppel über die Stirn. Bewusstlos brach ich zusammen.

Als ich wieder zu mir kam, befand ich mich nicht mehr in meinem engen Kerker. Ich lag am Boden, - gefesselt, - das spürte ich sofort. Und da die Kunde über meine übermenschlichen Kräfte inzwischen anscheinend jedermann bekannt war, hatte man mich mit einem starken Seil umwickelt wie einen Rollschinken. Vorsichtig spannte ich meine Muskeln an, um mit Schrecken festzustellen, dass ich mich tatsächlich nicht aus der Umschnürung zu befreien vermochte.

Ich lag in der Nähe eines großen Lagerfeuers und war wieder einmal von Menschen umringt, die mich mit grimmigen Blicken bedachten. Verstohlen drehte ich den Kopf, so gut ich konnte um die Lage zu erkunden. Es sah keineswegs gut für mich aus, stellte ich betroffen fest und ein Gefühl, dass ich nur zu gut kannte, machte sich in mir breit: Angst!

Ich hatte allen Grund dazu. Denn in einiger Entfernung lag der Leichnam meines Bruders. Man hatte ihn aufgebahrt und die Lagerbewohner schritten in langsamem Zug an ihm vorbei um ihm die letzte Ehre zu erweisen.
Neben dem Kopf des Toten stand Vlad Tepes und blickte mit versteinertem Gesichtsausdruck auf mich. Seine Augen waren so kalt, dass mich von seinem Blick fröstelte und eilig wandte ich den Kopf ab. Mein Herz begann aufgeregt zu schlagen, als ich erkannte, dass ich mich noch immer in äußerster Gefahr befand. Da nützte auch die Tatsache nichts, dass ich nun ein Vampir war. Gefesselt und von hunderten Männern bewacht, war ich trotz meiner übermenschlichen Kräfte hilflos wie ein Kleinkind. Und der Einzige, der mir vielleicht hätte helfen können war tot. Zumindest bis zum nächsten Abend. Und was die aufgebrachten Anhänger meines toten Bruders mir bis dahin antun konnten, darüber wollte ich gar nicht nachdenken.
Immerhin war ich dank Borils Blut unsterblich geworden. Aber als rechter Trost wollte es mir nicht erscheinen. Von Dimitri wusste ich ja, dass ich immer noch wie ein Mensch fühlte. Dazu kam noch, dass ich unbedingt mein Geheimnis wahren musste, nicht auszudenken, was geschehen konnte, sollte ich als Vampir entlarvt werden. Die plötzliche Unversehrtheit meiner zerschmetterten Glieder hatte bereits Aufsehen genug erregt, ebenso wie meine unnatürlichen Kräfte. Ich konnte nur hoffen, dass wenigstens mein vampirischer Bann schon zuverlässig wirkte und die Menschen vergessen ließ, was sie gesehen hatten.
Obwohl Stunden verstrichen, bis auch der letzte Lagerbewohner von Boril Abschied genommen hatte, kam es mir längst nicht lange genug vor. Denn während die Männer dem Leichnam stumm ihre Ehre erwiesen, ließ man mich völlig unbeachtet. Das änderte sich leider schnell, als der Trauerzug zu Ende war.
Der blutrünstige Fürst hielt sich nicht mehr lange mit Reden auf. Er gab einigen seiner Männer einen knappen Befehl und sie befolgten ihn auf der Stelle. Ich dachte, mir bliebe das Herz stehen, als sie einen langen, geschälten Baumstamm herbei schleiften. Er war nicht sehr dick, wirkte aber recht kräftig und war zudem am oberen Ende mit einer Axt grob zugespitzt worden. Voller Grauen spannte ich meine Muskeln an, es musste mir gelingen, die Stricke zu zerreißen. War ich sie erst los, würde ich mich schon irgendwie meinem drohenden Schicksal entziehen können. Doch die Männer kamen mir zuvor. Vier kräftige Burschen drehten mich auf die Seite und legten sich dann auf meinen Oberkörper. Ihr Gewicht erdrückte mich fast und ich konnte kaum noch atmen. Trotz meiner verzweifelten Gegenwehr wurden meine Beine angewinkelt und an meinen Leib gepresst.
Was danach geschah, war so grauenhaft, dass mein Gehirn sich bis heute weigert, alle Einzelheiten preiszugeben. In Erinnerung ist mir nur der

entsetzliche Schmerz geblieben. Er setzte ein, als der Pfahl mittels eines hölzernen Hammers in meinen Körper getrieben wurde. Erst als er schon bis in meinen Brustkorb vorgedrungen war, wurde er angehoben und in ein Loch in den Felsen eingelassen. Der Ruck trieb ihn noch tiefer in meinen Körper und durch mein Gewicht rutsche er unaufhaltsam weiter. Längst waren meine Schreie verstummt, ich besaß nicht einmal mehr die Kraft zu wimmern. Wie in einem nicht enden wollenden Alptraum sah ich Gestalten, die mich umringten, zu mir aufstarrten und mich mit Schmährufen bedachten. Doch weder ihre Gesichter, noch ihre Worte sind mir in Erinnerung geblieben.

Ich litt unsägliche Pein, währen sich der Pfahl langsam durch meinen Körper fraß. Und auch diesmal erhörte mich Gott nicht, den ich um Erlösung anflehte. Erst der zarte Silberstreif des anbrechenden Tages machte meiner Qual ein Ende.

Kapitel 25:   Ein neues Leben

Ich schien zu schweben, körperlos, seelenlos. Nichts war von mir geblieben, nichts, außer einem winzigen Funken, der weder lebte noch sterben konnte. Dieser Funke glitt durch die Unendlichkeit der Zeit ohne anzuhalten. Er war so winzig wie ein Sandkorn in der Wüste oder ein Tropfen im endlosen Ozean, - war einfach da ohne wirklich zu sein.

Dimitris Erzählung:
Ich war bereits lange vor Malamir erwacht und wollte die verbleibende Zeit nutzen, ihm sein erstes Opfer zu bringen. Schon in den Nächten davor hatte ich einige Männer ausgesucht, die aus dem einen oder anderen Grund dafür in Frage kämen. Um den jungen Vampir nicht zu lange alleine zu lassen wollte ich einfach den Erstbesten nehmen, der mir über den Weg liefe.
Nachdem ich den Kerker verlassen hatte, ging ich zuerst zum Richtplatz. Und ich erkannte sofort, das Hochzeitsfest war bereits weiter fortgeschritten als ich vermutet hatte. Die meisten Männer waren betrunken und auch Boril machte keine Ausnahme. Vermutlich hatte ihm Riana in ihrer Angst vor der Hochzeitsnacht immer wieder Wein angeboten. Doch ihre Rechnung schien nicht aufzugehen, denn anstatt vor Trunkenheit einzuschlafen, entschloss sich Boril, den Vollzug der Ehe vorzuziehen.
Als ich eintraf gab er gerade Romika und einigen der anderen Frauen den Befehl, seine Braut in sein Schlafgemach zu bringen und für die Hochzeitsnacht vorzubereiten. Kaum hatten sie die Widerstrebende weggebracht, da stand auch Boril auf und scharte einige seiner Männer um sich. Lauthals verkündete er, dass er den Sklaven holen wolle, denn er solle ebenfalls in sein Schlafgemach gebracht werden um Zeuge zu sein, wie er Riana zur Seinen machte.
Natürlich versuchte ich ihn aufzuhalten, doch in seiner Trunkenheit weigerte er sich, meinem vampirischen Befehl zu gehorchen. Er drohte mir sogar Strafe an und seine Männer schienen nur allzu bereit, mich zu verprügeln. Also ließ ich ihn schweren Herzens ziehen, folgte ihm aber um Malamir beistehen zu können. Wie ich das angesichts der vielen Menschen anstellen sollte, war mir allerdings nicht klar. Ich hoffte, der Zufall käme mir zu Hilfe. Doch leider kam es anders...
Ich versuchte auf telepathischem Weg mit meinem Schützling Verbindung aufzunehmen um ihm wenigstens seelischen Beistand zu geben, aber er reagierte leider nicht. Mir war klar, dass er mit der Situation total überfordert war, als neu geschaffener Vampir hätte er meine Anleitungen gebraucht. Stattdessen stand er alleine seinem Todfeind gegenüber und hatte zudem mit seiner Blutgier zu kämpfen. Eine Situation, die selbst für einen erfahrenen

Vampir nicht leicht zu meistern ist. Noch im Nachhinein muss ich ihm für seine Beherrschung seinem Bruder gegenüber Achtung zollen, er hat sich wirklich großartig gehalten.

Doch ich spürte auch, wie sich die Situation unaufhaltsam zuspitze und wusste, ich konnte mich nicht mehr lange zurückhalten. Egal wie es endete, ich musste versuchen, ihm beizustehen. Also stürmte ich zum Kerker und bemühte mich verzweifelt, näher an Malamir heranzukommen. Aber die Meute war wie entfesselt, der Alkohol tat ein Übriges und enthemmte die Männer noch mehr. Sie kämpften so verbissen, als ginge es um ihr Leben. Ich war jedenfalls noch nicht weit gekommen, da spürte ich plötzlich einen stechenden Schmerz im Rücken und ehe ich ihn richtig registrierte, da wurde mir schon schwarz vor Augen...

Ich erwachte erst in der darauffolgenden Nacht, was mir sagte, dass ich getötet worden war. Zum Glück hatte ich keinen großen Blutverlust erlitten, der mich geschwächt hätte und ich lag auch nicht im Freien. Und ich war allein, - keine Menschenseele weit und breit.

Kaum hatte ich das registriert, sprang ich voller Schrecken auf. Das konnte doch nicht sein! Noch am Vortag hatten hunderte von Menschen das Lager bevölkert. Außerdem konnte ich Malamir nicht spüren, was mich noch mehr besorgte. Eilig stürmte ich aus dem Kerker und sah mich um. Meine Augen bestätigten mir, was ich schon wusste, - das Lager war menschenleer. Nur weit entfernt spürte ich die Herzschläge einer Handvoll Leute, ein paar Verwundete und deren Pfleger, wie ich später feststellte. Ansonsten war niemand mehr da, die Zelte alle abgebaut und sogar sämtliche Pferde und Ochsen verschwunden.

Wo war Malamir? fragte ich mich mit wachsender Besorgnis. Dass er im Laufe der letzten Nacht von den aufgebrachten Männern getötet worden war, damit rechnete ich bereits. Doch er war ein Vampir, hatte auch menschliches Blut getrunken und war dadurch unsterblich geworden.

Dann beruhigte ich mich selbst, - vermutlich lag er noch im Todesschlaf und würde erst später erwachen. Somit konnte ich seine Aura noch nicht spüren, denn ein toter Vampir sendet keine Signale aus.

Also machte ich mich zuerst auf den Weg zum Krankenzelt, das noch als einziges stand. Ich fand vier Männer vor, die zu schwer verwundet waren um das Lager verlassen zu können. Ein einziger Pfleger war bei ihnen zurückgeblieben, der stumme Ossip. Für mich war es trotzdem kein Problem mit ihm zu kommunizieren, ich drang einfach in seinen Geist und versetzte ihn in Trance. Doch was er wusste, war nicht sehr viel. Fürst Vlad Dracula war bereits am Morgen aufgebrochen und hatte sämtliche Männer mit sich genommen. Ihres Führers Boril beraubt hatten sich die Lagerbewohner nicht getraut, sich dem grausamen Feldherrn zu widersetzen. Er hatte sie alle als Söldner zwangsverpflichtet und war mit ihnen bereits auf dem Weg in den nächsten Krieg gegen Sultan Mehmed.

Ich befragte Ossip ob er wisse, was mit Malamir geschehen sei und erfuhr, dass er gepfählt worden sei. Meine Eingeweide zogen sich zusammen vor Entsetzen und ich hatte es plötzlich eilig. Wenn ihm dies Grauenhafte zugefügt worden war, so würde er bestimmt noch am Pfahl hängen. Ich musste ihn finden und befreien, bevor er erwachte, sonst würde er die furchtbaren Schmerzen aufs Neue erleiden müssen. Ohne Ossip aus meinem Bann zu entlassen, verließ ich das Krankenzelt und rannte zum Richtplatz. Aber Malamir war nicht dort...

Ich fand nur die Stelle, wo der Pfahl in den Boden gerammt und mit Steinen befestigt worden war. Ein Stück von etwa einem Meter Länge ragte noch aus dem Boden, der obere Teil war abgesägt worden. Sichtbare Blutspuren gab es keine, denn Vampirblut löst sich nach einer Weile auf. Aber ich konnte dennoch spüren, dass Malamirs Blut an dem Holz haftete.

Ratlos drehte ich mich im Kreis. Wo war sein Körper? Es konnte doch nicht sein, dass Vlad Tepes den Körper eines gepfählten Feindes mitnahm. Wollte man der Legende glauben, hatte er schließlich schon Tausende seiner Feinde pfählen und anschließend verrotten lassen. War Malamir aber noch hier, so musste er doch irgendwo sein. Inzwischen war er ganz sicher erwacht, so lange schlief kein Vampir, auch kein ganz junger. Also musste ich doch seine Aura aufspüren können...

Ganz langsam lief ich in immer größer werdenden Kreisen um den Pfahl, konzentrierte mich ganz und gar auf Malamir. Und dann endlich meinte ich etwas zu spüren, ganz leicht nur, nicht mehr als einen Hauch. Er schien von einem Steinhügel auszugehen.

Ein Grab, erkannte ich, dort war ein menschlicher Körper mit Steinen bedeckt worden, damit kein Raubzeug an dem Leichnam fraß. Ich war mir sicher, mein junger Freund lag darunter. Aber warum war seine Ausstrahlung bloß so schwach?

Ohne weiter nachzudenken, grub ich ihn unter den Steinen hervor. Je tiefer ich kam, desto nervöser wurde ich, etwas stimmte ganz und gar nicht, aber ich konnte mir nicht erklären, was es war. Als ich endlich seinen, in ein Leintuch gewickelten Körper freigelegt hatte steigerte sich meine Nervosität noch mehr. Mit fliegenden Fingern riss ich das Tuch entzwei und erstarrte vor Schreck...

Es war nur sein Körper, der da vor mir lag. Das untere, abgesägte Ende des Pfahls ragte zwischen seinen Beinen hervor und die Spitze zwischen der rechten Schulter und dem ... nichts. Sein Kopf fehlte...

Und nicht nur sein Kopf, wie ich gleich darauf feststellte. Man hatte ihm auch den Brustkorb geöffnet und sein Herz entnommen. Danach war er in das Leintuch gewickelt und unter den Steinen beerdigt worden. Zwischen den Fingern seiner rechten Hand lag eine wilde Rose. Das sagte mir, es war keineswegs eine zusätzliche Strafe, dass man ihn seines Kopfes und Herzens beraubt hatte, wie ich zuerst vermutete. Es war ein Akt der Liebe gewesen...

„Riana", murmelte ich, wenn ich auch nicht annahm, sie hätte es selbst fertiggebracht, die Leiche ihres Geliebten zu verstümmeln. Ich vermutete vielmehr, Romika habe es für sie getan. Sie war eine gelehrige Schülerin gewesen und operierte gut. Und die Schnitte an Malamirs Körper waren sauber ausgeführt. Was sie angerichtet hatte, konnte die Hexe natürlich nicht ahnen, denn leider hatte ich es versäumt, ihr zu erzählen, dass ich ihn zu einem Vampir machen wollte. Es konnte ja auch niemand ahnen, dass die Situation so eskalieren würde. Selbst meine seherischen Fähigkeiten hatten mich nicht auf das vorbereitet, was dann wirklich geschah.

Nein, sagte ich mir, Romika traf keine Schuld, sie hatte nur Riana einen Gefallen tun wollen. Und die wiederum wollte wenigstens Herz und Kopf des geliebten Mannes heimbringen. Aber wo waren die beiden Frauen jetzt?

Leider wusste ich nicht einmal mit Sicherheit, ob ich Malamir helfen konnte, selbst wenn ich seinen Kopf wiederfände. Zwar war mir klar, dass jeder Vampir abgetrennte Gliedmaßen erneuern konnte. Und ich hatte auch schon gehört, dass selbst ein abgeschlagener Kopf wieder anwächst, vorausgesetzt, er befand sich nicht allzu weit vom Körper entfernt. Wie es sich aber verhielt, wenn Kopf und Körper lange getrennt blieben, darüber konnte ich nur spekulieren. Mein Entschluss stand jedoch fest, ich würde nichts unversucht lassen, Malamir ins Leben zurückzuholen.

Zurück bei Ossip befragte ich ihn zu Rianas und Romikas Verschwinden. Waren sie mit den anderen Lagerbewohnern Vlad Tepes gefolgt? Oder hatte er die beiden Frauen ihres Weges ziehen lassen? Dann waren sie vermutlich auf dem Weg nach Vraza, um Malamirs sterbliche Überreste in der Heimaterde zu begraben.

Leider wusste Ossip nicht wirklich über Rianas und Romikas Verbleib Bescheid. Vlad Tepes hatte zwar verlangt, Riana solle ihn begleiten. Als Witwe seines Unterführers wollte er sie unter seiner Aufsicht halten um sie dann nach Ablauf des Trauerjahres mit einem anderen seiner Untergebenen zu verheiraten. Riana hingegen, wollte das auf keinen Fall und hatte mit Romika trotz ihrer Trauer überstürzte Fluchtpläne geschmiedet. Die Frauen hatten Ossip jedoch nicht eingeweiht und da er sie danach nicht mehr gesehen hatte wusste er nicht, ob ihnen die Flucht tatsächlich geglückt war.

Ich war so klug wie zuvor und verließ Ossip, nachdem ich ihn aus meinem Bann entlassen hatte. Dann ging ich zu Malamirs Leichnam zurück und machte mich daran, erst einmal den Pfahl zu entfernen. Da er in seinem Körper feststeckte, war das keine leichte Sache, zum Schluss entschied ich mich, ihn einfach der Länge nach aufzuschneiden um besser an das Holz zu kommen. Viel mehr Unheil als schon angerichtet war, so dachte ich bei mir, konnte ich ihm auch nicht mehr zufügen. Danach wickelte ich den Körper sorgsam in eine Plane, legte ihn mir über die Schulter und verließ endgültig das Lager.

Die Pferde hatte ich schon seit Tagen draußen versteckt, ich verschnürte meine makabre Last auf Placis Rücken und ritt davon. Zuerst nahm ich den Weg, den die Söldner genommen hatten. Viele von ihnen waren zu Fuß, sie würden nicht allzu schnell vorankommen. Tatsächlich erreichte ich noch vor dem Morgen das notdürftige Nachtlager, doch nur um festzustellen, dass sich Riana und Romika nicht dort befanden.

Das Glück schien ihnen hold gewesen zu sein, was ihre Flucht betraf. Für mich war es vergeudete Zeit, denn in dieser Nacht konnte ich nicht mehr weiter und am nächsten Abend musste ich den ganzen Weg wieder zurückreiten.

Ich ritt so schnell ich konnte, dennoch gelang es mir nicht, die Frauen einzuholen. Vielleicht waren sie ja gar nicht nach Vraza, sondern nach Vasna, Rianas Heimatstadt unterwegs, kam mir in den Sinn. Gut möglich, dass die junge Frau nach den Schrecken der letzten Zeit Zuflucht im Hause ihres Vaters suchte. Und dass sie Herz und Kopf ihres Geliebten dort beerdigen wollte.

Doch so sehr mir die Zeit auch auf den Nägeln brannte, ich musste mich für einen Weg entscheiden. Und so ritt ich nach Vraza.

Jeden Morgen, wenn mich der beginnende Tag zwang, einen Unterschlupf zu suchen, packte ich Malamirs Leichnam aus und suchte nach Anzeichen von Verwesung. Wäre das der Fall gewesen, so hätte ich ihn vermutlich nicht mehr retten können. Doch sein Körper verweste nicht. Im Gegenteil er trocknete ein wie der einer Mumie. Ich hoffte inständig, das wäre ein gutes Zeichen.

Auf Schloss Drachenfels angekommen musste ich feststellen, dass sich niemand dort aufhielt. Meine Enttäuschung und Frustration stieg ins Unermessliche. Dennoch gab ich nicht auf. Ich stieg die Stufen zu meinem ehemaligen Zimmer im Turm empor und legte Malamirs toten Körper dort ab. Danach versuchte ich mit Romika per Telepathie in Kontakt zu treten. Auch das hatte ich bereits mehrmals versucht, da ich wusste, dass die Hexe dieser Kunst ein wenig mächtig war. Aber bisher hatte sie mir nicht geantwortet.

Doch heute hörte sie meinen Ruf und ich erfuhr, dass sie und Riana tatsächlich in Varna waren. Für mehr reichte ihre telepathische Kraft nicht aus, um

Antwort auf meine Fragen zu bekommen, musste ich wohl oder übel nach Varna reiten. Gleich am nächsten Abend machte ich mich auf den Weg, diesmal ohne Malamirs Körper mitzunehmen.
Spät in der Nacht traf ich dort ein und rief Romika per Telepathie zu mir. Sie erzählte mir von der geglückten Flucht aus dem Lager. Nachdem Riana von Malamirs Pfählung erfahren hatte, war sie zusammengebrochen. Nicht einmal den Tod ihres aufgezwungenen Gatten hatte sie mehr registriert und Romika hatte lange gebraucht, sie soweit zu bringen, dass sie zur Flucht fähig war. Doch sie wollte nur unter der Bedingung mitgehen, dass sie den Leichnam des geliebten Mannes mitnehmen würden. Da die Hexe wusste, dass dies unmöglich war, einigten sie sich darauf wenigstens Herz und Kopf des Toten nach Hause zu bringen.

Als alle im Lager schliefen, schlichen Romika und Riana ungesehen aus dem Haus und versteckte sich in der Ruine der alten Kirche.
Zum Glück für die Beiden vergeudete der Pfähler am Morgen nicht viel Zeit mit der Suche nach den Frauen. Und nachdem die Soldaten das Lager verlassen hatten, wagten sie sich aus ihrem Versteck. Wie sie es versprochen hatte, entnahm Romika Kopf und Herz von Malamirs Leichnam, wickelte sie in ölgetränkte Leintücher und legte sie dann in eine mit Blei ausgeschlagene Truhe.
Auch Romika hatte schon lange vorsorglich eine kleine Kutsche und zwei Pferde außerhalb des Felsenlagers versteckt. Damit machten die Frauen sich auf den Weg nach Vraza, um dort die Überreste Malamirs zu beerdigen.
„Ihr wart in Vraza?" fragte ich perplex als Romika geendet hatte. „Warum habe ich nicht bemerkt, dass sich Kopf und Herz Malamirs bereits dort befinden?"
Nun war es an der Hexe, verdutzt zu schauen und ich erklärte ihr, warum ich überhaupt hier war. Sie erbleichte. „Malamir ein Vampir? Mein Gott, wenn ich das geahnt hätte, so hätte ich doch niemals..." Sie verstummte und schlug erschüttert die Hände vor den Mund.
Nur mit Mühe gelang es mir, sie zu beruhigen. Um ihre Schuldgefühle nicht noch mehr zu schüren, sagte ich ihr nicht dass ich selbst nicht wusste, ob ich den jungen Vampir jemals wieder würde erwecken können. Nach der langen Zeit, die inzwischen schon verronnen war, erschien es mir selbst unwahrscheinlich.
Bevor ich mich wieder auf den Rückweg machte, erkundigte ich mich noch nach Rianas Befinden.
„Das arme Ding", jammerte Romika und schüttelte verzweifelt den Kopf. „Sie kommt einfach nicht darüber hinweg. Tag und Nacht weint sie sich die Augen aus dem Kopf und nichts kann sie beruhigen. Vor lauter Kummer kann

sie nichts essen und magert immer mehr ab... Vielleicht sollte ich ihr erzählen..."

„Auf keinen Fall dürft Ihr das", warnte ich. „Sie würde es niemals verstehen und auch nicht akzeptieren können, dass er jetzt ein Vampir ist. Da ist es besser, sie trauert noch eine Weile um ihn. Danach ist sie frei und kann vielleicht irgendwann ein Neues Glück finden."

Das sah auch Romika ein. „Ihr habt ja Recht. Ich hoffe sehr, Euer Vorhaben möge gelingen. Der junge Mann hat so sehr gelitten..."

Ich verabschiedete mich bald, nachdem ich mir die genaue Stelle von Malamirs Grab hatte erklären lassen. Ich bat Romika noch, Riana meine besten Wünsche für ihre baldige Genesung zu überbringen, dann machte ich mich wieder auf den Heimweg.

Einige Nächte später grub ich an der Stelle, die Romika mir genannt hatte. Noch immer nagten Zweifel an mir, ob es tatsächlich gelingen konnte, Malamir zurückzuholen. Seinen Körper hatte ich in seinem Zimmer auf sein Bett gelegt. Wenn ich an das harte, vertrocknete Fleisch dachte, dass einmal ein lebendiger Leib gewesen war, so schauderte es mich. Was, wenn ich ihn zu einem lebenden Toten machte?

Aber nein, das würde nicht geschehen, beruhigte ich mich selbst. Malamir war ein Vampir und Vampire waren zäh. Ich wollte lieber für ihn hoffen, er könne nach seinen überstandenen Abenteuern endlich ein glückliches Leben führen. Denn Kummer und Leid hatte er bereits über die Maßen erleben müssen.

Ein hohler Ton zeigte mir an, dass ich auf die Truhe gestoßen war. Ich grub schneller um sie endgültig freizulegen und zog sie dann mit einem Ruck am Griff heraus. Sie war ungewöhnlich schwer, was auf das Blei zurückzuführen war, mit dem sie ausgekleidet war. Das Blei hatte vermutlich auch verhindert, dass ich Malamirs Aura aufspüren konnte. Blei war auch durch Vampirkräfte nicht zu durchdringen. Selbst nun, da ich die Truhe im Arm hielt, spürte ich absolut nichts.

Mein Herz begann aufgeregt zu schlagen, als ich wenig später meine Last neben Malamirs Bett absetzte. Mit einem Ruck sprengte ich die Schlösser und öffnete die Truhe. Halb und halb erwartete ich Verwesungsgeruch zu riechen, doch das war nicht der Fall. So griff ich hinein und hielt zuerst das Herz in der Hand, befreite es vorsichtig von den öligen Stoffstreifen. Es sah frisch aus, nicht so vertrocknet wie Malamirs Körper. Vermutlich konnte es sich so gut halten, weil in die Truhe kaum Luft eingedrungen war.

Etwas beklommen griff ich nach dem Kopf und wickelte ihn ebenfalls aus. Auch er war besser erhalten als der Körper. Doch die verzerrten Züge, in denen die ganze Qual seiner letzten Stunden eingeprägt waren, erinnerten kaum noch an den gutaussehenden Mann, der Malamir gewesen war. Die Wangen eingefallen und die Augen tief in ihren Höhlen sah er höchstens wie ein Schatten seiner selbst aus.

Lange starrte ich in sein totes Antlitz und fragte mich immer wieder, ob es richtig war, was ich im Begriff war zu tun. Meines Wissens war ein Fall wie dieser in der langen Geschichte der Vampire noch niemals vorgekommen. Ich fürchtete mich davor, etwas falsch zu machen. Damit meinte ich jedoch nicht die wenigen Handgriffe, die es benötigen würde, aus den Leichenteilen wieder einen vollständigen Körper zu machen. Viel mehr sorgte ich mich um die Seele des unglückseligen jungen Vampirs. Hatte sie Schaden genommen, so würde er sein ganzes unsterbliches Leben in schwermütiger Düsternis verbringen müssen.

Doch im Grunde stand mein Entschluss längst fest, - ich würde es auf jeden Fall versuchen. Das war ich Malamir nach all den schlimmen Erlebnissen, die er hatte erdulden müssen einfach schuldig. Er war schon immer stark und tapfer gewesen, obwohl er sich in ständigen Selbstzweifeln gequält hatte. Ganz sicher würde aus ihm der starke Vampir werden, den ich bereits in ihm gesehen hatte als er noch ein Kind war.

Und wenn ich doch irrte? Nun, auch dann würde ich schweren Herzens tun, was mir die Pflicht als sein Erschaffer gebot...

Entschlossen trug ich Malamirs Kopf zum Bett und legte ihn in der richtigen Position an seinem Hals an. Dann holte ich das Herz und gab es seinem Körper zurück. Mehr brauchte ich nicht zu tun, alles Weitere würde seine vampirischen Natur erledigen. Müde ließ ich mich neben ihm auf einen Stuhl sinken und sah zu, wie sich sein Körper regenerierte. Mir schien, als ginge es unendlich langsam voran und vermutlich war ich über meinen Grübeleien eingenickt. Ein wimmerndes Geräusch ließ mich auffahren und verwirrt riss ich die Augen auf. Mein Blick fiel auf den Körper auf dem Bett. Er hatte sich verändert und der Brustkorb hob und senkte sich in regelmäßigen Abständen. Und nun ertönte es wieder, dieses matte Stöhnen.

Ich stand auf und trat nahe an das Bett, starrte auf Malamirs nackten Körper herab. Nichts erinnerte mehr an die vertrocknete Mumie, sie war wieder zu einem lebendigen Leib geworden. Doch um Malamirs Geist in ihn zurückzubringen brauchte er nun dringend Blut, vampirisches Blut. Deshalb öffnete ich mir rasch die Ader an meinem Handgelenk und hielt es dicht über seinen Mund. Dann rief ich ihn leise beim Namen...

Eine Stimme erklang aus weiter Ferne und drang in mein aufkeimendes Bewusstsein. Ich spürte Schmerz, großen Schmerz und sehnte mich zurück nach dem Zustand des Nichtseins. Aber die Stimme gab nicht auf, hartnäckig rief sie immer wieder meinen Namen. Damit sie endlich Ruhe gab, öffnete ich meine Augen.

Aber ich sah nichts, um mich war tiefste Schwärze. Und immer noch Schmerz, dieser alles verzehrende endlose Schmerz. Er schien mein ganzes Dasein zu bestimmen. Ich war ihn endgültig leid, wollte nichts mehr fühlen. Warum, verdammt, ließ man mich nicht endlich zufrieden?

Dann, ganz allmählich ebbte der Schmerz ab. Ich fühlte Wärme, feuchte Wärme. Sie traf auf meine Lippen, netzte sie und lief schließlich über meine Zunge und füllte meinen Mund. Ich schluckte, sie schmeckte süß und ich wollte mehr davon, viel mehr. Wie ein Säugling an der Mutterbrust begann ich zu saugen...

Dann hörte ich wieder die Stimme und diesmal verstand ich, was sie sagte. Und ich wusste, wem sie gehörte: Dimitri.

„Das reicht fürs Erste", waren seine Worte. Tröstend fügte er hinzu: „Später bekommst du mehr. Aber zuerst musst du die Augen öffnen. Sieh mich an, Malamir."

Gehorsam tat ich, was er verlangte. Die Schwärze war verschwunden, doch meine Augen sahen nur ein verzerrtes Bild aus hell und dunkel. Ich blinzelte und es wurde klarer. Umrisse entstanden und Farben. Und dann, endlich, wurde daraus ein Gesicht, Dimitris Gesicht. Er lächelte mich erleichtert an.

Nach und nach fühlte ich, wie das Leben in mich zurückkehrte. Ich spürte wieder meinen Körper, konnte Arme und Beine bewegen. Ich tat es vorsichtig, doch der befürchtete Schmerz blieb aus. Langsam richtete ich mich auf und sah mich um. Voller Erstaunen riss ich die Augen auf, - ich war zu Hause, auf Schloss Drachenfels.

Verwirrt schaute ich Dimitri an, der meinen Blick mit feixendem Grinsen erwiderte. Er strahlte übers ganze Gesicht bevor er plötzlich aufsprang und mich überschwänglich in seine Arme riss. Perplex ließ ich seine Umarmung über mich ergehen. Einen solchen Gefühlsausbruch hatte ich bei ihm noch nie erlebt. Er tat, als sei es ein Wunder, dass ich noch lebte.

„Es ist ein Wunder", rief er enthusiastisch aus. „Und ich bin überglücklich, dass es so ist. Ich habe mir wirklich entsetzliche Sorgen um dich gemacht."

„Aber wieso? Was ist geschehen?" Verwirrt starrte ich ihn an. Kaum hatte ich die Fragen ausgesprochen, da drängte schon die Erinnerung mit Gewalt in mein Gehirn. Meine Gefangenschaft, die bösen Pläne meines Bruders, das Lager mit all seinen Schrecken...

Ich war zum Vampir geworden, fiel mir wieder ein. Wie konnte ich das bloß vergessen? Und ich war erneut gestorben, aufgespießt auf einen Pfahl. Es kam mir vor, als wäre das alles schon lange her. Tage, oder sogar Wochen...?

Zweifel kamen in mir auf. Hatte ich all das wirklich erlebt? Wie kam ich überhaupt hier her? War vielleicht alles nur ein schlimmer Traum gewesen?

Doch in meinem Innersten wusste ich, es war kein Traum sondern Wirklichkeit.
Dimitri unterbrach meine Grübeleien und fragte: „Wie fühlst du dich, geht es dir gut?"
Ich nickte langsam und es war die Wahrheit, ja, ich fühlte mich gut. Zumindest körperlich. Nur meine Gedanken waren noch immer verwirrt. Deshalb fragte ich nochmals: „Was ist geschehen?"
„Das ist eine lange Geschichte", begann er. „Aber ich erzähle sie dir gerne. Falls du jedoch Blut brauchst, so gehen wir erst auf die Jagd. Danach bleibt uns immer noch genügend Zeit."
Blut! Das Wort alleine ließ meine Gier danach erwachen. Doch sie erlosch schnell wieder. Es war kein menschliches Wesen in der Nähe, deshalb ruhte mein Blutdurst. Und meine Neugier war größer als der Drang zu trinken. Das sagte ich Dimitri und er nickte wissend.
„Nun denn, so werde ich beginnen. Du hast ja bereits von meinem Blut bekommen, das genügt eine Weile. Wo soll ich beginnen? Am besten an jenem Abend, als du zum ersten Mal als Vampir erwacht bist..."

Nachdem er geendet hatte, blieb ich erst einmal stumm. Ich hatte nicht gemerkt, dass ich eine so lange Zeit ... tot gewesen war. Und ich fragte mich, was wohl aus mir geworden wäre, hätte Dimitri nicht meine Körperteile zusammengesucht und mich dadurch dem Leben zurückgegeben. Dem vampirischen Leben!
Noch immer konnte ich mir nicht vorstellen, wie es sein würde, ein Vampir zu sein. Ich horchte in mich hinein. Hatte ich mich verändert? Waren meine Empfindungen anders als zuvor? Die Antwort blieb ich mir schuldig, noch konnte ich nicht sagen, welche Veränderungen in mir vorgegangen waren.
„Komm", unterbrach Dimitri meine Gedanken und erhob sich. Auffordernd hielt er mir die Hand hin und zog mich hoch, als ich sie spontan ergriff. Von seiner Hand ging Sicherheit und Zuversicht aus. Beides schien ich mich überzugehen. Ich meinte zu fühlen, wie seine Kraft mich durchdrang.
„Äh, - ich habe nichts anzuziehen!" erinnerte ich ihn und schaute auf das Laken, das er über meinem Körper gelegt hatte und das jetzt auf dem Boden lag. „So kann ich schlecht unter die Leute gehen."
Er lachte gutmütig und zauberte dann unter seinem Stuhl ein Kleiderbündel hervor, das er mir zuwarf. „Ich habe mir erlaubt, in deinem Schrank zu stöbern. Viel war allerdings nicht mehr darin. Das müsste aber fürs erste genügen. Später können wir dir andere Kleidung besorgen."
Schnell zog ich mich an und stellte mich dann aus alter Gewohnheit vor den Spiegel. Es war lange her, dass ich mich das letzte Mal angeschaut hatte und ich betrachtete mich kritisch. Hatte ich mich äußerlich verändert?

Zuerst fiel mir natürlich mein bartloses Gesicht auf. Es ließ mich jünger wirken, fand ich. Und meine gekürzten Haare, die mir kaum bis ans Kinn reichten taten ein Übriges um diesen Eindruck zu verstärken. Ich sah aus, wie ein unbedarfter Grünschnabel. Mit diesem Aussehen würde mir vermutlich kaum noch jemand Respekt entgegenbringen.

„Du bist jetzt ein Vampir, Malamir", tröstete mich Dimitri, der hinter mir stand und mir über die Schulter blickte. „Du kannst dir von jedem Respekt einfordern, wenn du das wünschst. Der Bart hat dich ein wenig düster aussehen lassen, so kommen deine markanten Züge viel besser zur Geltung. Du wirst dich daran gewöhnen, - und den Frauen wirst du auch bartlos gefallen."

Den Frauen gefallen war das Letzte, was ich wollte. Die einzige Frau, die mir etwas bedeutete hatte ich für immer verloren. Für sie war ich tot, sie hatte mein Herz und meinen Kopf begraben. Nie wieder konnte ich sie in die Arme nehmen, nie mehr ihre Küsse spüren...

„Immerhin weißt du, dass sie in Sicherheit ist. Und du wirst ewig in ihrem Herzen bleiben. Damit musst du dich einfach abfinden, Malamir, so schwer dir der Gedanke auch scheinen mag. Dein Dasein als Mensch ist unwiderruflich vorbei, du bist nun ein Geschöpf der Nacht. Komm mit mir, ich zeige dir nun deine neue Welt."

Kapitel 26: Heimkehr

Die Welt der Vampire, in die Dimitri mich einführte war schon bald die meine. Er reiste mit mir umher, weihte mich in viele vampirische Geheimnisse ein, - kurz, er brachte mir alles bei, was ein Vampir wissen musste. Ich war ein gelehriger Schüler und ich muss zugeben, mir gefiel mein neues Leben. Ich lernte schnell, dass die Zeiten der Angst vorbei waren. Die Menschen ignorierten mich, wenn ich das wollte, oder sie hofierten mich, sobald ich ihnen das suggerierte. Und sie gaben mir bereitwillig ihr Blut, sogar ihr Leben, wenn ich es forderte.

Das Töten bereitete mir keine Überwindung, doch ich suchte mir sehr sorgfältig aus, wer zu meinem Opfer werden sollte. Niemals vergriff ich mich an Unschuldigen, selbst wenn der Hunger und die Gier mich noch so sehr plagten. Und ich tötete alle meine Opfer sanft, auch jene, die vielleicht einen harten Tod verdient hätten. Ich hatte leidvoll erfahren, wie grausam Schmerz war, kein Lebewesen hatte es verdient, so gestraft zu werden.

Nach etwa einem Jahr trennte ich mich von Dimitri. In mir war das Bedürfnis alleine zu sein, er respektierte das und ließ mich ziehen. Er ging zurück in sein lange verwaistes Haus und ich ritt heim nach Schloss Drachenfels. Ich fand es völlig unversehrt vor, kein Mensch hatte es seit meinem Weggehen betreten. Das osmanische Heer, vor dem Vater ins Exil geflüchtet war, hatte zwar die Stadt Vraza heimgesucht, aber das unzugängliche und nur mäßig besiedelte Hinterland völlig ignoriert.

Ich zog in Dimitris ehemaliges Zimmer im Turm. Es genügte mir, ich brauchte weder Luxus noch Bedienstete. Placi, von dem ich mich nicht trennen wollte, stellte ich bei einem Bauern in der Nähe unter. Dort wurde er gut versorgt und wenn ich nachts auf Beutesuche ging, so holte ich ihn mir. Ich führte ein zurückgezogenes, einsames Leben und war zufrieden damit.

Nur manchmal, wenn ich kurz vor dem Morgengrauen am Fenster stand und den nächtlichen Geräuschen lauschte, fragte ich mich, wie mein Leben wohl ausgesehen hätte, wäre alles anders verlaufen. Wenn Vater nicht aus Angst vor der osmanischen Unterwerfung bei seinem Freund Georgi Tester Rat gesucht, sondern einfach darauf vertraut hätte, dass die Türken unser unbedeutendes kleines Schloss gar nicht interessierte. Wenn mir nicht Riana begegnet wäre, deren Liebe zu mir den Neid meines Bruders erweckt hatte. Vielleicht wäre Borils unterschwelliger Hass auf mich dann niemals ausgebrochen.

Aber dann verbannte ich meine Grübeleien schnell aus meinem Kopf. Niemals hätte ich es missen wollen, Riana begegnet zu sein. Auch wenn ich diese schicksalhafte Begegnung mit meinem Leben bezahlen musste. Doch die Sehnsucht nach ihr konnte ich nicht aus meinem Gehirn verbannen, sie steckte wie eine unheilbare Krankheit tief in mir und fraß wie ein Feuer an meiner Seele. Wie gerne hätte ich sie noch einmal in die Arme genommen, - nur noch ein einziges Mal. Doch für sie war ich tot und ich dachte, ich würde ihr niemals wieder begegnen.

Bis ich eines Abends erwachte und spürte, dass ich nicht mehr allein war. Das Schlagen vieler menschlicher Herzen brachte mein Blut in Wallung. Ärgerlich fragte ich mich, wer es wohl wagte, mein Schloss zu besetzen. Einbrecher würden es nicht sein, ich hatte sämtliche Räume so belassen, wie wir sie vor unserem Auszug vor über zwei Jahren verlassen hatten. Ein Blick hätte Dieben genügt, zu erkennen, dass nichts zu holen war.
Vielleicht war es eine Horde Geächteter oder Söldner, die einen Unterschlupf suchten, überlegte ich und nahm mir vor, sie zu vertreiben. Auch wenn ich selbst einmal zu ihnen gehört hatte, wollte ich mit den Freiheitskämpfern nichts mehr zu tun haben. Ich wollte meine Ruhe haben um weiter in meiner selbstgewählten Einsamkeit zu schwelgen. Unwillig stieg ich die Stufen des Turmes hinab, schlich über den dunklen Hof und öffnete vorsichtig die Hintertüre. Leise näherte ich mich der Türe, hinter der ich die ungebetenen Gäste wusste. Bevor ich sie verjagen konnte, musste ich zuerst wissen, wer die Eindringlinge waren.
Das Schreien eines Kleinkindes ließ mich erstarren. Kurz darauf stimmte ein zweiter ein. Es mussten also Frauen und Kinder sein, die in meinem Reich Zuflucht gesucht hatten. Vermutlich waren sie in Not. Konnte ich es wirklich übers Herz bringen, sie wieder hinaus in die Kälte zu schicken?
Frustriert seufzend wollte ich gerade die Türklinke drücken, da hörte ich eine leise Stimme, die beruhigend auf die weinenden Kinder einsprach. Und diese Stimme kannte ich, niemals im Leben würde ich ihren lieblichen Klang vergessen.
Riana! Der Schock wollte mir schier den Atem rauben. Was tat sie hier?
Eine zweite Stimme erklang, die ich ebenfalls gut kannte. Sie gehörte Romika. Sie gab einer weiteren Person Anweisungen und kurz darauf öffnete sich die Tür. Ein Dienstmädchen verließ den Raum und eilte in Richtung der Küche davon. Ich konnte mich gerade noch in eine Nische drücken, so dass sie mich nicht bemerkte. Kurz darauf ertönte leises Rumoren aus der Küche. Rianas Hiersein verwirrte mich so sehr, dass ich mich erst einmal eilig in mein Turmzimmer zurückzog. Dort wartete ich ab, bis mir meine Sinne sagten, dass die neuen Schlossbewohner sich zur Ruhe begeben hatten. Dann schlich ich mich wieder zurück um mir endgültige Gewissheit zu verschaffen.
Mein Weg führte mich zum Schlafzimmer meiner Eltern und als ich die Türe öffnete, sah ich sofort, dass das große Bett wieder aufgebaut worden war. Eine zierliche Gestalt lag unter den Decken, in der ich längst Riana erkannt hatte.

Langsam trat ich näher und setzte mich auf den Rand des Bettes um sie zu betrachten. Ich konnte es in Ruhe tun, der Bann, den ich über sie gelegt hatte, ließ sie tief schlafen.

Mein Herz zog sich vor Liebe zusammen, als ich in ihr Gesicht sah. Sie war immer noch so wunderschön, wie ich sie in Erinnerung hatte. Ihre Figur unter dem Laken schien mir nicht mehr so mager, sie war fraulicher geworden. Der Grund dafür lag neben ihr, - zwei Säuglinge, gut eingepackt in Wickelkissen schliefen sie selig. Meine Kinder...

Sie war also tatsächlich schwanger geworden und hatte sogar Zwillinge geboren. Voll fassungsloser Freude schaute ich in die winzigen Gesichtchen. Wie ähnlich sie sich sahen, obwohl ich vermutete, dass es ein Mädchen und ein Junge war. Ihre Kleidchen waren in verschiedenen Farben bestickt und sie trugen unterschiedliche Mützchen. Wie gerne hätte ich sie an meine Brust gedrückt und geherzt, aber ich wagte nicht einmal, sie zu berühren. Sie sahen so klein und zart aus.

Über meine Betrachtung hatte ich alles um mich vergessen und schrak zusammen, als sich die Verbindungstür zum Nebenzimmer öffnete. Romika stand darin und stieß einen erschrockenen Laut aus, als sie mich sah. In der Hand trug sie eine flackernde Kerze, die sie vor Schreck fast fallen ließ. Sie erholte sich jedoch überraschend schnell.

„Ihr?" stieß sie hervor und fügte hinzu: „Halb und halb hatte ich schon erwartet, Euch hier anzutreffen." Besorgt schaute sie auf Riana und ich beschwichtigte rasch: „Keine Sorge, sie wird nicht erwachen."

Sie nickte wissend und kam näher um mich gründlich zu mustern. Angst schien sie nicht vor mir zu haben, was mir wohl tat. Nachdem sie mich sehr eindringlich und lange angeschaut hatte, sagte sie ernst: „Es freut mich für Euch, dass Ihr die schrecklichen Abenteuer so gut überstanden habt. Selbst Dimitri bangte um Euch..."

Sie wies mit dem Kinn in Richtung der Säuglinge: „Wie ich sehe, habt Ihr schon Bekanntschaft mit Euren Kindern gemacht. Sie sind der Grund, weshalb Riana heute noch unter uns weilt. Euer Tod hat ihr so zugesetzt, dass sie keinen Lebenswillen mehr besaß. Erst als sie merkte, dass sie schwanger war, entschied sie sich für das Weiterleben. Wegen der Kinder hat sie beschlossen, hier einzuziehen. Sie möchte, dass sie im Haus ihres Vaters aufwachsen."

Ich schluckte den Kloß hinunter, der mir die Luft abdrücken wollte. Dann wagte ich, die Händchen meiner Kinder zu streicheln. Die winzigen Finger fühlten sich so zart an. Gerührt räusperte ich mich und fragte Romika: „Welche Namen hat sie den Kleinen gegeben?"

„Der Junge hat Euren Namen, dem kleinen Mädchen hat Riana den Namen ihrer verstorbenen Mutter gegeben, - Cathia."

Malamir und Cathia, - meine Kinder. Sie sollten hier, in meinem Schloss aufwachsen. Ich würde sehen können, wie sie groß wurden. Und Riana wäre ebenfalls in meiner Nähe... Der Gedanke überwältigte mich fast. Doch Romika, die meine Gedanken zu kennen schien, gab zu bedenken:
„Falls Ihr, wie ich vermute, ebenfalls hier wohnt, so kann das Probleme geben. Riana hält Euch für tot und es wäre fatal, würde sie Euch begegnen. Sie könnte es nicht verstehen und niemals akzeptieren, zu was Ihr geworden seid. Es würde sie in den Wahnsinn treiben. Wie wollt Ihr es anstellen, ihr aus dem Weg zu gehen?"
Das klang fast, als wolle sie mich meines eigenen Hauses verweisen. Aber ich verstand natürlich ihre Befürchtungen und ihre Angst um Riana.
Doch ich beruhigte sie: „Es wird kein Problem geben, ich verspreche es Euch. Ich kann Rianas Geist so beeinflussen, dass sie mich überhaupt nicht bemerkt. Selbst wenn ich direkt neben ihr stände, würde sie mich nicht sehen, wenn ich das nicht will. Ihr müsst Euch nicht sorgen, ich würde nie etwas tun, was Riana unglücklich macht."
„Und wie steht es mit Euren Gefühlen?" fragte sie dagegen. „Werdet Ihr es verkraften, sie täglich zu sehen und zu wissen, dass Ihr nur noch in ihren Gedanken sein könnt?"
Nein, das wusste ich nicht, deshalb schwieg ich betroffen.

Nach einigen Tagen kam auch noch mein kleiner Bruder Aleko nach Hause zurück. Riana, die ganz offiziell als meine Witwe galt, da Boril die Hochzeitspapiere mit meinem Namen unterzeichnet hatte, begann damit, aus Schloss Drachenfels wieder einen Familiensitz zu machen. Ich war glücklich, als ich sah, wie tatkräftig sie ihr Vorhaben anging und wie sich das alte, düstere Haus plötzlich mit Freude füllte. Riana nahm ihren jungen Schwager bereitwillig in ihre kleine Familie auf und Aleko dankte es ihr mit brüderlicher Anhänglichkeit. Ich war erstaunt, wie er aufblühte, aus dem verschüchterten, dünnen Jungen den ich zuletzt gesehen hatte, wurde langsam ein aufgeschlossener, freundlicher junger Mann. Auch körperlich gedieh er prächtig und würde wahrscheinlich einmal fast meine Statur erreichen.
Es machte mich glücklich, wieder eine Familie zu besitzen, eine richtige Familie, die ich zuvor nie gehabt hatte. Doch es schmerzte mich auch, niemals dazuzugehören. Dank meiner vampirischen Kräfte konnte ich zwar bei ihnen weilen, ihren Gesprächen lauschen, ohne jemandem aufzufallen. Aber immer öfter deprimierte mich das mehr als es mich erfreute. Und manchmal, wenn sie über meinen Tod sprachen und um mich trauerten wollte ich aufspringen und rufen: „Nein, seht doch her, ich bin mitten unter euch."
Riana machte es sich zur Gewohnheit, nach dem Abendessen in den Schlosspark zu gehen. Und immer führte sie ihr Weg zu jenem Ort, an dem sie meine

sterblichen Überreste begraben hatte. Inzwischen zierte die Stelle ein Gedenkstein, in den mein Name und mein Geburts- und Sterbedatum eingraviert waren. Oft stand ich hinter ihr, im Schatten verborgen, wenn sie vor diesem Stein auf die Knie sank und bitterliche Tränen weinte. Dann musste ich jedes Mal an mich halten, nicht zu ihr zu gehen und sie tröstend in den Arm zu nehmen. Ihre Trauer zerriss mir das Herz.
Eines Abends, es war eine laue Frühlingsnacht, schien ihr Kummer besonders groß. Wie versteinert stand sie da und starrte auf mein Grab. Plötzlich gaben ihre Beine nach und sie sackte in sich zusammen. Ich eilte erschrocken zu ihr. Es war nur eine harmlose Ohnmacht, die sie befallen hatte, das sagten mir meine Sinne. Sie würde bald wieder zu sich kommen. Aber liegenlassen wollte ich sie nicht, deshalb nahm ich sie auf meine Arme und trug sie zum Schloss und hinauf in ihr Zimmer.
Dort legte ich sie aufs Bett und wollte schon leise gehen, da sagte sie plötzlich: „Malamir? Du bist hier, bei mir? Oh, wie sehr habe ich dich vermisst..."
Erschrocken starrte ich auf sie herab. Himmel, hatte ich etwa vergessen, meinen Bann über sie zu legen? Doch dann erkannte ich, dass sie die Augen geschlossen hielt, - sie träumte, träumte von mir. Und ihr Gesicht drückte so viel Sehnsucht aus, dass ich alles um mich vergaß.
Sachte ließ ich mich neben ihr aufs Bett gleiten und nahm sie in meine Arme. Nur einmal noch ihre Lippen küssen, das war mein größter Wunsch. Meine Sinne durchdrangen ihre Gedanken und hüllten sie in einen Zustand der Trance, der aber ihren Willen und ihre Empfindungen wach ließ. Langsam senkte ich den Kopf und küsste sie sanft und sie erwiderte meinen Kuss voll sehnsüchtiger Leidenschaft.
Obwohl ich es selbst als verwerflich empfand, was ich im Begriff war zu tun, so konnte ich doch der Verlockung nicht widerstehen. Meine Zweifel verbannte ich in den letzten Winkel meines Gehirns. Ein einziges Mal, - nur noch ein einziges Mal wollte ich, dass sie mir gehörte.
Als ich auf sie nieder blickte, sah ich, dass sie die Augen geöffnet hatte. Voller Liebe ruhten sie auf meinem Gesicht. „Halt mich fest, Malamir", murmelte sie und ihre Stimme klang zärtlich. „Liebe mich..."
Ich verbrachte die ganze Nacht mit ihr und wir liebten uns voller Leidenschaft. Erst kurz vor dem Morgengrauen verließ ich sie. Sie schlief und ich beugte mich ein letztes Mal über sie und hauchte einen Kuss auf ihre Lippen. Dann nahm ich den Zustand der Trance von ihr und ließ sie in einen tiefen, heilenden Schlaf sinken. Wenn sie erwachte, so würde sie sich nur an einen Traum voller Leidenschaft erinnern. Doch dann sah ich, wie sich eine Träne unter ihren Wimpern hervor stahl und ihre Wange herunter lief und ich bekam ein schlechtes Gewissen, als mir bewusst wurde, was ich getan hatte. Ich hatte ihre Sehnsucht nach mir neu entfacht, jene Sehnsucht, die sie seit

meinem Tod so mühsam zu verdrängen suchte. Plötzlich kam ich mir vor wie ein Schuft und ich floh aus ihrem Zimmer...

Nie mehr danach habe ich gewagt, Riana nochmals so nahe zu kommen. Ich zog mich wieder zurück in mein Zimmer im Turm, begann mein einsames nächtliches Leben von neuem. Das Schloss mied ich, solange ich spürte, dass dort noch jemand wach war. Erst als alle im Schlaf lagen, ging ich auf meinen nächtlichen Beutezug.
Natürlich überzeugte ich mich nach wie vor vom Wohlergehen meiner Familie und aus den Schatten der Dunkelheit heraus beobachtete ich, wie meine Kinder heranwuchsen. Riana erzog sie voller Liebe zu prächtigen Menschen.
Auch Alekos Lebensweg verfolgte ich aufmerksam. Ihm war es als einzigem von Vaters Kindern beschieden, in Zufriedenheit zu leben. Er heiratete und zeugte vier Kinder, die alle im Schloss aufwuchsen.
Riana erreichte ein hohes Alter. Doch niemals mehr hatte sie einen Mann erhört, sie blieb mir treu bis zum Tod. Als ich spürte, dass ihre Stunde nahte, suchte ich sie auf und blieb bei ihr, bis sie ihren letzten Atemzug tat. Sie starb friedlich in meinen Armen. Heute stehe ich oft des Nachts an ihrem Grab, so wie sie einst an meinem.
Nach ihrem Tod zog es mich mit Macht fort von Schloss Drachenfels. Ich musste Abstand gewinnen. Viele Jahrzehnte hatte ich dort verbracht und mich dürstete nach neuen Eindrücken und Herausforderungen. Ich reiste lange umher, lernte viele neue Länder und Menschen kennen. Irgendwann beschloss ich, Dimitri aufzusuchen. Er bewohnte noch immer sein Haus in der Nähe von Sofia und nahm mich voller Freude auf. In seiner Obhut befand sich ein kleiner Junge, ein Waisenknabe namens Darius. Als ich Dimitri fragend anblickte, lächelte er und nickte. Da wusste ich, dass er in Darius einen angehenden Vampir erkannt hatte.
„Sein Leben wird hoffentlich nicht so aufregend verlaufen wie meines", wünschte ich dem Knaben. Dimitri winkte ab: „Eine Geschichte, wie die deine dürfte vermutlich einmalig bleiben."
„Vielleicht sollte ich sie aufschreiben", meinte ich und grinste matt. „Aber ich bezweifle, dass sie mir jemand glauben würde."

Ende

Weitere Romane von mir über Vampire, Hexer oder Geister finden sie unter www.gerdi-m-buettner.de